U0072264

草根奇人

柳湘武 編著

長篇小說《亂夢劫》
　雜文《柳湘武文緣》
　　懸壺《柳湘武癌緣》
　　　抄來的記憶《政言擷錄》

第一部分

長篇小說

《亂夢劫》

作者贈言

歷史不是兒戲。

用兒戲寫歷史是歷史的悲哀。

但願這悲哀，永遠不再來。

作者敬告

荒唐歲月　類事甚多

偶有雷同　純屬巧合

虛構故事　望勿對號

諸君不答　作者幸甚

引言

　　用喜劇的手法寫悲劇，憑一場空穴來風的
頭號敵情。作者用三十萬字涵蓋了文革中發生
的批判三家村、破四舊、抄家、遊街、停課、
抓特務、造反、大串聯、大檢閱、家變、派性、
武鬥、成立革委會、偷芒果、上山下山以及因
一條狗的失蹤而引發的奪權鬥爭、變態虐待、
奪妻、殺父、迫害恩師等一系列情節。中間還
穿插了獻忠、憶苦思甜、賣孫、上大學、偷情、
瘋子相會等欲哭無淚、苦笑而辛酸的荒唐場景，
淋漓盡致地揭露了文革對人性的戕害。

寫在前面

忘記了恩德，是為無德。忘記了恥辱，即是無恥。一個善於忘卻的民族是軟弱無能沒有出息的民族。

早在七十年代後期，文壇巨宿巴金老就曾經向全社會呼籲：建立文革博物館。意在喚醒人們的良知和理性。讓我們的後代用清醒的頭腦去避免文革的荒唐劇再一次在神州大地上重演。

由於種種原因，客觀上的文革博物館沒能建立起來。然而，銘刻在國人心靈中的文革博物館並不因為時間的流逝而消蝕。因為，中華民族不是一個善於忘卻的民族。

文革對於全國人民是一場深重的災難，它對於文學創作者卻是一份特有的恩賜。只要隨意捧起一把塵封的往事，吹去雜質，就不難發現，在這場浩劫裏發生的無數出悲劇、喜劇、鬧劇、醜劇、冤劇都是些上等的創作素材。作為一個對那個時期有著深刻體驗的過來人，創作中把這些素材棄之不用，卻反而去搜腸刮肚地編造一些無關痛癢的卿卿我我，無疑是精神上的麻木和捧著金碗去討飯的愚昧。就好比是從市場上買來了葷的、素的、粗的、細的、山貨、海味等各種菜肴，擱在廚房裏不燒，等它腐敗變了質，往垃圾桶一扔了之，自己卻跑到飯店裏去討人家殘剩的碗腳吃，豈非是本末倒置的浪費？

我沒有進過小學以上的學校門檻，按理說，就算有人把山珍海味倒了去吃碗腳，也輪不到我來替他們捨不得。然而，為了使我們的下

一代瞭解這段歷史的劫難,並且永遠銘記在心,不再重蹈我輩的覆轍,我頑固地以無洞掘蟹、硬地挖鱔般的愚笨,堅持著創作這本「東西」的努力。所以應該說,我是用了馬拉松的時間才跑完了這一百米短程的。在創作過程中,我的幾個好友都善意地提醒我:現在的文學作品,第一要素就是愛情,你的這本「東西」不用愛情作原料,會有人欣賞嗎?我卻偏偏臉紅脖子粗地與之爭論:這東西就像吃芫荽,不愛吃的人說它騷臭難食,喜歡吃的人卻說它香得開胃。這並非是人們連香臭都不辨,而是各有所好罷了。

說心裏話,我真的拿它盡往好處想,就像以前走村串戶為人理髮的小剃頭,人們責問他:「你為什麼總給人家剃個馬桶箍呀?」每當這時,就會有幾個清朝的遺老替他打圓場:「清朝時候時興的就是這種帶箍的頭!」好了!這已經可以說明有賞識這本「東西」的人了。一個時代,一種風尚。當我這本「東西」變成鉛字面世的時候,說不定正趕上古老當時興,與愛吃芫荽,以「馬桶箍」的髮型為「酷」的人湊個正著也未可知呢!

我抱的正是這種僥倖心理。於是,就有了這本大言不慚的《亂夢劫》。

居民 柳湘武

浙江省湖州市南潯鎮董家弄 2 號

序言

　　三十萬字的《亂夢劫》詮釋了什麼是「真善美」。什麼是「假醜惡」。它傾注了作者很大的心血。

　　作者柳湘武剛念完小學就逢上了那場史無前例的「文化大革命」。他能寫出這樣一部洋洋灑灑的長篇小說，令人稱奇。他本身坎坷的經歷和不幸的家庭遭遇是他動筆的原始動機。但他又能以豁達的態度客觀真實地反映了那一個荒唐年代的人和事……。

　　「文化大革命」對年青一代來說是一個難以理喻的歷史過程。但現在的中老年人都經歷了那場政治狂熱的歲月。本書中的華見森、宿芹、蔔躍聯、曲金燦、全畢正等等都何其熟也！

　　正如作者贈言：「歷史不是兒戲，用兒戲寫歷史是歷史的悲哀。但願這悲哀，永遠不再來。」作者寫此書的目的也正基於此。人應該活得有尊嚴，而民主與法制的健全是一個人活得尊嚴的根本保障。本書從一個歷史的橫斷面剖析了這個民族的靈魂。它呼喚著尊嚴的回歸，揭露了「靈魂深處撒把辣椒」那種殘忍的人身迫害。值得一提的是，作者在作品中以非常坦率的態度，提了個廣泛性的問題：在「那靈魂深處鬧革命」的歲月裏，哪一個不是虔誠而又愚昧地高舉著「寶書」在盲目地推波助瀾？運動結束後，無論是國家的決策者還是各階層的民眾都對它進行了深刻的反思。相對而言，民眾喪失理智的後果畢竟

要輕微得多。而作為國家的領袖在決策中不受任何約束地帶有主觀隨意性，那造成的後果必將是一場全民族的災難。好人曲金燦瘋了。壞人全畢正也瘋了。殊途同歸的命運對這場轟轟烈烈的運動實在是極端辛辣的諷刺。

年青的讀者看完這段故事，一定會以為這純粹是子虛烏有的「天方夜譚」。他們一定很難理解他們的父輩竟會弱智到這種程度！其實，這故事的確是一段十分真實的歷史縮影。它距今並不遙遠，從西元一九六六年至今不過三十三年光陰。許多當事人都還健在，書中的華見森以及圍繞在他身邊的那些形形式式的人都健在。他們將會從什麼樣的角度去反省這段歷史？又如何面對今天的社會巨變？他們的後來結局又是怎樣？作者沒有明確告訴我們，而是留下了「！！！？？？」的標點符號，讓讀者憑自己的想像去延續它的結尾。

反映「文革」的前期作品有「傷痕文學」和「暴露文學」等等。在那些作品中，主人翁和背景的選擇以知識階層和城市題材居多，鮮有涉及小鎮和鄉村的風土人情。《亂夢劫》可以說是一部典型的平民之作。書中的人物都是些小得不能再小，普通得不能再普通的平民百姓。從他們的命運變遷中我們可以清晰地看到整個神州大地受「十年浩劫」危害的程度和深度。「窺一斑而知全豹」。作者正是用以小見大的手法真實地描寫了這段歷史的進程。

需要指出的是：作者在一些片段中使用了一定數量的江南方言——吳語。雖然它使江南一帶的讀者倍感貼近，然而，吳儂軟語對於北方

讀者而言就有些勉為其難了。作者這樣做或許是為了加強地域氛圍、增強語言表現力，但我認為：它作為一種嘗試，還是有一定的區域局限的。

行文至此，該說的都說了。我作為共和國的同齡人，也不可避免地經歷了那場「亂夢劫」。友人湘武由我來寫序言。於是「曾經走過的日子，又一一在眼前浮現」。

「爾曹身與名俱滅，不廢江河萬古流」。歷史已澀重地翻過了這一頁。今天茗東小鎮的人們又在以談論「四象八牛」在港澳臺的後代回來觀光投資，創辦中外合資企業而榮耀了。「文革」中未被毀滅的豪宅大院以及被百姓們揀回家作了井蓋、當了鋪板、砌了階沿的碑雕牌匾，重新被搜集起來作為重點文物向來自世界各地的觀光者們展示著它歷史上曾經有過的輝煌和深厚的文化底蘊。水鄉遊津浜則在日新月異的市場經濟浪潮中湧現了眾多的弄潮兒而又成了富甲一方的魚米之鄉……當然，這些都是題外之談了。

摯友　錢燕民

1999 年 7 月 15 日

目錄

下部

上　部

一、頭號敵情

茗東，江南小鎮。美麗而富饒的魚米之鄉。解放前，她以擁有四象八牛七十二條金黃狗等富商巨賈而聞名於中國的東部。然而，她更值得世人矚目的卻是這裏曾經誕生過幾個能與孫中山、蔣介石稱兄道弟的人物。所以，她還兼有「半個國民黨中央出於斯」的說法。

如果，這個說法往前推二十乃至幾十年，則是鎮民們津津樂道的談天資料。可現在，隨著時代的腳步跨進了一九六六年，鎮民們臉上早已不復存在往昔的那份榮耀感了。原先的那份談天資料已被造反派們所接收，並付諸了清查它的行動。

清查的烈度絲毫不亞於當年鼎盛的程度。因此，鎮民們的臉上似乎又回歸了一點榮耀感，它的出點則是：我們鎮上的造反派是最強的。

最強的組織有一個最強的頭，他就是茗東鎮上成立最早、規模最大的革命造反派組織「紅色革命造反總司令部」的總司令 -- 宿芹。

別小看這位外貌文質彬彬的宿總司令在社會上的傳聞並不多，可在全鎮的造反派中威勢著實不小。是他掀起了茗東鎮上開展文化大革命運動的熱潮，是他以一個知識份子的身份爆發出建築工人般的勇敢，爬上了鎮中心的制高點，那座唯一的三層建築的腳手架，用一支臂膊一般粗的鬥筆，寫下了五個雄壯有力的楷字 -- 打倒三家村。

這五個字，好似撒向東南西北中的火種，茗樂鎮的文化大革命局面迅速被打開，各條戰線及各個企事業單位和造反組織紛紛成立，運動如火如荼地燎原了。

他不光字寫得好，人也長得英俊魁梧。一張國字臉，方方的。寬鬆的

臉部肌肉過多地吸收了那雙敏銳的眼睛搜索來的社會動向，時時透露出一股要整人的威嚴。他的頭髮筆挺地朝後梳著，金鋼鑽髮蠟保持著它條條清晰的梳紋，猶如給自己活躍的思維留有迴旋的通道。

自運動開展以來，他率領著「紅總司」的這一幫紅衛兵小將一直衝殺在第一線。毀廟、炸墳、砸菩薩、拆家堂、劈牌位、抄家、打壞人，把一個原本平靜安寧的茗東鎮強化得到處呈現出一派瑰麗的運動色彩。

陽光的照耀下，不見了陰暗面。然而，這不等於說茗東鎮的階級鬥爭無產階級已經取得了絕對的勝利，被剝奪了權利的階級敵人是不會甘心於他們的失敗的。

一九六六年的十月十日，茗東鎮像往常一樣風和日麗。晴朗的天空中飄動著幾朵淡淡的雲彩。偶爾飛過的一兩隻小鳥嘰嘰地叫著，清爽的秋風中浮動著一陣陣沁人心脾的桂香……。所有這一切都沒有跡象預示著今天會有重大事件要發生。

然而，事件的發生往往是在人們不經意的情況下突然降臨的。

「嘀鈴……」宿總司令的辦公桌上那架搖柄式電話機響了，他的耳朵裏傳來一個激動而又急促的聲音：「昨夜十二點正，在鎮中福星橋一帶，我發現階級敵人向天空發射了兩顆紅色的信號彈……」。

這是一個奇怪的電話，雖然沒有報名字和單位，卻把時間與地點報得很精確。昨夜十二點鐘，就是今天十月十日的零時。而十月十日不正是國民黨的雙十節嗎？在國民黨的雙十節發生了這樣的重大案情，可見它的性質是多麼嚴重了。顯然舉報的人是一個警惕性很高但又膽小的群眾。也許他正是意識到了它的嚴重性質害怕惹火燒身和遭到報復才只報告了地點與案情。

　　前段時期，社會上在盛傳《蘆蕩火種》裏那個忠義救國軍的胡傳奎被革命群眾發現後揪了出來。還有那個叛徒甫志高，據說也沒有死。在一次洗澡時，人們發現了他背上被雙槍老太婆打下的兩個槍眼疤……。這些看起來似乎都像謠言。但傳播的人們說得有鼻子有眼，活龍活現，全不像空穴來風。

　　況且，今天這件事實實在在發生在自己眼皮底下的本鎮上。這個鎮由於歷史的原因在「雙十節」出現這樣重大的潛伏特務案件是不足為怪的。尤其是兩個階級兩條道路激烈鬥爭的形勢下，它更說明瞭階級敵人是不會甘心於他們的失敗的。當他們越是意識到自己的階級行將滅亡時，就越會猖狂地作垂死前的掙扎。磨刀霍霍地向無產階級革命派進行反撲。

　　「這是文化大革命運動開始以來我們鎮上出現的頭號敵情！」放下聽筒，宿總司令的臉色極為嚴峻，「革命群眾都已經擦亮了眼睛，我們革命造反派更應該提高階級鬥爭的警惕性。既然群眾已經為我們提供了特務活動的線索，那就說明群眾對我們的信任，我們也就有義務把它偵破。這既是時代賦予我們的光榮任務，也是我們必須接受的戰鬥考驗。否則，我們這些無產階級革命造反派在轟轟烈烈的文化大革命運動中怎能發揮應有的戰鬥堡壘作用呢？」

　　「階級鬥爭，一抓就靈」。辦公桌對面雪白的牆上貼著自己手書的八個腥紅色大字。這塊牆面原先掛的是一副「鐵肩擔道義，妙手著文章」條幅的鏡框。道義、文章與階級鬥爭都是他的座右銘。只不過隨著時代的更替，現在更著重後者而已。

　　「階級鬥爭……」，他望著牆上的手書若有所思。驀地，他的腦海裏冒出了一個人來。這個人絕不是請客吃飯、做文章的那種。他風風火火、

興興逗逗，讓他去破這個反革命特務案件，真是再合適沒有了。

「立即通知漿糊廠『鬥煞牛鬼蛇神野戰團』的葡躍聯團長。務必要他在一個月內立足於有，著眼於抓，向階級敵人潛伏特務刮起十二級的革命風暴。堅決偵破這個代號為『一○、一○』的反革命案件！」

……

二、男人？

大千世界，百態千姿。有些情景看似違反規律，然而在浦霞眼裏反而會覺得有意想不到的別致情趣。就拿老公工作的青海來說吧！她喜歡的偏偏就是那條水流朝西的倒淌河。它水質清冽，風光獨特，在乾旱的大西北竟會有這樣美麗的河流其魅力是遠非江南水鄉的河溝溪流所能媲美的。與倒淌河同樣別致的是江南的黃梅天，陰沉沉的氣候，悶熱得亂搖蒲扇也盼不到半點雨落下來，可是一轉眼天氣放晴了，那雨也不知從哪裏來的，淅淅瀝瀝地在陽光的照耀下會下得收衣服都來不及。更令她感到不解的是：初春時她外婆原先的小院裏插下的一長溜荊樹條，儘管生命力極賤，卻一棵也沒有成活。橫頭那棵倒插的柳椿竟意想不到地長出了許多綠油油的新枝。這些風景雖然規律倒轉，但對於自然環境，倒也沒有什麼妨礙的。

今天是禮拜天，沒有學生的作業好批改。剛吃過飯她就躺在原先外婆的那張籐椅上休息了。朦朧間，那個男人，那個令她魂牽夢縈的男人又來了。沉沉地靠近了她，並且順從地按照她的想像實施著他的動作。他的左臂又不鬆不緊地摟著她的頸脖。右手輕柔地掀著她的衣服……。

他的長相是完全符合她的想像的，國字臉，粗眉毛，厚嘴唇，腮幫上

長著點糙胡髭，是那種摸上去很舒服的糙胡髭。不是像板刷一樣硬的那種。

他的身材是魁梧的，老實說，在英俊和魁梧之間她倒寧願選擇魁梧。因為，魁梧的男子能給自己滿足感。

那個男人的動作有些笨拙。沉沉的體重令她有受壓迫的感覺，並使她呼吸急促，心跳加劇。他的嘴似乎在啃她的胸脯，那新長出的胡髭很輕柔地擦刷著她的乳峰。令她癢癢地同時產生了一種酥麻的體覺。

驀地，那兩片厚厚的肉唇嚙住了她櫻桃般的乳頭……。舌頭上的味蕾肯定也是粗糙的，否則，怎麼會有銼刀似的感覺。

女人這片敏感的區域怎能經受「銼刀」的摩擦？在舒爽和快欲的夾擊下，她的下體有了空腹對於食欲的感覺。迫切地需要有一樣更有勁力的東西來填塞它。

她本能地撐動著雙腿。一張一馳。似乎在用特殊的語言歡迎那件她渴望的物體早些進入。

「銼刀」的磨擦似乎更加劇了。然而，下體仍是熬人的空脹。她不由得「嘔……呵」地哼了起來。

「姆媽……」是女兒在叫自己麼？

「……」

「姆媽，倷（你）阿是勿適意啊？」女兒又問「俄（我）聽見倷（你）勒浪（在）哼呢！」

儘管是生活在苕東，母女兩的對話仍然是標準的蘇州話。因為一年前，為了照顧彌留的外婆和繼承苕東的這份祖產。她經青海工作的丈夫同意帶著女兒一舉遷回到了母親的出生地——這個陌生的苕東鎮。並在苕東鎮第五小學任了教。也許是大城市的優越感，她一直未改口音。

　　她微微地、極不情願地睜開眼睛，那個令她心旌動搖的男人不見了。站在她跟前的是自己的女兒——浦紅紅。

　　浦紅紅，十三虛歲了，因為家產的原因，她姓了母親的姓。現在就讀於母親任教的五小。「姆媽，午睡格（的）一歇歇辰光（時間），蓋之介許多，阿會勿適意？」

　　「適意……勿礙（不要緊）……」她的思緒還陶醉在剛才的夢境裏。與其說享受這份出自女兒的關心，倒不如說沒有這關心更好。假如女兒不叫醒自己，這會兒也許已經和為了革命支援大西北的女兒她爸幹完那件事了。

　　不！不對！剛才夢裏那個男人分明不是丈夫。自己的丈夫白皮膚，尖下巴，戴一副很文靜的寬邊眼鏡。連說話的噪音都是尖聲細氣的，而剛才那個男人肯定是那種從事體力勞動的粗獷型。只可惜，這不懂事的毛丫頭……。

　　前些天，鎮上出了件大事。從夜航班上下來的阿奶孫女兩個在步行到鎮郊的偏僻處時被三個歹徒截住了。據說，起先歹徒看中的僅是祖孫倆從上海帶回的大包袱。然而當看到水靈靈的姑娘長得實在誘人時才動了強暴的念頭。姑娘被嚇呆了，由著暴徒擺佈，也不敢歇斯底里地哭叫，倒是做阿奶的實在不忍心孫女這朵嬌豔的桃花給三個毫無人性的暴徒給采了而呼天搶地地叫喊起救命來。一時惹惱了暴徒，被他們用手帕反綁了，並在她嘴裏塞了一把帶泥土的茅草。

　　老太婆暫時沒了聲息。可起先的哭喊已驚動了附近村莊上幾個起早的農民。當第二個暴徒剛得手正待起勁的當口，猛聽得一陣破畚箕的打擊聲由遠而近。

「抓壞人啊！快來人哪！」

三個暴徒當場就被捉了兩個，農民們用爛麻繩將兩個賊人捆了結結實實送進了新成立的「紅總司」。在現場跑掉的那個三天後也被捆了進來。

「紅總司」可比不得公檢法。他們所創立的刑罰遠比公檢法那套辦法管用得多。叫作「哪裏要犯罪，就要它在哪裏吃苦頭」，三個暴徒被剝了褲子，造反派們天天沖著他們那犯罪的東西給予苦頭吃。昨天剛用燙水給它們搞過「衛生」。今天又拿來了納鞋底的切底線說要變換新花樣。直把三個暴徒嚇得精神分裂，一見人影子就瞪直眼烏珠聲嘶力竭地大叫。當然，犯罪分子哇哇叫的時候，正是造反派哈哈笑的日子。

浦霞看見三個暴徒時是在萬人鬥爭大會上。當然她也看見了那個因遭強暴而被「請」上臺作揭發的姑娘。其實那姑娘根本就沒說什麼話。只是用手捂著臉一個勁地哭，哭得咽嗒咽嗒。哭什麼？她浦老師可以猜個八九不離十的。作為女人，尤其是這樣年輕的漂亮姑娘，與其在大庭廣眾出這個醜，倒不如寧願遭強暴後不事聲張，一樁本來很隱秘的事現在倒成了萬人指心戳背的談話資料。叫她今後如何面對嫁老公、做母親等女人必走的路？

鬥爭大會那天，那三個暴徒已被整得拍胯拍腳，站立不穩，這是他們咎由自取。其實這三個暴徒倒並不是長得兇神惡煞，年齡只約莫二十出頭點。倘若再加上一個假如。他們通過正當的途徑，或說媒，或同事，也許姑娘的父母相中了他們其中的一個做了女婿也是說不定的。

這幾個小夥子，真應該替他們可惜。也許，受舊的傳統觀念誤導最深的正是他們這一年齡段。他們都沒有懂得性事是男女雙方都有的欲望。而其中的差別僅僅是先後強弱之分。在他們的意識裏，女性始終是軟弱的，

嬌羞的，被迫的，受欺侮，受蹂躪的。在性事發生過程中，是痛苦的。男人的樂趣正是建立在她們的痛苦之上的。從而忽略了女人在性事中也是享受方這一基本常識。正是由於這些認識上的無知和行為上的衝動導致自己成了犯罪的一方，躺進了為自己挖掘的墳墓。

其實，他們根本就不瞭解女性。女性對於性事，尤其是在平和安寧的環境裏，他們得到的樂趣往往要比慌忙窘迫的男子要大得多。就好比吃菜，男人講究的是量的吞咽，女人追求的則是味的咀嚼。因此，誰都不能保證女人的骨子裏就沒有一點點蹂躪男人的潛意識！只是由於根深蒂固的封建傳統觀念，把潑辣和放浪一點的女性指責為不貞潔或不婦道。把女性，尤其是把好女人的標準衡定在收斂、克制、約束、蓮步輕移、笑不露齒的基礎上，才使得現代女性不敢輕易表露對異性的熱衷與追求。

幾千年來，女人一直是被壓抑的。她們的性欲被禮教以偽善的面目掩蓋起來。她們不能高喊，不能表露，縱然有了心儀的對象也只能藏在心裏，像牛的胃一樣默默地反芻。在性欲的需求上她們簡直被束縛得連動物都不如。動物都有叫窟的權利，雌貓會叫春，母豬會啃棚。甚至河裏漫遊的蛋鴨子見了異性都會頭頸一縮一縮地表示親昵。這些在自然界極其平常的事情，人類卻做不到。人類在虛偽地歌頌母性的同時往往忽略了它的前奏──獸性。

應該羨慕男性。他們在大街上口吐髒話，要跟很老的異性發生關係也可隨便掛在嘴上而不被人當作怪物的。在大熱天，男人們搬了條凳或藤躺椅四仰八叉地當街躺著，那管不住的器官滑在外面也不會有人驚叫，而女性就不同了。她們越是在大熱天就越得檢點自己的動作幅度。以免那些要緊的部位偶爾裸露在外人的眼裏而被人斥之為大逆不道。假如她們像男人

一樣，在嘴上隨便地說我要操你爸爸、操你爺爺、操你太公，那就馬上會被人認為：這女人一定受了什麼強刺激！

所以，女人不可言性，這對於她們是一種亙古相傳的無奈，浦霞也不能例外。

她沒有體驗過被強暴的那種感受，也不知道夢裏的那個男人對於她的行為是否叫作強暴？假如那也叫強暴的話，她倒反而渴望天天被強暴。結婚十幾年了，由於工作的原因，丈夫所能給予她的實在太少了。有的只是連年的孤獨與寂寞。一年中，丈夫難得從遙遠的大西北回來兩三次。「采線慵拈伴伊坐」的好辰光短暫得實在可憐。自己縱使有萬種風情，無限的貼心話又能對誰去訴說呢？難道就這樣守著空枕過渡到被人們叫「大媽」、叫「阿婆」嗎？

她是個文化人，也即是文明人。她的職業是教師，可她的內心深處時時湧動著一股與教師不相匹配的那種動物發情的欲望。她的心靈時常被她的本能所折磨「女人為什麼就不可以主動地去追男人？」

婚前，她非常喜歡普希金的愛情詩，也很喜歡《詩經》中有關「牝牡相誘」的記載：關關雎鳩，在河之洲，窈窕淑女，君子好逑。

詩人們在作品裏把愛情描繪得純潔美好和至高無上。那時候，還是黃毛丫頭的她常常被感動得夜不成寐。婚後，她才似乎弄懂了什麼才叫真正的愛情。那些所謂的真正的愛情發展到終結無非是本能的肌膚磨擦和兩堆肉體之間異常強烈的碰撞與通靈的快感。說得難聽點，也就是被世人嗤之以鼻的那種醜惡的、淫的、骯髒不堪的行為。普希金的那些華麗的詞藻，美妙的造句在貨真價實的性欲面前反而顯得蒼白無力了。那些令無數黃毛丫頭為之心顫的詩句在成熟女性面前竟那麼無濟於事。

　　她很愛惜自己的面容和身體。她還有傾向很深的自戀情結。她深知自己無疑是世界上最漂亮的女性之一。她深知自己裸露在衣服以外的肉體部分不是最美的。真正最美的部份只有她自己才鑒賞得到。每次洗澡時脫光了所有的累贅物，大衣櫥上的鏡子便會告訴她：「你胴體的曲線是優美的。你的肌膚對於異性是最具魅力的。你整個的身段都是婀娜多姿的。你紅、白、黑的三色，你柔膩和結實的搭配，高低的浮凸都體現得恰到好處。你對於男性就是最嫵媚的女性。你終身不須為自己悲哀。因為，你就是勝利的女性」。

　　誠然，美麗的女人就是花朵，花朵的豔麗能得到人們的鑒賞才體現其價值。假如女人在像花朵一樣開得最盛的時候而不被人注意，那才叫真正的可惜呢！

　　女性的美是相對於男性而言的。所以，女性越漂亮就越會遭受男性的騷擾或強暴。反之，作為一個女性，假設從來就沒有受過騷擾，那麼這個女人的命運也就可想而知了。

　　雖然，她到目前尚不知道，除了丈夫之外究竟有沒有人在暗中窺探或企圖騷擾她。但她向來是對自己很自信，憑這副容貌，不可能沒有人動歪腦筋！

　　那個男人，夢裏的那個，真是有的。浦霞簡直不敢相信自己的眼睛，他寬肩膀，粗眉毛，厚嘴唇，腮幫上有一片稀疏的糙胡髭，與其說他像夢裏的那個，倒不如說夢裏那個更像他。

　　他的手裏拿著一把竹骨子的油紙傘，肩上披著一塊糧管所裏才有的白麻糧袋，滿頭淋得落湯雞似的站在教室外向裏張望。

　　「你就是浦老師嗎？我給我兒子送傘來的。」

「你兒子？……」浦霞目不轉睛地盯住他看，儘管他模樣很狼狽，也不及夢裏那麼威猛，可這相貌……簡直……真叫人不得不由衷地驚歎夢與現實間竟會有如此的巧合？

他與她相距得很近，他的臉上流淌著雨水，而她也因為激動，眼球裏閃動著晶瑩的液體。

從那身勞動布的工作裝來看，他只不過是某一個工廠的車間工人，這倒使浦霞感到了坦然。由於心理上多了一份優越感，她的心臟也不像剛才那樣猛竄了。雖然夢中那個令她激蕩和纏綿，但畢竟是虛無的。哪裏及得上現實中能正眼端詳並看得很仔細的他。

他的胡髭軟而冗長，也許他知道自己長得很討女人喜歡為了免遭追逐而故意不修邊幅。也許他自己陶醉於留胡髭的男子漢氣質。然而不管他出於何種想法，能讓女性這麼自然地看個透徹的本身就是一種友好、大方的表示。那麼，浦霞當然是不看白不看了。

起先他還似乎有些靦腆，四目對視的一剎間好像臉紅了一下，但迅即被那種飽滿的、性感的、絕對令女人喜歡的氣質所取代。他的神情在告訴她，你要看儘管看吧！我是自然的、放鬆的、願意的、默許的、友誼的，從眼睛到心靈都是接受的。

女人看男人本來就不需要心理緊張，也不必遮遮蓋蓋、羞羞答答。假如倒過來，男人在肆無忌憚地用同樣的眼光看女性，那一定會被人叫作色鬼的。

真叫人感到愜意，只是浦霞覺得時間太短了。

「我是漿糊廠的，叫華中用，我兒子……」

「倷格兒子是……」課堂上她講的是標準的普通話，課餘卻是很好聽

的吳　農軟語。

「華見森。」她與他幾乎同時說出了這個班上最頑皮的學生的名字。

「俚（他）剛走，俄看見格，落介大格雨，俚用書包頂勒頭牢相（頂在頭上），跳波、跳波介逃回去哉（了）。」末了，她還拖了一句「俫兒子蠻格。」

「是啊，這孩子，我真為他擔心！」說起兒子，華中用話就多了。兒子是他的最愛。「這陣子，我發覺他變化很大！」

「哪哈（怎樣）格變法？」她以從來沒有過的熱情表示關切。

「這孩子，從小就有點野豁豁……，記得剛上四年級時，老師剛剛教了幾節課的地理，他就自以為已經瞭解全國的情況了。想入非非地認為自己將來必定是個從地圖上的長江三角州跨到全國任何一個角落的偉大人物……現在學校裏在批判三家村，教育他們千萬不要忘記階級鬥爭。他就更不得了了。前一陣子，他睏頭夢裏嘴裏都在喊：『抓呀！抓……抓特務呀！』兩隻手把被角揪得緊緊的，扯也扯不掉，醒來後還問我：那些特務是不是真的像浦老師所說的，全是些鑲金牙、尖下巴、鷹爪鼻子、戴鴨舌帽的那種人？……」

「書上是介形容格，俚哪哈當勒真？」

「浦老師，拜託您以後有機會多給他開導開導。這孩子，從小娘不在身邊，任性慣了，脾氣又犟。」

「俚……沒娘？」浦霞聞聽大感愕然，「看來俄搭俚真格有緣份？」如果說剛才她僅僅是在敷衍。那麼這會的興趣倒真被勾起來了。

「娘是有的……只不過常年不在，到上海做傭人去了，不回來……。」

「真格？」浦老師美麗的大眼睛突然放出光芒來，驚喜的模樣讓華中

用也吃了一驚。

「是格、是格，是應該多關心俚！」浦霞似乎也感覺到了自己的失態。恢復了平時的矜持，「如果星期天有空，俄來幫俚補補課，倷蹲勒啥地方？」

「福星橋東堍十五號」。

儘管沒有家訪的必要，可是星期天浦老師還是來了。作為教師，隨時對自己所教的學生進行家訪以及和學生家長保持聯絡本是天經地義的事情。然而，她自己心裏清楚，她造訪的目的並不是為了學生本人。自從那一天見過華中用後，她一直精神恍忽，腦海裏時時浮現出他的影子，夢中那段難以啟齒的情緣不斷地鬼使神差地誘惑著她的思維與行動。

「華同志，倷啊養雞格？」 純正的蘇州話，讓聽的人感覺得到聲音裏充滿了磁性。幾句必要的話以後，她馬上將話題從見森身上移到了家常話上。

「是啊，養了四隻。」

「格麼，蛋生勿？」

「生的，全靠它們，伙食才改善不少，到春季蛋多時，吃不了的還醃鹹蛋呢，浦老師，你假如喜歡吃蛋，等會讓見森給你送些去。」

「俄勿要格。配給拔俄格蛋票，俄啊吃勿脫。」

「浦老師，你養過雞嗎？」

「養是養過，撥過（不過）一講起養雞，俄就要氣煞快！」

「怎麼，養雞怎麼會氣人呢？」

「唔……講起來閒話就多哉。」浦霞笑眯眯地望著華中用，腦子裏卻在想著如何儘快地尋找到討論夢境的切入口。「舊年子，俄剛剛到苔東來

格辰光，有位學生格家長撥了俄兩隻童子雞，格樣子是贊（好）來看。一隻嬌小玲瓏，黑毛青腳。另一隻麻粟雞，雞頭上一簇圓滾滾格毛球實在討寧（人）喜歡。面孔紅冬冬。食麼只吃一眼眼（一點點）。生起蛋來勤利得像鴨子。寧家講俄格兩隻雞是黑一千，麻一萬。俄囡兒啊挪（把）俚當話寶貝。勿曉得，格只黑雞，生空之蛋後一日到夜『郭、郭、郭』活扒嚜拉（焦躁不安），食麼勿吃。俄勿曉得啥事體，問了鄰舍隔壁，鄰舍講：格是孵了。俄想，孵就孵吧，寧啊要養小寧呢！想勿著，俚一孵就孵了一個月，還孵出勒一窩寒毛凜凜的雞蝨子。鄰舍教俄，要勿撥俚孵，只要嚇嚇俚就會醒格。俄就勒俚尾巴浪紮之兩面小紅旗，格只雞走一步嚇一跳，走一步，嚇一跳。看看蠻有趣，可就是勿醒。俄再用冰冰洇格井水澆俚格頭，還是勿醒。摸摸俚，已經瘦得一包骨頭，俄看看實在嚜不（沒有）辦法，就請隔壁的鄰舍幫忙，捉勒門檻浪，挪俚格頭，『叭』一刀宰勒落來。」

「那麼就只剩下一隻了？」

「講起剩落來格只麻粟雞，簡直還要氣熬寧。格只麻粟雞，孵倒嚜不孵，蛋啊生得勤。不過就是弄勿懂，黑雞勒浪格辰光，俚經常追牢黑雞踏雄。黑雞拔俄殺脫後，俚少了個伴，就天天竄梁跳牆。到末來，俚竟像雄雞一樣起啼哉。天不亮就啼，啼得還蠻像煞有介事。隔壁寧家還當俄又養了一隻騷拐頭雄雞呢？雌雞會得啼，俄倒覺得蠻有趣，後來隔壁鄰舍曉得後就朝俄講：母雞啼，不吉利。格徵兆是災難呀，俄聽了怕起來，啊（也）挪俚殺了……所以，華同志，俄現在蠻少吃蛋，更加勿敢再養雞哉。生怕格雞蝨子爬勒身浪響，要生皮膚病。」

「其實，雞蝨子不會惹人。」

「喔唶唶，華同志。倷是男人當然勿怕格。倷勿曉得伲朵（我們）女

人最怕就是格沫事（東西）。惹勒身浪響，既勿適意，又出一粒粒格紅點子。」

話轉到女人身上華中用就不自然了。他向來刻板，不習慣與女人胡調。只得將話題岔開：「浦老師，現在天氣熱，容易出痱子。」

「勿是。」浦老師斷然否定，「痱子是生勒外面格，我生勒浪皮膚裏廂。醫生講俄生格是皮膚過敏。要吃苯海拉明才有用。　看……華同志，一講起養雞俄就過敏……儂幫俄看看，格歇俄頭頸裏阿有紅點子？……」

她把領口拉得低低的，朝著華中用坦露著兩堆饅頭似的肉和中間那條深深的乳溝。

華中用的神情驀然緊張，臉「刷」地紅了。他畢竟不是童子雞，當然懂得「看」的含義。只好尷尬地乾笑「嘿、嘿」。笑得這麼僵硬，可是浦老師依然浮想連翩，拿它當繡球。

「勿礙格，華同志。現在儂屋裏嘸不外面寧，看看勿礙格。」

她仰著脖子，雙目微閉。這舉動，他的記憶裏也有過，那是老婆每逢需要他時才會有的神態。眼前這個女人分明是在挑逗他。或者是她正期待著華中用上前去摸摸她那「過敏的皮膚」。

這期待、或者說這欲望，他也是有的。而且長期來一直很渴望。假如這個坐在對面的女人是和他同樣的普通工人或者是一個村姑，他倒真的會很自信地轉那份念頭。然而，眼前的偏偏是一位天仙一樣的美女。況且，她還是兒子的班主任。因此，過份的理智使他的膽量打了折扣。他不敢對氣質那麼高貴的女性存有褻瀆的邪念。因為他的心裏承受不起超重的罪孽。

「不……浦老師，我不配……也不敢。這要折陽壽的……」華中用的

心臟「別別」地跳得很劇烈，說話也不囫圇了。

「勿要講哉……」浦霞性潮正高，那三個暴徒的身影老是在她眼前晃動。她知道，男人的性欲一旦被激起，是犯槍斃也不會怕的。因此，她的膽量和行動都迅速地擴張，以自己也記不住的動作移到華中用坐的那條凳上，緊緊地摟住了他的脖子，親昵而嬌柔地附著他的耳朵說：「華同……不，俄勿願意叫俸同志。親親俄……請俸原諒俄……俄格心，要跳出來哉，俸摸摸俄，摸摸俄格胸口……。」

她呼吸局促，輕柔地喘著氣。胸脯在劇烈地起伏著。兩個乳峰緊緊地靠在華中用的肩膀上蠕動著。緋紅的臉頰不住地在他的腮幫上蹭，並放肆地在他的臉頰上、嘴唇上、耳垂上，以及那鬢角的胡髭上蓋著一個個熱吻。

這豔福，來得太突然。在華中用的意識裏《水滸傳》中的泮金蓮、閻婆惜、泮巧雲那樣的女人在現實生活中是根本不可能存在的。所以當這突如其來的激情降臨時，他一時被吻得手足無措。他說不清自己的手放在哪裏而被她拉往她的胸口的。他只知道自己的手在她細膩的乳峰上不由自主地開始移動時自己的心臟緊張得似乎要從口腔裏噴出來。尤其是當他從掀起的衣角裏看見她那顆淡紅色的肉豆時，自己下面竟不可思議地開了閘……

「唔……浦……我不。請你不要這樣。」他左避右躲，終於偏出頭來，「您天仙一樣的美人，又是知識份子。我一個大老粗工人，我不配……，又滿嘴的煙臭……也不敢……真的……。」

浦霞終於鬆開了摟著他脖子的手臂。雙手捧定了華中用的頭，目不轉睛地盯著他，以無法理喻的口吻問：「俸是講，俄一個小知識份子，勿配俸格領導階級？」

「不。不。我不是這個意思。我是說：像我這樣的光棍，十幾年都過去了。古話說：只可鰥男，不可寡女。我們男人，不值錢⋯⋯沒有那事⋯⋯也習慣了⋯⋯。」

「俙格意思是：勿想格種事體哉？」

「不⋯⋯想，我想⋯⋯，可我更想他娘。那年是我不好她才走的。我欠了她的債已經還不清了。也再不敢有非份之想，要是她知道我犯了這事，恐怕她這輩子真的不會回來了！」

「俙老婆一去十多年都不來管俙，說勿定俚勒浪外面格男人有一大群哉！」

「我老婆不會的。」

「噢！俄曉得哉，俙老婆撥俄漂亮，阿是？」

「不，不。我老婆哪兒比得上您呢？您天仙一樣⋯⋯。」

「俙假說真挪俄當天仙，格麼，俄就挪俙當董永⋯⋯。」

她重新瘋狂地動作起來。她解開了他的皮帶，又解開了他的扣子⋯⋯這一回，華中用不強了。順從而麻木地由著她。當那一堆累累垂垂的肉呈現在她眼前時，她剛才那會的激情一下子跑得煙消雲散。華中用的褲襠裏分明已經粘著一大灘冰涸的「漿糊」。

她一下子從頭涼到腳上，夢中的那個華中用「這麼大膽，而現實中這個竟⋯⋯？」

她不敢再想下去了，也不願想下去了。一股深深的幽怨從心底而出⋯⋯

「俙勿來事，好明講麼！」

然而，畢竟是自己找上門的，總得給自己找一個原諒對方的臺階。

「俄不怪倷，怪倷俄就勿來尋倷哉！」

……

三、蔔躍聯

「三九二十七，三三得九。婦女同志。一共九斤三兩桃子，二元柒角玖分，對嗎？」

「對格，我撥倷三元洋鈿，只要桃子好，另頭勿找啊勿礙格，就當倷格腳步鈿好哉。」

「婦女同志，倷好像是蘇州人？」賣桃子的蔔躍聯也會來幾句半吊子的蘇州調。

「蘇州甯就是蘇州甯，哪哈好像格。」

「倷蠻大方格，介大方格女同志。伲朵還勿寧（不曾）碰到過。」

「倷講俄大方，格麼格零頭乾脆勿用找勒。」

「啊！謝謝！謝謝哉！」蔔躍聯剛剛伸手作出個想拿的動作，忽一轉念改了個雙手去棒的姿勢，一副嬉皮笑臉的模樣，捧住了浦霞那只捏鈔票的手。那手白白的、胖胖的、軟嘟嘟的：「女同志，倷格手糯來。」

「倷格甯哪哈介嘸不教養？」浦霞將手一甩，不由得在心裏罵他：「甯倒楣格辰光，有法變嘸法。介格尖嘴猴腮格沫事啊來奉承俄，想轉俄格好念頭。」

她想開口罵他幾句，可轉念一想他是在讚美自己，怎麼能譴責他呢？出口時竟變了意思「手糯有啥格稀奇？」

「我長這麼大，還從來沒有見過這樣漂亮格手，只有像倷介漂亮的

女同志才配有這雙手。」蔔躍聯見她不反感,愈發恭維得起勁了:「女同志,倈格只手就像俄賣拔勒倈格桃子,粉嫩雪花格。」

「俄姓浦,別寧叫我浦老師。」

「噢!浦老師,做老師格,難怪介格漂亮。齊整(端正)來!」

說她漂亮,還用蘇州話來讚美她:「看看這個牙齒蠟黃,嘴唇墨黑的沬事倒啊想勿著蠻懂精格。」浦霞一改原先的鄙夷,臉上堆上了微笑:「倈格種桃子格鄉下寧,膽子倒勿小,挪俄格手捏得介牢做啥?俄要是喊起寧來,會叫倈吃官司格。」

「哎哎……女同志。勿,浦老師,倈勿要誤會。俄勿是鄉下人。格桃子是俄買得來格,看倈漂亮,才肯幫倈拎來。格麼介,格桃子我今朝奉送撥倈哉。反正,俄只出了五角洋鈿。」

「五角洋鈿?」浦霞詫異地瞪大了眼睛:「哪哈介便宜?」

「格講起來閒話就多哉!倈勿要看勿起俄,俄可是鎮上漿糊廠的造反派頭頭。用毛主席格閒話來講,俄就是個『數風流』的人物。就是還看今朝的那種『數風流』。伲朵格組織『鬥煞牛鬼蛇神野戰團』就是俄領導格。今朝格桃子是一個鄉下老頭挑出來賣格晨光,觸毛(惹惱)勒俄,被俄處理格。啊勿算沒收,俄拔了俚五分錢一斤。俚哭鬧得排天倒地。拔伢『鬥煞鬼』訓了一頓,趕了回去。俄出撥俚五角洋鈿,挪了十斤桃子。不瞞倈說,俄已經嘗過新哉。剩落來格正好碰到倈要買,俄就幫倈拎來哉!」

「倈是漿糊廠格?」

「是格。」

「倈阿認得有個叫華中用格寧?」

「當然認得,倈哪哈問起俚?」

「格寧好勿？」

「格寧好，華中用格寧是個好同志。」

「好？……好儂格死脫。」

「唔？難道格寧勿好？」

「勿好！儂格拎勿清。」

「是，是。俄是拎勿清。儂講格寧勿好，其實格寧真格勿大好，是個壽頭。想當初伲朵格『鬥煞鬼』成立格辰光，俄動員俚參加組織，俚倒推三阻四，勿識抬舉。」

「儂啊勿識抬舉，是個壽頭。挪俄格手捏得介牢，做啥？」

蔔躍聯猛地醒悟，手一鬆。可忽而又伸手捉住了浦霞的胳膊，賴倒身體朝她跪了下來：「浦老師，儂實在是格大美人，大好人。最最漂亮格甯……今朝俄求求儂……開開恩。讓我登仙……俄熬不過了……。」

他的手朝浦老師的袖口裏摸進去，越摸越上，過了胳膊時，就轉到內側……

「呵……唔！儂格手節頭勒俄腋窩裏介動……癢熬哉……哎唷！看儂格副饞相……今朝拔儂揩足油……不過俄要儂聽俄閒話……」

「儂講格，俄統統幫儂做好、辦到……」

「喔……唔！格華中用……儂格翹辮子……呵……輕點……俚叫俄失面子……啊喲……」

「是……俄一定會叫華中用翹辮子……失面子……」

「浦老師，俄今朝真銷魂，真適意！儂格皮膚細潔得來，像格生炒玉白果。又格香來又格糯……俄好福氣，撥俄開了洋葷……」

「儂銷魂，儂適意！俄勿甯適意。起先倒蠻像寧。勿曉得介一歇歇功

夫就骨碌碌滾落來。俄還勿是勒浪作賤自家麼？」

「俄勿好，俄忑激動……不過，就算一歇歇，俄啊勿枉為做了半世寧……」

「俫只曉得顧慮自家，狗嘴巴裏吐勿出象牙！況且，滿嘴格口臭！」

「好，俄回去就刷牙。今後，我天天刷。」

「俫平時難道勿是天天刷牙齒？……難怪介膩心……」

「以後俄記得了。」

「還今後？……俫現在就刷。今後每天要刷兩次。」

「現在就刷做啥……勿是剛剛做好麼？」

「俫算完事哉！俄呢？」

他實在是心有餘而力不足了，那平時不知不覺中就會昂起的東西，在派用場的緊要關頭竟那麼不頂事。

「俄一定努力，俄一定爭取。」他用手扶著彎弓似的那一段肉擺出副繼續作戰的姿勢。然而，那累累垂著的小東西實在不替他爭氣。他朝浦老師鞠躬，它也朝她鞠躬。浦霞看得一肚皮氣，朝著它似怨似恨地摑了一巴掌。

「喔唷唷，浦老師，俫好狠心。俄格命根子要斷送勒俫手裏廂哉！」

「好，好，好。俄看俫今朝啊爭勿落格口氣哉。不過……俫格個『數風流』，勿要挪俄剛剛關照格事體忘記脫。」

「是！是！俄一定完成任務。要是俄勿完成俫交撥俄格事體，俄就勿是『數風流』！」

「淘米來發，發米來淘。藍棉紗線陀來，來陀喜沙米蘭。來發，淘米，

蘇西？淘米，蘇米？秈米。秈米淘來來發燒……。」

葡躍聯不識樂譜。把他全身的音樂細胞都收集攏來也只有這幾句紹興語的對白。然而，就是這幾個實在平庸的音符也只有在他極端興奮的時候才有所抒發。

拾到金元寶也不會有今天這樣的開心哪！他是唱著、跳著回家的。一路上，他的腦子裏滿是剛才的豔遇。浦老師的一舉一動、一顰一笑、一張一馳都已深深地印在了他的記憶裏，令他有骨酥肉癢的感覺。

在浦老師面前，他稱自己為「還看今朝的數風流」人物。其實，在他還沒有「數風流」之前，他就已經是苕東鎮上婦孺皆知的「人物」了。只不過那時候他的名氣不大好聽罷了。人們將他聰明伶俐、見乖使巧、喜出頭露面的一面隱去，只在背後把他形容為刁鑽促狹、無賴撒潑的「二流子」。他字識得不多，以致於「風流」前還要冠一個「數」字。然而，他的見識卻相當廣泛。車站、碼頭、書場、戲院、茶館以及暗地裏的賭局等藏汙納垢的場所是他經常混跡的地方。他的「朋友」遍及各條門道、三教九流。無論是長衫班、短衫班、竹裙黨、手藝人講起他沒有一個不認得的。他熟悉各個行業的切口，什麼航船埠（頭）、兩面皮（肚）、豁水（魚）、毛桃（雞）、踏扁（鱉）、橫盤（蟹）、夾朗（二）、橫川（三）、箍叉（八）、踏盤（十五）、溜鬱汪折中（一二三四五）、辰新張艾坦（六七八九十）、幹裝孫（鄉下人）、攀死（女人）、挑白（男人）、端翻山（吃飯）……一說一大堆。他從不跑碼頭，卻懂得許多地方的方言，除了最喜歡的柔篤篤的蘇州話能講得維妙維肖外，他還會講幾句「阿拉，那嫩」的上海話。「不西（是）不西（是）」的南方粵語。「沒死（事）沒死（事）」的湖北腔。有時他還會來幾句「絷塊、辣塊」的揚州調，再加上「劃意、喔老」

的本地話，連他自己也講勿清究竟他懂了多少種方言。

他嚮往的生活是：清早一壺茶，在茶館裏泡上一個早晨，側著耳朵津津樂道地聽一些「西頭失火，東頭掘藏。南邊開拳船，北邊草臺戲。」之類的新聞。

他對於自己的日常生活是沒有計劃的，月工資三十六元，不算低了。卻只夠他做五晝夜的小開，餘下的二十五日他寧可做癟三。不是貪杯，就是濫賭。沒錢花時寧願東拱手，西哈腰地亂借，甚或幹一些鼠竊狗盜的勾當。

他的模樣長得不好，窄長的臉上沒有什麼肉，而顴骨偏偏凸得很出。牙齒七喬八裂，有兩顆長到嘴唇的外面。頭皮上毛髮不多，可還頂著幾塊顯眼的銅鈿疤。正因為生就了這副模樣，在桃花運未到時，女人一見他就避得遠遠的，故一直捱到二十五六歲他還打著單幹。

桃花開得遲，他的紅運卻是不錯的。三年大困難時期，人人都愁眉不展，可他卻不斷碰到好運道。那一年為了保護糧食，政府發動大家趕麻雀。半裏路一面鑼，一裏路一臺鼓。他負責敲糧倉的一臺大鼓。那時候他心裏煩，見了麻雀就敲，不見麻雀時他亦敲。全鎮十幾臺大鼓就數他那臺敲得最起勁。政府誇獎他，說他為保護糧食作出了貢獻，就安排他當了漿糊廠倉庫的保管員。這年頭，人們都在用勒緊褲帶來節約糧食。胃裏絞清水了，就將褲帶緊一緊。哪一戶人家不是用油論滴數，吃米點粒頭。就算那些生了大病的人，醫生批個營養方也不過兩斤青糠。難得有幾戶好一點的人家，蒸架上有幾隻麥夫皮米團子就已經算得上非常了不起了，他葡躍聯得的這份美差真讓人感到眼饞。人們都說：葡躍聯是雞入糧倉，狗近糞坑。瞧著倉庫裏沒人時，用紙包一撮乾散面，揣在懷裏到家用鹽水一煮就成了面疙

瘩。再加上自己的一份定糧，光棍一條沒有人與他分享。所以他倒盡夠過了。逢上星期天居然還能吃上頓乾飯。

有道是「運道未來時求也求不來，運道來時推也推不開」六〇年的某一天，一份桃花運在他毫無預料的情況下找上門來。那是一個禮拜天的中午。他喝了四兩精杠子酒。酒未足、飯未飽，下飯的菜就剩下兩條肖山蘿蔔乾。喉嚨裏卻已經乾霍霍了。他瞪著碗裏的兩個秈米飯塊用筷子撥拉著，心裏在想怎麼把它咽下喉嚨去。

「要是有小半碗肉湯該有多好！……或者有半碗葫蘆湯倒也可以湊合了。」他歎息著。

他的奢望太高了，這年月，豬能吃的東西都叫人給吃光了，哪裏還有肉或肉湯呢？

「大哥……好心的大哥！」不知是什麼時候，他的門口站著個衣衫襤褸、蓬頭垢面的女叫化子，操著北邊的口音在叫他。

「好心的大哥……你碗裏的飯塊，省一個給我……好嗎？」她站在門檻外，翕動著小小的嘴，瞪睜著大大的眼，目不轉睛地盯著那碗裏的秈米飯塊，顯露出無限的貪婪。

「飯塊？……我這兩個飯塊足有二兩米呢，省了給你吃，自己吃什麼？」他平時刻薄成精、一分一厘都不肯吃虧，哪肯將這兩個大飯塊平白就送給叫化子吃呢？

「呃！」他打了個嗝。一陣酒氣直往上湧，臉色潮紅，眼也迷糊了。透過女叫化子腋下那脫了裁的衣縫，他看見了一堆抖抖的肉。禁不住心中一動。

說實在的，那女叫化子的確很耐看。臉上的髒黑也許是特意塗上去的

鑊煤。雙眼皮被黑色一籔反而顯出了一份凌亂的美。假如，揩去她臉上的煤，葛躍聯可以斷定，這個女人肯定才只有二十四五歲，他胸前那兩堆聳聳的肉就是明證。

「你剛才叫我什麼？」

「我叫您好心的大哥哪！」那聲音聽起來也挺悅耳哩！

「好，就沖你喊我好心的大哥，我這兩個飯塊全給你了……！兩條肖山蘿蔔乾也給你。」

也許，他從來沒有過被人稱為「好心」的時候，故而史無前例地大方起來，「也不要倒在你的鉢頭裏，就用我的碗，在這兒吃吧！」

「啊！謝謝，謝謝！你真是個好人。好心的大哥，」女叫化子迫不及待地捧起碗來就往嘴裏劃。乾霍霍的秈米飯塊吞進喉嚨時噎得眼眸凸爆，泛起了一層瑩光似的晶液，那雙眼皮的大眼睛愈發好看了。

「你剛才說我是好心的，那麼，我問你好心有好報嗎？」

「報？您是大好人哪！當然有好報了，好人自有天照應！天上的佛菩薩也會保佑您強強健健、大富大貴的。」

「那麼，你呢？」

「我？……我命苦，哪能跟您大貴人比呢？」

「我是問你，你拿什麼報答我？」

「我？……我就這破籃子，破鉢頭，怎麼報得了您的大恩大德呢？」

「嘻嘻……」葛躍聯牙齒往外呲，眼睛卻眯成了一條縫。

「哦！」女叫化猛然醒悟：「您要這個呀！……這個使不得，您大富大貴大好人。我，要飯的，會髒了您的……」

「髒？髒我也要！洗洗就行！」他一把拉過女叫化，看准了那脫裁的

衣縫手就直伸進去。他平時就呲在外面的牙齒這會扒得更出了。簡直像正在交配的公豬。

「那……假如再弄一個出來，我可養不活呀！」此刻的她更多了一份嬌媚。

「真能生一個，我有得做爸了，哪會不養你？……你不是說過，我是個大好人嗎？你還怕靠不住？」

「可我有老公，孩子呀？」

「哼！」驀地，他頭上的銅細疤泛起了紅亮的一層油光「我看你飯已吃了，就想賴賬！」

「別……大哥，好心的大哥，你別發火，我就伺候你這一回，還不行嗎？」

「一回？不行，我要……」銅細疤恢復為玉色時他吐出兩個字「一世！」

「噢嘟！這位大哥好狠嗳！你兩個飯塊就要占我一輩子嘍！」

「誰說要占你一輩子。我是要養你一輩子，省得你叫外面那些犟叫化子糟蹋了！」

「色鬼……」

在蔔躍聯的床橫頭，女叫化用夏布帳子的帳門攔起了一個角。躲在裏面，就著煤油燈擦淨了臉，洗淨了頭，汏淨了腳，揩幹了身子。蔔躍聯等得不耐煩，上前一把扯落了帳門。這時倒把他驚喜得呆了。眼前分明橫陣著一個婷婷嫋嫋、肌膚粉嫩、茹茹可啖的尤物。

「啊哈！造化，造化呀！」

六二年，國家形勢有了好轉。蔔躍聯更是人逢喜事精神爽。女叫化真

的為他添了一個崽。

時間一晃五年多了，當初那份美事給予他的刺激已經漸漸地消失，銷魂的震盪也已變成了機械的動作。尤其是自己當上了「鬥煞牛鬼蛇神野戰團」的團長以後，在外面活動的機會更多了。人們在他背後仍然指心戳背地拿他當茶餘飯後議論的資料時，他反而有些後悔自己五年前的那段「奇緣」了。儘管眾人的神態都是羨慕的。可是以現在的眼光看，老婆當初的來路畢竟有點遺憾。

萬萬沒想到，老婆正在變得俗湯氣的今天竟然桃花重開，天上掉下個浦老師來。

「開心啊，開心煞人囉，實在是太銷魂了！只可惜時間太短，一歇息功夫，那沫事就奔湧而出，關也關不住。興許這是太興奮、太激動的緣故。其實浦老師不應該怪我的小傢伙不爭氣，應該怪浦老師她自己才對！誰叫她長得這麼雪白粉嫩，夾夾壯壯還露出一副比男人還急火火的騷相來？憑她這樣的動作，就是再多幾個男人也是放她不倒的。

噢！對了。剛才她問起了廠裏的華中用。看來這傢夥也動過浦老師念頭了。平時倒小看他一副老實相，原來骨子裏胃口倒不小，癩蛤蟆竟想吃天鵝肉！

華中用的老婆出走多年。浦老師與丈夫也不在一起生活。他華中用光棍一條，尤其是瞭解到浦老師老公在外地的底細後對這麼漂亮的浦老師不存邪念是根本不可能的。不過浦老師說的華中用使她失過面子是什麼意思呢？

浦老師這麼漂亮，漂亮的女人當然很愛面子。使女人覺得失面子的事

除了強姦，又是什麼？一定是華中用做得太過份，在浦老師不情願的情況下，華中用把她強姦了。所以，浦老師才對他這麼犯恨。

女人最恨的就是強姦，尤其是像浦老師那樣既美貌又有文化教養的知識份子，男人們看見她，讚美她，愛惜她，奉承她，拍她馬屁都嫌不夠，而華中用卻對她一點都不尊重，對她粗暴糟蹋。浦老師當然會覺得失面子，也當然會對他恨之入骨的！

好了！可見你華中用要想動歪腦筋還沒有這份道運呢！你根本就不懂得花女人得有本領。像我這樣，提了一籃水蜜桃，說了那麼多好話，她還愛理不理地搭架子呢！你得罪了她，不正是明擺著給我一個機會麼？等我幫她出了這口氣，她難道還不會對我更傾心了麼？

四、華見森

茗東鎮第五小學操場的大牆上，皺巴巴地雜亂地貼了滿牆的大字報。在醒目的上首有一張狗屁不通的大字報尤為引人駐足。

「校長最壞，有一次罵我有媽生，沒娘教……。浦霞最最壞，臉孔像個反動派的交際花，上音樂課傘（賽）果（過）放狗屁……。海瑞最最最壞，保護彭德懷……。鄧拓、吳　、廖沫沙最最最最壞，三家村裏開了盤（爿）黑店……。我們要支援革命左派姚同志，打倒彭、羅、陸、楊成（純）學術。燕山夜話，狗屁精，我要砸它個稀巴爛……。」

這張大字報，是第五小學新誕生的「紅宇宙戰鬥縱隊」的縱隊司令華見森的傑作。三個小時前他發動了一場文化大革命為主題的戰鬥。以六〇一班的一群頑皮為主的小造反們在他們的頭領華見森的帶領下湧進了校長

辦公室。他們比以往任何時候都揚眉吐氣地向校長和教導主任大聲宣佈：「校長……不！當權派！今天，我們革命的紅宇宙戰鬥縱隊，向你們莊嚴宣告：你們被奪權了。今後，一切行動都要聽我的指揮，只許你們老老實實，不許你們亂說亂動，我的話聽清楚了嗎？啊？」

他反背雙手，在校長和教導主任面前踱著方步。突然，他一手高舉，用力向下一擺，對教導主任作了個「堅決打倒」的手勢。嚴若父的校長無可奈何的搖了搖頭，一聲不響地走出了辦公室。教導主任卻沒那麼識相，臉紅脖子粗地大嚷：「你們這是無法無天……我十幾年教齡……。」

他兩句話沒說完，就被這群小造反一哄而上，團團圍住，用稻草繩把他繞了好幾圈，一直把他推出了校門。

二個小時後，第二次戰鬥也開始打響。大字報牆的前面，幾十隻課桌被聚在一塊拼搭成了一個臨時的講臺。華見森頗有司令風度地站在「講臺」的中央，他的身旁則圍坐著剛剛才被「任命」的鼻涕狗師長、光銳頭旅長，黑皮參謀長，小癲痢團長等等。

「講臺」的下面則聚集著幾十隻令人贈惡的面孔。尖下巴的店老闆，雷公嘴的狗腿子，山羊鬍鬚的郎中先生，縮頭頸的偽警官，瞎眼睛的算命先生、綃鞋子的右派分子、賣五香豆的地主婆、還有長兩個大奶子的國民黨官太太……。

華見森酷似電影裏的節振國，雙手衣角一扯，兩門襟分開處，裸露出滾圓的胸脯和嵌著兩面各半個山核桃般的乳頭。

「嗯……哼！」他雄渾地乾咳了一下，儼然像他所崇拜的偶像——史更新、丁尚武。他背著手，挺起胸，踱著步，對著台下的那群牛鬼蛇神開始了他的訓話：「從今天起，我們苕東第五小學『紅宇宙戰鬥縱隊』成立

了，我就是司令。而且是最小的司令。莒東鎮上最大的司令是宿芹。宿總司令的最大是因為他的組織大、勢力大。叫作『紅總司』。我這個司令最小，不是因為組織小，而是年紀小，其實我們的組織也是蠻大的，有三個年級，六個班，起先我想給它起個名字叫『全球紅』。可是宿總司令說了：全球還不算最大，比全球還大的就是宇宙。所以我就給它起了個『紅宇宙』的名字。這意思就是要讓毛澤東思想紅遍宇宙。你說，好不好聽啊？」

「好！」台下參差不齊地附和著，四類分子喊起來連聲音也是怪怪的。

「好什麼？」華見森一聲猛喝：「我哪兒是在問你們啦？我是在問我的師長、旅長、參謀長。誰要你們瞎起哄？」

華見森看著台下，繼續了他的訓話：你們這群人……狗東西。嗯！你們知道我今天為什麼要叫你們來嗎？我今天叫你們來就是要鬥爭你們。嗯！……你們這些狗東西。過去在舊社會犯了交交關關的罪孽……嗯！這個……嗯……應該統統撕拉撕拉……嗯！你們要請罪。……要千（懺）每（悔）。今天把你們叫來鬥爭……就是要……嗯！……？「他的喉嚨裏猶如卡了根魚刺，發不出聲音來。他原來是想好了叫他們來搬磚頭的。今天從這兒搬過去，明天再從那兒搬回來。可是，忘乎所以的演講使他早就忘了原來的計畫。他「嗯」了足足有兩三分鐘，眼睛朝四下亂看，抓耳搔腮地極力搜索著下文。驀地，他的手指觸著了背著的寶書袋。情急智生計上心來，「今天叫你們來，就是要叫你們每人背一條語錄。背得出放你們回去，背不出就罰打自己十個巴掌……嗯！這就是我的命令。因為我自己起碼可以背十條語錄，而且保證一字不差。」

「向華司令學習！」台下那怪怪的聲音又在附和了。可這一次見森聽起來甜絲絲的，似乎有一種癢癢的美感。

「其實，我也並沒有什麼本事」他突然變得謙虛起來：「我比起太倉縣沙溪公社洪涇大隊的顧阿桃老媽媽來可就差遠了。顧老媽媽一字不識都能背 100 條語錄。她的家裏貼滿了寶像，她的桌子上放滿了寶書，她的帳子上也掛滿了毛主席像章。甚至連她的枕頭也都是毛主席語錄疊起來的。她每一次吃飯前都要背一條毛主席語錄，每一次睡覺前都會念一遍祝毛主席、林副主席和夫人身體健康！所以，要學麼就應該先學她的……。」

「向顧老媽媽學習！」

「向顧老媽媽致敬！」

「好了，不要再學習、致敬了！剛才我是叫你們背語錄的，背得出是個態度問題，背不出是個水準的問題。」

他後來說的這兩句使人忍俊不禁。可他仍然認為自己講得很對，大人們講的也好像就是這兩句話麼。

「千萬不要忘記階級鬥爭！」

「下定決心，不怕犧牲……。」

那些可憎的面孔並不愚蠢。都選了條短的背了，像遇到天下大赦一般，一個個抱頭鼠竄而去。最後只苦了那個賣五香豆的地主婆。她是在街上賣豆時被拖來的。左臂上還挽著一隻裝滿三角包的籃子。她不識字，兩分一包的五香豆還時常錯掉，這回輪到她背語錄實在是難煞了她。可是華見森那張稚氣可親的臉又使她感到寬慰。一股祖母般的慈情油然而生。她走上前去，鬆展著滿臉的皺紋，伸出瘦骨嶙峋的右手在見森臉蛋上摸了摸，告饒般地說：「阿官，乖心肝。阿婆給你吃五香豆，語錄就不要背了吧！啊？」

「混帳！」華見森一聲斷喝。把原本就忐忑不安的老太婆嚇得瑟瑟亂抖，「我們革命造反派，誰稀罕你這臭香豆？你休想腐蝕我們革命派！我

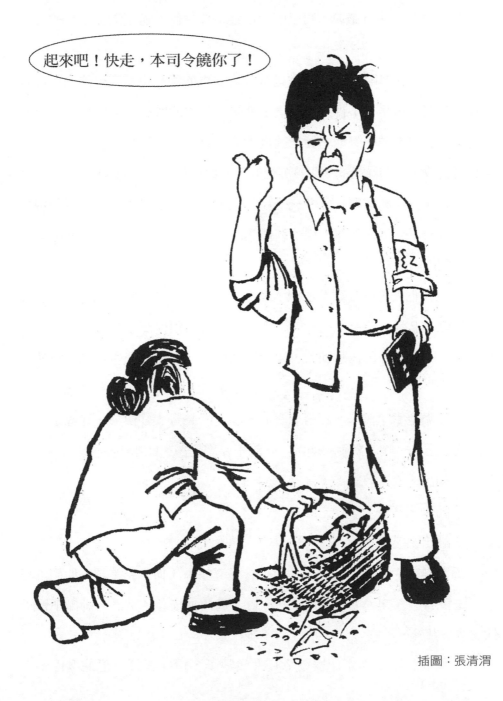

插圖：張清渭

問你，你這是什麼居心？你是什麼成份？什麼階級出身？犯過什麼罪？」

他態度雖然十分嚴厲，可是眼睛卻禁不住偷偷地看了看籃子裏的三角包。

老太婆無論如何也不敢想像這張天真幼稚的臉和這雷霆般的震怒會有內在的聯繫。可是又不得不屈從這張圓臉所發出的威嚴。只好無可奈何地回答：「我原本並不是地主婆，就是不久前有一次，我對你們中的一個紅衛兵阿官講了一句該死的，罪該萬死的，實實在在不該說的混帳話。我說：現在飯店裏的白斬雞要一元多錢一斤，過去我吃一隻雞也只化了兩個銀角子。他就帶了一群像你們一樣的紅衛兵阿官到我家裏，說我是資產階級反動派，剝削階級地主婆。」

「你一個人吃一隻雞難道還不算地主婆？無產階級的人哪兒有一個人吃一隻雞的？這又沒有冤枉你。不過，今天我不跟你算老帳，只叫你背一條語錄。不背語錄就休想回家，或者，你打自己十記耳光也可以，我就饒了你。」

老太婆老實了許多，只得學著原先聽到的聲音「好像……好像是……吃飯的意思……噢！對了。叫做『吃飯不要忘記……叫姐姐蒸蒸，』」

「胡說，罰！該罰！」

「罰十記耳光！」

「敲自己巴掌！」

周圍是一片嫩嗓子的喊聲。別小看了這些鼻涕狗、光銀頭，他們吼起來也是蠻有力量的。老太婆愣了好一會。嘴角抽搐著。突然，她撇下籃子伏身大哭起來。

「我前世不知作了什麼孽？介大歲數了，還要我打自己的嘴巴子！

我行善近半世了，放生節特地買了小魚小蝦到河裏去放生。平時，路上見了西瓜皮、爛菜葉都會揀掉，生怕毛頭小夥子不小心踏上去摃了跤。時時刻刻想著積一點陰德，圖個好報應……。想不到，今天要我打自己耳光……你們這些阿官、小少爺就饒了我吧！……我已經到快要死的年紀了，我死後保佑你們強強健健……阿官，小少爺……一定保佑你們，求求你們……。」

凄慘的哭聲，看不出有半點裝腔作勢。華見森不禁動了惻隱之心，「這老太婆，畢竟那麼一把年紀了，看看也確實可憐，就饒了她吧！」

想到這裏，他走上前去假意把籃子踢了一腳，喝聲：「起來吧！快走！本司令饒你了！」

老太婆方才收住哭聲，也顧不得那籃子了，伏在地上給見森「咚、咚」地磕了兩個頭，蹣跚而去。

「噢……搶啊！」那些眼睛早就盯住五香豆的小造反們一哄而上，亂紛紛地搶光了籃子裏的三角包。

「哈哈！這樣搞運動真帶勁。僅僅用一天時間，苕東鎮的舊世界就被我們打破囉！」

好快活，好刺激，因停課鬧革命而空虛的心靈得到了片刻的滿足。

這就是文化大革命。這就叫運動。這樣的運動也實在好玩。華見森清楚地記得他第一次去「紅總司」時，雄壯魁偉的宿總司令用一種女人般的嗓音對他說：「小學裏也是應該轟轟烈烈地搞文化大革命的。也應該搞四大，除了大鳴、大放、大字報、大辯論還要大奪權、大串聯、大破迷信、

大鬥壞人。總之，你們認為怎麼快活就可以怎麼搞。要大膽。要隨心所欲。不要拘束。不要怕麻煩。有了麻煩『紅總司』就是你們的堅強後盾。」

這個矮胖墩實的華見森，他的大腦裏本身就比別人多了一根弦。這根弦把用場派在頑皮上是絕對聰明的。例如：掰手腕、玩洋片、賭拍夾、打彈子、撬銅賣鐵、敲石子換錢，全班裏沒有一個是他的對手。然而這根弦假如用到讀書上那就「搭線」了。論成績，如果倒過來數的話也是第一名。捱到畢業班還說不準三個括弧、四則運算。也許是家中只有父愛缺乏母愛的緣故，他自幼就生成了一副逞強好勝的脾性。他一貫雄心勃勃而自命不凡。想像力極為豐富並時刻幻想著轟轟烈烈地幹一番驚天動地的偉業。

他有理想，他的理想是當一個穿軍裝、拿機關槍的英雄。一天到晚「達達達」地打個不停。直到把壞人全部打死，自己威風凜凜，這才過癮啊！

他有偶像，他所崇拜的偶像就在他看過的連環畫裏：打虎武松、花和尚魯智深、猛張飛、老牛皋……。

他也鄙視，他把班上那些不會說大話、畏畏蕙蕙的同學鄙視為胸無大志，只會把糧食加工成糞便的窩囊廢。

他一貫矜持自己，鄙薄他人，認定自己將來一定是個叱吒風雲的無敵大將軍。

他認為：自己早就成熟了。十三虛歲，不算小了。比起電影裏的張嘎來還大了一歲。距大人只差了那麼一點點。大人們能夠做到的事情自己未必做不到。在他的眼裏，大人們能做的也無非是些：貼貼標語、喊喊口號、念念語錄。背個寶書袋，在大街上溜啊宕啊。看看破四舊。看看彩牌樓。就這些，難道自己不會麼？也許，我會比大人們做得更好呢！

他過早地跨入了大人們的行列，模仿著大人們的舉動。哪裏有活動，

哪裏有好玩的，他就出現在哪裏。總之，對於這場運動，他表現出了全身心的投入。

為此，他經常緊跟著那些激進的大人們湊熱鬧。當大人們往熊熊的大火中扔綾羅綢緞、家堂牌位、字畫條幅時，他也搶著往火裏扔。當大人們往吃長素的和尚尼姑嘴裏塞肥肉時，他就在旁邊問：好吃不好吃？當大人們將那些揪來批鬥的遊方郎中、佛道信徒、江湖藝人等等用繩串著牽往街上遊街時，他就找來些鐵畚箕、腳缸蓋、鋼精面盆、熟鐵鑊子等能發出不同音響的器具，讓他們在坦白時敲打著為自己伴奏。

甚至，有些容易被大造反派們忽視的物件他也絕不放過。炸臭豆腐的攤上「為人民服務，臭豆腐五分四塊」，涼茶攤上「昔日剝削成精、今朝一分暢飲」、銅匠擔上「生鐵補鑊子，每洞三分」的那些紅紙條勒令都是他的傑作。

停課鬧革命以來，他一直沒有閒著。最吸引他，並使他費了很多時間去研究的是鎮中心的那塊大告示牌。上面陳列的是各路英雄好漢們破獲的物品。例如：有反動象徵的香煙殼子，有「滅共」字樣的塑膠涼鞋，有對現政權含沙射影的火柴盒子，有顛倒著一眼就可以看出修正主義惡毒用心的一角紙幣，以及越看越反動的面油罐頭和牙膏牙刷等等。

所有這一切聽到的、看到的情景都使華見森眼熱，激動不已，並且躍躍欲試。他常常在心裏自問：為什麼別人就有那麼敏銳的觀察力？別人能夠發現那麼多的階級鬥爭苗頭而自己迄今一樣都未發現過呢？是自己不努力麼？不是吧！光是為了跟蹤有特務疑點的不尷不尬的人他就化費過不少心血。成績因此直線下降，上課時常受老師的批評。然而，他在心裏早就暗暗立志：我讀書不好，可我有的是力氣，比我高一個頭的人我都敢打，

我就可以去抓特務。有朝一日我一定會抓個特務給你們大家看看。當然，這個特務越大越好。最好是蔣介石親自派來的。到時候，嘿嘿！我就是全校數一數二的英雄！當廣播裏宣傳到我的名字的時候，沒准會說一句：「苕東鎮上最小的英雄，抓到了一個全國最大的特務，這個小英雄就是苕東鎮第五小學六〇一班的華見森同學……」到時候，假如讓毛主席知道了，說不定還要專門接見我呢！……嘿嘿……哈哈……！

就因為此，他曾經很多次爬過可疑人家的窗。偷偷聽過可疑人家的壁腳。也曾經多次在校門口、在大街上跟蹤過行動詭秘的、鑲金牙、尖下巴、鷹爪鼻、鴨舌帽等等像他的班主任浦老師所描繪的特務那樣的人物。

然而，當英雄畢竟不是很容易，想當就能當的。它需要有客觀上的條件，董存瑞、黃繼光、邱少雲能夠為國立功名垂青史，實在是他們運氣好，趕上了打仗的年代。劉文學也是運氣好，正巧碰到地主在偷辣椒……唉！只可惜苕東鎮上連辣椒也不種！

「造反當英雄要是能夠抄一條近路就好了……」他忽發奇想，「我要是報個假案，讓他們頂了真，不就好玩了？……」

這一天，他拿定了主意，壯著膽走進了郵電所，付了兩角錢後拿起了平生從未體驗過的話筒：「喂喂，我這個電話是要打到「紅總司」的指揮部裏的辦公室……「

電話裏雜七雜八，的噠朵落地響了一陣聲音後，傳來了我就是「紅總司」的嗓音。他迫不及待地報告道「昨夜十二點正……。」

他像一個蹩腳的群眾演員第一次背臺詞，臉孔潮紅，緊張地喘著氣，費盡了吃奶的力氣，好不容易背完了醞釀了好幾天的腹稿，合上聽筒的時候，額頭上已沁滿了點點汗珠。

不知是忘了，還是過度緊張。他竟連自己的名字都沒有報。可事後一想：也好，讓他們去捉迷藏吧！否則，將來調查起來，拆了爛汙，這事就不好玩了。」

事後，他耐著性子等待「紅總司」的動靜。誰知三五天一過竟連聲息都沒有半點。看起來「紅總司」的階級覺悟也不見得會像自己一樣高。罷了！

說心裏話，他倒是真的希望出現幾個放信號彈的階級敵人。只有出現了敵人，他的幻想才能變為事實。那麼，這個「英雄」也就非他莫屬了。

洪媽媽經常擔心兒子會早戀。要是那樣，她們洪家的獨苗，兒子洪秋鷹考大學，光宗耀祖的指望也就成了泡影。她的娘家姓強，從祖父到弟弟這三代也和她的夫家一樣都是一子單傳，從沒有出過一個像樣的文化人。尤其是自己的弟弟強大力，三十來歲了，還像那幫造反派的小青頭一樣，每天無所事事，只知道「哼啊，嗨啊」地弄那些石擔、刀槍棍棒。全然不操心家計、收入及支出。正所謂的「蠻肉一身，腦袋空空」。作為從強家出來的人，她只有在心裏著急的份，也只能把指望都寄託在自己的兒子身上了。

可是，她兒子偏偏不替她爭氣。暑假期間，只見那個紮兩根小辮子的同學白荷雲常來。並且一來就把房門掩上，有幾次，洪媽媽故意在房門外面試探性地咳幾下，裏面就傳出來一陣驚慌失措的響動。故所以，兒子在幹什麼？她洪媽媽也能猜出個八九不離十了。然而，從不會說謊的兒子偏偏不認帳，臉紅脖子粗地與他娘爭辯。

「沒有！我真的沒有與她談戀愛。」

「那她明明叫白荷雲，可你為啥只叫她一個『雲』字？輕骨頭啊！不是戀愛是什麼？」

洪媽媽有時也會盯著兒子的要害來一下的。

「雲雲是她的小名，她媽媽也是這麼叫的！」

「那為什麼她一來，你就關門？」

洪秋鷹不響了。

這扇房門，裏面沒有門栓。荷雲來了，洪秋鷹就用一隻骨牌凳頂住，以防備他娘推進來。其實，他娘是過來人，總不會叫兒子過份難堪。倒是隔壁那個冒冒失失的小青頭見森從來就不管三七二十一，一進門就「鷹哥，鷹哥」地往房裏闖。洪秋鷹對他也沒奈何。只是叮囑：「你看見的，千萬別對我媽說，知道嗎？」

「噢！」見森答應著又問：「可這算什麼玩藝呢？就那麼保密啊？」

「這就是礦石機！」洪秋鷹拿耳機往見森頭上戴，裏面儘是些「落落、薩啦啦、嘀瀝瀝」的聲音。

「這聲音，就是電波，夜深人靜的時候，還可以收到蔣匪幫的敵臺呢！要是讓我媽知道了，還不把她嚇死？」

「哇！鷹哥，你好大的膽呀！」見森吃驚之餘，又指著那塊像蜘蛛網似的鐵絲片問：「這又是什麼？」

「這是天線，我把它藏在屋頂的木箱後面，她發現不了。」

這玩藝，倒也挺奇的。一個二極管，一個線圈，一個可片，兩節乾電池，一副薄鐵皮耳機。配上一些雜七雜八的小東西，竟然能收聽到幾千公里外發出的電波。

「鷹哥，這種礦石機店裏賣多少錢一個？」

「店裏怎麼會有得賣呢？我是買了零件自己裝的。」

「裝的？鷹哥，你真了不起！」

「不是我了不起，而是白荷雲了不起。這副耳機，這兩極管，這鐵可片都是白荷雲送給我的。在我們班上，要是論篆刻，我比她強，可裝無線電還是她教我的。吸！這線圈就是她繞的。」

「我教他無線電，他教我篆刻，我們是互相交換。」白荷雲講起話來笑眯眯的，還有兩個深深的酒窩。

「不！你們這不叫交換。大媽說：你們這叫戀愛。」

「胡說！」洪秋鷹的臉，霎時變得通紅。

「瞎講，瞎講！」白荷雲也雙手掩面，頭往下低，像是要哭了。見森意識到自己講錯了話，可他明明聽到有一次洪媽媽在對自己阿爸講：「我家的那個小冤家，好像在戀愛了。」

「大媽真是這樣說的麼。」見森嘴犟，又嘟噥了一句。

「你再說！白荷雲可要揍你了！」鷹哥喝道。

「不會，雲雲姐姐是不凶的。」見森看了看嬌媚溫柔的白荷雲，轉身對鷹哥說：「雲雲姐姐是不會揍我的。她的力氣還沒有我大呢！倒是你自己，經常對我很凶！」

「我什麼時候凶你啦？你從小到現在，我一直把你當弟弟。」

「你打過我一次，有次我在打彈子，你往我頭上拍了一巴掌。」

「那是你跟比你還小的孩子在打彈子，還想賴他們的，不害羞！」

「你才不害羞呢！」見森爭辯道：「雲雲姐姐，現在我告訴你，他才是個真的不害羞呢！而且是大大的不害羞，今天我才知道，他為什麼總是雲、雲、雲的……。」

「你！」洪秋鷹想阻止他。可是已經來不及了，見森的頭轉向了白荷雲。

「雲雲姐姐，鷹哥他對你沒安好心。經常在打你的主意，一天到晚雲啊雲啊。有一次他拉著我，給我講了半天雲彩的故事。他問我，你喜歡雲嗎？還說：雲真的很好看、好形象。他還教我認各種各樣的雲狀和名稱，他告訴我：那輕輕鬆鬆的叫淡積雲、斑爛絢麗的是碎層雲、灑下無數光柱的是層積雲、混黃壯觀的是輻輳雲、棉絮一般一朵朵的叫高積雲、油鑊裏爆蛋似的是毛卷雲、翻騰著萬頃浪濤的是鉤卷雲。他還說，他最喜歡的是襆狀雲。襆狀雲看起來很像蒙著薄紗的美女。他最不喜歡的是烏雲。雲雲姐姐，連我都能記得那麼多雲，你說他對雲彩的研究有多麼深？觀察得有多麼細緻？今天我才知道，原來你的名字裏有一個雲字。他還不是常在打你的鬼主意嗎？……。」

見森說了那麼多，洪秋鷹反而不去阻攔他了。他已經十七歲，情竇初開。與其說見森是在揭發他，倒不如說見森是義務代替自己坦露心聲。

白荷雲聽得入神，臉色緋紅。可心裏卻感覺到甜絲絲的。她巴不得見森的「揭發」不要中斷。良久，她終於嬌嗔地迸出了一句：「你壞。你們倆都壞！」

「什麼？我也壞？雲雲姐姐，你錯怪我了，我是在幫你哪！」

「好，好。就算你是在幫她，可你千萬別把剛才的話說給我媽媽聽。啊？不然的話，她真的以為我們在找對象了。」

六十年代的青年不怕談論革命，就怕「戀愛」這兩個字。

「見森，你既然叫我雲雲姐。那麼雲姐今天就送你一樣東西。」白荷雲也怕那兩個字，得趣地將話題岔開了。

　　她從身上穿的這條沒有領章的軍裝口袋裏掏出了一個手帕包，放到桌上。畢恭畢敬又小心翼翼地把它打開，裏面是幾枚當今形勢下最流行的毛主席像章。這幾枚像章都是金屬質的。有二分硬幣大小，表面鍍著一層金色，很精緻。比起見森別在海軍衫上的塑膠像章要漂亮和時髦得多了。

　　「哇！太好了。」見森不等雲姐分揀，就已搶了一個往胸口別了。邊別邊說：「雲姐，太謝謝你了。」

　　雲姐送的禮物真是太及時了。像章別在見森最喜歡穿的海軍格汗衫上分外顯眼。他得意極了。

　　「鷹哥，雲姐，你們看我，這一下我可真的像個司令了。」

　　「什麼？你是『司令』？」鷹哥、雲姐都很驚詫，異口同聲地問。

　　「當然囉！我今天正要告訴你們這個好消息呢！我們畢業班，就是我們五小六○一、六○二兩個班級的同學，在我的統治下，成立了『紅宇宙』戰鬥縱隊。我當司令，黑皮當參謀長，鼻涕狗是師長⋯⋯平時跟我一起玩的夥伴們都當上了長⋯⋯。」

　　「好了，好了。你別再瞎吹牛了。你連領導和統治都分不清，怎麼當得好司令呢？讓我來考考你：你知道《五一六通知》嗎？你知道黑《修養》這篇文章的全名是什麼嗎？⋯⋯」

　　「我是去問過宿芹總司令的，宿總司令沒有考我這些。他對我說：如果第五小學也成立造反組織的話，你這小鬼，確實可以當司令。」見森漲紅了臉，嘟著嘴爭辯道：「而且我們『紅宇宙』的名字都是他幫我們起的呢！當時我問他，我們組織的名稱起個『全球紅』或者『32111』戰鬥隊怎麼樣？他就說：為什麼要叫戰鬥隊呢，戰鬥隊的頭頭只能叫隊長，叫『縱隊』不是挺好嗎？縱隊的頭頭就可以叫作司令。再說那兩個名字也不好聽。

『32111』是個鑽井隊的名字，他們是滅了油井大火而聞名的，現在我們是要點燃文化大革命烈火，用一個撲火隊的名字，那意思不就顛倒了麼？至於『全球紅』麼，好是好的，但全球還不是最大，因為宇宙比全球更大。所以我才把組織起了個『紅宇宙』的名字！我們的袖標明天就可以印好了。後天，我就是堂堂正正的司令了。跟你鷹哥的那個『狂飆』縱隊相比，說不定我的人馬比你還多呢！」

「胡說八道！」鷹哥似乎被見森傷了自尊心，臉孔一板教訓起見森來，「你那雞毛組織也能算『縱隊』嗎？你那個所謂的『司令』有我這個『司令』大嗎？我們都是中學生，是實實在在的紅衛兵，而你們這些小學裏的所謂紅衛兵，只能叫紅小兵。胎毛都未脫光，就想跟我比了？」

「哼！你有什麼了不起？你比我只大了三四歲，就擺大人架子，說大人話了！」

「好啦，好啦，你們都別吵了，吵到明天還不仍然是一個哥哥，一個弟弟。總不至於鷹哥變成了弟弟，見森變成了哥哥吧？」

白荷雲本來是想護著見森的，可說話中卻不知不覺地就偏到鷹哥的立場上去了。

「雲雲姐姐，怎麼你也幫他了？」見森非常氣餒。

「我不是有意的……。可……嘻嘻！」雲姐笑起來像一朵盛開的花。

這一夜，見森失眠了。也做夢了。其實他恍恍忽忽的說不準，也分不清自己是在臆想還是在做夢。他好像看見鷹哥親雲姐的嘴，見森很羨慕，又很妒忌。他朝著鷹哥喊，「你說我羞，你自己才羞呢！」

鷹哥腰裏鼓鼓的，一摸，別著一把槍。是一把短槍，德國造，油黑烏

亮,二十響,一扣,一梭子。和《鐵道遊擊隊》裏劉洪的那把一模一樣……。

見森自己的肩上也扛著東西,一聳,輕輕的。但不是玉米桿,也不是那葫蘆做的土琵琶。而是一挺機槍,歪把子。就是從小龜田手中奪過來的那一挺。可為什麼這麼輕呢?噢!原來是自己長大了,力大無窮……。

他的面前突然多出了一個女人。這個女人藍布褂兒,挽著籃子,頭上盤著髮髻。可是,這個女人不是芳林嫂,而是……?

是誰呢?是雲姐?不是!雲姐不是這身打扮。她轉過頭來,像又不太像。她的嘴巴比雲姐的要小,眼睛比雲姐的要大,酒窩比雲姐的還要深,笑起來比雲姐還要甜。漸漸地,她變得小了,髮髻變成了小辮子。她唱歌,她跳舞,她還會說蘇州話。噢!對了!她像浦紅紅,她是浦紅紅!確實是她!她在朝他笑,他也對她笑。她似乎在凝視他。其實是他自己在相思她。她是六〇二班的亮星星。可就是她那個娘不好,雖是自己的班主任,可經常找自己的岔。她的娘走起路來扭著水蛇腰,像個電影裏的舊社會的少奶奶。講起話來尖聲嗲氣卻又很凶。可對浦紅紅大家都很友好。主要是因為她漂亮,成績又好……。

那小辮子忽又變成了髮髻,她變老了。老得長了皺紋。那皺紋越來越多。挽著的籃子裏面藏的不是雞蛋。也不是手槍,而是一只三角包。拆開包,那裏面是五香豆……可是這一次,大家都沒搶,而是老太婆捧著籃子往小造反們面前送……不搶,反而掃興!

那杆歪把子也會變,變成了一杆紅旗。嘩嘩響,雄糾糾,氣昂昂,好威風!上面有黃漆寫的字「新長征步行串聯隊」哈哈!好傢伙!原來自己是在串聯哪!

剛才那個討人厭的老太婆竟不賣五香豆了,變成了一個讀語錄的老太

婆。仔細看，卻是顧阿桃老媽媽，她拿著寶書不是在讀，而是在背誦，拿著只不過是做做樣子。她轉過身的時候，見森看見了顧媽媽胸前的大寶像，那寶像好大喇！像個大碗。而且不是一般的大碗，是江北的糙大碗。顧媽媽床裏的寶書好多好多，桌子上也有好多好多。他伸手要，顧媽媽笑咪咪地送給他，他要顧媽媽簽字，可顧媽媽不會……。

他看到好多好多的紅衛兵乘坐在卡車上，唱著哥，上北京去見毛主席。他們懷著神聖的使命，到北京去接受偉大領袖的檢閱。去聆聽偉大領袖的金口玉言。去目睹偉大領袖的音容笑貌，向偉大領袖問好，並向他老人家彙報各自所在地的文化大革命情況。

他們在向他招手，而他卻在步行。他憤慨了，把手裏的紅旗一招。一輛紅旗牌轎車停在了他的身邊。把他接了進去。可那杆紅旗橫擋著他，他乾脆把紅旗插到了轎車頂上。好噢！真壯觀，真神氣，誰比得上我？

北京——比詩比畫還美麗的地方。它雄偉、壯麗、博大，是祖國的心臟，是毛主席居住的地方，是全國六億五千萬人民嚮往的地方，也是百萬革命紅衛兵小將接受紅司令檢閱的地方。這裏有長城、有故宮、有天壇、還有頤和園……。

這裏吃飯不要錢，坐車不要錢，做什麼都不要錢，就算要用錢，憑鷹哥的介紹信就可以到銀行去領……。

毛主席紅光滿面，和藹可親。親得像阿爸。甚至有點像小時候見過的祖父。說心裏話，要是有一個像毛主席一樣的阿爸或祖父，他願意天天給他們親自己的臉，哪怕長滿了糙鬍子也不在乎……。

毛主席的身後跟著滿面笑容的林副主席，還有周總理、陳伯達、江青、張春橋。他們都神采奕奕。只有劉少奇、鄧小平才哭喪著臉，像家裏死了

爹。

對了！千萬不要忘了問問劉少奇、鄧小平，你們為什麼好人不做，要做壞人呢？為什麼要把中國搞成「黑修養」呢？為什麼要成立資產階級司令部呢？

「華見森，你要武嘛？」這聲音，怎麼會是毛主席對宋彬彬講的呢？明明像對我講的嘛！

「見森，見森。你醒醒哪！」這聲音好像是阿爸的麼。他怎麼也到北京來了？

「見森，你醒醒，你呃咽了。叫得嚇人啊，」華中用站在床前，手裏拿著煤油燈，照著見森的臉。燈光裏，華中用的眉宇間溢滿了父愛。

「阿爸，你幹嗎要叫醒我呢？我正在串聯呢？」見森對父親的關懷極其懊惱。

「串聯？你是在呃咽。這幾天邪心太重了，睡夢裏才會翻轉撑腳。你看，被子都踢到地下了！」華中用關愛地責備著兒子，「串聯的小將哪有你這樣的懶蟲？睡在床裏能串聯嗎？你再到公路上去看看，哪一個串聯隊不是步行的？」

「不！我聽鷹哥說了。步行不過是做做樣子的。紅衛兵搞大串聯，在出發時都說是步行的，可到外面就都攔車了。為的是爭分奪秒去見毛主席。鷹哥還告訴我，我們紅衛兵除了拉大糞的車子外都可以攔的。所以，假如我去串聯的話，其他什麼車我都不攔，就攔紅旗牌轎車！」

「想得倒美，坐紅旗牌轎車的都是大首長。要是你攔了轎車，裏面下來個大幹部，看他還不把你當反革命抓起來？」

「不會的，中央文革說了，像朱總司令這樣的大官都可以寫他的大字

報。我們不須怕任何人。」

「那麼，你攔住的車正好是中央文革的呢，怎麼辦？」

「哪？……也不會這麼巧吧……」

見森語塞了。

五、洪秋鷹日記

　　偉大的導師、偉大的領袖、偉大的統帥、偉大的舵手毛主席他老人家發動的文化大革命運動是偉大的。紅衛兵運動是偉大的。紅衛兵也是偉大的，以紅衛兵為主體的大串聯活動更是偉大的時代所產生的偉大創舉。

　　以見毛主席為第一目的，以周遊全國為第二目的的串聯活動不僅僅是華見森一個人的夢想。可以說六十年代的紅衛兵都做過內容相同的夢。然而，夢中的情景居然能變成現實的行動，那實在是六十年代的紅衛兵小將們趕上了好時代。

　　作為全國幾千萬紅衛兵中的一分子，洪秋鷹對這劃時代的創舉有著深刻的體驗，並且認真地記錄了一些片斷：

一九六六年十月十三日　晴　無風

　　又有一些同學陸陸續續地回來了，他們中有的是第四次毛主席接見時就出去的。在全國周遊了一圈才回來的。而大多數是第五批接受檢閱後就匆匆趕回來的。因為天氣漸涼，出門沒有多帶衣物，不敢跑得太遠。看他們那副眉飛色舞的模樣，真讓人既羨慕，又妒忌。他們還說，毛主席接見

紅衛兵肯定還有無數次，但是能見到劉少奇、鄧小平的機會不會很多了，因為從出場的順序來看，劉少奇和鄧小平的出場越來越靠後。興許，趕得早一點還能見上。

我是班上的班長，要不是我媽老是因為我是獨子而竭力反對，我早就跟著宿老師的第一批就參加了。也許，到現在已經差不多跑遍全國了。獨子，獨子又怎麼樣？又不是去打仗，我媽媽也實在太頑固了。

現在全校還剩下十一名同學還未出去串聯過，他們都是被家庭嬌寵得膽小又謹慎，我們再這樣下去，可就要落伍於時代了。不行！我們必須去經受大風大浪的鍛煉，不該再猶豫了。

一九六六年十月十四日　　多雲

上午我剛剛講起要去串聯，想不到大家都歡呼雀躍，摩拳擦掌。連雲雲也嚷著要去。我當然很開心。我問她，你媽媽不是不同意你出門呢？並且上次不是嚇唬你說北方人把蝨子當瓜子嗑嗎？雲雲說，我告訴媽媽，去見毛主席，還怕蝨子嗎？她媽媽不但同意了，還塞給她一大卷用牛皮筋繞著的五元十元的鈔票。其實，她媽媽的顧慮本身就像我媽一樣是多餘的，紅衛兵出去串聯，哪一個不是平安回來的？再說不需要帶那麼多的錢，大串聯中吃飯、睡覺都不化錢，還怕餓了不成？反正她家條件好，隨她去吧。

小冤家見森也要去，我拿話嚇唬他。可這小鬼頭強頭強腦，不怕恐嚇，反而用話激我：鷹哥，你能吃的苦，我都能吃。就看你敢不敢帶我出去？

好！我也不怕華叔罵我，就帶了你去嘗嘗辣火醬，看看你究竟有沒有能耐？

一九六六年十月十六日　　多雲

我們這一隊人，一共十一名同學。個個精神飽滿，一色的草綠色軍裝，一式的武裝皮帶，一式的軍用挎包，挎包上一式的紮著白毛巾。偉人像為前導，紅旗緊隨後。那一面鮮豔的大紅旗上印著「苕東中學步行串聯隊」的大黃字。雄糾糾，氣昂昂。只差了見森這個雜牌軍。他個子要比別人矮上半個頭。腰間紮的是條不倫不類的帆布褲帶。原想狠狠地克他一頓，可看他一副惶惑不安的樣子，我不忍心滅了他的興。

出發了，喊著口號，唱著嘹亮的語錄歌，我們都是血氣方剛的熱血青年，敢向舊世界的一切事物挑戰。我們要表達的是對偉大領袖毛主席的無比熱愛。我們的神聖使命是向他老人家彙報苕東鎮的無產階級文化大革命的大好革命形勢。

無比的激動，無比的神聖，我們一定不虛此行，不虛此生！

十月十八日　　陰　有小雨

大串聯是真的，徒步只是說說而已。原先大家講好，誰乘車誰就是叛徒。可是才跑了兩天，計算一下，竟還不到四十公里，女同學中已經有人腳底起血泡了，懶在地上不肯走，情緒怎麼高漲得起來？尤其是每當看到一輛輛滿載著外地神氣十足的串聯小將的汽車從身傍急駛而過時，我的耳朵邊就堆滿了抱怨聲。原先的誓言可以推翻，我當然也和大家一樣迫切地想見到毛主席，樂得順水推舟，可得等空車來呀！

最可笑的是見森，老是一個勁地纏著我問：為什麼看不到有紅旗牌轎車開過？他想坐轎車，真是癩蛤蟆想吃天鵝肉！

我試圖鼓起大家的勁頭，在同學們顯露出疲憊時就唱：向前，向前，

向前！一開始時，倒還真有點振奮作用，可後來，大家乾脆不唱了。好！不唱就不唱。我也不唱了，又不是我的獨唱音樂會！

天也好像在跟我們有意作對，出門時還是秋高氣爽的重陽天氣，今天忽然變了臉，竟呼呼地刮起了北風，那細濛濛的秋雨落在身上，涼得受不了，好幾個同學直打噴嚏。

我們平時真的太嬌貴了，這一點點小折磨都經不起考驗，怎麼到得了北京？

「想想紅軍兩萬五千裏長征，爬雪山，過草地，吃樹皮草根的大無畏英雄氣慨吧！」我朝大家喊，可是，回答的卻是異口同聲的「讓我們躺一會吧！」

十月十九日　雨轉多雲

無錫到常州是有汽車的，可我們能上的卻是輪船，儘管輪船一刻不停地突突開著，同學們還是埋怨它跑得太慢了。我說：這條運河可是秦始皇的時候就開的，大家應該領略一下它的風光。」

「有什麼好看的？就看見兩邊岸，岸上有莊稼，船前方是一路水，這風光難道家裏沒有？」事實確實是這樣，這運河兩岸的景色實在不怎麼美，連水都是黃濁的，那能比得上公路邊的風景呢？我無話好說了。

輪船在一個叫橫林的小鎮停靠時，我們串聯隊的同學從船上看到公路上的汽車了，甚至還看得見車上紅衛兵手裏拿的寶像和紅旗。大家對我又提建議了「別人能攔住車，我們也攔吧？」

我說「大家要是擠散了怎麼辦？」

說實在的，我的心也在動搖，別人在一輛車上也不見得擠散呀！

十月二十四日

已經有五天沒有寫日記了。路途上根本就沒有寫日記的心情和條件。只好今天一起寫。事實上，這一篇也應該叫作小結才對。

列車的汽笛在長鳴，我的頭也像列車一般在「嗚嗚」地鳴。而我這「鳴」是有氣無力的，像到達終點的長跑運動員，疲憊極了。

北京是我們這一代人心目中無比美麗又無限嚮往的地方。我早在讀小學一年級時就已經認識它了。今天，當我實實在在地踏上了這塊無數次憧憬，無數次夢見過的地方。多年的夢想終於在文化大革命的今天變成了現實，這對於我，對於見森，對於所有從未出過門而想像力非常豐富的青少年來說不啻是一件非常了不起的大事。誰都會因此而激動萬分的。

然而，它並沒有激起我應該有的興奮和喜悅，甚至，簡直有懊惱和被擊垮的感覺。

我們是在常寧公路上攔上汽車的，我忘不了那一個漆黑的深夜，也忘不了那個可以躲風的窩棚。雲雲依著我躺倒了，她感冒了，也太累了，不斷地咳嗽著，再加上那雙新解放鞋小了一號，腳踝被扣得太緊，兩個水泡變成了血泡。可以這麼說，這五天來她所經受的磨煉是她平生十七年以來的總和，她握著我的手很燙，可能已經在發燒了。可是她的勇氣卻是我感到意外的。

她說：「小鷹，回去別告訴我媽說我在路上感冒了。反正這次出門我很快活。」

她快活，我就感到欣慰，心裏甜滋滋的，同樣，其他的那些同學也都被她鼓起了信心。可是，見森這個小青頭卻是嚕嗦個不停，問我：「鷹哥，我們這次革命行動會不會記入歷史的史冊？」

「史書上會記載我們在窩棚內凍得瑟瑟發抖嗎？」我反問他。我知道，他只有在掃興時才不會太囉嗦。

攔著空車時已是深夜十一點多了。這一回倒是見森立的功，是他第一個聽見了汽車的馬達聲。只見他一躍而起，拿袖章罩在手電筒上亂晃。車子剛停下，他就迫不及待地跳上去，沒料到他「哇哇」地叫著摔下了駕駛室邊上的踏板。原來那是一輛軍用卡車，為了防止爬車，駕駛員接通了防爬電源。那個穿軍裝的駕駛員探出頭來呵喝我們：「你們為什麼不向市里的串聯接待站聯繫？卻在半路上攔我們部隊的車？我可是在執行緊急任務！」

我說：「我們也是緊急任務，要到北京去見毛主席。」

「我們是部隊，部隊有軍紀的。」

「軍紀有什麼稀奇，我們連朱總司令的大字報都敢寫！」

他橫講豎說總是不答應。我看硬的不行就來軟的：「好同志，就請你拿出一點崇高的無產階級感情支持一下我們的革命行動吧！我們有幾個女同學都病倒了。」

也許他確是一個對紅衛兵有無產階級感情的人。也許是他真的看到了劇烈咳嗽著的雲雲而起了惻隱之心。也許他已經看到有幾個同學已經在往他的車廂上爬了。也許什麼也許都有。他的臉部表情複雜了一會後最終還是默許了我們的無禮，只是嘀咕了一句「過去是秀才遇了兵，有理講勿清，現在倒過來了，兵遇了秀才，也有理講勿清了。」

「哎，哎！同志哥，我們可不是秀才，也是兵那！你是部隊的兵，我們是紅衛兵。與你相比，我們只是沒有槍，沒有領章帽徽罷了。」

上車以後，我們與他東拉西扯地瞎聊，原先的緊張氣氛緩和了。心裏

的距離在靠近，彷彿連路程也縮短了。

金壇——句容——南京。我們這些小將需要步行好幾天的路程，汽車只用了幾個小時，到南京時天還沒有亮呢！

「好了，我的車還要去江寧，你們就在火車站下吧！」他說。

運氣也非常的好，到南京的當天正趕上有幾節卸下毛豬準備北返的車廂。車站的革命造反派為了表示對紅衛兵小將的大力支持，將它清掃乾淨後，同意搭乘急欲北上的紅衛兵以減輕車站的壓力。

洪水般的紅衛兵小將瘋狂地往這幾節空車廂裏湧。我們十一個人也被衝得七零八落。可是我估計他們當初是都應該擠上車的。到了這種時候，我根本不可能有能力去照顧其他的人。紅旗與寶像不知在誰的手上拿著？我也管不了那麼多了。幸好雲雲與見森還在我身邊。雲雲被擠在我的前胸處，見森緊貼在我的後背。整一節車廂擠得如同裝鳳尾魚的罐頭。轉個身都顯得不可能。這時候，平時連說話都靦腆的雲雲變得非常大膽。在這人頭濟濟的車廂裏毫無顧忌地將我抱得緊緊的。似乎我們立足的地方不是車廂而是在萬籟寂靜的曠野。我甚至感覺得到她的心跳。這在平時，絕對是不可思議的，見森也好像變了一個人，一路上對什麼都感到好奇並活躍得如猢猻似的他一言不發，只是緊緊地護住自己那只褪了色的挎包。

清靜了很小一會兒，從列車與鐵軌的碰擊聲中我判斷將要過渡口了。只可惜我們乘上的只是裝豬的車廂。要不然，也好領略一番正在建設中的南京長江大橋的雄姿了。當然，這點小小的遺憾隨著列車的前進而淡淡地消去了。

這種裝豬的車廂潮濕、黑暗，又沒有座位，而且還有雖然經過沖洗但仍然一陣陣揮發的臭氣。最令人傷透腦筋的是：上車時衝上了一群流竄來

寧的叫化子，他們手裏揮舞著寶書，嘴裏理直氣壯地叫嚷著：「我們是真正的無產階級，毛主席叫我們五湖四海一起來，難道我們不可以上車？」

這些骯髒的叫化子，七零八落地夾雜在紅衛兵的隊伍中，一個個都是黑漆一般的臉，黃糞一般的牙，油膩汙黑的衣衫。比他們的外貌更髒的是他們那張嘴。嘴裏冒出來的聲音都局限在生殖的傢夥上。彷彿世界上的語言僅僅只有這些。他們滿車廂地亂擠，小將們只好竭力地避開，唯恐他們身上的蝨子惹到自己的身上。尤其是幾個上海出來的女小將，常常因為他們的推搡拉扯而嚇得哇哇大叫。

更為可惡的是，這些「真正的無產階級」竟連小資產階級的差恥心都沒有。車過長江後，他們又製造了新的混亂。竟毫無顧忌地脫下褲子，動物似地對車壁，對著車門，甚至對著小將們的視線啪啦啪啦地撒起尿來。這種聲音，不僅引發了又一次騷動，更嚴重的是誘發了女小將們的生理反應。頻頻的尿急早在上車前就已經向她們發出過信號了。只是因為害怕擠丟隊伍或上不了車而忽略了它的重要性。在這時候出現這種要命的撒尿聲，無疑是給她們注射了一針催尿素。

「小鷹，我憋不住了。」雲雲附著我的耳朵，那聲音似乎在哭，她的腳在輕輕地跺，臉色已因為尿憋得太急而顯得煞白。「我和見森護住你，你就蹲下去。大家都這樣擠著，發現不了的。」我說。

雲雲摸摸索索了好一會，艱難地蹲了下去。可就在這時，一個叫化子用北邊口音怪怪地尖叫起來：「大姑娘家，白屁股好看哪！噢……噢……看哪！」

一陣甚於一陣的推搡、擠、鑽，整節車廂又陷入了一片混亂之中。

是可忍，辱不可忍，出於同情心，一個蘇州的小將猛然喊了一聲：「叫

化子，你們學過最高指示嗎？第七不許調戲婦女們。」

「狗賊的，擺平他們！」見森也跟著直嚷嚷。我也義憤填膺，「打！我們那麼多人，叫化子才十幾個，不打白不打！」

各地的紅衛兵小將此時都成了一條戰壕裏的戰友，在被激起義憤的小將們面前，這群令人厭惡的叫化子成了過街老鼠。頓時，車廂裏滿是「砰砰嘭嘭」的打擊聲和叫化子們「衣哩哇啦」的慘叫聲。顛簸的車廂裏升騰和飄揚著叫化子們身上掉下來的破布條、頭髮、棉絮、跳蚤和蝨子。終於，在那個燒雞很有名的符離集。列車臨時停靠時，叫化子們哀嚎著、呻吟著被趕下了車。

「贏了，勝利囉！」車廂裏一片歡呼聲。趕走了叫化子後，裏面寬鬆了許多，秩序也好了。我們其中的五六個同學也發現了我們。又朝我們聚了過來，大家臉上洋溢著勝利的喜悅。剛才那個蘇州口音的小將也似乎跟我們認了鄉親，湊到我們的隊伍裏，他振臂一呼：「讓我們唱支歌，『團結就是力量』好不好啊？」

「好！」字剛出口，就出現了一片極不協調的「啊」聲。剛才還在為塞了幾記亂拳頭而高興的蘇州小將，一拍口袋準備取寶書時卻傻了眼「南麼尷尬哉……俄格糧票、鈔票、夾勒語錄本裏，統統撥勒三隻手摸去哉……！」

「哎呀！……」「絫塊、辣塊」的口音也在嚷。

我還好，只是少了支鋼筆。不過用原珠筆可以代替。雲雲丟了胸前的像章。見森損失最小，他出來時帶的一袋子鉛幣子，現在還鼓鼓的。

最可怕的事是到德州時發生的，列車剛一停下，窘態畢露的人們就迫不及待地往下跳。撲向水龍頭，撲向發麵包饅頭的那排長桌子。我攔著見

森往發麵包的點上奔，為的是多搶一點吃的。而雲雲急著上廁所。約好我們在車廂門口等她。沒料到，我們捧著麵包饅頭等雲雲時，那些老早待在德州站外的紅衛兵小將已蜂湧而出，紛紛擠上了原屬於我們的車廂，而此刻我們在廁所外面等得焦躁萬分。可怎麼也不見雲雲從廁所裏出來。

男人守在女廁所外面本身就是件非常尷尬的事情。而此刻廁所的裏外都排著長隊，湧來湧去，大家身上穿的又都是清一色的草綠軍裝，加上雲雲個頭矮小，找她無異於大海撈針。

「一定是雲雲已經到車上了。」見森這樣猜測，我也同樣。

我們倆個滿腹狐疑，而火車是不會等我們的，假如再不上車，我們只能留在德州了。

「上吧！到車上再去找找看。」

我們別無選擇，也只能這樣抱著僥倖的心理自我安慰。

……

現在，我們真真切切地踏在了首都的土地上。可是，雲雲呢？你在哪呀？你要是出了事，叫我怎麼辦呢？當初出來的時候我們講好，無論如何不能擠散的，可如今……。

雲雲，我猜你現在一定在哭。你還發著燒呢！我現在找不見你，急煞了。你肯定也在急。什麼東西不好丟？為什麼偏偏要丟了雲雲呢？

雲雲，你知道嗎？我的心好像要碎了！

十月二十七日　晴

三天來，我實在沒有心思記日記。拿起筆，眼前就只有雲雲的身影在晃動。雲雲，在打倒了牛鬼蛇神，破了四舊的今天，我倒真的願意相信有

迷信這回事。假如迷信能夠靈驗那就好了。不管你已到北京，還是仍耽在德州，都可以捎個夢給我。我也可以捎個夢給你。這樣，我就可以來找你了。雲雲，現在我來告訴你：我們的接待站被指定在前門附近的一個大雜院裏。接待站的工作人員告訴我們，多則十天半個月，少則一二天，毛主席就會接見下一批紅衛兵的。這裏離天安門廣場倒很近，只兩站多路。聽說有些遠的被安排在郊區呢！只是住的環境太糟糕。在圍牆的裏面用木條鋼筋搭的架子上蒙了塊帆布就算我們睡覺的地方了。用水也很不方便。幾十個人合用一個大瓷盆。一個水龍頭怎麼夠那麼多的人用？去跟接待站的工作人員交涉，他們告訴我們，上次接見時這個院子曾經往過一百多人。乖乖！一百多個男男女女的紅衛兵吃喝拉撒睡全在這裏，我簡直不敢想像。

水用髒了還捨不得倒。因為水龍頭的水實在太細了。這要是在家裏，我們早就嫌膩心了。可是，現在是大串聯的非常時期，只能這樣將就。只是夜裏太苦了，我與見森在帆布蓬的靠外邊，這兒頭一偏可以數星星。這十月下旬的北京沒有想到比我們家鄉冷多了，接待站借給我們的軍大衣遮不住寒冷。早晨起來時，一抖一批霜。我睡不著，見森也睡不著，兩個人都翻來覆去，他問我：「鷹哥，你是在想雲雲吧？」我會不想嗎？此時此刻，雲雲你是否也在數星星？是否也在想我們呢？還有其他失散的同學呢？他們都怎麼樣了？

十月二十八日、二十九日　　多雲

接待站的工作人員告知：如果錢不夠用，可以憑各串聯隊的證明或介紹信向接待站限額借款。條件是：回到家後必然將錢立即寄還。

人們都說上海的紅衛兵對錢很精明，這一次，我也算領教過了。睡在我與見森靠裏的那個就是上海紅衛兵。他每晚臨睡前總是暗暗地將錢數一遍。所以，我約略知道他帶的錢是我和見森加起來的倍數。可是，他還向接待站借了 20 元。對於錢，我向來是遵循父母從上輩傳承下來：「非禮勿取，非義勿取」的古訓的。夠用了，也就沒有必要去借。可是那個上海人卻一個勁地慫恿我：「不借白不借，不拿白不拿。到了家後悔就來不及了。」他還暗示我，不要拿真的介紹信去借。因為睡覺前拉家常時我曾經偶然說起過，我的作品曾參加過縣裏的篆刻展覽。他就極力地勸說我用硬肥皂刻幾顆「風雷激」「反倒底」「痛打」「雲水怒」等字樣的公章。這當然是我的舉手之勞。他說：「你負責刻章，我負責領錢，我們五五對分。」我說「我還有一個人哩。」他說也行，那就四六吧！我想既然是我出技術，他擔風險，我何樂而不為呢？

好傢伙，他竟真的憑了我這五顆章去「借來」了一百元錢。乖乖，這個大數目比我爸媽的工資加起來還要大呢！他說話倒也算數，取四十元，將那六十元給了我。

有了錢，壯了膽。心裏也踏實了許多。可是失落雲雲後的傷痛又彷彿在隱隱地折磨我了。為了平衡一下自己的心情，我與見森講好：今天去遊八達嶺。並且將二十元錢給了他。

真差一點被他氣死。我給他錢，他反而咬定我，火車上失竊的錢是我偷的。並說，他看清楚我出門時媽媽只給了我十五元。

我再三解釋，他總不信。直到我領了他去找那個上海人，可那上海人拿了錢後，早不知去向了。我火了，向他攤底牌：「你把你鷹哥看成了什麼樣的人了？今天可是我送錢給你用，而不是向你要錢！」他還將信將疑

地嘀咕：「錢哪有來得這麼容易的？」

下午遊長城時，他早忘了上午那場不愉快的爭論，登上八達嶺後，他看到巍峨逶迤的長城好不激動，一個勁地在長城上蹦啊跳啊，還問我：毛主席說不到長城非好漢，我們今天就是好漢了吧？遊長城，我平生也是第一次，可我卻激動不起來，時不時地想著雲雲，要是雲雲在身邊，那遊長城才有意義呢！

見森幼稚加天真，他不給我思念雲雲的機會。只是一個勁地纏著我問：「鷹哥，今天我算嘗到好漢的味道了，毛主席接見時若找我談話，我就告訴他，我已經到過長城了。」

我說：「你是在做夢！你是什麼樣的人，毛主席會跟你談話？」

「那麼，上次的電影裏，毛主席不是跟宋彬彬談話了麼？他對她說：『要武嘛』！」

我倆邊走邊談，走到西邊的一座峰火臺時，他說他曾經做了一樁足以令我瞠目結舌的英雄創舉。他說，他非常嚮往當英雄作好漢。今天到了長城也算了卻一樁心願。還說，要當英雄，自己有時候應該創造條件。

「你創造了什麼條件？」我問他。

他神秘兮兮地告訴我：「我在出門前，曾經給『紅總司』打過一個電話，說了謊，有一天夜裏我看到福星橋頭有階級敵人發射了兩顆信號彈……。」

「天哪！」我倒抽了一口冷氣。他哪裏知道「紅總司」為此而鬧得多緊張呢？那一次會我也參加了，還專門成立了專案組。這樣的玩笑可以隨便開的嗎？

「你胡來！」我真想狠狠地刮他兩巴掌：「回去後，馬上向他們聲明，這是假的！」

「嘿嘿！」他一臉的得意，「我就是要看看這些口號喊得震天響的造反派有沒有革命的警惕性？」

被我說明瞭利害關係後，他才有點擔心了，問我：「要是我坦白了這個案是我假報的，宿總司令會不會將我這個『紅宇宙』司令給撤了？」

闖了這樣的禍。他竟還只顧惦記自己這個空頭銜。真拿他沒辦法！

十一月十一日

這幾天，天氣晴朗。北京城的上空碧空如洗。接待站的工作人員告訴我們：後半夜有緊急任務。務必請各地的紅衛兵不得走散。並且將我們身上所帶的各種鐵製品統統收管。完成任務後再行發還。還對我們進行了十個人一組，手臂挽著手臂的組隊操練。

即使是最不懂事的見森，也已經意識到今天操練的內容：偉大領袖的檢閱已近在即刻了。

一九六六年的十一月十日、十一日這兩天，對於串聯到北京的任何一個紅衛兵都是具有劃時代意義的。我們的偉大領袖、心中最紅最紅的紅太陽毛主席他老人家連續用了兩天的時間第七次檢閱了來自全國各地的二百多萬紅衛兵組成的文化革命大軍。我們的全體革命師生和紅衛兵小將終於盼來了等待的這一天。

十日淩晨四時，雄偉、寬闊、壯麗的天安門廣場上已經坐滿了來自全國各地的紅衛兵小將。我們穿著接待站借來的大衣，臉朝著天安門城樓席地而坐。儘管，立冬過後的北京已是相當寒冷，接待站發的兩個饅頭又過早地填進了肚子，天剛濛濛亮，人們已經又饑又渴了。可是大家都把它看成是對自己意志力的考驗。沒有一個人表露出難以忍受的牢騷。大家都在

靜靜地企盼著。企盼著最最激動人心的一刻。企盼著紅太陽的升起，企盼著毛主席他老人家早一點出現在城樓上，企盼著最隆重、最莊嚴、最虔誠的時刻的到來。

太陽升起時，我們一遍又一遍地唱著《東方紅》，給我們帶隊的解放軍戰士也很善於調節和鼓勵我們的情緒，一遍又一遍地給我們打著拍子。

今生今世，在我的腦海中，是永遠也不會抹去今天的記憶的。上午十時正，所有的高音喇叭都響起了《東方紅》的莊嚴樂曲。偉大的領袖毛主席和他的親密戰友林副主席以及黨中央其他方面的領導同志周恩來、陶鑄、陳伯達、鄧小平、劉少奇、朱德、張春橋等終於走上了天安門城樓。因為激動，我的心臟似乎要從嗓子眼中別別地跳出來了。天氣也似乎特別幫忙，萬裏晴空的一輪太陽把我們淩晨熬受的刺骨寒氣以及饑餓和乾渴一掃而光。身體在漸漸回暖的同時，氣氛也在迅速地高漲。我們這些等候在廣場中央的紅衛兵要遠比守候在各條路口的紅衛兵幸運。當領袖們剛在城樓上露面和招手時，我們就率先看到了。並且在領袖們檢閱由六千輛汽車分五路縱隊組成的三十萬革命小將的遊行隊伍時，我們也親臨其境感受了這史無前例的、蔚為壯觀的場面。這一條三十華裏長的車隊結成了極其壯觀的紅色巨龍（應該稱作「巨流」，因為當今中國的「龍」已被紅衛兵消滅了）

我真切地聽到了偉大的聲音。毛主席在擴音機前高呼：「同志們萬歲！」

隨著毛主席的呼喊，「萬歲，萬歲！」的歡呼聲更瘋狂了。簡直是海呼山應，聲震寰宇，幾十萬顆心臟在一樣劇烈地跳動，幾十萬張笑臉在一樣地迎著「紅太陽」，幾十萬雙手臂在一樣地揮動著紅色的寶書。頓時，

天安門廣場成了一片紅色的海洋，人潮洶湧，濤聲澎湃，震耳欲聾。

下午三時，車隊過後，等候在廣場上的三十萬紅衛兵潮水般地湧向了天安門城樓。然而，這遠遠不是全部，到十一日的下午為止，總共有一百五十萬的紅衛兵小將接受了毛主席他老人家的檢閱。小將們彙聚在長達二十公里的大道上，形成了一條紅色的巨河。古老而又有著悠久歷史的北京城沸騰了。

數不清的人在呼喊，發自內心的呼喊。

數不清的人在流淚，流的是喜悅的淚水。

數不清的人在跳躍，這是忘情的跳躍。

數不清的人在顫抖，這是亢奮的顫抖。

人們完全忘卻了站得麻木的雙腿，忘卻了嘶啞的嗓子。忘卻了理智的克制，忘卻了饑餓和乾渴，忘卻了用手去抹一把淌在臉上的淚水。甚至有些人忘卻了把尿撒到褲襠外面去。我敢保證所有的人此刻在心中說的是同一句話：毛主席啊！您是我們心中永遠不落的紅太陽，我們永遠跟您老人家心連心！

我深切地感受到這次文化大革命以及大革命中所產生的大串聯是非常重要而又非常必要的。我們這一代人，大都是解放後出生的。對毛主席他老人家的熱愛是與生俱來的。以前，我們只是對著毛主席的像唱：我家小弟弟，半夜笑嘻嘻，問他笑個啥？夢見毛主席……。沒想到，這個只有在夢中才敢奢想的願望，在文化大革命的今天居然變成了事實，怎能不叫人瘋狂呢？

毛主席啊！我今天終於幸福地見到您了。假如，沒有這高高的城牆，沒有那金水橋邊一排排荷槍實彈的解放軍戰士，我一定會奔上前來擁抱

您、親吻您，哪怕吻你一下自己立即死去也在所不惜……。

　　毛主席在城樓上來回巡視。邊走動，邊招手。下面，上百萬的紅衛兵在互相推搡著，按著由東向西的順序在金水橋邊移動瞻仰。誰都想多看一眼毛主席的音容笑貌。誰都不願意被東面湧過來的人群推搡西移。誰也不願意發揚風格，誰都像瘋了一般。看到的還想再看，沒看到的又急切想看。當我正擔心個頭最矮的見森被人群擠著時，沒有想到這個極聰明的小鬼靈機一動，擠著爬上了別人的肩膀，把手合成喇叭喊：「毛主席，我叫華見森。我代表我阿爸向你問好！」

　　我被他提醒了，也朝上面喊：「毛主席，我叫洪秋鷹，現在是第四次看，代表我舅舅的……」

　　我一定要代表我娘舅看毛主席一眼，因為，我娘舅對毛主席的忠誠是非常虔誠的。並且我從小就受他的酷愛。

　　由於我們的喊叫，緊接著引發了下面一連串的呼喊：「我弟弟……」、「我姥姥……」、「我奶奶……」、「我姑姑……」、「我叫牛細毛……」、「我叫淩公樵……。」

　　忽然，毛主席走進城樓裏面去了。好大一會兒沒有出來。儘管誰都知道毛主席也是一個有血有肉，餓了需要吃飯，脹了需要方便的肉體凡胎，也能夠理解檢閱的體能消耗對於一個七十三歲老人的艱難程度。然而，對於任何一個從幾千裏甚或幾萬裏以外趕來瞻仰領袖風采的紅衛兵小將來說終歸還是難以接受的。誰都會因此而懊惱萬分：為什麼呢？將要輪到我們，毛主席就不出來了呢？

　　有幾個擠丟了眼鏡的近視眼女小將乾脆放聲哭了起來。

　　沒有看到的自然不願走，後面的又拼命朝前擠。一霎時，推的、搡的、

揣的、擠的亂成了一團，在金水橋邊形成了一個巨大的漩渦。人們身上穿的大衣、帽子、解放鞋、寶書、寶像、鋼筆等等眼看著掉到地上，卻再也休想把它揀起來，否則，人也休想起來了。

毛主席依然沒有出來，漩渦中越來越多的出現與檢閱場面極不相稱的慘叫：

「哎喲，我的腳！」

「媽呀！痛死我了！」

「啊哇！別拉我的辮子！」

「我憋死了，讓我出去！」

「……」

多虧了現場的工作人員，在他們的驅趕和疏散下，這個巨大的漩渦才慢慢地鬆緩下來，他們奮力地從漩渦中救出了幾個體質羸弱、面容慘白的女小將，有效地止住了隨時可能發生的悲劇。

個頭最小的見森沒有被擠著，他憑著自己的機靈攀上了別人的肩膀，在人群的上面像乘船一般地渡過了這個危險的區域。

稍感遺憾的是：我們都沒有在最近的距離內看清毛主席的容貌。儘管我們都奮力喊了，然而這明擺著是徒勞的，在震耳欲聾的口號聲中，自己的喊聲顯得多麼微弱，與其說願望毛主席能聽見我們的喊聲，倒不如說這是自欺欺人罷了。更談不上像華見森夢想的那樣，毛主席會對他開金口、吐玉言：「華見森，你要武嘛！」

檢閱後的廣場很快的恢復了往昔車水馬龍的景象。工作人員把廣場上的遺留物集中起來，清理出那些踏得稀爛的寶書和踩扁了的寶像。把小將們擠丟了的帽子鞋子和大衣等東西整理歸類。等待失主們去認領。

堆得小山似的鞋子和大衣等物件卻很少看到有人來認領，難得有幾個拿了單隻鞋來配上一隻尺寸差不離的就匆匆而去。因為，還有許多大城市等待著他們遊玩，去播撒文化大革命的火種。這是偉大領袖賦予我們這些紅衛兵小將的光榮任務和權利。至於那些大衣麼，反正有接待站的工作人員去處理，遺失了也不需要賠償的。

只有收穫，沒有損失，也根本沒有花「借來」的錢，稍感遺憾的只是沒有看清劉少奇和鄧小平。想必是批了「黑修養」，他們已經預感到革命將要革到自己的頭上，害怕了，躲在後面傷心呢！

六、逮住了

「葛頭頭，你向宿總司令討來的這份美差可把我們害苦了，在偉大領袖毛主席的英明領導下，形勢一派大好。朗朗乾坤，清平世界哪會有這麼大膽的特務呢？在我們看來，也不見得真有那『一○、一○』這回事。要不，這一個多月以來，我們把碼頭、茶館、戲院等等一切能懷疑的地方都像蓖箕似地蓖了好幾遍，蛛絲馬跡沒有半點，不要說特務，就連小偷都沒有抓牢過一個。我們也不好意思再領這兩角一天的補貼了。現在宿總司令給我們的期限已過，我看還是早點交差，讓大家回家睡個囫圇覺吧！」

「請大家不要洩氣麼！這個『一○、一○』案件越沒有露出蛛絲馬跡就越能說明這個特務隱藏得很深，也說明瞭這個任務是多麼的艱巨。我把這項艱巨的任務接過來，為的也是我們這個「鬥煞鬼」野戰團的聲譽。在茗東鎮上所有的造反派組織中，我們單位的組織最小，要想在別的組織面前挺起我們的腰板，叫人們刮目相看，我們就必須將這個案子破了。宿總

司令說了：破了『一〇、一〇』你們都是有功之臣。他還告訴我：既然案發點是在福星橋一帶，你們就把偵破重點放在福星橋。所以我希望大家再艱苦幾天，多留點神，加把勁，爭取早日把案子破了，到時候，我給大家放五天假，發兩斤肉。讓大家睏個舒舒服服，吃個痛痛快快。」

同志們廢寢忘食查到現在已精疲力盡了，案情沒有進展發些牢騷也是挺自然的，葡躍聯在給手下們打氣的同時，自己的心裏也在發虛：「我老葡也算個既做賊骨頭，又當聯防隊的人物。哪條門道不摸透？難道這一回真把箍圈套了自己？」

「葡頭頭，俗話說：多吃半夜餐，少吃年夜飯。經常這樣混下去，人也吃不消了。總不是個辦法，不如將案件交給派出所，反正……」

「這可不行！」葡躍聯最忌諱的就是這句話，「交給派出所當然很容易。可那樣的話，等於向他承認我們革命的造反派都是狗熊。我老葡之所以要把這個任務搶在手裏，就是要讓這些吃乾飯的官僚老爺們看看我的犟脾氣。哼！我就不相信抓個把特務會這麼難！」

今晚，他們這一行人，又戴著藤帽，手裏拿著鐵棍、麻繩、手電筒「叮叮、當當」地逛到了福星橋一帶。。

橋堍邊，一縷縷的羊騷氣順著風沖著他們鼻子飄逸而來。只見汽油燈亮的地方，幾個廚師正在忙碌。

「葡頭頭，聽說這家五香羊肉館現在改了名，叫作『革命飯店』了。」一個手下告訴他。

「唔！這個名稱好！飯店和羊肉都應該革命的。」葡躍聯若有所思，忽然來了靈感：「這『革命飯店』這麼晚了還沒有打烊，不就是為了招待我們這些革命的同志嗎？……好。好！今晚我以革命的名義，招待大家吃

一頓革命羊肉，飽一回革命的口福，怎麼樣？……王師傅！」

他朝店裏正在案板上斬羊腿的糙胡髭廚師喊道：「革命不是請客吃飯，你好啊！」

那個被喚作「王師傅」的糙胡髭顯然也是個有組織的。見他們全副武裝地走近來，也從袖套裏翻出一隻紅臂章，兩手往圍布上擦了擦，從口袋裏掏出一本寶書，翻到 160 頁，表面像是歡迎，實質卻是拒絕地念了一條語錄。

「偉大領袖毛主席教導我們：『勤儉辦工廠，勤儉辦商店，勤儉辦一切國營事業和合作事業。勤儉辦一切其他事業，什麼事情都應當執行勤儉的原則。這就是節約的原則。節約是社會主義經濟的基本原則之一。』老蔔同志，難得您這位貴客這麼晚了還路過我店。來來，有空就坐一會再走。」

「我們不只是來坐坐，聽說你們革命飯店的羊肉燒得好，是特地趕來吃羊肉的。你就給我們來兩大碗羊肉，兩大碗羊下腳，再給我們來兩大瓶『暴烈一點的行動』——山薯燒。」

「這個……」糙胡髭面露難色「我們的制度規定，擅自營業是要受處分的，況且我們現在準備的是明天的貨呀！」

「唔？」蔔躍聯的臉上掠過一絲不快：「你們不是已經改成『革命飯店』了嗎？革命飯店就得為革命組織和革命行動服務。否則不就成了假革命？你可知道我們今晚的革命行動有多麼重要嗎？告訴你也不打緊，我們是在偵破一個最最嚴重的反革命案件。你聽說過『一○、一○』嗎？」

顯然，姓王的孤陋寡聞，他搖了搖頭。「那你有沒有參加上個月在『紅總司』召開的緊急會議？」

　　姓王的又搖了搖頭。「你為什麼不參加？」

　　「老葛同志，您是知道的，我們飲食商店『破堅冰戰鬥縱隊』只是一個小組織。『紅總司』的宿總司令怎麼會通知我們呢？」

　　「你們這爿小飯店，也叫『破堅冰縱隊』？也懂政治？」

　　「不、不！」姓王的一臉羞赧：「我們都是些小商販組合攏來的？哪懂得什麼政治？只不過為了表示緊跟形勢，就在『紅總司』報了個名稱，備了案，成立了這個組織，我不識字，就掛個名當了『司令』。他……」

　　姓王的指了指一旁正在翻羊肚、刮羊腳爪的小個子說：「他姓劉，認得些字，就叫他當了政委，所以政治方面的事歸他管。」

　　「哼！你們的口氣好大呀！才這麼小小的一爿羊肉飯館竟也敢妄稱『縱隊』？我們漿糊廠五十多工人、二十多個造反派也不過叫作『野戰團』。我看明天還是改了，叫『戰鬥隊』吧！」

　　「老葛同志，我們當初可是經過宿總司令批准的呀！」

　　「好了，好了。我也不跟你計較了。今晚拿兩碗羊肉來，便沒事。否則，明天連革命飯店也不許叫了。」

　　「可是……。」

　　「可是什麼？」

　　「今晚的羊肉，是準備明天賣的，只燒了頭湯，沒有熟透呀！」

　　「不就是沒酥嗎？不要緊的，拿來吧！吃得好，明天就讓『紅總司』給你發個獎狀！」

　　或許因為革命的名義，或許有了獎狀的誘惑，王司令端上桌的羊肉還是很入味、很香酥的。幾杯山薯燒下肚後，這群「鬥煞鬼」野戰團的戰士嘰嘰喳喳的話也多了起來。後來竟紛紛地纏著葛躍聯，要他講與女教師的

風流故事。

「女人哪！哈哈……啊噫！眼神定呀呀，面孔紅冬冬……舌　粘答答……搔到癢處……嗨嗨……她就酥……實在是……說不出的糯來……柔……。」

蔔躍聯牙齒和舌頭粘在一起在口腔裏打滾。眼睛定定地盯著碗裏的羊肉，陶醉在粗皺乾膚摩擦細皮白肉的意境裏。

「蔔頭頭，河對面有個人朝這邊走過來。」手下的一個「鬥煞鬼」向他報告。

「這後半夜了，還會有什麼人？不想困覺呀？再去看看！」

隔了一會，剛才那個「鬥煞鬼」又說話了「像是我們廠裏的工人。」

「誰？」

「那個耿固頭，光棍華中用……。」

「華中用？」蔔躍聯眼前忽地一亮，驀地跳了起來，似乎酒也醒了一大半，「老宿同志真是英明極了，他告訴我鎮東福星橋經常有特務分子出沒……」

其實令他更醒酒的是浦老師對他的囑託。

「抓！」他只說了一個字。

華中用懷裏揣著六十多元錢，得意地跨上了福星橋的臺階。他的嘴裏習慣地哼著不成調的京片子，似乎還沉浸在剛才忘乎所以的興奮中。

「瘋啊……啊哈！十三百搭……統吃！」那雙大半夜沒有風過的手，竟在收攤前的最後一手牌裏卓起了最為關鍵的一張牌。攄進了桌面上的全部賭資，引來了許多雙貪婪的、妒忌的、羨慕的、或不肖的眼光。看著他

把那一堆鈔票一張張理齊、折好，瀟灑地裝進了口袋，拍拍屁股走了。還有什麼能比這更叫人開心的呢？

俗話說「骨牌一響，眼目清亮」。他華中用沒有別的嗜好，就是染上了賭博這一難以戒棄的惡習。儘管骨牌因為文化大革命運動的開展而絕跡了。但用於代替的，那黑、紅、梅、尖四種格式各十三張的紙牌依然能變幻出無窮無盡的招式，常常誘惑得他一搞就是半夜。

由於他平時言語不多，更因為他第二天仍能神清氣爽地照常上班，同事們都不知道他對賭博有著如此深的沉迷。故根據他平時的工作表現，去年還陰差陽錯地被評上了先進生產者。

今晚的手氣開局時並不好。只是到了近半夜後才慢慢翻了本。結束前的最後一番牌更是給他來了個喜從天降：「十三百搭，統吃十三道」

一元錢一道的輸贏，桌面上三十九元錢全都歸了他。像這拾級而上的福星橋，越往上風頭越好。細算一下，今晚他總共贏了五十多元錢。五十多元哪！不是個小數目，足可抵得上自己一個多月的工資了。

橋頂是個平臺，他長長地吐了一口氣。望得見家了。這「家」的概念對於他是不完整的。十多年前，老婆因為他賭博，輸光了這個「家」，在一氣之下抱了兒子就走。他拼命地追上去求她，向她討饒。可是，任其百般哀求、解釋，這一次都無濟於事了。鬧得天昏地黑，老婆已斷然決絕。最後華中用也發了耿，奪過兒子，沖著她大喊「你走，你滾吧！我就是一輩子沒女人也不再求你了。可兒子是我的，他姓華……。」

老婆一去沒了音訊。後來從別人那裏傳來消息：老婆在上海給人家做保姆。

男人發耿，女人發犟，苦的只是孩子。兒子見森在只有父親，沒有母

愛的環境裏長大。十三歲了，讀書沒出息，卻是個實足的闖禍胚子。出門二十多天了，留了一張紙條，說是跟著隔壁的鷹哥串聯去了，也不知落得副啥模樣？想起來，責任也在做爸的身上，誰叫你去賭呢？然而，經歷了老婆這一劫後，十多年來他不再對女人存甚麼想頭。相反，對於賭博卻更加變本加厲地沉緬在其中了。

過了橋頂的平臺後便是下坡，橋有上坡就必然會有下坡，否則，就能走到天上去登仙了。可是，這福星橋就不該有下坡，否則就糟了。

「站住！」橋塊的兩側猛地竄出幾條人影，厲聲喝道。幾根極亮的手電筒齊刷刷地照到了華中用的臉上，令他頭暈目眩。

「鬼鬼崇崇的，搞什麼破壞？」聲音挺熟呀，聽出來，原來是與自己同一單位的蔔躍聯。平時，他與蔔躍聯言語不投，並對他的為人很鄙視，此番湊著也算冤家路窄了。

「噢！……是你呀！你這可惡的逍遙派！」蔔躍聯陰陽怪氣地揶揄道：「上次動員叫你參加我們革命組織，你卻推三阻四，還經常在背後放我的冷槍，諷刺我和我的愛人。當初我不知道你自己有多少正經呢！卻原來你也在夜裏搞那種見不得人的勾當。說！」他一聲斷喝：「你是去偷人家女人，還是搞特務工作？」

華中用被激怒了，他無法忍受這個行為齷齪的人對他的污辱，當然要針鋒相對地還擊。「姓蔔的，老子不像你，連個叫化子都不放過！」

「啊？你竟然還敢罵我？」今日的蔔頭頭豈是往昔的二流子，怎能容忍沒幫沒派的華中用來揭這塊陳年的痛傷疤？他頓時惱羞成怒：「愣著幹嗎？搜！」

四個平時一起工作的同事，這會忽然成了如狼似虎的陌生人，迅速地

反剪起華中用的雙臂，裏裏外外將他搜了個遍。六十多元錢交到了葛躍聯的手裏。

「十二點多了……，還帶著六十多元錢。看你還有什麼可說的？帶走！」

第二天的一清早，茗東鎮中心大街的告示牌出現了一張「紅總司」發佈的轟動全鎮的通告：

特大喜訊

通告全鎮人民一個振奮人心的好消息：英勇善戰、高度警惕、眼睛雪亮的《紅總司》和《鬥煞鬼》的鋼鐵戰士們，經過一個月來夜以繼日的緊張戰鬥，查線索，排疑點，歷盡千難萬險。終於在昨天深夜，一舉偵破了代號為《一〇、一〇》的重大現行反革命特務案件。並在發案現場抓獲了向人民公敵蔣該死發射信號彈，進行反革命聯絡的十惡不赦的狗特務——華中用。挖出了一顆在我們鎮上埋得很深的定時炸彈。為廣大茗東人民消除了隱患。能夠在這麼短的時間內破獲性質這麼嚴重的大案，顯示了偉大的無產階級文化大革命和群眾專政的巨大威力。讓我們千遍萬遍地高呼：我們偉大的領袖毛主席萬歲！毛主席萬歲！萬歲！萬萬歲！

紅色革命造反總司令部

鬥煞牛鬼蛇神野戰團宣

西元一九六六年十一月十日

逮住了華中用，蔔躍聯嘴拉得老大，他逢人便吹：「我們手裏拿著國家發的工資，嘴裏吃著農民兄弟種的糧食，身上穿著紡織工人織的衣服，如果不把這個案件偵破，怎麼對得起毛主席他老人家呢？怎麼對得起生我們養我們的廣大莒東人民對我們的信任呢？怎麼對得起其他兄弟單位的革命造反派組織對我們的支援呢？

「破堅冰，哈哈！今天這才是真正的破堅冰了。應該大大地感謝他們才對。要不是那兩大碗羊肉……。」

審訊華中用的戰鬥馬上拉開帷幕。忙壞了「紅總司」和「鬥煞鬼」這兩個組織的人馬。他們有如一群口滴涎水，正津津有味地議論著吃碰東但又捨不得掏腰包的閑漢看到了一頭逃棚的不明戶主的羊。一時間找繩子的、捉羊的、磨刀的、殺羊的、尋柴的、澆水的、借缽頭的、煨血塊的鬧了個不亦樂乎。

審訊由「紅總司」的宿芹總司令親自主持，蔔躍聯站立一旁，像個法庭上的陪審員，前面一長溜的座位上坐著手裏捏筆的人，氣氛威嚴肅殺。

稀裏糊塗的華中用到了此刻還以為自己沒闖什麼大禍。就算站得不穩，那影子總不會是斜的。賭點錢，又不是什麼死罪。諒你蔔躍聯也不見得能吃了我？

沒料到，宿芹一開頭的提問就令他大大地吃了一驚。

「華中用，你老實交代，你是何年、何月、何時、何地、何人介紹參加特務組織的？」

「特務？」華中用愣了一下，「我可不是特務。同志們，政治的玩笑可不好隨便開呀！」

他只說了一句，背上就重重地挨了一拳「誰跟你是同志？」

「坦白從寬，抗拒從嚴！」記錄的人也放下了筆，舉起了語錄本。

「你們蚊子叮菩薩，看錯了人頭。」華中用不服地叫了起來。

「砰！」背上又痛徹心腑地挨了一記。

「說！你這經費是從哪裏來的？」

「金扉？……我哪兒有什麼金子呀！家裏最值錢只有一對玉手鐲，那年孩子他娘出走時帶走了。」

「不許打岔！」宿芹操著濃濃的泰州口音繼續喝問：「我問的是錢，這六十三元五角錢是從哪裏來的？」

「錢……？贏的！」華中用覺得是該表明一下錢的來路，藉以說明自己與特務是沒有任何瓜葛的。

「印的？……一共印了多少？」也許是泰州官話與苕東土話確實存在差別。也許是宿芹把階級鬥爭這根弦繃得太緊了，以致把「贏」聽成了「印」。

「就這麼點。」華中用坦然起來，因為他本身不算一個大賭棍。

「那機器放在什麼地方？」

「機器？」華中用愕然，他雖然常賭，但從未聽說過賭錢要用機器，趕忙解釋，「我們用的是紙牌，打十三道。」

「製版……製版要十三道……工序？」宿 芹滿腹狐疑「那你把製版交出來。」

「昨天夜裏讓姓蒍的搜去了。」

「有這事？」碩大的頭顱轉向蒍躍聯，蒍躍聯慢吞吞地從口袋裏摸出一副花牌撲克。

「製版……？牌！」宿芹恍然大悟，方才知道自己遭了華中用的耍弄。

「你這狗東西！以為我是在跟你鬧著玩是嗎？」宿芹勃然大怒，「來人！讓他領教一下跟我打岔的好處。把他吊起來，要反吊，反過來吊！」

兇神惡煞的幾個彪形小將馬上把華中用反縛起來……。

比筷子還細的尼龍繩深深地勒進了他的手腕。這種繩子雖然極細，韌性卻極好，白而透明，像是用小店裏的六分錢一根的釣魚線絞起來的，嵌進肉裏鑽心地痛。華中用被吊得哇哇大叫，密密的汗珠在額頭上凝成豆大的水滴，滾落到地上。

「宿芹，我跟你往日無怨，近日無仇。為什麼要如此對待我？」

「誰說沒有仇？你反對毛主席，給蔣介石放信號彈，就是跟我有仇！」

「好！」周圍是一片同仇敵愾的吼聲，「偉大領袖毛主席教導我們：『敵人不投降，就叫它滅亡』！」

「放我下來吧！那繩子扣到骨頭裏去了！我真吃不消了！」華中用嘗到辣火醬，態度先軟了。

「這就是你捉弄我的後果，是你自找的，怪不得我。」

「我成份清白，去年還是廠裏的先進！」華中用又叫起來。

「先進有什麼稀奇？你說你成份清白，我沒有調查過……就算真的成份清白。哪怕三代都清白……也該打！因為你忘本了。偉大領袖毛主席教導我們說：忘本等於變質。變質份子不打，打誰？」他回過頭，又對手下的人減道：「狠狠打！」

「哇……啊！痛……」華中用痛憤交加，實在支援不住了。

「現在該明白了吧？說！經費總共有多少？放在哪裏？」

「真是沒有『金扉』呀！我家裏連金耳環也沒有過。」

「還想打岔嗎？」葡躍聯狐假虎威地喝道：「宿總司令問的是經費。

經濟的經，就是蔣介石寄給你的錢。」

「沒有的事。」

「沒有？再打！」

鐵棍和木棒又一齊交加而下。

「啊……哇！求求你們，求你們別打了，我受不了……我交代……金
扉，啊！經費……經費藏在青陽橋下的……石縫裏……。」

「胡說！青陽橋是水泥墩的，哪來的石縫？分明是在騙人！」葛躍聯
又呵斥。

「那麼，你看什麼橋呢？隨便哪個橋……都行……要不，就福星橋
吧！」

「哪有像你這樣坦白的？要肯定，什麼橋就是什麼橋！」

「那麼，就肯定是福星橋好了！」

「唔！……這才有點像話了……那麼，你這兩顆信號彈是怎麼放上去
的？」

「不知道。」

「什麼，還敢不老實！」

「大概……大概是……。」

「大概什麼？」

「大概是綁在爆仗上放上去的。」

「什麼大概！簡直就是！……再繼續坦白，朝著什麼方向？」

「朝上。」

「不對！」

「那應該朝哪裏？」

「東南。東南方向才是臺灣，蔣介石住的地方！」

「東南就東南，快放我下來吧！痛死了！」

「你還沒有坦白，蔣介石長什麼樣呢？」

「這我知道，蔣介石是光頭。太陽穴上貼著塊膏藥……。」

……。

七、驚變

阿爸，我快要到家了。以前我聽洪媽媽說過：一個人假如有了出息，有朝一日回到家裏就叫作「闊別榮歸」。那麼，我今天真的是「闊別榮歸」了。

阿爸，你知道嗎？我這次跟了鷹哥到北京去大串聯，才一個月零幾天，我有了多麼大的收穫？長了多少的見識？說出來，你肯定也會高興得將我托過頭頂。獎一口燒酒給我喝，說不定還會將我最愛吃的鹹蛋黃獎賞給我吃。

其實，再開心、再快活的事也比不上大串聯。阿爸，讓我一樣一樣地來告訴您，好嗎？

首先，我要告訴你的是最了不起的一件大事。我見到毛主席了。你說該有多幸福啊！毛主席滿面笑容，比像片上還要胖。我看見毛主席的時候，眼睛一眨也不敢眨。我還代表您朝毛主席喊：我阿爸向您問好！可惜，毛主席聽不見！

阿爸，我以前經常聽到您和洪媽媽說：不到蘇杭，死了冤枉。可今天我卻要說：不到北京和上海，那才叫死了冤枉呢！這一次，我不但在輪渡

中看到了長江，還在火車上過黃河大鐵橋時看到了黃河。我們祖國最大的江和河我都見過了，我們班裏的任何同學哪有我這樣的運氣？

阿爸，以前我總以為最快活最滿足的是放寒暑假時跟了鷹哥到鄉下農村去白相。戽汗潭捉魚，戳田雞、爬高墩、打黃狗、捉蛇、開泥戰等等小熱鬧。可是，把所有的小刺激加起來與這次大串聯相比，那簡直就是拿小草與參天大樹作對比。

阿爸，我還要告訴您，北京不光有天安門，還有地安門，天壇、故宮、北海公園。尤其是還有八達嶺長城。毛主席說過：不到長城非好漢。這樣說起來，我現在已經是一條好漢了！

阿爸，還有更奇的呢！在北京時我碰到一個上海的紅衛兵告訴我，上海外灘有一口大自鳴鐘會奏出《東方紅》的樂曲。我當時怎麼都不相信，鐘怎麼會唱歌，回來時一定要拉了鷹哥同去看。鷹哥經不住我的糾纏只好同意和我一起從上海轉乘十六鋪的輪船回家。到了上海，我們才知道這一趟從上海轉真是很值得。我終於見到了那口會奏《東方紅》的大鐘，並且聽到那樂曲遠比我意想的還要優美和悠揚。我坐在外灘的石階上一直聽了三遍還捨不得離開，真是愜意極了。超乎我們想像的是：上海比北京更漂亮。特別是外灘的景致令我終身都難忘。它的北面是一幢接一幢的高樓大廈，鱗次櫛比的高大建築上披掛著幾十米高的大紅標語更給外灘增添了一種壯麗的紅色美。外灘的東面是寬闊而浩瀚的黃浦江，江面上游戈的一艘艘巨輪掛著各種色彩的小旗幟猶如一幢幢會流動的大樓。這樣壯觀的場面就是在北京也是難以見到的。我怎麼能不激動呢？要不是鷹哥的催促，我真想在上海也耽上十天半月，鷹哥心情不好，我也是理解的，假如雲雲姐姐不擠散的話，他肯定也會很開心的。

　　阿爸，有一句話，我一直藏在心底不敢說出來。其實就是不說，您也是知道的。每當我看到同學們的媽媽為她們的子女洗衣、買菜、做飯，那怕是在納鞋底，我都會感到羨慕萬分。我可以不感受一邊做作業，一邊陪媽媽縫補衣服時嘮叨。也從來不能像鷹哥那樣放學回家就享受母親蒸好的水燉蛋。可我總覺得一個家只有兩個人是不對勁的。這一次我一定要纏著鷹哥往上海轉，其實我心裏是幻想著能在上海碰到媽媽的。我真想告訴她：你的兒子已經長大了，早一點回來跟阿爸和好吧！可是到了上海我才知道自己的想法是多麼的幼稚。上海，簡直就是「人海」。我站在外灘向西望去，那一條條著名的路口直通外灘的馬路就好像是北京的胡同口。口內口外那密密麻麻的人就像湧動的浪潮。要在這樣的浪潮中尋找沒有地址的媽媽就像在「人海」裏尋找一根失落的頭髮那樣的不現實。

　　阿爸，雖然這一次我在上海沒能碰到媽媽。同時也請您原諒我沒有像鷹哥一樣給父母親和娘舅買北京的茯苓夾餅和天津的麻花。可是這一次我自己卻嘗到了不少有名的東西。在天津我吃到一種名稱叫作「狗不理」的包子，這怪怪的名稱意思好像是狗都不會理睬的，想不到一口咬下去嘗到的竟簡直是天下最美的味道。還有在德州的時候，鷹哥特地給我買來了扒雞，還說：到了德州，不嘗嘗扒雞的味道就太枉為了。可就是因為扒雞的緣故，我們才把雲姐給跟丟了。所以，我和鷹哥在回來的路上經過碭山，看到比黃金瓜還大的梨子時也不敢再下車買了。

　　阿爸，我雖然什麼都沒有給您帶回來，但我知道您是絕不會責怪我的。您還記得我十一歲那年你對我說過的一句話嗎？你說：你吃就等於我吃。對嗎？其實，我心裏明白阿爸您也是喜歡吃鹹蛋黃的，只是因為我過分的貪吃，您自己捨不得吃才特意留給我的。有好幾次，您袋裏沒錢，可那二

兩半的小爆仗還是照喝不誤，我看您皺著眉頭，吸一口小爆仗，就用筷子在蛋白上醮一下，直到小爆仗喝乾了，蛋白醮沒有了，可那蛋黃還是圓滾滾的留在蛋殼裏。那時候，不知趣的我還是用貪婪的目光盯著那蛋黃。今天想起來，我是多麼的不應該啊！

阿爸，我任何時候都忘不了有一次我把您省下來給我吃的蛋黃一口吞了下去。味道都沒有嘗到卻反而被噎得要死。把您也氣得給了我一顆爆粟子說：「老子省死省活，被你一口吞了，味道不辯是小事，可你不怕噎死啊？」當時我委屈得直掉淚，其實我也正在惋惜那滑進喉嚨的蛋黃呢！

阿爸，從小到大，我沒有少挨您的爆粟子。小時候，我常跟別人的孩子打架，往往先動手的是他們，而得勝的總是我自己。可是向別人賠不是的卻是您阿爸。你身體結實，寡言粗躁，可在別人的家長面前卻很溫和，而對自己的兒子為何要施予爆粟子呢？

阿爸，您知道我最感到委屈的是哪一次嗎？那一次，您應該記得，我無意中揀到了一隻大烏龜，拿在手裏玩。您看到後也很高興，拎著它反反覆覆地看，還說：「這東西聞聞好像是臭的，可吃起來卻是香的。這龜板還可以治毛病，可以治痔瘡，還可以治陽痿。」你用它蒸熟了後醮著蒜沫吃，吃得津津有味。我就問：「這羊圍是什麼病？是羊的寄生蟲嗎？」您喝斥我：「小孩子家問這幹嗎？」後來我到隔壁去問洪媽媽，洪媽媽也喝斥我：「你這小孩子問這幹啥？」最後被我逼不過，洪媽媽才說：「這羊圍就是使夫妻不和睦的病。」

聽了洪媽媽的話以後，我就在心裏猜想：「我阿爸和我媽媽不和睦，興許我阿爸就是得了這種病！只要我治好了我爸的病，我媽媽就有回來的希望了。反正鄉下的田邊河灘，這東西多得很。」

那裏知道，這東西你要去捉它，倒也難呢！有一次我為了捉河灘的楊樹蒲頭下一隻大烏龜，摔得身上青一塊紫一塊的，胸前背後被楊樹枝條刮刺得佈滿了血痕。回到家又猝不及防地挨了您一頓爆粟子。要不是鷹哥說破了這層秘密，我這頓爆粟子才吃得冤呢！

阿爸，正因為這頓爆粟子，您竟突然像變了一個人，我清楚地記得，你當初坐在我的床頭，嘴角動了動，什麼話也沒有說出來，一手撫著我挨了爆粟子的腦袋，一手將我摟得緊緊的，兩顆豆大的淚珠滴在我的臉上。隔了好長時間您才說：「你這孩子，阿爸也不忍心打你。你從小沒娘體貼，阿爸又沒有什麼好吃的，好穿的買給你，已經欠了你不少了。當年你娘離開這個家也是我的錯，全是阿爸的不好呀……！」

從那以後，阿爸的爆粟子再也沒有了。就是我的成績考得再不好，阿爸的批評也像和緩的輕風。

阿爸，您說過的，你吃就等於是我吃。對嗎？那麼，兒子吃的這一頓爆粟子，是否您也是打在自己頭上呢？

客輪上的汽笛「嗚……」地響了起來，船員的大嗓門在船艙外響起：「茗東到了，上岸的旅客把船票準備好，沒有船票的請拿出學生證、紅衛兵證準備驗票上岸！」

這個時候，已經是在後半夜了。

一個多月了，玩夠了，也玩累了。儘管在路上丟了雲雲姐姐而感到遺憾。可在見森看來，那遺憾也是美麗的。

他歡快得如同一隻小鳥，跳著蹦著往家裏顛。離家還有百米遠時他就開始喊：「阿爸」了。

阿爸沒有來開門，他似乎感覺到了有點異樣。就著暗淡的月光望去，自家的牆壁上多了一張只有被抄了家、劈了家堂、拆了灶頭的人家才會出現的「佈告」。

走近了，細看竟是一則「通告」，白紙黑字分明寫的是父親的名字，最後的兩句竟然是「對現行反革命分子、國民黨狗特務華中用實行隔離審查」。

他的腦袋「嗡」了一下：「我阿爸怎麼會變成了反革命特務？」

他急速地打開門，劃亮了火柴。這一下，更使他吃驚了。家裏的三門櫥、老式木床、夜壺箱都不見了！箱子、壁櫥，甚至那些不常用的罈罈罐罐、缸缸甏甏都貼上了封條。封條上赫然蓋著「紅總司」和「鬥煞鬼」兩顆大印。

「阿爸！阿爸！……這是怎麼啦？……阿爸！」他方寸大亂，失聲地叫著。

「見森，森森。小鷹你們可都回來啦？」洪媽媽聽見這邊的響動，披了件衣服走了過來，看見見森就緊緊把他摟住說：「孩子，你爸可遭了大難了……你不要急，聽我慢慢說……啊？」

她叫見森不要急，可見森感覺到洪媽媽自己卻在發抖。

「洪媽媽，我爸究竟出了什麼事啊？」見森焦急地催著問洪媽媽。

「哎……！」洪媽媽長長地歎了一口氣，既同情又惋惜地說：「我也弄不懂你阿爸為什麼要去犯法。好端端的做工人不是挺好嗎？誰知道他偏偏要去叛國投敵，朝向蔣介石放紅色信號彈，這一次被挖出來後，據說他還是『一〇、一〇』的特務頭子。有什麼犯著呀？」

「什麼叫信號彈？……要靈，要靈又是什麼？」見森只覺得像處身於

雲霧裏。

「據說，信號彈就是放到天上會亮的那種炸彈。」

見森頓了一頓，似乎悟到什麼，問洪媽媽：「那要靈要靈又是什麼意思？」

「聽說這『一〇、一〇』就是代號。也許就是代表時間的意思吧！」

「時間？『一〇、一〇』……啊！見森猛然省悟，彷彿被人狠狠地刮了一巴掌，「這不正是我報了那個假案的日子麼？」

這件事，最清楚的莫過於自己了。這些天來，他一直把這個報上去的假案引以為自己得意的「傑作」。可它怎麼會陰差陽錯就落到自己阿爸的頭上呢？

「這件事問題不大。」他回過頭對洪媽媽說「信號彈的事是我自己瞎編了跟『紅總司』鬧著玩的，在北京時我就跟鷹哥說過這件事，可是『紅總司』怎麼就會認了真呢？」

「你說是瞎編的，可是鎮上的宿司令、蔔頭頭都說放信號彈的時間地點和你爸被抓的時間地點以及藏國民黨經費的地點完全一致，都是在福星橋，夜裏十二點。鐵證如山，賴也賴不掉的。」

「不！我要去找宿芹，把信號彈的事跟他講清楚。」見森拔腳就走。

洪媽媽一把拖住了他：「你慢著，現在天還沒放亮，你去找誰去？再說，你阿爸現在是在被隔離審查，不允許外人進去的。就算見著宿芹，你這樣對他講，他也根本不會相信。不如等到白天，讓鷹哥陪你一塊去，也好出出主意，順便再給你爸送些飯菜去。」

吃過中飯後，洪媽準備了一大杯飯菜，讓洪秋鷹陪著見森來到「紅總司」的司令部所在地。即莒東中學閒置的老校區探望被關押著的華中用。

大老遠的就見那扇貼著標語口號的鐵皮大門壁壘森嚴地緊閉著，在傳達室負責守門的是一個「鬥煞鬼」派來的中年人，見他倆前來，急急的關起半扇門攔住他們問：「你們是幹什麼的？偉大領袖毛主席他老人家教導我們：『加強紀律性，革命無不勝』。我們這裏關著大特務、大反革命，不允許生人進來。」

「最高最高的指示：毛主席教導我們：『革命不是請客吃飯』。華中用是我的阿爸，我是給他送飯來的。」

「偉大領袖毛主席教導我們：『要提高革命警惕性。思想上、政治上的路線正確與否是決定一切的，……』你為什麼要送飯？是不是想伺機搞攻守同盟？把飯拿過來，讓我檢查檢查。」不等見森反應過來，他就劈手拿過杯子，打開蓋，就用筷子抄了起來。飯菜被他一攪和，成了菜拌飯，糊糊的。洪秋鷹看著不順眼，忍不住問道：「最高指示：偉大領袖毛主席教導我們說：『我們應該謙虛、謹慎、戒驕、戒躁。全心全意為中國人民服務。』你把飯菜攪成這個樣，要是餿了，還能吃嗎？」

「偉大領袖毛主席教導我們：『凡是反動的東西，你不打，它就不倒。這就像掃地一樣，掃帚不到，灰塵照例不會自己跑掉。』這麼冷的天怎麼會餿？就算餿了，給狗吃還不是一個樣？」

他話雖刻薄，可自己並不爭氣。那兩隻並沒有粘上多少油水，只粘了少許醬沫的筷子卻被他不經意地塞進自己的嘴裏吮了吮。而他自己卻並未意識到這個習慣動作的不雅觀。仍以一副蔑視的姿態對洪秋鷹和見森說：「《紅燈記》裏面，密電碼可以放到粥裏。你這小子難道就不會出花樣，把你們的聯絡暗號夾在杯子裏？」

「你！」洪秋鷹實在火了，「偉大領袖毛主席教導我們說：『我們應

當相信群眾，我們應當相信黨。這是兩條根本的原理。如果懷疑這兩條根本原理，那就什麼事情也做不成了。』我們今天不是來找你的，而是來找宿芹把事情真相說清楚的。放信號彈是沒有的事，是他兒子編造後向『紅總司』報的案！」

「咦！」守們人一臉的嘲諷，「看你編的竟像真的一樣。我看，這才是你們編造的呢！他的爺老子被關進去了，你們就說是編造的。騙得了誰？連我都騙不了，怎麼想去騙我們的宿 總司令？再說，宿總司令也不是你們想見就見的人。狗一樣的小赤佬，還不撒泡尿照照自己這張鬼臉？」

「你們『鬥煞鬼』欺人太甚，沒人看門，就派了條狗來擋道！」洪秋鷹怒火中燒。

「你是什麼東西？竟敢污蔑革命造反派？」守門的「鬥煞鬼」也被激怒了。

「你別狗眼看人低。想知道我是什麼人嗎？說出來嚇你一跳。老實告訴你，我是比你更更革命的革命派，苕東中學最早的革命造反組織『狂飆縱隊』的司令，大名頂頂的洪秋鷹！」

「洪秋鷹？你是洪秋鷹？⋯⋯你就是那個敢把寶像別到胸口皮膚上的洪司令？」

看門的以一臉驚訝和狐疑的神色重新細細地打量了一遍洪秋鷹。眨巴了一會眼睛，忽然臉上堆起了笑「洪秋鷹，洪司令。失敬，失敬。久仰，久仰。那這樣吧，小鬼先回去，洪司令留下來跟我談談。」

洪秋鷹看他這麼欺軟怕硬，就有意氣他一氣：「我是見過毛主席的人，你不配跟我談話。我要跟宿芹親自談。」

看門的像是被兜頭澆了一桶滾水一跳八丈高：「滾、滾！給臉不要臉，

不識抬舉的青頭硬，狗一樣的東西，也敢跟我比背語錄！老子三個月前就已經是背語錄的積極分子了。混蛋、赤佬、小癟三！」

他被刺激得臉色發紫，一把將洪秋鷹和見森推到門外。那一杯子的飯菜連同籃子都被扔得老遠，「砰」地一下，重重地關上了門。

「這個守門的也太欺人了。罵了他一頓，雖然沒見著華叔，可也替華叔出了口惡氣。」

「氣是出了，可我阿爸的事怎麼辦呢？」

「不要緊的，過幾天我們再去找宿芹，把這件事講清楚就行了。如果他不答應的話，我也有辦法將你爸救出來。反正這裏是我們中學的老校區，地形我熟悉。以前，我們的『狂飆』和他們的『紅總司』都想爭這塊地盤當司令部，因為他們『紅總司』勢力大。最後還是被他們占了去。」

「那麼，鷹哥，我們今天晚上就去把我爸救出來吧！啊？我都快想死了。」

「唔……！」

深夜，萬籟寂靜。「紅總司」牆邊的法國梧桐下出現了兩個黑影，杳無聲息地爬上樹，再一躍，越過圍牆閃進了院內，不用說也知道，他們就是洪秋鷹和華見森了。

正如鷹哥所說，這「紅總司」大院的地形並不複雜。圍牆也不怎麼高，還有後院那條小河最深的地方也不過齊肩膀，完全能淌過去。

他倆匐著腰，東竄西伏，尋找關押華中用的房子。

真是急死人了，白天為什麼不好好偵察一下關押阿爸的確切地點呢？現在，人雖進來了，面對著黑咕隆冬的一排排房子，上哪一幢去找好呢？

急得他倆在暗中直跺腳。

「阿爸！」兜了幾圈後，見森終於忍不住朝著一間裏面有蟋蟋索索聲音的房子，在窗口輕輕地叫了一聲。

「華叔叔！」左邊的見森一叫，右邊的鷹哥也輕輕地喊了一聲。

「什麼人？」屋裏一個粗嗓門猛喝了一聲，隨即拉亮了電燈。這聲音分明不是華中用的。顯然，不是「紅總司」就是「鬥煞鬼」了。

遠處又有一間屋子的燈亮了，有人探出頭來問：「什麼響？出了什麼事？」

「我好像聽見有人在叫。」這邊的「鬥煞鬼」回答。

遠處的屋裏一陣響動，出來了三個「鬥煞鬼」，手裏拿著電筒，嘴裏說著：「找找看，說不定真有特務份子來找他聯絡呢？」一起朝見森和鷹哥躲著的方向走來。

「唰、唰」情急中，鷹哥和見森從地上抓了兩把黃沙，朝正向他們走來的三個「鬥煞鬼」撒去。深夜的「唰唰」聲顯得分外陰森。「鬥煞鬼」們被嚇得驚叫起來：「不好了，惡鬼撒黃沙了！」亂紛紛地逃回了屋裏。

黑暗中，鷹哥和見森急急地溜到後院的河邊。「卜通、卜通」跳進了寒冷刺骨的河裏。

等這些「鬥煞鬼」們重新壯起膽，操著長矛鐵棍出來抓「撒黃沙的惡鬼」時，他倆早已消失在對岸的黑暗中了。

防範得這樣嚴格是鷹哥和見森萬萬沒有料到的。阿爸沒見著，卻反而受了一場虛驚，要不是那兩把黃沙，或許他們也已經成為階下囚了。

八、靈魂深處撒把辣椒

「柯牢的鯉魚吃勿成，逃脫的鯉魚十八斤」。鷹哥和見森的那兩把黃沙註定要使華中用經受又一次靈與肉的磨難了。

原先存在於猜測中的案子現在終於有了實質性的內容。有人妄圖劫牢就足以說明華中用這個反革命特務是真的。那麼，他的同黨迫不及待地竄出來與被關押著的華中用秘密串聯，訂立攻守同盟，也就說明瞭階級敵人已經到了萬分恐慌的地步。而且，也就可以由此而推測，這個案子的背景是多麼複雜和重大的了。

於是，對華中用的待遇又升了一級。

那間曾經令華中用觸及靈魂的屋子，今天又被佈置一新，四壁的頂上日光燈串成了排，賊亮賊亮的照著那條新刷的標語：

「推翻白色恐怖，實行紅色恐怖」

與上一次審訊所不同的是，這一次沒有上一次那麼多的人，也沒有那麼大的聲勢。氣氛似乎要比上次緩和了許多。甚至，連蔔躍聯也好像變得溫文爾雅了。那講話的口吻和顏悅色，簡直像是和忐忑不安的華中用商量著某件事：「老華，你先不要緊張。今天讓你來是因為我們在外地取經時學到了一件新事物，所以特地讓你先嘗嘗新，怎麼樣？啊？」

話音剛落，迅速上來了兩名「紅總司」的小將，將華中用的雙臂反剪起來，頭被撳到了九十度角以下。

華中用頓時身上的血液在倒流，耳朵脹得「嗡嗡」地悶響，好不容易掙扎著喊出了聲音「蔔躍聯，你為什麼又要打我？」

「嘻嘻」蔔躍聯不像上回那樣聲色俱厲，他揪起華中用的頭髮，皮笑

肉不笑地說：「這怎麼是在打你呢？這分明是讓你享受麼！你大概還不知道，這就是北京大學新發明的『噴氣式飛機』。原先只有像劉少奇的家主婆那樣的級別才夠資格乘坐。今天之所以拿來給你先享用，是因為你是我們苕東鎮的榮幸和驕傲。苕東鎮假如沒有你這個特務，也就沒有我們破獲的案件，我們的革命工作就出不了成績。那麼，這好東西當然應該讓你優先享受囉！同志們，我說的一點都沒錯吧？啊？」

「是啊！」四周是一片狐假虎威的聲音。。

「你們憑什麼要說我是特務？」

「憑什麼？」葛躍聯忽然用相當嚴肅的口氣吩咐叉著華中用雙臂的兩個「紅總司」：「放他起來！你要問憑什麼，讓我認認真真地告訴你：我們憑的是林副主席的教導：『大膽懷疑，大膽肯定，大膽打倒』。你以為我們會冤枉你啊？」

「冤枉呀！真是冤枉的啊！我哪裏會去給蔣介石放信號彈呢？我說的蔣介石太陽穴上貼著膏藥是從《人民公敵》這本書上看來的。真的沒有見過他啊！」

「住嘴！我們今天要問的，不是你和蔣介石的事，而是性質更嚴重的問題。你現在必須交代你與特務同黨的關係，以及整個特務組織。」

「那是更沒有的事。」

「還想賴！我問你，你沒有那事怎麼會有同黨來劫你的牢？」

「我真的不清楚。」

「你嘴上不清楚，可心裏清楚，給我打！」

「不清楚怎麼也要打我？」

「不清楚當然該打。你清楚了更應該打！實話告訴你，我們知道得比

你自己還清楚。」

這一會，華中用變得可憐巴巴了「那你們還能讓我說什麼呢？既然你們知道得比我自己還清楚，不如就由你們寫張紙，讓我蓋個章就是了。這些天來，我一直由著你們把我當泥巴，要長就拉一拉，要扁就捏一捏。要細就搓一搓。就請求你們不要再這樣折磨我了。我真的不曉得什麼特務的事呀！」

「你這是消極抗拒。你上次既然已經承認過是特務了。那就鐵定了。想賴也賴不掉的。不過，今天看你還算老實就不給你吃辣火醬了。」葛躍聯詭譎地一笑，像是難得發了善心：「這帳明天再跟你算。今晚你必須把特務同黨的事交代出來。否則，明天我再不會放鬆你了！」

第二天，一直到十點多。還不見有人將例行的早餐——兩個刀切饅頭送來。華中用餓得實在難受，就問看管他的「鬥煞鬼」。「鬥煞鬼」告訴他：「葛頭頭吩咐過的，你若是坦白一般的問題，一張紙一杯白開水。你若是交代出特務同黨，交代一個就給一碗飯。你從早到現在一張紙都沒有寫過，我怎麼可以拿飯給你吃呢？」

華中用被他這幾句話氣得發了耿：「曆古以來，我聽說過『只有死罪，沒有餓罪』，你們不給我吃飯算是哪一家王法？要是再不給我吃飯，我連檢查也不寫了。」

「餓罪好像是沒有的，但是……」「半煞鬼」頓了頓繼續說：「現在有了，是葛頭頭發明的，你又拿他沒奈何。誰叫你當初不願意參加我們這一派呢？」

就這樣，「鬥煞鬼」們秉承葛躍聯的旨意，足足餓了他一整天。

沒料到，第二天中飯時分，正當華中用被餓得頭昏眼花、渾身虛脫時，

蔔躍聯卻親自端來了一鋁盒的白米飯，上面還放了一塊黴乾菜燒的大肉。他假惺惺地對華中用說：「老華，只有死罪，沒有餓罪我也聽說過。所以今天給你加了倍，把昨天那一份補給你。」

這幾天來，華中用已被折磨得精疲力竭，憔悴不堪。加上又被餓了一整天，見到那盒飯早已是饞相畢露，那管蔔躍聯安的什麼心？一把奪過飯盒就狼吞虎嚥起來。吃得連連打噎還硬往嘴裏塞。

看著華中用把一鋁盒飯三下五除二全塞進了喉嚨，蔔躍聯突然狂笑起來：「哈哈！你華中用這只老狐狸，任你再狡猾也逃不出我這個好獵手的手掌心。哈！你中了我的計了。哈哈……快，快，來人！把他頭朝下，腳朝上吊起來！」

一霎時，華中用被七手八腳地捆了個結實，用繩箍套了腳倒吊起來。他昨天被餓透了，肚子裏已被白開水過濾一空。今天的飯剛過了喉嚨就被倒吊過來。脹飽了的胃直往嗓子眼裏壓，吐又吐不出，想罵蔔躍聯，卻覺得胸悶異常、呼吸被窒息了。

「嘿嘿！這滋味怎麼樣？這一回總該觸及你的靈魂了吧？看你還敢不敢抗拒？這刑罰可是《水滸傳》裏有的，好像叫什麼倒懸法。就是武松差一點嘗到的那一種……。」

華中用被吊了一會，不掙扎了。驀地，只見他牙關緊咬，眼珠突地瞪出來。反而把蔔躍聯嚇了一跳：「快快，把他放下來，再吊下去，我這條小命倒要賠在他這條狗命裏了……。」

華中用被從吊著的梁上放下來。他的臉色已經和死人差不多了。只見他冷汗淋漓。嘴唇緊閉。良久才慢慢地緩過氣來。對著蔔躍聯斷斷續續地說「姓蔔的，我和你今生無冤，前世無仇。為什麼要將我從死裏整？」

「哼！笑話。不這樣你的真話會倒出來嗎？」轉而吩咐手下：「把他拖出去，晚上我再來慢慢地消耗他。」

開晚飯的時候，照例又是二兩。飯上面澆了一勺子鹹菜湯，華中用雖然肚皮早已餓了，然而一朝被蛇咬，三年怕草繩。看那飯塊似乎比往常大了點，就不敢去吃它了。

愣愣地盯著那飯看了好一會，還是懷疑那裏面又藏著什麼新名堂，忍不住打了一個寒噤，彷彿要撒出尿來。解了褲帶剛走到門口，只見那皮笑肉不笑的冤家又出現了。提著褲子的手下意識地哆嗦了一下，連忙扣好褲子，把撒尿的念頭憋了回去。葡躍聯一見不禁又動了肝火：「好啊！好好的飯你不吃，看見我就抖褲子！分明是在搞陰謀詭計侮辱革命派。你這個反革命特務份子竟如此惡毒！來人！把這碗飯去倒給狗吃。再把我為他準備的那一份『好吃』的東西拿來！」

一大畚箕的煤渣被端了進來，放到了華中用和葡躍聯的面前。

「他已經有好多天沒有洗澡了。身上一定很癢。你們按照我佈置好的去做。」他自己不動手，卻捧著杯紅茶在一旁下命令。嘴裏兀自不停地訓斥著：「你這個狗東西，害得我夠苦了，我兩夜沒有睡過安穩覺，為你傷了多少精神？」

華中用被七手八腳地拖翻了。他一動不動，麻木地由著他們擺佈。那些人把的雙腳倒提起來。用鐵勺子把畚箕裏的煤渣一勺勺地往褲管裏舀。灌滿後，又用繩子把褲管捆紮了個結實。

「怎麼樣？煞癢嗎？觸及到靈魂了吧？今天這個節目叫作『為你搔癢』，哪裏發癢，它就在哪裏為你搔！就好比把你的靈魂用刀剖開，再往裏面撒上一把辣椒。挺煞克的。假如你還執迷不悟。我還有很多新辦法叫

你慢慢地受用的。」

「葛躍聯一邊有滋有味地品嘗著杯裏的紅茶，一邊又有滋有味地欣賞著被塞了煤渣後在地上痛苦掙扎的華中用。

「老華，跟你說實話，今晚這搔癢還算是照顧你的。你知道我明天已經為你準備了什麼好東西嗎？告訴你也無妨。我準備了一大臉盆的碎玻璃。跪在上面作交代，那才叫觸及靈魂呢！還有，今天我看到你小便不爽，忽然想起了醫院裏的導尿管。不過，我幫你導尿不會用醫院裏的那種塑膠管。為了叫你暢快個透，我會用一長鐵絲，往你撒尿的東西裏捅進去，那才叫真正的『靈魂深處撒把辣椒』呢！」

他一邊語態平和地說著話，一邊朝著恐懼萬分的華中用呲牙咧嘴的做著各種鬼怪的表情。

被煤渣搔癢得同樣呲牙咧嘴的華中用忽然號啕大哭「我跟你前世一結，犯了什麼克？要這樣殘忍地折磨我？你就放過我吧！我真的不知道信號彈和特務的事呀！」

轉而，他又對旁邊的幾個「鬥煞鬼」哭喊「老阮、小薑……你們都是我的同事，以前只要我贏了錢，大家要我請客，分香煙時都有你們的份……現在，我落到說不清、道不明的地步，我就求求你們幫幫我。你們誰要是幫我解脫了這件事，來世我當牛作馬也會來報答你們的……。」

突然，他眼前一亮，停止了哭喊。有了新的發現。透過窗楞，他看到了救星：當初那個曾經朝他撒過嬌、發過嗲的女教師──兒子的班主任──浦老師。在室外正隔著窗朝裏張望。

這不啻是落水之人抓住了一根救命的稻草。他疾喊：「窗外的那位女同志，我認得的，叫浦老師，麻煩你們喊她進來。她瞭解我的。她知道我

不會是特務的，她知道我是個好人，她肯為我作證的。她⋯⋯。」

「喊誰？喊她？」「紅總司」和「鬥煞鬼」們指著身穿黃綠色軍裝的浦老師哈哈大笑起來，臉上堆滿了十萬分的鄙夷：「呸！你是癩蛤蟆想吃天鵝肉！你配嗎？你也配認識我們敬愛的浦老師，浦霞同志？連我們見了她都要向她敬禮呢！你有資格喊她嗎？」

倒臥在地上的華中用，顧不上下身的劇痛，掙扎起半個身子，拼著全力失聲大叫：「浦老師，浦老師，求您救救我！我苦死了，你會幫我的，您會證實我的為人的⋯⋯。」

她還是那麼的漂亮。那麼的白皙裏透著粉紅。加上黃軍裝和紅袖標的映襯，更顯得漂亮中又多了一份威嚴。經華中用這麼一叫，她終於回過頭來，可是，就在她回頭的一瞬間，美麗的臉龐突然變得鐵青而冷漠。吐出的話語差一點令華中用當場昏厥——

「俄為啥要救俫？俫格個狗特務，求俄搭俫作證，俫勒浪做夢！俄是勿會得饒俫格。看俫老早幾潽神氣，還像煞有介事格工人階級？看勿起伲朵知識份子。俄今朝看俫啊只不過是工人階級格皮裏廂裏勒一副國民黨特務右派分子格賊骨頭！⋯⋯。」

一席話，把華中用刺激得歇斯底里地大叫「早知你是這樣一個狠毒的女人，我當初真應該恨恨地戳你，戳死你！」

「什麼！什麼？你？」葛躍聯驚異得簡直不敢想信自己的耳朵，「浦老師難道真的會和他有一腿？」

他趕緊走出審訊室，將浦霞叫到僻靜處，故作聰明地問：「他真的戳⋯⋯戳過你？」

「俫哪哈問得介難聽？」

「他在說，他吃過你的豆腐？」

「勿寧。」

「你那要緊地方給他碰過吧？」

「嘸不！」

「好！嘸不就好！如果他敢對你心存不規，我立即就整死他！」

「儘管嘸不……不過……。」

「既然嘸不，犯不著介恨俚！」

「可俚撥吃俄格豆腐還要勿好！」浦霞突然一聲怪叫「格只臉，俄看勒就勿適意！」

「哪……？」葡躍聯聽得雲遮霧障，萬般難解「俄猜想，俚肯定對倷有過企圖？」

「……」

「打，打！」葡躍聯重新衝進審訊室：「這個賊胚，竟敢企圖勾引我們敬愛的浦霞同志。打得他翹辮子！狠狠打！」

九、輕鬆

「信號彈……信號彈，十惡不赦的狗特務啊！你們作了孽，卻要我來頂罪。我一個小老百姓，哪裏吃得消啊？」

「天打雷劈的葡躍聯，我與你前世無仇，今生無怨，充其量只叫了一聲「女叫化」就值得你這樣殘暴地對待我？我那怕死了，化作厲鬼也絕不會放過你！」

「這天底下怎麼竟會有這樣的女人呢？模樣漂亮得像天仙。作風淫蕩

得像母豬。心腸毒辣得像蛇蠍。你發騷，厚著臉皮來纏我。我雖然沒有要你，可這是我的事，又沒有礙著你什麼？你就這樣恨我，要置我於死地？女人……，我碰到這種無情無義的女人，合該是我倒楣。也許是我在前半世虐待了女人，這後半輩子要受女人的報應了……！」

「為虎作倀的『鬥煞鬼』。我與你們都是一個單位的同事。以前只要聽說我贏了錢，就像蒼蠅叮臭肉，這個要我請客，那個要我分香煙。我總把你們當人看。誰知道，你們個個都不像人！邪狗咬我，你們也都成了瘋狗。對我施暴！「

遭受了這一次的毒打後，華中用仍然被押回了那間充滿黴味的小黑屋。這裏的空氣令他窒息，屋角裏掛著一片一片的蜘蛛網，偶有暗風掠動，那灰白的網片，竟如幽靈般地在華中用面前晃動。

他無力地在稻草墊就的床鋪上撐起身子，自怨自艾地在屋裏徘徊著，忽然他怨到了自己的頭上「這世道，人心險惡，其實我自己就不是什麼好人！那一夜我為什麼非要去賭錢呢？假如我不去賭錢，這惡時辰不是可以避過去了麼？就因為自己想贏別人的錢，才會有這樣的報應啊！」

「連我自己都不是好人，難怪這世界上碰到的就都是像蔔躍聯、浦霞那種毫無天良的人了。除非，像兒子見森那樣的小孩子，心靈才是純潔的。」

然而，他何曾料到，他兒子那一班幼小的心靈，經過無產階級文化大革命烈火的薰陶也變得「偉大」而叵測了。假如，華中用要是知道了那兩顆信號彈就是他寶貝兒子創造的「傑作」時，真會懊悶得連跳黃浦也都來不及了。

所幸的是，他無法知道那信號彈的來龍去脈。故而，在受了千般痛楚

後，心裏最惦掛的依然是外出串聯時只給他留了一張字條的寶貝兒子。

　　阿爸，你曾經說過我已經是一個小夥子了，應該多見見世面。那麼，我今天就跟著鷹哥去參加新長征的步行串聯了。由於時間太急促，我就「偷」了您夾在語錄本裏的三元錢。加了我平時積蓄的二元多，估計夠用了。再說，在路上還會有鷹哥照顧我呢！您放心吧！回來後，我一定會把見到毛主席的好消息告訴您的。

兒子 森森

一九六六年十月十六日早晨

　　這是兒子寫給父親的錯別字最少的一張紙條。華中用幾乎可以一字不差地將它背下來。活了四十多歲，兒子是他最大的安慰。記得那一年，見森他剛會走路。在一次賭博中自己不僅輸光了一個月的工資，還押掉了那塊當初很稀罕的短三針手錶。神魂顛倒地回到家裏，茶飯也不思，躺在床上唉聲歎氣。老婆以為他病了，把飯茶端到床邊伺候他。誰知後來弄明白老公不是生病，而是輸了錢和那塊當成寶貝的手錶後，不由得吵開了：「我伺候你，原以為你是在生病。那曉得你是在犯賤去賭博。我跟了你這兩年多，好菜好飯輪不上，氣倒受了不少。今天我就讓了你，可孩子我要帶走，他不能將來也變成賭鬼。」

　　她一氣之下，抱了孩子就走。華中用像是突然醒悟過來，瘋似地追上去，抱了孩子就往回跑：「你走……我不攔你，可孩子是我的，他姓華！」

　　起初時，華中用還以為只要兒子在，她總會有回心轉意的那一天。憋住一口氣也不去找她。誰知，這一去竟十多年毫無音訊。

從此後，他像失去了控制的船，愈發顛浮飄蕩在賭海裏了。

受影響最直接的是兒子。娘不在，爺不管，整日有如一頭放生的豬，跟著那一群大一點的頑皮，釣魚、掏鳥巢、打狗、叉田雞。學習成績只要不吃「鴨蛋」爺總寵著。連隔壁洪媽媽也常聽他誇耀兒子「伢見森前天釣了一碗螃蛄魚，今天又戽了一洋盆泥鰍，嘿！誰家老子有這好福氣？」

小黑屋的東牆開著一個移窗，華中用雙手緊緊地握著窗上的木直楞出神地仰望著空空的天。空空的天上飄動著幾朵不斷變換形狀的淡積雲，那淡積雲時而變幻出人在走路時那樣的腳，時而變幻出一個胖墩墩的身體，舉著旗幟行進，時而又變幻出一個有嘴有眼的頭形……那腳、那身體、那頭，在華中用空空的腦海裏忽然組合成了一個整體。逐漸，那整體越來越變幻得像自己的兒子了。

「見森……森森。我的好兒子。我知道你串聯已經回來了。『知子者莫若父』憑直覺，我意識到你已經回家了。你這孩子，自小愛耍小聰明，又強頭強腦。那天夜裏，把『鬥煞鬼』鬧得驚慌失措，沸反號天的人，不是你，還會有誰呢？」

兒子是好樣的。想起他，華中用的心情就無法平靜，儘管在學校裏他經常因為貪玩和成績落後而讓做父親的吃「告訴饅頭」。然而，兒子聰明的天資和活潑的性格又令他缺憾的心理迅速得到補償。尤其是當他得知兒子接二連三地捉烏龜給他吃是為了治父母親的「和睦病」時，華中用真切地感受到了兒子的親情。也更使他覺得欠兒子的太多了。因此，這麼多年來，他從未產生過再找一個老伴的念頭。

兒子有一份孝心，說明他懂事了，也知道體貼父親了，雖然，他的這份孝心非但沒有達到目的，反而因頭腦簡單做法幼稚而使為父的身上增添

了許多青紫的傷痕和那些新發明的酷刑的煎熬。但是，華中用在心靈上感受到的仍然是一分慰藉。想起它，他精神裏就有一股暖流。他不會責怪見森。做父親的怎能去責怪兒子對自己的一份孝心呢？有這樣一個好兒子，不正說明瞭自己十幾年的心血沒有白花？想到兒子這麼爭氣，他甜絲絲的，皮肉之苦也被沖淡了。

造反派得寸進尺。信號彈空穴來風。特務網更是子虛烏有。拿什麼去應付造反派們窮追猛打的刑訊逼供？總不能為了不遭毒打而憑空捏造出許多無辜的人來編成一張特務網？他一開始就被屈打成招，但屈打成招後有什麼後果，他是始料不及的。從按照造反派的旨意招認後反而受到層層加碼的刑罰來看，再胡亂坦白那後果勢必會更嚴重。

為了兒子的前途，也為了自己的清白。不能給世人留下一個前戳心，後戳背的話柄，必須徹底而乾脆地把以前屈打成招的供詞推翻。哪怕就是死，也要死得乾淨些。

經受了種種慘無人道的折磨以後，他不得不考慮死的問題了。尤其是工資被扣成十五元後，他痛苦地意識到：今後連兒子都養不活了，由著還未成年的兒子自生自滅，自己活著還有什麼意義？

那兩個月的三十元工資，他沒有托人帶回家，這倒並不是不擔心兒子會餓肚皮，而是他無法信任那些看押他的同事。要是他所委託的「鬥煞鬼」存心吃沒，就會更嚴厲地把他往死裏整了。

狠毒的蔔躍聯、可惡的「鬥煞鬼」。兒子，你可知道阿爸今天所遭受的冤屈嗎？

自己隨時都有突然死去的可能性，不能再猶豫了。儘管兒子還小，但還是該讓他知道自己是怎麼死的？是為了什麼？給兒子留張紙條，告訴他

自己受冤的真相。那麼，假如有朝一日，莒東鎮上也來了位「包青天」或「海青天」自己也就可以瞑目於九泉了。

見森，他拿起筆，狠狠地在「交代材料」四個字上打了一個叉，刷刷地寫了起來……

我的好兒子。你阿爸實在是壞透了。抽煙、賭搏，又害得你沒娘。而且，或許還會因為我在臨死前所遭受的冤枉而使你一輩子都背著成份不清白的名聲。我多麼希望在臨死前能聽到你把我這個壞阿爸痛痛快快地罵一頓。好讓我減輕一點負擔，輕鬆地到另一個世界裏去。

但是，你阿爸的「壞」並非是造反派們所說的「壞」。他們毫無來由地說我是國民黨的特務，給蔣介石放信號彈，還要我交代所謂的特務網。真不知是那一個天煞的放了那兩顆信號彈，害到了我的頭上。造反派們把我又吊、又打，還把我五花大綁地倒掛起來，往褲管裏塞煤渣。這還不算，還說我交代不徹底，叫我跪在碎玻璃上作坦白。把我整得好苦啊！我實在受不了這種苦。只得屈打成招，承認了自己是特務，可這樣一來，對我的刑罰更變本加厲了。兒啊！阿爸縱有十八張嘴也辯不清，跳進太湖也洗不淨了。

森森，我的心肝兒！我這個壞阿爸養了你十幾年。人家養兒為的是防老，現在時興養兒防修。我養兒別無指望，唯一的就是，你長大後，千萬要替我查清楚那個放信號彈的特務，這樣，我在九泉之下也就瞑目了。

孩子，隔壁的洪家媽媽曾經告訴我，你捉烏龜給我吃為的是讓你媽與爸和好。阿爸對不起你呀！在你出生後的第二年，因為我的過錯，氣走了你娘。我知道你沒娘的苦。小時候，有人罵你沒娘。你哭著回來向我要娘，我好慚愧啊！你是懂事的，後來你不跟我要

娘了。可我知道，你嘴上不說，心裏卻更加想你的娘。雖然當初你娘的脾氣也不好，可錯誤在我，我死後你假如碰到你娘，只希望你跟她說一句「阿爸很後悔，阿爸是好人」就夠了。

孩兒呀，人之將死，其言也善。我到臨死才知道，賭搏害人又害已。那一夜，我要是不出去算計別人的錢，也許就不會遭此大難了。所以我要再三地叮嚀你，你長大後千萬不要去賭搏。切記！切記！

兒啊！為父的心裏有無數的話想對你說，可是看起來不見得有這個機會了。阿爸這幾天是度日如年，活一天多一天痛苦。與其這樣屈辱痛苦地活著，倒不如早點死了免得多遭那一份罪，死了倒輕鬆啊！

見森，我的好兒子！為父的這張紙就是遺囑了。我生平沒有欠過別人的錢，也沒有錢借給別人。這兩個多月他們一共給我發了三十元錢的工資，我放在半褲的貼袋裏，你拿後，也好將就著過些日子。以後就全靠你自己了。

兒子，阿爸所受的這份冤屈不能向別人去一一辯解了。而你肯定是會理解的。你阿爸在政治上是清白的，因為政治的重要性，我在這方面的玩笑都不敢開，更何況會去做特務與國民黨反動派發生什麼瓜葛了。我在廠裏的工作表現，一向誠實勤儉。讀毛主席的語錄，聽毛主席的話，走毛主席的革命路線的。我的為人上對得起祖宗，下對得起你。

見森，我的兒啊！阿爸真想抱著你大哭一場。你阿爸死得冤哪！

華中用絕筆

一九六七年一月末

　　華中用寫完，像是卸下了千斤重擔。痛痛快快地大哭了一場，接下去就應該考慮，如何想法將它送到兒子手裏了。

　　今夜在門口看管華中用的是姓阮的「鬥煞鬼」。他坐在條凳上，頭倚著牆「呼呼」地打著鼾。華中用盯著他思索了一會，覺得這人心地還不錯。因為每次上刑時，他都避得遠遠的不肯動手。相對別的以虐待人為樂的「鬥煞鬼」他較有同情心。如果他願意提供幫助的話，是完全能做到把紙條送到兒子手裏的。

　　華中用猶豫著，想叫醒他。可是一轉念又覺得不妥。人心隔肚皮，不是知交的人會替你冒風險嗎？

　　呼嚕聲停了，打盹的「鬥煞鬼」也許是冷了，把滑掉的大衣拿起蒙到了自己的頭上。

　　華中用看了一會，忽然來了靈感：我何不寫張便條試他一試呢？叫見森給送條大衣來，他若同意，那紙條不就有辦法了？

　　「喂，阮老弟」華中用喊醒了「鬥煞鬼」。姓阮的睜開眼不耐煩地問「幹啥？」

　　「我覺得冷，想拜託你給我兒子送張便條，叫他給我送條大衣來，好嗎？」

　　「唔，好吧！」姓阮的翻了一個身，又呼呼地打鼾了。

　　華中用將給兒子的「絕命書」折好，藏進了自己貼身的襯衫袋裏。換崗時把那張要大衣的便條交給了姓阮的，就等著看姓阮的是否真肯幫忙了。

　　他伸長了脖子，盼望著兒子給他送大衣來，可是一直等到下午。見森沒盼著，姓阮的卻來了，他面無表情地對華中用說：「老葛命我來傳你，

到他的辦公室去一趟。」

華中發覺苗頭不對，一把拖住姓阮的，問：「你把紙條交給他了？」

姓阮的滿臉羞赧：「老華，怪不得我呀！你這不是明明在害我嗎？你應該知道，你的事已經鬧得夠大了。千萬不要把我也牽進去。我也怕牽連哪！我上有老，下有小，一家六口全在我一個人身上呀！」

華中用盼來的又是一個受難日。葛躍聯晃著他交給姓阮的那張紙條沖著他大聲地咆哮「你竟然還敢與外界聯絡？膽子也忒大了！」

過去那個嬌滴滴的浦老師，此刻的嗓音也尖得怕人地叫著：「俙阿曉得現在對俙勒浪隔離審查？」

「我冷，難道要件衣服穿也有罪嗎？」華中用據理反駁。

「你不是在要衣服穿，我看你這紙條就是聯絡暗號。你冷了，就是說你被關了那麼多天覺得難受了。把大衣送來，就是叫你的同夥馬上來，好把你救出去。」

「姓葛的，你也太欺人了。吃飯穿衣，人之必需。你難道冷了不添件衣服的？」

「你懂得什麼叫隔離審查嗎？隔離就是不能讓你與外界聯繫。審查就是可以叫你餓死、凍死！」

「我不懂！」此刻的華中用突然變得像一頭被激怒的獅子，一聲怪吼。自從給兒子的「絕命書」寫好後，他就將生死置之度外，隨時準備付出生命的代價了。「我只懂得罵了你一聲『女叫化子』，你就將我公報私仇！你既然要我死就明說吧，讓我痛痛快快地去死，不要這樣陰陽怪氣。我也不會再向你求饒了。你經常這樣喪心病狂地折磨我。我要是死了變成鬼，也要追你、捉你，叫你和我一樣不得好死！」

「反了，反了！氣死我了！你竟然還敢污蔑我的愛人！」葍躍聯被刺激得像條歇斯底里的狗「打！打！往死裏打！」

「砰砰嘭嘭」地響起了一陣酒瓶和椅子的打擊聲，華中用兀自罵個不住口「老子不是女叫化，沒有豆腐給你吃。我苦頭吃得沒頭頸，寧可死給你看！……女叫化、女叫化……哇！啊……」

華中用越挨打就罵得越厲害，造反派見他罵得越厲害就打得越凶。等到華中用的罵聲漸漸地低下去的時候，女嗓音突然喝住了打得汗水涔涔的「紅總司」和「鬥煞鬼」。

「等一等，㑛朵格樣子打是錯誤格！」

對於活命已不存指望的華中用這時停止了翻滾。忍著劇痛掙扎起半個身子，不解地望着態度突然起了變化的浦老師。心裏升起一絲人性的曙光，想「女人，畢竟是女人，她終於心軟了，不忍心了……」。

哪裏知道打錯算盤的卻是華中用，只聽得尖尖的嗓音在教聽命於她的那些打手「華中用是國民黨格特務分子，是極右派。㑛朵代表格是革命左派，應該用左手打倵右邊格面孔！」

話音剛落，華中用就被從地上拖起，推到了屋子中央的椅子上。一個「鬥煞鬼」用右手揪著他的頭髮，左手朝著他右邊的臉狠狠地甩了一陣巴掌。「慢慢叫」女嗓音又指揮著「還應該有節奏，除了格位打倵格同志，請大家跟牢俄格拍子舉起寶書一齊來，一、二、三，預備，開始！」

革命大眾　　啪！

開心之日　　啪！

階級敵人　　啪！

難受之時　　啪！

驀地，華中用突然作出了垂死前的掙扎，他集聚起四十多歲生命的全部力量。猛地掙脫了打他耳光的那個造反派。呲牙咧嘴地瞪著浦霞罵「毒辣的臭女人，我跟你拼了！」一頭朝她的小腹上狠命地撞了過去⋯⋯

一大桶冷水潑在華中用的頭上，一動也不動。「快快，再澆一桶！」還是毫無反應。用腳踢他的腰眼，四肢已軟如纜繩。這時，葛躍聯和浦霞才都慌了神。

「快！快！對他實行革命的人道主義！」宿芹一聽說出了人命也心急慌忙地跑來了「給他掐人中，揉太陽穴，刺湧泉⋯⋯看看是否有救？要不然，這案子查不下去了！」

亂紛紛地忙乎了個把鐘頭，看看面色已如灰土一般。只好把屍體用被絮卷了，用板車拉進了苕東人民醫院。沒想到，前來診斷的醫生也是個戴黑臂章的，他嘴角往邊上一咻，示意直接進太平間。

「怎麼？你敢不看？這可是個特大案件的重要人物，要負責任的。」宿芹和黑臂醫生打起了官腔。

醫生並不搭話，用手指了指掛在過道上的一排排大字報才說「這上面寫的名字就是我。我自己泥菩薩過太湖──自身難保。為什麼不送個重如泰山的階級弟兄來讓我搶救？我也好將功贖罪，反而給我送來一個輕如鴻毛的階級敵人，豈不是叫我罪上加罪？」

「咦？看你雖然戴著黑臂章，想不到階級覺悟倒是蠻高的啊！」

造反派搶救一個反革命特務分子是史無前例的。華中用假如靈魂有知，倒是應該歌頌無產階級文化大革命中所出現的革命人道主義精神的。他臨死前哪裏會想得到死後竟會有如此高的待遇。這些曾經折磨過他的

人，都參加了「搶救」他的行列。說明，造反派們並沒有要他死，而是他罵人罵得太狠了。

「怎麼辦呢？」真的出了人命後，葡躍聯和浦霞都亂了方寸，他們開始商量辦法：「沒想到，這狗東西這麼不經打！」

掌權者在行使權力時根本就沒有考慮到會有什麼後果。現在真的出了事，誰都怕擔著干係。大中國歷代沿襲下來的千年古制他們都明白——殺人償命。

「是俫，是俫勿好！俄嘸不要俚死！」浦老師此刻的嗓音倒真是輕和細軟。可責任卻是不肯負的，「你葡躍聯蹲監獄有老婆送飯。我一個女流進去了女兒誰管？」

「我全是為了保衛你，才狠性命給了他兩下。」葡躍聯此刻也不再學她的蘇州話了，「要是你的小肚皮被他那一下撞著，你還有命啊？」

「慢慢叫，俫勿提醒俄，俄倒真有一眼眼渾頭渾腦。俚既是用頭撞俄格小肚皮，格就說明俚是想吃俄格豆腐，吃俄豆腐就是流氓！女人打流氓俄曉得是勿礙格。格麼格樣子看起來，俄倒是勿要緊格……。」

「你不要緊，可我要緊。現在出了人命。老宿同志責問起來，當然不會怪你，你一個女同志，他護你都來不及。可苦的是我，人性命的大事，叫我怎麼擋得了？早知他會死，我倒寧可擋在你面前，讓他朝我身上撞一下，那怕讓他撞斷肋骨，也不會像現在這樣擔驚受怕了。」

「俄看，格樁事體，阿好先去問問老宿同志。或者，乾脆先寫張檢討書撥俚，來個負荊請罪！」

「你是女的，夫君當然可以請罪。我怎麼辦？當初一個活人交給我看管，今朝交不出帳了，請罪也不相干的！」

兩個人心裏都打著鼓，忐忑不安地來找宿芹請罪。

宿總司令不愧為苕東鎮上的風流人物。滿腦子的文韜武略，有的是收拾殘局的本事。當裝出副笑臉的萄躍聯前來請罪時，他只是篤悠悠地抽煙，朝著浦老師眯著眼睛笑。

良久，他抽夠了煙，才緩緩地說：「你們一不要怕公檢法，公檢法現在得聽我的。二不要怕我，我不會要你們吃官司。三不要怕華中用，因為他已經死了。四不要怕他家屬，據我瞭解，他只有一個胎毛都未脫盡的小鬼兒子。哪有膽量來找我們論理？你們可以先派個人去嚇嚇他兒子，說他老子是畏罪自殺，你們父子串通一氣就應該頂罪。如果你為老子鳴冤叫屈就要罪加一等。也要戴高帽子遊街。諒他一個小毛孩子經這麼一嚇唬，魂靈早沒了一半，還敢……。」

一席話，把兩個人的憂慮一掃而盡，萄躍聯被感激得趴到地下磕起頭來「謝謝！謝謝！老宿同志真是英明偉大。從今往後，我一定更加堅定地執行毛主席的革命路線，聽從您宿總司令的戰略步驟！」

十、喜鵲叫

下了好幾天的雨，總算逢了個好太陽。華見森今天起了個大早，感到很輕鬆。把家裏沒有貼上封條的東西拿到外面太陽下曬好。在吃早粥以前，他朝東做了幾次深呼吸和擴胸動作。這是鷹哥在火車上時教他的，那時叫化子們留在車廂裏的黴爛氣味令人發悶，是鷹哥教了他屏氣的方法。他試後感覺確實很好。從那時起，他就有了這個習慣。

鍛煉畢，剛要拿起粥碗就聽得喜鵲「呱呱」地叫。這叫聲聽起來響亮、

悅耳，又愜意。父親出事到現在，他還是第一次有過這樣舒暢的心情。

忽然，一個戴著紅臂章的「鬥煞鬼」跨進門來，那張臉顯得陰陽不調，神秘莫測。他整了整草綠色的軍便裝，扣好了風紀扣，神情嚴肅地問：「你是華中用的兒子嗎？」

在華見森應了「是」後，他說話的腔調突然換了種不標準的京片子：「我奉老宿同志，老葛同志的命令前來通知你：今天是你的好日子到了。你總算苦出頭了。所以，『紅總司』、『鬥煞鬼』特地派我來向你表示慶賀。但是，你聽後千萬不可以激動。」

「是我阿爸要回來了吧？」見森禁不住一陣喜悅，難怪一大早喜鵲就唱得那麼歡。剛才看見「鬥煞鬼」時那顆忐忑不安的心鬆馳了下來。

「不！看你想到哪裏去了。」「鬥煞鬼」突然收住笑，一本正經地掏出一張紙片繼續說：「老宿同志和老葛同志讓我來正式通知你：你那個現行反革命的父親，思想極端反動，頑固到底，誓死與革命造反派為敵，拒絕了革命群眾對他的挽救。選擇了一條通向黑暗的道路。向人民公敵蔣該死邀功請賞去了。已於昨天下午走上了自絕於人民，自絕於革命，自絕於毛主席革命路線的道路……」

「自絕？什麼叫自絕？」見森看著「鬥煞鬼」的神色，發覺有點不妙，惴惴不安的問。

「自絕就是自殺！畏罪自殺！也就是死了！」

「啊……！」不啻是晴天霹靂。見森只覺得心臟驟然停止了跳動。連呼吸也被窒息了。

沒有任何預感，沒有絲毫的心理準備。

太突然了。見森頓時感覺到天在旋。地在轉。五內俱摧。痛不欲生。

「阿爸，阿爸！您難道死了？」

「阿爸，阿爸。我阿爸是活生生的人呀！兩個多月沒見，怎麼就會死呢？」見森雙腳亂跳。眼前的房子、電杆、景物也跟著亂跳。跳了一陣，忽然倒在地上不動了。

「不許激動！我叫你不要激動！」念著通知的「鬥煞鬼」也被弄得手足無措，只得停下京片子的念白，改用苕東土話朝外面大聲喊了起來「來人哪！鴿嗒（這裏）出事體臺！」

喊聲驚動了附近的鄰居。隔壁的洪媽媽先到一步，看見倒在地上的見森。又看看呆若木雞的「鬥煞鬼」一手拿著通知，一邊在喃喃地解釋：「他爺死了，我來通知，一張紙沒有念完，就成了這個樣子！」

洪媽媽氣得義憤填膺「你們這些狗屁造反派，耍什麼威風？把父子倆逼得這麼慘，還有人性嗎？」她奪過通知一看更火了「還要他劃清界限，不許哭鬧，不許戴孝，不許火葬，不許鳴冤叫屈，不許報復……要替他反動父親頂罪……你們這些畜牲，喪盡天良，還算人嗎？」

「你這老太婆，怎麼竟敢污蔑革命造反派？」

「就罵你這狗東西。別人怕你，我不怕你。我兄弟叫強大力，兒子叫洪秋鷹。都是造反派頭頭，比你更革命。諒你不敢吃了我！」

聽到強大力的名字「鬥煞鬼」立即矮了三分。臉上堆起笑，弓了弓脖子說：「大媽，請您莫怪我，我只是奉命差遣．奉命的……。」

說完，他紅著臉，拉下袖章，悄悄地溜了。

在鄰居們的同情和幫助下，見森弄回了父親的遺體。他抱著父親呼天搶地哭得昏死了好幾回。鄰居們說好說歹總算勸得他給父親的遺體抹了身，換了套乾淨衣褲，在鎮郊的一片廢墟上挖了一個坑，用最原始的方法

安葬了父親。

　　從遺體上換下來的衣褲裏，見森取出了阿爸的「絕命書」和那最後的「工資」。隨後把衣褲捆成一卷「隨身包」燒給了父親。

　　「絕命書」的每一筆，每一劃，每一個字都緊緊的揪著見森的心。他捧著「絕命書」在父親的墳頭上狠命地擂著自己的頭，哭得死去活來。

　　「阿爸呀！好阿爸！我親親的阿爸！我不是個好兒子呀！你知道嗎？是兒子害了你呀！是我害了你，該死的是我呀！是我自討苦吃想出來的信號彈。你恨我吧！你罵我吧！你打我吧！你為什麼不把我打一頓再死呢？你用那火爆粟子狠狠地打我吧！讓我好受些！阿爸！你既當爹，又當娘養了我十幾年，好不容易把我拉扯大，一分錢的孝心都沒得到，我卻拿著冤枉當孝敬，把你害了。以後剩下我一個人，成了一缽頭亂醬。叫我怎麼攪呀？阿爸，好阿爸！我後悔死了！後悔死了……！」

　　「見森，你要當心自己的身體呀！華叔叔已經死了，你再哭他也活不來，想開點吧！……啊？嗚……嗚……」鷹哥勸著禁不住也哇哇地哭了起來。

　　「鷹哥，我真的好苦啊！別人家都有爸，又有媽。我從小就只有一個爸。現在連爸也沒有了，叫我怎麼過呀？……哇……」

　　「跟我們一起過吧！啊……嗚……嗚！」

　　淌不完的悔恨淚，一連半個月，見森茶飯不思，眼前除了阿爸的身影什麼都沒有。無論洪媽媽，鷹哥怎麼勸慰都無濟於事。眼見得見森日漸消瘦下去，洪媽媽看在眼裏，疼在心裏，逼鷹哥每天陪著他。

　　門前的大柳樹上，那喜鵲不知人間悲憂愁，依然每天不知疲倦地「呱、

呱」叫著。叫得人心裏煩躁。

　　忽一日，喜鵲剛叫過，遠處響起叮叮咚咚的鑼鼓聲，一隊人打著紅旗和橫幅由遠而近地朝見森的家門口敲了過來。走在前面領隊的是茗東中學「紅總司」的幾個小頭目，後面跟的是阿爸廠裏的「鬥煞鬼」。再後面竟跟著一大群自己的那班小造反。「紅宇宙」的光銀頭旅長、鼻涕狗師長、黑皮參謀長和小癲痢團長等同學。大隊人馬來到見森門口就停了下來，其中的一名「紅總司」一到門口就喊：「先把喜報貼到牆上去。」

　　一陣忙乎之後，「紅總司」、「鬥煞鬼」「紅宇宙」們都整整齊齊地排列好，那陣勢很壯觀。剛才那個喊話的「紅總司」擔任指揮，在他的帶領下，大家都掏出寶書，嚴肅認真地舉行一場永遠都無法命名的「儀式」。

　　「今天，我們懷著對偉大領袖毛主席的無比忠誠。懷著對黨對人民的赤膽忠心。懷著打擊帝修反，接好革命班的雄心壯志。懷著對剝削階級反動階級的刻骨仇恨，懷著對華見森同學誠摯的革命情誼和深厚的無產階級感情。本著治病救人的革命原則。讓我們共同幫助，熱烈歡迎華見森同學與反革命的父親徹底劃清界限。回到毛主席的革命路線上來。我們相信華見森同學會站穩立場，認清形勢，儘早表態……與反革命的父親決裂！」

　　「胡說！我阿爸生我養我，我劃不清，也決不劃清！」

　　「同學們，我們為了挽救華見森同學，大家一起為他朗誦幾條『最高指示』好不好啊？」

　　「好！」一片附和聲。

　　「最高指示：偉大領袖毛主席教導我們：階級鬥爭，一抓就靈。」

　　「在階級社會中，每一個人都在一定的階級地位中生活，各種思想無不打上階級的烙印。」

「誰是我們的朋友，誰是我們的敵人，這個問題是革命的首要問題。」

「看一個青年是不是革命的，拿什麼做標準呢？拿什麼去辯別他呢？只有一個標準，就是看他願意不願意，並且實行不實行和廣大的工農群眾結合在一起。」

「華見森，表態！」

「華見森，表態！」

「華見森，表態！」

「你們休想！」

「同學們，讓我們再一次以熱烈的鑼鼓聲歡迎一遍，好不好啊？」

「好！」隨即響起的鑼鼓聲又咚咚地振得人們的耳朵發聾。

天色慢慢地暗下來，可是華見森咬緊牙關不表態，幫教隊只好自找臺階。

「華見森同學今天暫時還沒有覺悟，明天我們再來以滿腔熱情歡迎他，好不好？」

「好！」復合聲響過後，終於又復歸於寧靜。

第二天，一大早他們就來了。還是那副陣勢，人數比昨天還要多，他們又重複了昨天的那一幕「儀式」。

又一天下來，幫教隊們鬧了一天，嗓音都啞了，見森還是決絕的兩個字「我不！」

第三天再重複，那口號雖喊得少了，鑼鼓卻敲得更響了。洪媽媽看著也覺得這樣下去總不是辦法。過來勸見森「你還是依了他們吧！我看這一關你是逃不過去的。要是像這樣再幾天下去，鄰居也要受不了的，你就看在鄰居的面上，答應了吧！」

見森委屈而悲愴地說：「洪媽媽，別人家有爸有媽，我媽不要我，我就這麼一個爸爸了，阿爸死後，我沒爸沒媽，只剩下阿爸這兩個字，他們為什麼還非要我劃清呢？這礙著他們什麼了？」

「傻孩子，又沒有人叫你不可以想你爸，況且，也不是叫你改姓，這只不過是革命的形式主義罷了，有啥不好依的呢？」

「我不願意，可他們在強迫我。」

「對，對，對！」那個領喊口號的「紅總司」忙不迭地插話進來：「這是強迫。可這是革命的強迫。強迫你參加革命。是好事，是光榮的事。」

「要是你爸死了，你也會劃清啊？」見森冷冷地反問。

「那當然，我也會的，可我爸是個革命派，不需要劃清的。」

「好！不過我不改姓，只要繼續讓我姓華，劃清就劃清！」

見森咬著牙齒剛吐出這句話，就贏得四周一片聲的喝彩和歡呼聲。

「向華見森同學學習！」

「向華見森同學致敬！」

「歡迎華見森同學轉變立場！」

華見森終於麻木而無奈地接受了「紅總司」、「鬥煞鬼」「紅宇宙」們的祝賀。那鼻涕狗師長高興得發跳。在見森的肩膀上結結實實地捶了一拳。

「見森，你終於覺悟了。我們又是自己人了。歡迎你回到毛主席的革命路線上來，你還是我們的好司令。我真為你感到高興！」

「高興你個屁！等你爸死了，我也會來高興的！」見森惡狠狠地回答道。

十一、勾搭

「這傢夥死得好，死得正是時候。」

「可不是麼，為了這死胚，我不知過了多少個不眠之夜。精力、氣力差不多耗盡了。」

「假設這個姓華的不死，連過年也不會太平了。哪裏有得像今天一樣舒舒服服地吃一頓定心飯？」

「全虧了宿芹同志格正確領導和英明決策。當時格辰光，格個死坏眼烏珠一挺，俄嚇得手腳啊嘸不哉。末來伲朵宿芹同志撥勒俄幾聲閒話，俄格心才定落來。」

「啊唷，看你們好得已經像一家子了，還『同志、同志』的叫得肉麻來」

「格叫做尊重。」

「尊重？那麼我問你，你們倆個困在一個枕頭上時也是『同志、同志』地叫的麼？」

「好啦，好啦。別再胡鬧了，叫人聽見了，可不是好玩的，人家浦霞同志可是有愛人的人哪！」

「喲！那個可不叫愛人，只不過應該叫丈夫。丈夫、丈夫、跑開一丈就不是夫了。何況在青海那麼遠的地方。」

「哎喲！這是什麼東西？」葡躍聯的牙齒縫裏，被嵌進了一截尖尖的肉骨頭。他憤憤地罵了起來「戳他娘的，狗賊的革命飯店簡直是不革命。現在的革命形勢無論哪裏都是一派大好。可就是飯店不好，這種尖尖的硬腿骨也都混充排骨配在細什錦裏，簡直是在賺黑心錢。明天去找他算帳，

把它『破堅冰』的牌子拆了！」

「是啊，現在的細什錦也被造反造壞了，五隻角子，就這麼一小杯子，拔來拔去筷子頭上就幾塊排骨、龍腸、肉圓子和奶脯肉。過去四隻角子的炒三鮮，裏面還有蝦仁、爆魚、雞頭頸哩！」女叫化向來能說會道，更何況這些年來她的茗東話已經說得與本地的老茗東們毫無二致了。

「論吃的麼。」宿芹接上話頭：「應該數蘇州人的嘴巴最有吃福。松鶴樓的松子桂魚和開洋蒓菜湯都是名菜。還有玄炒觀的酒釀園子和小籠湯包都百吃不厭。特別是那小籠湯包，做得雪雪白，據說是用上海的富強麵粉做的。咬一口，那裏面的鮮肉湯直往嘴裏沖，吃起來實在再舒服沒有了。」

「講到玄妙觀，還有一樣好沫事，素雞豆腐乾。既便宜，又好吃。味道實在是刮刮叫格。哪像茗東格檀香豆腐乾，咬起來硬綁綁格，所以，連豆腐啊是蘇州格好！」

「是的，豆腐是蘇州的嫩。」宿芹話音剛落，葡躍聯和女叫化忽然一齊笑了起來，眼睛盯著浦霞做鬼臉。

「所以，我們的宿總司令就偏偏喜歡吃蘇州的嫩豆腐……哈哈，好在現成就有。」

「嘿嘿……！」宿芹與浦霞也莫名其妙地跟著笑起來。驀然，浦霞意識到了他倆是在取笑自己，臉刷地紅了：「倷兩個啊是鬼貨！」

說罷，抿了嘴也「吃吃」地笑。

「來！來！喝！」葡躍聯舉起紅得發膩的嚴東關五加皮，顯然有點醉了，沖口說道：「那豆腐……只要不給華中用吃去就成了！」

「放倷格屁！」說到華中用，浦霞極其敏感「倷啥格辰光吃過俄格豆

腐啦？」

浦霞這一聲嗔怒，倒把萄躍聯弄得好不尷尬。好在女叫化自會打圓場「好啦 啦好！大家不要再講笑話了。革命不是請客，而是吃飯。大家幹了杯中的酒，我給大家盛飯去。」

萄躍聯自知失言，可又無從分辯。心理卻極其複雜。直到送客，他還酸溜溜地、想陪著送一程。被女叫化一把拉住：「他倆個乾柴烈火，要你去空軋鬧猛。做啥？」

萄躍聯如有所失，呆呆地望著他倆遠去的背影。這時他才意識到，當從他們的兩雙手握到一起的那一天開始，就已經永遠沒有自己的一份了。

說起宿芹與浦霞的相識，還有著一番來歷呢……。

　他們這兩個人，雖然同屬於教育工作者，但在文化大革命前，卻緣份未到，一直沒有過認識的機會。

這個宿芹，出生於泰州的農家，畢業於華東師範。人雖長得一表人才，但在婚姻問題上卻一直桃花難開。

是功夫太好？口才太好？水準太高？還是茗東的姑娘氣質偏低？素養不高？內涵缺乏？

是地域的因素？他不喜歡茗東鎮地方太小，還是小地方的姑娘不願意嫁他這個蘇北老倌？

是因為各方面條件太好了？顯得曲高和寡高處不勝寒，還是權重勢大，行為怪癖讓人們敬而遠之？

別人只有猜測的份。總之他對於女人的運道實在是不怎麼樣。談一個，斷一個，談兩個，吹一雙。一直捱到三十出了頭，尚未找到容貌般配，氣味相投的。直把他弄得一提起個人問題就厭煩透頂。到後來乾脆把它放在

一邊，再不願去體味那窩濕感了。

沒緣的強求求不來，有緣的要推推不開。自從與蔔躍聯混在一起後，他的緣份就來了。抓獲了華中用，「破」了信號彈的特務案這陣子，他們的活動少了，空閒卻多了。想做事的人一旦閑下來沒有事情做就倍感寂寞。骨頭裏也會發起癢來。

忽一日，宿芹心血來潮，談起那批抄家物資。

「老蔔同志，我們辛苦到現在，從來沒有考慮過個人的私利，那批紅衛兵抄來的戰果，除了金銀珠寶應該上交外，其他東西都應該處理掉。倒不如我們現在先一道去看看，有沒有中意的，有就留幾件，放一邊。」

「看看倒不妨，留就有點靈魂深處私字一閃念了。」

蔔躍聯嘴上雖然在假惺惺地客套著，可心裏卻在說：「好機會終於來了！」

「都跟親兄弟一樣了，還說那客套話幹啥？」

蔔躍聯跟宿芹來到存放抄家物資的倉庫。所謂的倉庫，原來是清朝一大學士的豪宅。從門口朝裏走，一進、二進、三進大廳都放滿了從各處抄家來的各種物資。當蔔躍聯首先看到一對明代的龍頭太師椅熠熠地閃耀著紅木特有的暗紅色光芒時，他的眼睛同樣也放射出了暗紅色的光。

「老宿同志，那些大件的我都不要，應該把好的留給群眾，我只要那一對太師椅。我兒子還小，坐在那上面吃飯，做功課可穩紮了。」

兩個人繼續往裏看，沒料到越往裏好貨越多。屋角裏竟按原樣攤放著一張紅木大床。看上面紙牌上的登記，是古董商唐家的被抄物。蔔躍 聯心中又被勾得癢癢的，可是自己已經說過只要太師椅，況且自家有一張莘薺漆的西式木床，不好意思再捷足先登，就試探著問宿芹：「老宿同志，那

紅木大床不錯，你還沒結婚，就給自己留了吧？」

他期待著宿芹說一聲「不要」那樣他就可以把太師椅配成套了。沒料到宿芹這一次並不推辭。若有所思地輕輕「唔」了一下，來了個當仁不讓。往床上一躺，「蹭蹭」地彈了幾下屁股，快活得如同一個小孩子，一連聲說：「不錯，不錯，實在不錯，它結實得好像戲臺。將來和老婆睡這種床，簡直沒得話說了。」

「老宿同志，你確實應該討老婆了。像你這麼大的領導幹部，茗東鎮上數你最英雄最了不起了。不弄個絕色的原生貨也太枉為了。」

「婚姻的事，一兩句話說不清楚。」

宿芹似乎非常感慨：「要是找了一個容貌好的，就怕她作風不好。找一個脾氣溫順的，她什麼都由你擺佈，那趣味恐怕就不足了。要是找了個政治上要求上進的，那家裏的穿衣、吃飯，買汰縫裁往我身上推可怎麼行？要是找了個生活上很精通的，就怕她會在銅鈿眼裏翻筋斗……。所以說，事物往往充滿了矛盾。」

「矛盾歸矛盾，可總比沒有要好呀！這樣吧，如果你老兄宿芹同志信得過我老弟，讓我來幫你挑一個夾夾壯壯、白白胖胖的原生貨。到時包你帶勁又滿意。怎麼樣？」蔔躍聯嘴上奉承著，可心裏卻因為那張紅木床叫他占了去而很不是滋味。

「你幫我選？」宿芹詫異地扭轉那顆碩大的腦袋，微笑中含著譏諷：「你選的我會要？聽說你很犯忌別人說你的老婆是兩個飯塊換來的。」

「誰說的？那是階級敵人造謠破壞我的名譽。」蔔躍聯的臉頓時紅一陣，白一陣，眼前要是換了任何人，他早就一巴掌搧過去了。可對宿總司令他是萬萬不敢的，只好耐著性子向他解釋：「我之所以恨那個華中用，

主要是因為他竟敢講我這種誣衊我的壞話。」

「其實說這話的人又何止他一個。」

「別人是在背後呀！背後講我當然沒法知道。可他竟敢當面污辱我，我豈肯輕易放過他？所以，我一定要殺一敬百，給他嘗嘗我的辣火醬。」

「其實讓人家說說也沒有什麼關係麼！事物都一分為二的，就像剛才我說的一樣，既對立，又統一。它的反面不正說明你老萵同志有本事。惹得華中用眼紅了才妒忌的？你看那華中用不就是個沒有老婆的人嗎？說明他沒有那本事，那怕換了我，我也不見得有這麼大本事。以這麼小的代價，能換回那麼好的老婆！」

說他有本事，萵躍聯不禁笑上眉頭。有些飄飄然了：「老宿同志。我就稱你為老哥吧！要說這本事兩個字，老弟我可什麼都無法跟你比哪！論水準，論能力、論地位、論相貌、論權力我哪敢跟你宿老哥比呢？只是有一件，老弟我不是自誇，可要比老哥強，那就是弄女人。今天，我倆反正已經好得跟親兄弟一樣了，不妨說說知心話。不瞞你老哥說，要找個把相好的，哪一種女人一勾就上，哪一種不容易勾上。哪一個床上木訥無味，哪一個床上功夫了得。老弟我有的是門檻，眼光一照就有個八九不離十。」

宿芹眼睛直勾勾地看著滿臉得意的萵躍聯，似乎在戲院裏聽說書先生說大書：「那你不要賣關子，說出來給我聽聽。」

「其實呀，勾女人不是難事，主要該掌握好幾個要點才是關鍵。要看一個女人能不能勾上？首先要吃准這個女人有沒有勾搭男人的思想？」

「哪怎樣才能吃准一個女人有沒有勾搭男人的思想呢？」

「根據我的觀察，有勾搭男人思想的女人在行為上都有特點或者缺點。第一是凶。漂亮的女人在心中總有一種這一輩子不肯讓一個男人占了

去的想法，否則她就白漂亮了。可是要想到外面去軋朋友就必須把自己的男人治服貼。我們苔東把這種女的比男的厲害的現象叫作『船艄朝前』。那些『船艄朝前』家中的女人，沒有一個勾搭不上的。不過這一類女子大多比較粗魯，你老哥不會喜歡。第二種女人就是：饞。女人嘴饞對她自己來說是個缺點。可對於想打她主意的男人則是天賜良機。他們最頭痛的就是獻不上殷勤。女人一饞，機會就來了。你把她愛吃的菜肴往她碗裏夾。把蘋果梨子削了皮再切成塊送到她面前，把瓜子仁一粒一粒地剝了殼送到她嘴裏。那麼，到沒有人的時候她就由著你擺佈了。這一類女人的表現大多比較鬆懈、散慢。第三，女人要懶。懶惰的女人最怕幹活，不願幹活就只有裝睡。明明醒著卻裝出副沉睡的樣子，老公奈何她不得，當然只顧自己上班要緊。而她呢？躺在床上賴在被窩裏想呆頭心思，勢必會想到男人身上去。這時候假如聽到約好的敲門聲，她比什麼都快活。這種女人一般都是沒有職業的家庭婦女。第四種女人就是愛俏的那一種，別看現在不時興畫眉毛塗嘴唇了，可是仍然有不少女人每天對著鏡子要照上個把小時。把頭髮用荊樹汁刨花水刷了一遍又一遍。我們把它叫作『俏阿母，費老公』。所以那些愛俏的女子十有八九是騷勁十足的。這種女人，接觸男人越多就越以為自己俏得道地。且最能領會男人的心思，你若對她使個眼色，做個手勢，她馬上就會接令旨。第五種女人是愛虛榮的那種。女人的要求一般要比男人多。假如她勾上了一個有權有地位的男人。她就會倒過來巴結你、奉承你。求你批個條子、蓋個印子。讓別人覺得她神通廣大，路路通達。她的老公哪怕知道了，也會因為自己無能而不敢與你計較的。第六種女人我認為是最好的一種，那就是安靜。靜就是孤單。這一種女人以老公在外地工作的為多。她們外表看起來都非常莊重。但在骨子裏都是想男

人想得最厲害。做夫妻最忌的就是分居兩地，一年難得兩三回。眼看著人
家夫妻整天兒成雙捉對，心裏能不羨慕嗎？女人家最怕犯了病沒有人問寒
熱、肚餓了無人端吃的。夜冷了無人掖被角。這種女人看起來很難高攀。
可是一旦被你勾上後，你趕都趕不跑她。不但體貼人，而且不要你化費。
今天閒話講到興頭上。我也不瞞你。可有一點，你一定要答應不向我老婆
去告密。半年前，我勾牢了一個老公在外地工作而模樣又極好的標緻女人。
她還是個當老師的知識份子呢！按理說，像我這樣的大老粗與當老師的知
識份子是太湖裏搖船，無論如何不會碰頭的。可我不但勾上了，還節省得
很吶！你猜猜，我化費了多少？說出來諒你也不會相信的。現在我對你說
了，你可千萬不要取笑我啊！」

　　葡躍聯說到這兒，賣關子似地頓了頓，臉上洋溢著只有打了大勝仗的
將軍才會有的得意神色。

　　「我啊！才用了五角錢！」

　　「五角？」宿芹驚奇瞪大眼睛：「買一張女人劇照還嫌不夠哩！還是
個老師？」

　　轉而，宿芹又吃吃地笑著予以否定：「去！去！當老師的會為了五角
錢而要你？」

　　「當然囉！所以這才像你剛才所說的，叫作有本事麼！你也是知道
的，老弟我在茗東鎮上也算得上是個路路通了！」

　　講到這裏，葡躍聯越發得意了：「講起來，那一天真正的是緣份到了。
當初正值大破四舊的高潮階段。我帶著幾個人準備把兆豐橋那對青石獅子
砸了。那曉得這獅子座臺結實得十二磅鎯頭砸上去光冒火星。折騰了大半
天，大家嗓子眼乾得要冒煙。坐在橋攔上邊歇力，邊研究。這時，來了一

個鄉下老頭，挑了一擔水蜜桃朝我們走了過來。我們攔住要買。可他見買的人多了，便裝起翹貨，要提價。明明是說好了每斤二角六分，可他偏偏在收錢時要算三角一斤。我火了，對他說：現在大家都在幹革命，興無滅資。你卻在搞資本主義，種資本家吃的水蜜桃。我是鎮上的造反派頭頭，造的就是你們這種資本主義的反。我問你，我們偉大的無產階級難道只配吃狗瘬桃？現在我立即命令你，這種資產階級吃的水蜜桃只准賣狗瘬桃的價細。每斤五分錢。賣也得賣，不賣也得賣。那老頭子不服，大喊『有強盜』。我更火了，把桃子就地一倒，將盛桃子的空蒸架扔進了河裏。六蒸架一共四十來斤桃子，我稱了十斤，扔給他五角錢。那老頭死活不肯收。我拿十二磅鋃頭架到他肩上，嚇唬他：我說得到，做得到。你再不收錢，我就往你光頭上來一下！老頭這才害怕了，勉強收下錢。

誰知，我拎了桃子回家時，卻碰到一個文質彬彬的女老師。她見我手裏拎的桃子很驚奇，一連聲地用蘇州話說好。並且說，這麼好的桃子只有在無錫才買得著。還問我願不願意轉讓給她幾斤。我當時有意想賺她一點，就對她說：我這桃子，可要三角錢一斤哩！沒料到，她倒不說貴，反而說一個女同志提不動那麼重的桃子，要我送到她住的地方。我想送就送，反正閑著沒有事。等我把桃子送到她家裏，卻又發現新情況：長得那麼標緻的女人，家裏面竟看不到一件男人的東西。這不叫人奇怪麼？問正在做作業的小女孩才知道。這女老師叫浦霞，在第五小學任教。老公在青海工作。一年中難得回來一兩趟。你想，知識份子雖然清高，生活也很清靜。但是，身邊沒有男人這份日子怎麼過？那時候，我連錢也不想要了，反正才五角錢，就存心試她一下。在她遞錢給我的時候，我不去接錢，卻悄悄地在她胳膊上捏了一把。誰知，她不但不發怒，還沖我『眯』地一笑呢！」

「就這樣勾上了？」宿芹聽得簡直著了迷。

「當然，現在如果三五天不見面，她還會心燒火燎地給我寫本埠信哩！」

「聽你說得那麼漂亮，我看恐怕也不見得，你什麼時候領她來見見面，我才會信！」

從那以後，也由於那對紅木太師椅只以一元三角的低價賣給蔔躍聯而催化了他們間的友誼。宿芹成了蔔躍聯家的常客。不是喝茶聊天，就是對酒神侃。有時還找出一些縫縫洗洗的活來叫女叫化代勞，不斷地充實著他們間牢不可破的「戰鬥」情誼。

十幾天後，他們間的關係因一次偶然的事件而突然出現了轉折。

蔔躍聯有個習慣，每天吃過中飯照例要到大街上去閒逛一圈再去上班。直到傍晚下班才姍姍地回家。這樣他就不用幹家裏的活。

這一天，閒逛到南大街的他偶然發現那爿國營的煙糖商店門口排著很長的隊在等著買香煙。香煙脫銷已經很久了，雖然他自己從未斷過檔，但看到群眾排那麼長的隊才能買一包煙時，就產生了也去買一包的念頭。他擠進隊伍，一拍口袋驀然想起了一件更重要的事情。出門前換了衣服，浦老師寫給他的本埠信還放在換下來的衣服裏不曾取出。他煙也顧不得買了，急急地趕回家。

門上著栓，他知道老婆有睡午覺的習慣，故不去叫醒她。自己從鑰匙圈上拿出水果刀，用刀尖從門縫裏挑開了裏面的門栓。換洗的衣服放在裏屋，房門虛掩著。他推開門想悄悄地把衣服拿出來，免得吵醒老婆，也免得那封本埠信露了餡。可這一推，卻使他怔住了：自己的老婆正與宿芹兩

個脫得精光,在那張莩薈漆的西式木床上翻江倒海,幹得起勁。連門被打開也毫無知覺。把他窘得無地自容,後悔當初進來時沒有把屁股先進來,這樣好逃得快些。

他心裏很不平靜,搬了條凳,遠遠地在一個不易被發覺的廊簷下坐了,偷偷地往自家門首張望。

他用抽煙來計算時間。五六根煙抽過了。才見宿芹大大咧咧地從門裏出來。這時間之長,幾乎是他與浦老師的三倍。女叫化跟在宿芹後面,分手前還戀戀不捨地幫宿芹整了整弄皺了的衣服。

待宿芹走遠了,他拿了凳子奔回到屋裏,如雄獅一般地咆哮開了:「我有朝一日,也要當著你的面與別的女人睡覺,叫你也曉得,這是什麼滋味?」

女叫化做了虧心事,不敢跟他犟。可嘴上忍不住要分辯幾句:「這全是他來纏我的。他每次來,總是看著我傻乎乎的。還對我說:老蔔同志好造化,你實在很好看。怪不得華中用罵兩個飯塊,你老公就犯忌。我當時就回了他一句。我說:我真的那麼好看嗎?他就……」

「好啦,好啦,別那就啦!這狗賊的華中用,我絕不會放過他!」

蔔躍聯不敢恨宿芹,卻把個華中用恨得咬牙切齒。

也許是色膽包天吧!宿芹仍然是毫無顧忌地經常來。雖然不至于當著蔔躍聯的面與他老婆困覺。可那種擠眉弄眼,動手動腳的模樣實在使他看不順眼。他下決心要氣一氣他的老婆。等到紅禮拜那天。他起了個早,化了近半個月的工資,葷素幹鮮買了一大籃。特地請了浦老師來家吃晚飯,一心準備著到晚上也將那醋兒叫老婆嘗嘗。沒料到,老婆沒氣成,夫妻倆倒把那一罐子醋給分嘗了。

傍晚時分，宿芹照例是不請自來。女叫化也不是一盞省油的燈。看見宿芹走來，遠遠地就招呼著指桑罵槐地說給老公聽。

「宿總司令，您是大貴人哪！您的金腳跨進我家的這個破門檻，是在給我家老蔔最大的面子呀！」

宿芹並不搭話，他的眼睛老遠的就直勾勾地盯著坐在竹椅上的新面孔。那新面孔同樣也直勾勾地盯著他。

「你就是浦老師，浦霞同志吧？」宿芹落落大方地伸出了那雙細膩的大手。

極其柔軟又好聽的蘇州話在宿芹的耳邊響起：「大名頂頂格宿總司令叫得出俄格名字，格是我格榮幸！」

浦霞受寵若驚地半伸著小小的、厚厚的、肉撲撲的兩隻手，柔柔地握住了伸過來的的那雙大手，完全不像普通女人那樣羞答答地故作矜持。

「榮幸的是我，老蔔常在我面前提起你，茗東鎮上語錄歌教唱得最好的是第五小學的浦老師。」

宿芹也並不因為擁有權勢而故作姿態。

兩雙手除了皮膚較別人細膩一點外，其他都沒有什麼特別。也並沒有電流。然而，當它們彼此接觸到對方的一剎那，雙方都感覺到有一股直透心田的快意。

主客的位置被顛倒了，桌面上的那份鬧猛全讓客人給占了去。當客人的兩雙手合到一起時，外界的一切都被他（她）倆摒棄了。

蔔躍聯與女叫化，尷尬地看著各自的心上人在忘乎所以中忽略了自己的存在。除了「嘿嘿」地乾笑。「喝喝」地勸酒外，竟連使個眼色的機會都沒有。

　　蔔躍聯好後悔，自己的半個月工資非但沒有能讓老婆吃醋，還把半年前的十斤水蜜桃也賠了進去。五角錢無所謂，可拎桃子時的那份欣喜全給現在替宿芹拎草鞋的煩惱沖得一乾二淨。啞巴吃得黃連苦，唯有肚裏自得知。誰叫自己請來的客人是一對年少久曠的餓狗饞貓呢？

　　四方的桌子，四個人各坐一方。幾杯酒下肚後，客人那邊的凳子、杯子、筷都先自醉了。

　　客人在漸漸地靠近，長凳的兩頭都翹了起來。杯子、筷子、小碟都自個兒走到中間去了。兩個人都像是患了病，男的得的是眼疾，眼烏珠光往旁邊斜。女的應該看骨科，骨頭軟了，嬌慵無力盡往這邊倒。那眼斜的善曉人意，欲餌頻拋，瞳孔裏閃耀著婀娜多姿、胖軟溫柔的迷人身段。心裏卻在捉摸：這如花似玉的小嬌娘怎麼會姘著這尖嘴猴腮的蔔躍聯隔牆摘梅，漿糊當飯？那骨軟的笑靨膩甜、暢情開懷，腦海裏翻騰著口若懸河、叱吒風雲的偉岸形象。肚裏也在尋思：這風流英俊的大英雄怎麼會與名聲難聽的女叫化避狗畏貓、暗渡陳倉？

　　對於宿芹來說，浦霞恰似一件埋在地下的寶藏，儘管價值連城，但在未被發掘前還受著污泥濁水的侵蝕。正所謂：「伯牙不識鐘子期，空有瑤琴」。

　　對於浦霞來說，宿芹是獨具慧眼的識寶大師，以前空著玲瓏剔透的身體卻得不到異性的賞識，今天終於了卻了這份遺憾！

　　她，本不是水性楊花的女人，要是老公長期在身邊，也許，她就是賢妻良母的典範。況且，為人師表也不願扭曲了自己的形象。

　　然而，事實是嚴酷的。老公的工作遠在大西北，使她長期過著七月初七以外的日子。空空落落的精神生活常使她感到饑渴。那種難以用筆墨表

達的，肉體與精神又迫切需要的欲望，時時騷攏著她那根躁動的神經。

她畢竟是個女人，需要溫情，需要異性的撫慰與憐愛。幾千年前的古人尚且在《詩經》上留下過「牝牡相誘」「窈窕淑女，君子好逑」的記載，更何況像她這樣三十出頭，生理上正處於如狼似虎階段的現代女性了。

俗話說：肚皮餓了茶也可充饑。因為水蜜桃的緣故，她認識了這個東跑西竄，聞聞嗅嗅，只知苟且交尾的猴一般的蔔躍聯。那一次，吃了他的水蜜桃，竟信了他那一套大言不慚的表白：「浦老師，我就是文化差點，可對女同志我比誰都懂得體貼。」就輕率地將自己向這個滿口黃牙的「動物」作出最大限度的開放。當然，她只是把他作為饑餓時聊以充饑的「茶」罷了。

然而，蔔躍聯畢竟不是識寶大師。奉行的是：只要是個筐，就能往裏裝的那種實用主義。不懂得憐惜她這堆玲瓏浮凸曲線舒展的玉體。在他那緊張得臉色發青，渾身直打哆嗦、呼呼氣喘的撞擊下，幾十秒鐘就宣告結束的戰鬥過程，簡直是使她在蒙受糟蹋。根本就無法兌現「比誰都體貼」的承諾。只會解決他自己而從不顧慮她的需要。

今天才算得不枉為了。美人碰到了英雄。一個是文武全才，一個月裏嫦娥。他倆才是世界上真正最般配的一對。他看她，越看越覺得血流奔騰。她想他，越想越覺渾身舒坦。一對餓狗饞貓都處在魂夢縈繞著了魔一般的意境裏。告別了，饑餓和憂愁的漫漫長夜。感情與淫欲、理智與本能終究使他們兩願兩遂，融成一體了。

他和她，都應該感謝華中用，要是沒有那「信號彈」他倆會湊到一起嗎？

十二、潦倒

獨立生活好艱辛呵！

當洪媽媽把阿爸留下的三十元錢重新還給見森，叫他去添幾件夏天換的汗衫和半褲時，見森怔住了。

「洪媽媽，我怎麼能再給您添負擔呢？這半年來，我吃用開銷全在您們家裏，您把我當兒子一樣對待，我已經感恩不盡了。如果您一定要將錢還我，我就不好意思再在您家裏耽下去了。」

「你這個小鬼，有多大了？竟講這種老頭老腦的話！你在我家，住得住，不住也得住！你洪媽要看著你長大，看你有出息。只有這樣，你九泉之下的阿爸才會安心。你洪媽媽不懂什麼大道理。可我曾經看過一出戲，講的是一個汰衣裳的老婆婆，曾經幫助一個落魄的年青人。後來這個年青人做了大將軍，老婆婆這才高興呢！你洪媽今天幫助你，也不指望你將來拿什麼東西報答我。我就指望你也像那個大將軍一樣有出息。到那時，你要還沒有忘記洪媽的這兩碗薄湯粥，就陪你鷹哥到墳頭燒點紙，點根香，洪媽也就滿足了。」

「不！不要！洪媽媽，您那份情誼我記在心裏，一定要償還的，可現在我不要你們可憐我。我要自己尋飯吃……再也不能給你們添負擔了……」他呼喊著，跑出了洪媽的家。

從洪媽家出來後，也不管洪媽媽怎麼尋死覓活地找他。就是不肯再回到她家裏去。他決心嘗試一下自食其力。

起先，他跟著一群遊蕩的小垃圾揀煤渣。可他不懂揀煤渣的門檻。人家揀的是灰白的塊渣裏掰出來的煤心子。而他光揀那種黑黑的、沉沉的

塊子。小夥伴們拿他取笑，可他卻滿以為自己揀的又黑又沉，又好看，誰知拿到銅匠擔上，銅匠師傅只要小垃圾的。對他只是說：「你的煤，煉本事的才會用，我那爐子太小了，不能燒。」他還真的會挽著那重籃子去找「煉」本事的⋯⋯。

幹這一行行不通，他估摸著摸螺螄可能會掙錢些。四分一斤的螺螄，只要摸上十來斤就夠開銷了。反正一到深夜，那河邊的橋口上都叮得滿滿的，兩手一捋就一大棒。

這一炮算是打響了。十天半月下來，與拎菜籃子的大姨大嫂們也搞熟了。她們寧可拎著空籃子等他也非要買他的大螺螄。還向他打聽：「你的螺螄又便宜又大，是從哪裏摸來的？」這時候，他的心裏別提有多欣慰了。他高興地想：我真能自己掙飯吃了！

為此，他特地去買了一隻三節電池的新電筒，還置了一隻篾青做的杭州籃，準備著大打一場螺螄戰。

沒料到，新電筒買好後的第一夜就出師不利。一場好惱人的颱風把螺螄刮得躲在深處不上來。他仗著電筒籃子都是新的，一連走了十幾個橋口，只揀了幾碗貪食的小螺螄。如果說，光是摸不到螺螄倒也罷了，更糟糕的是「屋漏偏逢連夜雨，船遲更遭當頭風」一不留神踏在一塊長滿青苔的太湖石上，連人帶電筒翻進了荷花池裏。人摔成落湯雞不打緊，只可惜了那新電筒，趕忙撈起時，那光芒已經漸漸地暗下去了。三節新電池得白摸兩籃螺螄呢！直把他氣得直跺腳，下決心再也不去幹那賠本的買賣了。

從「司令」跌變為黑六類的子女後，原先「紅宇宙」的鼻涕狗、光銀頭、小癲癇他們再也不來找他玩了。甚至，同學們的家長把他的墮落當作教育自己子女的反面教材。更氣人的是，有時稍微做出一點令大人們不順眼的

事，就會被他們斥責為：有爺娘弄出來，沒爺娘管教的小癟三。

　　十三虛歲的孩子，心靈還相當純潔，肩膀仍然稚嫩。然而，現實卻逼迫著見森要以十根細小的手指去填飽唱空城計的肚皮了。

　　放眼前瞻，這漫漫長路，怎樣才能渡過去呢？

　　心理上的落差，生活上的逼迫。環境的浸淫。使他很快地成了與小癟三們爭食，與小流氓們為伍的一個新成員。殘酷的現實逐漸扭曲了他的靈魂。一年前在學校裏課桌椅搭的講臺上那股子「撕拉、撕拉」的激情和豪邁氣慨已蕩然無存。

　　青陽橋邊，一間小小的下岸平房，是賣五香豆的老太婆的家。一年來，她顯得更蒼老了。臉色憔悴，身子倦縮，她仍在幹著她的老營生。門口放著賣五香豆的元寶籃。裏面裝滿了折好的三角包。

　　見森幽靈般地出現在她的面前，上去搭訕道：「阿婆，這五香豆幾分一包？」

　　「兩分」眼神漠然。顯然，她已經認不出去年的小造反「司令」了。

　　「一包幾粒？」

　　「廿粒。」

　　「買三包」見森摸出了身上僅有的一張一元鈔票，扔到了阿婆的籃裏。

　　「這……？」阿婆猶豫地看了一下見森，似乎在犯難「阿官，你有零票嗎？這大票子，我找不開呀！」

　　「找不開？……那我欠了！」見森使起了激將法。

　　「我找，我找。」阿婆一聽說要欠，忙不迭地說著：「阿官你等等，我去拿。」

　　她轉身走進了靠裏的床鋪前，回過頭來，有所顧慮地重新看了見森一

眼，從枕邊摸出一隻鐵皮的煙盒。

在她轉身的一剎那，見森眼疾手快地往籃子裏一抓，兩隻三角包塞進了自己的口袋。

阿婆手拿著鐵皮煙盒，哆嗦著把它打開。見森眼睛忽地一亮，他看見鐵皮煙盒裏有一張嶄新的五元大鈔票和許多零錢。

阿婆從鐵皮盒裏一五一十地數出了九角四分的零票。末了，又小心翼翼地把它蓋好，重新塞進了枕頭的下面。

見森迅速地轉到了她的前後，嘴上有一搭沒一搭地與她拉家常：「阿婆，你吃飯自己做麼？」嗓音甜甜的。

「哎，呶！就是這個行灶，我一個人吃飯，燒燒很容易的。」

「那你的兒女呢？」

「哎！年輕時老公死了，沒留下兒子女兒。現在老了，苦喲！」她長長地歎了一口氣。

見森有意無意地繞著她兜了幾個圈，突然說了聲，「走了」撥轉屁股就要走。

阿婆詫異地看著見森的舉動。驀地，像是悟到了什麼。急步走到床邊往枕底下一摸：「天哪！」

她驚叫起來：「阿官，阿官。你不能這樣，不能……我苦啊！」

她死死地拽著剛要跨出門檻的見森：「阿官、少爺。我求求你……我好苦啊！這可是我的活命錢哪……！」她急得語無倫次，雙腳亂踩。深陷的眼窩中兩顆碩大的淚珠奪眶而出。

「你苦？苦什麼？老子比你更苦！」見森啐了她一口，像是發了蠻。在見森眼裏她比去年更吝嗇了。想當初見森饒了她時，那一籃子三角包都

捨得撇下，而如今……這地主婆，簡直更令人厭惡了。

「阿官、少爺。我一搭刮子就剩下這五元多的錢。阿官，我求求你，我給你下跪。我這就給你跪下……」，說著，她竟真的雙腿一屈「撲通」朝見森跪下了。可那隻手卻仍然死死地揪著見森「這鐵盒裏的錢，我還要買豆。還要營生。要活命。你要是拿走了我拿什麼活命呀？求求你，行行好！」

她雙手緊緊抱著見森的腿，頭不停地往見森腿上亂叩，活像是去年的那一幕又重演了。

「我不信！你們這些做生意的，都是黑良心，怎麼會就剩下五元錢？」

「阿官，是真的。我不會騙人的。介大年紀了，騙人是要遭報應的。以前我是有錢的，而且有不少。一共有三百多元，足夠養老了，可現在……可……嗚嗚……」說到這裏，她竟鬆開了手，嚶嚶地哭了起來「前幾天，鎮上來了兩個大官……也說我是黑良心。賺了黑心錢。還說我屋裏藏著國民黨的白洋鈿。必須充公。一進屋，就翻來覆去地找。最後，把我藏在石灰鬆裏的三百多元防老的錢都搜了去……嗚……嗚。我苦啊……我的命，我積了大半世的錢哪！」

「大官？」見森一愣「什麼樣的大官？」

「一個白面孔，頭髮朝後梳得亮光光的。另一個尖面孔，像個孫行者！」

「啊……？宿芹、蔔躍聯！」見森驚得張大了嘴，好半晌合不攏來。良久，他才漸漸地緩過神來。

他的心靈被震顫了。此刻，整個胸腔充滿了怪味，惡、醜、愧、恨、羞，猶如燒糊的五香豆，任何單一的形容詞都無法描繪他的心情。真正是百感

交集了。

宿芹、蔔躍聯傷天害理。如果不是生活所迫，他早就決心報復他們了。可是現在呢？自己又充當了什麼樣的角色呢？竟會幹出與宿芹、蔔躍聯如同一轍的勾當。弄送這個苦命和善良到極點的老阿婆。

「阿婆，我該死，我可惡！……你罵我吧！罵吧！想怎麼罵就怎麼罵……我不是人，不是人啊！」他歇斯底里地揪著自己的頭髮，牙齒咬得「咯咯」響。

華見森負罪的天良被喚醒了。他自然而然地對自己的行為感到了深深的內疚和不安。感受到了自己的恥辱。感受到了靈魂被羞愧撞擊後所產生的刺激和痛苦。在懺悔的心情驅使下，他心中一熱「撲通」朝阿婆跪了下來。將鐵皮煙盒舉過頭頂說：「阿婆，我對不起你，你打我幾下吧！我不還手，讓我好受點。」

這個血氣方剛，從小就夢想著當大英雄的小夥子，今天第一次感覺到了自己的渺小和愚蠢。第一次懂得了什麼叫恥辱。第一次跪在根本就不英雄的人面前流淌懺悔的淚。

「阿婆，這九角四分找頭我也不要了。送給你買豆。」他毫不猶豫地將自己的「活命錢」也塞到了阿婆的手裏。

阿婆哪裏肯接。將手亂推：「阿官，這犯不著。你不拿走我的錢，我已經千恩萬謝了。不是我的錢，我是萬萬不要的。拿了也會困不著覺。吃不下飯的。常言道『行啥良心，過啥日腳』。這非份之財，佛祖不佑啊！」

見森拔腳就走，可阿婆還是死死地拽著了見森，將找頭塞進了他的口袋。

「這宿芹、蔔躍聯實在太可惡了。把我的家整得家破人亡不算，連這

樣一個上了年紀的老太婆都不放過，簡直是徹頭徹尾的畜牲！」

　　過去聽大人們說：地主份子都是有錢人。是因為日子過得太舒服了才被評為地主分子的。可今天這個地主婆這麼苦命，怎麼也被評了地主呢？也許，正如她去年交代的，她曾經一個人吃過一隻雞的緣故吧？

　　假如，真的是因為她曾經一個人吃一隻雞而被評了地主婆，那麼，她的這個地主成份簡直與他這特務成份一樣的冤了。難道成份是這麼隨意就可以更改的？

　　以此推論，宿芹、葡躍聯既然能改變我的成份。我為什麼不可以也把他們的命運來一個更改呢？

　　對！找他們算帳！再不能讓他們飛橫跋扈了！要報仇！為自己，為阿爸，為了正義，為了阿婆，也為了一切受他們欺辱的好人報仇！叫他們也害怕我！害怕正義！

十三、復仇

　　冬天，呼呼的西北風把樹上的枯枝殘葉刮得瑟瑟亂抖，繼而紛紛掉落在無聲的大地上，只剩下光禿禿的枝椏宛如無數支復仇的箭，攜載著見森的仇恨射向仇人的靶心。

　　午夜，人們早已鑽進了溫暖的被窩，進入了溫柔的夢鄉。一個靈巧的黑影出現在葡躍聯的家門口，只見那黑影提起門口待到的馬桶，一貓腰，輕巧地竄上房頂，把馬桶輕輕地安放在大門直對的屋簷上。再解下腰裏栓著的繩子，用一頭把馬桶的環柄結牢，再沿著牆，攀著樹跳下來，把繩子的另一頭結牢了大門上的門扣。

這黑影就是見森。從既輕又快的流利動作裏可以看出，他已經把這套動作演練得非常熟悉了。

愛與恨都能給予人超常的力量。十四歲的半大孩子竟然將紅得發紫的造反派頭頭視為復仇的對象，說明見森的膽量和意志力已遠遠超出了他的同齡人。

他心裏默念著林副主席的語錄：「好有好報，惡有惡報。不是不報，時候未到。時候一到，報應都到」。做完了這一切，離天亮還早得很 。回到自己屋裏只覺得精神亢奮，渾身燥熱而無法入睡。巴不得天快快亮起來，期待著那必定會出現的喜劇早一點到來。

眼睜睜地熬到四點鐘光景，他再也按捺不住自己那顆噴然劇跳的心了。索性再一次來到離葡躍聯家不遠的一條弄堂裏。

天濛濛亮時，那邊傳來了女叫化衣哩哇啦的哭訴聲：「哪一個天殺的？把便桶拎到了屋頂上……我開門看見門扣上有一條繩子，一拉那馬桶就兜頭潑了下來。我礙著你們什麼啦？要把一馬桶糞潑到我頭上……。」

見森一愣「怎麼會扣到了他老婆頭上？」轉念又一想「也不冤枉。誰叫她跟了這樣的人做老公。福享得夠了，孽也作得夠了。再說，杭嘉湖平原上的白米飯吃多了，嘗嘗這回料貨也不算罪過！只可惜便宜了葡躍聯這個狗養的。這次沒有報應到他頭上，算他走運。不過，也別高興，下一次我還會找你的！」

雖然不無遺憾，但多少總算排遣了一下這口胸中的惡氣。

悵然不足地剛要悻悻而歸，又傳來了葡躍聯罵山門的聲音：「老子無產階級革命派，不怕大糞澆頭，阿有本事敢跳出來當面較量？看我不叫省聯總把你們捉去？關你們十八年大牢！」

　　冬天的寒夜是難熬的。對浦霞來說更難以忍受的是：比這冬夜還寒冷的孤寂。

　　房間的角落裏，有幾隻老鼠在追逐，嘁喘著交尾。遠處房頂上發情的貓突然怪怪地嚎起了長聲。把正在交尾的老鼠嚇得大氣也不敢出。俗話說：「狗啟種田，貓啟過年」，說明年關將至，老公一年一度的探親假又將到了。應該說，這可是她往年伸長脖子盼望的日子。可今年，不知怎麼搞的，內心裏總巴望他不要回來。

　　這該死的冤家，最近不知又勾上了哪一個女人？已經有一個禮拜不來與她碰頭了。紙條也不寫一張來，叫人心裏好生怨望。

　　自從心裏有了這該死的冤家，簡直沒有一刻令她放心的。前一陣子，茗東鎮上組成了一個毛澤東思想宣傳隊，到隔省的鄰鎮去傳經送寶。那邊的革命派敬仰他是個運動中湧現的英雄人物而對他奉承、恭維。雙方互相吹拍。鬧得不亦樂乎。而他竟在聯歡晚會上與那邊的宣傳隊員握手摟抱挽胳膊，親熱得簡直沒有界限。當時，自己正坐在葛躍聯的身傍，卻沒有半點眉來眼去，與他有重續舊好的想法。這能叫人心理平衡麼？

　　你不捎個信來，忍得。而這邊卻不能不捎個信給你，免得老公突然趕來撞了車。這可不是好玩的。不怕一萬，只怕萬一嘛！反正來日方長，後頭的日子多著呢！

　　她想親自去跑一趟，可轉念一想又不行！冒冒失失地貿然趕去可不是有教養的女人的作派。這樣只會使他看不起自己。

　　除了「女叫化」一定會有其他一些不知趣的女人主動地向這個八面威風的「大英雄」粘上去的。粘上去假如嗲功比自己好，那還會有自己的位子麼？更何況他常在自己面前津津樂道：上海灘上的三大亨，過去白相一

個未開苞的原生貨時，一千大洋再加個嵌寶戒指，都會捨得的。將這種話經常掛在嘴上的男人，有幾個能讓人放心的？

她覺得還是寫張紙條合適。以前她經常讓自己的女兒給「宿伯伯」送信。每次回來時，還總會捎些洋酥、油餅等泰州點心給她。

她把寫好的紙條套進信封，封好。在信封的外面用娟秀的筆跡寫著「密件，宿芹同志親啟。革命群眾敬呈」等字樣。將已經睡下的女兒叫起「紅紅，起來！給宿伯伯送封急件，格是革命群眾揭發格重要材料。儘快撥俚送去。」

沒料到，紅紅一聽極為不快，朝裏「撲」地一翻身，拿被子罩了頭「不去，不去！」

「做啥啦？紅紅，是啥地方勿適意，阿是？」做母親的異常關切。

「沒有不適意，就是不去！」女兒的頭蒙在被裏，嗡聲嗡氣地嚷道。

「紅紅、紅紅。乖！俫今天哪哈勒？宿伯伯啥辰光虧待過俫，俚勿是蠻喜歡俫格麼？」

「……」女兒乾脆不作聲了。裹著的被子一扭，像是在耍犟。

「紅紅，乖心肝，心肝乖。搭姆媽去跑一趟，姆媽舌恬（喜歡）俫，宿伯伯啊會喜歡俫格，啊？」

「宿伯伯……？呸！宿芹……誰要他喜歡我？」

「啥沫事？俚哪哈啦？」見女兒罵自己的心上人，她不免心中一驚。

「他……臭不要臉！他不是個東西！……」浦紅紅「忽」地一下，從被裏鑽出來，圓圓的臉上寫滿了怨恨，沖著她娘大發脾氣「都是你！你不好！是你對他說的，我恨你！」

「俄？俄講了啥沫事？」浦霞驚愕地扳過女兒的肩膀，焦急地問：「俫

好好叫搭姆媽講，啥格事體讓倷發介大的脾氣？」

「你對他說……」浦紅紅頓了頓：「你說我屁股上有顆痣，他一定要看……。」

「啊！」浦霞只覺得心臟停止了跳動，急急地問：「倷拔倈看勒？」

「他哪裏是看什麼痣，他不只狠命地剝我的褲子，還用手指死勁地……挖，好疼。」浦紅紅頭一低「嗚嗚」地抽泣起來：「等爸爸回來，我一定要告訴他。」

「種牲，種牲胚……宿芹，真是種牲胚……」浦霞氣不打一處來「俄去。俄要去尋倈算帳……！」

大門「砰」地打開，又「砰」地關上。浦霞將圍巾往脖子上繞了兩圈。急急地往宿芹的住處趕去。在她的身後，有一個黑影東訇西躲地尾隨著她。

宿芹已經睡下了。也許，浦霞的顧慮是多餘的。今晚，他並沒有女叫化或其他意想中那些不知趣的女人在陪他。當門外響起鑰匙開司必靈鎖的聲音時，他正盯著帳頂出神呢！

「倷格勿要面皮格種牲胚！」當被冷風吹得面孔紅撲撲的浦霞出現在宿芹床前時，他還以為是像往常一樣，給餓狗送來了臭肉。豈知，他剛要伸手把她往床裏拖時，浦霞卻一反往常的溫柔。臉板得像一塊冰，指著他的鼻子罵開了「骨子裏廂嘸不一眼眼正經！」

「你做啥？為什麼？」宿芹莫名其妙，一點都沒有意識到問題的嚴重性。

「倷搭俄老實講！倷勒俄囡兒身上做勒啥格事體？」浦霞氣忿難平。

「噢！」宿芹明白過來。反而不顯得剛才那麼緊張了。不卑不亢地說：「我還以為是天塌下來了呢！你怎麼這樣小氣？我又沒有做什麼出格

的事，只不過……」

「不過啥？」浦霞打斷了他，一聲怪叫。

「不過啥你難道還不知道？去問你自己的女兒去！」宿芹突然提高了音量：「真是豈有此理！我又沒有做越軌的動作。只是摸了一下。那一次，就是你寫條子叫我狠狠地整一整特務華中用的那一次。紅紅給我送了條子後，就在我這兒翻抄來的書看。不知怎麼的，她竟翻出了那本唐家抄來的《癡婆子》。她看了不放手，可又看不懂。就問我：『宿伯伯怎麼這本書上寫的儘是些『凹啊、凸啊』的？我講給她聽，她還似懂非懂。那時，我看見她臉色紅彤彤的。又看她胸脯聳得篤篤的。估摸著她已經在意想那事了。所以，才……。」

「格是俄格囡兒，還小哪！才十四歲……」浦霞的憤怒仍難以平息。

「這有什麼大不了的？人總是會長大的麼！更何況你自己這麼個大的都捨得，還在乎這個小的？真是婦人之見。冬瓜捨得，卻捨不得芝麻！要是這一下也算過份了。那麼，我問你，我與你的事應該算什麼？你橫搶豎棒的全由著我擺佈，這又算什麼性質？」

宿芹越說越響，而浦霞被他一句說中了要害，倒反而語塞了。態度明顯地軟了下來。

「格麼倷格種行為啊勿是革命派格作為呀！何況倷還是一個響噹噹格造反司令呢！就勿……」

浦霞的指責已輕得蚊子叫一般有氣無力。可就算這樣，宿芹也沒有讓她再說下去。

「好啦，好啦！別再說革命不革命的事了。難道革命家就不能有肉體的要求？要是革命家都像和尚一樣不能和女人睏覺，那還有誰會去革命？

你知道嗎？馬克思也是有老婆的，叫燕妮同志，還有我們偉大的領袖毛主席他老人家和江青同志也是夫妻關係。林副主席和葉群同志等等革命夫妻的例子我可以舉出無數個。他們不是都沒有說：革命派不能和女人睡覺麼？」

「格麼俚朵是正常格夫妻關係呀！」浦霞總算捕捉到了一點反駁的依據，還試圖頑抗，頂了他一句。

「正常？笑話！難道我對紅紅只撈了一把，就算不正常了？而我與你倒算正常的？你難道以為我不知道啊！我早就聽蘅躍聯說過了，你跟那個華中用就是因為有過這回事，後來不要好了，才恨命地整他的。再說下去，我還知道，你跟蘅躍聯也不乾不淨，至少寫過本埠信，對不對？」

宿芹像一個得勝的將軍，說話的音調越來越激昂。以他現在的這副模樣，簡直是站在大鳴、大放、大字報、大辯論的現場。反觀浦霞卻似一隻剛剛被踏過雄的母雞，完全失去了抵抗。不得不拿出她最後的殺手鐧：「好勒，好勒。俰勿要再講落去哉。阿好？俰再格樣子，俄勿搭俰好哉！」

這句話突然起了催化作用。宿芹的口氣頓時緩和下來：「我知道你是跟我好的。可是，你把我也逼得太急了，我才說了這些氣話。你不要介意啊！」

一霎時，宿芹又變得和風細雨，風情萬種。他拉過浦霞的手，讓她坐到自己的腿上。溫柔地將浦霞的加長圍巾繞了兩圈，從脖子上取了下來。用嘴唇啃扯著她的耳垂。低低地囈語：「今天，你真的僅僅為了女兒才來找我的？」

浦霞的冰塊，遇到這樣的熱，迅速開始融化。她不說話，也不讓他說話。扭轉身子，將兩條臂膊緊緊地箍定了宿芹的脖子。小嘴巴對準那大嘴

唇，奮力地將舌頭送進了對方的口腔裏⋯⋯

屋裏的電燈拉滅了。黑暗裏除了悉悉嗦嗦的動作聲，偶爾也會發出一兩聲竊竊的呢喃。

「這小丫子，看她不出，倒真是大人了。起先，還把腿夾得緊緊的，可後來一鬆開，濕得我滿手都是⋯⋯」

「俫格老流氓，介麼粗根棍子。存心要害死俄囡兒啊？」

「啊哇！」一聲慘叫「它要被你拗斷了！」

「斷了好，俄要為囡兒報仇！」

「斷了你咋辦？華中用早不在了，葛躍 聯哪兒及得了我？」

「噢⋯⋯呼！呵⋯⋯俄要死哉⋯⋯唔！要拔俫弄煞哉⋯⋯！」

此刻的女中音，沒有了平時的圓潤。像是走了調，變成了類似發寒熱一般的呻吟。中間還摻雜著搬運工人捆米包時才會有的喘息聲。

靠外牆的窗子被輕輕地移開了，窗的直楞中間移進了一個酥糖包大的物件。窗外有亮光「嚓」地閃了一下，把這對正在顛狂放浪的男女嚇了一跳。

「這寒冬臘月哪來的閃電？」

正狐疑間，忽見窗口那個物件拖著「吱吱」閃著藍光的尾巴被推了進來⋯⋯

「啊！炸藥包⋯⋯！」女中音感覺到自己的末日已經來臨，生命在傾刻間就要終止。發出了歇斯底里的絕叫，叫聲劃破了寂靜的夜空，房間內一陣大亂。

可是，來不及了。這一對男女還沒有來得及披衣逃命，那個飽含著見森仇恨的「炸藥包」就起爆了。

「轟！」地一下，聲音儘管不大，但閃光卻極為強烈，屋裏屋外頓時彌漫了嗆人的硝煙。這可是五十個斤頭爆仗發出的威力啊！為了使今夜的「傑作」創造出轟動的奇跡，見森幾乎想盡了所有的辦法，為了這個炸藥包：

他重新拎起了曾經發過誓永遠不再拎的螺螄籃子。

他曾經翻進高深的鎮委大院，把裏面的銅插銷，銅鎖撬了個精光。

他曾經把鎮農機廠後院廢鐵場的牆圈打了個大洞。

不僅僅是這些，他還把每天的伙食壓縮到兩碗八分錢一碗的陽春麵。

就這樣，好不容易湊齊了十五元錢，買來了五十個一斤重的大爆仗。倒出裏面的火藥，摻夾好充作「彈片」的碎鐵皮，用紗布裹緊，用兩根鞭炮上的長引信做了導火索。再用繩子布片裏裏外外紮了個結結實實。做成了這個從「地雷戰」裏演變來的土炸藥包。

然而，還是留下了遺憾。他推進去的畢竟只是個自製的土貨。使得這次「爆炸」沒有能真正地成功。因為他不懂得炸藥包應該有雷管引爆才能發揮其應有威力的原理。以致這次行動沒有達到見森預期的，把這對狗男女炸得血肉橫飛的效果。當然，也就不可能再出現像董存瑞炸碉堡，與敵人同歸於盡那樣悲壯的場景了。

彌漫的硝煙中，屋裏依然在鬧猛地「哇哇」慘叫。這說明這一對狗男女並沒有得到應該有的懲罰，付出了那麼大的心血，連續兩次復仇行動都沒有達到目的，使見森難消心頭之恨。懊惱間，他揀了塊大青磚，在宿芹的大門上「砰砰嘭嘭」地亂敲了一氣。脹著發毛的喉嚨充作大人一般吼叫「宿芹、浦霞！狗賊東西，老子是省紅暴會。今天特地來找你們算帳！」

儘管這土炸藥包威力不算大，可它所產生的強刺激使得這對正在做

愛、精神處於興奮頂峰的狗男女在一瞬間陷入了接近於崩潰的驚恐之中。就其意義來說，它的效應是遠遠高於十五元錢的代價的。這對於見森，也不能不說是心理上的一點慰藉。

後半場肯定是好戲，它的戲劇效果是不言而喻的。可是，導演這場好戲的見森卻不能欣賞這精彩的結尾。

附近有幾戶人家的電燈亮了。還有人打開窗子，探出頭來觀察這夜間突發的騷亂，時間已不允許見森再留在原地了。為了不暴露自己，也為了今後更嚴厲地對他們施予懲罰。他只好放棄了觀摩這出自己創作的喜劇的權利。撤出了這特殊的陣地。

「紅色革命造反總司令部」的總司令，在茗東鎮的制高點上大書「打倒三家村」而轟動全鎮的革命造反派頭頭。率先破獲長江三角洲地區國民黨特務案件的決策者，第一個帶領在校紅衛兵到北京步行串聯的革命教師——宿芹同志，以及那個容貌秀麗，語錄歌唱得最好，並且令許多男人暗中仰慕的革命女性——浦霞老師，此刻實在是出足了洋相。

他與她先後被人們從硝煙彌漫的房間裏「搶救」出來。宿芹精赤條條，不掛一絲。雪白的肌膚上印著一塊塊青黃色的硝痕。他被拖出來時幾乎是休克的，在這大冷的後半夜，他既不喊疼，也不叫冷。直到浦霞被抱出來時他才微微地睜開了眼睛。他可能也看到了浦霞被抬上臨時充作擔架的門板上時姿勢實在是很不雅觀的。她的一條腿難看地扭曲著，而另一條腿的腿彎處掛著一條差不多已被燒成抹布的三角褲。三角褲上還殘留著火星。她神智清醒，只是人被嚇癱了。好幾次想把腿夾緊，可是那火星燙得她亂蹬腿。只能用嘴巴不顧一切地喊：關燈……關燈！謝謝你們，求求你們。誰幫我穿條褲子！「

　　不能指責圍觀的群眾熱衷於拍馬屁。在參與搶救的人們中自然有幾個女性同胞不忍心讓浦霞的私處給男性們當西洋鏡看。竟不顧自己的受凍，迅速地把衣服脫下蓋住了她以及他的下半身。隨後，又有人拿來了兩被條，將她和他分別蓋好，抬著送進了茗東人民醫院。

　　茗東鎮沸騰了。

　　人們奔相走告，互相傳播，無論是工廠、商店、學校、街頭巷尾所到之處，人們都在眉飛色舞地談論著這起桃色新聞。

　　不能埋怨人們太庸俗，太好奇。要不是因為文化大革命，這兩個人之間所發生的私事充其量只會影響兩戶人家。然而，應該埋怨的是這個社會虧待了人民。因為在人民的生活中，除了吃飯和革命，其他一切都被剝奪了。所以才會有那麼多的人幸災樂禍地以超乎尋常的熱情，用最下流的語言去談論和傳播這則桃色新聞。像這樣的好話題誰捨得錯過呢？

　　政治是動力，是一切工作的生命。當政治的高壓把文藝也變得只剩下語錄歌後。人們的精神生活就成了一片荒漠。當荒漠上的人們正飽受饑渴折磨的時候，這一則憑空落下的桃色新聞無疑成了人們甘美的食糧。饑渴難忍的人們哪會去拒絕這份可以充饑的食物？更何況，這一樁私事也夾雜著一定量的革命性和政治色彩。

　　這年代，高尚的、革命化的語言太多了，低級下流的事彷彿已經絕了跡。其實，人們或多或少地感覺到生活的不真實。這不，為什麼偏偏會在兩個最最「高尚」的革命派身上發生了這種下流的故事呢？

　　不知是從哪裏冒出個「缺德鬼」竟把這則新聞編成了「順口溜」並且配上一張春宮式的漫畫，張貼在鎮中心的大批判專欄裏。一時間，專欄棚前天天人頭攢擁，人們紛紛駐足觀賞這兩幅品質並不高卻很合大眾口味的

藝術品。

順口溜是這樣寫的：

稀奇稀奇真稀奇，茖東鎮上出稀奇。

從來夜半最安靜，卻見屋裏硝煙飛。

妖婦蹬足難脫身，敗將落馬嘴啃泥。

進言紅暴老大哥，為民除害心莫慈。

既然他們做得，自然人們也可以說得。那些與「紅總司」對立的紅暴派更是興高采烈。議論中滿含著對他們的譏諷。

「快拷酒去，酒賣光了。」

「這幾天，我不喝那五角八分的精杠子酒，昨天買了一瓶一元五角的白玫瑰。今天，我又買了瓶一元八角的二鍋頭。」

「唷！想必是揀了錢包？」

「難道只有揀了錢包才快活？你不知道這幾天是好日子啊？」

「噢！我知道你快活的是什麼了。你難道是那天夜裏參加了搶救，看見了那兩隻赤胯狗？」

「去、去！我才不獻那份殷勤呢！再說看見了那種事是要觸黴頭的。得了赤眼貓，還得買眼藥水汏眼睛哩！」

不過，議論中還是免不了帶點遺憾。省紅暴會對宿芹的懲罰太輕了。他們真刀真槍有的是，可為什麼只弄來一個隻爆不炸的次貨？

十四、脹娠

宿芹被安置在醫院的特設病房裏。這裏光線充足，空氣清新，彈簧床和被子褥子都是軟綿綿的，睡在上面像躺在波濤起伏的小船中，搖搖晃晃地把他的靈魂溢出了體外，隨著波濤的起伏漂浮游離。

他的身子有如被釘死了，渾身不聽使喚。能夠感覺到的只是癱軟、灼燙和疼痛。雖然這裏的環境舒適而安靜，但充斥著他耳膜的嘈雜聲卻揮之不去。朦朧中老是回蕩著「老子省紅暴會……來找你算帳」喊聲。

「嗯……哎喲！」身上水泡潰穿後的灼痛刺激著他的意識。游離的靈魂回歸到了自己的軀殼。

「省紅暴會……」這喊聲，像擂鼓。震盪得他的思緒在柔軟舒適的枕頭上翻騰，時而雷鳴電閃，時而陰晴交替。

「老宿同志，你醒啦？你昨天那鴿子湯只喝了一半，今天的參湯是別直參煎的，很濃。你把它全喝了吧！」

守候在病床邊的是蔺躍聯。他兩眼熬得紅紅的。也難為他，已經接連幾天沒有睡過囫圇覺了。

「今天爽氣多了，那邊怎麼樣？」宿芹所指的那邊，當然是指浦霞。

「浦老師好多了，我剛從她那兒來。她傷得輕，只是燒傷了皮膚，你放心好了。」

「那你替我多照顧她點。」

「這還用說嗎？我一定會照顧得很周到的……」一想覺得不妥，連忙改口「那邊有我老婆在伺候呢！」

「有你老婆在，我就放心了。」宿芹慢悠悠地喝著參湯，繼續說：「這

筆債，我會叫他們加倍償還的。」

「聽說這件事是省紅暴會幹的？」

「不！」宿芹撐起半個身子，斷然否定「省紅暴會早已被省聯總的強大攻勢打得名存實亡了，就算有一小部分漏網的也已是苟延殘喘，泥菩薩過太湖自身難保了。哪裏還有力量來顧及這鞭長莫及的苕東鎮？據我的經驗分析：他們分明是本鎮上洪秋鷹那一幫小子的土紅暴『狂飆』幹的。他們早就投靠省紅暴會，為的就是掮他們的招牌，拉大旗作虎皮去四處搗鬼。要不然，那個喊話的小子為什麼是苕東口音呢？」

「他們使用這種卑鄙下流的手段，究竟是為了什麼呢？」

「為什麼？為什麼還不清楚啊？光浮在表面就有兩個最直接的原因。其他的更不消說了１」

「哪兩個直接原因？」

「第一就是上次大聯合的事。按照中央文件傳達的精神，全國各地、各部門的革命委員會必須建立在大聯合的基礎上。他的『狂飆』拉攏了一些向來與我們有矛盾的單位，明火執仗地與我們對著幹。其目的就是為了在革委會成立時插進來，分得一杯羹，占幾個位子，搶去一部分權力。甚至還妄想與我們平分秋色。對於他們的動機，我是早有覺察的，怎麼肯讓他們得逞呢？所以我胸有成竹，在省聯總的支援下，把絕大多數單位的造反組織團結到了一起，成立了現在的『苕東總指』，這一下我們『總指』的實力幾乎覆蓋了整個苕東鎮。參加的總人數超出二千。他們的『狂飆』一共加起來才二百來人，與我們一比就好像指頭比大腿，將來革委會成立時他還有什麼指望？所以，他就迫不及待地猖狂反撲了。這第二件事麼，我猜想，就是白荷雲的原因了。」

「哪一個白荷雲？」

「就是上次出去傳經送寶時，唱『我家表叔』的那一個。你不是還偷偷地與我咬耳朵，說她是『翹嘴彎眉毛，陡奶水蛇腰，包管是個原生貨麼』！」

「噢！是她呀！我倒差點忘了。那你當時不是說『只可惜她是個『狂飆』串聯時與洪秋鷹搞得挺熱嗎？怎麼現在她轉到你這兒來了？」

「她原本是『狂飆』的廣播員。是我略施小計把她爭取過來的。所以，我現在仍把她安排在我們『總指』的革命之聲廣播室擔任播音員。」

「所以呀！怪不得我想近來喇叭裏的聲音怎麼變得意氣風發、鬥志昂揚了，原來……宿老哥，你真了不起，我這麼不經意地說一句，沒想到你已經暗地裏用上心了。神不知，鬼不覺，她就成了你的……不！我們的人！」

「浦老師的蘇州話軟綿綿的，聽起來很舒服。可是，我們的革命之聲就非得白荷雲那標準的普通話不可了。而且還富於戰鬥激情！」

「那麼，你老哥是用了什麼計策把她爭取過來的呢？」

「這個麼……就不要說了！」宿芹遲疑了一下，欲言又止，眉頭皺起來，彷彿身上的傷又隱隱地作痛了。

「說給我聽聽麼！我對你可是連弄女人的事也不隱滿的。」

「好吧！」想起往常的好處，宿芹終究還是沒憋住，「那你可得保證，千萬不要捅破它噢！」

「你難道對我還不放心？」

「我對她說：我收到一封檢舉信，說的是你媽媽解放前在上海四馬路做過野雞的事，揭發人的名字叫作柯春虎。你知道這個柯春虎是誰嗎？我

說就是洪秋鷹！她起先死活都不相信，還向我要證據。我說：你要是肯坐我腿上，我就全部解釋給你聽。只見她當時的臉孔紅一陣、白一陣，那模樣實在是可愛極了。我趁勢把她摟過來，她也不掙扎，只向我要證據。我就解釋給他聽：他這個名字用的是對仗式。柯與洪是相對的，洪是大水的意思，柯就是乾枯的木頭。秋對著個春字。天上飛的鷹對的是地上走的虎。這個柯春虎不是洪秋鷹又是誰呢？另外據我瞭解，洪秋鷹在大串聯回來時是從上海轉道回苕東的，你再想想，別人都從蘇州轉車，他為何偏偏要從上海轉呢？還不是為了到上海去搜集你媽媽的黑材料？好把你抓在手心裏麼？」

「我說到這裏，她突然伏在我肩上大哭起來：『沒想到他竟是這麼個人面獸心、陰險毒辣的傢夥，平時對我像對小孩子一樣，哄我、欺騙我。可在背後竟然這樣惡毒地污蔑我的媽媽……。』我說：對！洪秋鷹就是這種『嘴上叫姑姑，袋裏操傢夥』的壞蛋……。」

「佩服，佩服！我的宿老哥，你的智慧真是革命的寶貴財富。是讓我學之不盡，取之不竭的聚寶盆呀！」

「哈……哈……哎喲！那傷疤大概又繃裂了！我一笑……它就痛！……分明是那該死的洪秋鷹在作怪……。」

「說到他，我真恨不得剝了他的皮，挖了他的心，割了他的肉，抽了他的筋。把他千刀萬剮了！」

「對洪秋鷹和他的『狂飆』是不能仁慈的。我看現在也差不多是時候了。江青同志說過：解決兩派爭端的萬靈藥方就是『文攻武衛』。『文攻武衛』對實力較強的一派是有利的。勝者為王敗者為寇。正義和道德從來都是屬於強者的。我們『苕指』的總兵力加起來一共有二千多人。而他一

共才二百來個嫩小子。到時候鬥起來，應該是三個指頭拾田螺，手到拿來的。」

「對，對。偉大領袖毛主席教導我們『槍桿子裏面出政權』。林副主席也說了『政權，就是鎮壓之權』。用槍桿子把『狂飆』鎮壓下去，革命委員會就是我們的天下了！」

「不！我認為最好不要動用槍支彈藥。動了真傢夥，武鬥就升級了。萬一省裏面紅暴會得了消息，趕來支援他們，我們反而沒有必勝的把握了。最理想的還是憑我們自己的力量在本鎮解決。對付那幾個只會搖搖筆桿，喊喊口號的文弱書生只要準備些刀矛棍棒就足夠了。我現在擔心的倒不是武器問題，而是缺少幾個身強力壯，會舞槍弄棒的闖將去衝衝頭陣，造成聲勢，再劈翻它幾個。俗話說，麻雀嚇殺的多。那些『狂飆』的嫩小子要是看見同夥被劈翻，早就嚇得屁滾尿流，四散逃命了。那樣一來，勝利成果不就垂手可得了麼？」

「有、有、有。現成的就有一個。就是上次跟你說起過的，苕東鎮上的造反派中，有三個半好頭頭。這三個是你、我和浦老師。那半個指的就是他這個狠將。建築社『紅色敢死團』的團長強大力同志。自從運動開始以來，他一直敢殺敢拼，英勇善戰。臂力大得像闖江湖的大力士，兩百斤重的石擔很輕鬆就能舉過頭頂。還能把二十斤重的一把大砍刀舞得呼呼生風。十幾個小夥子都休想靠近他……」

「那你不是也說過，他就是洪秋鷹的娘舅嗎？這樣的人怎麼靠得住呢？」

「是的，正因為他是洪秋鷹的娘舅，所以才只能算半個好頭頭。我對他說過：宿總指揮講了，假如你不是洪秋鷹的娘舅的話，你這個好頭頭就

完整了。他聽了很高興，當即表態，這個小鷹不聽話，我正要好好教訓他呢！」

「說是這樣說，可要是真的打起來，這種人還是靠不住的。」

「不會的，他這個人我完全可以向你保證，他絕對是個對毛主席，對『茗東總指』赤膽忠心的人。我敢保證的理由有三點：一、他的性格是聽三句好話就連性命都肯奉送的人。二、他對外甥破壞大聯合，與你宿總指揮為敵的做法很反感。三、我曾經以你的名義對他說過：強大力同志是三代無產階級出身，成份過硬，立場堅定，旗幟鮮明，不愧為革命闖將。將來革委會成立的時候不要忘記把他結合進來。他當時聽了非常激動，問我：宿總指揮真的這麼說過？那就請宿總指揮把最艱巨的任務交給我吧！你說，這樣的人還用得著懷疑嗎？」

……

「印把子、刀把子，造反派的命根子。抓住那印把子，哎！握緊那刀把子。當好革命臺柱子，不讓敵人鑽空子，哎！嗨！不讓敵人鑽空子！」

建築社的強大力，嘴裏哼著奪權歌。手裏拿著他的那把心愛的、祖上抗長毛時傳下來的大砍刀在十五瓦的電燈泡底下仔細地欣賞著它磨光後所發出的寒光，臉上充滿了得意。

在一旁縫補衣服的老婆神色不安，不時地停下手裏的活，偷眼看他。

「老頭子，你把這大砍刀磨得 亮，真像要去殺人似的，好叫人害怕。」

「當然囉！這些反動的保皇派不把它殺掉幾個，他們能服貼嗎？」

「你就安耽點吧！你們強家祖祖輩輩都是安份的規矩人家，到了你這

一代，卻要拿這把大砍刀去砍那些讀書的娃娃，你就不怕遭孽呀！」

「遭什麼孽？你不懂得革命的大道理，就不要瞎插嘴。」

「我不是要管你的事。只是近幾天我一直眼皮瑟瑟抖，心裏別別跳，好害怕呀！」

「怕什麼？怕就是對階級敵人讓步。怕就是對保皇派的遷就。應該叫『狂飆』的保皇派小子們害怕我才對！」

「你老是『狂飆、狂飆』的，他們究竟礙著你什麼了？你要曉得，你的外甥也是個『狂飆』。怎麼連自家人都不認了呢？」

「什麼自家別家？你知道嗎？『狂飆』的保皇派們要保的就是那些叫人民吃二遍苦，受二茬罪，叫千百萬大眾人頭落地的走資派和紅暴派。尤其是那些可惡的紅暴派，不單單在省城裏大搞武鬥。還到地方上拉幫結派。小鷹就是被他們拉攏後，才成為我們的敵人的。」

「你那大道理我聽不懂，可是小鷹平時挺乖的，他怎麼會惹你生這麼大的氣？我現在就去把你外甥喊來，假如外甥哪裏做錯了，就讓他給你認個錯，賠個不是。你們娘舅外甥兩個就再也不要鬧意見，讓我擔驚受怕了。好不好？你應該知道，你阿姐家三畝地竹園就這只根哪！」

「好，你去！馬上把他叫來。讓我來教育教育他！」

娘舅聲色俱厲，做外甥的卻毫不在乎。他的回答舅媽聽了更覺得膽戰心驚。

「舅媽，你不要怕，形勢在發展，時代在前進，歷史的車輪滾滾向前。都什麼年代了？娘舅的那把長毛時代的大砍刀在外公活著時我就看見過了。銹蝕斑剝，刀面上已爛得一坑一坑了。鈍得連青菜也切不斷。只能當劈柴刀用。我們是毛澤東時代的紅衛兵，哪會怕他那一把老古董？舅媽，

我給你看樣東西，那才叫真傢夥呢！」

洪秋鷹從褲帶上解下來的倒的確是把「真傢夥」。這把「真傢夥」做得幾乎跟真的一模一樣。木制的柄上刻著交叉的條紋。前端 亮的槍管約有三寸長，槍管的口經正好扣進一顆小口徑步槍的子彈。手柄的前部聯繫撞針和扳機的是一根極精緻緊密的彈簧。它無論從外觀上看，還是看內在結構的合理性，簡直找不出可以挑剔的地方。

舅媽被嚇得叫苦不迭「你們娘舅外甥兩個都是中了邪了！怎麼連脾氣都強得像一塊模子裏壓出來的？要是闖了大禍，叫我怎麼辦好呢？小鷹，我真的求你了，你就看在舅媽的面上，去跟你娘舅說句好話，講個和吧！」

「是應該去交換一下意見，反正我正想去白荷雲家呢！」

「可你這把真傢夥千萬別帶去，好嗎？舅媽嚇不起的。」

「那當然，娘舅不是敵人，可你得替我保密。不到關鍵時刻，我不會把它亮相的。」

儘管娘舅佔有年齡、輩份和理論依據上的優勢，一開始他們間的交談倒也並不以大欺小，劍拔駑張。

「小鷹，你來了就好。你知道我為什麼要把你叫來嗎？」

「這我知道，偉大領袖毛主席教導我們，我們來自五湖四海，為了一個共同的革命目標走到一起來了……。」

「我不跟讀語錄，今天我是與你講道理。你應該知道，現在全國各地都紛紛成立了革命委員會。我們茗東鎮一旦實行大聯合後也就可以成立革委會了。可是，現在就差你們的『狂飆』還在逆歷史潮流而動，投靠省紅暴，另立山頭，與革命的造反組織對著幹，所以我要奉勸你，早一點認清形勢，加入到無產階級革命陣營裏來。」

「宿芹算什麼東西？我怎麼肯去投降他？」

「你經常污蔑宿芹同志錯誤已經不小了，可你破壞革命大團結，阻礙茗東鎮革委會的成立更是錯上加錯。你應該知道，要是成立了革委會，茗東鎮也就可以太平了。大家也就可以安心地『抓革命，捉生產』了。可是就因為你倒向了省紅暴，所以茗東鎮的革委會到現在還無法成立。你這個罪過是無法饒恕的。所以，我要明白告訴你，我們『茗東總指』的全體革命造反派早已對你們的紅暴派和『狂飆』是可忍，孰不可忍了！」

「你這是一面之辭，我的看法正好與你相反！」

「相反？正因為相反，所以今天娘舅要批評你犯了革命性的幼稚病。你到外面去問問，知道人們在說你什麼嗎？說你從容不迫，文質彬彬，溫良恭儉讓，簡直什麼缺點都有，就缺少了革命這兩個字！」

「這叫什麼缺點？這是宿芹亂打棍子，亂扣帽子！」

「我可是為了你好，倘若將來鬧起來，你那雞蛋似的『狂飆』經得起省聯總和『茗東總指』的這塊大石頭碰嗎？」

「碰？宿芹要是膽敢挑釁，可以叫他來試試！我的『狂飆』不是軟豆腐！」

「好啦！你們娘舅外甥兩個，再也不要爭了。小鷹，你聽舅媽一句，你娘舅畢竟比你年紀大，見識多。俗話說『不聽老人言，吃苦在眼前』。你是小輩，看舅媽面子，就給你娘舅認個錯，說個和算了。」

「你不要為他求情。在革命的原則面前，外甥也不相干的！」

娘舅喝住了舅媽。可是，外甥根本不賣娘舅的賬。洪秋鷹決絕地說：「我不會求情的，要我承認對娘舅不禮貌是可以的，可是要我改變革命的大方向，談都不要談！」

娘舅的火氣當然比外甥大。

「我並不是想要改變你的方向，我只是不願意看著你小小年紀就往火坑裏跳。你們『狂飆』才幾個小毛孩子？我不是吹牛，憑我們建築社一個『紅色敢死團』就可以將你們擺平了。你根本休想與『苕東總指』二千多人馬去抗衡。更不要妄想跟有槍炮彈藥的『省聯總』去鬥！你們假如不識相的話，就只會『獨臂擋車，自取滅亡』！」

「應該叫螳臂擋車，娘舅在單位裏既然是個頭頭，怎麼會連螳臂與獨臂也分不清呢？」

「我今天不與你爭這個螳臂啊獨臂啊的。只因為你是我外甥才告訴你。你娘舅的話可以不聽，毛主席的話總不能不聽吧？毛主席既然號召我們實行革命大聯合，你就應該帶個頭，搞好革命大團結，聯合後，苕東鎮的革委會也就可以成立了。到那時，我們還可以成為革命的同志，一道為人民服務，一道抓革命，促生產。」

「成立革委會與娘舅有什麼相干？用得著你這樣的大老粗瞎起爆？又沒有你的份！」

「誰說沒有我的份？毛主席他老人家早就教導我們：工人階級是革命的領導階級。上次宿總指揮也對我說過：老強同志，你的家庭出身是三代清白的無產階級。你對革命事業立場堅定，旗幟鮮明。人們都說你是半個好同志，其實啊，依我看，你應該是完整的一個。就可惜你的外甥拖了後腿……！」

「別信他的。他們是在蒙蔽你，挑拔我們的關係！」

「我才不受蒙蔽呢！受蒙蔽的是你。你受了紅暴會的蒙蔽，連娘舅的話都不肯聽了。你看對面的雲雲。她跟你是同學，原先也是參加你們『狂

飆』派的，現在也已認清了革命大方向。反戈一擊，站到『莒東總指』這一邊來了，說明她的瞌充都已醒了，而你的惡夢要做到什麼時候才會醒？」

「雲雲她說什麼了？」洪秋鷹彷彿被擊了一掌，急急地問。

「她當然說：洪秋鷹阻擋歷史的車輪，註定要失敗的。」

「不！她也是受了蒙蔽。」

洪秋鷹急匆匆地往雲雲家去了。強大力不解地望著外甥的背影感慨地歎息：「沒想到我做娘舅的與他講了半黃昏的大道理，他不開竅，我一說雲雲，就那麼靈？」

……。

雲雲的家與強大力家隔街相望，僅僅斜開三間門面。當洪秋鷹從娘舅家跨出門檻的一剎間，借著昏黃的路燈正好看見雲雲急急地跑進了自家的屋裏。嘴裏在喊：「媽媽，他來了！快、快！關門！」

屋裏傳出的是白母的聲音：「死丫頭，誰來了？慌什麼慌，沖死啊？」

隨之探出頭來張望的確是白荷雲的母親，當她看清將要進她家門的洪秋鷹時，迅即「砰」一下將門重重地合上了。

關門落栓，這樣的遭遇是從來沒有過的，把洪秋鷹弄得莫名其妙。

「雲雲，雲雲。你怎麼了？」

屋裏一響不響。

「雲雲，我找你有話說，你開門好嗎？」

仍然毫無回應。

「篤篤」洪秋鷹叩了幾下門扣。屋裏好像有了點響動，隨著門栓輕微地「的篤」一下，門猛地拉開了。白母的面孔出現在洪秋鷹面前。當他剛

要開口叫「阿姆」時，冷不防白母轉過身，端出一腳盆黑乎乎的髒水，照準了洪秋鷹的面孔，兜頭潑了過來，淋得洪秋鷹渾身透濕。

還沒等洪秋鷹反應過來，白母卻先說話：「哎喲！得罪了！我勿曉得造反司令站在外面，正要倒汰腳水。不巧把司令澆濕了。對不起啊！快快。雲雲。你去把姆媽的花褲頭、短背心拿來給他換換……。」

洪秋鷹被猛地一激凌，讓髒水噴了個辣面胡椒。下意識地抹了兩把臉，正要開口說話，又被這一頓搶白，頓時失了主意。愣了好長時間才開始嚷起來『我有事來找雲雲，你們不歡迎也可以明說，為什麼要做得這麼下賤？」

「我給別人做過傭人，當然下賤。可是再下賤也是只賣力氣不賣身。更不會去害別人。不像你那麼高尚，高尚得暗箭傷人！」

白母手撐著門框，怒目相向。在昏黃的路燈的映襯下，那臉色更顯得母夜叉般的讓人恐怖。

屋裏面，白荷雲雖然不露面，可是她尖尖的罵聲卻在她娘背後響起：「這卑鄙狗。保皇派。無恥小人，既策劃爆炸又誣衊好人，姆媽你休去理他！」

屋外面，洪秋鷹怒火中燒，再也按捺不住地朝裏喊：「白荷雲，你這叛徒！我算看透你了？你背叛了『狂飆』，背叛了革命，臭不要臉！」

「你這個反革命，我棄暗投明，你管不著！」

……。

洪秋鷹是什麼時候走的，白荷雲根本就不知道，也不想知道。她知道的只是，母親將門重重地關死後，她被母親拖進了裏屋的臥房。外面再也沒有響起敲門的聲音。當時她猜想，過幾天洪秋鷹肯定會可憐兮兮地做出

副苦相來討饒的。可我再也不會上他的當了。不曾想到，過了好幾天後，卻是強大力找上門來罵山門，她才隱約地感覺到洪秋鷹似乎有點委屈。

「你們忎做得出了。我外甥做了什麼對不起你家的事，要用髒水潑他？都是幾十年的老街坊，就算我外甥真的做了錯事，你們打狗也要看主人面，可以告訴我，由我來管教他。如今他被你們弄得寒熱夾攻，高燒不退。滿嘴都是胡話。我阿姐急得團團轉，假如真的出了大事，我與你們是不會甘休的！」

畢竟是自家的親人，娘舅外甥的政治觀點雖然不一致，但外甥一有事，娘舅還是來相幫出頭的。這才叫「拳頭往外打，胳膊朝裏彎」。何況這個娘舅既是老街坊，又是個強橫得叫人不得不怕的角色。白荷雲的母親也只得陪著小心：「他說胡話，可曾說到我家？」

「他根本沒有說你家。不過，他說的，我什麼都沒有聽懂，盡是些不相干的話，什麼紫血泡，發了燒，長江過了長白虱……德州，德州……一喊起德州就沒個完，可就是沒有一句囫圇話。我阿姐也聽不懂，問我：他說代表雲雲看了第五看。看什麼？再問他，他回答：看毛主席！我說：你這小鬼是不是在說夢話。他說：你不懂。……我當然不懂！」

娘舅不懂，是因為他沒有這一層經歷。這些話，白荷雲卻聽懂了。尤其是那個令她刻骨銘心的德州，她無論如何都不會忘記在那短短的小半天時間裏所經歷的心路歷程。

在她的記憶裏，或者在她的生活中，甚至在她的性格上，德州車站上的一幕都成了她的一個轉捩點。

她清楚地記得，列車剛一靠站，她就因為小腹一陣陣的疼痛，匆匆地與洪秋鷹交代了幾句話後就往廁所裏趕。當初，她根本就沒有意料到這個

月的例假會突然地提前來臨，並且量大得連罩褲都被染透了。畢竟才十七虛歲的女孩子。這種事平時在家中逢上，母親自會關照得妥妥貼貼。然而這一次卻成了她有生以來最嚴峻的考驗。當她勉強地側轉屁股，半側著身子扯下內褲，蹲在坑位上尷尬地用拇指和食指掂著它，翹著餘下的三根手指頭，怕髒又怕羞地瞅著那上面的血跡不知所措時，委屈得哭了起來。這時站在她旁邊的是一位年齡較大的女紅衛兵，不知是等她的坑位等急了，還是出於女性的本能。一看她一副窘態，就知道她還是個不諳世事的小丫頭，就同情地問她：「你要幫忙嗎？」

這一位女紅衛兵，白荷雲看她大約要比自己大四五歲，長相粗獷，性格潑辣，語氣豪爽，動作麻利。要是平時在家裏，雲雲對這種相貌的同性會遠遠避開的。可這一會，她忽然有了親切感，情不自禁地點了點頭，叫了她一聲「阿姐」。

這位「阿姐」真的像自己的親大姐，迅速地從她自己的包裹拿出衣褲毛巾肥皂，熱情地幫她徹底洗了個遍，解決了她的燃眉之急。

在「阿姐」的幫助下，她重新被整理得神態自若。可是，由於時間太長，也由於洪秋鷹的錯誤判斷。她與「阿姐」從廁所出來時，更嚴酷的事實擺在了眼前：洪秋鷹、華見森、以及其他同學都沒了蹤影。在這個叫天天不應，呼地地不靈的德州，往後的路該怎麼走？她無法想像，也不敢想像。這時候她能感覺到的是心理、精神、意志似乎都要崩潰了。

她再一次痛哭起來。為什麼要用如此嚴酷的事實折磨她這顆稚嫩的心靈呢？尤其是當這位剛剛認識的「阿姐」也要隨著一群她不認識的「哥哥」們離她而去時，她幾乎是用絕望的聲音喊他們：「阿姐，阿姐，讓我跟著你們好嗎？」

　　明知不是伴，事急宜相隨。可是，跟著這位「阿姐」以及其他的「哥哥」們所遭遇的境況絕不是洪秋鷹和華見森們所能意料得到的。因為他們所行的是完全不同於洪秋鷹的那一種套路。他們帶著她開始入住的是哈德門賓館。後又因為遊玩不方便而轉到空軍招待所。或許當洪秋鷹與華見森在油布棚裏的縫隙裏數著星星，牽腸掛肚地念叨著雲雲的名字的那個夜晚，正是雲雲泡在總後勤部氣派非凡的浴缸裏舒適地洗著熱水澡的時候呢！

　　更有一點是洪秋鷹他們做夢都不會想到的。白荷雲跟著「阿姐」他們在中南海的會議室裏受到周總理、陳伯達、康生、關鋒等中央文革小組領導成員的親切接見。

　　在整個大串聯的過程中，「阿姐」對新環境的適應本領，超常的魄力，鋒芒畢露的演講風格時時激勵著白荷雲的青春活力。啟迪著她的睿智。臨分別時「阿姐」親切地握著她的手，反覆地鼓勵她：要大膽，要武。要想成為一個新時代合格的女戰士，就要有所作為，充分發揮自己的想像力，做別人不敢做的，想別人不敢想的。

　　這時的白荷雲，已經像一個滿師的徒弟，變得很勇敢，也很潑辣了。從北京回來的路程中，她不僅不再需要別人的幫助，反而還經常幫助和鼓勵那些像她以前一樣稚嫩和膽小的串聯小將呢！

　　回來以後，她的活動範圍不再局限在『狂飆』這一派組織內。只要是她認為對的，積極的，革命性強的活動，她都參與。在她的眼裏，原先敢闖敢為的洪秋鷹已逐漸落伍。「狂飆」的廣播也遠不及「紅總司」的喇叭那麼雄壯有力，富於戰鬥激情和節目豐富多彩。「狂飆」所佔據的領域也遠沒有「紅總司」那麼大。尤其是以「紅總司」為主體在全鎮實行合併，成立了「茗東總指」後，更是從實力上證明瞭他們才是正確路線的真正代

表。「狂飆」在強大的「茗東總指」面前顯得更渺小了。

　　然而，這一切似乎都無法解釋洪秋鷹要誣陷自己母親的動機呀！因為宿總指揮所說的「柯春虎的檢舉信」發生在自己投靠「茗東總指」之前。何況洪秋鷹有什麼必要將檢舉信投到冤家對頭的宿芹手裏呢？

　　想到此，白荷雲的思想就產生了動搖。儘管她對宿老師相當崇敬，可是沒有理由值得洪秋鷹要這麼做！她始終認為在德州車站上是擠散，而不是宿老師所說的故意將她丟棄在半路上。假如洪秋鷹故意這麼做。於他又有什麼好處？這件事，實在應該去向宿老師問個明白。假如柯春虎不是洪秋鷹，那麼，心靈上遇受到創傷的洪秋鷹當然會發高燒，說胡話的！

　　「宿總指揮，我看那個柯春虎好像不完全像洪秋鷹，應該對質個明白，否則，老是好像我在冤枉他！」

　　「跟這種人有什麼好對質的？我看你還好像與他有些藕斷絲連，放他不下。這說明你革命的意志不堅決。我們現在是在轟轟烈烈地幹革命運動。不是卿卿我我地談小資產階級感情。林副主席早在今年七月就教導我們：在革命派和保守派之間，不能調和折衷，搞折衷實際上是反動路線。」

　　「可它關係到我媽媽的名譽，也關係到我今後的前途，我當然要問問清楚囉！」

　　「不行！沒有必要！」

　　宿芹當然不贊成白荷雲與洪秋鷹去對質，一旦去了，那陰謀不攻自破，自己的心機不是白費了？沒想到，僅僅隔了兩天，他的態度忽然轉個一百八十度的彎。

　　「小白同學，我考慮再三，你完全應該去找洪秋鷹對質清楚。一則，

假如是誤會的話也好及早得到消除。二則，也顯示出了我們『總指』革命派的寬闊胸懷和氣度。向他表明，儘管我們不願放過任何壞人，但也絕不憑空冤枉一個無辜的人。三則，你可以當面責問他：為什麼要策劃去年年底前對我的爆炸兇殺？看他怎樣回答你？所以，我的具體意見是：你明天就去找他，但不要到他家裏，在他家裏有可能會遭毒手。而是應該正大光明地到他們『狂飆』的總部去，與他們辯論，總部是公開的地方，諒他們不敢對你下毒手。假如萬一碰到意外，也便於我對他們立即採取革命行動！」

「唔！」

……

十五、文攻武衛

「狂飆」指揮部設在學校的東北角，這裏原來是一座大資本家在清朝末年建造的既有雕樑畫棟的古典氣勢又兼有鏤花彩色玻璃西洋風格的大宅院。解放後，它先是被改成了中學的教育樓。後來因為新教室區的建成，這裏成了學校的貯藏區。運動開始初期，洪秋鷹原來的「狂飆」總部被「紅總司」擠佔而被迫遷進了這座光線較暗的院樓。

這一座院樓，中間是一個青石板鋪就的大庭院，四面樓層都有走廊相通，苕東的俗稱把這種格式的院樓叫作「走馬樓」。「走馬樓」的主樓上有一個西洋式的尖頂。洪秋鷹的總部辦公室就設在尖頂裏面的閣樓上。

洪秋鷹大病初愈，精神憂鬱，臉色蒼白，滿嘴唇都佈滿了血痂。猶如霜打過的茄子，毫無振作的風采。

樓下有人在喊「洪司令，白荷雲要找你！」

「誰？」他懷疑是聽錯了。

「是白荷雲，我們的大喇叭回來了！」

「不要開玩笑，我經不起折磨！」

話音剛落，隨著一聲：「是我，又怎麼樣？」白荷雲已經出現在辦公室的樓梯口了。

洪秋鷹怔住了，他像不認識似地盯住白荷雲想說些什麼，只見嘴唇蠕動著，不出聲。一層淚花控制不住地彌漫了眼珠。

對比很明顯，白荷雲的性格要比洪秋鷹堅強得多，她面無表情，一手拿著寶書，一手指著以往的戀人，吐出了鏗鏘有力的話語：

「洪秋鷹，你今天必須回答我的問題，否則……。」

她沒有將否則說下去，而是立即切入了正題：「一、為什麼要化名柯春虎誣陷我的母親？二、你策劃爆炸、謀殺宿芹與浦霞兩位同志是否省紅暴會指使的？三、我是不是你下一個下毒手的目標？四、除了省裏的『紅暴』周邊的大城市裏，上海的『聯司』與『東方紅』，蘇州的『鐵派』與『支派』哪一方是你的後臺？我今天就問這四個問題，也代表『茗總』向你們下最後通牒。假如你拒絕回答，『茗東總指』將在一小時後對你們採取革命措施，叫你們滅亡！」

洪秋鷹愕然良久，好不容易擠出一句話：「雲雲，你怎麼像我的娘舅一樣，中了邪，吃錯藥了吧？」

「別廢話！」白荷雲厲聲喝道。

「那你要我怎麼回答？」

「照實回答！」

　　兩個人都僵持著。四目相對，雙方都像陌生人似的盯著，試圖從對方的眼神裏挖出些什麼來。

　　驀然，遠處鎮中心方向響起了淒厲的警報聲。這是六十年代最先進的警報裝置，它的音量範圍可達苕東鎮的每一個角落，只有「苕東總指」才會有這條件。而「狂飆」擁有的只是一套局限在學校內的廣播設備。

　　隨著警報的鳴響，全鎮的廣播喇叭反覆地呼喊著：「葡躍聯、強大力」的名字，命令他們迅速帶隊集合。

　　「總指」的宣傳車也立即出動，播放著：「苕東總指」向「狂飆」發起進攻的緊急通告，巡迴在全鎮的每一條大街小巷。

　　「苕東鎮各企業、事業單位的革命造反派注意了。

　　全鎮支持革命大聯合，反對分裂的革命群眾注意了。

　　半小時前，我們鎮上突發了一起白色恐怖的惡性事件。令全鎮廣大革命人民切齒痛恨的反動保皇派『狂飆』及其反動頭目洪秋鷹等人竟然冒天下之大不諱，陰謀綁架了我們『苕東總指』的一個女戰士。他們的這種做法，是飛蛾撲火，自取滅亡！對於『狂飆』的這種卑鄙惡劣行經，我們『苕東總指』的全體戰士已經到了忍無可忍的地步。為此，我們『苕東總指』現在發出緊急通告：凡屬於『苕東總指的各單位人員立即到苕中廣場集合。緊急佈置營救戰友的戰鬥部署。同時，我們要嚴正警告『狂飆』的一小撮反動分子。並向你們發出最後通牒。限你們在三十分鐘之內立即無條件釋放我們的播音女戰士——白荷雲同志。否則『苕東總指』的鐵拳必將會把你們砸個稀巴爛，打倒在地，並且踏上一隻腳，叫你們永世不得翻身！」

　　緊急通告之後是早已準備好的嚴正聲明。緊接著又播放了一篇敦促「狂飆」投降書。火藥味濃得一觸即發。

　　各單位造反派組織的成員迅速被集合起來，他們頭戴藤帽，手執鐵棍，聲音洪亮，氣勢雄壯，有節奏地反覆呼喊著：「『狂飆』不投降，就叫它滅亡！」「頑抗到底，死路一條！」的口號，大有把『狂飆』一口吞了的雄壯氣慨。

　　「狂飆」也不是好惹的，他們似乎早已嚴陣以待了。裝置在法國梧桐上的大喇叭也反覆不停地播放著：「全體戰士立即集合，準備抗擊反動『總指』的突然襲擊」的緊急通知。

　　在「狂飆」的掩體裏，打麻雀的汽槍。用毛竹板做的弓箭。小孩玩的橡皮筋彈弓。土制的汽油燃燒瓶，以及洪秋鷹自製的那把真傢夥，都已經準備著發揮它們的作用了。

　　下午二時，全副武裝的「茗東總指」浩浩蕩蕩地開進了學校的運動場。運動場的土臺成了臨時的作戰指揮部。一副早已準備好的橫幅在土臺的上方被張掛起來：

慶祝砸爛反革命「狂飆」表彰大會

　　「狂飆」作為喉舌的廣播樓和作為大腦的指揮部中間隔著運動場。由於運動場被佔領它們就成了兩個可望而不可及的據點。宿芹站在土臺上發佈了向「狂飆」展開進攻的命令。

　　「強大力同志，保衛無產階級文化大革命勝利成果的時刻到了。也到了考驗我們每個革命戰士的緊急關頭。你的『紅色敢死團』要充分發揚革命的英雄主義精神，負責打硬仗，把東北大樓裏的「狂飆」消滅掉，那是他們的指揮部，任務艱巨，但非常光榮。

　　蔔躍聯同志，你的『鬥煞牛鬼蛇神野戰團』要堵住敵人的喉舌，煞住他們歪風邪氣，打一場細仗，幹掉『狂飆』的廣播設備，切斷他們的電話

線，不准他們叫囂反革命反人民的聲音。隔斷他們與外界的聯絡，這樣，他們的後臺省『紅暴會』就來不成了。

其他各單位的革命派同志，要多準備好繩子、旗幟、爆仗、鞭炮以及宣傳資料，我們一等戰鬥結束，就把慶功大會和鬥爭大會合在一起，開一次有特別意義的又別開生面的大會。」

「打！衝啊！」四肢發達的強大力早就盼望著在大砍刀的揮舞下傳揚自己的威名了。現在終於等到了這一天。只有這樣，才能真正體現痛打落水狗的毛澤東思想，才能體現馬克思主義的道理，如果再不打，那兩派大辯論的爭端就永遠沒有休止了。

早就該打了，在文化大革命的特定條件下，現代文明的哲學思想已經到了非用最原始的方法來印證不可的時候。只有打才是唯一的萬靈藥方。許許多多在大辯論中無法解決的問題，經過文攻武衛後，實力較強的一派都贏得了勝利，再回顧歷史，哪一個朝代不是相砍相殺而奪取政權的？勝者為王，敗者為寇始終是一條顛撲不破的真理，正義和道德永遠是屬於強者的。

「同志們，不怕死的跟我上！叫『狂飆』的兔崽子們嘗嘗我的鐵拳和大刀。看見嗎？它的寒光！我這把刀不認人的，哪管你是男孩還是女娃？誰叫你們不聽毛主席的話？誰叫你們不參加我們這一派？誰叫你們不投降？」

強大力發瘋一樣地揮舞著大砍刀。率先衝進了「狂飆」的陣地。劈倒了作為路障的鐵蒺籬。大刀指處，摧枯拉朽，所向披靡。「狂飆」的嫩小娃娃們只抵擋了一陣，一見那白晃晃的大刀淩空飛來，早嚇得哭爹喊媽，潰不成軍了。

「紅色敢死團」只用了幾分鐘，「狂飆」的防線就已被全面衝垮。小將們捂著流血的傷口，哇哇慘叫著逃進了指揮部的樓層。

攻打廣播樓的戰鬥正如宿芹所說的那樣，是一場細仗，聲勢雖不浩大，場面卻同樣精彩，甚至有點離奇。

這裏，既想充好漢領頭功，但又極膽小的葡躍聯率領著他的「鬥煞鬼」把廣播室的「狂飆」女小將們全部逼進了上面的樓層，面對著只有二十多步高的樓梯，「鬥煞鬼」們衣哩哇啦鬧猛了兩個鐘頭，仍然束手無策。

上面的樓梯口安放著五六隻臭氣嗆鼻，盛滿糞便的大桶。只要葡躍聯和「鬥煞鬼」們稍微露出一點往上攻的跡象，樓上的女小將們就捏著鼻子，將大糞一勺一勺地往下潑。

這東西，不像他們廠裏的漿糊，雖然同樣是粘糊糊的，但不同的是它所散發的惡臭讓葡躍聯感到極端膩心。每當他想起那個倒在他老婆頭上的馬桶，他就會心有餘悸，並產生一種發自本能的過敏。

兩個小時過去了，那邊的強大力指揮的戰鬥早已大見成效。已經將「狂飆」大部人馬打得龜縮在指揮部的大樓裏不敢出來應戰。只要等待裏面豎起白旗就可以宣告戰鬥結束。而這邊面對著嬌弱無力的十幾名女小將卻久攻不下。

幸虧初戰告捷的強大力奉命來助戰，還帶來了一大捆倉庫裏的油布。他一看到這陣勢，二話不說，割了一片油布就往上衝。

樓上的「彈藥」畢竟有限，正當女小將們為遏制住「鬥煞鬼」的衝鋒而感到欣慰時，那大糞桶見底了。

越急越尷尬，這時又忽地殺出個頭頂油布的強大力，油布外露裸著大半把鋒利的大刀片，魔鬼似地向她們頂上來。女小將們看著已經桶底朝天

的糞桶，發出了絕望的驚呼。

各種生物都具有特殊的防禦以及反抗強敵的本能。

黃蜂在遇到侵犯時，會使用它尾巴上的刺，儘管它馬上死去也毫不猶豫。

河蚌在受驚時，會猛地合起它的外殼，令敵方對它無從下手。

黃鼠狼令各種強敵害怕，就是因為它在驚慌時會放出叫強敵厭惡的臭屁。

看似一身肉的遊蜓，雖然毫無凶相，可它分泌的膩漿足以叫任何吃它的動物倒胃口。

甚至最為善良溫順的兔子，在臨死前也會拼命地蹬踏幾下。

動物尚且這樣，何況人乎？

無產階級文化大革命運動是一場造就勇敢的運動。勇敢的時代造就了勇敢的闖將，勇敢的闖將就必須具備勇敢的行為。在勇敢的女小將們生命受到嚴重威脅的時候，能眼睜睜地等待死對頭們衝上樓來索命麼？

她們也是有絕招的，這絕招就是她們身上的那一塊「禁區」。無論是祖輩傳承下來的倫理，還是父母們為規範兒女們的行為，都把它形容為醜惡的萬惡之源。尤其是當今政治統帥一切的氣候下，它更叫人諱莫如深了。

在這塊小小的、用三角褲就能將它包住的「禁區」裏，曆古以來出了多少人命官司？有多少偉人駕馭著春風得意的順風船，經不住它的誘惑，傾翻在陰溝裏？有多少人才在這裏葬送了前途、事業、財產乃至身體而成了冤魂？隨著時代的變遷，革命社會的到來，人們拼命學毛選，背語錄，其目的就是為了強化政治，抵抗它對人們的機體乃至靈魂的腐蝕。久而久之，它在國人眼裏更顯得神秘莫測了。人們已經習慣於把一切不吉利的事

情極其自然地與它聯繫在一起。諸如：賭博輸錢，尋人無著，挨打遭騙，生病住院等等，都不免要在肚裏尋思一番：今天這麼晦氣，莫不是出門時不小心鑽了晾女人褲衩的竹竿？

那麼，現今到了面臨死亡威脅的緊急關頭，這件女性特具的「秘密武器」是否也有人敢一試鋒芒呢？

「看看吧！你娘的姑奶奶今朝橫豎橫，拆牛棚了！」

竟然真的有一個勇敢的女英雄毫不猶豫地解下了武裝帶，撩起了衣裳，褪下了褲子。

「叫你們這些狗養的看個清楚，觸你個一輩子的大黴頭！」

這實在是個絕活。其威力簡直可以與秦瓊的「殺手鐧」、羅成的「回馬槍」相媲美。剛烈威猛的強大力頓時傻了眼，被驚得臉色發白，像一頭觸了電的豬，發瘋般地嚎叫著跌下了樓梯。

真是不可思議！十幾歲的大姑娘竟會脫褲子？朝著他坦露這件他最不願意看到的骯髒東西？

它，氣味不香，形象不美。充其量只能比作一朵凋謝的花。與母豬的拐頭、雌雞的蛋腸一樣長在最令人不齒的部位。他曾經有過兩次永遠難以忘卻的教訓，並且也由此形成了根深蒂固的觀點，這件東西，除了老婆以外是絕對看不得的，否則，必定會倒大楣！

記得當初自己還是個元陽小夥子的時候，他曾無意中窺見過一個擦澡的女人。巨大的誘惑刺激著他的本能，使他這個剛剛進入青春期的小夥子第一次感受到了自身強烈的飽脹和難以抑制的衝動。當時，他雖然緊張得心臟狂跳不止，但又實在擋不住異性的誘惑，在此後的好長一段時間裏，他每當晚上躺在床上想起這件事時就性情浮躁，顛三倒四地不能安睡。可

是後來報應也來了，兩隻眼睛同時生了很大的「偷針眼」，又紅又腫疼得他眼睛也睜不開。到醫院吃了兩刀，才算把膿頭挑了。

　　無獨有偶，文革開始後，他率領的「敢死團」到處抓階級敵人，有一次他捉拿的「敵人」竟逃進了女廁所。他抓「敵人」心切，不管三七二十一就追了進去。老鷹抓小雞似地把「敵人」從坑位上提了起來。「敵人」被驚得哇呀媽呀地絕叫。猛一看，那襠裏不僅沒有跟他一樣的傢夥，再看面孔竟是一個上了年紀的大媽。在他愣神的當兒，冷不防隔壁坑位上那個比他矮一個頭的「真敵人」竟照準了他的太陽穴狠命地揍了兩拳，打得他眼冒金星。「真敵人」還是跑了。而他卻趴在了流淌著糞水的地下爬不起來。這一次，他的眼角上多出了兩個大紫包，半個月後退了腫，還留著兩塊大烏青。

　　這兩件事，像刀刻一樣銘刻在他的記憶裏。從此以後，他再也不把看見它當作一件難得的美事了。

　　今天，他又碰到了這樣的倒灶事。把他刺激得語無倫次地亂罵「妖怪精，女流氓，狐狸精……你們暗箭傷人……這叫什麼文攻武衛？分明是盤絲洞裏的妖精作怪……下流損人……無恥之極。有本事就憑力氣較量。一對一，那怕一對十，我也不在乎……。」

　　就在他強大力跌下樓梯的時候，躲在角落裏觀戰的葡躍聯恰似精神萎靡的鴉片鬼看見天上掉下塊大烏膏，傾刻間精神陡長，豪氣頓生，眼睛裏放出光來。

　　他與強大力完全相反，強大力最怕看到的「東西」正是他最渴望看到的，因為在他的生涯中「它」與幸運始終聯繫在一起。

　　女叫化來到他身邊以前，也曾經無數次地爬過別人家的窗，窺過人家

的房，甚至許多次冒著跌落糞坑的危險，忍受著刺鼻的臭氣，對著廁所的坑口行九十度鞠躬的大禮，為的就是想看見「它」。

女叫化的到來，並將「它」向他作了開放後，他就接二連三地碰到好運氣。是「它」改變了他的生活。是「它」使他把輾轉反側的難眠之夜變成了暢快激蕩的銷魂之宵。是「它」把他從一個光棍二流子變成了有家有小的一家之主。又是「它」因勾得了宿芹的光顧而使他從小小的漿糊廠工人一躍而成為苕東鎮的二號實權人物，並且勾上了天仙般美麗的浦老師。如此循環往復，他看見的「它」越多，他的運氣也就越好。

現在，又是他的好運氣到了。他再一次真切地看見了「它」。怎麼能不叫他高興萬分呢？就在強大力敗退下來的一剎那，他的兔子膽一下子就變成了豹子膽。他沖著驚得面無血色的強大力直喊：「老強同志，緊要關頭要經得起考驗，要奮鬥就會有犧牲……這是革命的需要……要大膽……你不上，我來上！」

他嘴上喊得冠冕堂皇，心裏卻在好笑：這老強也實在太吃素了。送上門來的豔福竟把你嚇成了一灘泥。你無福消受，還是讓我來露一手給你看看吧！

「老蔔，這幫小畜牲太下流，我衝不上去。我倆還是換回來吧！」強大力兀自喘著粗氣，跺著腳在地上搓著粘在鞋底上的糞「這裏還是你上，我再到那邊去攻打指揮部吧！」

說罷，他逃出廣播室，一忽兒就沒了影。

盤絲洞的蜘蛛精不怕鯰魚嘴的胡攪蠻纏，卻鬥不過捏金箍棒的雷公嘴。當長著與孫悟空同樣一副嘴臉的蔔躍聯呼喝著衝上樓層時「狂飆」的女小將們只有束手待斃的必然下場了。

廣播不響了，這意味著蕭躍聯攻打廣播樓的戰鬥已經取得了決定性的勝利。回到這邊的強大力更兇猛地爆發了剛才受了侮辱的滿腔怒火。他再一次發瘋般地揮舞起大砍刀左衝右突，把一股惡氣全部發洩到頑強抵抗的指揮部那一班「狂飆」的頭上。

「打！狠狠打！」退據到樓上的洪秋鷹也憤怒到了極點「什麼狗屁娘舅，翻臉無情。別人不敢往上攻，偏偏要你瞎起爆？現在這種關鍵時刻，外甥也是做得出來的。人不犯我，我不犯人。人若犯我，我必犯人！大家照準了那個拿大刀的給我拼命砸！砸死他！」

「狂飆」雖然佔據著樓層，但缺少武器。洪秋鷹的那把杜造的真傢夥，沒有打出一粒子彈就啞了。不知是撞針太尖，還是彈簧太強，那子彈的底殼竟被撞針鑽透，拔都拔不下來。好在這高牆大院，有的是磚頭瓦片。「狂飆」們拆的拆，掀的掀，搬的搬，砸的砸，像手榴彈一樣朝下面狂瀉。砸向樓下這些雖然素無仇恨，但仍不顧一切地向自己索命的「冤家」。

畢竟是居高臨下的優勢，冰雹一般密集的磚塊瓦片遏制住了閃閃發光的大刀。磚頭是不長眼睛的，它可不認得娘舅。你們狗屁「敢死團」假如真的敢死就不要龜縮在掩體裏。

「燒，燒吧！只有用火燒才具有往上攻的威力。」部下們紛紛建議。可是，強大力搖搖頭，佑大一座雕樑畫棟的古典建築裏包涵著窮苦百姓的多少血汗？

「燒！為什麼不燒？」有人請示到中軍帳，宿芹毫不猶豫，果斷地下達了命令「再澆上煤油！」

惡狼的嚎叫剛過，這些老式建築就成了火葬「狂飆」的爐膛。樓梯口，煤油燃起了熊熊大火，兇猛的火舌直往上舔。樓上樓下馬上成了一片火海。

「宿總指揮，宿老師。我還在樓上呢！強家伯伯，怎麼連我也不要了？讓我下來，我要下來呀！」

白荷雲站在樓梯口，被嗆了幾口濃煙，一邊劇烈地咳嗽，一邊嘶啞著嗓子拼命喊著，洪秋鷹尋了條毛巾，抓起桌子上喝剩的半杯中藥，迅速地澆濕了毛巾，把白荷雲拉到裏間，捂到了她的嘴上。

「你幹什麼？還想謀害我？」她厲聲喝問，把頭一偏掙脫了洪秋鷹的手。一股濃煙又嗆進了她的鼻腔，這才發現洪秋鷹是出於好心：「我不要你假慈悲！」

洪秋鷹自己也用濕毛巾捂著嘴，鎮靜地用手勢指揮大家打開各個窗口，只是在風勢偶爾轉向的瞬間，稍微說上幾句。

「雲雲，你跟著我，跳窗逃。」

「洪……小鷹。」不知是被煙薰的，還是出於醒悟。白荷雲忽然湧上了兩泡眼淚。她猛地摟緊了洪秋鷹的胳膊，愴然地喊：「小鷹，我誤會你了！今天死傷了那麼多人，原來是我在做導火線呀！」

烈火仍在肆虐。煤油的火焰已經引燃了木質的樓梯，並且不時地發出木節被燃燒後嗶嗶啪啪的聲音。

正當「狂飆」的小將們面臨著逃生還是勇敢受死的抉擇的緊急關頭，遠處傳來了「嘀嘀噠噠」的衝鋒號和「砰砰」「噠噠噠」的槍聲。這清脆的、貨真價實的槍聲使得正處於惡劣環境的「狂飆」們覺著了一線生機。頓時精神大振，奮力高呼：「噢！好！我們有救星囉！老大哥『紅暴會』來支援我們囉！毛主席萬歲，萬萬歲！」

哪裏知道，下面攻打正酣的「總指」和「敢死團」也呼喊起來「哈哈！我們縣裏的老大哥『鋼鐵洪流』來囉！『狂飆』徹底完蛋囉！毛主席萬歲！

萬萬歲！」

「狂飆」們這才意識到除了逃命已別無選擇。他們無可奈何地爬出了窗口，踩著俯簷的屋頂，翻過圍牆，撤出了這個差點把他們烤成灰的革命熔爐。

強大力剛才那口惡氣還未消盡，他料定「狂飆」們必定會從後窗沿牆而逃，就獨自一人提了大刀到後院去尋找逃命的敵人。他一定要再親手砍翻他幾個，好好發洩一下剛才遭受侮辱的憤怒。

小將們看到他提了閃閃發光的殺人刀追來，愈發逃得快了。當他看見一個面孔焦黑，身上冒著火星的小將正把最後一個女娃子托出圍牆後自己也準備翻過去時，就再也不肯錯過這個機會了。他忽地竄上前去，朝著正要翻出牆外的腳踝狠命地揮了一刀。

只聽得「嗯」了一聲，黑影朝牆外倒去。劈著了！他趕緊用刀柄砸掉了圍牆上的一塊鬥磚。攀著牆角跳過去，看到挨了一刀的小將正抱著腿痛苦地倦縮著，在地上翻滾抽搐，

強大力恨不得立即補上一刀，結果了他的狗命，一縱身跳下牆頭，將刀高高舉過頭頂，正要往下砍時那小將翻滾著轉過頭來……

在地上翻滾著的「敵人」正是自己那個頑固不化、誓不參加他們這一派的外甥洪秋鷹。由於極度的疼痛外甥已變得眼珠凸爆，他瞪著牆上跳下來的「總指」等待受死，卻發現高舉著大刀的「總指」竟是自己的親娘舅時，終於淒慘而憤恨地叫了一聲「娘舅，你砍吧！讓我死得痛快點。我痛煞了……！」

「啊……！小鷹，小鷹。真的是你啊？」強大力的心震顫著，全身處於一種與外甥同樣的抽搐中。此時此刻，在他眼前翻滾著的「敵人」哪像

小時候常常倚著娘舅撒嬌的外甥？強大力頓時只覺得一片空白。後悔萬分地擂著自己的頭，叫著：「小鷹，小鷹，娘舅該死，娘舅真的不知道是你呀！……你為什麼不參加娘舅這一派呢？我們這一派是革命的呀！你假如跟我是一派，娘舅怎麼會劈著你呢？」

外甥的小腿被強大力的大刀從腿肚子一直到脛骨，劈了一條半尺多長的口子。口子的肉往兩邊翻著，汩汩地正往外淌著血。而此刻，同樣在淌血的是強大力的心。他無論如何也不願相信眼前的是事實，更不願意將事實與他想當委員的願望聯繫起來。

他扶起了他的小鷹，背上了自己的肩。小時候外甥曾無數次地被他這樣駄著，趴在他厚厚的肩膀上玩耍戲鬧。聰明伶俐的外甥只會使他感到驕傲與舒心。而現在，伏在他肩膀上的外甥不啻是壓在他心頭的一塊大鐵砣呀！

「我瞎了眼，瞎了眼哪！」強大力悲憤萬分，欲哭無淚。愧疚悔恨地呼天叫地。也許，這又是看見了那「東西」的報應。前兩次的「偷針眼」和「大紫包」隨著時間的推移倒也慢慢地撫平了。而這一次「瞎了眼」可怎麼去向親姐姐交代呀！洪家三畝地竹園可就他這只根哪！

十六、保衛芒果

一九六八年，農曆閏七月。老百姓們習慣於把七月半叫作「鬼節」。那麼，在一年中出現了兩個「鬼節」就註定了這一年不是個好年頭。因此就有了「兩個七月半，人死一大半」的諺語。至於是否確實死了一大半，當然屬於無稽之談。然而在這一年裏死的人實在不是個小數目。並且，活

死（茗東人叫作生死）的比例要大大高於因病而正常死亡的人數。

這一年，除了那些戴著各種罪名的階級敵人上了吊，投了河，服了毒，碰了電，割了脈外，也有為數不少的革命派為了「革命」而犧牲在對方革命派的屠刀之下。從省一級的大派別「紅暴會」被更強大的對手「省聯總」徹底消滅的事例來看，老百姓就自然而然地將他們的被消滅與「兩個七月半」聯繫在一起議論。

「狂飆」被消滅了。他們是為了捍衛毛主席的革命路線而遭到了全軍覆滅的下場。「總指」勝利了。這是他們奉行了毛主席「要吐故納新，清除廢料」的最高指示的必然結果。英明的偉大領袖高瞻遠矚的最新指示使得強大的一方愈發強大。弱小的一方消聲匿跡。這或許也使他老人家隱約地感覺到了一份遺憾。為此，他老人家馬上追布了一條最新指示：「浙江的『聯總』和『紅暴』都是革命的群眾組織……要實行革命的大聯合」，其時，紅暴早已是曇花凋罷，大勢去盡了。

武鬥被平息了，「文攻武衛」的倡導者基本上達到了預期的目標。敬愛的林副主席親自為「文攻武衛」的行動作了最好的注解。

「這次文化革命，真是勝利最大最大，代價最小最小……。

亂有四種情況：一、好人鬥壞人，應該。二、壞人鬥壞人，毒攻毒。三、壞人鬥好人。暴露了壞人，鍛煉了好人，好人吃點苦頭，但嘗到了很大甜頭。四、好人鬥好人，誤會。但這是人民內部矛盾，容易解決。」

張春橋同志說得更乾脆和簡單扼要：「這次運動中死的人絕大多數是壞人。」

好人嘗到很大甜頭的具體表現就是「死的人絕大多數是壞人。」「以極小的代價換取了最大的勝利。」這難道還不能使所有活著的革命人民和

取得勝利的造反派們高興麼？

就這樣，在這場文化大革命運動中出現的「文攻武衛」行動，經過最高層領導人的一番議論，得到最權威性的肯定。其正確性也就毋庸置疑的了。

這次行動後，宿芹眼裏的壞人，那些對立派、假左派、保皇派、走資派、頑固派以及所有他看不慣的派統統消聲匿跡了。他們無非是些老鼠一樣的害人蟲。老鼠死光了，大地就乾淨，對頭清除了，宿芹也就太平了。

一九六八年冬，茗東鎮的無產階級革命派在宿芹的領導下，消滅了階級異已分子，打擊了地富反壞右，清除了軍警匪特叛；砸爛了反動公檢法；推翻了政府閻王殿。輕鬆地完成了大聯合。總算迎來了革命需要他掌權的時代。茗東鎮這個「孕婦」經歷了難熬的陣痛和流血後，終於結束了「脹娠」，產下了時代的嬌子──茗東鎮革命委員會。

原鎮委大院的門被重新打開，摘掉了原來鎮黨委、鎮政府招牌的地方重新掛上了紮著大紅綢花的新招牌。

鎮中心的大批判宣傳棚裏，過去曾經張貼過披露宿芹和浦霞桃色新聞的順口溜。如今這兩位的大名又一次是出現在大紅的喜報上。喜報上的名字呈寶塔形地排列著。寶塔的尖當然只是一個點綴，與全國各地一樣，不例外地為了平衡「老中青」的模式而安排了一位從外地降職而調進來的老革命。老革命的下面才是真正的風雲人物：副主任宿芹，常委蔔躍聯、浦霞；依次而下，委員若干名……。

出乎意料的是：三個半好幹部中的半個，即在文攻武衛中勇猛殺敵的強大力同志卻榜上無名，至於是何原因，人們就只有猜測的份了。有幾個消息靈通人士隱約地聽說宿芹改了口徑。武鬥前宿芹說的是：強大力同志

如果願意衝鋒陷陣，這首功就歸他。武鬥結束後，他卻說：強大力同志殺性太重，犯了嚴重的錯誤。通過幫助教育，我相信他還會成為一個好同志的。當然，這只是「總指」內部的傳言罷了。或許是他自己因為砍了外甥一刀，良心受到譴責而自動放棄了當委員的要求吧？

更叫人們不解的是：「總指」為了營救戰友而發動這場大規模武鬥的關鍵人物白荷雲竟不幸而被自己言中，真的成了一截導火索。它被用過後只剩下了一段灰燼，再也沒有被「總指」重新利用的價值了。武鬥剛結束，葛躍聯就為白荷雲感到惋惜：「這白荷雲應該是我們的人，沒想到這麼一來倒讓洪秋鷹占了便宜。」此話剛出口，就立即遭到浦霞的嚴厲指責：「白荷雲一個人去『狂飆』縱然是受了老宿的指派，其目的也是反老宿的！我們革命的隊伍裏最不能容忍的就是她這種反覆無常的投敵叛變行為！」

唯有失敗方的主角洪秋鷹反而顯得心態平靜。是白母的那盆汏腳水把他澆醒了，還是娘舅的這一刀砍中了他的靈魂。這一場戰火雖然無情地把他的夢想燒成了灰，但同時也烤熟了他的思想。如果說，以前他對革命的認知僅僅是感性的，那麼，現在對它則多了一層理性的思索。

最忙碌的一方當然是勝利的一方。人逢喜事精神爽，「總指」與它的分支們互相吹捧，彈冠相慶。葛躍聯天天被緋紅的五加皮作用得臉色酡紅，十二分滿足的神態中似乎又多了一份斯文。

「老宿同志，我一向最敬仰毛主席的詩詞，特別是他老人家所說的『裝點此關山，今朝更好看』和『數風流人物，還看今朝』這兩句詩，我今天才真正的懂得了它的意義。革委會成立了，這說明我們已取得了勝利，當然要更好看了。『數風流人物』苕東鎮不就是我們三個數風流人物麼？這一切都說明，我跟著你宿老哥幹革命千真萬確是跟對了。那一天的慶祝大

會上我們『鬥煞鬼』多麼神氣？扛著『鋼鐵洪流』的重機槍、迫擊炮。走在遊行隊伍的最前面，放了那麼多的爆仗，那腰鼓咚啊咚啊敲得我心花怒放。我跟著秧歌隊扭啊扭啊惹得全鎮的人民都來羨慕我。我敢說，解放那年從國民黨手裏奪取政權都沒有這麼隆重！」

「這還不算最光榮的呢！一發再告訴你一個特大喜訊。毛主席他老人家得知苕東人民對他無比忠誠後，還要來一個喜上加喜，給我們苕東人民贈送芒果，作為給新生革委會的禮品呢！所以我們還要準備一次更隆重的遊行，迎接偉大領袖送給我們的禮物。遊行展覽後還要把芒果敬奉起來。我考慮下來，把它敬請到革委會大禮堂的主席臺上為妥，也便於大家參觀瞻仰。」

「芒果是什麼東西？」

「這哪是東西呢？那可是聖物！據說是友好國家送給毛主席吃了長生不老的補品。是毛主席他老人家愛民心切，捨不得吃，才贈送給成立革委會的地區，讓革命人民長長見識的。」

「噢！那麼一說，我才懂了。這芒果就像古代戲裏的番邦，每年要選出最好的東西進貢天朝一樣的貢品。那麼……」他突然壓低了聲音問「宿老哥，你嘗過那聖物的味道嗎？」

「沒有！」

這芒果，用汽車從省城接來的那天葡躍聯才算真正的飽了眼福。它被安放在一隻裝潢考究的玻璃框內，只約莫幾兩重，饅頭一般大，與饅頭不同的是，它具有一種美麗的豔黃色，那黃，在底層墊著的大紅綢緞的映襯下竟如金子一樣閃耀著光芒。然而，從意義上講，它的價值遠非是金子可

以比擬的。

　　玻璃框由四個精壯的漢子抬著，作了全鎮大遊覽後被革命造反派和全鎮人民護衛著，在有節奏的「萬歲！萬歲！萬萬歲！」的歡呼聲中送進了鎮革委會大禮堂的主席臺中央，放在了那尊雕刻及紮制得非常精緻逼真的天安門模型前。

　　芒果，絕不是一般的水果！它說明了這世界上確實存在一種像《西遊記》裏的「蟠桃」或「人參果」之類的寶貝。在全鎮人民懷著敬畏的心情排著隊瞻仰它的同時，也勾起了葡躍聯的猜測和好奇心。

　　偉大領袖毛主席神采奕奕、紅光滿面，人們在呼喊著「萬歲！萬萬歲！」和「萬壽無疆」的同時，最關心的就是他老人家究竟能不能活到萬歲或壽域無疆。運動初期，曾經有一份宣傳資料披露：葉劍英同志根據許多專家對毛主席的身體進行了全面的、科學的、綜合性的檢查和觀察後得出的結論。欣喜地告訴他所會見的紅衛兵代表：毛主席的健康狀況特別好。經過慎密的分析和推測可長壽到一百三十歲左右。然而不久，葉劍英同志的這番話馬上就遭到一個很有影響力的造反組織的駁斥。在該組織出刊的一份戰鬥簡報上稱：據最保守估計：毛主席他老人家至少能活到三百歲以上。這消息一傳開，全國群情振奮，一片歡騰。毛主席他老人家能長壽無疆，不正是全國各族人民之福嗎？

　　那麼，究竟是什麼寶貝能夠使毛主席如此長壽，精神特好呢？全國的老百姓，也包括他葡躍聯，就自然而然地會從他的飲食方面去猜測了。這個世界上一定存在著唐僧肉、蟠桃、人參果之類的東西。或許，就是這芒果！

　　偉大領袖毛主席曾經在天安門城樓上接見紅衛兵時喊過「人民萬

歲！」的口號。讓人民「萬歲」而給人民贈送了長生不死的芒果，不正體現了偉大領袖的愛民之心，讓人民也像他一樣長壽麼？不也說明了世界上確實存在著長生不死的寶貝麼？儘管這只是象徵性的一隻，但據此不正可以看出，它的現實意義和珍貴程度是無可置疑的麼？

「芒果，芒果……這莒東鎮，一萬多人口，要想大家都分到一點點是不可能的。待它過了瞻仰期，革委會全體成員參與分嘗的可能倒是有的。那麼，我應該得到橄欖核那麼大一塊。假如分到常委一級，我就應該有狗瘌桃那麼大的一塊了。到那時，我一定要將它連核帶皮（假如有核有皮的話）都嚼得碎碎的全吞到肚皮裏去，不漏出一點一沫來。」

他的思緒在延展，手下意識地伸進袋裏去掏香煙。袋裏「嗒啦」一響。驀地，他不敢想下去了。他的手觸到的分明是鎮革委大院的邊門鑰匙。這鑰匙，他有。副主任有。老主任也有。誰能夠保證他們不跟自己一樣想到那上頭去呢？「該死！要是被他們搶先偷了去，我那橄欖核那麼一小塊還輪得到麼？」

「與其乾巴巴地坐等被他們偷去，剝奪了自己的一份，倒不如我自己先下手為強，剝奪他們大家的份！要是這芒果全讓我一個吃了，真是死而無憾了。不！要是真讓我一個人吃了，除了自殺，恐怕就永遠也死不了了！」

「鎮革委大院進深曠闊，一到晚上就更陰森森了。諒必宿芹和老主任都不敢來。這兩個傢夥，一個六十出零，棺材板已上了背。哪有不想長生不死的？不過那副萎萎縮縮的樣子絕不會有這膽量。另一個雖貌似君子，但骨子裏實是小人。我與他這麼好，他還搞我老婆。幸好他自從挨了紅暴會一炸後，就再也不敢在晚上出來了。那麼，這芒果不分明是留給我

的？……嘿嘿！」

深夜，黑咕隆冬。蔔躍聯的每一根神經都被那芒果牽動著。他自己也記不清是怎樣用鑰匙開了鎮革委的邊門，又是怎樣合上了它？他只知道自己的腦海裏不停地翻滾著那只金黃色的芒果。甚至連眼前的手電筒光芒也變成了一片抹不去的芒果色。當手電筒的金黃色與玻璃框內的金黃色融匯到一起時，他才意識到自己的心臟在達到極限地狂跳。深更半夜的大禮堂內寂靜空曠，更顯得冷颼颼、陰瑟瑟，令他恐懼不已。他這個「鬥煞鬼」的頭頭，正因為平生最怕鬼，所以在給自己的野戰團命名時，他才起了這個能給自己壯膽氣的名稱。然而，今天不同了，在長生不死的誘惑下，就算再恐怖也必須大大地擴張膽量，把鬼撇到一邊去！

遠處有幾隻老鼠在「吱吱」地叫著，似乎在偷食、咬架。他下意識地咳了一下，空曠的四壁回蕩著可怖的餘音。這種聲音，會令他的神經發生痙攣。手指彷彿哆哆嗦嗦地不聽使喚了。然而，當手電筒的光柱照射到安放在框內紅綢緞上的「芒果」時，他傾刻間來了精神。一躍而上，把貪婪的胸膛緊緊地貼在了那夢寐以求的玻璃框上。

框上沒有鎖，掀開蓋子就行了。他迫不及待地拿出「芒果」往嘴裏送，張大嘴巴，奮力一咬——呵！長生不死就在此一啃哪！

「哎唷！」他禁不住失聲叫了起來。這哪是什麼「芒果」？分明是一塊石膏！怎麼搞的呢？被別人調了包，還是毛主席給人民送來了一個假貨？

他弄不懂，也來不及弄懂。正懊惱間、冷不防從主席臺邊呼呼地竄出兩條黑影，以極快的速度打掉了他的手電筒。同時，一件極

硬的物體抵住了他的後腰。一個沙啞的嗓音喝道：「不許動！敢強就

插圖：張清渭

當手電筒的光柱照射到安放在框內紅綢緞上的「芒果」時，他頃刻間來了精神。

馬上殺了你！」

　　真是怕鬼鬼越來。葛躍聯還沒有來得及作出任何反應，一條大麻袋就從他的頭上套下，把他籠罩在恐懼之中。

　　「同志饒命，好漢饒命！」他向來是個識時務的「俊傑」。他看過真假李逵的戲，深知遇上了剋星只有裝慫種才會不吃眼前虧。

　　「作了孽就不要心虛！」沙嗓門這句話似乎是咬著牙齒迸出來的「今天不揍你，我就不是人！」

　　緊接著，葛躍聯的肋下「呼呼」地挨了兩下狠擊。

　　這兩下，痛徹心腑，就算肋骨未斷，也夠他躺半個月了。

　　「好漢饒命，啊！大哥，大哥饒命！有話好說。我一切照辦。求求你們別打了，饒了我這條狗命。或者留個姓名，來日我登門謝罪！」

　　「啪啪」又是兩下，這分明是條鐵頭的皮帶，鐵頭扣擊在骨頭上撕心裂肺地痛。

　　「你這猢猻，實是可惡！死到臨頭，還想要我們的名字，好讓你日後報復，別想得美！」

　　這聲音有點熟，完完全全的大人嗓門，可是，身上接二連三的劇痛不允許他細想，又被一陣陣的猛踢狠擊打得趴在地下，不停地滾動著令人作嘔的軀體。

　　沙嗓門又說話了：「老實告訴你，老子是太湖裏的麻雀，見過風浪了，不怕你報復，因為你沒有機會了。」

　　緊接著又是一陣冰雹般的鞋尖與拳頭。

　　「好漢開恩，大哥開恩！我保證今後不報復，也不做壞事。我保證……

你們以後需要我做什麼，只要傳個話，我立即照辦，今天只求你們高抬貴手，不要打我了。開開恩吧！」

「開恩？呸！」也得問問洪秋鷹和華見森是否願意？兩年來，今天終於等來了解恨的日子。這報仇的好機會，豈肯輕易放過？想想華中用的反吊。想想灌滿了煤渣的搔癢。想想噴氣式飛機。想想屍體上半邊浮腫的臉。想想「狂飆」的慘敗和小鷹腿上的傷。想想賣五香豆阿婆的活命錢，他倆肯住手嗎？

狠命地打了一陣，那葡躍聯的聲音漸漸地低了下去。最後連「開恩」也說不出來了，躺在地上原來倦縮著的軀體慢慢地放挺了。見森以為他裝死，又對著他的肚子踢了兩腳，還不動。洪秋鷹停了手，上前拉掉了套在葡躍聯頭上的麻袋，用電筒一照，見葡躍聯已是面如死灰，毫無知覺了。

「死了！」洪秋鷹一聲驚呼。

「確實死了！」見森用手試了一下他鼻息，確是斷了氣。

忽然，見森伏倒身子，「嗚嗚」地痛哭起來。洪秋鷹愣了一下，不解地問「打死了，是他活該。你要敢作敢當，怕什麼？」

見森止不住哭聲，邊哭邊呼喊：「我還有什麼好怕的？我是哭我阿爸……阿爸」剛叫了兩聲又大哭「阿爸，你睜開眼睛看看噢！……阿爸、兒子為你報了仇。你為什麼不看看呢？……阿爸……。」

不知道過了幾天幾夜，也不知道外面的世界經歷了什麼變故。葡躍聯完全蘇醒過來的時候才發現自己睡的地方正是一年前宿芹住過的特設病房。只是他與宿芹對調了一下位置，現在輪到宿芹坐在他的對面了。

宿芹像個經驗豐富的大夫，拿著片子與浦霞，女叫化一起對著窗外的

陽光在仔細觀察。

「你們看，這裏的肋骨，一、二、三、四、五一共五根都斷了。這頭部，是挫裂傷。加上腦震盪，所以才嘔吐。……小腿上的腓骨折斷了，沒有移位……膀胱尿血是因為那腰裏的一傢夥。背上以及腹部大面積軟組織挫傷，傷勢相當嚴重，所以稍微一動他，他就哇哇哼。」

「什麼人會這樣狠毒呢？這完全是要他的命麼！我家老蔔是個直性子，今天跟誰有了意見，明天交換一下又馬上和好的人。從不把怨恨記在肚裏。怎麼竟會遭到這樣的毒手呢？」

「是的，我是瞭解老蔔同志的，他對毛主席、對黨都無比忠誠。對同志無比熱愛。」

宿芹安慰地用手輕輕拍拍女叫化的肩膀接著說：但這可不是有沒有意見的問題。而是階級仇，民族恨的具體表現。老蔔，你告訴我，是誰幹的？老兄我為你去抓他一批！」

蔔躍聯默然無語，兩顆失神的眼珠凝望著老朋友。他的胸部被整片的橡皮膠緊緊地包裹著。腿上綁著石膏，一點都無法動彈。唯有兩顆活絡的牙齒翕動著。良久，終於「嚶嚶」地哭出了聲。面部表情活像一個受了委屈的孩子：「我是發現……有人要破壞芒果……才挺身而出……與壞人展開搏鬥的。老宿同志……你一定要把它保衛好……這是毛主席的芒果……你一定要多派人保護啊！」

「壞人為什麼要破壞芒果呢？」宿芹大惑不解。

「我也講不清……可我估計他們想偷。」

「是小偷？……唔！這倒完全有可能！據掃院子的老頭說，他發現你時旁邊有一隻舊麻袋和一個手電筒。那芒果缺了一小塊。估計是你與壞人

搏鬥時摔掉的。另外我還調查了一些人。有人說，鎮革委大院在走資派下臺後的關閉期間，門窗上的銅鎖、銅插銷全被撬光了。所以小偷才能自由進出。可這麼小的芒果，既不能吃，收購站又不收那石膏，小偷為什麼要動它的腦筋呢？」

「石膏？」葛躍聯暗自思忖：「要是早知道是石膏做的，還會吃這麼大的苦頭嗎？其實你是早就知道的，我這頓傢夥真吃得冤枉了，這筆賬我應該把它記在肚皮裏。」

他心裏怨恨，嘴上卻不得不搪塞：「也許，他們還想偷別的東西吧！」

「唔？」

「老頭子，我就知道你一向都警惕性很高的。那一夜，你沒回來，我前半夜就眼皮瑟瑟跳個不住，後來睡著了，做了個惡夢，夢見你滿身鮮血，站在主席臺上，一手撐天，一手拿著一面錦旗。原來你是在……」

「哎喲，你們真是一對革命好夫妻，連老公做好事，立新功都會託夢給妻子……」浦霞打斷了女叫化的話頭，半是玩笑，半是醋意地揶揄著。

「是的，這的確是一件光榮事蹟。老葛同志為了鞏固革命的新政權立了一大功。等一會，我與浦霞同志去召集全體革委會成員開個會。首先要向你表示衷心的感謝和慰問。再建議把你的英勇事蹟上報縣革委會和省革委。在全省範圍內通報表揚。如有可能，我還要再推薦你出席即將召開的省首屆活學活用毛主席著作積極分子代表大會。不過，你目前的首要任務就是好好養傷。要牢記偉大領袖毛主席的教導，身體是革命的本錢。」

「唔！」葛躍聯好不容易收住了噙在夾套裏的眼淚，像個很聽話的孩子。

真是跌一跤也會揀個金元寶。儘管他當初非常迫切地想獨吞芒果，可

他把它吃下去後如何去向宿芹作解釋：『芒果怎麼不見了』那情景料想必定很尷尬的。加上出了這樣的意外，就更難圓其說了。沒有料到，宿芹幾句話就把他最擔心的顧慮給消除了。狗熊一躍而成了英雄，豈非因禍得福了？

林副統帥的話真是千真萬確：「好人吃點苦頭，但嘗到了很大甜頭」這苦頭與甜頭之間的比較可以說是種子與收成那樣的等量齊觀。然而，這樣的交疊更使他的心情變得陰陽複雜了。他捉摸不透，自己的對頭又不是他肚裏的蛔蟲，怎麼會事先知道他要去吃「芒果」？假設這個對頭是「狂飆」的散兵游勇，是絕不敢躲在鎮革委這樣的政權機關裏胡作非為的。假如這個對頭是像他一樣去偷「芒果」的賊。那麼，打起來絕不會這麼狠！……這個對頭究竟是偶然相遇，還是精心安排？他越想越迷茫。

在蔔躍聯的生涯中，他與人結怨已不是一回兩回的事了。可是從來就沒有得到過報應。為什麼這一次……？

柔軟的枕頭，舒適地襯托著他的頸部，儘管身體無法動彈，但並不會影響他的思緒在腦海裏不停地湧動。

「喂！老太婆。我猜想，是不是你老早的那個山裏醜老公和你先前的野蠻兒子來找我出氣。要不，怎麼會這麼狠呢？」

宿芹和浦霞走後，他與老婆的對話當然不須拘束的。

「你這死老頭子，怎麼一碰著倒楣的事就往我身上找原因呢？我們山裏人，都是老實巴交的本性，哪像你這麼強凶霸道？他爺倆個更是見了你都會瑟瑟抖的苦命根，才不會動那歪腦筋呢？我看你還是從自己身上找找原因。你外面有些缺德事別以為我不知道。上次老宿就告訴我，有一回一個女人向你討債被你騙進『紅總司』的隔離室，不但不把錢還她，還把她

剝了肉粽子。她那時候已經向你討饒說不要那錢了。可你還要逼她，要錢還是要命？我猜想這件事一定是她老公幹的。是你做得忒過份了，人家來報仇了！」

「不會的，她老公只是個綳鞋子的蹺腳，哪敢……？」

「那你自己再好好想想，有沒有其他過份的事了？」

「沒有了。」

「我看有，你自己忘了，我倒記得，破四舊那陣子，有一次，你拿了塊奶脯肉，把吃素老太婆塞了一嘴巴。老太婆已經『呃呃』地打噁心了，可你還要逼她說『好吃，好吃』……。」

「那麼小一椿事怎麼也好算過份啊？況且，她一個吃素老太婆，又沒有老伴兒子，怎麼會……？要是這麼椿小事也能算過份的話，那麼運動剛開始的時候被我脫了『滅共』塑膠鞋的鄉下婦女，被我繳了有封建圖案的銅腳缸的銅匠船等等都好算在內了！可這正是我們革命工作的成績。恰恰是這些功勞，才使我當上了『鬥煞鬼』的頭頭！」

「那麼，我再問你。」女叫化子看著旁邊沒人，壓低了嗓子問：「上次抄家時，你那一大包白洋鈿和金戒指是從哪兒來的？」

「你！放屁！這是在醫院裏……」葛躍聯勃然大怒：「哇！呃……痛死我了！」

他一發火就痛得眉頭打結，感到整個胸腔都被劇烈地憋緊了。老婆的問話確實太離譜，令他的臉上佈滿了似哭、似笑、似尷尬、似憤怒，似委屈甚或好似得意的表情。

作為像他這樣衝在第一線的革命造反派，值夜班時，尤其是到了後半夜寂靜無聊的時候，出去摸只把雞，牽只把羊打打牙祭是常有的事，也

挺正常麼！有幾次明明是雞羊的主人聽到響動，可在門縫裏看到他們戴藤帽、執鐵棍 ，手裏拿著電筒和捆人的繩卷時，都嚇得頭也不敢透出來。哪會跟這樣重大的報復事件聯繫得起來呢？

葛躍聯一發怒，老婆倒不敢出聲了。然而他自己的思緒卻一發而不可收。他想到了武鬥時「狂飆」廣播樓裏的那些哭叫的女小將，她們受辱後會不會回去告訴自己的父母親戚而來報復呢？他想起了他曾經捆綁過和撳過頭的鎮長書記，他們在表面上雖然順從，但背後會不會利用原來的門生故吏以及親朋子女在暗中來一下？他又想起了被他揪著頭髮往死裏打的華中用，他雖然已經回了老家，可他的兒子也已經到了叫小不小的年齡了，會不會也有了打人的力氣和報復的念頭？他還想起了被「總指」打敗的洪秋鷹和砍了外甥一刀仍然進不了革委會的強大力以及許多在武鬥中留了刀疤，削了頭皮，打斷骨頭，燒了面容的「狂飆」。這些人才是真正會找自己報復的敵人。把他打得如此狠毒的兇手必定是這些人中間的某某人！

這個某某人既然會知道自己那一夜是去偷吃「芒果」的。那麼他今後參加省積代會後的英雄事蹟必定會被這個人所抹殺。並會把他偷吃「芒果」的真相揭露出來。西洋鏡一經戳穿，常委的位置也就可想而知了。

怎麼辦？棘手啊！這個潛伏的對頭對自己的威脅實在太大了！

葛躍聯陷入了苦苦的思索之中，要是像諸葛亮那樣能借來一陣東風，把這些死對頭統統一刮了之該多好呀！

十七、統統驅逐

一九六八年十二月二十四日深夜，已經出了院，但仍上著石膏，綁著

膠帶的葛躍聯在家裏安心療養。睡夢中猛然被一陣爆豆般的槍聲驚醒。他急急地披衣坐起，拎起耳朵恐懼地猜測著這槍聲是沖著誰來的？槍聲一直持續了半個多小時還沒有停息下來，反而越來越密集了。

俗話說「一朝被蛇咬，三年怕爛繩」，葛躍聯自從上次挨了頓揍後，稍一動彈身上就陣陣發痛，心理上更過敏，一聽到不同尋常的響動就心驚肉跳。現在這深夜越來越密的槍聲使他越想越怕，巴不得它早一點停下來。

然而，這槍聲不但越來越密，而且離他家也越來越近了。把他嚇得篩糠一般地抖起來。

猛然，自家的門上響起了一陣幾乎使他神經爆裂的打擊聲「啊！……真是沖著我來的。一定是洪秋鷹帶了武裝來上門尋仇了！」

慌忙中，他顧不得石膏綁著的不便，急急地披了件老婆的花棉襖，瑟瑟亂抖地尋找著可以藏身的地方。

危急中，他的家並沒有出現像李玉和的家一樣能通往隔壁的坑。房間裏只有一個暖櫥，一對紅木太師椅，一張三鬥桌，一隻馬桶和一張床。相比較，暖櫥的安全係數最高些。而越來越急的打門聲又容不得他細想。慌忙中，他一蹺一蹺地摸過去，匆匆地拎出了暖櫥裏的被絮，托起石膏腿一窩身鑽了進去。躲好了，再讓老婆去開門。

「老葛呢？」門口的宿芹風風火火地闖了進來。從嗓音裏可以聽出來，他已等得非常焦急了。

「不……不在。」女叫化支支吾吾地回答。

「不在？」雖然很急，但宿芹不肯放棄這現成的機會，一伸手把她拉進懷裏，冰涼的臉的在她熱撲撲的臉上迅速地挨緊了，另一隻手輕車熟路地撈起了她的前襟。

「哎……喲，冰涸的手……別……他。」女叫化一個泥鰍打滑，很快地從他的臂彎裏鑽了出來，把手指住嘴唇邊一搖，往暖櫥指了指，示意人在裏面。

「唔？……他在？」宿芹一把拉開櫥門，只見上身披著花棉襖的萄躍聯正躲在裏面直打哆嗦。

「你倒好……」宿芹剛要發作，女叫化趕緊上前來打圓場「他是叫上次嚇的……」說 了半句，又覺得不妥，住了口。

「你倒好，現在當了常委，眼睛裏沒有我了，連我敲門也要躲起來？」宿芹裝著一副憤憤的樣子呵斥他。

「我……我是怕外面的槍聲……」萄躍聯惶惑地指著外面說。

「槍？槍！哪來的槍聲？外面放的是爆仗，毛主席發表最新指示了。人人都在忙，你因為在家養病，我才特地趕來通報。」

「噢……原來是虛驚呀！」萄躍聯心頭卸下了千斤重負，人卻反而像癱了一般。

外面在下雪，萄躍聯一手柱了拐杖，騰出一隻手幫宿芹撣了撣身上的積雪，鬆快地吐了口氣說「現在這爆仗聲啪啪的聽起來很清脆，剛才不知道怎麼搞的，就聽得「砰砰」的悶響。還以為是『紅暴會』和『狂飆』打進來了呢！」

「紅暴、狂飆。他們早就全部完蛋了。還怕他們幹啥？就算他們不被打垮，現在這一關也叫他們百散大吉！」

「現在這一關，什麼關？」

「你在家裏當然不知道。這砰砰的爆仗聲就是為了慶祝毛主席發表的最新、最高、最最英明的指示『知識青年到農村去，接受貧下中農再教育，

很有必要。……」

「到農村去？」

「嗯！」

「……？哈哈……好機會……好機會來了！」蔔躍聯突然甩掉拐杖，情不自禁地大笑起來，把宿芹弄得丈二和尚摸不著頭腦。

「你怎麼了？」

蔔躍聯並不理會宿芹的提問，竟顧自言自語：「這下子，這些冤家都有去處了。嘿！好機會呀！我就是不整你們，你們也休想再在莒東鎮上耽了！」

「你說誰？」

「『狂飆』的那些小雜種。他雖然失敗了，可並不會甘心的。我總懷疑暗算我的……」忽然他有所醒悟，意識到說走了嘴，再往下說，吃芒果的事可要露陷了，連忙改口「他們是我們的心頭大患，是眼中釘、肉中刺。把他們統統驅逐到農村去，一輩子都不要讓他們回來，省得我們費精神。」

「嗯，對呀！」宿芹翹起了大拇指：「老蔔，你真是大有長進，我和你『英雄所見略同』。可是，這一次不光『狂飆』要下。原先『紅總司』的那班小將看來也得下。既然毛主席這麼批示了，形式上就要一個樣。比如說登個光榮榜，開個歡送會。雖然一律要他們下去，但不可以叫統統驅逐，這叫法太難聽，會引起反感的。」

「是……對！不過，還有一個小鬼，也要把他帶下去，就是華中用的兒子！」

「華中用？就是放信號彈那個？」

「對！他兒子十五六歲了，經常跟洪秋鷹打得火熱，我看是個壞橄欖，

壞得出油！」

「十五六歲？太小了。年齡有規定的。」

「年齡不合格沒有關係，反正他老子是特務，可以強迫他下去，先把戶口遷走！」

一九六九年初春，剛剛過了革命化的春節，茗東鎮上第二批上山下鄉幹革命的知識青年就跨上了新的征途。

洪秋鷹和白荷雲沒有捱上第一批。第一批走的只是「紅總司」的幾個骨幹。他們估摸著反正遲早得下，倒不如搶先主動提個倡儀。做個响應毛主席號召的積極標兵。這批人人數雖然少，但形象高大，處處表現出上山下鄉運動發起人的優越感。革命委員會鄭重地派了負責人用小輪船一個點、一個點地陪著送去的。而真正的大部隊倒是第二批。這一批人大多數消極，觀點中庸，情緒不高。充其量只能叫作追兵。

追兵的隊伍應該是清一色的中學畢業生。然而，竟像當年洪秋鷹的「新長征步行串聯隊」一樣，多出了一個矮了一大截的小學生──華見森。他是被鎮革委指名的強迫對象。比較客觀的理由是，他已沒有任何家屬和家長。這樣的小青年是社會的不安定因素，更應該接受貧下中農的再教育。然而按照革委會內部一些領導的說法則是：碎瓦片就應該摔到它亂磚頭堆裏去。他的戶口已經早幾天就被遷往反修公社了。能讓他同大夥一起參加歡送會說明了對他的一視同仁。

茗東鎮的碼頭上，兩艘駛向不同方向的煤輪已經拉響了汽笛，隆隆地啟動了輪機。它們將分別滿載著「滾一身泥巴，煉一顆紅心」的知識青年駛向各自的目的地。

　　岸上、船上，送行的，被送的，都在流淌著依依不捨的熱淚。千叮嚀，萬囑咐，長輩慈情，拳拳愛心。洪媽媽一邊朝這條船喊幾句，一邊又朝那條船喊幾句：「小鷹、雲雲……你們要互相照顧，多多關心啊！」「見森……乖囝。你苦了、累了，想大媽了就回來。大媽家就是你的家……你們為什麼會分開呢？大媽放心你不下呀！」

　　兩條輪船間，洪秋鷹與華見森也在道別「見森，一定要學會寫信，有人欺侮你，就寫信告訴我！」

　　「鷹哥，我會來看你的。過去，全是我不好，害了阿爸，也害了自己。我真恨自己當初不好好念書！」

　　「下鄉後，你一個人更要好自為之，做個安份的人。不要塌了你阿爸的臺。更不要再做那信號彈一類的傻事了。我送你兩句話，你可得記住：多吃，多睡，多幹活。少爭、少鬥、少管事！」

　　「嗯！我記住了。」

　　隨著「瞿瞿」的哨子聲，船員們開始解纜，抽跳，撐篙。頓時，岸上和船上同時響起了一片與時代潮流極不合拍的嘈雜聲。

　　「媽媽」、「外婆」、「心肝」、「兒啊」

　　「哇」、「啊」、「嗚」、「唔」

　　嘈雜聲中，突然有一個尖尖的女高音尤為清晰，直鑽見森的耳朵：

　　「見森，森森。我的弟弟。好弟弟呀！」

　　見森看見，雲雲姐姐伏在鐵欄上伸著臂膀，朝這邊慟哭。

　　鼻子似乎有些發酸，胸腔似乎在不由自主地聳動。汗水也改了道從眼眶裏沖出來。見森想多看看雲雲姐姐。可是，眼睛卻越來越模糊了。

　　雲雲姐姐！要是德州不擠散。要是家裏不遭變故。要是你一直都是「狂

飆」。要是沒有鷹哥頭上的汏腳水和腿上的刀疤。我早已把你當自己的親姐姐了。

見森將去的地方是反修公社，遠離鷹哥和雲姐的忠恩公社足足三十華裏。這就意味著從今往後見森將要走上既沒有洪媽媽，又沒有鷹哥雲姐照顧的獨立生活。環境將逼迫他以十六虛歲的淺薄人生去與爾虞吾詐的惡劣社會作頑強的抗爭。

下就下吧！這該詛咒的苕東鎮有什麼值得留戀？反正家裏的東西已變賣殆盡，再也不存在「家」的形態了。反正破罐破摔兜底摔。什麼都無所謂了，畢竟不是去坐監獄，假如坐監獄有這麼多人歡送的話，也值！

下就下吧！離開這鬼地方，走向新世界。鄉下總不見得也有宿芹、萄躍聯之流的人間敗類吧？

沒有留戀，沒有畏懼，沒有悲切，沒有悔恨。有的只是遺憾。遺憾很少有以前一樣的機會對宿芹和萄躍聯施予懲罰了。不過，你們也別高興得太早。君子報仇，十年不晚，在鄉下，耽個十年八年，那時候再叫你們認得我！

輪機在隆隆地運轉、煤輪緩緩地駛離了苕東碼頭。在輪船的尾部翻滾著一團不斷擴展的 V 形波濤。V 形氣勢洶湧，在不斷地膨脹，整條河都翻滾了。一個連著一個的漩渦在卷走河面上漂浮的垃圾的同時，也卷起了河底的淤泥、水草。卷起了水中浮游的糠蝦魚蟲，甚至蜆蚌螺螄……。

這一陣渾濁的波濤，它給予了這些安寧的弱小生物的不啻是一場毀滅性的災難。

波濤中，有一團黑乎乎的東西，在渾水泛起時撲撲地忽閃著。

「黑魚！鷹哥，你看！那條黑筆管在吃小魚！」見森突然拉著別人的

袖口，情不自禁地叫了起來。

水中確實有條黑魚在吃小魚。它異常活躍地享受著漩渦給予的恩惠。在平時，它需要用尾巴攪渾水質才能覓食。而此刻，翻滾的波濤給它賜予了現成的美餐。它無須勞動自己，就得到了盡情的享受。

「黑！黑！黑你個魂！發啥個神經？拉牢我的衣袖……姆媽，你看他喔！……這個髒兮兮的小鬼在拉我的衣服欸……」

訓斥他的結巴是一個娘娘腔十足的白面孔小夥子，年紀二十出頭。也許，他已經是一個高中班的畢業生了吧？讀書讀到這份上，還要娘陪著去下鄉，真是年紀長在狗身上！

儘管自己比他強，但見森還是感覺到了失落。他這麼大一個小夥子都有娘陪著，而自己才僅僅十六虛歲，就要一個人去闖蕩了。如今連朝夕相處的鷹哥、雲姐都已經分別了。

他失神地抬起了頭，朝鷹哥、雲姐的方向望去，他們的那艘船早已沒有了蹤影。

一個十六虛歲的少年，在這個世界上得到的本身就不多，然而，從他懂事開始，失落一直陪伴著他。母親、父親、洪媽媽以及剛剛分手的鷹哥和雲姐。還有，自己的那一班小造反同伴，鼻涕狗、光銀頭、小癩痢、黑皮……。

「嗚……」煤輪跑完了十幾華里的水路，拉響了汽笛，到了前方的目的地──反修公社。

前方的碼頭上，是一片紅色的「山丘」。一片喧嘩的人聲。一片激奮人心，熱情洋溢的歡迎場景和一片「砰砰嘭嘭」鑼鼓聲。

新生活將要在這裏開始。這裏總該是個好地方吧？這裏不僅有廣袤的

田野，清澈的河流，以及使城裏人感到稀奇好玩的豬羊雞鴨兔。而且還看
不到「油煎、活埋、絞死、砸爛」等等殘酷的字眼。

　　啊！世外桃源原來只差茗東鎮十幾華里呀，真該擁抱您，社會主義的
新農村！

下　部

一、公章、狗

公章、狗。風馬牛不相及。然而在全畢正的內心深處，這兩樣東西都與他有著不可或缺的情結。

一枚被取代的廢章，木質的。上面「通津人民公社胡家生產大隊」的字痕裏嵌滿了印泥，因而蓋出來的章也毫無氣派了。當它被那枚刻著「反修公社紅光大隊革命委員會」的新章取代的那天，大隊會計正準備將它連同一些過時的舊文具扔進炭火盆裏燒了。恰巧被全畢正主任看見，他以猴子火中取粟般的速度迅即地從炭盆裏揀出了這顆將要燃著的廢章。大隊會計感到莫名其妙，不解地問：「全主任，革命委員會的新章都掌握在您的手裏，要蓋它一百次也只需要您說句話就行了。還要那舊的幹嗎？」

「噯！」他顯得深有感觸，「我就是喜歡用這顆舊的蓋個一百次！」

「這反正是沒有用的東西了，您要，就拿去得了。」

全畢正果真將它用紙包了，放在口袋裏帶回了家。儘管它現在已不存在實際的價值了，但他實在捨不得扔了它。就把它作為一件有觀賞性的藝術品吧！

他細細地把玩著它，品味著奪取它的艱辛。他飽嘗過沒有它的屈辱。在他沒有掌握大隊的印把子之前，作為一個被抽調到公社工作了七八年的半脫產幹部，回到大隊擔任民兵連長時，提出的建議竟不如一個生產小隊長那樣有效力。甚至，在第二次結婚需要大隊出證明而到公社登記時，竟被原來的老支書橫挑鼻子豎挑眼，刁難了好一陣子。

今天，這印把子實實在在地掌握在自己的手裏了。不由得使他產生了遂心如願的感受：「今天，我就是要用這顆舊的蓋它個一百次！解放前，

人們傳說上海灘上的黃金榮，勢力大得踩一腳上海灘也會抖三抖。如今我全畢正掌了紅光大隊的大印，雖然比不得上海灘的黃金榮，但是，我現在踩一腳，紅光大隊難道敢不抖麼？」

他從房間裏尋了一張糊笪紙，就著那盒大隊部帶來的紅印泥，憤憤地蓋起印來。每蓋一下，他鼻孔裏就哼一下，咬一下牙，再蓋一下……直到把一張糊笪紙蓋得緋紅的一片，他似乎覺得還不解氣，找出磨草戟的磨石，狠狠地磨掉了上面的字痕，方才覺得胸中的那口惡氣消盡了，坐在門檻上點了支煙，細細地欣賞起那張蓋滿了印的糊笪紙來。

腳邊「呼哧、呼哧」地響起了熟悉的聲音。他知道這准是自己的那條「乖心肝，阿黑」來了。移開蓋滿紅印的糊笪紙，果然看見被他稱作「乖心肝」的大黑狗正在親昵地用頭在他的兩腿間扭來扭去地撒著嬌。

他之所以把這條大黑狗稱作「乖心肝」，是因為它實在是一條既善曉人意、又深通靈性的狗。他喜歡它，喜歡的程度竟如做父親的喜歡自己的乖兒子一般。雖然全畢正到現在還不知道做父親是一種什麼樣的滋味，但假如有人當著他的面說阿黑就是他的親兒子，他也絕不會發火的。或許，他還會認為：做父親大既就是這種滋味吧！

這「乖心肝」隨著它原來的主人，以前的舅弟嫂，現在成了他老婆的胡麗君來到全家已經一年多了。這一年多來，他與阿黑形影相隨，白天跟著他到處東歡西顛。晚上，他與老婆睡下後，它就睡在床邊的踏腳板上，像忠誠的衛士一樣護衛著他們。最使全畢正難忘的是，有一次他與麗君無意中說起明天起個早到公社所在地的遊津浜去買只甲魚調調胃口。沒料到，第二天一清早就聽得門外的阿黑「唔唔」地響著喑啞的喉音在撞門。夫妻倆正待起床，聽到聲音還以為「乖心肝」受了傷。他一骨碌爬起來，

打開門，使他怔住了。「乖心肝」的嘴裏分明叼著一隻近兩斤重的大甲魚！大甲魚因為疼痛，伸長頸脖死死地反咬著阿黑的嘴唇。當時，他除了心疼阿黑外，不禁在心裏琢磨：這狗難道聽得懂我們的講話麼？

那時起，全畢正對阿黑就愈發寵若至寶了。

「今天是我的好日子，『乖心肝』你可知道麼？大隊的印把子讓我奪過來了。你也應該高興啊！」他捧起它的面頰，細細地瞧著，似乎非要從那狗臉上尋覓出他與它通靈的感情來。

忽然，他像是悟到了什麼，從袋裏摸出那顆已被磨平了的舊印來，放在它的鼻孔邊讓它嗅了嗅說：「呶，就是這玩藝。怎麼樣？你也看看。」

那狗竟懂事似地伸出舌頭舔了舔那顆舊印章。

「啊！原來你也喜歡這印章啊？你喜歡就給你吧！反正這已經是沒有用的東西了。我把它做成搖鈴給你掛，怎麼樣？」

全畢正高興萬分，找了把尖頭剪刀。在印的把柄上鑽了個洞，用麻線串了，套到了阿黑的脖子上，左瞧瞧，右瞧瞧，看了好一會，情不自禁而又志得意滿地笑了。

阿黑「譎」地跳了出去，晃蕩著那枚不會響的「搖鈴」歡快地扭著屁股攆雞趕兔去了。

這一天的夜飯，全畢正吃得特別香，兩樣寶貝串到了一起，難道不是如意吉祥的好兆頭麼？他快活得多喝了二兩「白燒」。吃畢，將桌子上的肉骨碎屑拯到了狗食碗裏。又從肉碗裏夾出兩塊肥肥的奶脯肉拌在飯裏等那「乖心肝」來用餐。

沒料到，這一等竟等僵了。一直到晚上八、九點鐘還不見「乖心肝」的蹤影。這一會，全畢正可真急了，「今天是我的好日子呀，你怎麼玩性

介重，夜深了還不曉得回家呢？」

十點鐘一過，他實在耐不住了，披了件衣服，拿了個電筒，出門找狗去了。

一直找到後半夜，他仍然呼喊著「乖心肝」「阿黑」。高一腳，低一腳，失了魂似地在奔突。村子裏的每個角落，每一處豬羊棚，甚至屋前屋後的柴灰棚，坑缸邊都找遍了，還是毫無「阿黑」的蹤跡。

到天快亮的時候，他似乎被冰涼的晨風吹醒了。突然想起那「乖心肝」曾經給他捉過甲魚，會不會是為了慶祝主人的好日子它又去河灘邊捉甲魚了呢？

他沿著河找去。當手電筒的光芒暗下去時，天也已經大亮了，猛然抬頭一看，才發覺自己在不知不覺中竟尋了三裏多路，已經到了公社所在地的遊津浜——也即是現在的「紅軍浜」了。

這一夜下來，他的心理上遭受了強烈的挫傷。昨天那份乘風破浪的得意勁竟一下子變成了極度的懊喪。他向來習慣討吉利，如果這兩樣寶貝真的全沒了，那麼對於他來說，所失去的可不僅僅是一條狗和一顆沒有字的廢章，而是意味著今後的官途上有一種不祥的預兆。

「乖心肝、阿黑。我飯都給你拌好了，還給你留了兩塊大肥肉，你難道嘗都不嘗一下就真的走了？……阿黑，乖心肝，你在哪兒呀？」

他差不多要哭出來了。

太陽已經越升越高，他預感到，他的「乖心肝」一定是遭了厄運。當看到人們三三兩兩地背著茶籠上街買東西的時候，他突然悟到假如那「乖心肝」真的給人捉去殺了，那麼今天紅軍浜的收購站必定會有人來賣它的皮，我為什麼不到那裏去守著。抓它個人贓俱獲呢？

他急急地來到收購站，當問明營業員確實不曾有人來賣過黑狗皮時，才稍稍鬆了一口氣，否則，他真的會馬上得精神分裂症的。

他只買了幾隻饅頭充饑，在收購站裏瘋瘋地守了一整天。凡是有人拿狗皮來賣的，他必定要仔細地檢查一翻，是不是他的「乖心肝、阿黑」的皮。

太陽很快就落山了，收購站也將打烊。營業員一則因看他是個新任革委會的主任，二則看他這副癡癡的模樣也有點不忍心，就寬慰地勸他：「全主任，這裏我為你留意著，凡有人來賣黑狗皮，我必定留下他的地址和姓名，你是否另外再去找找看？要是那狗真的叫人給殺了，那麼，吃狗的人家必定會有骨頭呀！」

一句話點醒了他，他重新在供銷站買了兩節乾電池，回到家飯也顧不得吃，拿著手電筒到別人家的橋口和灰棚裏去照尋。

功夫不負有心人，雖然他的手電筒並沒有照到什麼，但當他踅到河東胡春山家的門口時，猛然聞到有一縷茴香桂皮的香味從他家的灶間裏飄逸出來。

「燒肉是不用茴香的。燒魚也不會用茴香，只有燒狗肉才用得著茴香……這阿黑分明是春山打死無疑了……！」

當全畢正的鼻子吃准了這一點後，他一個箭步上前就欲進去理論一番。然而，就在他的手將要打著門的一剎那突然縮了回來……。

他與胡春山之間，所存在的恩怨瓜葛絕不是一兩句話就能概括得了的．他們兩個同歲，從小在一起長大，從上一輩起家境就相類似。有著相同數量的田產，相同的勞動力，又是同樣的獨子單傳。所以兩個人從小就非常要好。兩家的父母走到一起也都互相爭著誇獎對方的兒子。胡家的父

母稱讚全畢正政治積極，上進有出息。全家的父母則讚揚胡春山是生產上的能手，勤奮又踏實。二十歲剛過，兩家的父母就都急著要給兒子談婚論娶了。

婚姻是人生的終身大事，做父母的急著要給兒子娶媳婦、抱孫子的心情當然不難理解。可是，恰恰因為這婚姻的緣故，使兩個從小就要好的夥伴成了水火不容的對頭。

就農村習慣而言，物質條件越相近就越容易產生攀比心理。全畢正家的房屋是三進深的平房，比起胡家的二進式要大得多，作為全家，有了這方面的優越感當然是要體現一下的，在兒子的婚姻上為了面子也要爭個先，所以對上了一個名叫端芳的姑娘後很快就為兒子張羅結婚的事了，何況，端芳姑娘賢淑、勤謹又溫和，很討老人和全畢正的喜歡。

然而，差不多就在同時，東村頭做招花媽媽的玉嬸受了十裏鋪教書的李老先生的托咐，也來到胡家灣為他的獨生女兒嬌囡準備向全家的兒子提親，在河東的春山家歇了歇腳後才瞭解到全家已經在為兒子張羅喜事了。

玉嬸得了這個資訊，只好回告李老先生說，已經晚了一步，全家的小夥子有對象了。但是出於做招花媽媽的本能，她同時又告訴李老先生：好小夥子倒還有一個，叫作胡春山。也是很厚道很結實的棒全勞力。把女兒嫁了這個小夥子也保證虧不了多少。只是房子稍小一點，假如您老不計較，老媽子倒願意再為您老去跑一趟。

李老先生倒是開朗性格，應承後卻還說笑，看來我那女兒嬌囡，天生是嫁到胡家灣的命！

嬌囡就這樣跟胡春山對上了。這內情經玉嬸的嘴傳到全畢正的耳朵裏。全畢正好奇又妒忌。待到見了嬌囡的容貌後，他更是懊悔得直跺腳，

她長得比端芳更好看，正是自己最最喜歡的那種模樣。怎麼這樣不巧呢？只早了僅僅兩個月，生生把一個原來應該屬於自己的絕好姑娘錯給了春山呢？

只可惜女人不像商品可以作交換。假如變了商品的話，他倒願意再娶一個進來，與春山對調，兩個換一個也值！

真應該怪玉嬸，她為什麼不早兩個月來呢？或者，乾脆玉嬸不要把這份內情泄漏出來，他倒也不會有把嬌囡看成是自己的那份念頭。

他心理無法平衡，窩窩澀澀地盼到了吃喜酒的那一天。他氣不過，到了鬧新房的時候，他借著酒興發瘋找岔子，生出許多惡作劇來，按鄉下的習慣，新婚鬧新房，三天無大小。別人家小弟兄吃喜酒鬧新房，鬧的對像是新娘子的小姐妹，借個搶糖的由頭，把小姐妹們抱一圈，親一記，捏一把，摸一下，這是常有的事，而他偏把鬧的目標放在新娘身上，一開始，他就鬧著要與新娘子旋米囤。新娘子被他纏不過，勉強讓他抱著轉了一圈，剛把新娘子放下來，他竟然提出還要與新娘子親嘴，這時候新郎官春山的臉色已經不好看了。但礙著小弟兄的情面，又是自己的大喜日子不便發作免得壞了氣氛，好在難得一回，慷慨點就慷慨點吧！誰知，親了嘴後，他又藉口新娘子不配合，頭沒有抬起來，他沒有親著嘴唇，竟然又提出還要摸新娘子的奶子。小弟兄們開始勸他不要吵得太過份了。可他硬是堅持要摸新娘子的奶子。有幾個不要事的小弟兄看他酒瘋發得實在太厲害就打圓場：那就隔著衣服讓他摸一下吧！但是他堅決不同意，還振振有詞地說：「哪一家結婚有不吵新房的？小弟兄們出份子吃喜酒，當然應該讓小弟兄們有個快活。我結婚的時候，你們也可以吵我新娘的麼！你們為什麼不吵？俗話說「新婚不吵，做人家不發。我還要找你們算帳哩！所以你們越

是勸我隔著衣服摸我越偏要貼肉地摸！」直把個春山氣得咬牙切齒。

　　從此後，春山再不願與他像以前那樣來往了。雖然事後全畢正向他解釋那一天酒喝多了，承認吵得過頭了點，可是，春山是個耿固頭，氣性很重，並不肯因為他作了解釋而原諒他。

　　全畢正與胡春山再一次的結怨是造反破四舊的那陣子。全畢正被公社的曲書記打發回了大隊，擔任了民兵連長。也許是全畢正官運高照，這個在大隊所有幹部中最不起眼的職務竟逢著上頭要求向走資派開火奪權，實行民兵挪總，這一挪總，原來的大隊幹部都被奪了權，全歸了他這個民兵連長。他當了權後馬上就興興逗逗起來，計畫著要一步跨進共產主義，在全大隊實行平均田畝，平均出工，平均收入，平均口糧，還要把胡家灣的河東河西兩個生產隊合併成一個組，兩個生產隊之間因為收入的高低，田畝的數量差別較大而都不願意合併。互相把對方說得很難聽，結果吵了起來，吵了一天還不甘休，鬧到夜裏繼續吵。雙方點了回光燈打語錄戰，西隊念一條，東隊念兩條。西隊念三條，東隊念得更多。到後來大家都喊「毛主席萬歲」「萬萬歲」直至喊「萬萬萬萬萬萬萬歲」數不清的「萬」喊下來都沒了結果。當初擔任東隊小隊長的是春山，他看著這樣下去不是個辦法，就喝住了大家說：「我們東西兩隊都是自家兄弟，再也不要為合併而傷了和氣，現在小隊越並越大確實不好。小隊越大人們幹活就越偷懶。生產越上不去。從前大包乾時，人人都為自己幹，勁頭十足。只有幹部最怕大包乾。因為大包乾得自己幹。幹部們就沒得會好開了，也只好到田裏去幹活。所以合併只對幹部有好處。現在公社對我們兩個隊的合併不作主，說明人民政府坦肩胛，鬧得我們自家兄弟結冤家，因此，我勸大家再不要吵了……」

這一番話顯然是針對全畢正的，但兩隊社員們都服這個理，所以合併的事就成了泡影，把個全畢正氣得恨恨連聲。

又一次兩人的結怨是第二年的夏蠶上山前的老蠶期。西隊缺葉，東隊葉旺。全畢正要東隊的社員發揚大無畏的共產主義精神，把夭頭桑的青杠條剪下來支援西隊。這時候，春山這個小隊長已被全畢正撤了。新隊長朱圖山同志倒已經同意支援西隊。可是大家都知道，夭頭桑假如被剪去了青杠條，這一片桑樹也就受了重創。這損失太大了？又是春山插了一句話，社員們跟著反了起來。結果這一片新桑園算保住了。可是胡春山與全畢正的關係卻更僵了。

恨毒結得最深的一次是雙搶快結束的時候，兩個小隊合併的事終於報到了公社。這時的公社已經新造反派說了算。他們當然支持並得越大越好。立場堅定，旗幟鮮明地支持全畢正說：生產隊並得越大，離共產主義的宏偉目標就越近。所以馬上就批准下來。這一來，東西兩隊的勞動就合在了一起。有一天，全畢正說他要帶領大隊的幹部們參加雙搶大忙的勞動。中午正熱時田裏的水太燙，插下去的秧經太陽一曬，葉片馬上就枯卷了。應該說正晌午是不宜插秧的。這時他帶領幹部們來到田頭，把大家趕下了田插起秧來，然而他自己的腳剛蘸著田裏的水就被燙得縮了回去。只好站在田埂上一個勁地空呼咮：大家幹呀！加油幹哪！為了革命，奪高產啊！又是胡春山不識時宜，一句話頂到他的心裏：「大家都在田裏幹，你自己站在田埂上幹什麼？」

這一次，全畢正直把個胡春山恨得狠毒刻骨。你搶了我的老婆，又三番五次地頂撞我，剝我的面子，我總有一天會讓你曉得我全畢正的厲害的！

「今天，這一份冤仇更是解不開了。你竟然把我愛若至寶的阿黑給殺了，暗地裏這麼陰險毒辣地跟我較勁兒。我把你的隊長撤了，本來我倒也不想再把你怎麼樣了，可是今天蒲鞋不打腳，腳倒反而打起蒲鞋來了，你就拿我的阿黑報復。胡春山啊胡春山！你這狗賊的東西，現在，我真要與你把新仇舊恨一起算了。你走著瞧吧！我會叫你認得我全畢正究竟是個什麼樣的人的！」

二、全畢正

那麼，全畢正究竟是個什麼樣的人呢？他是怎樣當上紅光大隊革命委員會主任的呢？說起來話就長了……

他出自一個富裕但並不是富農的家庭。原先也並不是一塊勤奮上進的料。與胡春山一樣，只上了一年私塾就賴了學。幹農活也不勤謹，記得小時候，有一次他爺叫他去種豆，不到一個鐘頭他就提著盛種豆的空籃子回來了，對他爺說「我把三分地的種全下好了。」

他老子不信，跑去一看。惹得他老子大發脾氣，罵兒子沒出息。原來，全畢正把豆子一大把一大把地播在為數不多的幾個坑裏就回來交了差。又有一次，他老子叫他去插秧，他又故伎重演。一尺長的段行，尺半闊的浜。他老子只好把秧苗一棵棵拔起，勻好重插。說他「你看別人家種的都是三寸段行四寸浜，像你這樣大段行闊浜會有好收成嗎？」他還嘴強：「上次小熱昏賣梨膏糖，唱到呂純陽種田。一畝田，四隻角，呂純陽只種四棵稻。到收割的時候他攢一下就是一擔穀。我與呂純陽比起來插得已經夠多了。反正我把秧苗全插在田裏，到時候一棵秧苗生一穗稻，我種下去的不見得

會比別人收得少，大段行關浜又有什麼關係呢？」

就是這樣的一個人，成立高級社時卻突然成了青年積極分子。有一次，他去捉魚。意外地在河邊挖出了幾把黑泥。這黑泥可以當燃料。風箱一拉還居然火苗兒直竄。他棒著黑泥、找到比高級社還高一級的管理區區長曲金燦，向他報了喜。說是他在杭嘉湖地區發現了大煤田。在浮誇風、放衛星的年代，他成了一個特號的新聞人物，上了光榮榜。從此，他一發而不可收了。

時至今日，轟轟烈烈的無產階級文化大革命運動開始了。他發現自己更了不起了。因為他有了更值得吹噓的內容。在廣大革命群眾都猛烈批判浙江的頭號走資派江華的大字報裏，他發現江華曾經散佈過「浙江無煤論，北煤南運論」等謬論。所以他每逢開會就吹捧自己：「我早在一九五八年就用實際行動批判過江華的『浙江無煤論』『北煤南運論』了。」

大公社成立那陣子，當時的管理區曲區長變成了後來的公社曲書記。全畢正因為當年發現黑泥的功勞而受到了曲書記的青睞。把他帶在自己的身邊作為培養對象，當了個半脫產的勤雜員。

這勤雜員雖然在編制上是屬於半脫產的，可報酬上拿的卻是工資，況且他每天跟在曲書記的屁股後轉。所以在老百姓的眼中他無疑是大幹部的貼心隨從，說得簡單點，就是相當於秘書或者接班人之類的人物了。

從那時起，他再也用不著兩腳插泥背朝皇天了。再加上他當了半脫產的幹部後時時處處都上了心，一不妄自稱大，二不偷懶，三還積極參加掃盲班、識字組。硬是以自己的乖覺討得了曲書記的歡心。

在這期間，最使他感到神奇的是，曲書記的那把像南瓜蒂一般的大印。每當他看見曲書記將那大印一蓋即宣告某件事已作出決策或獲得解決時，

他就對這枚「南瓜蒂」能產生如此巨大的魔力而驚歎不已。在內心深處不由得潛生出一種莫可名狀的欲望。當然，他不敢奢想公社的這顆大印，他能幻想的只是：假如我有朝一日能把大隊的那枚印章握幾天也就心滿意足了。

此後，他對曲書記就格外殷勤了。他殷勤的很大一部分是源於對這枚「南瓜蒂」的敬畏。在曲書記的房間或辦公室裏，他經常像忠誠的衛士一樣緊緊地隨侍著左右。地上只要有一點點垃圾，根本就不需要曲書記吩咐，他馬上會拿來掃帚把它掃掉。桌面淋了水跡，他立即會用抹布擦得一乾二淨。甚至於汰碗筷、理家什、倒痰盂、涮馬桶他都全包了。曲書記開始時還有點過意不去。到後來，習慣成了自然，也就慢慢地適應了，只是在心裏很受感動，有一次竟對他當面許了願：「有機會就把你轉成全脫產。」

「啊！全脫產！全脫產不就是那種和曲書記一樣每月拿鈔票、糧票、油票、布票、魚票、肉票、蛋票、香煙票、火油票、煤球票、豆製品票的城鎮戶口了麼？」他想著，心裏甜滋滋的。

他還有一個令人們羨慕的家庭。父親在舊社會既做生意又管田，積下了一份頗豐的家產。土改時劃成份，不按家產按田地。而他家的田地畝數相加是九畝六分，按四口人的比例，比劃定的富農界線正好少了四分。故僥倖被劃為中農成份。他的娘更是一個對他百般寵愛的慈母。碰到任何事，寧可與別人翻面吵架也非要護住他。別人家都是小輩對長輩百依百順，而他家則是娘對兒子百依百順。因此，有悖於常理的事他經常做得出來。

他現在的妻子名叫麗君，姓胡。在麗君之前，前面已說到過，他的元妻叫端芳。端芳性情溫和，懦弱善良。人很勤快，只知道一年到頭起早摸黑地幹活。除了養好家裏的豬羊雞鴨外又繁育了十幾隻長毛兔。然而，美

中不足的是，結婚三年多，總不見她的肚皮鼓起來，老太太盼著抱孫子的心情是可想而知的。她求神拜佛，有時候對著送子觀音的像一跪就是幾個鐘頭。可是，依然不見媳婦有慵懶饞嘴的症兆。照例每天像做不死似的。從早忙到晚都不喊累，為此，老太太背著媳婦多次去問過郎中先生。郎中先生除了告訴她一些辦法外，同時也對她說：「男人生不出孩子的事也是常有的，你是否勸你兒子到城裏的大醫院去檢查一下？」

老太太一聽這話就來氣，憤憤地指責郎中先生「十個郎中，九個瞎撞。你們這些郎中先生盡說瞎話。我兒子這麼好的身架，會生不出兒子嗎？曆古以來，生孩子就是女人的事，一定是我家媳婦那家什出了毛病……」

俗話說：兒子是自家的好。媳婦是人家的好。以前與媳婦關係融洽是因為盼孫心切。把抱孫子的希望寄託在媳婦身上。現在幾經落空後，老太婆的臉就變了顏色。把瞧媳婦的眼珠子變成了白色，黑眼珠移進了眼瞼皮的夾套裏。媳婦在沉重的勞作以外又多遭受了一層心靈上的折磨。每到家裏的母雞生蛋的當口就成了媳婦的受難之時。婆婆總會拿著雞蛋在她眼前晃：「瞧，這母雞多管用？它都曉得傳宗接代，而有些人……哼！」

家裏的長毛兔剪了毛，賣了二十元另六角。媳婦也絲毫不覺得欣慰。經過一番激烈的思想搏鬥，她終於壯了壯膽，向婆婆提出了結婚以來的第一個要求：「媽，你把這六角錢另頭給了我吧！」

婆婆先是用鼻孔出聲音，繼而一想，媳婦從來沒有提過要求，就史無前例地顯示了長者的寬厚「好！給你就給你吧！但你要省省地花，不許亂用！」

媳婦也不答話，默然無聲地接了錢，上了一趟街，就再也沒有回來。

三天後，人們在上街的路上看見河裏漂著一具泡脹的女屍。驗屍結果，

死者生前服下了大量的磷化鋅。

媳婦死了，她的死雖然不足惜，但她生前養著的那些豬羊雞鴨長毛兔卻自然地落到了老太婆頭上。她畢竟是上了年歲的人，累得病倒了，那馬桶三天不倒，坐上去糞碰著屁股，叫兒子把馬桶拎去倒了，全畢正也是極不情願的。

「兒啊，娘是拎不動那馬桶。你只要幫我把它提到坑缸邊倒了，涮就讓我來吧！」

「媽，也虧你想得出來。怎麼能叫我這樣一個堂堂男子漢大丈夫去倒馬桶呢？況且，我又是一個公社的幹部，總得注意一下形象。叫我去倒馬桶，我倒寧願耽在家裏燒豬食。」

他座在門檻上，顧自抽著煙，就是不肯去倒馬桶。

直到他娘提著那滿滿的馬桶，吃力地走兩步歇一下，再走兩步歇一下地往糞坑邊蹣跚而去，他才似乎真有點過意不去了。瞧著旁邊沒人看見，急步走過去把馬桶幫娘拎到了坑缸邊。做娘的看到兒子願意幫她拎馬桶了，頓覺得病也輕了不少。心裏美美的，不由得感歎道：「兒子倒底沒有白養啊！」

嘴上這樣說著，可在感情深處，做娘的比以前更增添了一份自責：「怎麼能叫兒子去倒馬桶呢？這可是折陽壽的事啊！哎！這活應該是由女人來做的呀！」

尤其是每當她看到兒子失偶後那種難以名狀的煩惱時，做娘的更覺得欠下了兒子的一筆重債。兒子嘴上儘管不說，可做娘的心裏明白，白天肚皮餓了爛山薯也能充饑。但夜裏男人沒了老婆是什麼滋味？她這個過來之人應該是清楚的。

媳婦斷七那天，全畢正亡妻的弟弟帶著他的舅媳和一條家養的極漂亮的大黑狗來為他的姐姐祭奠亡魂。祭奠完後，老太婆也許是為了向舅家表示懺悔，軟纏硬磨地一定要他們多留一宿。舅佬農活正忙，先告辭回了家。留下了舅媳麗君和他們帶來的那條大黑狗來陪伴這個貓哭老鼠似的婆婆。

舅媳的出現，對全畢正來說猶如久旱逢了甘霖。給行將餓死的人送來了佳餚。

四十多天過去了，妻子那肉體上的溫香早已消失殆盡，隨之而起的猛烈衝動卻無法得到渲泄。孤獨和煩悶襲擊著他這個體欲極強的男子漢。那種無法向人表述的感覺在他心裏極不自然地被壓抑著。那件一惹即惱的「東西」頻頻地通過神經的傳導向大腦發出「我受不住了」的警告，使得他難以自禁。每天夜晚上床，他就覺得如坐老虎凳一般地倍受煎熬，令他無法安睡。眼前老是晃蕩著無數女人的大腿，以及大腿根部那誘人的地方。

這些天來，他每想到這塊「地方」就似乎得了一種習慣性的頭暈病，整個腦袋都是混陶陶的一片。以前那種有規律的生活被打亂了。他所需要汲取的「愛」失去了源泉。而自己需要施予的「愛」卻無從寄託。現在，面對著花朵一般的舅媳，怎能不叫他魂不守舍呢？

舅媳那甜甜的微笑使他非常陶醉。那叫著「姐夫哥哥」的輕聲曼語實在令他難以抗拒。在那一片混陶陶中，他窺視著舅媳裁剪得低低的領口，以及領口下那兩個饅頭一般的粉紅色肉團。凝視著她那細長而緊密的眉毛和絨毛似的鬢角，顫動而柔軟的下巴，圓圓的脖子，他只覺得自己情不自禁而又極其舒服地顫抖了。

舅媳隨身帶著一本叫作《雙珠鳳》的言情書。說話冷場時就隨意地翻幾頁，偶爾還被書中情節引逗得笑出聲來。

全畢正鬥大字不識幾籮筐，但他還是有意識地將身子往舅媳這邊挪。裝著也好像很被書裏的情節所感染似的模樣依偎在她的身傍。讓她的頭髮溫柔地在自己的臉上掠動和拂觸。體味著四十多天來渴望得到的氣息。

斷七這日子，生者要對亡魂作一次結束形式的追憶。全畢正像所有因失偶爾痛不欲生的未亡人一樣，一整天都足不出戶。然而，他的足不出戶絕不是沉浸在對亡妻的緬懷和思念之中，而是陶醉在對舅媳的憧憬裏。

他礙著老娘的面，有一搭沒一搭地與舅媳拉著家常。當然，談得最多的是那條大黑狗「你帶來的這條大黑狗真是好極了，又大，又壯，又威猛，又漂亮！」

「姐夫哥哥，你也喜歡狗啊？」

「當然囉，我特別喜歡的就是這種獅毛黑狗。」

「那你喜歡吃狗肉嗎？」

「不！我雖然什麼肉都吃，但狗肉我從來不吃。因為它最通靈性，最懂得主人的心思。所以，我最捨不得吃狗肉了。」

「姐夫哥哥既然這麼喜歡狗，那我回去跟他說一聲，待出了小狗，就送一隻給你。」

「那我快活死了，你要是真捨得，可千萬得把這事放在心上啊！」講到開心的地方，他忍不住在舅媳手背上摸了一下，眼稍兒一挑，使出個輕浮的眼色。舅媳倒被他弄得漠知漠覺。

瞧見這副情景，老太婆畢竟是過來之人，倒先接了令旨，藉口去餵雞，知情識趣地溜了，好讓她的兒子大膽地向舅媳去傾訴心語甚或表露愛戀。

老太婆「餵」雞，一去幾個鐘頭，舅媳感到莫名其妙。這樣「餵」下去，那「雞」還不撐死了？忽而一轉眼，看到全畢正的臉上做出一副不像「姐

夫哥哥」的模樣時，她頓覺得六神無主。《雙珠鳳》中的內容也看不進心裏去了。

老太婆的「雞」是有意去撐的，這才是她去「餵雞」的實質。

夜幕過早地降臨了。要是它遲來一個時辰，舅媳也許會找藉口離去的。然而這過早降臨的夜幕對於全畢正來說也是無情的，吃了夜飯後，他與她的對話再無法繼續下去了。

夜飯過後，他與她被分隔在相距一個廂房的兩個房間裏，在老太婆的房間裏，舅媳與老太婆合用一條被子睡兩頭。全畢正則睡在自己的房間內。

老頭子弄了幾鬃大頭菜，搖了隊裏的小紹興船出了碼頭，寬暢的三埭進深房子裏只住著三個各懷心事的人，加上死者的牌位，在夜裏顯得格外陰森和空寂。不知是出於懼怕還是多疑，舅媳在前半夜翻來覆去地踹著被子。老太婆比不上年青人的火氣，上了年紀的人都怕冷，兩個人合蓋的一條被剛剛焐出一點熱氣就被舅媳踹掉了。冷風呼呼地直往骨髓裏鑽。再加上剛拆開的靈臺與她只隔了一翻蘆籬，更使她覺得心寒而無法入睡了。在舅媳發出輕微鼾聲的後半夜，她輕手輕腳地下了床，走進了兒子的房間，興許是起來尋被加蓋。

她的兒子比她們更為睡不著，他沒有踹被子，故熱浪一陣陣地裹著他。到了後半夜還眼睛睜得大大的盯著床頂出神。當他娘正要伸手去拉兒子的耳朵時，他一骨碌地坐了起來。

母子倆並不答話。「知子者莫若母。」只須幾個極其簡單的動作與眼色，做兒子的就迅速領會了用口頭需要幾十分鐘才能表達的意圖。

母子倆迅速地換了位置，全畢正衣服也顧不得披，就摸著黑，跨過兩個門檻，鑽進了剛才老娘睡過的被橫頭。

　　前半夜的折騰使胡麗君睡得很香甜。她迷迷糊糊地覺得老太婆掀了一下被子，好像爬了出去撒尿。在進來時被子撈得很猛，大大地灌進了一陣冷空氣。也許正因為冷的「老太婆」一進被窩就緊緊地摟著了她的大腿，一隻手往她很暖和的地方伸。

　　朦朧間，她感到「老太婆」的手極不規矩，竟然在她的胯襠裏柔軟地來回摩挲著。漸漸地，她被慢慢上升的快意弄醒了，下意識地把睡在腳橫頭的「伯娘」狠狠地蹋了一腳。心裏在罵「老變死了，這東西你也有的，光摸我的幹啥？」

　　「老太婆」像是被蹋痛了。輕輕地「唔」了一聲，縮回了不停地摸索著的手。但是，更大的波瀾隨之而起。被子被掀起了大半邊，「老太婆」從床的那頭鑽了過來，與她並排躺在了一個枕頭上，緊緊地抱住了她的上身，那只不規矩的手伸進了她的襯衣，握住了她胸口的肉團。

　　這是一雙結實而光結的手，它雖然出自一個農民的家庭，但它很少捏過鐵耙或草耙的柄而沒有粗糙的老繭。等到胡麗君漸漸醒索而感到這手完全不像老太婆的手時，一張板刷一般的臉已湊到了她的面孔以及嘴唇上。

　　「啊……啊！你……不行」胡麗君終於完全醒了。她看清了這個「冤家」的真面目，他正是白天攪得她六神無主的「姐夫哥哥」。

　　「姐夫哥哥，那狗，你要，就送給你。這個可千萬使不得！」

　　「那狗……我要。你……我更要。你比狗還要好……」全畢正氣喘籲籲地一邊說著，一邊翻騰著軀體，不停地動作著雙手。

　　「姐夫哥哥……這不行，實在……使不得……」她握住了全畢正那竿當槍使的傢夥，往他意想之外的區域使勁拽。然而，心理上的抵抗遠遠比不上生理上的需求。終於，手一鬆由著那把槍尖穿進了自己的肉體，任它

233

在靈魂裏縱橫馳騁⋯⋯。

銷魂的夜何其短，惱人的晨又過早降臨。當全畢正走進自己的房間穿衣著褲重新出來時，老太婆也隨即跟了出來。在胡麗君正欲開口責問她這個「伯娘」之前，老太婆突然先涕淚縱橫地朝她跪下了，懺悔著求她：「一切都怪我不好，你今天要罵，要打，都由你，可你一定要可憐可憐我。我臨死前抱不上孫子，將來死了，口眼也閉不上呀！你就行行好，給我家添個孫子吧！哪怕孫女也是好的，要不，我們全家裏可要絕後了呀！你如果能給我添個孫孫，我願意一生一世做你的小，感你的德。來世就是做了牛馬也會報答你。我燒香、拜菩薩、積陰德也會保佑你們強強健健，平平安安⋯⋯！」

⋯⋯

在這以後的一段時間裏，她們各自經歷了可以想像的過程。以前的舅夫人搖身一變成了姐夫的新夫人。舅佬吵，老婆鬧，姐夫笑，老娘叫。只有全畢正的老頭子賣光大頭菜回到家裏，看到兒子的缺德行為後，氣得恨恨連聲：「氣數！氣數！我們全家裏氣數盡了！你這畜牲。把我們全姓家的臺都給坍光了！」

還有，那個提拔他到公社當幹部的曲書記也毫不留情地指責他：「這種事，你怎麼也做得出來呢？」

曲書記的話雖然不粗暴，但從他嚴厲的口氣裏可以聽出來，全畢正再也得不到曲書記的器重了。

老娘的偏袒，麗君的溫馨，與憤怒的老頭子和那個已將他看穿的曲書記形成了鮮明的對照。他這個人在心裏缺少的就是仁愛，假設把他心裏的東西全部攤出來，隨便撈起一把看看，就會發現那裏面所有的全是些仇恨

的種子。雖然，全畢正覺得老頭子和曲書記對自己的指責感到極不舒服，但表面上他畢竟還不敢與之對抗。直到文化大革命的運動爆發後他才碰著機會，先把老頭子的梢給翻了。

「天有不測風雲，人有旦夕禍福」。那一天，他被曲書記叫到辦公室裏，以非常嚴肅的口吻告訴他：「現在我被人寫了許多大字報，其中有一份批判我用人失當，把政治上有問題的人提拔上來，並且揭發你父親在解放前代理過兩個月的偽保長。因為這屬於政治問題，別怪我擔待不起。看來我這兒不能再留你了。不過你跟了我這麼多年，總得為你的前途考慮一下。所以我給你們的大隊書記打了個招呼，讓他給你安排個職務。大隊書記告訴我，只有民兵連長出去招女婿了，位置空著。所以你就回去當個民兵連長吧！將來如果形勢許可，到時我會再考慮的……！」

這不啻是晴天霹靂，曲書記一句話就讓他這個積極工作多年的「半脫產」捲舖蓋回了大隊。他急急地回到家，一頭衝進自家的房間，用被子蒙了頭，聲嘶力竭地號啕大哭起來，倒把他娘和麗君急得不知所措。

「兒啊！你今天怎麼了？……你說給娘聽聽……乖心肝，你說呀！……啊？娘給你出頭去……是誰讓你受委屈了？……」

他還是一個勁地哭，良久，他才一邊哭著，一邊悲涼地訴說起來：「姆媽，我這頭你是出不了的呀！……我爺給人家寫大字報了……他讓人給揭發了……曲書記不要我了……我完了……是爺當的偽保長把我的前途給毀了……是他把我害了！姆媽呀！……叫我以後怎麼辦呢？我的全脫產……我的城鎮戶口都完了……民兵連長有什麼用……一年能派幾天用場？它不過是個擺設麼……！」

「那你就不會告訴曲書記，你爺就算當過保長，可你娘沒有當過，是

赤刮喇的貧農出身⋯⋯他也就不會不要你了呀！」

「媽你是不懂的呀！」全畢正腳一蹬，更傷心了：「這不相干的呀！一家人中只要有一個出了問題，這成份就算不清白了呀！⋯⋯啊⋯⋯」

「這死老頭子！」老太婆忽然恨起老頭子來：「真是犯賤，要當什麼保長？生生的把兒子給害了！」

待到老頭子從田間幹活回來，全畢正也不知是從哪裏來的膽量，平生第一次滿腔仇恨地把他老子前面罵過他的那句話原原本本地奉還了原主。

「老畜牲，我們全姓家的臺都讓你給坍光了！」

老頭子自知理虧，無言以對。但全畢正並不解氣，以前他總以為進了公社就是鐵飯碗了，可是正當他前程似錦、春光正長的時候，老頭子一下子就把他燦爛前程給斷送了。這樣的老畜牲難道還不應該恨嗎？

然而，正當他哀歎機遇痛失又不易復得的時候，恰恰是他擔任的這個民兵連長，輪上了瘟蒲頭發芽的好年辰。他做夢都不會料到，上面會下發這樣的一個通知：讓各個大隊的當權派一律靠邊站。佈置工作和處理事務均由民兵實行挪總。這一來，紅光大隊的領導權竟陰差陽錯地落到了他這個民兵連長手裏。儘管在大隊掌權還比不上在公社當半脫產時的政治前途和經濟待遇。但這裏卻實實在在是一個可以由著他的性子發號施令的獨立小王國。

大隊的當權派都靠了邊，公社就更不例外了，甚至縣裏省裏都被槍桿子接管（挪總）了。那麼，當權派們的位子不都成了空缺麼？這空缺遲早總會有人去填補的！他憑著跟曲書記多年所學到的經驗和特有的政治嗅覺，驀然意識到自己東山再起的機會來了。

這一次的文化大革命運動，無論是破四舊、造反、奪權還是階級鬥爭

都要比五十年代的辦互助組、高級社、人民公社及三面紅旗的運動來得痛快淋漓。如果說，高級社時他曾因文化太差，在識字班拼命補習而產生過遺憾。那麼這一次毛主席親自發動的大革命則好像是專門為他全畢正這樣的人而提供機遇的。運動中，許許多多的學術權威因知識太多而紛紛滾下馬來。沒有文化或很少有文化的大老粗反而紛紛粉墨登場，掌握了各極的領導權。這對於他，做夢都在盼望的不正是這樣的機會嗎？

這一次到手的機會再也不能讓它輕易跑掉了！他深知，「民兵挪總」畢竟是暫時的，也許，這輩子也不會有第二次了。如果這僅有的機會不把握好，由著它隨風飄去，隨流水汆走，那麼，和普通社員們一樣，去與糞水、泥巴、鐵耙、扁擔打一輩子交道，這豈非太可怕了？然而，如何才能把握好這轉瞬即逝的機會呢？他陷入了苦苦的思索之中。

「兒啊！這幾天你老是失魂落魄，吃飯做事都三心二意，這樣下去身體也要吃不消的。你爺的事，是沒有法子的事。為他氣壞了身體不值得。你聽娘一句勸，再不去想它了，啊？好在你大小還有一個連長的職務，總比那些一點位子都沒有的平頭社員要好一點！」

「媽，你又要來煩我了。我現在想的不是老頭子的事。」

「好，好。不想就好。這幾天老東西一直氣鼓鼓的，說他害了兒子，他還不服氣。今天一早就背了茶籠上街去了。我們不要等他，早點開飯，你先喝點酒，今天娘為你蒸了筍衣燜鹹肉⋯⋯」

端上桌的大鐵洋盆裏鹹肉噴香油亮地閃著誘人食欲的光。筍衣發透了墊在肉的下面，把鹹肉裏的鹽份吸收後，那鹹肉更適口了。

「媽，這鹹肉旁邊厚厚的，烏烏的是什麼東西？這麼好吃！」

「你儘管吃，吃了好就多吃些。」

「那你告訴我麼！」

「說穿了，只怕你就不要吃了。」

「啥沫事？這麼奇怪。你不告訴我，我就不吃了！」

「媽，他已經吃了，你就告訴他也無妨麼！這又不需要保密的。」麗君在一旁插話。

「其實呀！這東西倒是好沫事。就是化錢也是買不到的。只不過說出來難聽，怕你說穿後就不要吃了，所以瞞著你。」

「嗯！有這種奇事？」

「它呀！就是屋後那幾棵死楊樹上長出來的野蕈，這幾天雨水多，我摘了一籃子呢！」

「原來這就是蕈啊？怪不得我常聽人們說，香蕈磨菇不及爛肚螃蛄……」

「其實爛肚螃蛄哪裏比得上香蕈磨菇呢？」

「這幾棵爛楊樹，怎麼長得出這麼好吃的東西呢？我聽人說楊樹是樹木中最蹩腳、最派不了用場的樹呀！」

「這我就不曉得了。想起來大概是天氣的關係吧！悶熱潮濕，那木頭就長出蕈來了。」

「爛木頭會長蕈……？」全畢正若有所思「天氣……氣候……？」

這幾天，全老頭子心裏煩悶，為了兒子的事，他遭到老太婆的咒罵不算，連兒子也竟敢罵他老畜牲了，這叫他怎麼消受得了？在遊津浜的小飯店裏，他就著一角一包的油氽豆瓣，二角一盆的便三鮮悶聲不響地灌了三個小爆仗。看看太陽落下山去，飯店也開始上排門板打烊了，才一搖一晃地踵了回來。

回到家，他一句話都不說，鑽進床裏連鞋都不脫就呼呼地打起鼾來。

全畢正睡在裏屋，夜深了還聽得他娘在罵：「這老不死的。被一泡尿灌得這麼醉！像死屍一樣橫著，叫我怎麼睡？重得像木頭，搬都搬不動！」

「木頭？」全畢正在裏屋聽得，猛然眼前一亮：「爛木頭都會長蕈……是因為氣候。那麼，這民兵挪總算不算氣候？……對！」

他思緒在延展，「把老頭子拋出去，與他劃清界線……老頭子早就一錢不值了。我的存在才是重要的。俗話說：『活著是棵草，死了變成寶』。正是這已經一錢不值的老子，恰恰是最值得自己下賭注的籌碼！」

自從老頭子對他與麗君的結合表示了強烈的不滿後，全畢正一直把老頭子看成肉中刺、眼中釘。加上代理過偽保長的歷史問題葬送了自己的前程，更使他恨之入骨了。以他罪該萬死的生命來換取自己偉大的存在和發展。除了這，還有別的選擇嗎？

於是，他迫不及待地帶領著自己屬下的武裝民兵和部分基幹民兵，來到自己家裏把老頭子揪起來，實行了大義滅親的創舉。當眾宣佈，自己與反動老子徹底劃清界限。這還不夠，又把他拉出去一個村莊，一個村莊地去遊鬥。每到一處，就擺開場子對老頭子進行鐵面無私的揭發。他手下的民兵們倒礙著是他父親，只是裝模作樣地喊幾下口號。而他卻偏偏要把老頭子往死裏打。他明明知道，老頭子的小腸氣痛起來捧著胯襠在床上打滾。可他偏偏把記記重拳往老頭子的胯襠裏打。他覺得這才解恨呵！他是把麗君進門時受的氣和偽保兩件事匯長成一股力量在懲罰他的老子了。

老子挨了兒子的打，回到家裏對著老太婆哭訴：「我家祖宗不積德呀，前世作了孽，到我這輩子要受這等罪！」

老太婆卻一門心思護住兒子，反過來指責老伴：「前世作孽的是你，

誰叫你犯賤，要去當那幾天偽保長，出那份風頭？再則麗君進門時，你好話沒一句，反而跳腳地罵兒子，你就不想想畢正大了，要面子了。他當然會吃勿落的。你難道忍心全家裏絕了種麼？」

老頭子一口氣橫在肚裏不打轉，瑟瑟亂抖了一會，長長地歎了一陣氣：「我對不起祖宗呀！三代單傳得了這個寶貨！」

他吃不下，也睡不著。激憤攻了心。到了後半夜，一頭鑽進了懸在豬棚梁上的繩套。

老頭子死了。

他的死是應該的，叫作罪該萬死，不得不死。只有他死了，才能解脫自己在人世間的罪孽。也給他的兒子驅散了遮住陽光的烏雲。

兒子快活了。

傾刻之間，全畢正陽光普照，成了反修公社獨一無二的英雄人物。他立場堅定大義滅親的先進事蹟在很短的時間內通過廣播喇叭，迅速傳遍了整個公社，整個縣，甚至省裏的電臺也專門作了報導。當他聽到廣播裏反覆讀著他的名字，播放著他的英雄事蹟時，他感覺到內心深處有一種無法形容的快意。他的光輝形象應接不暇地出現在公社、縣及地區等各級講用會上。他的光榮事蹟還被縣文宣隊搬上了舞臺，編成了戲劇到各地巡迴演出。紅光大隊在成立革命委員會時，他這個只上過識字班，連口號都喊勿囫圇的半文盲，被當然地推選為大隊革委會主任和公社貧代會主任，並且兼管了公社的治保工作。

與全畢正一樣快活的是他的老娘。人們常說，婦女到了更年期心態會變得憂鬱煩惱。雖然她曾經因為進門一年多的麗君同樣沒有生下傳種的「蛋」而有過煩惱和憂鬱。但很快就被兒子創下的「榮耀」所代替。她覺

得兒子這著棋是走得值得的。老頭子的政治污漬成了兒子因禍得福的的契機。當上了比古戲裏的巡按大人還威風的「革委會」主任。她聽說過，不論省裏、縣裏、公社或大隊裏，那掌權的都叫「革委會」。自己兒子的「革委會」與省裏、縣裏的「革委會」在叫法上是毫無區別的，這怎能不叫她感到萬分榮耀呢？

因此，她的更年期出乎意料地成了興奮期。她為兒子感到光榮和驕傲。把這份榮耀歸功於祖宗積下的陰德。　是祖宗墳上的風水好，才使兒子當了官。為此，她還瞞住兒子偷偷地到死老頭子墳上燒了幾柱衛生牌素心香。

家裏的豬羊雞鴨長毛兔和灶口橋口已經夠她忙的了，可她在繁忙的家務外又多了一份額外的活。即每天坐自家廊簷下對著上門來找她兒子的人，無論是幹部、群眾、客人，甚至挑鄉擔做小買賣的生意人她都要添油加醋地吹噓一翻兒子的無量功德。

細心的人可能還會發現，全家老太招待客人的薰豆茶製作得比以前更考究了。除了大家都有的薰豆、芝麻、蘿蔔乾、桔子皮外又多出了幾樣別人不容易備齊的金桔乾、酸橙片和卜芝。凡是上她家門檻的人，無論是新知還是舊交，事急的，事緩的，自村的，別村的，願聽的，不願聽，她都非得要你端著碗好茶，在既客客氣氣，又急不耐煩的氣氛中以恭恭敬敬的神態，期待她的「興奮期」發作得直到她自己覺得舌乾口燥為止。所以，有些人在背地裏悄悄議論：全家茶裏果，就怕粘屁股。

不知她是無意還是無知。她總愛把兒子出去參觀叫作「察訪」，開會叫作「研究」，審訊六類分子叫作「升堂」。把兒子在大隊裏提倡的生產隊合併叫作「共產主義」。還指著兒子買給她的夫綢襯衫說成是只有中央首長才夠級別穿的「的確涼」。

確實，有了這麼好的兒子，如果做娘的不感到驕傲，那麼天下就沒有值得驕傲的事了。要不，就是她的更年期真的變成了病態期。

三、不知坑缸大小

農村真是個好地方。

這裏雖然也能偶爾看到「打倒、揪出」之類的標語，但映入知青們眼簾中最多的是每戶人家的大門上千遍一律地用最鮮豔的色漆畫著的毛主席頭像和頭像下三個嵌在紅心裏面的「忠」字。

曆古以來，這裏就是富庶的魚米之鄉。最富的生產隊，每天的勞動日值可以達到一元貳角。這麼高的收入，幾乎可以與城裏的工人老大哥相提並論了。就整個杭嘉湖平原來說，也稱得上首屈一指了。

這裏原來叫作通津公社，現在已改名為反修公社。是全縣最先進的活學活用毛澤東思想的先進典型。所有的大隊名稱也都改掉了以前帶有四舊色彩的自然村村名。成了清一色的紅字頭、紅雷、紅同、紅光、紅芒……甚至連公社所在地遊津浜也改作了現在的紅軍浜。

紅軍浜的公社大禮堂今天熱鬧得像個菜場。兩百多個知識青年擁來擁去地吵鬧著。嘰嘰喳喳地詢問著、挑選著比較富裕的生產隊。同樣，各個大隊的安置負責人也像挑選商品一樣地挑選著各自中意的對象。

一陣鬧猛過後，只剩下兩個最疙疙瘩瘩的知識青年沒有人要，一個自然是年齡最小的華見森了，他不但看起來最嫩、最矮小，而且穿著也最為寒酸。一條軍便裝，很明顯已經不合身了。上面的五顆鈕扣竟有三種顏色，兩顆是紫色的塑膠扣，兩顆是黑色的電木扣，再一顆竟是女式大衣上用的

大排扣。那條褲子更難看了，儘管當年見森曾經穿著它去見過毛主席，但今天這條勞動布的褲子已短得將要露出膝蓋了，是洪媽媽好不容易找出兩塊顏色相近的布料幫他接長了足足半尺，才勉強蓋住腳踝，所以，雖然他沒有挑選的要求，但同樣他也沒有受到別人的挑選。

另一個看起來並不是沒有人要，而是他自己太挑剔了，確切地說，是那個陪他來的娘太苛刻了。看他娘的模樣，像一個很有點來頭的女幹部，胸前佩著的寶像竟有碗那麼大。軍裝的上衣標袋裏齊刷刷地插著三支鋼筆，與她相比，她的兒子舉手投足間反而顯出了一股娘娘腔。

他叫倪伯武，就是莒東碼頭上輪船發動的時候被見森拉錯衣服而喊：「姆媽」的那個高中生。模樣長得像菜市場賣的豆芽菜，白淨又細嫩。他跟著娘一上岸就盯著公社管安置的負責人古敬寶同志叫「表叔」。還向「表叔」打聽，哪一個生產隊完全沒有階級敵人，倪伯武就把戶口落實到哪一個生產隊。然而「表叔」的回答實在令娘倆感到掃興。因為「表叔」絞盡腦汁也想不出完全沒有階級敵人的生產隊。只好耐著性子向娘倆個解釋：「雖然一個階級敵人都沒有的生產隊確實找不出來，但是數量少一些的隊肯定是有的，容我再想想就選一個少的隊將就一下吧！」

可是「女幹部」仍然是不依不饒：「我們出生於三代清白的無產階級革命家庭，也正是階級敵人拼命也要爭奪的目標。伯武這孩子年紀輕，把他投入到革命的熔爐裏去鍛煉，我就放心。假如把他放在有階級敵人的生產隊裏，階級敵人是無孔不入的，萬一我兒子被階級敵人的糖衣炮彈所擊中，受了他們的拉攏和腐蝕而變壞了，叫他將來如何去接無產階級革命事業的班？這樣大的政治原則問題，叫我怎麼放得下心呢？」

正當「表叔」與「女幹部」難以妥協，相持不下之時，古敬寶的辦公

室裏來了一個三十出頭的魁偉漢子，他生就一張很有棱角的國字臉，他就是反修公社紅得發紫的大名人，新任的公社貧代會主任兼紅光大隊革命委員會主任全畢正同志。

全主任的身後已跟著三個楚楚婷婷的姑娘，分明是他已經挑選到本大隊的知識青年。

「我還想要個男的。」他說。

「啊……好，好！迎接新來的知識青年，只有紅光大隊是主任親自出馬。可見得對知識青年足夠重視了。這兒有一個好小夥子，叫倪伯武，另外還有一個叫華見森。個頭小一點。你看著辦吧！我以為無論哪一個，能插到你的大隊，真是好造化了！」

全主任大概是喜歡捧的。一聽這話，立即咧開嘴笑了：「好……好。要！這個麼……這兩個麼……我都要了。」

他雖然長得魁偉，但笑容和說話的模樣卻不很好看，笑的時候似乎有半邊的面孔很費勁。說起話來還有點「這個，那個」的詞不達意。

站在旁邊的「女幹部」一聽說這是個主任，就好像老相識似地插話了：「噢，主任同志哪，我請問一聲，你們大隊的政治形勢怎麼樣？」

「政治形勢？」全主任不解地皺起了眉頭：「難道……難道說我們大隊的政治形勢還不算好？這個……我們大隊的政治形勢之所以好，就是因為打倒了一個一貫道。兩個二流子。三個……富農。階級敵人還會翻了天？」

「那好，那好！」「女幹部」忙不迭地應聲說：「既然主任同志這樣說了，我當然也就放心了。為了反修防修，也為了將革命的紅旗高舉到底。今天我鄭重地把孩子交給你們。叫他響應偉大領袖毛主席的號召，接受貧

下中農再教育。在三大革命實踐中勇當先鋒。為的就是要他們將來接好無產階級革命事業的班，為早日實現共產主義而奮鬥。偉大領袖毛主席教導我們：『世界是你們的，也是我們的，但是歸根結底是你們的。你們青年人，朝氣蓬勃。正在興旺時期，好像早上八九點鐘的太陽，希望寄託在你們身上』。正因為毛主席他老人家把希望都寄託在下一代的身上，我們就更應該嚴格要求下一代了。尤其是像我們這樣三代都清白的革命子女，更是階級敵人妄圖拉攏爭奪的對象。所以，我們要堅決地抗腐蝕，不忘本。用實際行動猛烈擊碎美帝蘇修把和平演變的希望寄託在我國的第三、第四代身上的黃樑美夢。」

「女幹部」的長篇高論贏得了全畢正的「哈哈」一笑，儘管模樣不好看，但聲音卻很洪亮「你放心吧！我全畢正站在階級鬥爭的風口浪尖，一貫立場堅定，對階級弟兄最親，對階級敵人最恨。這個……這個，在整個反修公社講起我，哪一個不翹大拇指……？」

華見森不止一次地聽人們講過，鄉下人是最樸實，最豪爽的，今天果如其然。看來，這個叫全畢正的主任准錯不了，想當初，鎮上和居委會來「動員」他下放的時候，還以為不知要被「強迫」倒怎樣糟糕的地方去。可是到了鄉下，非但沒有碰到半點「強迫」的事，而且還居然被安排到最先進又最富裕的大隊。再碰上這麼個豪爽的主任。真是喜出望外了。

他們一行人在全主任的帶領下，來到了紅光大隊。其中的華見森、倪伯武和另一個叫陣窈窕的女青年被分配在自然村名叫作胡家灣的五隊。據全主任介紹，這五隊是他本人的所在隊，無論是生產形勢、革命形勢、經濟收入都列全大隊的前茅。階級敵人都已被徹底打倒（這倒消除了「女幹部」的顧慮）。每個全勞力日值是一元另五分，算得上富得流油了。

　　紅光五隊幾乎是一個沒有缺點的隊。政通人和富裕之外，還有一個好隊長。隊長的大名叫朱圖山，年近五十，為人熱情好客。他也是全公社有名的模範人物。當全主任率領知青們剛一進村，就受到他和社員們的熱烈歡迎。

　　在「砰砰……嘭嘭」的爆仗聲和口號聲中，知青們像新娘子般地被接進了臨時充作迎客廳的養蠶場內。

　　養蠶場被清掃一淨。裏面像辦喜事般地鋪擺著七、八隻八仙桌。在靠東首的牆邊，一群人正在忙忙碌碌地淘豆、推磨、濾漿、燒火。

　　三個知識青年連同那個「女幹部」即倪伯武的媽，剛剛在「迎客廳」內坐定，迅即被全隊的群眾圍了個水泄不通。他們全無顧忌地指著新客人一個個評頭品足。

　　「喲！看那個女的，好漂亮！」

　　「全主任不是說了三個都要女的麼，怎麼來了兩個男的？」

　　「哎，你看，這姑娘小小年紀，戴著手錶，興許是找好婆家了。」

　　「你曉得啥？城裏姑娘條件好，手錶都是自家爺娘給買的。」

　　「你看，那個這麼小就下放了，他爺娘怎麼捨得呢？」

　　「是呀！介小，做得動田裏活嗎？」

　　「年齡及格都得下，這是政策和策略……」

　　「去，去！他這麼小，年齡怎麼會及格？一定是他上學上得早，初中畢了業，才一道下來的，要不，他就是個老頭茄子……長不大！」

　　「長不大？那是倫特勒司，先小後大。」

　　「哈……是約克種……哈……！」

　　「喂！你們看那個白面孔，被包捆得像個炸藥包，他的老子一定當過

解放軍……背機關槍，噠噠噠……」

「哼！瞎吹牛皮。機關槍是背的嗎？是扛的！重機關槍要四個人才扛得動……」

「看你自己在瞎吹，你知道機關槍一共有幾種嗎？告訴你吧！至少有五、六種呢！……有重機關槍，輕機關槍、旱機關槍、火機關槍、水機關槍……還有朝天機關槍。」

「哈！還不知道是誰在瞎吹呢！哪裏有水機關槍？槍著了水還打得響嗎？」

「那上次不是有一本電影叫什麼來著……？槍管打熱了，他就撒泡尿，不是又能打了麼？」

「啊哇！你踩著我的腳了。」

「誰叫你伸到我腳底下去的呢？」

農村，自有農村裏一套趕時髦的規矩，東首牆邊忙碌的是今晚歡迎新客人的儀式中最重要的節目——憶苦飯。

顧名思義，這憶苦飯是要人們回憶舊社會的苦，體會新社會的甜。舊社會糠菜半年糧，那麼，這憶苦飯一定是非糠即菜了。那些新來的客人如果咽得下這非糠即菜的憶苦飯，就說明他們是能夠與廣大貧下中農打成一片的，否則反之……。

也許，這正是對城裏來的小夥姑娘的嫩嗓子作第一次考驗吧？

事實上，新客人的顧慮是多餘的，憶苦飯只是個像徵而已。

當東首牆根那口殺豬用的大鐵鑊子裏滿滿的一鑊子油爆肉丁豆腐渣即將滾開的時候，剛才那一群嘰嘰喳喳的半大孩子早已轉移到了鍋臺邊，人手一隻空碗，你一把，我一把地在搶了。

「不許搶！」隊長朱圖山嚴厲地喝住了這些饞嘴的孩子：「客人都沒有嘗過新，要吃，等做完『四件事』，有你們吃的，我保證你們每人都有一大碗。如果現在誰敢搶。等一會，我就把誰的碗倒了！」

隊長確實很權威，他一聲喝，嘰嘰喳喳的場面馬上平靜了。

當噴噴溢著油香的豆腐渣被端上桌子時，還有一個大講究，全隊的男女老少全部到齊後，朝著毛主席的寶像排好隊，手拿寶書，先唱《東方紅》。接著將寶書上舉三舉，捫胸三次，嘴裏念著：敬祝偉大領袖毛主席萬壽無疆！敬祝林副統帥身體健康，永遠健康！然後，再讀三條語錄，最後歌唱《大海航行靠舵手》。這樣，農村裏流行的「四件事」儀式才算全部完成。

從這一點看，農村裏的「三忠於，四無限」比起城裏的「早請示，晚彙報」來要嚴肅而又虔誠得多。城裏人每天只做一次，而且是自發的各單位不派人監督。農村裏的「四件事」。每天起碼做三次。出工前，午飯前，睡覺前。而且，必須服從隊長挨家挨戶的檢查。誰要是忘了，那可是要對你不客氣的。輕者檢討認罪。重者批鬥遊村。可見在思想領域裏，貧下中農已經在某些程度上超了他們的老大哥——工人階級。

待到開飯時，豆腐渣已經涼了。但仍不失為一種美味。豆腐渣能做得這麼好吃，是大大出乎知青們的意料的。大家都有一種不早嘗為憾的感覺。然而，在心裏他們仍不免要嘀咕：假如在舊社會天天能吃到這麼好的豆腐渣，那不是比新社會還強了麼？可是，從他們嘴裏出來的聲音卻好像被豆腐渣堵塞了，大家都「唔、唔」地裝著一副很有感觸的模樣。

憶罷苦，還得思甜。這甜，不單單是按工分分掉了幾百斤豆腐乾。更有趣的是晚上舉辦的歡迎會。這裏每個生產隊都成立了宣傳隊，鑼鼓絲弦

一應俱全。在臨時搭的木板臺上，小夥子們學著《沙家浜》裏的樣，「嘭嘭」地在臺上摔著「丁包」。阿姆大嬸們則跳起了縮著一條腿的「踹踹腳」。姑娘們把紅紙用水漂濕了，當成胭脂往自己臉上抹紅印。也有的拿了一隻空信封一蹲一蹲地拍著大腿，一邊「阿玲啊，阿玲啊」地唱著，較有文化的年輕人在為排練節目獻計獻策：「你這樣下去，危險哪！這個『哪』字要拉長聲調，更要做出表情，念時要哪……啊！」就連一些上了年紀的大爺們也不甘落後，唱起了老掉牙的，但在農村依然很時髦的憧憬社會主義美好前景的歌謠：「社會主義像天堂，村村都有馬達響，隊隊都有大喇叭，家家都有電燈亮……！」

戲散後，新客人被安頓在一間從漏劃富農那裏沒收來的平房內。這是一間闊開間的九路頭前埭房，中間用蘆籬編的簾子攔了兩道「牆」成為三個小間。靠外面的一間光線和空氣都較好，就照顧了那個叫陳窈窕的女知青。中間一間最大，成了「女幹部」與倪伯武母子倆的臥室。最裏面的一間既黑又潮，就給了對什麼都不會計較的華見森。

也許是「金窩銀窩不及家裏的草窩」吧！這第一夜，同一間屋子裏的三「戶」人家都犯了失眠。雖然，金窩銀窩之說對於華見森來說是不存在的。但是，來到了這麼美麗富裕的村莊，遇上了這麼熱情又豪爽的領導，又見到這麼些純樸好客的群眾，他彷彿感覺到自己進入了一個夢想中的世外桃源，再加上跳出了是非之地的欣慰，怎能不使他過度興奮而失眠呢？

蘆籬「牆」的那一邊，「女幹部」母子倆睡在竹榻鋪的一橫頭說著悄悄話，中間還夾雜著流眼淚、淌鼻涕的聲音：「心肝……這裏學習沒有電燈，洗東西沒有自來水，燒飯不用煤爐……苦了，累了，娘不在身邊……你可怎麼辦呵！阿囡，媽媽真是捨不得你在鄉下吃這份苦……！心肝……

以後缺錢用，就回來拿……表現上要積極些……唔！政治上你古表叔答應多關心你的……」

做娘的諄諄教導，向兒子吐出片片慈情，做兒子的也不含糊，像課堂上背書一般地向娘捧出拳拳孝心：「媽，你放心。我一定遵照您的教導，聽毛主席的話。滾一身泥巴，磨一手老繭，煉一顆紅心，紮根農村幹一輩子革命！」

「哎！別這樣不吉利，誰讓你耽一輩子啦？……你現在跟媽說話，不必要講大道理，其實有些幹部講大道理也是違心的。你別看他們講得一流順水，頭頭是道，可做起來天知道又是一副什麼模樣……」

外面的小間裏，陳窈窕的竹榻「刮喇喇」響了一下，像是翻了個身，母子倆的對話停了。這種話要是讓別人聽了去，可是有被人揭發的危險性的。

陳窈窕在「嚓嚓」地劃火柴，不知是看表，還是想起床放輕幾兩，但一忽兒又沒了聲音，想必是找不到馬桶。

又隔了好一會，母子倆這一邊終於有了輕微的鼾聲，外間的陳窈窕也發出了均勻的呼吸聲。

那些瞧熱鬧的社員們散夥時，華見森的肚子就有點餓了。這豆腐渣好吃卻不耐饑。越是到了後半夜人越醒索了。

他開始數數，據鷹哥講，數數可以催眠，他以前從來沒有失過眠，這法子有沒有效，倒值得試試。

一、二、三、四……兩百還沒有數到，那些數字真的有些跳躍和參差了。

沒料到，不遠處又有了響動，那裏大概有個豬棚，似乎有仔豬在「咕

咕」地哨棚。恍忽間，那「哨棚」的聲音竟漸漸地變成了人聲。像是有人用什麼東西捂著嘴巴在哭泣。中間還摻雜著一兩句人的說話聲。

傾刻間，見森睡意全無。他一骨碌坐起了身子，豎起耳朵傾聽起來，這次他聽清了，實實在在是大人的哭聲。

他大惑不解，什麼人會在這萬籟俱寂的後半夜哭泣呢？為什麼要捂著嘴巴壓抑自己？就算有什麼傷心事，也用不著這種哭法，攪得人心裏煩亂和厭惱。

這一夜看來真睡不成了。媽的，可惡！

……

鄉下有句土話叫作「新來乍到，不知坑缸大小」。要知道坑缸有多大，看看好說，其實難量。如果要計算坑裏的東西，那麼，唯一的辦法就是用秤稱。閒話不落空，果真一大早隊長朱圖山就來叫門了「倪伯武、華見森、陳窈窕三位新來的同志，都該起床了。」

他肩上挑著一杆竹子刻著尺寸的丈竿。丈竿的兩頭，一頭是準備給陳窈窕用的馬桶，另一頭則是一隻給兩個小夥子合用的糞桶。其時見森還剛剛合上眼睛，是倪伯武先開了門，當他看到睡眼惺忪的倪伯武剛把門打開時就劈頭問了一句：「你們屙了沒有？」

「屙……屙什麼？」倪伯武被問得懵懵騰騰。

「吃進去的，總會屙出來麼！」

「這麼說，昨天吃的豆腐渣會拉肚子？」倪伯武還是莫名其妙。

「噯……是你誤會了。我是怕你們到外面去解手，才一早把糞桶給你們送過來。」

　　朱圖山一邊解釋著，一邊拿下糞桶：「這只糞桶是借給你和叫華見森的小青年合用的，以後要是屙屎呢，就在上面放條扁擔，撒尿時就把扁擔拿掉……這只馬桶是我從家裏拿來借給陳窈窕用的，她一個姑娘家，應該照顧……」

　　「這點小事，也要麻煩你隊長，怎麼過意得去？他們小夥子，又不是女同志，到外面解手很方便的。」

　　「女幹部」也被吵醒，嘴上雖在客套，心裏卻老大不滿意，為了解手這點小事，攪了她的安穩覺。這鄉下人怎麼連這點道理都不懂呢？然而，又不能指責他的好意，因為農村裏習慣了早起。

　　朱圖山還在嘮叨解釋：「現在這糞哪，是金子。俗話說『楊柳青，糞是金』我怕遲到一步你們屙到外面去浪費了。偉大領袖毛主席教導我們『要節約鬧革命。所以你們要把它屙在糞桶裏。開工後會有人來稱的，還要量度數。二十度以上每斤一分錢哪！一則為公家提供了肥料，支援農業生產。二則你們也好增加點收入。耽會兒，等你們做了『四件事』，喝了粥，我就領你們去把自留地丈給你們。所以，今天給你們優待，不要出工了，在家作一點準備，工分照記！」

　　「哦！」倪伯武這才恍然大悟：「這鄉下真是太好了，連屙屎都會有收入！」

　　朱圖山陪著他們做完「四件事」，喝了早粥。送走了眼淚鼻涕的倪伯武他娘，已是日上竿頂了。他把丈竿往肩上一扛，叫了會計，領著三個知青優哉遊哉地丈自留地去了。一行人逛了一大圈，最後在一塊栽滿桑樹的地墩前停了下來，朱圖山用手一指「就這塊。」

　　他用丈竿量了一圈，會計把算盤拔了一通說：「正好三分。」

「那麼就在這塊地上給他們丈出每人三厘。」朱圖山吩咐完會計轉過頭對三個知青說「這塊地共計三分，是你們的自留地，但是每個人只能種三厘。餘下的每人七厘要挖好界溝，分成三塊……。」

「為什麼要三七分開？」華見森不解地問。

「你們剛來，當然不懂，按照我們公社的規定，每個社員的自留地是一分。但是，我們廣大的貧下中農，當然也包括你們革命的知識青年在內，為了向偉大領袖毛主席表示我們的無限忠誠，所以特地自覺地每個人劃出七厘，作為敬獻給老人家的『獻忠地』。這劃出的七厘還得給你們豎一塊紅色的『光榮牌』，寫上你們的名字，到開會時還要表揚你們呢？」

「那麼，每個人乾脆只分三厘不就行了？毛主席又不會來種這塊地的！」見森冒冒失失又說了一句。

「不准瞎說！」朱圖山不滿地瞟了一眼見森，臉上露出了極其嚴肅的表情：「你難道不知道這就是革命的形式主義嗎？雖然這塊獻給毛主席的地他老人家不會親自來種。但是他老人家要是知道我們貧下中農把自留地都敬獻給了他，那該有多高興啊？」

「那麼，早上那糞為什麼不獻忠？」見森不知天高地厚地補了一句。

「胡說八道！」朱圖山勃然變色，簡直氣憤至極「糞怎麼可以敬獻給毛主席？你這小赤煞鬼怎麼竟敢污蔑我們的偉大領袖。你該知道污蔑毛主席是要罪該萬死的！今天念你新來乍到，我就不跟你計較了。否則……」

「噢！噢！不說了，不說了。我知道說錯了！」見森惶恐萬分，連連討饒。他知道假如再多嘴多舌，就要招來非常嚴重的後果了。

「隊長伯伯，那麼這自留地上的桑樹歸不歸我們呀？」陳窈窕畢竟是女的，問起話來比男小夥子要委婉得多。

「桑樹是公家的，如果你們想要，隊裏折價五角錢一棵，在分紅時扣除。如果你們不想要，到時候摘了葉歸公家，桑梗歸你們。」

「這樣做不等於是公家的桑樹栽在私人的自留地裏麼？」見森在心裏嘀咕，但有了前面的教訓，他再不敢不識時務了。

然而，就算陳窈窕這麼一句溫和的問話，朱隊長也不願放棄教育知識青年的機會「陳窈窕啊，你作為一個革命的知識青年，來到農村接受我們貧下中農的再教育，今天首先應該學習的，就是要批判自己靈魂深處的私字一閃念。我們貧下中農判斷一個人思想好不好有一個標準，叫作『忠不忠，三分鐘。三分鐘裏看行動』。你們今後應該多多學習毛主席的語錄：謙虛、謹慎、戒驕、戒躁。才能不辜負貧下中農對你們的教育呀！」

「我並沒有靈魂深處私字一閃念呀！只不過我們年紀輕，不懂的事多。問問你隊長伯伯，以後就懂事了！」

「噯！倒底是女孩子家，招人喜歡！」

唉！這鄉下的事真叫人難以捉摸，城裏人嗤之以鼻的大糞能賣一分錢一斤，而劃歸個人的自留地卻要自覺地敬獻七厘！

後來華見森才瞭解到，紅光大隊的自留地獻忠活動就是朱圖山本人發起的。用他自己的話來說：「學了毛主席的語錄後，我在精神上和行動上都產生了飛躍。」

從前，他自己也是個為了使自家的自留地的邊界一寸一寸往外擠而經常與鄰家鬧糾紛的人。一是因為自留地畢竟是勞動工分以外的一項重要收入。二是因為作為農民，他實在嘗透了沒有田地的苦頭。之所以他對田地的感情比任何人都要深。

解放前，他的上輩傳給他的土地本身就少得可憐。加上年成不好，為

了糊口，他把這點僅有的祖產也賣了。賣光了田地後就以給人家做長工為生。所以，有幾個比較刻薄的人就把他挖苦為「攢脫貨」。

解放後，毛主席、共產黨領導人民翻了身，他擺脫了被人雇用的處境，過上了不被人剝削的幸福日子。

更讓他因禍得福的是，土改時劃成份，他因解放以前就沒有了田地，所以他的成份就被定了雇農。

雇農，被毛主席稱之為農村中的無產階級。和城裏的工人老大哥一樣，其革命性遠遠比半無產階級的貧農和中農可靠。所以他逢人便說：「沒有毛主席就沒有新中國，沒有新中國也沒有我朱圖山的今天。現在我的成份被評為最光榮級的雇農，我從心底裏感謝毛主席，擁護共產黨！」

正因為自己底板子硬，所以勾起了他想當幹部的欲望。早在浮誇風時，他就在公社負責人的安排下，宣傳過為形勢所需的「經驗介紹」而著實風光過一會。他向人們介紹的內容是如何把一斤米爆成米花，用開水一泡就可以變成十斤飯。又介紹過，每天在老婆淘米時他偷偷地抓出一把，一年總共節約五十斤米的「經驗」。直到一九六二年，國家的形勢有了好轉後，他那套「經驗」才過了時，從此偃旗息鼓。

這幾年裏，他雖然沉默了，也儘管自己也知道是個粗人，但是他想當幹部的欲望仍然相當強烈，尤其是眼看著比他小十多歲的全畢正兄弟因為兩捧黑泥被公社曲書記相中，抽上去做了半脫產幹部，他真是既感到羨慕，又充滿了妒忌。

全畢正當上幹部後，他常常在心裏頭思忖：全畢正是中農，我是雇農。曲書記選幹部為什麼不論成份呢？細細想起來，除了黑泥的因素外，也許另一個決定的因素就是全畢正上過半年多的識字班，比自己這個文盲多了

一點點文化吧？

「社會主義是天堂，沒有文化跑不上」這「文化」兩個字，總像一塊烏雲，遮住他這朵向陽花。他後悔當年沒有像畢正兄弟一樣參加掃盲班、識字組。又對畢正兄弟能當上半脫產感到心理很不平衡：論文化雖然他有一點點，假如論口才他還不及我哩！

然而，更多的時候他還是自找臺階下：「畢正兄弟能當官，他有他的福氣，這些也許都是命裏註定了的，我天生是條捏鐵耙柄的命！」

這一次文化大革命運動開始的時候，他一聽到「文化」這兩個字就認為他對這個運動是沒有戲唱的。可是後來聽說太倉沙溪洪涇大隊的顧阿桃老大娘不識字，用畫符號的辦法學習毛主席語錄而成為活學活用毛澤東思想典型時，他忽然精神旺發，匆匆地去找當初還不是主任的畢正兄弟，向他討教。

他和畢正兄弟向來都很要好。同時他也很敬佩和羨慕畢正兄弟在曲書記的培養下已鍛煉成很有氣勢和像城裏幹部那樣的官派了。尤其令他這位「圖山大哥」感動的是，當了官的畢正兄弟仍然像以前一樣尊重他。哪怕是在被曲書記打發回來後的日子裏，他也不會忘記在「圖山大哥」面前賣弄只高出一點點的「學問」。

「沒有貧農，便沒有革命。」兩個人在一起學語錄時，朱圖山最喜歡學這一條。他是雇農，既然連貧農都是革命的同義詞，那雇農就更不在話下了，況且它很短，很容易記住。

「節省每一個銅板，為著戰爭和革命事業……」這一條雖然很長，背起來也比較困難，但它很實用。朱圖山對它的領會也最深刻「共產主義之所以到今天還沒有實現，主要是因為大家不節約。尤其是不節約糧食。有

些人天天嘴裏吃著白米飯，腦子裏還在想著紅燒肉。比資本家還資本主義。要是大家都這樣的話，共產主義要到哪一天才能實現？」

偉大領袖毛主席他老人家很多次在他的「寶書」中教導我們：「反對大吃大喝，注意節約。」「貪汙和浪費是極大的犯罪。反對貪汙和浪費的鬥爭，過去有了些成績，以後還應用力。」

真是「士別三日，當刮目相看」，何況畢正兄弟在公社工作了七八年。以他目前的水準，不要說已經遠遠高於當年的半年私學和後來的識字班，甚至可以說簡直已經達到當年曲區長的那一檔水準了。

畢正兄弟雖然不是黨員，但在與圖山大哥一道學語錄時卻經常選共產黨員這一章學習，使得他圖山大哥產生了一種自己遲早會成為共產黨員的預感。

「共產黨員的先鋒作用和模範作用是十分重要的……」

「共產黨員應該作到最有遠見，最富於犧牲精神……」

經過一段時間的刻苦努力，他硬是記住了寶書中許多有用的警句，而且有幾條順口一點的整段他都能背下來了。

去年秋收後的某一天，他坐在自家的門檻上，像平時一樣翻開了那本打滿了記號的寶書，當讀到「艱苦的工作就像擔子，擺在我們的面前，看我們敢不敢承擔。」時，忽然似有所悟。

「敢不敢？……敢不敢？那麼，我自己敢不敢做一番別人不敢做的事呢？」他悶聲不響，一連抽了好幾根「大紅鷹」。忽然來了靈感。把寶書往貼身口袋裏一放，繼而手一揮，像是下定了決心。

第二天凌晨，天濛濛亮時，他瞞住全畢正，瞞住社員們，甚至瞞著老婆和女兒，挑了滿滿一擔被貧下中農稱為「定心丸」的口糧穀，「杭育晃、

杭育晃」地挑著來到公社糧站敲門。當糧站的驗貨員睡眼惺忪地看著這個頭冒熱氣、臉上露著乞求般表情的他時，還以為這麼早就來了個賣了議價糧急等錢用的光棍農民，一如往常地搭起了驗貨員的架子。撮了幾粒穀子往嘴裏一嗑「必撲」一吐說：「你這穀太潮，不合格。挑回去曬個大太陽再來吧！」

可是，朱圖山不管他三七二十一，逕自「蹭蹭」地挑進了糧站，往倉庫大門邊一倒，既不叫司磅，又不要開票。他是決意做個無名英雄了，倒空了籮擔回頭就走，把驗貨員弄得摸不著頭腦：「哎，哎！你這是幹啥？」

這時的他，像個打了勝仗的將軍，頭一別，手一揚，比剛才的驗貨員更趾高氣揚地回答：「這是伢貧下中農節約下來，獻給毛主席的一片心意，向他老人家表忠心的獻忠糧！」

說完，連姓名也不留，大步流星地趕回家裏。一口氣痛痛快快地喝了三大碗粥，一直激動到出工。

直到公社召開講用會，當時的戰鬥總部主任根據糧站驗貨員提供的情況和相貌特徵，要求各大隊協查這位獻忠的無名英雄時，全畢正才知道朱圖山作出了如此了不起的創舉。散會後去問他，他還謙虛哩：「你畢正兄弟比我高一腳，所以我很敬佩你。這一次，是我考考自己，敢不敢像你一樣有大無畏的革命精神。」

這以後，朱圖山的美名迅速傳遍了整個反修公社。他自然而然地成了活學活用毛澤東思想的標兵。實實在在地風光和快活了一陣子。

盛名之下，其實難副。他乾脆把自家的三分自留地也劃出了兩分一厘，獻了忠。這一下，他的名氣愈發大了。他的光榮事蹟被推廣後，自留地獻忠活動也就在全公社形成了一種必不可少的風氣。

就在圖山大哥正要慶倖自己將要與畢正兄弟平起平坐的時候，畢正兄弟也突逢時來運轉。上面通知：由民兵實行挪總，當權派一律靠邊站。

那一天，當民兵連長的畢正兄弟來找圖山大哥，告訴他：「我決定把東西兩個小隊合併了，東隊的春山老跟我過不去，我把他撤掉，讓你來當生產隊長！」

儘管很想當幹部，可這畢竟來得太突然，朱圖山一個勁地把手亂搖：「你畢正兄弟一句話，就要叫我當隊長，而且這隊又是兩個生產隊合併的，將來投起票來假如通不過，怎麼辦呢？」

「投票這種辦法早就過時了，我叫你當隊長你就當，假如我的話不算數，還叫什麼民兵挪總呢？何況你還給毛主席獻過糧，獻過地。你不當誰當？」

隊長就這樣當上了。可是話還得說回來。過了年後即進入了春荒季節。朱圖山家的糧食早已斷了。一家人只好吃九厘自留地上越了冬的隔年胡蘿蔔和牆根邊三年自然災害後已不再有人問津的洋薑。甚至廊簷下地窖裏原準備留種的山薯也被吃個精光。又因為自留地實在太少，連吃蔬菜都成了問題，全家人的生活就急轉直下了。

朱圖山自己倒的確是條硬漢子，勒緊褲帶強挺著，餓煞不曾叫一聲苦，可是家裏的老婆女兒卻耐不住，比宣傳他的廣播音量更大地在他耳鼓裏震盪著她們的牢騷：「天天吃丁香蘿蔔，洋薑薄粥。只見蘿蔔、洋薑，不見粥，吃得肚皮潮煞了！」

沒奈何，他被老婆逼著去畢正兄弟家借米。誰知，米沒借著，倒被畢正兄弟現在的新老婆麗君不冷不熱地挪揄了一番：「你現在既當了先進，又當上了隊長。風頭出足，又有得到處去參觀白相，還不是都虧了我家那

個。如今你不感謝倒也罷了，反而要向我們借米……如果，我家有米借給你，難道不也會去送糧站獻忠，出風頭？」

朱圖山打落牙齒往肚裏吞，吞下的「牙齒」又難以消化，結結實實地「脹」了好幾天。

這「脹」顯然是心理上的，生理上的「飽」卻依然無從解決，儘管朱圖山對忍饑挨餓有著很強的彈性，然而，彈性被壓制到極限終歸是要爆發的。

隊裏的種穀使他眼饞，鹽水選種後，撈出了足足一栲栳半癟的次穀。栲栳被抬進了倉庫。可是栲栳的周圍散落了足有一斤多的次穀。他瞧著無人看見，收工時拿笤帚掃進了自家的畚箕。

傍晚，他仍然瞅著這一斤多穀子和自己掌握一半的鑰匙出神，一根接一根地燒著他的「大紅鷹」。忽然他頓有所悟。去倉庫保管員那裏找了個藉口，誆出了保管員的另一個鑰匙，在萬籟俱寂的後半夜，他按捺著胸口「咚咚」作響的「鑼鼓」幹出了他自己都認為有損於他光輝形象的行徑。

兩大畚箕的次穀由於他的神經過份緊張和那雙恐懼得痙攣的手，留下了一道給英雄人物抹上污穢的痕跡。在天未放亮，雞鴨未出棚把它啄完之前。形粗而心細的畢正兄弟發覺了它。順著這條星星點點的「路標」魁偉高大的身軀出現在心裏發虛，臉色發白的圖山大哥面前。

「去！還不趕快把它掃掉！」畢正兄弟異常嚴肅的命令解除了圖山大哥異常沉重的心理包袱，使得他在往後的很長一段時間裏只有俯首貼耳的份。

四、阿發

「啊喲！媽呀！……嚇死我了……」隨著陳窈窕的一聲驚叫，睡在同一間房子裏的兩個男知青都聽到了屋外有一串沉悶的腳步聲由近向遠而去。

「陳窈窕……你……你……你嚇人倒怪，在叫……叫什麼？」中間小間裏的倪伯武被姑娘家的尖叫也嚇得牙齒打起架來。

倒是裏間的華見森膽子大，抄起一截手臂粗的桑樹杆很快地跑到陳窈窕住的外間來敲門「陳窈窕，我是華見森。你開門！」

門開了，華見森剛剛跨進門檻，上身穿著絨線衫，下身只穿一條褲衩的陳窈窕就一下子撲到他身上，緊緊地摟住比她自己矮半個頭的救援者，身體兀自抖個不停。

比陳窈窕高出一個頭的倪伯武也來了。看見這副陣勢，他當然也要英雄救美，把頭埋在見森肩膀裏的陳窈窕摟過來，扶她坐到床沿上，一邊扶著她的背，一邊安慰她：「別怕，別怕，有我們兩位男同志在，你不要怕。是什麼嚇著你了？」

「我……我……」驚魂未定的陳窈窕一邊接過華見森遞上來的褲子，一邊抽泣。女性的嬌弱嫵媚實在使人憐愛：「我見你們都睡了，就熱了點水，想揩了身，汏汏腳，準備睡覺。誰知道，這麼晚了，外面還躲著人在偷看。我推開窗，正準備倒水，那黑影突然竄起來就跑……。把我嚇得魂也飛掉了。」

「你看清楚是誰了嗎？」

陳窈窕搖搖頭：「外面太黑了，又沒有月亮，那人又逃得飛快……」

「那麼……」倪伯武遲疑了一下，脫口問道：「那你給壞蛋看去了沒有？」

陳窈窕又搖了搖頭：「我不知道。可我估計不大會……窗縫這麼窄，我洗下身的時候又蹲著……」

「哼！在農村就有這種歪風邪氣。所以下鄉前，我媽媽千萬關照我，要密切注意階級鬥爭新動向，農村中的階級敵人是無孔不入的。這麼一條小縫，竟然……哼！」

忽然，他扭頭看了一眼華見森，不滿地指責起來「華見森，你一個男青年，還站在這裏幹什麼？人家女同志，長褲都沒有穿，你不覺得不方便嗎？難道……難道你也想像那個壞蛋一樣，偷窺女同志的這個……這個……皮膚嗎？」

倪伯武一咋呼，倒把華見森弄得不知所措，沒等自己反應過來，就趕緊往外退，剛跨出門檻，倪伯武就「砰」一下關緊了門。這時，華見森猛然醒悟過來，「我是男青年，你難道是女的？」

他重新轉過身，重重地打門。把那扇松木板的門敲得刮刮響，連土坯牆上的石灰皮也紛紛地掉落下來。

「你想幹什麼？」門開處，倪伯武手撐門框，忿忿地盯著見森，擺出副打架的架式，想嚇退高不及他肩膀的小八拉子。

「你問我幹什麼！我倒要問問你，想要幹什麼？」華見森用肩膀奮力一頂，把倪伯武撞了個趔趄。走進小間拿起剛才扔下的桑柴杆，在倪伯武面前晃了晃說：「我進來拿我的桑柴杆，你留在裏面做什麼？出去！要麼你脫下褲子讓我看看，假設你胯襠裏是條縫，我就讓你留下來，否則……哼！」

　　碰到這麼個強硬的對頭，倪伯武倒反而沒轍了，嘴裏「哎，哎」地叫著，腳步卻趕快往外挪。

　　「你這個人，怎麼有點小流氓的習氣，怎麼這樣沒有教養？你……你讀過『三大紀律八項注意』沒有？」

　　「你再敢嚕嗦！」華見森掄起桑柴杆，又作擊打狀。

　　「好，好。不嚕嗦了，不嚕嗦了還不行嗎？」

　　「嘻嘻……」兩個男青年都跨出門檻後，屋裏的陳窈窕一反剛才的害怕狀，沖著他倆笑出了聲。不知是出於表示對兩位救援者的感謝在笑還是因為兩個男人為了她爭鋒而感到高興在笑。這笑聲，華見森聽起來，卻分明是陳窈窕在取笑倪伯武是膿包。

　　然而，第二天事情的進展大大超出了華見森的意料。倪伯武費了整整一個下午的時間將原來與見森隔蘆籬緊靠的竹榻鋪搬到了陳窈窕的鋪位旁，隔著蘆籬你一言，我一句的交談變成了兩個人的相聲，相互間的稱呼也都免了姓氏。

　　「窈窕，依我看這樣的大事應該去向全主任彙報……」

　　「就算了吧！假如報告了，全主任派人查起來，影響弄得很大，反而不好了。再說，不知為了什麼，我一看到全主任朝我笑，我心裏就怕。伯武……倒不如你明天再找些報紙，把門上的縫也一發貼了，我就踏實了……。」

　　「糊糊門縫是很便當的。不過，窈窕，有一點我發現，你瞭解問題、分析問題的本領還不夠。你說的看到全主任有點怕，其實是你只看到威嚴的一面，而我看全主任，不但看到了他威嚴的一面，而且看到了他最革命的面。他最了不起的一面，你看現在這個社會，嘴面上把『政治是統帥、

是靈魂」喊得震天響的人多得數不清，但像全主任一樣說到做到，對自己的親爹也做到大義滅親的人能有幾個？」

「那你為什麼不學學？要是你媽也有歷史問題，你也敢像全主任一樣說到做到嗎？」

「我……？」倪伯武噎住了。他是孝子，要他去揭露自己的媽，豈非太荒謬了？「你怎麼能這樣說話呢？」

「我跟你是開開玩笑。」陳窈窕見倪伯武頂了真，不敢再揶揄了：「你看到你媽發嗲都來不及。再說，真的要是與她劃清了界限，你的生活費誰負擔？」

「那當然，我媽每個月要補貼給我二十五元錢零用，比有些成份不好的人的總收入還多。所以，我媽媽是世界上最好的媽媽，最偉大的媽媽，也是最革命的媽媽。像我這樣的媽媽，怎麼會有政治問題呢？不過，話還要說回來，她要是也有一個與全主任的爹一樣的爸，她一定也會把他堅決打倒，大義滅親的。」

「依我看，全主任這步棋走得並不合算。五六十歲的老頭子在農村正是好勞力，死早了，也是個損失，再說，他身為大隊主任，要找個好老婆容易得很，為什麼偏偏要把舅媳弄來當夫人呢？」

「舅媳婦模樣好麼……這幾天，我總是跟著那些老頭們剁蠶毛柴，說她不但模樣好，來的時候還帶來一條大獅毛黑狗，全主任喜歡得緊呢！後來那條漂亮的大黑狗被富農分子暗害了，他好傷心呢！」

「哎、哎」隨著蘆籬杆幾下輕微的折斷聲，陳窈窕在低呼：「你把手伸過來做啥？」

「那帳子再撈起一點麼！」

「不要胡來，那邊華見森會聽見的。」

「都啥辰光了，他早就睡著了！」

「……」

兩個大男女後來發出了類似小娃娃發嗲一般的聲音，把蘆籬那一邊華見森的神經勾繃得緊緊的。

他正步入青春期，入睡前的那段辰光就像餓貓聞不得腥氣。然而，前面這一對大男女偏偏膽子越弄越大。天天只顧自己吃飽。哪管別人奶癆。幹得性致高漲的時候，自管忘乎所以地「天哪、媽呀！」地瞎叫，把個華見森折騰得懊惱透頂。瞅著自己從鎮上帶來的那只破臉盆已經爛了三個大洞，再也無法用牙膏皮補漏了。便生了個歹毒的計謀，用一隻破瓦缽盛了水，放在破臉盆裏。看准了他們「呵呵、唔唔」地正起勁的當口，站到半桌上，隔著蘆籬扔了過去。

「咣噹鐺……」一聲巨響。

「姆媽娘……！」兩種聲音在慘叫。

任你是驢子投胎，此刻一定縮了進去。哪怕是燕窩瓊羹，這番也味同嚼蠟了。

「華見森，這麼大沫事扔過來，存心要砸死我們啊？」

「你們這一對騷狗母豬，發騷到豬棚裏去，不要礙我困覺！」

「你才是騷狗！」倪伯武邊穿衣服邊罵。

「你媽才是母豬！」陳窈窕也在還擊。

「你爸是隻公豬！」倪伯武打架沒有膽量，吵相罵倒從來都要占點嘴上便宜。

「我爸假如是公豬，就操你阿奶這只老母豬。所以我爸是你祖父，我是你爸！」華見森曾經跟小垃圾們做過夥伴，罵起下流話來豈會輸給他這個娘娘腔？然而一說到「爸」他忽然覺得心中被刺了一下：「我這不是在糟蹋阿爸麼？他阿奶皺皮乾巴一個老太婆，我阿爸堂堂正正男子漢，我幹嗎要玷污自己阿爸呢？」

他沉默了。隔壁那一對大男女見這一邊不再吭聲，以為他服了輸，倒也偃旗息鼓悄然收兵。

「阿爸……」他的眼前浮現起阿爸的身影。阿爸在充滿慈愛地看著他吃鹹蛋黃的那副饞相，笑咪咪地說著「你吃就是我吃。」阿爸的粗手指裏捏著纖細的針線為他縫跌掉的鈕扣。阿爸用筷尖剔著殘留在龜板上的肉屑說：「這東西，既能治痔瘡，又可治陽萎……」。阿爸噙著眼淚摟著他在說：「我再不會給你吃爆粟子了……。」

恍然間，他看見阿爸那半邊青腫的臉。阿爸在牢，在反抗。宿芹、葡躍聯、浦霞等一群人圍著阿爸在打他。打他的胸口，打他的太陽穴，掐他的脖子，踢他的腰肋……

「不要打我阿爸呀！」見森想喊，可是胸口喉嚨堵得慌。

「不要打我阿爸呀！」他真的聽到有人在喊。

「喔……呵！」見森猛然驚起，全身冷汗淋漓。

「阿爸，阿爸呀！……」那呼喊，那哭叫，揮之不去，難道這是幻覺？

「心肝。乖！沒有人打你阿爸。啊！乖心肝，你睡吧！啊？……」這次他聽清了，這是真切的對話聲。這聲音來自後院，下鄉近兩個月來，他已經好幾次在半夜裏聽到過後院發出的揪人心弦的哭聲了，只不過從來沒有像今晚那麼清晰。

他知道，後面那一戶人家是富農。對於富農，他當然不會同情，都是些不勞而獲的寄生蟲。雖然自己的的成份也不好，可是阿爸是被冤枉的，而富農則是剝削了人民，對他們的懲罰也是應該的。哪能與自己相提並論呢？

想起來，這戶富農一定是因為這房子被充了公，讓我們知識青年住了，他們自己被趕到後院住，越想越肉痛，才在夜裏找煩惱，特地把怨氣往我們頭上出罷！

隨著時光的流逝，他逐漸對這個村子有了感性上的認識。這紅光五隊，自然村名叫胡家灣。四五十戶人家座落在南北走向的小河兩岸。小河在村口向東轉了個彎，胡家灣因此而得名，說是胡家灣，其實只有一家姓胡。這就是知青們住的後院那戶神秘兮兮的富農戶。

說它神秘，倒也不假。這所房子是老式的磚木結構。兩間一直落，當地人叫作兩進深。前面一間大九路帶個披沒收後在旁邊開了兩個門，改成三小間作了知識青年的過渡房，後面一間帶個灶披間留給了富農自用。因為進出的通道被攔斷，只好改在後門進出，打水、淘米、洗菜等活也都改在後面自搭的小橋口。所以知青們與富農戶雖然是只隔了一堵牆的緊鄰。但近兩個月來他們還從未與「房東」打過照面，只是偶爾在下橋口走過時望上一眼，也總是見那扇用石灰字寫著「漏劃富農胡春山」的後門關得緊緊的。似乎在向人們表明：他們一家是孤立於這個社會的。

然而，像這樣常年累月地把自己隔絕於社會之外，屋裏的黴氣、潮氣難道就不需要通通風，吹散一下麼？這簡直就像大糞賣錢，自留地獻忠一樣叫人費解。

全主任對三個知青是相當關心的。經常在吃過晚飯後來知青這兒坐坐

轉轉，以前他較喜歡坐陳窈窕這兒，可是後來也許他發覺了倪伯武與陳窈窕打得火熱，蘆籬搭的「牆」被打了個大洞，又拼開了伙食，找起對象來了。身為大隊主任，畢竟是識相的，當然不願意成為別人眼裏礙手礙腳的人物，故串門時倒常往見森這一小間裏來，有一搭，沒一搭地拉拉家常，也算是大隊革委會對知青的一種關懷。

只是有一點使見森感到納悶。全主任對後院那條可以窺見富農戶家的磚縫有著超常的興趣。每一回窺探傾聽後總要對見森叮囑一番，要密切注意階級鬥爭新動向，如隔壁出現什麼情況就要及時向他彙報。

「有什麼狗屁情況值得報告？那戶人家簡直活見鬼，經常在半夜裏煩人！」

「對！這戶人家是鬼！是牛鬼蛇神的鬼。富農份子不是鬼是什麼？所以你要提高革命警惕性！」

「那我以後多留點神就是了。」對於主任的叮囑，見森把它看作是一份信任，一份青睞，一份恩寵。

說它神秘也罷。說它惹厭也罷。儘管見森對這戶人家並不感興趣，但陳窈窕和倪伯武卻經常把這一家的女主人當作談話的資料。

「伯武，現在會散了，我總算放心了。今晚學習班，學習的都是老一套，其主要的內容是叫我們知識青年選師傅。我自己早就想好選婦女隊長當我的貧農師傅。所以一報到我的名，我想都不用想就選了婦女隊長。輪到你的時候，我真要替你急死了。當時大家的眼光都盯著你，可你老是往屋角那個納鞋底的女人看。大家都以為你要選她當你的貧農師傅了。我為你捏了一把汗，連朱隊長都在替你著急，給你打招呼，暗示你……」

「朱隊長暗示我什麼？」

「他不是在說『貧農師傅，貧農師傅，是貧農才能做師傅』。」

「我哪裏知道，誰是貧農，誰是中農？他們額頭上又沒有寫字！」

「假如你選個中農，倒也勉勉強強可以將就一下。就怕你選了一個富農，才真叫尷尬呢！你知道嗎？那個低著頭納鞋底的女人是什麼成份？她呀！是個富農婆，就住在我們的後院！」

「乖乖！怪不得你剛才要捅我一肘子。叫我選朱隊長做貧農師傅。我還以為你在捧醋罐頭。」

「我才不會吃富農婆的醋呢！我是為你好，不要違反了革命的原則。」

「可是，我不相信，富農分子的家庭哪會有這樣漂亮的女人？在我印象中，地主婆、富農婆、資本家的臭婆娘，國民黨的姨太太都是些難看透頂的破鞋子、醜八怪！」

「那倒也不是絕對的。白骨精都可以變成美女，階級敵人自然也可以變為美女蛇！」見森隔著蘆籬「牆」也參與了他們的談話。畢竟是同一塊跳板上下來的人，存不了隔夜的怨仇。

「可我無論怎麼看，總覺得她不像富農婆呀！假如她真的是富農，那麼這張臉實在是長錯了地方……。」

「那麼，華見森你為什麼要選范同做你的貧農師傅呢？」陳窈窕不再與倪伯武為了富農婆而糾纏下去了，換了個話題。

「當時，我和他坐在一起，他正在對我作自我介紹。他說，他當過隊裏的青年突擊隊隊長，成份是貧農。還說他的範姓是個大家族。他的名字和越南民主主義共和國的總理範文同同志只差了一個字。所以叫到我選貧農師傅的時候，我見你們都選了隊長做師傅，我也就選了他這個隊長。」

「其實他這個『隊長』算得了什麼呀！我聽社員們說過，所謂的青年

突擊隊就是輪到有事做了，讓青年小夥子去突擊一下，或者多墾幾鐵耙，或者多挑幾擔泥，就這樣叫叫的。既不算隊委，又沒有補貼。連他自己都在發牢騷，他的這個隊長就只派過兩天用場。就在『深挖洞、廣積糧、不稱霸』的活動中，他與隊裏的幾個小夥子盡義務挖了個防空洞，事後他還埋怨朱隊長，他們幾個小夥子每人挑了幾十擔泥，連個光榮榜都不登。榮譽、權利、實惠都得不到也就算了，誰知沒幾天，一場大雨把防空洞一下子浸塌了，反而挨了朱隊長一頓批評。」

陳窈窕說了一大堆，華見森以為她對范同有成見，不禁為自己的師傅要辯解一下：「那他的思想還是好的麼！」

「要說思想好，他更輪不上了。你們男社員在一起幹活，總是講下流話。而我與女社員一起幹活，講的就是東家長，西家短。可是只要一講起他，就沒有一個不搖頭的，人們都說，在他眼裏，天下沒有一樁辦不成的事，可是真讓他去做，就沒有一樁做得成的事。幹起活來，既懶散性坦，又不得竅門。還常常自打圓場，『百腳爬得快，背了一身債。遊蜒慢篤篤，長了一身肉』。在評大寨式工分的時候，他因為成份好，大家一致評他十分，可是他一定要少拿一厘。不知底細的人還以為他謙虛在發揚風格，不計較私利。誰知他心底裏自有一套小九九。你猜他怎麼說？他說：『你們大家為了滿分，爭得面紅耳赤，吵得打破了頭。我才不犯那個傻呢！我拿九分九厘，少一厘才一分錢，一年加起來不過三元多。可是輪到髒活、重活、累活，我就用不著往前衝了。』早上出工時，大家都已到田裏，他卻還在路上，也不會有人說遲到。晚上收工時，哨子一響，他鐵耙一捐，第一個回家。你說，他這一厘要換多少個愜意？所以，要是論思想，我倒要說，整個生產隊，就數他的思想最落後了。」

　　陳窈窕真不簡單，同一天下鄉的三個知青，為什麼就她瞭解得多呢？她所講的有關范同的情況，果然第二天就得到了證實。

　　一清早派工，新拜師的三個知青自然都被安排在各自的師傅身邊。華見森跟了范同去濾石灰漿。

　　濾石灰漿，既不算重活、苦活，又不需要什麼技術。可是，新當了師傅的范同卻非要活龍活現地拿架子，把這份只需要舀舀倒倒的活描繪得怎麼怎麼的有講究。可是結果自己卻被濺得滿頭滿臉都是石灰漿。好在他會自圓其說：「幹這種活，身上必須濺得髒一點，這樣被人家看見了，就會說你幹活起勁，將來評起大寨式工分來，保證吃不了虧。」

　　一個四五尺見方的石灰池，兩個人磨洋工拖到了下午總算幹完了。太陽還在半天裏，范同卻自作主張：「我們的任務完成了，早點收工吧！」

　　見森倒有些擔心：「師傅，這麼早就收工，朱隊長要是曉得了，會扣我們工分吧？」

　　誰知，范同師傅更有道理：「他哪敢扣我的工分？他吃過我姐姐的豆腐，我還沒有找他算帳呢！是他狠還是我狠？」

　　師傅的理由倒把徒弟給說愣了：「這鄉下稀奇事實在太多了！這種事也可以掛在嘴上？」

　　既然是師傅作了主，徒弟當然樂得順水推舟。撈個早收工，也好趁早洗洗這滿頭滿臉的石灰漿。

　　近一段時期，乾旱了很久。前面的大橋口水位淺得一攪就泛淤泥。見森只好到後面的小橋口去洗身子，汰衣裳。

　　洗好澡，汰了衣服上來時，他出乎意料地發現那扇寫著石灰字的後門開著。門口站著兩個反差極為強烈、年齡相差半個多世紀的人。一個是佝

傴著腰，頭髮花白，瘦骨嶙峋的老太婆，另一個卻是月朗星明、伶俐乖覺、惹人注目的小男孩。小男孩的身上穿著一件用大人衣服改的半大衫，與衣衫襤褸的老太婆相互倚偎著，長胳膊攙著短胳膊，分不清誰在倚賴誰。

「下放哥哥」蒼老的、並帶點「咕咕」的喉音在叫。見森從未聽到過這種怪怪的稱呼，可是馬上意識到，被叫的分明是自己。

「求你個事好嗎？」老太婆怯生生地盯著見森手裏的半塊肥皂說：「我們家成份不好，沒有肥皂票。你把半塊肥皂賣給我，行嗎？我想給我們的阿發理理頭髮。」

「賣給你？」見森疑惑著，心裏卻不由得想：「半塊肥皂怎麼好賣？說是向我買，只不過說得好聽罷了。那意思說穿了就是想討！……不過也無所謂，大不了就半塊肥皂……」

「就送給你們吧！……給你，小同志。」不知怎麼的，見森也不知不覺地冒出個彆扭的稱呼。也許是因為他的這副慷慨模樣是裝出來的，心底裏卻對他們充滿了鄙夷，所以才會沖出這種把小孩子叫作小同志的不倫不類的稱謂。

下鄉前，洪媽媽曾再三叮囑他：鄉下有些人是很愛貪小便宜的。有的人借了錢不還，也有的乾脆見人就討。今日果如其然。

「下放叔叔，謝謝您。不過，我阿奶不叫我小同志，叫我乖心肝！」這個被叫作阿發的孩子仰起圓圓的臉，天真而又清脆地叫著見森，寬寬的額頭下閃爍著兩顆烏黑發亮的眸子：「我阿奶要給我剪一個漂亮的分開頭呢！」

他顯得非常活潑和興奮。邊說邊從袋裏摸出一張寫著蠟筆字的紙，將嘴裏正在吮咂的半顆硬糖吐在紙裏包好，說是等剃好頭再吃。一轉身從屋

裏搬出了一條斷了腿、綁著布條的凳子，隨即坐到了上面。

那斷腳凳「咯吱」搖了一下。

「下放叔叔，這凳子是我自己修的，你看修得好嗎？」阿發賣乖似的拍著用布條綁了竹稍當腳的凳子問見森。又轉過頭對阿奶說：「阿奶，這一回你可要給我剪一個出客點的分開頭啊！再不要像上次那樣給我剪個『馬桶箍』了！」

「好、好。乖心肝。」阿奶一邊回答，一邊拿起剪子小心翼翼地剪了起來。

「半塊肥皂是『買』的，凳子是用布條綁的，剃頭是用自己家的剪刀剪的，難道現在還有連一角剃頭的錢都付不起的人家麼？也許，他們在故意裝窮。也許，這正是農村中的地富反壞善於偽裝的狡猾本性！」見森被「買」去半塊肥皂後心中不悅。可是對這個挺活潑可愛又乖覺伶俐的小男孩卻很感興趣和納悶：「這樣蹩腳的富農戶，怎麼會有這樣好的孩子？」

他駐住了腳，不忍離開。就站在他們旁邊，看著他阿奶剪頭髮，其實，華見森是捨不得離開這個很有吸引力的阿發。

「啊嚦！」阿發輕輕地叫了一聲。他阿奶瑟瑟抖動的手指實在不怎麼高明。一剪一剪的留下了許多剪刀印不算，又夾住了阿發的一小撮頭髮。

「疼嗎？」他阿奶既心疼又歉疚。又好像在埋怨這把剪兔毛的老爺貨不靈光。

「哎哇！」又是一下。

長長的睫毛裏，一顆晶瑩的淚珠由小變大，大眼睛眨巴了一下，終於奔出了眼眶。

「糟糕，這一下阿發肯定要哭了。」見森想。

出乎意料，阿發並不哭，反過來安慰阿奶「阿奶，我不疼。是我自己不好，頭動了一下。」

「咦？」當他阿奶心疼得手腳都打顫的同時，見森的心靈也被震顫了。這麼個小小的孩子，竟這麼懂事？想想今天第一次被人稱呼為「叔叔」的自己，剛剛脫離了兒童時代，並不比阿發大多少，對孩提時代的任性和頑皮的記憶猶如昨天。那時候自己對阿爸會有阿發這樣的體恤嗎？」

想到此，他忍不住走上前去對阿奶說：「阿婆，我手指靈活，讓我來幫阿發剪，好嗎？」

「叔叔，您肯為我剃頭？」阿發大有受寵若驚的喜悅，更顯現出一派無邪的天真。

「肯、肯。阿發真乖！」見森情不自禁地托起他的下巴，摸了一下他粉嫩的臉。

「這孩子……」阿婆顴骨突出，刻滿風霜的臉舒展了「像他媽媽，又聰明，又漂亮！」

「噢，像媽媽。」見森正逗著阿發，對阿婆的話漫不經心，隨口問了句「他媽媽還沒有收工吧？」

「唔……不！」咕咕的喉音中忽然夾雜了一絲嘶啞「又被公社叫去了。」

「那他阿爸呢？」

「沒……了」語音大變，見森詫異地抬起頭，看到阿婆臉上剛才那舒展的笑容已跑得無影無蹤，瘦瘦的嘴唇翕動了一下，傾刻間多雲轉陰，佈滿了愁雲。失去了光澤的眼睛裏明顯地流露出痛苦與怨忿相混雜的神情。

「叔叔，我癢。」阿發的呼叫使見森醒悟過來。他一拉圍在阿發脖子

上的圍布「奇怪！好好的怎麼會掉進頭髮呢？而剛才他阿奶接連兩次夾了他的頭髮，他都沒說疼？」

「乖阿發，忍一下。馬上就好了。」作為新來的知識青年，沒有必要去分析當地人家那些與已無關的閒事。見森加快了手上的速度，還幫阿發洗了頭，用木梳給阿發的頭髮分開了一條頭路。又跑到前面自己的小間內拿了一塊小圓鏡給阿發說：「阿發你照照，漂亮不？叔叔給你剪的是不是新式的分開頭？」

小圓鏡勾起了阿發的興趣。他照一下自己的面孔，又翻過來看一下鏡子後面的畫。反覆地撫弄著，瞧著鏡子裏的自己笑著說「叔叔，你看我的臉上有兩個笑窩。我阿奶說。笑窩就是漂亮。長大了會招小姑娘喜歡的。」

「真是討人喜歡的乖心肝呀！」見森被阿發的天真和幼稚深深地感動了。凝視著他逗人的笑靨，忍不住將他抱起，往頭頂上面托了一托。阿發也親昵地摟著見森的脖子說：「叔叔，以後我頭髮長了，你總給我剪，好嗎？」

「好、好！只是你以後不要叫我叔叔，就叫我哥哥吧！那小鏡子你喜歡就送給你。」

「真的？叔叔……不，哥哥，謝謝您！不過，我還是要叫您叔叔。我阿奶都叫您『下放哥哥』，我怎麼也可以叫您哥哥呢？」

「下放哥哥，好了嗎？」阿婆兩眼定定地看著見森，乾瘦而多皺的手裏攥了幾個鉛幣子，畏葸地半伸著胳膊，似乎在為難。

「好了。」見森答道。

「下放哥哥」喉嚨裏又咕咕的：「那肥皂……只有八分……再給你個雞蛋，行嗎？」

「啊……！」見森吃驚地瞪著她叉開的做成八字樣的拇指和食指，頓時茫然無措地將阿婆的手亂推：「不！我不要……錢……這一點點……肥皂都小半塊了……是送給你們的。」

阿婆還是固執地伸著胳膊，似乎非要見森收下不可。

「這錢就給阿發買糖吃吧！」見森驀然回想起剛才阿發捨不得把硬糖一次吃完，把吃剩的半塊包在廢紙裏的情景。

「不。叔叔。我媽說，我們馬上就要有錢了。再隔幾天，長毛兔可以剪毛了，我們的兔子毛色好，可賣到二級。那是因為我經常給它梳的，所以到時候賣了毛，我阿奶就會帶我到下伸店去買糖……。」

阿發從阿奶手裏拿過八分鉛幣子，硬塞到了見森手裏，阿婆卻轉身還要去拿雞蛋。

「不要！」打雷一般粗魯的嗓門，使一老一小都吃了一驚。甚至連見森自己也不敢相信這可怕的吼聲竟會出自他的喉嚨？他拉起阿發的半大衫，把八分鉛幣子塞進了阿發的口袋。

鉛幣子仍從半大衫的破袋裏一分兩分地淌了出來「袋漏了，去叫阿奶補補，啊？」

「下放哥哥，這怎麼行呢？非親非故……怎麼好……？」阿婆還欲推讓。

「有茶嗎？我渴了，我想喝口水。」見森倒並不是真的想喝茶，為的是儘快結束這種難堪的相持。

「茶！開水，行嗎？」阿婆拿了只小碗，從竹殼熱水瓶裏倒了一碗已經沒有熱氣的開水遞給見森，抱著歉意說「下放哥哥，要是在過去，我們家裏是從來不缺茶裏果的。薰豆、芝麻、桔子皮、蘿蔔乾，有的時候還有

卜芝，樣樣俱全。可現在……這個家都成了這個樣子，哪兒……」

阿婆灰裂的嘴唇抽搐了一下，像是觸動了心事，倏地眉頭一皺，失神的雙眼慘然地看了看見森，一層晶瑩的液體蒙住了她那枯黃的玻璃球一般的眸子，在眼角逐漸匯成了兩顆黃豆大的淚珠，奪眶而出，順著鼻樑的兩邊，淌進了深深的皺紋裏。

看到阿婆這幽怨、淡漠、憂傷的神情，見森心裏陡然泛起了一股酸楚。他彷彿已經覺察到這副神情裏所包涵著的極大不幸。上前寬慰地勸她：「唉！阿婆你這麼大年紀了，不要傷心，身體要緊哪！」

誰知，這極其平常的一句善意勸慰卻揭開了她感情的閘門。稀疏的牙齒咬了咬乾瘦的嘴唇，終於「哇」地哭出聲來。

「阿奶，您別哭麼，您為啥又哭了呢？不是說好大家都不哭的麼？」阿發伏在阿奶腿上也「嗚嗚」地抽泣起來。

「大家都不哭？。」見森的神經似乎被針刺了一下：「原來他家半夜裏的哭聲是為了不讓孩子知道啊！」

「不，乖心肝，讓阿奶哭，哭哭痛快點。心裏好受些。」阿奶傷心而慈愛地撫著阿發的頭，欲制還慟。

阿發仰起淌滿淚水的臉，撈起身上那件半大衫的衣角往自己的眼睛抹了兩下，又拿起衣角去擦阿奶老淚縱橫的臉，嗚咽著說：「阿奶，您別哭了，好嗎？」

「乖心肝」阿婆艱難地抑制住悲愴，把阿發摟得很緊很緊，兩張相隔半個多世紀的面孔，緊緊地貼在一起：「心肝，你也別哭，阿奶才不再哭了，啊？」

她用手捂著眼，可是，淚水還是不斷地從指縫中往外溢。

「你不哭，阿發才會不哭呀！」見森同情地責怪道。現在他才領悟到剛才阿發為什麼要推說癢而把傷心的話岔開了：「阿婆，究竟為了什麼事，可以說給我聽聽嗎？不要悶在肚裏，煩壞了身子，啊？」

「唉！天道不公啊……！」阿婆重重地歎了一口氣，藉以恢復一下過於激動的情緒。良久，她轉過臉對見森斷斷續續地講起了她們一家所遭受的變故……

「想想我們這個家，走到今天這個地步，心真的像是要碎了……前年，我們還是好端端的一戶人家。我和兒子春山、媳婦嬌囡都出工掙工分，就阿發這個小孩子吃閒飯。吃穿用途都不用愁。人們都羨慕我們是和睦老小一家子。兒子春山踏實勤謹，被社員們選了生產隊長。媳婦嬌囡賢德善良，又生了這個聰明漂亮、討人喜歡的孫子阿發。正籌畫著再生一個孫女，這個家就算十全十美了。哪裏曉得，祖宗在前世不知作過甚麼孽？去年遭了報應……」

「前陣子，造反破四舊，我家春山只顧埋頭生產，對運動從來不插話，倒也相安無事，可是後來。全家裏的那個白肚蠶從公社回到大隊當了民兵連長，正好逢到上面要叫民兵挪總，把以前的幹部都奪了權，靠邊站著，就由著他一個人無法無天，發號施令。把好端端一個大隊弄得全都亂了套。」

「他當了權後，社員們就遭了難，他每天興興逗逗，耀武揚威。說是要一步就跨進共產主義，今天要這邊的生產隊合併，明天又要那邊的生產隊搞合併，並到我們胡家灣的時候。兩個生產隊都不願意合併，一直鬧到男人們打架，女人們相罵，兩個隊還沒有併成。矛盾卻越來越激烈，我家春山見這樣下去不是辦法，就出面勸住了大家，叫大家再不要為了合併

的事傷了和氣，他講得合情合理，兩隊的社員見東隊的隊長與大家想的一樣，自然就聽了他的，誰知這一來全家的白肚鼉見併不成生產隊了，就對春山更刻毒了。他在會上就對春山說：『我不信我這個連長鬥不過你這個隊長！』沒過幾天，他到公社去請來了貧宣隊蹲點，貧宣隊把東西兩隊的社員叫到了一起，調解說服加動員，說：『生產隊合併是符合毛澤東思想的，社員們暫時想不通是可以原諒的。大家都沒有錯，只是可能有階級敵人在從中搗亂破壞，還說東西兩個隊全連長和胡隊長兩個幹部的意見也不統一，你們兩家鬧矛盾總有一家是錯的。誰對誰錯一查田畝冊就知道了，當即拿來了土改時的田畝冊一查。他們全家田地的總畝數是九畝六分。而我們胡家田地畝數是九畝八分。土改時劃成份都為中農。這時候，貧宣隊長發話了，他說：『現在查下來雖然當時定的都是中農，但是，胡春山家離富農的扛子只差了兩分，這說明胡春山與階級敵人靠得近。而全連長與階級敵人離得遠，偉大領袖毛主席教導我們：『沒有調查就沒有發言權』。現在我們經過調查，矛盾和問題就迎刃而解了。現在我宣佈：錯的一方是胡春山而不全連長！」

「他這一宣佈，那個白肚鼉高興得連連給貧宣隊員們發香煙。可是我家春山哪裏會服氣。在會場上就跟貧宣隊長吵了起來。貧宣隊長被惹火了，惡狠狠地對我家春山說：『我們是貧下中農毛澤東思想宣傳，就等於是貧下中農組成的法院。我們的判決是不可以反對的，誰要是反對，誰就是反對毛澤東思想，反對貧下中農。」

「這個時候，要是我家春山認了這個理，倒也沒有後來的大難了。可是，我家春山偏偏是個耿固頭，認準了自己沒錯的事就是牛也拉不回來的，直把個貧宣隊長惱得發了狠，朝著我家春山暴跳如雷：『你反對小隊合併，

就是反對共產主義，你搞搗亂破壞，反對貧宣隊就是階級敵人。你土改前有九畝八分田地，當初就應該劃為富農分子。現在我以法院的名義對你這個階級敵人進行莊嚴的宣判，從今天起，你的成份就是富農份子，漏劃的富農份子！」

「這一下，春山懊悔都來不及了。貧宣隊長和那個白肚蠶不由分說就把他關了起來，要對他實行隔離審查。開始一兩天，他們倒還通知我們給他送飯。第三天飯也不叫送了，給他戴了高帽子遊村。誰知到第四天，一幫貧宣隊和民兵竟抬來了一個青一塊，紫一塊的⋯⋯屍體⋯⋯啊！老天不開眼哪⋯⋯啊！飛來的橫禍呀⋯⋯」

阿婆說到這裏，早已泣不成聲了。

「打死了？」見森驚問。

「明明是活活打死的，可那些人卻說，不是打的，是誤傷。全連長只輕輕一腳，溜了神，不巧踢中了陰處⋯⋯我怎麼會相信，拖住了春山小時候的一個把兄弟，一定要問個究竟，這個把兄弟見沒有人了就把實情偷偷地告訴了我。」

「他說：春山被關起來的三天裏天天跟他們大吵。我們幾個民兵和其他幾個貧宣隊也覺得他冤而替他向貧宣隊長和全連長求情，都說他情節輕微，又當了那麼多年生產隊長，就算沒有功勞，也有一點苦勞。貧宣隊長本身就吃軟不吃硬，見大家替他求情，倒也順水下臺階，就說：『那麼，你們就叫他向我和全連長下跪磕個頭，討個饒。看在大家求情的份上，就給他個悔過自新的機會，我就不追究他了。誰知春山死活不肯磕頭。我們只好再打圓場說：『隊長，現在不時興下跪磕頭了，就讓他鞠躬代磕頭吧！』沒料到春山實在是個僵脾氣。這個時候他還嘴強說：『判我富農，

我不服，要我鞠躬作個了結可以，但我只向你貧宣隊長鞠躬。他姓全的不配！』這一下，貧宣隊長的脾氣重新提起來了說：『給你個改過自新的機會已經寬大你了，你卻不知好歹，還要討價還價，你情節雖然輕微，但態度惡劣。打！』全連長不知從哪裏尋了根胳膊粗的牛腿骨罵他：『你這個狗都不如的東西，今天我就用這根狗骨頭結果了你！』說罷他掄起骨頭就對春山亂打。打翻後又對春山的胯襠用骨頭捅，沒幾下，春山就臉色煞白，冷汗直冒。我們都勸：『全連長，打不得了。他的臉已經在扭了，再打恐怕要出人命了！』這時的全連長打得正狠，哪裏肯歇手？還說：『阿黑的臉也扭過』。我不曉得阿黑是誰？可我當時猜想：那個叫阿黑的人肯定吃過春山的苦頭。我不瞭解情況，所以就不敢再勸了……」

「屍體弄回來後，嬌囡給他抹身，那褲頭上全是血塊，粘得脫都脫不下來……男人這要緊地方被打得這樣，還怎麼活得成呢？」

「他們把我阿爸的尿卵脬打得紫鼓鼓的，小雞雞腫得這麼大……」阿發比劃著一雙小手，又插了話。

「事後，那個殺千刀的白肚蟲還厚著臉皮找上門來，假惺惺地給我們賠不是。還說叫我們放心，只要我們不搞翻案復辟，大隊就給予我們照顧，一定負責把他埋得深深的，不僅不要我們開支，還可以給我們三千工分的補貼。他說這可是最高的待遇了，假如想翻案，那麼，一個工分都不會給！」

灰白的頭搖了搖，憔悴的臉上驚過了一絲比哭還難看的苦笑。

「那後來呢？」見森聽得心都焦了。

「哎！還後來呢！我因膽小怕事，心想人都死了，不能復活，也就算了。可是嬌囡是個上過初中的人，她哪裏肯依？非要告狀不可。誰知告

到公社裏，公社非但不幫我們伸冤，還硬說我們是污蔑革命派。反而把她也關了起來隔離審查。我一個老太婆，除了出工，又得管豬羊雞鴨，又要帶阿發，再多了一份送飯的活，哪裏吃得消？只得認了罪，寫了保證書。就這樣，他們還給嬌囡規定了每逢批鬥會，必須隨叫隨到參加陪鬥，才把她放了回來。現在，人雖然被放了回來，但三天兩頭地被叫去批鬥。你想想，我們這樣的一戶人家怎麼鬥得過這個殺千刀的白肚蠶呢？他可是個廣播裏、戲裏都揚過名的人哪！」

「那她為什麼不到縣裏去告呢？」

「難道這苦頭吃得還不夠啊？我們又沒有三親四眷在縣裏，哪會幫我們說話呢？越到上頭，曉得他的人越多。哪會有這麼傻的人，不幫廣播裏、報紙上宣傳的英雄人物，反而為一戶富農成份的人家出頭呢？如今，最苦的只是我那個媳婦嬌囡，每次被叫去，她不是陪鬥就是挨打，那些貧宣隊員吃飽了飯沒事幹，就拿階級敵人尋開心，他們把四類分子集中到一間房子裏，說是要懲罰壞人，可他們自己卻怕累，就把扁擔一扔，命令壞人們互相輪番對打。說是壞人鬥壞人。他們自己卻在旁邊抽煙喝茶，取樂。這陣子，我那苦命的媳婦可受夠了罪，你想，她一個女流之輩，力氣不大，打別人時心腸又軟，下不了重力。於是造反派和貧宣隊叫她趴在地下狠狠地揍了她幾扁擔，教訓她說：『你必須這樣打！』罪過噢！嬌囡怎麼能與男人們對打呢？多虧了那些男的壞人心腸不壞，總把扁擔頭都打出頭一點，看上去很用勁，其實扁擔頭都打在身邊的泥地上。要不然，她真會被那些男壞人打死的。只是，這一頂帽子一戴，不知要到何年何月才能解脫哪？」

「阿奶」阿發又天真地插話了：「媽媽說了，到了我有孫子的時候，我們的成份就又可以變成清白了。」

「這只是想想罷了」阿婆又苦笑了一下：「我只見過罪孽越變越重的，無罪的變成有罪的。太公輩上的事也會翻出來挖樹掘根，可從未看見過有罪的變成清白的。」

「阿婆，你不要這樣想。好日子後頭總會有的。說不定將來阿發長大了，學了門手藝。當個廚子什麼的，天天燒東坡肉給你吃。或者將來做了漁夫，經常拿了鯽魚來孝敬你，讓你吃得嘴巴都合不攏。」

「嘿嘿！其實有那一天，我就是不吃魚肉也是開心的……！」阿婆笑起來倒也蠻有幸福感的。充滿了美麗的憧憬。

「阿奶，你看太陽已經照到第二塊石頭上了，該淘米燒夜粥，媽媽就要回來了。」機靈的阿發心裏總惦記著媽媽。

當見森蹲在自己的灶口燒火做夜飯時，隔壁的嬌囡也在公社裏結束了批鬥後被放了回來。也許是認識了的緣故，今天隔壁從那堵漏縫的牆裏穿過來的對話尤為清晰。

阿婆的聲音：「嬌囡，你今天又受苦了吧？你是前世欠了我們胡家的債呀！來到我家這麼些年頭，芥菜籽落到了瘦地上，什麼苦都讓你受了，我做婆婆的心裏不好受哇！」

「媽，我嫁過來都這些年了，你還用得著說這樣的話嗎？是好是歹，難道我心裏還不明白？再說今天還好，沒吃什麼苦頭。他們主要是批曲書記，曲書記也在批他們。他們互相對著批判得很激烈，就把我們這些壞人忘了。所以，今天我們的頭都沒有人來揪……您也不要急壞了身子。」這是嬌囡的聲音。

今天的晚上，隔壁很安靜。見森剛剛背了幾條平時不常用的語錄，就迷迷糊糊地睡著了。可是，約莫到後半夜，後院突然出現了一陣沸反號天的吵鬧聲。見森從夢中驚醒過來，就趕緊披了件衣服來到後面。胡家的門口已喧喧嘩嘩地圍著許多人，有的拿著手電筒，有的提著回光燈，七嘴八舌地議論著什麼。

屋裏有嬌囡的哭聲。不一會，門口一陣騷動，大隊革委會主任全畢正被一群三十多歲的壯漢叉著胳膊推了出來。

全畢正被叉到後門外的一塊空地上後，叉他的壯漢鬆了手。但他又被等在外面的人用雪亮的手電筒照著臉，一個憤怒的聲音責問他：「你夜闖寡婦人家，是什麼企圖？」

平時裏趾高氣揚的全畢正這時完全沒有了往常的威風。在一片：「說說」的怒吼聲中耷拉著腦袋，蒼白無力地作著辯解：「我是想照顧她，給她們補貼工分……」

「你這個害人精，把人家害成這樣還說是照顧！……」

「別跟他磨嘴皮。」人群中有人在喊「大家不要軟心腸，給我打殺這個殺父害友的畜牲胚！這種人，打死他也不罪過！」

「打！打！」周圍一片全是憤怒的吼聲，人們已經開始你一拳，他一腳地塞亂拳頭了，全畢正突然一聲怪叫：「你們沒有理由打我！嬌囡本來就是我的，是我讓給春山的！」

這一會，人們打得更恨了：「他還嘴犟，打死這個賊胚！」

身為大隊革委會主任的全畢正竟會有這種時候？不禁使見森大為驚訝。問了旁邊的人才弄懂了一些原委。原來這群漢子都是春山和全畢正小時候的拜把子兄弟，住在毗鄰的大隊，因為不屬於同一個大隊所以不怕全

畢正。近來，見春山家遭了大難，便約好後湊了些錢送來，誰知剛走到門口就聽見裏面全畢正與嬌囡正在吵架。

把弟兄們一開始還弄不懂是怎麼回事倒也不敢貿然進入，後來聽見全畢正在說：「給你工分你不要，卻偏要翻案，與我過不去。我哪會給你好果子吃？你今天回頭與我和好還來得及。要不然，你受一輩子活罪可別怨我。」

裏面很久沒有動靜，到後來突然傳出了扭打掙扎的聲音，中間還夾雜著嬌囡咬牙切齒的罵聲：「你這畜牲，害得我家破人亡。現在還想打我的主意，我實話告訴你，你就死了這條心吧！」

裏面的全畢正似乎還在用強，把弟兄們情知不對，發一聲喊，衝了進去，捉住了全畢正一頓亂打。他們平時就恨透了他，正遺憾沒有抓他的把柄，這一會豈肯錯過了？

鬧到天濛濛亮，全畢正已被打得像只脫殼的蟹。把弟兄們經過商量，把瑟瑟發抖的全畢正捆了扭送進了公社。誰知道，一踏進公社的門檻，全畢正突然像一個過足了煙癮的鴉片鬼。軟殼蟹搖身一變成了吃人老虎。還振振有詞地說：「這是階級敵人設下的圈套。富農老太婆搞的美人計，妄圖污蔑和腐蝕革命幹部。」

把弟兄們總以為這一次一定能將他搞得身敗名裂了。沒料到公社負責人與他穿的是一條褲子。反而將把弟兄們狠狠地剋了一頓。說小弟兄拜把子是封資修的黑貨，上海灘青紅幫的遺風。尤其是在現在的階級鬥爭中，無產階級已取得全面勝利的大好形勢下，你們還在搞宗派、拉山頭，為階級敵人鳴冤叫屈，更應該受到嚴厲的批判！

一樁大事，事實再明白不過了。可是經公社的這位負責人一番訓導，

插圖：張清渭

一家三口恭敬而虔誠地朝著表情不會起任何變化的寶像跪在地上
「咚咚」地磕了幾個響頭。

竟化解得煙消雲散，不了不之。

把弟兄們沒有達到目的，也覺得沒有臉面再回去向嬌囡交代，竟不告而散，各自回了自己的家。

嬌囡和婆婆得知了真情，呼天搶地地哭了一場：「這世道坑人哪！天理不公呀！」

哭著、喊著。婆婆似乎悟到了什麼。從廚角裏尋出了半盤去年用剩的木屑蚊煙。瑟瑟抖地點著了，供到灶架上的毛主席石膏像前，一家三口恭敬而虔誠地朝著表情不會起任何變化的寶像跪在地下「咚咚」地磕了幾個響頭。哭喊著：「毛主席、林副主席。您們是窮苦百姓的大救星，我們一家這麼苦，你們要是可憐我們，就行行好，救救我們吧！」

一家三口沉浸在悲苦的深淵之中，企求著根本就不可能回復的公正。蚊香在嫋嫋地燃著青灰色的煙霧，讓風一吹飄忽得無影無蹤。它究竟能否飄到北京？毛主席、林副主席會不會因為接受了香火而受感動？當然，這無非是一種自欺欺人罷了。然而，除了這，又有什麼其他的方法更能慰藉這三顆滴血的心呢？

五、八月半，團圓飯

光陰似前，日月如梭。

一眨眼間見森他們幾個知識青年插隊落戶已滿三個月了。按照全畢正在紅光大隊定下的規矩，每隔三個月各生產隊都要進行一次大寨式評分。這對於知青自然也是一樁翹首盼望的事。因為三個月來，他們自己還不知道各自在貧下中農的心目中所處的「份量」。

顧名思義，大寨式評分當然應該以大寨為榜樣，政治掛帥，思想領先，故大寨分也即是政治分，政治愈好，那麼大寨分也自然會被評得越高。

兩個典型的例子是隊長朱圖山和富農婆嬌囡。朱圖山在政治上具有豔麗的天然色彩。根子正，思想紅，論階級成份還是雇農，解放前靠賣田地賣房子度日，田地房產賣光後又給人家做長工。解放後，毛主席、共產黨領導人民翻身當家作了主人，才使他走上了社會主義的康莊大道，過上了幸福的好日子。用他自己的話來說：「現在的日子是芝麻開花節節高，甘蔗吃到老甜頭了」故在大寨式評分中，他理所當然地被評了滿分。又因為他是全公社的先進典型，政治覺悟冒了尖，又被嘉獎性地另加了一分政治分。成為紅光大隊獨一無二的「加一」。這在全公社也是很難找出第二個的。

與此相反，像嬌囡這樣上有辮子，下有尾巴的富農成份是無論如何也評不上滿分的。她原來得的是六分八厘，比婦女的正勞力七分只差了兩厘。可是這一次評分中，她因為有翻案和美人計的行為，又被扣了八厘。這八厘扣的就是政治分，扣也扣得你理由充足，叫你不得不服。

至於在評分中出現的銖錙必較，唇槍舌劍地拼搏的倒是那些既不是「英雄」又不是「混蛋」的貧下中農。這一群體人數最多，他們中的任何一個都不願意承認自己思想中有不積極的因素，誰都表白自己的政治覺悟是時刻緊跟形勢的。這一點，對於新下鄉的知識青年也不例外。

三個知青中，倪伯武政治背景最好，成份「自然紅」。評分中得了八分半。陳窈窕的家庭出身是小商販，屬於「尚可」一類，表現也不錯，平時還經常拿著寶書朗誦著練習普通話。貧下中農看著她也覺得順眼，所以這一次運氣也不差，得了六分三厘，與婦女的正勞力只差了七厘，這在全

大隊的女知青中也算得上最高的了。

華見森是三個知青中最感窩囊的一個。評議小組原先給他定的標準是和倪伯武一個樣。那麼，按理他應該也得八分半。但是，在評議到他時，朱隊長插了一句話，說他在分自留地的時候有一點私心雜念，應稍微扣他一點，促使其改正錯誤向先進看齊。他這一插話，扣他分的理由接踵而至。成份不好，更應該扣。年齡不足十六歲，怎可與二十二歲的倪伯武同等待遇？個頭太矮小，要比倪伯武整整矮一個頭。思想落後，倪伯武曾經向評議小組檢舉過：華見森床頭私藏著反共大毒草《上海的早晨》並且多次偷看。還有一條也許最嚴重和不能容忍的，他曾經散佈過同情後面那一戶富農的言論。就這樣東一條、西一條，計算的結果，華見森的底分只剩得五分六厘，連最早提議的朱隊長本人也覺得過意不去了。說他畢竟是知識青年，屬於應該照顧的對象，好歹總得給湊滿個六分吧！也好讓他接受教訓，注意影響，縮短與先進之間的距離。

這樣的理由，這樣的結果，這樣的處理方法，無論從哪方面講似乎都無瑕可擊。可是華見森哪肯賣這個帳？會議還沒有結束，他就指著隊長的鼻子直呼其名：「朱圖山，娘打癲癇！自留地要獻忠，我哪裏知道？問一句就算私心雜念？你會胡說八道。我也會蠻不講理。明天我工分也不要了，就賴在你家裏，叫你養我。你假如不給我吃飯，我就扒灶頭，拆鑊子。看你信不信……？」

散了會，回到住處，他鑽過蘆籬「牆」將正要理床就寢的倪伯武一把揪了胸襟就往外拖。倪伯武哪裏見過這種拼命的架式，嚇得歇斯底里地絕叫：「窈窕，你快來救我呀！幫我去叫朱隊長呀！」

「朱圖山來，我照樣打！你這狗賊的東西。老子看《上海的早晨》害

著你什麼了？要你去戳壁腳？今天我不跟你講道理，就要你跟我到道場上去。打到天亮，分個你雌我雄！」

兩個人扭著到道場上，見森剛一鬆手，倪伯武撒腿就逃，好在腳長逃得快，把同樣也睡不安穩的朱隊長叫了起來商量對策。捱過了後半夜，天不亮就搭了檔趕到全畢正家訴苦去了。

倪伯武逃走以後，華見森恨了一會也就打理床鋪準備睡覺。這一夜他又聽見了哭泣聲，因為感情已開始傾斜，他不再對後院的哭聲反感，反而墊了條凳子，踮在上面仔細地傾聽起來。

「媽，這姓全的不讓我們活下去了，有朱圖山在替他做幫手。硬逼著叫評議小組給我扣了八厘。現在一家三口，靠六分工分怎麼活下去呀？」

「明天我也出工去。我好歹也有四分，加起來也抵得一個男人了。」

「那麼，阿發怎麼辦呢？」

「阿發我帶到田頭去，給他把戟子，讓他斫些兔子草也好。」

「就怕朱圖山又要找他岔⋯⋯」

「怕他做啥？他這個慣脫貨，年輕時窮愁潦倒，我還曾經接濟過他，他若拿阿發說三道四，我拼老命也要跟他抄腳底，扒肚腸！」

「我不是怕他說三道四，而是怕他們下暗手，這白肚蟲和慣脫貨兩個，什麼事做不出？阿發畢竟是個孩子，哪曉得去提防他們。假如一旦出了事，叫我們如何好呢？」

「唔⋯⋯。」

「媽，『留得青山在，不怕沒柴燒』就算再苦，把阿發也要拉扯大。春山在地下，也就瞑目了⋯⋯唔⋯⋯唔！你還是在家照管阿發吧！」

哭泣聲又起，隔了好長一會。阿婆又說話了。

「嬌囡，娘有一句話，擱在心裏很久了。說了又怕傷你的心，所以一直不敢說。」

「媽，您和我還有什麼不好說呢？你有啥想法，只要講就是了，我不會不聽您的。」

「那娘可真要說了啊！假如娘說的實在不中聽，你罵我幾句，哪怕給我個耳刮子也都可以的。啊？」

「媽，我怎麼會呢？」

「春山去世後，我們這一家受的苦，都是苦在這『成份』兩個字上，房子被充了公，門上被寫了石灰字，今天工分又被扣了。不是娘要傷你的心，依我看這份苦頭吃下去，再沒個望頭了。這樣的世道，你越想翻案越會吃苦頭。說不定，你案沒翻過來，命卻不在了。到那個時候，我一個老太婆怎麼把阿發拉扯得大？阿發是無辜的。他雖然沒有過錯，但跟著我們過日子，總是個有罪的身子，娘最近常聽人講，山東那個地方不興找上門女婿，經常有一些不生男孩的人家到南方來收小孩子。一個三四歲的男娃要賣到二百多元錢。所以我想，看著這孩子跟著我們受這份罪，倒不如把他賣了，你拿了這筆錢改嫁去。這樣一來，你兩個都跳出了這個火坑。我一個老太婆，諒他姓全的白肚鱉也不敢吃了我……」

「山東！」見森心裏猛然一緊，腦袋「嗡」了一下，差一點從凳子上跌下來。這兩個字對兒童意味著什麼？他這個剛剛告別童年的大男孩是再清楚不過了。它對於生活在這片被稱為「天堂」的土地上的孩子有著一種神秘的恐懼感。據說，那邊的人特粗獷，特野蠻。吃的是生大蔥，生大蒜，紅辣椒、臭芫荽。喝的是小米粥、烈性酒。穿的是土布衫、狗皮襖。有些人身上還長著白蝨子。因為那裏的風俗不時興找上門女婿，故偏愛男孩。

那些沒有男孩的人家為了傳宗接代就到南方來尋覓別人多餘的男孩，買回去做兒子，接香火。所以，任你是多麼頑皮和不聽話的孩子。只要一聽到家長威脅性地說一句「把你賣到山東去！」就必定會乖乖地停下正在進行中的惡作劇。而裝出一副老實聽話的模樣，以求得父母不要把這句話變為事實。然而，這畢竟只是說說罷了，事實上有誰會捨得將自己親生的骨肉賣到那種蠻荒的地方去？

這邊的見森尚在呆想，那邊嬌囡的聲音又傳了過來。

「媽，你就不要說改嫁不改嫁的話了。我這輩子已經嫁著個好老公，也曉得滿足了。就算再苦，我也從來沒有後悔過。當今這世上我再不會碰著比春山待我更好的人了。所以，春山去時，我真想咬咬牙同了他去，要不是因為阿發……春山就這點骨血，我不忍心把他拋在半路上。但是，依您講的，假如山東那邊真的有一份好人家，這孩子倒是真能脫了罪，跳出苦海的……」

……

這裏按下慢表，語分兩頭。且說朱圖山、倪伯武兩個人來到全主任家彙報。起先，全主任倒也吃驚不小，可是忽一轉念，出乎他們意料地說：「華見森是個好同志嘛！」

朱圖山、倪伯武都愣住了，愕然半晌才問：「全主任，您怎麼反而幫他了？」

「我說他是個好同志，自有我的道理。」全畢正兩眼盯著倪伯武反問：「我問你，他打你，你為什麼不跟他對打？」

「我媽媽不許我跟不三不四的人打架。」

「你媽不許，我許！」

「我打不過他，聽說他會武功。在鎮上的時候就參加過武鬥……」

「正因為他有武功，我才說他是個好同志，他不像你，這麼娘娘腔，這麼大了還媽媽、媽媽的，去！今天跟他去道個歉，讓他以後不要打你了。」

倪伯武哪會想到是這樣的結局，他「哇」地一聲哭了起來：「我媽早說過，鄉下的人是不講道理的。」

說完，他抹了兩把眼淚，帶著滿腹的委屈先回去了。

倪伯武走後，全畢正才對朱圖山面授機宜「這個小鬼，我看就像前段時期忠心公社的那班老下放，搞了個所謂的『東海艦隊』肆無忌憚地鬧事。癩痢打傘，無法無天。見到不順眼的村子就打砸搶，吃拿要。對這樣的人如果處理得不好，惹毛了他，說不定明天我們的反修公社也會冒出個什麼『西海艦隊』來。所以，對華見森這個人只能撫順毛，不能刮倒毛。你回去就給他額外加一點，讓他消消氣……」

「哦！」朱圖山恍然大悟，想起老下放鬧事這回事不由得倒抽了一口冷氣。這麼說：這小子果真是個禍殃根了。要不是畢正老弟的點悟，差點要鬧大亂子哩！

早晨出工時，他換了副面孔，陪著笑臉對華見森說：「評工分的事，確實是我考慮不周。想想你們知識青年，不養豬羊，不放水草，又不拿自留地當回事，就憑這幾個硬工分過日子，是夠緊巴巴的。不過，你也別生氣。雖然評議小組結論還是要執行，但我為你想好了兩個彌補損失的辦法，隨你挑。一個是從這往東走兩裏路，就是忠心公社的地界，那邊有一個反資大隊，是我們全縣的先進典型，那裏已經開始在搞兩級所有制了。上面

就號召我們『全國學大寨，全縣學反資』，所以我們就要響應上面的號召，凡事學他們的樣，你的任務就是，只要每天起個早，到那裏跑一趟，趕在他們出工前，從廣播裏聽他們當天都安排些什麼工作。你用筆把它記下來交給我，那麼我們第二天也就安排什麼工作。就這麼個任務，雖然看起來好像很輕鬆。但又很艱巨和光榮，意義非常重大。最主要的是我可以因此而加給你兩成工分。你在跑一趟回來後，哪怕在家白相，燒飯，洗衣服我都只當不見，不再派你的工了。」

「那麼第二個辦法呢？」

「第二個辦法是派你到杭州捉狗屎。每天加兩成工分和兩角伍分的補貼，那邊正缺一個蹲場做飯的人，你假如願意去，就只要每天燒好兩頓飯和管好自己的船不被別人的船擠壞就行。空閒時盡可以在城裏逛馬路。簡直就像城裏的白相人差不多。這兩份活可都是屬於照顧性的，我這個當隊長的因為看得起你才把這兩個好差使讓你挑，怎麼樣？你決定了那一樣後就對我說一聲，我也好早作安排。」

「那麼」見森遲疑了一下問：「我能不能兩樣都要呢？」

「也行！」朱圖山回答得很乾脆：「你明天開始就可以先去忠心公社反資大隊，要是膩煩了，就跟我說一聲，我再把你派到杭州去。」

「農業學大寨」其實說穿了也並沒有多大難度。見森幾趟忠心公社跑下來無非是記些反資大隊每天安排的農活，從大隊部裏接出來的高音喇叭每個生產隊都有（他們叫生產組），見森就是不進入反資大隊也能聽到他們每天都做些什麼。他把每天記錄的交給朱隊長。第二天朱隊長在佈置工作時就照本宣科地安排自己生產隊的工作：「昨天反資大隊男社員撚河泥，

女社員摸草。今天我們隊男社員撚河泥，女社員摸草。」

如果見森記錄本上記的事比較繁雜，朱隊長倒也會靈活運用：「昨天反資大隊安排的是零星雜活，那我們隊今天就自行安排了。老年人絞柴龍，青年人撬溝，中年人嫁接桑苗。女同志蠶場消毒。」

這樣的工作，真是既輕鬆愜意，又逍遙自在。朱隊長還唯恐照顧不周，又批了一雙膠鞋、一支鋼筆、一本筆記本給見森，倒把見森感激得很過意不去。

愜意的日子過得快。可是，好花不常開，好景不常在。個把月後，朱圖山覺得與其這樣學反資倒不如他自己指揮來得順手，就通知見森：「學反資的事暫告一段落，你今天休息一天，明天隨船去杭州捉狗屎吧！」

「有得到杭州去，領略一下美麗的西湖風景，當然再好沒有了。」他浸了些蠶豆，坐在門檻上剝豆瓣，腦子裏卻憧憬著大城市的風光。

這時，他忽然瞧見有兩個人在朝他這邊探頭探腦，年老的是個大娘，她後面跟著個穿灰色軍便裝的漢子。她狐疑地在自說自話：「我明明記得，這裏是胡家阿娘的家麼，怎麼變了？」

「胡家阿娘？你問的是阿發的阿奶嗎？」

「嗳！小同志，我想問一下春山家的胡家阿娘怎麼不住這兒了？」

「她家從後門走，我帶你去吧！」見森領著她們兜到後院，當兩個老大娘碰了面後卻似乎都不認識對方了，互相怔怔地對視著，還是這邊的先開口：「胡家阿娘，我是東村的招花媽媽玉嬸啊！這些年不見，你真是老了，也瘦了。我差一點認不出你來了。」

「玉嬸……」阿婆低低地叫了一聲，眼圈一紅，淚水湧了上來。

「胡家阿娘，這個客人是山東費縣的，今天特地來和你商量你孫子的

事。」

「哦……」阿婆一側身把來客讓進屋裏，卻把見森擋在門外說：「下放哥哥，我們要說些話，你回去吧！啊？」

「這兩個一定是來買阿發的！」見森因為偷聽過她們的談話，所以馬上就聯想到這件最令他擔憂的事，匆匆地回到自己屋裏，搬了長凳，就著那條縫再一次偷聽起來。

可是，這一次是在白天，哪裏比得上深夜裏那麼清晰，再加上那男人講的是卷著舌頭的北方話，好半天見森都沒有聽出個所以然來。後來，阿婆的幾句話見森總算聽見了。

「你給多少錢不忙說，可你今天一定要對我說實話。你家是不是富農？假如是，就不要來害我家阿發。假如不是富農，你一定要答應我待他好一點，我哪怕不要錢也情願……」

寂靜了幾分鐘後，阿婆聲音又起：「你的證明上寫的是社員，叫我怎麼相信你呢？你說你家有四間瓦房，外帶一間柴屋和一間糧倉。這麼好的條件怎麼會不是富農呢？所以，你不說實話，我們不賣了。真的不賣了。」

「大娘。您老叫俺咋說呢？俺說的您老都不信，俺這趟不是白來了麼？」這次山東人的音調很高，見森終於聽清了。

「不賣了，不賣了，說什麼也不賣了！」

「……」

「胡家阿娘，是你捎了口信來叫我物色一家條件好點的。現在客人大老遠的來了。你都捨不得了，叫我怎麼交代？你可知道，從山東到這兒跑一趟得多少盤纏？」

「這可惡的老太婆，為了幾個缺德的臭錢就想把這麼可愛的阿發拐

走。早知你們是來買阿發的，我才不會領你們過去呢！……你這阿婆，真是好糊塗。你難道真的不相信有出頭的一天了麼？阿發慢慢地總會長大的，將來阿發長大後，天氣放晴了，還怕沒彩霞？……好在你最後關頭還算是靈清的，咬著牙說不賣了，不賣了就好！」

……

捉狗屎，只是個叫法，實際上是揀人糞。正經的揀人糞應當是：一根小木棍，橫頭綁上一支用鐵絲紮牢的破臉盆，再拿一把帶柄的勺把散落在野外的人糞一點一點地搜集起來，裝滿一船後搖回隊裏，稀釋後當蔬菜的追肥。本地有一句形容遭受了滅頂之災的俗話說明瞭揀人糞之不易：「捉一世狗屎，打翻只糞船」。

然而，現在這個叫法應該給它打上引號了。假如某人真的規規矩矩到野外去「捉」的話，那積滿一船糞就非得一年半載不可，那麼這種人也必定會被人家叫十三點的。

經過無產階級文化大革命的鍛煉，「向陽花」們早已學乖了。他們知道城裏的環衛工人老大哥把主要精力都放在抓革命上，很少有時間來管廁所。於是便給偷人糞的行為套上一個合情合理的名稱——捉狗屎。一到夜深，他們就撤下裝幌子的破盆，挑了糞桶擔，去白天裏看好的廁所去偷糞。

見森的任務是蹲場，主要是管住埠頭的船位不被別的狗屎船占了去。等到船滿搖走，空船停檔，他的任務就算完成。當然，有時被岸上的居民和別的貨物船嫌膩心惡臭而攆著走的情況也是常有的。但當人們得知他是一個有武功的蠻橫之徒後，也就睜一眼，閉一眼了。

有話即長，無話即短。不知不覺中兩個月一晃就過去了，空船與滿船

已輪換了三次。因為隊裏的肥料缺口太大和勞力方面的充裕，朱隊長連雙搶大忙都沒有叫他回去。俗話說「苦粽子，甜翻燒」，當初吃粽子時，大家都有一臉的苦相，因為一年中高強度的農活預示著將要開始了。而甜翻燒一吃，則意味著雙搶已結束，往後的農活相對輕鬆，可以舒口氣了。

「肩挑糞擔心向黨」只是喊喊的口號，社會員們出來捉狗屎無非是貪圖外出的補貼和工分罷了。有誰會真心願意在毒日當頭的大熱天裏守著這惡臭熏鼻的糞船，看著一絞一絞膩心的蠅蛆困覺吃飯？這麼長時間了，到大城市逛馬路，白相相的新鮮感早已消失。雖然隊裏並沒有必須要辦的事，可總該回去看看出來前栽在三厘自留地上的山薯和處理一下分給自己的口糧穀。那裏畢竟是自己的「家」呀！何況「家」的隔壁還有一個令他牽腸掛肚叫他「叔叔」的可愛的小阿發呢！

「阿發，你可知道，叔叔在想你嗎？你知道叔叔心裏在想啥？在想著親親你的臉，給你講一個杜撰的，關於杭州的美麗故事。」

他巴望著第四船積滿就隨船回去過中秋節。可是這一批來的人偏偏是幾個勞力最塌煞的。一個是六十開外的老頭子。一個是師傅范同，另一個則是只會讀語錄的倪伯武。好歹他總算學會拉縴了。

他們幾個人白天只知道逛大街、遊鬧市。夜晚該出發時偏偏又呼呼打雷，推都推不醒。眼看著十來天過去了，船艙裏只積了一點點。這樣下去，怎麼來得及趕回去過中秋，吃團圓飯呢？

「師傅，你們難道不想回去過八月半啦？」

「想，當然想，可是杭州太好玩了。難得來一趟，乾脆白相個夠。這一船糞，挑挑蠻快的麼！」說起白相，范同一副意猶未盡的樣子。

「倪伯武，你以為那幾條窗縫用報紙一貼就沒有事了？現在你我兩個

都不在，說不定天天有人去敲門呢１」

　　一句話觸到他心裏，他連連惶恐地說：「我聽你的，聽你的吩咐！」

　　這一天，他們在白天就相好了腳頭，看中了一處靠河沿的大坑，到了深夜，把船搖過去，四個人你一擔，我一擔地舀了起來，卻不料，正當四個人快活得如同小狗翻進糞坑──大有吃頭的時候，一忽拉出現了十幾個手拿電筒、匕首、刺刀、鏈條的夜遊神，把他逼在牆角「不許動！都靠牆站好！」

　　然後被一個個地搜身，四個人身上所有的，但為數不多的錢和香煙都被搜了去。倪伯武不知趣，操起了不知從哪裏學來的半吊子上海話：「各位阿哥，幫幫忙。迪個，阿拉插青⋯⋯」

　　「啪！」那為頭的隨手一巴掌，打得倪伯武直哆嗦：「老子平生最恨叫『阿拉』的，哈西？你想吃皮蛋兒，是勿？」說罷，手一揚準備走。

　　「阿伍類」華見森大吼一聲：「你們這樣滑腳哪裏是模子？懂精的就露出底來，放下慶子（刀）、仟子（棍）倒外面開邊（打架）。一對一單開，我假如輸給你們才會服氣。馬上扯路回　子（家），去怪城隍老（爺）養得不爭氣。但要是我贏了，你們就該把祥子（錢）吐出來，兄弟我也是個人，端得翻山（吃飯）抿得青條（抽煙）。」

　　他迅速地卷起了鷹哥送給他的綠軍裝的袖口，顯露出一副實足的阿飛腔。這一來倒反而把這群小流氓鎮住了。那為頭的將見森從頭到腳打量一遍，把刺刀收進了刀鞘，在見森肩膀上重重地拍了一下，豎起大拇指說：「你這位兄弟人雖然小，倒蠻像是一條戰壕裏的朋友。不過我的糞既然被你們偷了去，肥的是你們隊裏貧下中農的田，錢就不還了。但我們畢竟有

緣，看你的面子，我就再放個大茅坑給你們挑吧！」

這一班小流氓倒也不食言，果然指引了一處滿滿的大坑，末了還揮揮手，算是道別。四個人一陣猛挑，待這坑見底時，那船腳已有七成滿了。天濛濛亮時，他們興奮而輕鬆地踏上了歸途。

二百多裏的水路，借著一路上勁的南風，鼓足風帆，很快就到「家」了。「家」中的一切對於見森都是無所謂的。這兩個月來，唯一最令他牽腸掛肚的是那個可愛的，與自己的童年有著相似遭遇的小阿發。他把玩著特意給阿發買的兩隻伏蘋和一卷桉葉糖，想像著阿發見到蘋果時的興奮情景，心裏充滿了喜悅。三天的行程，哼著歌兒就過去了。

阿發，阿發！你是否也在盼望著曾經幫你剪過「分開頭」的叔叔呢？

到家已是八月半的下午了，隊裏今天下午不開工，為的是讓社員們過一個快活的中秋節。這可是農民的大節日，家家戶戶都笑盈盈地在下伸店裏買回了甜月餅、肉翻燒。有幾家條件好一點的還特地趕到「紅軍浜」買來了同盆柿和鮮嫩的菱藕。

見森安頓好行李，來不及收拾一下這兩個月沒有住過的「家」，就匆匆地拿了伏蘋和桉葉糖蹦跳著往後院而去。

他揣著給阿發的「禮物」，不禁有些汗顏。要不是兜裏的錢給夜遊神搜了去，他一定會毫不猶豫地買下他盯了很久的那二角錢一隻的廣東月餅。但一想到阿發將嘴裏的硬糖吐出包好的情景，他又坦然了。阿發若看見那卷桉葉糖後一定會高興得又要摟住自己的脖子叫「叔叔」了。

兩個多月的風雨侵蝕並沒有剝去門上的石灰字，不同的是，推開那扇門後的情景已完全改變了往日的景象。

「呃……」屋裏的黴味簡直比「狗屎」船上惡臭還難聞。見森還沒有

來得及打量一下這間烏黑的屋子，兔屎雞漿就濺了他兩腳。三四隻長毛兔在已經坍塌的土坯棚裏鑽進鑽出，睜著兩顆滾圓的紅眼珠在遍地的亂稻草中覓食殘剩的穀子。身上的毛已結成了硬塊，看得出已好久沒給它梳過了。兩隻老孵雞嘰嘰咕咕地把地皮扒了一個大坑。阿發和阿奶睡的旮旯裏，一個烏灰的帳頂從圍著稻草的磚墩上露了出來。一把鐵耙，柄已碎成了條條，倒縈在緊靠見森住的那堵牆上。梁上、椽子上都掛滿子長腳灰塵，一張方桌，好似中國的地形——西高東低。

　　阿婆顯得更憔悴了。青黃相間的臉毫無血色，她坐在一隻醃大頭菜的甏上機械地搓著手中的稻草繩。

　　「阿婆」見森叫她。

　　她沒有應聲，卻伸手「啪啪」地打了自己兩下嘴巴。

　　「阿婆……阿發呢？」

　　「阿奶該死……」喉嚨口的「咕咕」聲比以前更重了。不禁使見森泛起了一股酸楚的感覺，憐憫和同情佔據了他的心。

　　「阿婆……阿發……？」見森拉長了聲調，頓時被一種不祥的預感所籠罩。

　　「阿囝……媽真該死……我不該把那兩百元……全縫到阿發兜裏去。這是你的錢，你拿了……好改嫁……」她反應遲鈍，仍然沒有回答見森的呼叫。烏灰的嘴唇在蠕動著，斷斷續續地說著那些像胡話的話。

　　「阿婆，我是下放的那個見森。」

　　「見森？……下放哥哥。」她微微地抬起頭，失神的眼睛盯著見森看了一會。枯黃的眸子裏終於閃過了一瞬即逝的光。認出了見森。

　　她漠然而緩緩地站起了身，九十度轉了個方向，蹣跚地走到牆邊那只

冒著縷縷煙絲的破行灶邊，搬開半塊方磚，取出兩個沾著泥土的五分硬幣和一塊小圓鏡子。眼珠定定的，一步比一步重地朝見森走來。

她在漸漸地向見森靠近。他彷彿被一陣無形的氣流逼著退到了門邊，不安地看著阿婆充滿血絲的眼球，枯黃的瞳孔裏自己的影子在搖晃。

「這是下放哥哥的……」乾癟的手臂朝見森直伸著。

「啊！」見森猛然醒悟，阿婆還惦記著那半塊肥皂的錢。慌忙地將她的手亂推：「不要。我早說過了，給阿發買糖吃的。」

阿婆的手像裝了彈簧，仍然固執地朝他直伸著。嘴裏喃喃地說著：「我有錢……我從來不欠人家的錢……我清清白白……從來不曾剝削過別人……」

見森不知所措，下意識地將手伸進了衣袋，掏出了那兩隻從杭州帶回的伏蘋果和桉葉糖，急忙塞到她手裏。大聲說：「我今天從杭州回來，給阿發買了兩個蘋果。喏，都給他。」

「嘻嘻」她聲音像是在笑，可臉上的表情卻分明在哭「梨子……萊陽梨。……跟他新阿爸送的一個樣……」

她把蘋果和桉葉糖重新塞回見森手裏，一轉身鑽進了旮兒裏那頂破帳子。也從裏掏出了一隻沒有成熟，卻已經皺皮萎熟的梨子。放在唇邊。不捨得去吃，卻「粥粥」地親了兩口「心肝，親親。讓阿奶親親……阿奶不吃梨，吃了要分離……阿奶要跟你在一起。」

她重新奪過了見森手裏的蘋果，與她的萊陽梨一道塞進了自己乾癟的胸口。

「新阿爸？……阿發……？」難道這殘酷的事實果真降臨到了這個苦難但又討人喜歡的阿發身上了？

精神失常的阿婆並不理會見森，顧自手捧著胸前的蘋果和梨。搖晃著隨時會倒下的身軀。一抖一抖地唱著兒歌「囡囡搖……外婆搖，搖到外婆橋……外婆買條魚來燒。燒得頭和尾巴翹。阿發吃了哈哈笑……哈哈，阿發……噢！我們的阿發有得乘汽車囉！……我們乖阿發還有得乘火車哩！……嘿嘿……，這下好囉！阿奶看過了，山東新阿爸真的不是富農，證明上寫得明明白白是貧農成份……四間瓦房，就缺個兒子……八月半到那裏吃團圓飯……團圓飯……噢！……」

見森眼前一片模糊，鼻樑兩旁兩行滾燙的眼淚往下延伸著，宛如兩條爬進他心窩的蟲子，勾動著他一陣陣的酸楚。他下意識地攢緊了阿婆塞在他手裏的小圓鏡和兩個五分硬幣。鉛幣子扣搭在小圓鏡的塑膠邊上「嚓嚓」地作響，像一顆稚嫩的心臟在跳動。

「叔叔……我阿奶說，笑窩就是漂亮。長大了會招小姑娘喜歡的。」

「……山東新阿爸真的不是富農……八月半，吃團圓飯……」

「阿發，阿發！……叔叔捨不得你呀！」遠在山東吃「團圓飯」的小阿發，你可聽見那個給你小圓鏡的「叔叔」在呼喚你的心聲嗎？

「那個可恨的山東人，那個缺德的招花媽媽。難道阿發對於他的阿奶，他的媽媽是多餘的嗎？」看著瘋瘋癲癲的阿婆，見森似乎也將瘋了。他的心靈被驚愕與煩亂所充塞，殘酷的事實撕碎了他的神經和良知。他真想歇斯底里地喊「這世道太不公了！」

可是話到唇邊卻轉了岔「你……你這個做阿奶的好糊塗，好狠心呵！」

阿婆已經分明不能領會見森對她的指責了。她還在那裏麻木地，似哭非哭地念叨著，喉嚨口還象往常一樣「咕咕」的。

蒼天呵！你假如有眼，看看這四口之家，死了一個，賣了一個，瘋了

一個，如今總該可憐可憐她們了吧！

然而，蒼天真不長眼睛，悲劇也並不到此結束。她們的家庭，只要還有一個完整的人，這一幕悲劇就還有延續下去的條件。

六、治保會

華見森在杭州的「英勇」行為，經過他師傅范同和倪伯武的一番添油加醋的渲染，回到隊裏後，他儼然成了人們心目中的英雄。捉狗屎回來的華見森被捧得簡直像部隊裏退伍回來的復員軍人一般榮耀。

大隊部裏，華見森童年時的夢想在大隊幹部們的嘴上得以實現：

「那班小流氓，刀槍棍棒一字擺開，哪曉得捉狗屎的人裏有一個《八錘大鬧朱仙鎮》的岳雲，哇啦啦……一聲喊……」

「哇啦啦，喊的哪會是岳雲？是少年英雄羅成。手裏的糞料勺一抖，簡直就是杆天下無敵的『羅家槍』，叫老楊林大吃一驚……」

「依我看，華見森既像岳雲，又像羅成，但更像《七俠五義》裏的小俠艾虎……」

「這小青頭，下放那會，大家看他不起，沒人要他。讓我順便帶來，沒想到卻是個不怕天，不怕地，不怕拼命的！評工分那陣子，他既敢罵隊長，又敢打比他高一個頭的倪伯武，這麼小的年紀，就有這麼大的潑勁，倒是很少碰到的……」全畢正聽著大家的議論。心裏像一壺滾開的水，不斷地冒出氣泡。他忘不了那一夜嬌囡家裏所吃的一頓拳腳，他原先的那幫把弟兄個個都像兇神惡煞，好幾次把他從睡夢中驚醒過來。「我身邊假如有幾個華見森這樣的幫手，還會被把弟兄們吃癟嗎？」

「最近公社正準備組建治保會，我為什麼不借此機會把這小子籠絡過來，施予恩惠，培養成心腹，為自己所用呢？」

為此，他特地叫來范同吩咐：「你去告訴華見森，我準備把你們兩個抽到公社治保會去，問他是否願意參加？」

「這是全主任提拔他，他哪會不願意的？我代他答應了吧！謝謝主任的栽培。我們一定努力工作，決不辜負你全主任……」

范同快活得屁顛屁顛的，跳躍著來找見森：交運囉，交好運囉。華見森，我們被全主任挑選進治保會了。

「我有何能？成份又不好，搞治安保衛工作最強調的就是政治過硬，階級覺悟高。一定是你在攪什麼花頭，我不去！」

「哎，噯！你可別傻呀！這種好事兒可是別人盼都盼不到的，又拿補貼又加工分，乾腳燥手，三個大忙季節都不用下田，哪一個人會有這種好運氣？也難得全主任看得起你，他說現在是『有成份論，但不唯成份論』。你如果表現好，他還可以把你搞成先進典型，將來有機會上調當工人，你也會排在前面的。我一聽說，連忙代你謝他，沒想到你倒猶豫……」

見森一聽說對上調有好處，不禁動了心，「可我不熟悉治保工作呀！」

「這有什麼難的。無非是糊糊高帽子，用硬紙板做個牌：寫上幾個名字，再打個紅叉。捆壞人的麻繩中間打一個繩扣。假如連這點都不會，你不是和倪伯武一樣地笨了麼？」

拿他與倪伯武比，才是真正的蔑視他，「我去！為什麼不去？」

治保會是一個鍛煉人的部門，別看他們整日遊蕩，無所事事，白相得骨頭裏也生出油來。可他們的大腦功能都是發揮得相當充分的。比如，發

現哪一家睡得很晚，那麼，經過盯梢或偵查，一定會發現這一家的男人或女人或多或少會與配偶以外的異性有一點不正經的表現。如果發現哪一家魚肉不斷，他們一定會聯想這一家的經濟來源是否正當？甚至有誰在自留地上摸得很晚也會引起他們的警覺，這一家有否多種了一棵超計畫的大白菜的嫌疑？

這些事，看起來好像很無聊，但卻很能說明問題，因為農村裏的革命是既講究內容又重視細節的。

忽一日，范同興沖沖但又神色詭秘地來通知見森「今晚有任務，到大隊部值夜班。全主任吩咐我倆不要走散。」

「看樣子，要刮紅色颱風吧？」見森問。

「不是」范同作了個鬼臉，湊近見森的耳朵輕聲說：「今晚呀！有好吃的。南村頭鳳玲家的結婚酒席讓我和全主任撤了一桌。足足有一糞桶……」

「糞桶！」見森挺感詫異：「能吃？」

一想起糞桶，見森就直翻胃，當初武鬥時對付葛躍聯，幾個女紅衛兵小將舀舀澆澆都會作嘔，如今要去吃它，豈非不可思議？

范同看著見森蹙眉咧嘴的模樣，不禁笑出聲來「看你，怕什麼？那糞桶又沒有裝過糞，是畜牧場挑豬食的那副，很乾淨的。再說，不倒在糞桶裏，有誰會相信是挑到畜牧場去的呢？」

「看見糞桶擔吃東西，就有點噁心。」

「那你究竟想不想吃？你假如不想吃，今晚不值班也行。全主任讓我通知你，無非是多一個伴，熱鬧一點，你不要忘了，多值一個夜班，還有五成工分的補貼呢！」

「吃！」見森狠狠心，反問「一個月才四兩肉票，為什麼不吃？」

原來，全畢正當了革委會主任後，為了在本大隊實現徹底革命化而立下了一條規矩：凡是婚喪喜事都要移風易俗，新事新辦，節約鬧革命。酒席不准超過兩桌。尤其是結婚酒席，至親長輩的入席名單必須由大隊革委會審定。嚴禁超桌辦宴。嚴禁未經批准者入席，違者嚴懲不貸。

鐵的規矩定下後，沒有誰敢往刀口上撞，也沒有誰家變相在半夜裏多辦一餐而被捉住處分過。時間一長，人們也就慢慢地把那規矩淡忘了。辦喜事的人家也存了一份僥倖心理「難道我多辦一桌酒席，全主任真會派人來倒了去？」

千不該，萬不該。鳳玲的老頭子真不該為三個女兒中的長女招著了上門女婿而快活昏了頭。非要多辦那一桌酒。也偏偏不湊巧范同奉了老婆之命去下伸店買的東西實在太多了。油、鹽、醬、煙、糖、火柴要了七八樣。更應該怪店裏的營業員正手忙腳亂地對付著一大群顧客而來不及招呼他。他看著一時輪不到自己，就瞅著店門口三個打彈子的小孩子正在頭洞、二洞、三洞變老虎玩得起勁。他看得眼熱，那顆童心被勾得複了蘇，竟撇下籃子加入了他們的行列。玩興大發卻忘了正經。正意濃興發的時候，營業員忙完了先前的買賣後開始叫他「范同你要買什麼？」

他猛一愣，一時答不上來，反而責怪營業員「你剛才為什麼不問我？現在我倒忘了。哪一些要票證，哪一些不要票證，我剛才記得牢牢的，可現在……」

他只好重新回轉問老婆。這一次，他倒是真的急了，不走遠兜轉的大路，抄近路走了南村頭那條田塍。路過鳳玲家門口時正巧看見鳳玲的老頭子在放爆仗。他的好奇心又被勾住了。站在遠處，踮起腳，眯著眼觀望了

一陣。突然有了重大發現。鳳玲的老頭子不但多辦了一桌酒席，還在八仙桌上加了一隻養蠶用的大匾。這樣一來八仙桌就成圓臺面。

這一發現非同小可，他連東西也顧不得買，就急急地直奔全主任家去彙報。然後，又與全主任一道，去畜牧場挑了副豬食糞桶，來到鳳玲家，不由分說，將多辦的一桌酒菜劈哩叭啦往糞桶裏倒，還把主人與客人們叫到一起，狠狠地訓了一頓，責令寫出檢討書，張貼在大隊部裏。

那倒在糞桶裏的菜肴，自然捨不得餵豬，成了治保員值夜班的半夜餐。夜深人靜時，畜牧場的爐灶重新升起了火，把糞桶裏的菜肴全部倒出，熱了一遍。拿到大隊部，就著兩熱水瓶的黃酒，快樂陶陶地吞食起來。

華見森從未經歷過這樣的場面，他的食欲被那副油光光的糞桶所遏止，愣愣地朝著臉盆裏的菜發呆。可是全畢正與范同卻一口一聲「沒關係」、「不搭界」地自我解嘲著，一邊狼吞虎嚥，風捲殘雲般地掃蕩著糞桶裏倒出來的肉餅、喜蛋、嫩雞、爆魚。一邊動員見森「來來，不要扭扭捏捏，把這蹄胖當成階級敵人一樣，消滅它！」

「我除了豁喇笑佛的土豆燒牛肉不要吃，其他什麼都敢吃！」

兩熱水瓶紹興老酒下肚，已是後半夜了。全畢正連脖子根都發紫了。腦袋瓜似乎又犯了那習慣性的頭暈病。眼前全是渾陶陶的一片，他脖子一梗，筷子劃過頭頂，那夾住的一隻蛋餃連著湯滑進了自己的領口。范同手忙腳亂地幫他一陣挖揩，勸道：「全主任，你喝多了。醉了。」

豈知，全畢正突然趁著酒興發起狠來：「醉什麼……？都因為那只花狐狸……害得我不淺。你們去把她弄來。反正，我今晚不想睡了。讓我細細地對她實行一番無產階級的革命專政。」

見森不解，跟著范同走到屋外：師傅，全主任說的花狐狸是誰？」

「還會有誰？看你，好像真的不知道似的。花狐狸就是漂亮的女人，你說，我們隊裏誰最漂亮？」

「總不該是嬌囡吧？」一想起後院的一家子，見森就惴惴不安。

「不是她是誰？全主任老早最想的就是她。現在最恨的也是她。一講起她，全主任就咬牙切齒地發狠……她呀！我真猜不透她是怎樣想的？兒子都已賣了，早就該改嫁了！好心勸她，她都不要聽。說什麼：兩個苦命女人也好作個伴。反正阿發不在，她沒了負擔。沒什麼好怕了。兩個人都有工分，能養活自己了。你說她傻不傻？」

可憐的嬌囡，睡眼惺忪地被帶進大隊部。這陣子，她連遭不幸。身子骨瘦了許多。眼皮卻胖了許多。再加上後半夜在睡夢中被叫醒，蓬頭散髮，更顯得憔悴不堪了。

華見森收拾了碗筷，預備了紙和筆，回到桌旁，拿條長凳坐了，等待全主任的開審。

全主任是領導，盅子大的字識不了幾碗。范同只念過二年完小就賴了學。所以，記錄的事，見森責無旁貸。

然而，審訊的全過程卻使見森無從下筆。這並不是見森的「才學」不夠格，而是被審訊的對象實在吐不出可供記錄的言語。

全畢正剛才就血紅的臉，此刻更紫得像一個殺餿的豬頭。他開審前先在嬌囡的臂膀上捏了一把，然後慢條斯里地問她：「你說，今天我應該把你怎麼樣？」

嬌囡不回答，連頭也沒有抬起來。

「你別以為自己還是幾年前的嬌囡，那麼風騷，那麼壯滾。現在瘡塌

塌了，誰也不會稀罕你。哼！……說！你身上的肉哪裏去啦？」

「……」嬌囡眍斜著眼，無以回答。

「說！你以前偷過隊裏的蠶豆嗎？」

嬌囡的嘴唇翕動了一下，仍未作聲。

「你老實交代！你曾經在馬桶裏放過鹽，是不是？……你賴也別想賴。你們家的馬桶，我作過調查研究……這個，這個……裏面有白色晶粉，那就是鹽……」

「……」嬌囡又動了一下嘴唇，念起了咒語。

「你給我老實坦白，你這副模樣，有沒有人看想過你？」

嬌囡抬起頭，眼白朝著全畢正，乾脆閉緊了嘴巴。

「坦白從寬，抗拒從嚴……這個，這個……」突然，全畢正像是發現了新大陸：「你說！曲金燦有沒有對你動手動腳？」

「看你支支吾吾，要說不說。其實你不說，我也是知道的。」

「吱……呿……」嬌囡的咒語念出聲：「南無，南無，南無……」

「好啦……你不用再說了。你說的我已經猜著了。是這個……這個曲金燦吃過你的豆腐，對不對？」

「罪過，罪過，罪過……」嬌囡念得比剛才更厲害了。

「快坦白！曲金燦有沒有和你發生過關係？或者強姦過你？」

「沒有！」嬌囡翻了一下白眼，突然一聲怪叫，倒把全畢正嚇了一跳：「曲書記是好人。不像你……不要冤枉好人！」

「好哇！你終於開口說話了。那麼我問你，你為什麼要護住他？曲金燦是個淫蟲，你竟說他是好人。像你這樣一張花騷的臉蛋，怎麼逃得過他的魔爪？……豈有此理！」

「沒有，就是沒有！」

「你越說沒有，我越不信，曲金燦不是個吃素的……不會對你沒有企圖！」

「沒有！硬是沒有！」嬌囡頓足大叫。

「沒有？哼！沒有你為什麼要幫他？我看你還是老實一點的好。少吃一點虧。」

「曲書記是個好人，從來沒有過企圖。有企圖的是你。我不要面子了。我要坦白，只有你想強姦我！」嬌囡呼喊著。他目光呆滯，可呆滯的目光對全畢正透露著一股威儡，令他感到可怕。

「放屁！」全畢正惱羞成怒，大喝了一聲。他狠狠地連抽了幾口煙說：「你想誣賴我？還不拿鏡子照照自己的臉。我會要你嗎？你今天假如再不承認曲金燦強姦過你。那麼，今晚我們這幾個人的工分和補貼都要從你的工分裏扣出來！」

嬌囡又閉緊了嘴，惹得全畢正發了狠，吩咐站一邊的范同：「去拿些潮稻草來。我要熏黃鼠狼。熏得她不能睡覺，不能開眼。叫她嘗嘗疲勞戰的威力，看她還敢不敢抗拒？……呃！」

一陣酒氣直往上湧。他打著飽嗝，晃了晃發沉的腦袋。「啊，啊」地打了兩個哈欠，看著范同點著稻草後，跟跟蹌蹌地到隔壁的稻草堆裏睡覺去了。

嗆人的濃煙在屋子裏升騰蔓延開來，把屋裏的三個人都熏得咳個不停。見森扔了紙和筆，搶先跑了出來，嬌囡隨腳也跟了出來，拖著見森哀求說「下放同志，我知道你是好人，求求你，讓我在外面喘口氣吧？」

見森點點頭，算是默許。卻不料被最後逃出來的范同重新推進屋裏，

還在外面扣上了門扣，嘴裏不住地埋怨見森：「你把她放出來，我們的工分補貼向誰去拿？」

隔著門，只聽得裏面一陣陣的劇咳和撲打煙火的聲音。可是哪裏熬得過明火被撲滅後的殘煙。不一會，就聽她扒在門縫上朝外喊「我嗆死了，我受不了……我坦白。你們要我坦白什麼，我就坦白什麼……」

全畢正的瞌充只打了一半，就被范同推醒了「全主任，好消息。那煙熏得好，她願意坦白了。」

「她願意坦白了？連曲金燦強姦她也願意坦白？」

「她說，她什麼都坦白。」

「真的？」全畢正「霍」地跳了起來，使勁揉了兩下發澀的眼皮說：「這下子有好戲了。」

他大喜過望，趕緊來到審訊嬌囡的屋裏。屋子裏還彌漫著未盡的煙霧。嬌囡正在涕拖嗒拖地擤鼻涕、擦眼淚。全畢正用報紙奮力朝飄著的煙霧扇了幾下。又打開門窗，坐到位子上重新開審。

「告訴我，曲金燦強姦了你幾次？」

「三十三，三百三……三千三。」

「不許胡說！揭發曲金燦的罪行必須嚴肅！」

「殺人！」嬌囡用手作刀，往自己脖子上割了一下：「他臉上塗著鑊煤殺人。」

「這可不是隨便亂說的，是原則問題。要你蓋手印的。」

「什麼印我都蓋……。」

「那麼……你好好告訴我，曲金燦殺了誰？」

嬌囡並不直接回答，只是又「嘰嘰咕咕」地念了一陣咒語。僵硬而沒

有血色的臉上忽而閃過了一絲狡黠：「少了誰，就是誰。」

驀地，她的身子從凳子上彈了起來，瞪著因為煙熏而流淚不止的眼睛，朝全畢正大聲反問：「少了誰？啊？少了誰？」

「你這騷貨，可惡的富農婆。今天我不戳死你，就不是爺娘養的！」他血紅著眼，轉身對范同和見森大聲命令：「你們都給我到外面去！」

「這黑不溜秋，到外面去做什麼？」見森不解，小聲地嘀咕著。

倒是范同領會了那意思，向全畢正陪好話：「全主任，她是個富農婆，你饒了她吧！你大富大貴，犯不著……」

「什麼犯著犯不著？是春山的，我就是要。她本來就是我的！」

「全主任，你放過她吧！全主任……」范同仍一個勁地為嬌囡求情。

「滾！滾出去！」全畢正咆哮如雷：「你假如同情剝削階級就留在這兒看我怎樣懲罰她。否則，你……立即給我滾！」

范同無奈，只好拉了見森到隔壁剛才全畢正睡覺的那間柴屋裏。

不一會，那邊傳來了咬牙切齒的聲音：「你這狡猾的騷貨，我捅死你！我捅死你！我捅死你！……」

突然，全畢正像是抿緊了嘴：「唔、唔」了好一會，竟一聲一聲地叫起「心肝」來了：「心肝，你快活嗎？心肝，你舒服嗎？心肝，你適意嗎？心肝……」

……

嬌囡終於被放了回來。然而，被放回來的嬌囡與從前的嬌囡徹底劃清了界限。從前的嬌囡美麗、賢慧、勤謹。現在的嬌囡逢人只說一句：「煙

裏霧裏……把我強姦……煙裏霧裏……把我強姦……」

她瘋了。像她婆婆一樣地瘋了。精神分裂的婆媳倆偶爾也會有清醒的時候。這時候雖然她們會應答人們的提問，會幹平常的活計，但更多的是哭泣。叫人憐憫和同情。讓人稍感寬慰的倒是她們在發病的時候。這個時候，她們忘記了痛苦，只會嘻嘻哈哈地傻笑。時而各歸各地摟住母雞，抱著兔子：「阿發、阿發」地亂叫一通，時而爭奪著裝「樂果」的空瓶子或「乒乒乓乓」地摔著家裏殘剩的家什。

悲劇結束了。與其在水深火熱中生活，倒不如瘋了的好。因為只有瘋了，她們才得到了徹底解脫。也意味著對生活中的一切不幸喪失了意識。而她們的生活中除了痛苦之外其他什麼都沒有。所以喪失的也只會是痛苦。這難道不算她們的幸運麼？

讓人們覺得可悲、可憐、可笑的倒是嬌囡娘家的老父親。那個被人們叫作老古董的書呆子李老先生，看到這副慘狀時也痛不欲生。試圖為其永遠也出不了頭的女兒一家翻案。也像瘋了一般地到處喊叫：「全畢正這條狗，我哪怕告到縣裏、省裏、中央、我都要與你打官司。把你告倒……！」

人世間真彷彿又多了一個「瘋子」。他這個教書先生也不曉得摸摸自己的屁股揩乾淨了沒有？他的老祖宗為他遺留下了比女兒的夫家多得多的田產，僥倖才沒有劃為地主。女兒家的頭你出得了嗎？再說，有誰會受理你的官司？那些專管打官司的官們自己也正處在泥菩薩過太湖──自身難保的境地。也在心裏盼望著來個青天大老爺為他們斷官司呢！

七 、曲金燦

　　大隊部裏，全主任的座位上方那紅紙寫的條幅因為牆皮的風化和漿糊的風乾翹起了一隻角，被風掀動時「嘩嘩」地發著聲響，好像隨時都會掉下來。

　　見森看著煩心，多動的手指頭忍不住，揪著那只角用力一掀，脫離大半邊。

　　「哎，哎！華見森。你不要命了？怎麼好掀這張紙？」

　　「一張紙頭，有什麼好大驚小怪的？」

　　「那要看是什麼樣的紙頭，有些紙掀得，有些紙掀不得。這一張就掀不得。這可是全主任的法寶！快弄些漿糊來，重新把它貼好。」

　　「法寶？」

　　「你看看，上面寫的是什麼？」

　　「『與天奮鬥，其樂無窮。與地奮鬥，其樂無窮。與人奮鬥，其樂無窮』。不是很普通的麼？」

　　「你說它普通，全主任看它一點都不普通。這三句中，他最喜歡的是後面那句『與人奮鬥，其樂無窮』。他是把它當作什麼『銘』的。」

　　「什麼『銘』？該不是『墓誌銘』吧？」

　　「不是，不是。是老三篇的那個『銘』。」

　　「噢！那叫『座右銘』。」

　　「對，對！是『座右銘』。他平時經常教育我們，要與壞人壞事鬥。要與不良風氣鬥。甚至要敢於與最敬畏的人作鬥爭，意志才能鍛煉得更堅強。我們受著他的重用，當然應該聽他的話，維護他的威信。所以，這張

掀不得。」

「師傅，你所說的他最敬畏的人是不是上次審嬌囡時說的曲金燦？」

「怎麼不是？」

「那麼，師傅。這曲金燦究竟是怎樣一個人呢？」

「你如果問其他人是怎樣的人我都能回答，唯獨問起他，我就講不清。因為對他的叫法也實在太多了。有的人叫他老書記。有的人叫他老革命。有的人叫他老反革命，也有的人叫他老背時鬼。不過，隨你怎麼叫，都與他掛得上號。」

「哪會有這麼複雜的稱呼？再說革命與反革命的性質截然相反，怎麼能混為一談呢？」

「我就知道你不會信的。不過，你聽我慢慢地解釋後就會瞭解我所說的都是有憑有據的事實。」

「那我倒要聽聽你所說的理由。」

「稱他為老革命，當然是事實。他老家在山東，參加過解放戰爭，渡江戰役。從安徽蕪湖打到浙江杭州，後來受了傷，留在莒東治療。傷癒後就在通津一帶剿匪。再後來就轉到地方上當了幹部。也許是他的威望和評價實在太高了，有些人偏不信，在公社革委會成立前專門派了人到他老家去調查過，哪曉得他老家的人見他們好的情況不要，偏揀一些見不得人的事調查時，才知道他們不懷好意。老家人一憤怒，把調查組的人統統關進了一間黑屋子，拿了火把在外面大罵。差一點把他們燒成了灰。嚇得他們泰山也不敢遊了，逃命似地回來了。

雖然他的歷史是紅的，但說他是『老反革命』也並非不確。當文化大革命正轟轟烈烈、蓬蓬勃勃地開展的時候，大家都高舉著寶書，到處在敬

祝、歌頌、表忠。他卻當眾唱反調，把矛頭直指毛主席的親密戰友、英明的林副統帥。說什麼，那個連三忠於、四無限這種把戲都設想得出的人必定是把毛主席當昏君耍弄的奸臣。他甚至還說『三自一包，四大自由，究竟不好在哪裏？誰能說服我，我就給誰磕三個響頭』。除了以上這兩條，更嚴重的是，他仗著曾經喝過一點點墨水，竟學著毛主席的樣寫起詩詞來了，哪曉得寫出來的竟一首反詩。」

「反詩，怎樣的反詩？」見森插了一句。

「什麼反詩我不知道。我只聽別人都在說：『曲書記寫了首反黨、反革命、反人民、反社會主義的反詩，所以大家都叫他『老反革命』了。當時我也想，寫了反詩肯定要被抓起來，坐大牢了。可是後來聽說，上頭有人給他打圓場，說他的詩不是反詩，只是比較消極，毛主席批評過的民主人士有時也是這樣寫的。這樣一來，他才混過了難關。公社成立革委會的時候，他屬老資格，繼續當了第一把手。」

「那為什麼又要叫他『老背時鬼』呢？」

「叫他老背時鬼，當然更有理由了。誰都知道，全主任是他親自一手培養起來的助手。從互助組、高級社、管理區，直到人民公社他一直把全主任帶在身邊，連從來不關心政治的平頭百姓都認為，將來全畢正一定是曲書記的接班人。你可千萬不要小看我們全主任哪！他雖然文化不高，可他有水準，有志向，有抱負。你假如幫全主任拎過他的工作挎包就會知道，它裏面經常放著毛主席親自從基層提拔起來的王進喜、陳永貴和因為學毛選而登上九大主席臺的年四旺、顧阿桃，珍寶島戰鬥中的孫玉國，寫大字報而當上中央候補委員的聶元梓等等英雄人物的先進事蹟和寶貴資料。你也一定會因為他有這麼崇高和遠大的理想而敬佩他。所以當他父親的問題

暴露後，他就堅決地、果斷地、勇敢地對他老頭子實行了獨一無二的『大義滅親』。『大義滅親』你別看它僅僅是很平常，很輕鬆的四個字噢！要做到這四個字，你說要付出多麼大的勇氣？要具有多麼大的魄力？可是，就在大家敬佩他、讚揚他。廣播、電臺、文宣隊都在宣傳他的時候，曲書記作為曾經培養過他的『恩師』，按理說徒弟有了出息，師傅也有一份光榮。應該替他高興才對。沒想到，曲書記大概因為徒弟的名聲超過了他，竟突然翻了臉，大罵全主任是『不是東西的東西』。你倒說說看，這還算不算是『老背時鬼』呢？特別是在去年，公社將要成立革委會的時候，他們間的矛盾發展到更為激烈的程度。當初全主任按照自己的名聲，估摸著自己完全有可能被結合進公社革委會。因為上面要求老、中、青三結合，全主任屬於『青』中的模範，理所當然該進入一元化的領導班子。哪裏知道，不是冤家不聚頭，當上新主任的曲書記說什麼也不同意他進入公社革委會，還說『這種人連大隊的權都不能讓他當，怎麼能讓他進公社的革委會呢？』就這樣，全主任想往上發展的路生生的讓曲書記這只攔路虎給堵死了。你想想，做人一世，誰不想混個出人頭地？全主任的前途給他毀了。哪有不恨的？所以一講起曲書記，全主任就咬牙切齒：『這個老背時鬼，是我眼中的釘，喉中的骨，肉裏的刺』。」

「噢！難怪他要與人奮鬥，原來……」見森嗟歎不已。

與人奮鬥的時機又來了。一個月後，范同又帶著一臉的詭秘來通知見森：「今晚有緊急任務，你不要跑開，要值夜班。」

「怎麼？又有誰家的結婚酒席給撤了？」

「看你，盡想著吃的，是饞蟲爬出來了吧？」范同壓低了聲音說：「今

晚可是項大節目，全主任要真刀真槍闖闖大風浪。耽會公社治保會的人都要來。不過那名稱改為專案組了。」

「什麼事這麼嚴肅？」

「是上次的那封材料告准了，曲書記被停了職，今晚鬥的就是他。」

「上一封什麼材料？」

「噯！你怎麼忘了？就是上次我們吃半夜餐那次，嬌囡交代的材料，你自己作的記錄。」

「這種材料怎麼能作數呢？那時候嬌囡已經瘋了……怎麼可以……？」

「怎麼不可以呢？你聽說過，『酒後吐真言』，這句話嗎？酒後能夠吐出真言來，那麼，瘋後吐出的當然更是真言了。況且，她那時候還沒有完全瘋透，為什麼就不能作數呢？」

這一夜，確實沒有裝菜肴的糞桶。滿腹心事的全畢正泡了一大杯比藥還苦的濃茶，吊足了精神，一根接一根地抽著他的「紅燈」牌香煙，擺出一副如臨大敵，準備一決雌雄的架式，與審訊嬌囡的那一天判若兩人。

曲金燦確實非同小可，他五十多歲年紀，頭髮有些花白，身子骨卻結實得像條水牛，方棱出角的臉紅紅的，似乎充滿了威嚴。然而，這個經過槍林彈雨的人今天卻逢著倒楣的惡時辰。被他的專案組員們簇擁著，押進了前些時審訊嬌囡的那間屋子。

他像一頭被關進籠子的獅子，不時地發出令人生畏的吼叫。傍晚，見森捧了一缽頭飯給他送去，想不到被他一聲怒喝：「我是被你們綁架到這裏的，不是討飯的叫化子，隨身帶著碗筷。」

「好、好。我這就去拿碗筷。」

「這不忙！」他粗魯地命令見森：「你去！你先去把那個該死的，叫作什麼嬌囡的臭婆娘叫來。我要與她當面對質，我什麼時候強姦過她？」

「呵，真凶！」見森咂了咂嘴，趕緊退出來，向全畢正作了彙報。全畢正一聲冷笑：「哼！想得倒好，我會笨得讓他們去對質嗎？你隨他凶去，別理他，他如今在我手裏，已經是只秋天的蟋蟀，凶不了幾下了。」

審訊。就一般常識而言，是一種聲張正義，打擊邪惡的手段。主審者代表的是真理與權威，被審者則是罪惡和陰暗。假如，這個事實一旦被顛倒過來，那麼這局面肯定是非常難堪的。

這實在是一次很尷尬的審訊。經過無產階級文化大革命熊熊烈火造就的全畢正並沒有克敵制勝的法寶，反而使自己經常陷在被反駁的「沼澤地」中。

審訊剛一開始，作為主審者，全畢正試圖給被審者來個下馬威：「曲金燦，你知罪嗎？」

不料，蹩腳的騎手碰上的卻是匹烈馬。只見曲金燦眼烏珠一瞪，頭一昂，奮起還擊：「我有什麼罪，有罪的是你！我問你，你憑什麼把我綁架到這裏來？」

「憑什麼？我憑的是革命的名義。憑的是人民的名義，憑的是專案組的名義。」

「好！那你把材料拿出來，我倒要看看自己究竟犯了什麼罪？」

全畢正「霍」地站了起來，一拍桌子，大聲呵斥：「你難道還敢說自己沒有罪？我問你，你明目張膽地對抗偉大領袖毛主席『以糧為綱』的指示，故意東辦一個果園，西辦一個蔬菜場，拼命壓縮糧食種植面積，這是什麼居心？」

「這叫犯罪嗎？」

「這不是犯罪是什麼，難道還想抵賴？」

「好！那麼，我問你，偉大領袖毛主席教導我們『水利是農業的命脈』我發動大家修水利，建機埠。以前三個大隊合用一個機埠。現在每個大隊都有機埠，這算不算罪呢？我動員群眾大辦蠶桑，增加桑地種植面積，多養蠶，積累公積金，購買手扶拖拉機，也算罪嗎？你顛倒黑白，將好的說成壞的，將壞的說成好的，寫我的大字報。整我的黑材料。把我腿上的槍傷說成是偷女人而被人打的。反而把得過楊梅瘡的爛鼻子領到臺上去憶苦思甜，說成是地主的狗咬的。我倒要問問你，這是什麼居心？」

「那……現在我不與你說這個。我問你，你身為共產黨員，國家幹部，肚子裏卻全是封、資、修那一套。說什麼，豁拉笑夫的土豆燒牛肉，你最愛吃！還說，勃拉勃拉夫的狗頭只要燒得好，你也敢吃。有沒有這回事？」

「有……共產黨員當然什麼都敢吃。長征的時候吃過草根、樹皮。楊靖宇同志還吃過棉絮、柴芯子。我問你，這叫封、資、修嗎？」

「這個……這個我先不與你說。現在我問你，你是何年、何月、何時、何地混進革命隊伍的？又是何年、何月、何時、何地背叛革命的？」

「何你個屁！老子參加革命的時候，你還在你娘肚子裏沒有成形呢！你有什麼資格來問我？」

「哼！你別想抵賴。根據我的對敵鬥爭經驗來判斷，我一眼就可以看准你曾經做過叛徒！」

「你說我做過叛徒。到我老家，到我原來的部隊調查過沒有？」

「你別以為我不敢去，其實我早就去調查過了！」

「你既然已經調查過了，那麼，我有什麼問題？你給我說清楚！」

「這個……這個我也不跟你講了。現在有人揭發你腐化變質，亂搞男女關係。生活作風有問題，你給我老實交代！」

「你說我亂搞男女關係，生活作風有問題。是嗎？你給我好好聽著，讓我正正經經告訴你。我確實搞過男女關係，但不是亂搞，是與我的老婆。要不然，我那兒子女兒從哪裏來？現在我倒要你當著我的面，當著那麼多專案組員的面說說，你有沒有亂搞男女關係？生活作風有沒有問題？你沒有兒子女兒難道就能說明你沒有搞過男女關係嗎？」

全畢正差點被曲金燦的這番話噎死。他「你……你……你」了好一陣，氣得眼睛裏似乎要噴出血來。惡狠狠地盯住這個昔日曾提拔他當「半脫產」的「恩師」，臉色發紫，肩膀起伏，肚皮鼓動著。完全暴露了那多年「半脫產」所鍛煉出來的「才幹」是多麼的蒼白無力和不堪一擊。

他原本口齒就不伶俐，這一會更像是一隻鬥敗了的公雞。然而，他畢竟是今天的主審者，哪會甘心於被對手這樣搶白？只聽他氣急敗壞地一聲斷喝：「狗操的，想必是犯賤了。見森、范同快快過來，叫他跪下。他要犟，就叫他吃辣火醬！」

他見范同、見森兩個都遲遲疑疑地不敢上前，自己憤而站起，走到曲金燦的身後，往他腿彎裏狠命地踢了兩腳。

曲金燦腿一曲，踉蹌著跪了下去。可是馬上又頑強地挺了起來，破口大罵：「你這殺父奪妻的小人，禽獸不如的東西。畜牲！我當時眼睛瞎了，把你培植起來……小人！要我朝你下跪，你癡心妄想！」

全畢正怒火中燒，喝令手下的專案組員：「快快，把寶像拿來，對著毛主席，看他還敢不跪下？」

一幅毛主席去安源的偉人像，正放在審訊的桌子上，曲金燦無可奈何，

極不情願地跪了下去，似乎再不敢犟了。

全畢正並不就此罷手，拿起剛剛給自己的濃茶沏剩的半熱水瓶滾水，隨手拔了蓋，朝曲金燦的頭頂上猛地澆了下去。

「啊⋯⋯哇！」曲金燦大叫一聲，被燙得在地上亂滾。全畢正還不作罷，在屋角裏尋了把鐵勺子，到外面茅坑裏舀了一勺子糞進來，嘴裏嘟噥著「你不是什麼都敢吃嗎？我問你，你敢吃糞嗎？」

曲金燦拼死大叫：「全畢正，你這小人，下賤。我寧可像你老子一樣，要死死得乾淨。我不怕死，但我要人格！」

「哼！」全畢正的聲音從鼻孔裏狠出來：「你想死得乾淨，我偏要你不乾又不淨。你要人格，我就是不給你！」

說完，他一舉手，捏住了曲金燦的鼻子，把糞勺子往他張開的嘴裏餵了進去，隨後把餘下糞便朝曲金燦的面門上兜頭一潑。潑得他滿臉都是惡臭的黃糊糊。還氣不休，揀起半塊青磚往曲金燦的頭上狠狠地砸了兩下，累得氣喘籲籲。扔了磚塊，吩咐專案組們：「給我狠狠打，打死了由我負責！」

曲金燦的頭上，灰白的頭髮被大糞一澆，成了粘糊糊的黃塊塊。被青磚擊過的部位又泛出了一縷縷紫紅色的血絲，合成了一幅色彩斑爛的圖案。初出茅廬的范同和見森被這副慘不忍睹的景象嚇得愣在一旁，不敢吱聲。

全畢正所培養的助手並沒有他期望的那麼得力，不由得使他著了惱，朝著見森喝斥：「你這小子不是很會打人的麼？今天我要出出這口惡氣，你幹嗎不動手？」

見森以前老是捉摸不透全畢正怎麼會讓他進入治保會。今天才算明白

了，原來是要他成為打手才把他當成「有成份論，但不唯成份論」的典型而加以「培養」的。

「我不幹！」見森向來不是欺軟怕硬的人，要他對恨不起來的人施暴是根本做不到的。

「我也不敢！」范同也隨聲附和。

……

八、改變

「曲書記，這飯還有點熱，你吃了吧！氣壞了，餓壞了，這身體可是你自己的……」看著心靈和身體遭受了內外夾攻的老幹部激憤不已。天良未泯的范同和見森同情地勸慰他。

「我不要你們假惺惺地拍馬屁。我平生最恨你們這種拍馬屁的小人！你們去問問你們的頭子，過去給我捶背、敲腿、揉腰、端汰腳水、倒夜壺哪一樣沒幹過？可是，風向一轉就立即殘酷地陷害忠良。」曲金燦毫不給面子。

「你這個人好沒道理。我們好心勸你，無非是看你吃了苦頭，出於同情罷了。你別以為自己當個主任就會有人來拍你馬屁。其實你早就被吃癟了。現在更是我們的階下囚。我們稱呼你為曲書記是因為你那名字叫起來拗口，再則社員們還念著你的好處，所以我們才按大家的習慣來叫你。想不到狗咬呂洞賓，不識好心人！」儘管面前這位是公社的一把手，可見森毫不畏懼，這倒並不是因為他已經失勢。

「你也算好心人？」曲金燦輕蔑地看著這個嘴上剛剛長嫩毛的小青頭

插圖：張清渭

反唇相譏：「你以為我不知道啊？我早就聽說過，紅光五隊有一個流氓知識青年，叫華見森。是反革命的子女，因為打人心狠手辣、吃人不吐骨頭而被全畢正結合進了專案組。」

「放屁！你們這些當官的，沒有一個好東西。總是隔著門縫看人，造我的謠言。實話告訴你，下鄉以來，我根本就沒有打過人。」

「哼！你沒有打過人？那簡直是西邊出太陽！」

「你！」華見森被激起了憤怒：「你小看我，我也小看你。在我的眼裏你們這些當官的最不值錢！你說你不喜歡拍馬屁，可我看當官的沒一個不喜歡拍馬屁。聽到恭維話，奉承話，眼睛眯成一條縫。稍微受了點委屈就大呼小叫，耿耿於懷。」

「你懂個什麼？難道這也叫委屈嗎？這可是原則的問題，人格的問題。我作為一個參加過解放戰爭的老革命、老幹部、老書記能聽任你們對我的捏造，歪曲和污蔑嗎？再說，要審查我的問題，無論誰我都會接受，會配合。可就是不能容忍全畢正來審我，這是對我最大的污辱。他是個什麼東西？只不過是個殺父親，奪舅嫂的小人，有什麼資格來審訊我？」

「可是，你的材料上明明寫著既背叛過革命，又寫過反詩，你不服也沒有用。」

「我就是不服，說我背叛過革命，拿出證據來！說我寫反詩，更說明你們對我竭盡了誣衊之能事。」

「我以前跟你從來不認識，為什麼要誣衊你？」

「我不是說你一個人，我說的是你們。你們這些說我寫反詩的人知道不知道，什麼叫反詩？可以說，你們根本就不懂詩！我曾經寫過蝶戀花和渡江詩，這種詩毛主席也寫過的，為什麼毛主席好寫，我就不能寫？」

「同樣的名稱不等於同樣的內容，你把你的詩給我看看，是不是反詩？」

「我為什麼要給你看呢？讓你們去咬文嚼字，捕風捉影嗎？我才不會這樣傻呢！」

僅僅是隔了一個夜晚的時間，第二天早上華見森給曲金燦送早粥的時候，曲金燦的態度突然從仇恨變成了親近。見森剛一跨進門，他就站起身，微笑著伸過手來說：「昨晚我聽了范同對你的介紹，是我誤會你了。你是沒打人。」

華見森看著伸過來的這隻大手，它的手心裏彷彿寫著「真誠」兩個字。他也伸出了手，剛要握它，突然又縮了回來。

「你什麼都可以誤會，可我不能原諒你詆毀我的阿爸。我阿爸不是反革命，他是被冤枉的。」

「可我在你的檔案裏看到過，你父親是個特務組織的頭子。」

「不是！」華見森叫嚷了起來：「我不允許你拿髒盆子往我阿爸頭上扣。他不是特務！他是先進生產者，還得過獎狀。他是屈打成招的，他也不是畏罪自殺，他是被打死的！」

「唉……！沒想到你卻是個孝子。可是，你知不知道，我的問題也是被冤枉的。你替我想想，我參加革命時，革命都已經快勝利了。我會背叛到哪裏去？來來，我們拉一下手，講和吧！」

他再一次伸出手來。可是，不知是因為曲金燦太遷就，還是華見森仍沒有從對阿爸的思念中回過神來，他依然沒有伸出手去。

「嗳……你這孩子怎麼脾氣比我還犟？那麼，我把我的『反詩』拿給

你看，好嗎？你假如同意的話，我們就算扯平了，怎麼樣？」

華見森忽然感覺到胸腔裏升騰起一股熱潮。先前的距離頓時消失，他彷彿聽見了父親的聲音：「你還在生我的氣嗎？」

他緊緊地，是用一雙手，緊緊地握住了那隻像父親一樣有力的大手，眼眶裏溢裏出了一層晶亮的液體。

障礙一經融化，他們就成了忘年的知己，當然，年長者的「反詩」就成了他們間溝通的切入點。

那一首差點把「老革命」變為「老反革命」的「反詩」實質上是一闕詞牌為《蝶戀花》的詞。它的全文僅僅幾十字，它的原文是：

《蝶戀花》

批判會後偶得

太平年月出狼狽，戰戰兢兢黔首夜難寐。

世間交歡多妖魅，東風惹得人憔悴。

欲說愁味強閉嘴，苦水三杯搖頭裝沉醉。

歸去孤山指梅蕊，水流花謝待祥瑞。

另一首《渡江詩》更短，僅僅四句

征戰渡江稱雄獅，今蒙羞辱究孰知？

眼前倘使逢故友，曲氏封亳愧作詩。

「曲書記，像這樣的詩詞，難怪別人要說你是『反詩』。也幸虧是在農村裏，懂詩的人不多。要是這『詩』出現在莒東鎮上，不被宿芹查個祖宗十八代，那才叫怪呢！就算我這樣高小程度的人也不難發現詩裏存在的

政治問題，雖然你可以把妖魅解釋為階級敵人，但是，你能把惹得人憔悴的東風比喻為反動派嗎？」

「咦！想不到你小小年紀，對格律詩詞倒這麼有研究？」

「我哪有什麼研究？只不過看得多了而已。莒東鎮上的大批判專欄棚裏，哪一天沒有幾首打油詩，順口溜，快板詞登在上面？我們幾個小朋友閑著沒事的時候，就抄那些詩詞玩遊戲，有時還編作順口溜，互相取笑。」

「噢！難怪你小小年紀，嘴巴子這麼厲害，原來是運動把你鍛煉出來的！」

「哎！曲書記，你再也不要提起運動的事了，我阿爸就是因為運動才喪了命。」

「哪能不提起呵！」曲金燦感慨萬千，面對眼前這個尚處於少年與青年之間孩子，他竟像面對一個與他有著同樣經歷的莫逆之交在談心。一點都沒有書記和主任的矜持。

「這無產階級文化大革命運動，把你們這些小青年越搞越靈清，卻把我們這些老傢伙越搞越糊塗了。運動剛開始的時候，說我是走資派，我倒沒有不滿的牢騷和情緒，雖然也有些不理解的地方，但心裏總是在安慰自己。也許，這正是毛主席他老人家為了反修防修，為了黨和國家不變顏色，為了第三、第四代不搞和平演變而故意讓我們這些掌權的老傢伙汰汰腦筋。慢慢地就會理解的。哪裏知道，這運動一搞五年多，不但絲毫沒有結束的跡象，反而越來越離譜了。不能不使我經常地，甚至痛苦地在心裏琢磨，這場運動難道真的是毛主席設想出來的嗎？他老人家為什麼要發動一場規模這麼大的運動呢？這樣的運動有百害而無一利，作為偉大、英明的領袖，不可能連這點起碼的常識都不懂。所以，我敢肯定：發動文化大

革命不是毛主席的本意，是受了一些人的愚弄。我們不能盲從。盲從遲早會亡黨亡國。我們這些經過戰爭奪取政權的老傢伙，前半世風風雨雨，衝殺吃苦圖個啥？就圖個後半世裏建了國，按照自己的理想為人民辦點事，一則指望上級讚賞，再則也求個百姓稱頌。我雖然擔任著一個公社的領導，可我畢竟也是凡人，不可能做得到古人所訓示的『不以得為得，不以失為失』。也根本不會在功成名就時看破紅塵，激流勇退。心裏只想著勤勤懇懇工作，保持晚節。既不要去奢想流芳百世的英名，也不要愧對每月八號國家發的工資。待到退休後，享一點社會主義制度的清福。卻不料，就在饅頭將要吃到豆沙邊的時候，來了這麼一場翻天覆地的大運動。活活要氣死我們這些從槍林彈雨中摸爬滾打過來的老傢伙。」

「那是因為你們這些老傢伙自持有功，以老賣老，毛主席才不要你們了。」

「你瞎說！毛主席是偉大的，他老人家也是英明的。正因為他的偉大和英明，才能領導共產黨打敗了腐敗的、專制的國民黨的獨裁統治。所以，毛主席的正確性是不可懷疑的。你這話對我說可以，我不會往外傳。要是在外面說，可要給人抓辮子的。」

「要抓辮子，沒有事也會被抓的。」

「對！你這話說得對。這叫作『欲加之罪，何患無辭』。」說到這裏，曲金燦像是觸著了自己的痛處，突然罵了起來：「媽的，說我背叛革命。無中生有，實足的可恨。這已經是『欲加之罪，何患無辭』了。更令人刻毒是，如今半腰裏又殺出個叫嬌囡的富農婆。正像你所說的，拿只髒盆子往我頭上扣。硬誣賴我強姦了她。這可惡的東西，我要是看見，非要啃下她一塊肉來！」

「曲書記」見森的耳朵邊響起了她瘋前的咒語「三十三、三百三……」不由得心中一酸，說：「其實，這個嬌囡也是苦命的人，她在被審訊的時候說過：曲書記是個好人。」

「那她為什麼要冤枉我強姦了她？」

「你不要怪她，那時候她已經瘋了。」

「瘋了？」曲金燦驚得眼珠凸出像顆田螺。脖上的筋梗得像根竹管。半晌，才喃喃地問：「你是怎麼知道的？」

「我……」華見森滿臉羞赧：「我們當時也在場……」

「……」片刻的沉默後，曲金燦突然憤而站起，昂著頭，直著嗓子大吼一聲：「全畢正，我要告你，我要與你鬥爭到底！」

一頁又一頁的信紙，訂好後厚厚的一疊，把機關用的大信封塞得滿滿的。曲金燦神色莊重地把它交在見森手裏囑咐說：「拜託你把它拿到苕東鎮或者更遠一點的地方去寄，貼上四張郵票，估計夠了。」

見森接過沉甸甸的信封，不禁脫口說：「曲書記，這麼長的信，你要毛主席看多少時間啊？」

「是……是長了點。可是不長不能說明問題啊！這封信，我整整花了三個星期。要告倒這個敗類，也許這是唯一的希望了。假如，連毛主席都站在他這邊，那麼，我的心，真的死了……」

「不會的，我預料，毛主席肯定是幫你說話的，也許，毛主席還會親筆批示呢！」

「謝謝，謝謝。依你金口，依你金口……。」曲金燦緊緊地握住華見森的手，激動地搖著。彷彿他握住的是毛主席的手。可是見森卻分明感覺

到他的手抖得很厲害。

信，投進了苕東鎮郵局門口那只綠色的信箱。綠色，長久以來，一直被藝術家們歌頌為「蘊育著希望」的顏色。見森對著那只綠色的郵筒在心裏默默地祝願：拜託，拜託了。你一定要給我們這位飽受屈辱的老書記帶來好消息呵！

當然，沒有理由把封信的結果往壞的方面去設想。可以推測：偉大而英明的領袖毛主席，當他一目了然地看到這兩種截然相反的品行而形成的強烈對照後，孰好孰歹？取誰舍誰？會作出怎樣的決定？這用得著明說麼！

可以斷定：結束全畢正騎在群眾頭上屙屎屙尿，一手遮天的狀態已經為期不遠了。有理走遍天下，無理寸步難行。究竟是誰掌握著事實勝於雄辯的真理呢？

然而。人世間恐怕最遺憾的就是這兩個字了。具有三十多年黨齡的曲金燦被「然而」擊碎了天真幼稚的夢幻。

也許曲金燦當初就是不自量力，以為那值得誇耀的老資格准能抗衡全畢正的新權勢。

也許，他把毛主席發動這場運動的偉大戰略意圖領會成對老幹部的考驗，對造反派的暴露的判斷根本上就是錯的。

也許，他根本就沒有意識到文化大革命運動是一場特殊的運動。運動時期也就是特殊時期，特殊時期所發生的問題當然要用特殊的方法來處理和考慮。而他忽略的正是這個「特殊」。所以，他才會非常幼稚地以誰都買得起的三角二分郵票就幻想著隨隨便便地與黨的最高領袖通信。

要是，這也能行得通。那麼，毛主席也就不成其為毛主席了。

要是，寫信確是一條捷徑。那麼，或許早就有一些與他有著同樣遭遇的老資格們走過這條路了。

要是，高層領域內真能做到「知無不言，言無不盡。言者無罪，聞者足戒」那麼，五十年代的反右，六十年代的文革還發動得起嗎？

要是，信寫上萬言就可解決問題，那麼，早就上過萬言書的梁漱溟、胡風、彭德懷也許就不會身敗名裂了。

要是……

轟轟烈烈的文化大革命正如人們所歌頌的那樣，烈火熊熊，光芒萬丈。曲金燦正是一隻趨光的飛蛾，錯把這運動的光芒誤認為希望之光而盡力一撲。殊不知他撲向的正是要將他這種「飛蛾」燃燒成灰燼的烈火。

綠色的信箱並沒有給曲金燦帶來「希望之光」。恰恰相反「希望之光」卻照亮了他信中所要控告的冤家對頭——全畢正。

一個月後，這封超重的，傾訴著他對文革的種種看法，傾訴著他在運動中所碰到的種種疑問，列舉了國內、國際、黨內、黨外、百姓、幹部的無數事實以及揭露全畢正醜惡品行的萬言長信竟出現在全畢正的手裏。他拿著它在曲金燦的面前晃著，牙齒咬得「咯咯」響，腮幫子啃成了肉疙瘩、狂怒地暴跳著「你……你！這個……實實足足的娘打癩痢……大敵人……大叛徒，大……死不悔改……屋簷下……過冬的洋蔥……根焦葉爛……心不死。本來我正準備饒了你……誰知你活厭了……妄圖對我……反攻倒算，毀我的政治前途……今天我一定要……把你踏上一百隻……一萬隻腳……踩碎你的狗頭……叫你永世不得翻身……！」

曲金燦眼睜睜地看著自己寫給毛主席的信被全畢正一片片地撕碎，甩

散。感到徹底地絕望了。隨著全畢正雙手揮落的同時，他的心，他的政治信念，他的精神生命以及肉體以外的一切都跟著被撕得粉碎。

當初審訊曲金燦的時候，全畢正確實是暴怒的，盛怒之下給他吃了糞，還用青磚把他的頭打了兩個淺淺的口子，冷靜下來時，全畢正確有一陣覺得自己有點過份。所以在後來很長的一段時間裏不再去提審他。這本身就意味著自己對曲金燦還念著舊情。只要他不反抗，全畢正對他寬恕的尺碼就會逐漸放開。豈知，他自己一定要犯賤……那麼，這一次是絕對饒不得了。

華見森被全畢正開除出了治保會，是因為曲金燦的的萬言信的信封上有苕東鎮郵局的郵戳。其實開除對於見森來說是意料之中的事，沒有什麼大不了的。再說，掙這種作孽的工分，拿這種損陽壽的補貼本身就不是件光彩的事。

他到大隊部去是為了拿回他的日常用品，也好順便向曲書記道個別。沒有想到，大隊部還沒有到，就看見曲書記被他的專案組們押解著往公社的大路上走去。

「曲書記、曲書記」他喊叫著追了上去，反正已被開除，沒什麼值得顧慮了。

曲書記和專案組都停下了腳步，問：「有什麼事嗎？」

「沒什麼事。」見森氣喘籲籲地回答：「我只是來向曲書記，向你們都道個別，我回隊裏參加生產勞動了，並且已經報名，加入了杭湖鐵路的民工隊。」

「這有什麼值得大驚小怪的？我們還以為出了什麼大事呢！」

「沒事，沒事。」他拿眼睛瞟曲書記，見曲書記也正兩眼盯著他。

「華見森，麻煩你件事好嗎？」曲書記開口了：「假如有空，請幫我把被子、褥子拿出去曬曬，這麼些天都沒見太陽，潮透了。最好把枕套洗一下，都有黴味了。」

「曉得了。」見森會意地點點頭。

「走吧，走吧！」專案組們不耐煩地罵著髒話：「吊毛不操×，空軋鬧猛。我們還以為你是來發香煙呢！」

在曲書記的枕套裏。見森尋出了一張折成拍夾的紙條。那是一張「紅光大隊革命委員會」的信箋紙。見森記得當初全畢正曾給了一整本這樣的信箋紙叫曲書記寫交代材料用。後來發現曲金燦什麼都不肯交代，才把信箋紙原本重新收了回去。為的是防止他再寫出給毛主席的信那種東西，給他添麻煩。沒想到曲書記卻偷偷地留了一張。

信箋的正面是一闋詞牌為《傾杯》的詞 ，曲書記要給見森留的話卻寫在背面。

華見森同志：我後悔為了自己的問題而連累了你。全畢正已經知道你為我寄信的事。以他的無賴，肯定會對你加予迫害，甚至暗算。假如你一旦碰到緊急或萬不得已的情況，你可去找黃高飛同志，他是我的老戰友，擔任著縣內務局革委會副主任的職務。專門負責知識青年工作。你找到他後，將這張紙條給他，或許，他能幫你一點忙。切記！切記！

字條下面沒有簽名，也沒有日期，也許這正是曲書記的良苦用心吧！

「曲書記，你自己正在受難，毫無一點安全的保障，卻在為我的安全擔憂。你為我考慮得這麼周到，而我又能為你做些什麼呢？」

見森鼻孔一酸，兩行眼淚關不住，一直淌進了嘴裏。

他重新把信箋翻了過來。看得出，這一闋詞還不屬於完工之作，塗了又改，改了又塗，見森拿起筆，給它謄了起來。

《傾杯》

當頭甕

烏龍垂天，壬癸決水。堆起半天霾霧。

鷙鳥展翅，電娘挽袖，雷公聲震怒。

鱗甲珠玉墮無數，恰似蚩尤鬥。

千裏煙渚，看九塊，萬物東倒西落。

恨殺暴風妒惡，昆侖砥柱，蟲蠹共工觸。

欲去牛鬼蛇，卻來妖狐狗，神州汙注。

甕摧殘暑，廣宏世界，一任昏天誤。

問古人，依樣浩劫，秦代有勿？

大隊部的高音喇叭裏，嚴偉才剛剛唱完階級仇、民族恨，不共戴天！突然停了。的的篤篤地響了一陣麥克風的碰擊聲後，轉播到批鬥大會的現場。一個洪亮的男高音在宣佈：

「反修人民公社，憤怒聲討曲金燦反黨反社會主義滔天罪行大會現在開始。

奏東方紅。

下面由縣革委會領導同志宣佈對曲金燦的處理決定。

一個尖利的女高音帶頭領喊了口號：

堅決擁護縣革委撤銷曲金燦竊取的一切職務！

打倒曲金燦！

砸爛曲金燦的狗頭！

毛主席萬歲！萬萬歲！

敬祝毛主席萬壽無疆！

敬祝林副統帥身體健康，永遠健康！」

控訴、揭批、聲討的人一個接著一個在發言，至於說些什麼，見森一點也沒有聽清。但這對於批判大會本身並不重要。批判大會注重的是氣氛，而不是內容。倒是全畢正領喊的口號，見森一下子就聽出來了。

「戰無不勝的」他口才不濟，只能把長一點的口號零打碎敲。

「戰無不勝的」台下也在呼應。

「攻無不克的」

「攻無不克的」

「光焰無際的」

「光焰無際的」

「彤紅彤紅的」

「彤紅彤紅的」

「毛澤東思想，萬歲！萬萬歲！」

「毛澤東思想，萬歲！萬萬歲！」

「堅決砸爛反修公社的勃拉勃拉夫」稍微長一點的他就走調了「曲金燦的狗頭」

「堅決砸爛反修公社的勃烈日涅夫曲金燦的狗頭！」

好在群眾自會修正，儘管像念書，但那一大片拿著寶書的臂膊舉起來，

那場面肯定像裁了一大片雞冠花。

傍晚，見森把曬乾的被子，洗好的枕套整理好後，拿過去，等他，他沒有回來。

第二天，見森問范同，他還沒有來。

第三天，見森又問。

第四天再問，范同不耐煩了：「我是你師傅，你問問不打緊。要是問其他人，被全主任知道了，準會以為你與他有攻守同盟。你老是問他來了嗎？來了嗎？他到我們大隊裏來又不是什麼好事情！」

「對！對！對！不來的好，不來倒好。」見森遭到斥責，心裏卻反而感到安慰，「我們這裏對曲書記來說是一塊傷心之地，我還盼著他來，真傻！外面哪塊地方不比這裏好？」

然而，你心裏不希望他來，他卻偏來了。大約十來天後，范同悄悄地告訴見森「曲書記又來了，今晚我一個人值班的時候來叫你，可是你只准偷偷地看他一眼，千萬不要叫他。」

「為什麼？」

「我也是今天才知道，就是上次的批判大會上，他苦頭吃足了。專案組的人在他掛的牌上綁了一支竹箭，往下低時，箭頭指著他的喉結。可是，又在他脖子上宕了一塊有洞的鼓墩石。往上挺時又得承受鼓墩石的重量。專案組的人給它起了個名叫『蜻蜓點水』。所以不到一個鐘頭，他就翻到了地下。幸好那竹箭偏了，只刺中了夾腮。現在頭勁裏纏著紗布，動也不能動。」

「這叫什麼革命，這簡直是法西斯。比日本鬼子還毒辣！」

「不要叫，不要叫，全畢正正對你恨得要命，說你沒良心，想抓你的

小辮子。你一叫，讓他知道了，我可擔當不起呀！」

　　曲書記的傷可能比范同所說的要好一點，儘管頭頸裏仍然綁著紗布，可頭部已經能轉動了。見森站在屋外的暗處朝他看時，他正照著一張紙在哼歌。

　　「少拉少，淘來淘，來發少，少米淘⋯⋯曲金燦，大壞蛋，走資派，要批判⋯⋯」

　　見森不解，問范同，「他在唱什麼？」

　　「唱批判他自己的歌，這是專案組集體創作的，還特地請了縣文宣隊的專家譜了曲。」

　　「那他自己怎麼會願意唱這種歌呢？」

　　「他變了。」范同附在見森的耳朵邊，聲音輕得像蚊子叫，「他真的變了，變得好像有點不正常了。」

　　「不正常？」

　　「是的，我經常聽人們說，脾氣越是急躁的人越受不起折騰，容易得神經衰弱。」

　　范同所指的神經衰弱說穿了就是精神分裂症，儘管不怎麼嚴重，但是由於一個天真而多嘴的小女孩的出現，他突然狂躁地發作了。

　　那一天，一個斫兔子草的小女孩，亮著清脆的童音。唱著：「少拉少，淘來淘，來發少，少米淘⋯⋯」逐漸靠近了那間隔離曲金燦的房子。

　　「曲金燦，大壞蛋，走資派，要批判，裝盡幌子，勾結地富，醜惡嘴臉無恥蛋。」曲金燦被小女孩的歌聲所誘發，也唱起了這首批判自己的歌。

　　「咦？」小女孩驀地發現窗戶裏面有一個頭髮蓬長的老頭也在唱著同

一首歌，甚覺驚奇地問「你怎麼也會唱這首歌啊？」

「那麼，你是怎麼會唱的呢？」曲金燦反問。

「我是我舅舅教的。他在宣傳隊裏，別人都叫他郭建光。」

「那麼，你唱得全嗎？」

「唔。」小女孩點點頭，手指銜在嘴裏，顯得天真爛漫地反問：「那麼，你能唱全嗎？」

「我當然會囉，因為我是大人啊！我這就唱給你聽，好嗎？」

小女孩又點點頭。

「解放前，還鄉團。變天帳，手裏攥。叛變革命，殺害同志，罪行累累不能談。」

「解放後，混進來。假斯文，實野蠻。三自一包，四大自由，劉少奇是伊黑後臺。」

「停下，停下！」小女孩忽然阻止了正要往下唱的曲金燦「第四段讓我來唱，我舅舅說，第四段唱的時候一定要有舞蹈動作，讓我來跳給你看。」

小女孩把放兔子草的籃子，草戟拎到旁邊。騰開一小塊地方。扭著可愛的小身體唱了起來「見女人，眯起眼。摸屁股，親臉蛋。腐化墮落，蛻化變質，強姦嬌囡三十三。……公公，我唱得好嗎？」

「唱得好，唱得真好。公公拿糖給你吃。」他轉身在屋子裏亂找，可是哪裏有糖？只是尋出了半塊早晨吃粥時剩下的紫大頭菜。拿在手裏，遞到窗外說「公公沒有糖，給你吃紫大頭菜，好嗎？」

「不！」小女孩決然地搖了搖頭：「我媽媽對我說：大隊部裏關著一個頭髮很長、很長的大壞蛋……我看看好像就是你。我媽說：你有糖衣炮

彈，要是打到人的身上就會一塊一塊地腐爛，所以叫我千萬不要吃你的東西。」

「啊！糖衣炮彈？」小女孩甜甜的噪音卻像一把刀子割著曲金燦的心臟。他喃喃地重複念著「糖衣炮彈」，半晌忘了與小女孩答話。良久，他才接著問：「小妹妹，你可知道什麼叫糖衣炮彈嗎？」

小女孩又搖了搖頭，眼睛裏閃耀著靈動的光。忽而，像煞有介事地雙手一比劃，作了一個「很大」的手勢說：「我沒有見過。可聽我媽說，有這麼大，裏面有糖……」

這無疑是一發真正擊中曲金燦心臟的「糖衣炮彈」，他全身一震，頓時神色驟變，彷彿天都塌了下來。

他感到絕望了。如果說，忍受眼前的痛苦煎熬是為了等待可能到來的一線飄緲的希望。那麼，他現在則感覺到這一線飄緲的希望也不存在了。眼前這個什麼事都不曾懂的小女孩居然也曉得曲金燦是個造糖衣炮彈的大壞蛋，不正意味著熬到她這一代人長大，自己的冤屈還是出不了頭的麼？

信仰一旦破滅，精神馬上就會崩潰。在極度的悲憤之中，當他確確實實地意識到憑自己的主觀奮爭根本不可能改變現實世界時，他終於走向幻滅。可悲地把自己給改變了。

「哈哈！這是真的嗎？糖衣炮彈怎麼是我造的呢？哈哈……現在我終於懂了。這糖衣炮彈是文化大革命造出來的。哈哈……」

他一會又「呵呵……唔唔」地嚎啕大哭起來。嘴裏悲愴地呼喊著：「毛主席啊毛主席，這就是你設想的文化大革命呀！我要是早一點懂那就好了！我也會像全畢正一樣出賣靈魂。我也會去殺父奪妻。我也會去凶恨奸掠。我早一天點那樣，也不致於受這麼大痛苦了。毛主席啊毛主席！七億

人民都在喊你萬歲，可是我要說你不值得！你不是已經位高極頂了麼？以你豐功偉績的一生，為什麼要把這麼大一個國家弄得亂糟糟呢？假如，僅僅是為了把劉少奇換成林彪，犯得著這樣做麼？哈哈，我總算看透了，徹底看透了。以前我真傻，怎麼不想想，朝廷出奸佞，還不是『上不聰才下不賢』麼？我當了大半世幹部，連這點都不懂，還不是糊塗蟲麼？哈哈！我這個共產黨員今天才曉得，什麼叫共產主義？什麼叫奮鬥終身？我為之奮鬥終身的事業原來是用青磚砸我，滾水燙我，大糞餵我，竹箭刺我來回報我的呀！……」

他時而怨爹罵娘，時而責怪自己，時而又哭又笑，看見牆外那條石灰水寫的標語：「活埋劉少奇，油煎鄧小平，絞殺陶鑄」。忽然就罵起劉少奇來：「你是個大走資派。大叛徒，大內奸，大工賊。活埋也好，油煎也好，絞殺也好，死不足惜，或許已經死了。可是你的陰魂可知道，有多少像我這樣無辜的人在為你陪葬，墊棺材底？」

他瑟瑟抖抖地在屋裏尋找著可以結束自己生命的東西。在電燈的燈頭上部他看見有一節老化的電線在朝他閃著幽幽地暗紫色，他知道，在這間屋子裏，能使他一步就跨進極樂世界的工具唯有它了。

他對著這一小節赤膊線自己給自己做起了禱告：「我的死刑判決由你來執行，說明我與你有緣。但願，你把我送到那邊後，給人剪了去。我就不能找替代了。讓我的靈魂永遠留在紅光大隊，叫這個殺父奪妻的小人一世不得安寧！」

他既沒有留戀，也沒有猶豫，就像吃飯前往筷筒裏拔筷一樣，非常自然地捏著了那一節暗紫色的赤膊線……。

「哇…哇…」兩聲絕叫，像一把劃刀，把他的理智、情緒、信念、思想一刀切斷。再把他的靈魂拖出了竅，飄飄蕩蕩地進入了杳冥的境界⋯⋯

朦朧中，他聽到有人在喊：「到了、到了。」而不是「醒了，醒了。」

他來到的是一個新世界，碰到的卻是熟悉的面孔。迎接他的人群中有他老家的長輩，一起渡江作戰的戰友。還有那個曾經與他聊得很投機並在一起喝過酒的全家老爹⋯⋯。

他很激動，撲向了他們，可是胸口堵得慌。那心臟突突突地往喉嚨口竄⋯⋯但那不是心悸。

迎接他的鮮花沒有香味，而是刺鼻的藥味，然而它不像是來蘇兒的味道。

「啊⋯⋯嗚⋯⋯哈⋯⋯真太奇了！原來死竟然這麼有趣⋯⋯哈哈⋯⋯」

據說，對他的搶救是成功的。能把他從死亡線上拉回來，應該首先歸功於范同的決斷。要是再慢幾秒鐘，老醫生就是對他再敬仰也只能是無力回天了。

然而，老醫生救活的不再是老早的那個曲書記了。他救活的僅僅是一個有著曲書記模樣的軀殼。「醒」過來的第三天，他就因為鄰床的病人無意間拉了一下電燈的拉線而引發了他嚴重的心悸。呼叫著衝出了衛生院。

好在他老早的時候積了德。古道熱腸的鄉親們雖然沒有幫助老書記恢復理智的力量，但從來沒有將他從飯桌上排除出去。除了紅光大隊，他所到之處社員們都會自發地招待他，尊敬他，直到他的家屬把他尋回家去。

九、倪伯武

搬掉了前進道路上的絆腳石，消滅了攔路虎，鬥倒了那個曾經提拔他但又成為他障礙的頭號政敵，全畢正的感覺裏有一種無法形容的快意。然而，高興歸高興，他畢竟是個只會記住仇恨，不會記住恩情的人。哪裏容得了華見森在他背後搞過的小動作。

他把朱圖山叫來商量「圖山大哥呀！華見森這個小青頭，我原以為真是什麼嶽雲、羅成和小俠艾虎。可哪曉得狗屁都不是，毫無一點良心。我這樣抬舉他，提拔他，誰知他竟恩將仇報，幫曲金燦這老不死告我的狀！」

「是麼，我老早就對你說過，這小子不靈光，可是你說『十個倪伯武也不及一個華見森』。我當然不敢再說啥了。其實，要按我說起來，你這句話正好倒過來。十個華見森也不及一個倪伯武。你把華見森提拔進治保會悉心培養，可你知道他在你背後說些什麼嗎？他說『這個治保會好像機埠的碾米機，穀倒進去，剝了皮，出來成了米。在治保會裏面，一個好端端的人進去，出來時就成子瘋子。』你想想看，這種人的良心放在什麼地方？哪裏及得了倪伯武呢？所以我經常對你講：小倪好，小倪好。可你就是不聽，我有什麼辦法？」

「可是，這個倪伯武，我怎麼左看右看總覺得彆彆扭扭。那腔調，怪怪的，我真的不喜歡他。」

「那是因為你對他還沒有看順眼，所以就不瞭解他。其實你雖然不喜歡他，但他倒很尊敬你，崇拜你。他經常對我說：『全主任最勇敢，最有英雄氣慨。實在是一個偉大的人』。」

「他說我是偉大的人？」

「當然囉！這位小倪同志，叫我說起來，他沒有一處不好的。家庭出身好，家庭條件好，家庭的教育也好，他下鄉插隊落戶以來，不光在表現上、思想上積極要求上進。而且，還刻苦學習老三篇，唱語錄歌，練樣板戲，寫大批判文章。放著這麼一位好同志你不要，卻偏偏把華見森這個小流氓、反革命的子女提拔起來。我的全主任呀！今天可要叫你畢正老弟了。我真是替你想不通！」

「他還會寫文章？」

「難道不是嗎？我每當聽到他念自己寫的文章就會羨慕不已，心裏經常想：畢竟是洋學堂裏出來的高中生啊。肚皮裏藏著那麼多的才學！我下輩子要是也能修到他這個份頭。真叫我當牛作馬也甘心情願！」

「那你馬上去把他叫來，我有一篇大文章正要請人寫。」

大文章，假如可以比喻的話：無異於解放前的私人布莊接了筆用船來裝貨的大買賣。不一會，師傅的身後跟著豆牙菜一般苗長的倪伯武進了門。他胳膊彎裏夾著講義夾，袋口上插著兩支鋼筆，站到全畢正面前「啪」地一個立正，頸部雖像被蒸汽熏過，一顆頭垂在肩胛下面，可那聲音卻像是楊子榮面見少劍波「報告全主任同志，紅光五隊革命知識青年倪伯武前來聽從您的調譴。」

「小倪同志啊！你的師傅經常在我面前提起你，說你思想好，根子正……」

「報告全主任」倪伯武打斷了全畢正的說話：「說我思想好，是因為有您作榜樣和我師傅對我的再教育。說我根子正，那倒不假，我聽我媽說，從我的太太公那時起，我們一家就是革命的無產階級。所以別人都怕填政審表，而我最喜歡填政審表，政審表就像是我的光榮榜。早在加入紅衛兵

的時候，大家就評價我，有人說我是全家紅，有人說是自然紅，也有人把我說成是胎裏紅。」

「胎裏紅？」全畢正皺了皺眉頭：「我聽郎中先生說過，胎裏紅了是要落胎的……」

「不是，不是。不是那種落胎的紅，而是那種血統的紅。也就是成份論所說的紅。」

「好了，好了。」全畢正不再就「紅字」上作文章了，話歸到正題上：「我聽你師傅說，你會寫文章？」

「是的，我不但經常寫文章，而且寫的都是革命文章，所以我對華見森很不服氣。論武鬥雖然打不過他，可是論文鬥他根本不是我的對手……」

「你不要說起他！」這一次是全畢正生氣地打斷了倪伯武。「我今天叫你來的目的，是想請你為我寫一本書。這本書主要寫我的革命經歷。因為上一次我到縣裏去開會，縣革會的領導同志在大會上表揚我，說我的行動對得起革命，對得起人民，對得起黨。他還鼓勵我把自己戰天鬥地，打擊敵人的英雄事蹟加以整理，寫成一本書。他說這本書肯定會很好看的，它一則可以教育青年一代，鼓勵他們在階級鬥爭中要經得起血與火的考驗。再則也可以作為一個先進的典型向外推廣宣傳，發動群眾向階級敵人更猛烈地開火。只可惜，我吃虧缺了點文化，不能像你一樣把它寫成文章，所以……」

「全主任，您把這個光榮任務就交給我吧！我一定不辜負您對我的信任，幫您把它寫得很精彩！」

「不，不」全畢正微笑著糾正他：「這不是幫我寫，而是為革命而寫，為革命的事業而寫，為了反修防修的千秋大業而寫。你把它寫好了，大隊

還要補貼工分給你呢１」

「不，全主任，我不要補貼，要補貼就不是好思想，就是靈魂深處私字一閃念。我要像我的師傅一樣，不計報酬，全心全意為人民服務，做一個革命知識青年的好榜樣。」

「那，那真是太好了，小倪同志。你師傅真是說對了，十個華見森也不及一個倪伯武。」

「華見森算什麼東西！」

「對，他算什麼！」

三天以後，倪伯武就跟在師傅屁股後面到全畢正家來交差了。他的講義夾裏薄薄地夾著幾張紙，全畢正一見就皺起了眉頭。滿腹狐疑地問：「這就是你為我寫的書？」

「我聽他讀過了，寫得真是精彩極了。」朱圖山見全畢正不悅，趕緊幫襯。

「那你給我念念。」

倪伯武打開講義夾，將幾張紙拿在手裏，在全畢正家的飯桌旁他一邊踱著步，一邊朗誦了起來。

啊！紅紅的紅旗。

啊！紅紅的紅日

啊！紅紅的紅心。

我們敬愛的全主任，啊！

你是毛主席的紅戰士，啊！

您就像一隻翱翔在天空的紅鷹，啊！

偉大領袖指向哪裏，您就飛向哪裏，啊！

啊！您迎著風暴，搏擊長空。

啊！您向著火光，奮勇向前。

啊！您頂著雷霆，劈風斬浪。

啊！在前進的道路上，縱然有千重險峰，萬頃惡浪，您毫無懼色！

啊！在階級鬥爭的刀光劍影中，您依然閒庭信步！

階級鬥爭呵！你死我活。

和平演變呵！休得妄想。

反修防修呵！何等重要。

啊！階級敵人看到您就會發抖。

啊！階級弟兄看到您就感到親切。

那是因為您那顆革命的心臟在跳動。

那是因為您那根紅線連著毛主席。

啊！所以您才有大義滅親的偉大行動。

啊！所以您才有把曲金燦打翻在地的偉大氣魄。

啊！偉大的領袖毛主席。

啊！我們敬愛的全主任。

啊！我們的全主任在您的光輝照耀下已變得越來越堅強，越來越壯大。

啊！……

「好了，好了。別再『啊』了。」失去了耐心的全畢正終於打斷了倪伯武的表演：「你寫的確實很好，可是我要叫你寫的不是這種格式，你的這種格式我知道，叫作詩歌，我們農村裏把這叫利編文（順口溜）。而我

要你寫的是很長很長的那種。長得能成為一本書既可以拍電影又可以講故事的那種文章。」

「那！您所說的是小說嗎？」倪伯武終於弄懂了全主任的意圖，臉上堆滿了遺憾。他惶恐地雙肩一聳說：「全主任，寫小說我確實不會。我們在學校裏時，只知道批判小說，從來沒有人敢寫過小說。」

「連你也不會寫啊？」當然更遺憾的是全畢正，他原來以為只要會寫文章的人，就會寫出他所要的那種「書」，哪裏知道使朱圖山無比羨慕的倪伯武只會寫那種聽起來叫人起雞皮疙瘩的「啊！啊！」。看起來，寫「書」的確不是一件很便當的事情。

他無奈地放棄了寫「書」的計畫，沒想到縣革委的那位領導同志卻沒有忘記他曾經說過的話。他在縣文宣隊裏抽了五名筆底能寫出花來的女隊員，組成了一個「全畢正同志事蹟報導組」派到紅光大隊來蹲點採訪，進行專門創作。並對他的光榮事蹟進行了全方位的調研，記錄、核實。這時的全畢正才知道寫他的那種「書」需要懂得許多寫作的門道。諸如：主題、素材、構思、時代背景、情節鋪墊、心理活動等等。那個三腳貓的倪伯武憑幾聲「啊。啊」怎麼寫得出自己期望的那種「書」呢？

全畢正的遺憾得到了彌補，倪伯武的遺憾卻無從補償，他好不容易得到了全主任的賞識，可是只僅僅持續了三四天時間，全主任就再也不叫他寫什麼「書」了。如果是只因為格式不對和語句幼稚，那也可以讓他邊學邊提高麼！為什麼就一下不理睬他了呢？全是因為來了個報導組，要是她們不來蹲點，或許自己已經寫出讓全主任滿意的作品來了！

縣文宣隊的女隊員們，為了創作上的便利和安靜，選中了五隊村東頭的農具房作為她們寫作和生活的住所。這裏白天都很少有人到此閒逛，一

到夜晚更是顯得出奇的寂靜。尤其是在晴熱的夜晚，還時常可以看到東邊墳地裏一團團令人毛骨悚然的鬼火。

有一天晚上，那新裝的電燈突然熄了。繼而，東邊的墳地方向傳來了陰森而恐怖的呼叫聲。女文宣隊員們被嚇得擠在一起瑟瑟亂抖。第二天的晚上，那條剛剛修好的線路又在無風無雨中斷了電，墳地裏傳來的呼叫聲比上一夜有過之而無不及。第三天夜晚，電燈雖然沒有出故障，可是東邊的墳地裏卻傳來了一陣陣劇烈撕打和痛苦掙扎的呻吟聲。約莫半個鐘頭後那黑濛濛的深處出現了一個蹣跚的人影，走到女隊員們的住處前「撲」地倒了下去。女隊員們借著電燈的光亮看到了滿身抓痕的倪伯武躺在地上，嘴裏喃喃地說著胡話：「我讓……我給……我把……流氓打了！」

驚慌失措的女隊員們滿懷感激，叫起了隊長朱圖山，連夜用船把他送進了公社的衛生院。

自從這一夜後，那「鬼」經倪伯武這麼一打，東邊的墳地裏果然再也沒有出現陰森森的呼叫聲了。女隊員們被倪伯武的英勇行為敬佩得五體投地。

她們經過商量，決定把全畢正的創作任務暫時放下。改寫一篇宣傳倪伯武英雄事蹟的報導送交縣廣播站進行宣傳報導。說來也巧，正當縣廣播站在新人新事節目裏對他的事蹟進行廣播時，幾個在墳地裏鋤草的婦女發現了墳窟裏有一隻被打斷了腿，並且已經發臭生蛆的仔豬。倪伯武這一出自編自導的「英雄」戲才以狗熊般的結局收了場。

倪伯武英雄沒做成，倒反而成了人人唾罵的過街老鼠。連那些和他一起幹活的婦女孩子都會挖苦他，尋他的開心：「小倪同志，你說說看，豬爪怎麼會抓到你臉上去的呢？」

「你把自己抓得這麼狠，那份痛怎麼忍得了？」

「你要做好事，為什麼用這種方法？十多元錢一隻仔豬，燒了給女隊員們吃，滿滿一鑊子，不也是好事麼？打殺了多可惜？」

這一遭下來，倪伯武的名聲臭到了底。群眾議論他、羞辱他，他只恨不能挖個地洞鑽進去。連他媽也埋怨他：「你這樣做法，難道想把家裏的革命資本都蝕光嗎？」

要想得到全主任的賞識比以前更不現實了。全主任沖著他直瞪眼睛：「你把文宣隊的創作任務都給攪糊了，你簡直是在有意破壞！」

最終，還是多虧了「表叔」古敬寶同志為他打了圓場：「小倪同志方法雖然不對，思想比較幼稚，但主觀上是為了做好事，也是革命英雄主義的表現麼！」

有了古表叔的圓場，麻煩總算沒有擴大。可是，倪伯武卻從此變得心灰意懶，一蹶不振。經常一個人坐在鋪沿上暗暗地長籲短歎：唉！我原來只是想借個由頭做點好事，一則能出個好名氣，二來也好引起全主任的重視，把我抽進報導組去，沒想到竟會弄巧成拙，雞飛蛋打⋯⋯！」

鄉下真是個倒楣的地方，說是來接受貧下中農再教育的，可這三年多來，除了皮膚黑了，胡髭粗了，人變猥瑣了，究竟成長了什麼？想當初自己在家裏時是何等的寶貝？父母把他捧在手裏怕冷了，含在嘴裏怕化了。夏天睡覺時，哪怕帳子裏有一隻蚊子，他也會大喊大叫，非要他媽把蚊子消滅後才肯入睡。沒料到來到這大有作為的廣闊天地，蚊蠓蒼蠅成群地嗡嗡叫，下到田裏更是毒蟲、螞蝗、田鑽騷，每時每刻在威脅著，冷不丁刺你一口。最可怕的是，摘桑葉或拔毛豆時，捏著條軟乎乎的地扁蛇會嚇得你三天都回不過神來。這種大得幾乎一不小心就會送命的大事，去告訴與

自己最要好的貧農師傅兼隊長朱圖山。指望他能有所安慰，誰知他滿不在乎，還批評他太嬌貴。大隊的全主任，母親臨走時再三叮囑：一定要向他靠近。有事多向他彙報，可那全主任只會挖苦他，取笑他，更不要說會賞識自己了。出了這件事後，連自己的娘也在埋怨他塌了家裏的臺。真是人到倒楣的時候，什麼不順心的事都會有，甚至，比自己小四五歲的華見森也根本不把他放在眼裏，碰到一點小事就捋胳膊，晃拳頭地欺侮他。唉！在這種倒灶地方，簡直是活受罪，怎麼耽得下去呢？

唯一對他好一點的是陳窈窕，出了那件事後也沒有埋怨他。依然像往常一樣洗兩個人的衣服，燒兩個人吃的飯菜，迭兩個人睡的被頭。可她越是對他好，他就越懷疑她別有所圖。毛主席說的，天下沒有無緣無故的愛，也沒有無緣無故的恨。她為什麼要對自己這麼好呢？

倪伯武的懷疑不無道理，雙搶大忙結束後，縣繅絲廠招工，度日如年的知青們盼來了第一次上調的機會。名額雖然很 少，但公社安置負責人古敬寶與全畢正商量後，硬是給紅光五隊留了一個名額，那用意說穿了說是專門留給倪伯武的。可惱的是，與倪伯武找了三年多對象的陳窈窕也爭著要去。她對他說：「這次招的都是女工，就讓我去了吧！我保證上調以後不會把你甩了。再說，你反正有個當幹部的娘，管安置的表叔。下一次不愁輪不到你。」

「你怎麼可以跟我爭呢？這個名額明明是我的，就算讓給你，你那小商販的成份也不見得通得過。這次我有得去，主要是因為我的成份比你硬，說穿了只有我才有這福氣。這也是我的本事。你想去，為什麼不叫你娘也去當幹部？」

「你這人有沒有良心？」陳窈窕氣得直哆嗦：「這三年來，我把身子

都交給你了，還給你做飯、洗衣、任勞任怨，無非是靠你背景好一點，能早一點上調⋯⋯」

「身子？身子有什麼稀奇？我的身子不是同樣也交給你了麼？誰都是自願的，說什麼交不交的？」

「畜牲！」陳窈窕氣極：「那麼我說我不是自願的，是你強姦我的，你難道也可以說是我強姦了你嗎？」

「你假如說我強姦你，我就說你是賣的。我每個月負擔你十五元錢的生活費，不是正好五角錢一夜麼？」

「你⋯⋯」

兩個人互不相讓，終於徹底鬧翻了。陳窈窕明知在公社一關鬥不過他，便直接找到縣內務局去哭訴，而倪伯武來頭更大，循著他媽的老關係尋訪到省裏。陳窈窕得知後索性一不做二不休，乾脆追蹤到省裏，使出了她的殺手鐧，告訴省裏的專管幹部：「他強姦我，玩弄我，現在我肚皮裏懷著孕，你們假如把這個流氓放走，我要找你們拼命！」

省裏、縣裏的幹部都拿她沒辦法。弄到最後只得將那個名額收回，將他們打發回了生產隊。

誰都去不成，倒反而不吵了。只不過原來那一道洞開的蘆籬改成了一堵再也無法鑽來鑽去的土坯牆。

鬧到這種地步，肯定老死不相往來了。可是，日子一長，麻煩事就來了。倪伯武自幼生性懶散，既不會做飯，又不會洗衣。下鄉前在家裏時，肚皮餓了，衣服髒了，那都是保姆的事。下鄉後又虧得陳窈窕把家務活全包了。如今兩人一散夥，單單只苦了他一個。為了做飯給自己的嘴巴吃，他必須每天起早對著塞滿了潮柴的灶門鼓足了腮幫子吹，不是吹得煙霧騰

騰，就是「轟」一下噴出火來把他的眉毛胡鬍「吃」個精光。直吹得滿臉是灰，吹出來的是粥是飯，是生是熟還要等到揭了鑊蓋才能論定。至於洗衣服，那更是二兩爛棉絮進了彈花店，不能談（彈）了。沾滿泥巴的勞動衣褲他只在橋口兩甩三摜，不擰又不晾，往桑樹上一扔，也不管他有沒有日頭，不管它是曬乾、風乾、陰乾、還是絞乾。出工的哨聲一響，他往桑樹上一拉，披了就走。田頭沒有走到，那些爬進衣褲的刺毛蟲就直往他的旯旮裏鑽。刺得他身上到處是腫塊，無意中一碰就刺利利刺利利地一直痛到心裏，有時痛得腋窩裏起了淋巴結，連胳膊都抬不起來。

萬般無奈之下，他只好去求教隊長兼貧農師傅朱圖山：「師傅，師母。讓我在你們家裏搭了夥吧？我每月給你們二十元錢生活費，如果嫌少，我跟我媽說去，二十五元也行！」

師傅自然滿口答應，對於徒弟這樣的家庭背景，他想巴結還正愁沒有門路呢！

沒料到，這一搭夥，卻搭出了一段姻緣。朱圖山的女兒叫春蘭，二十多歲了，早已到了懷春發情的歲月，正為日益上漲的年齡而發愁。可惜只是長得黑不溜秋、截短蒲頭。那既粗又短的矮脖子使她的下巴能抵住自己的胸口。加上那一對晃晃蕩蕩的大奶脯不知被裏面縛了什麼勞什子，鼓鼓地直往上頂，彷彿要越過自己的肩膀去。所以，人們常拿她譏笑：「春蘭呀！有一棵矮蒲頭常菜。起苔了還不去燒肉，為啥？」

如今，倪伯武吃住都在師傅家打了蹲。少不了與春蘭有個挨肩擦背或撞著不尷不尬場面的時候。就像揩身汰腳、上馬桶、換衣裳等等，有意無意地往他眼睛裏灌。

倪伯武是只開過葷的貓，哪裏熬得過沒有腥味的日子，又怎能禁得住

那一堆滾圓的肉不時地在眼前晃？雖然春蘭的確壯了點，黑了點，可這又有什麼要緊呢？

「餓貓」「嗚嗚」地發出了饞食的吼叫：「春蘭姐姐，今晚上我不去看紅燈記，就陪你納鞋底，陪你到天亮，好嗎？」

鄉下姑娘不像城裏的女孩子會嬌滴滴地甩媚眼、羞答答地作姿態，既痛快大方又直接了當：「你這樣坐一夜腳不冷嗎？要是怕冷就挪進來，焐在被窩裏，暖和……別凍著。」

「那怎麼好意思呢？」倪伯武反倒扭扭捏捏：「我還不是你家的人呀！」

「你在我家茶也喝了，飯也吃了。按我們鄉下的規矩，你早已經是自家人了！」

春蘭的另一個優點是她不像陳窈窕那麼有主見。無論什麼事她總順著他的意思走，這對於倪伯武來說，倒是空前未有的滿足。以前他這個一米八幾的個頭不管走到哪裏，都會受到人們的揶揄、諷刺、取笑。有時甚至連一些四五歲的小孩子也會沖著他冷不丁地來一句「小倪叔叔，你怎麼念起語錄來像個阿姨？」窘得他無地自容。現在好了，半文盲的朱春蘭每當聽他講那些馬恩列斯、反修防修的故事簡直就像鄉下鼻涕狗聽小熱昏賣梨膏糖所唱的灘黃。她被他的淵博學識所折服。偶爾，她還會由衷地驚歎：「小倪，你的肚子裏怎麼會有那麼多的大道理啊？」

「我的大道理啊，是來自毛主席對我的諄諄教導。對於偉大領袖的最高指示，我是完全按照林副主席的要求去做的。不但做到讀懂、讀深、讀透。而且還做到了精讀、細讀。不瞞你說呀！紅寶書總共有 270 頁。我每頁都精讀、細讀。可以說絕大部份我都已領會了。只是有一條我到現在還

不太理解。那就是毛主席說的『卑賤者最聰明，高貴者最愚蠢』，我老是想，無產階級明明是最高貴的階級，怎麼反而愚蠢了呢？毛主席為什麼要把它倒過來說呢？」

「唔！那興許是毛主席說錯了？」

「不！不會！毛主席怎麼會錯呢？他老人家的話句句是真理，一句頂一萬句。錯了怎麼行？」

「那一定是印廠把它印錯了。」

「對呀！我老是琢磨的也是這個問題呀！」

他們兩個，一個是餓瘦的貓，一個是掛臭的魚，走到了一起，也算一碰挺縫，各得其所了。

當別人有時問起倪伯武：「你那春蘭哪裏比得上陳窈窕漂亮？」他總顯得無所謂「女人還不都是一個樣嗎？嫌難看，拿枕巾往她臉上一遮，她還樂得以為我跟她捉迷藏呢！」

不料，那個當幹部的倪伯武他媽知道了自己的愛子好上了一個比他大的鄉下姑娘，並且還非要同她結婚。急得跺著腳叫爺「尋尋開心，白相相，當然可以，可誰讓你真的去結婚了？你難道前途都不想要了？」

「媽媽……您不是說過，支持我紮根農村，幹一輩子革命的麼？」

「我難道叫你這種紮法麼？」當官娘大有恨鐵不成鋼的模樣：「你去問問你古表叔，紮了根還能不能上調？這簡直是自己判自己無期！」

「可是我正因為上調的事被陳窈窕鬧翻了，才走這條路的。您幫我想想，我一個人在鄉下孤苦伶丁，沒人做飯，沒人洗衣。談得上什麼大有作為？再說，我去問過古表叔，他也支持我，說我思想好。」

「你古表叔說你思想好？他想用這把你搞典型？」當官娘這時忽然來

了精神：「我和你馬上去見你古表叔。」

　　古表叔很耐心地聽他們把話說完，思忖了良久，才表態：「也好，現在大部分知識青年都不安心勞動，有的玩世不恭。有的自暴自棄。他這個榜樣假如在反修公社五百多知青中一推廣，倒也影響力不小。」

　　「可是，我就怕這個典型一搞，他在農村就要耽上個大半輩子了。一旦失敗，可是『駝子跌跤，兩頭不著杠』，我真有點不敢想下去……」。

　　與此相反，春蘭的爹和媽卻一聲一個好「好的，好的，……小倪好。他們倆都好。」

　　然而，朱圖山說錯了，憑他女婿這副德性，倪伯武能夠好到哪裏去？婚後，這女婿除了每晚必讀語錄之外，其餘的一概不聞不問。地不鋤一壟，飯不燒一餐，衣來伸手，飯來張口。沒過多少時間，小夫妻就鬧起了彆扭。春蘭儘管很溫順，可有時實在看不上眼，免不了總要埋怨幾句：「你光知道念語錄，學毛選。農活這麼忙，還要我們燒飯給你吃，伺候你，你這思想也不對頭。你我都有兩隻手，為什麼偏要我們服侍你？你仔細在語錄中找找，毛主席有沒有規定，老婆一定要燒飯給老公吃？」

　　每當這時，倪伯武雖然心裏自感理屈詞窮，可嘴上卻不肯認輸，他會板起面孔，瞪著眼烏珠，臉孔紫、脖子粗地強辯：「我們不是說好做一對革命夫妻的麼？革命夫妻就得做出點革命的樣子來。要多關心政治，要多多活學活用毛澤東思想。否則，我們的下一代就會改變顏色，國家就會變修。人民就要遭殃。到那個時候，勞動就失去了意義。毛主席教導我們：革命不是請客，而是吃飯。不是等於已經告訴了我們，革命就有飯吃嗎？你是一個革命知青的妻子。不要像那些毫無文化的農村婦女一樣，只知道先困倒去，後爬起來。」

「你這死鬼，油嘴滑舌。我不與你比念語錄，有種，夜裏不要跟我困覺！」拿他沒辦法的時候，春蘭也會使絕招。他心裏明白，對付這個愛不得、恨不得、哭不得、笑不得的東西。這句話的效果最好。任憑老公的嘴有多強，一躺到枕頭上，骨頭就酥了。死皮賴臉地成了另副腔調：「你是我的親親，我的親娘。」

「我是你娘，你媽是你什麼？」

「我媽是橫抱的娘，你是我直抱有娘。你這個直抱的娘比我媽這個橫抱的娘還要好！」

全畢正剛剛跨進大隊部，會計就遞給他一張會議通知。他伸手接過，看見密密麻麻一大片字就皺起了眉頭，他把通知重新還給會計說：「這通知怎麼這樣嚕嗦？你幫我看看，將大概意思講一下，如果沒有要緊事，我先走了。」

會計告訴他：「公社將要召開全體知青和貧農師傅大會，傳達中央關於再教育工作的文件和李慶霖同志寫給毛主席的信。會議時間四天，還要求各大隊各推薦一位知青和貧農師傅代表發言。」

「那就讓朱圖山同志代表貧農師傅，倪伯武同志代表知識青年吧！」

「那……」會計有點猶豫：「讓他丈人女婿都上臺發言，恐怕不太妥當吧？」

「有什麼不妥？全畢正反問：「我看就這樣定了。」

會計去通知朱圖山，朱圖山一聽卻急了。趕緊來找全畢正推辭：「這種大場面，我講不好，你還是另外選個人吧！」

「為什麼講不好呢？我看你在隊裏開會講的比我還好。」

「不、不。我在隊裏開會發言時，就像拉家常，因為聽的都是些鄉親。

而那種大場面，我一上去就發慌，就像鴨子上了絲瓜棚，站都站不穩。就拿以前獻忠的時候來說吧。你讓我出去講用，我明明想得好好的，上去後怎麼講。可我真的上了臺就什麼都忘了，只覺得那顆心猛跳、腦袋嗡嗡的，舌頭也彷彿吃了麻藥僵得不聽使喚。看著那麥克風上包的紅布，喉嚨口就像塞了塊抹布。何況，這一次是要講給知識青年聽，他們全都是些喝足了墨水的學生，錯不得半個字，所以你就隨便派個人，讓我坐下面當個聽客吧！」

「啊呀呀！我的圖山大哥。你都這把年紀了，怎麼光會：『杭育晃』不會『嗯哼啊』？知識青年又不是吃人的老虎，有什麼好怕的？你看我畢正兄弟，跟你一樣不識多少字。可上臺發言上千次，哪一次怯過場？你跟我比，就缺了一點『嗯哼啊』其實這『嗯哼啊』也是一門訣竅。當你說不下去或者無話可說的時候，你假如『哼、哼』地乾咳幾下，一則可以提提自己的精神，再則聽眾也會誤以為你氣派挺大，官威挺高。那時候，你接下去隨便說些什麼，別人總以為你講得很好。其實，說穿了，誰會在意你發言說了些什麼？只要有氣氛就行了。」

「我哪能跟你比呢？你畢正兄弟經過大風大浪，一上臺，那架勢就是一副官派，威風凜凜。而我……實在是講不好，真的講不好。」

「你為什麼還說講不好呢？我看你這次發言要比獻忠的時候好講多了。那時候要你發言，因為獻忠是你的首創，誰也幫不了你。而這一次是要你代表貧農師傅發言，貧農師傅所講的就是憶苦思甜。憶苦思甜還不是最容易嗎？你只要光揀苦的話講就行了。萬一真的講不出苦來，哭幾下也可以，那些學堂出來的小青頭，一看到你哭了，有眼淚，又有表情，還會以為你傷心得說不下去了，就會同情你。那時候你再把褲管捋起來，給他

們看那塊疤，說是地主的狗腿子放狗咬的，萬一有幾個小青頭，對那疤要問長問短，我就會在下面喊：『不忘階級苦，牢記血淚仇』，不就解圍了嗎？」

朱圖山被他這一番話雖然說得動了心，可還是覺得沒把握，他這輩子吃虧就吃在「文化」兩個字上。在有文化的知識青年面前去耍嘴皮子，還不是在關老爺面前舞大刀麼？萬一不小心說錯個把字，被那些小青頭駁了字眼，怎麼個收場？

「伯武文化好，讓他發言吧！他不會塌你的臺。」

「小倪的發言，我本來就定好了的，那你既然這樣說，我也只好不勉強了。」

與扭扭捏捏的丈人相反，他女婿一聽說要他上臺發言就高興得手舞足蹈。倪伯武本身就是個在文革的特定條件下造就的特種人材。他出身於一個政治條件特別好的家庭，可是除了一副書呆氣，讀書成績卻並不好。下鄉以來，他特怕幹農活，卻不可思議地會與農村姑娘結了婚。他的性格吝嗇而自私，但卻有著極強的表現欲。總想著創造條件來做一些「好」事，揚揚自己的大名。所以他每當被廣播裏的新人新事撩撥得心癢難忍時，他的靈感就會閃耀，腦子裏就開始想像，用什麼樣辦法才能把安眠藥拌在飼料裏，把誰家的豬麻翻後，他再自告奮勇地去把豬救活。只是可惜一直沒有找到安-眠藥的解藥才沒有實施。後來，出了縣文宣隊報導組那件事，他才不得不收斂起自己那些不著邊際的想像。

全主任要他作為紅光大隊的知青代表在大會上發言的那篇稿子，他是精雕細琢，著實費了一番功夫的。他生怕寫得不好，再一次失去全主任的

青睞。所以寫好後，他反反覆覆，細讀精讀，直到確認一個字都沒有寫錯，每句話都符合邏輯後，才非常自信地到會場上去的。

然而，他天生就像一個滑稽劇團的演員。在他發言前，公社安置負責人，他的表叔古敬寶同志將他的光榮事蹟先作了一番介紹：「小倪同志出身於無產階級的革命家庭。在革命的環境薰陶下，在革命的家長教育下，他牢記毛主席的教導，立志紮根農村幹一輩子革命，與廣大貧下中農打成一片，毅然決然地同貧農師傅的女兒結了婚，率先為廣大知識青年作出了值得學習的榜樣。」當說到「大家都應該學習他的革命精神」時，台下就響起一片驚歎聲、口哨聲、「噓」聲。他卻拎錯了一個秤鈕，以為大家是在敬佩他、讚揚他，就站直了身子沖大家微笑、點頭、招手。他原本就長得有趣，再加上那一副動作，台下「轟」一下笑開了，一忽兒，整個會場都為他「劈曆拍拉」地鼓起掌來。

掌聲響起，他更把肉麻當補藥吃。欣然地展開了那份精雕細刻的大作，滿腔激情地朗誦了起來：

領導同志們

知青戰友們

貧下中農師傅們：

鑼鼓響，咚咚咚，鏘鏘鏘。

鞭炮鳴，叭叭叭，砰砰砰。

毛主席，發號令。

倪伯武，來响應，

學習顧阿桃，學習年四旺。

學習劉英俊，還要學習蔡永祥。

工業學大慶，農業學大寨，全國學習解放軍。

知識青年到農村去，接受貧下中農再教育，很有必要。

你們像早晨八九點鐘的太陽，希望寄託在你們身上。

下定決心，不怕犧牲，排除萬難，去爭取勝利。

金猴奮起千鈞棒。玉宇澄清萬裏埃。

和工農群眾打成一片……

倪伯武的發言稿捏在手裏，厚厚的一叠，連主持會議的古表叔也搞不清他究竟要念多少條語錄。忍不住上前打斷了他的朗誦：「小倪同志，因為時間關係，你就著重把你媽媽的紅色家信宣讀一下吧！」

倪伯武意猶未盡，雖然不悅，可也無奈。只好將稿子往前翻過幾頁，找到革命家信的那一頁，不很情願地念了起來：

「伯武我兒：首先向你致以崇高的、真誠的革命問候！你的來信，我已收閱，得知你近階段在農村中表現很好，認真讀毛主席的書，聽毛主席的話，緊跟偉大領袖毛主席的偉大戰略部署，做毛主席的好知青，我感到萬分的高興。

我們的家庭，是一個革命的家庭。全家六口，除你是團員外，其他都是黨員。所以你更應該嚴格地要求自己，用實際行動在農村中作出成績，要敢於同壞人壞事作堅決的鬥爭，爭取早日入黨。在三大革命實踐中，衝在前面當標兵，落在後面當追兵，紮根農村幹一輩子革命。在廣大知識青年中樹立起自己的光榮榜樣。無愧於七鬥八鬥、九鬥十鬥、鬥出來的社會主義新型農民的光榮稱號。

青年是祖國的未來，也是共產主義事業的接班人。由於70、26號文件的貫徹落實，知識青年的地位有了很大提高，政治上成了與現役軍人差

不多的『高壓線』。這體現了偉大領袖對廣大革命知識青年的親切關懷。但是，我要提醒你，美帝蘇修以及國內的階級敵人是不甘心於他們的失敗的。他們會千方百計地進行破壞和搗亂。並且把和平演變的希望寄託在你們這一代青年的身上。所以，對於地富反壞以及一切階級敵人的陰謀活動，你們要堅決地、毫不留情地給予迎頭痛擊，用知識青年的『高壓線』叫它觸電，專它的政，革它的命。徹底粉碎它的反革命黃樑美夢。把無產階級革命事業進行到底。為此，我希望你一定要做到天天學習毛主席的著作，努力克服浮躁情緒，不斷改造自己的世界觀。

根據當前國際國內的大好革命形勢，我特地向你提出鄭重建議，從今天起，我們母子倆在不同的工作崗位上開展一場學習毛主席著作的革命競賽，比一比誰的學習好？誰的決心大？在宣傳毛澤東思想，捍衛毛主席革命路線的熱潮中誰的貢獻大？

最後，我想就此機會說一下你的個人問題，你與三代貧雇農出身的農村姑娘找對象，我表示堅決的支援和贊成。我們是三代無產階級的工人出身，你的對象是三代半無產階級的貧雇農出身。半無產階級的貧雇農是農村中的革命主力軍。所以，我打心眼裏感到滿意。以前我曾經反對你同有小資產階級思想的姑娘交朋友，是因為我看不慣成份差，思想不積極，政治覺悟低的人……」

「鄉下大姑娘，有吃嘸看相。」不知是哪一個搗蛋鬼，聽得頭皮發了麻，放了一記冷槍，打斷了倪伯武他娘那封養兒防修，望子成龍的革命家信。整個會場頓時又象炸開的油鍋一般地沸騰了。

「阿婆看媳婦，只想抱孫兒。」

「瞎貓碰著死老鼠。」

「拖著黃牛就是馬，只要好騎，管它呢！」

「春懶洋烊，鳥兒梗梗，有了銅鈿，就討婆娘。」

知青們的情緒高漲到了極點，可是倪伯武的紅色家信卻讀不下去了。然而恰恰是這封讀不下去的家信成為了他發跡的資本。在這次會議上，他被推舉為反修公社知識青年積極分子的代表，出席了縣裏的知青積代會，並且擔任了縣革委「知識青年再教育小組」組員的職務。大大地火了一把。

十、轉向

農曆辛亥年，春節前後的好幾天都下著紛紛揚揚的大雪。在江南，已經好多年沒有見過這麼大的雪了。然而，讓人納罕的是，下大雪時竟霹靂交加，雷聲隆隆。當年輕人都在為這場大雪而歡呼「瑞雪兆豐年」時，那些上了年紀的老封建對他們的喝斥就猶如給興頭上的年輕人潑冷水：「好什麼好？這叫臘繃，是不吉祥的徵兆！」

到開春，人們又驚奇地發現，門前屋後的杜園竹、孝子竹都紛紛地開了花。老封建們又故弄玄虛地翻出了他們的老皇曆：「天道輪回呵！看來要改朝換代了。六十年一個花甲，上一個辛亥年，也就是宣統三年，竹子也開了花，後來果然出了個孫中山推翻了滿清帝制。他一上臺就號召大家剪辮子。我那根大辮子，有多麼神氣呵！哪裏捨得剪？東躲西藏捱過了半年，將它盤在羅宋帽裏，可還是逃不過。有一次上街，我正在店裏買東西，這時肩膀被人搭了一下，我以為碰到熟人，回頭一看……啊呀！不得了！一個革命黨公差站在我背後，將我帽子一掀，不由分說，就『咔嚓』一剪刀，將剪下來的辮子往我肩上一扔，說聲『小兄弟，革命了。留頭不留辮，

留辮不留頭」。沒有了辮子，我心疼得抱著頭哇哇大哭⋯⋯現在想起來，還真好笑呢！」

年輕人對那些老古董卻滿臉不屑：「老壽頭，都六十年過去了，還念叨那根老鼠尾巴。如今都什麼年月了？還說什麼改朝換代？廣播裏哪一天不是在講國際、國內形勢一派大好？帝國主義、修正主義、反動派必然滅亡，這朝代改換得了麼？」

不錯，朝代確實沒有改變。然而，當年的十月中旬某天，早起的人們還像往常一樣，把盛在碗裏的粥擱在一旁，嘶啞著吃糙米粗糧的喉嚨，唱著「大海航行靠舵手」，吟誦著「敬祝林副主席身體健康，永遠健康」的時候，外蒙古荒漠上的那一聲巨響傳到了紅光五隊。隊長朱圖山的喊聲代替了平時的出工哨子：「今天全隊停工，到大隊部開大會，由縣革委的玲委員向全體社員傳達中共中央絕密文件。」

玲委員是縣革委下到紅光大隊蹲點的幹部。她的真實姓名只有少數幾個人知道。大多數的社員只知道她的姓名中有一個「玲」字，又因她樂於與群眾打成一片，待人和藹，故鄉親們都親昵地稱她為「玲委員」。別看她是位女同志，她的演講口才可是能力很強的男同志也比不過她的。這次會議上，她除了向大家貫徹中共中央文件時是照著文件讀的外，後來給大家上的長達一個多小時的形勢教育課，就根本不用稿子。

「歷史是嚴肅的，決不會因為一小撮時代的跳樑小丑的顛倒而顛倒過來。嘲弄歷史的人最終還是受到了歷史的嘲弄⋯⋯兩千多年前，衛國出了一個名叫荊軻的刺客，他為了達到刺殺秦始皇的目的，給秦始皇獻上了一幅令其饞涎已久的『督亢河山圖』。『河山圖』是美麗的，然而，正是在最美麗的地方卻藏著一把謀害其性命的匕首⋯⋯兩千年後。大野心家、大

陰謀家林彪為了達到篡黨奪權的罪惡目的，妄圖重演這一幕歷史古劇，對我們偉大的領袖毛主席竭盡了吹牛拍馬之能事。創造了一套詩人無法想像的、世人無法仿效的、高超的馬屁術。一會兒『最最最』。一會兒頂峰。一會兒一句頂一萬句。一會兒『立竿見影』。一會兒『天才』。終於騙取了毛主席他老人家對他的信任。在一九六九年召開的黨的『九大』上，毛主席親自選定他為自己的接班人，並且把它列入了黨章。但是，這個大野心家心術不正，身居一人之下，億萬人之上的高位而心猶不足。對我們偉大的領袖毛主席陽奉陰違。語錄不離手，萬歲不離口，當面說好話，背後下毒手。當他接班人的地位已經確立後，就把毛主席的健在看成是登上權力頂峰的障礙。這個平時自我標榜為最最忠、最最親密的『戰友』，終於迫不及待地撕下了偽裝，暴露了大陰謀家的醜惡嘴臉。一手策劃和制訂了謀殺毛主席，推翻無產階級政權的《五七一工程》紀要。但是『機關算盡太聰明，反誤了卿卿性命』。我們偉大領袖毛主席遠遠比他這個無恥小人英明，聰明和高明，使他的《五七一工程》泡了湯。而他自己卻鑽進了溫都爾汗的荒漠，在沙丘野草中作他的最高『夢』去了。」

「賣國賊林彪被釘上了歷史的恥辱柱，他所提倡的『三忠於，四無限』全是一些空洞的教條主義，從今天開始就應該堅決取消……但是，這不等於說不要運動了。轟轟烈烈的無產階級文化大革命運動我們還是要搞下去的。並且還要把它引向深入。試問像我們這樣一個擁有八億人口，九百六十萬平方公里國土的大國，不搞運動能行嗎？我打個比方，我們的中國就像是一個人，人的生命在於運動，停止了運動，人就會生病。只有經常運動，身體才會健康。才會覺得有力量。繃緊了肌肉和神經，才能抵抗細菌和病毒對機體的侵蝕。因此，偉大領袖毛主席從來就不曾忽視過運

動的作用。建國以來，他幾乎不間斷地發動了肅反、鎮反、土改、三五反、反右、三面紅旗、社教以及現在的文化大革命這樣的大運動。每一次大運動裏還包涵著一系列的小運動。諸如，學毛選、破四舊、四大、大串聯、文攻武衛、清理階級隊伍等等。猶如無數個肺泡組成的肺葉，有了肺葉的運動就產生了推動生命的動力，有了動力機體就會蓬勃發展，就可以強有力地抵抗帝修反的病毒對我們偉大祖國的侵蝕。社會主義的事業才會興旺發達。所以，我們要深刻地領會毛主席的偉大戰略意圖，把兩個階級、兩條路線的鬥爭年年講、月月講、天天講。現在我講一個小插曲給大家聽聽。六二年，蔣介石叫囂要反攻大陸，我們那個村上來了祖孫兩個人，東瞧瞧西看看，磨蹭了大半天。老的那個一忽兒指著一片房屋告訴小的那個說，這房子都是你曾太公時蓋造的。一忽兒指著幾隻大阡的田說那是你太公時置下的。一忽兒又說那一大片桑園是他家的祖產，到後來乾脆說村前那座橋也是他家的祖產。碑上還有他曾太公的名字呢？到後來，連那個小的不相信了，問老的那個：『爺爺，你說這些都是我們的，那麼別人有什麼？』是啊！這個小的問得好，他問出了一個發人深省的問題。什麼都是他們地主家的，我們貧下中農還有什麼？你們說，這運動、這階級鬥爭、這路線鬥爭不搞還行嗎？連地主的小兔崽子在潛意識裏都已經感染上了這種病毒，我們廣大的無產階級民眾假如還不運動，不鬥爭，不政治掛帥的話，那麼，亡黨亡國就為期不遠了。

　　當然，我講的這個小插曲只是強調了一下階級鬥爭的重要性。今天我們的首要任務是徹底批判，憤怒聲討林彪反黨集團的滔天罪行。把林彪這個資產階級的大野心家、大陰謀家、叛徒、賣國賊批深批透，批倒批臭，肅清他們的流毒。以抓好革命來推動當前的農業生產……。」

　　玲委員的形勢教育洋洋灑灑，一流順水。而全畢正對於這形勢的突變就顯得不適應了。雖然他也意識到了這突變中自己必須提高認識，調整方向，不落後於形勢的重要性，可是轉好這個彎子實在太費勁了。他的發言不但詞不達意，而且簡直可以說糟糕透了「啊……這個……麼，哼！總的來說……就是，嗯，歸根結蒂……如果是，最最簡單地一句話……拆穿了講吧……啊！這個禿子林彪同志……我早就知道，不是個好東西！」

　　「這個東西精，做了大官羨皇帝，做了皇帝想登仙，真不是好東西！」

　　「俗話說『人有良心，狗也不吃屎』毛主席待他這麼好，而他竟恩將仇報，真不是好東西！」

　　「他早年當逃兵，不是好東西！」

　　「他從來不聽從毛主席的偉大戰略部署，不是好東西！」

　　「他當面一套，背後一套，不是好東西！」

　　「他叛逃蘇修社會帝國主義，不是好東西！」

　　每念一句「不是好東西」就狠狠地跺一次腳，為的是把喊了多年「林副主席」的習慣改過來，但還是把林彪稱作了「同志」，好在以他目前的權勢已沒有人再敢與他作對了。

　　「咣……咣……咣」大清早，全畢正的安穩覺就被對岸范同刮鑊子的聲音吵醒了。他懊惱地披了件衣服走到河邊，隔著河向對岸正刮得起勁的范同喊過去：「你天天這麼早就咣咣地刮鑊子，噪得我困覺都不安耽。哪有象你這樣刮得勤的？再說，你就是把它刮通了，也只能省下幾個柴錢？」

　　范同「嘿嘿」地傻笑著，他的確有點不好意思：「全主任，介早就把你吵醒，實在是對不起呀！可我也沒辦法，現在稻草柴要三元一擔，我能

省個十斤八斤，也就是節約了二三角錢哪！以前我懶得刮鑊子時，燒一餐早粥就要八到九個草稭，現在我把鑊子刮淨了，只要六個草稭就可以燒滾了，隔幾分鐘，再用一個草稭回把火，連燉醬蒸菜都夠了。小裏不虧長算，一年下來，我倒能節省不少呢！」

范同那個屋裏的，叫葉燕香。這時也走了出來與對岸的全主任搭上了話：「我們的大主任哪，你是飽漢不知餓漢饑呀！你一個大幹部，不顧家，當然也不曉得柴米貴。你家嫂子最近又當上了吃工資飯的民辦教師，過下去的日子是『麻雀踏不坍屋』囉！可我們夫妻倆又有些什麼？一沒有祖產，二不會手藝。一年到頭，兩腳插在田裏，背朝皇天。天天雞叫做到鬼叫。年終分紅時，算盤珠撥得劈曆拍拉，眼烏珠瞪得夾眨夾眨……全隊的社員中，除了嬌囡婆媳兩個瘋婆子，最苦的就是我們這一家了。你們這些當幹部的，又不曉得體諒社員群眾的苦楚。前天朱圖山帶了人檢查自留地，在我家地上點來點去，就是多點出一棵荽菜，我向他求情說：『我們家成份好，這多的一棵就照顧了吧！』誰知他虎著臉，做出副大公無私的腔調說『要鋤掉，堅決得鋤掉，假如不鋤，就把范同的團籍除了』。你這位大主任幫我評評理，難道多種了一棵菜，我家范同就變成修正主義了？」

這女人，能說會道，又天生一副「翹嘴陡奶，有錢難買」的好豐裁。細眉毛，大眼睛，五官緊湊，嘴唇圓而勻稱，簡直就像店裏賣的洋囡囡投的胎。常誘得一些色鬼男子發情似地神魂顛倒，尤其是她在偶爾一笑時，那微微露出的舌尖細膩粉紅，蠕蠕而動，宛如河灘上張殼曬陽的蚌，更令人恨不得撲過去、啄上一口，以解心頭之饞。

然而，說她有錢難買，她卻偏偏沒錢。正應了人們常說的一句話「紅顏薄命」。也許因為身段太好，面容嬌嫩的緣故吧！她剛嫁到胡家灣時，

就遭了全畢正的白眼：「這個女人，資產階級味道實足。吃得做不得，你們看她那吃飯的模樣，多麼嗲氣。拿筷子的那隻手，小指翹得高高的，活像電影裏的姨太太⋯⋯」

就因為全主任說過那番話，人們都不敢與她太接近，尤其是在開大會時，人們更拿觀賞稀有動物的眼光來看她。

要是在平時聽到葉燕香的那種話，全畢正肯定是要發作的。可是今天不知為了什麼，他非但不感到刺耳，而且竟連她的模樣也越看越順眼了。

「是啊！是我這個大隊主任沒有當好哇！」他竟破天荒地謙虛起來，這倒是他生涯中「小和尚見丈母——頭一遭」的事，「這幾年光顧了政治掛帥和抓革命，對生產忽視了。自從上次聽了玲委員的報告才知道，上頭的風向也有點轉到抓生產上去了。」

「你們怎麼一大早就在說我的名字哪？」每天都早鍛煉、晨跑的玲委員正好跑到這裏，停了下來，參加了他們間的對話：「說給我聽聽，你們在談些什麼？」

「我正跟范同⋯⋯同志，在說刮鑊子的事呢！」全畢正尷尬地介紹了一下：「我嫌這聲音刺耳，他說，刮了鑊子既省功夫，又省柴⋯⋯」

「好哇！可見得貧下中農的覺悟並不低呀！」玲委員不由得讚歎道：「他們的政治覺悟有時候比我們這些當幹部的都要高，我當幹部這麼多年，怎麼就沒有想到過刮鑊子也是節約鬧革命呢？」

「我也是第一次聽到鄉親們發牢騷。以前我老是考慮，政治問題最重要。政治上去了，共產主義也就實現了，大家各盡所能，按需分配，生活問題自然也就解決了。後來聽了你的形勢教育課，我才知道，原來吃飯問題差不多和政治問題同樣的重要。」

「對呀！我們共產黨之所以能推翻國民黨反動派的獨裁統治，那基礎就是人民群眾，人民是水，我們是舟。水能載舟，也能覆舟。要使我們的政權萬代不動搖，就首先要贏得人民群眾的信賴。林彪反黨集團之所以像蔣介石一樣會失敗，其主要原因就是脫離了群眾。你看全國那麼多純樸而厚道的老百姓盲目地緊跟著他，高舉寶書虔誠地喊了那麼多年的革命口號，可是老百姓幸福了嗎？他們得到實惠了嗎？根本沒有！相反，他們的胃卻越來越薄了，幹勁也提不起來了。要知道，這身體可是革命的本錢哪！要使他們擁護你就必須與他們打成一片，同呼吸，共命運，為他們謀利益。如果，你能讓他們一年四季每天都有兩頓乾飯一餐粥吃，那就說明你這幹部是當成功了。誰都會擁護你。所以，我們這些當幹部的都應該幹些實事。」

「玲委員」范同的喊聲隔河傳了過來：「你說得好，你把我們貧下中農的心裏話說出來了。我們擁護為群眾幹實事的幹部，希望幹部們與我們一起大幹苦幹加巧幹，艱苦樸素拼命幹！」

「對，對。當幹部是應該幹！」玲委員那番話使全畢正也深受啟發。同樣，范同的那句「大幹苦幹加巧幹」也給了他很大的啟發：我大幹苦幹不行，難道就不可以巧幹嗎？俗話說『文官動動筆，武官殺脫力』。諸葛亮搖搖羽毛扇，曹操的百萬大軍就被殺得丟盔棄甲，那功勞遠遠在關、張、趙之上。這就證明了巧幹的作用。同樣，我要是也能巧幹，還不一樣是功不可沒麼？」

他開始留意起田間的農活來，他像哥倫布發現新大陸一樣地發現，那幾千年一貫制的彎腰操作法可以找到突破口而把它顛倒過來，他在會上強調：「我們為什麼要在拔秧、插秧、摸草、割稻等農活中都彎著腰，躬著背，

冒風雨，頂日頭像狗一樣趴著操作呢？我們難道就不能以無產階級的新風尚打破封建傳統的操作法，讓社員減輕勞動強度，挺起腰杆來種田麼？所以，我認為，插秧機非搞不可。其實，大家沒有必要被那個『機』字嚇一跳，那只不過是資產階級反動技術權威用來賣關子，搭架子而嚇唬人的。有一次我到外地去參觀，看到人家土法上馬的那個東西也很靈光，結構也非常簡單。只不過上部一個大扁鬥，中間一個大木輥。木輥上釘滿了卡口鐵絲，扁鬥裏的秧根淌到下面，卡口鐵絲就夾住秧苗往前滾，滾過的地方秧就栽上了。我當時就想，這樣的『機』我們隨便哪個社員都會搞得出的。」

「插秧機的辦法假如萬一不靈光，我的另一個辦法也可以解決彎腰問題，那就是拋秧法，拋秧法只需要將小苗帶土移植的秧畈，用鐵鍬戧起約一公分厚的帶苗秧板，再每三四根秧苗捏成顆粒，人站在界塍上就可以向田裏拋。這方法，也許比插秧機還管用，這樣一來，原來很繁重的體力勞動不是變得像遊戲一樣有趣了麼？」

「我的再一個辦法可能更管用，更革命，更大膽。我琢磨過，按照封建傳統遺留下來的做法，從選種開始到插好秧苗，要經過選種、孵芽、濾水、做秧田、下種、拔秧、挑秧、插秧等許多環節。我的這個辦法把這些都省略了。那就是點播種，把幹種穀一次性點播在耘好的大田裏，這樣做雖然也需要稍微地彎彎腰，但大部分彎腰的活就可省去了，而且還不會傷及秧苗。」

「除了以上的彎腰問題，我還發現了一個密植的問題，因為只有密植才能提高糧食產量。我曾經仔細地觀察過，以前我們田裏的稻杆子太稀了。農民們都知道有一句土話，叫作『三鐵耙 、六稻杆』。這就是說，墾三鐵耙的田，才只有六棵稻杆的面積，這不是太浪費了麼？現在我要把它翻過

來，變成一鐵耙六稻杆，那樣的話，畝產至少可以提高一倍以上，說不定，還能跨過『雙綱』達到噸糧田呢！」

「也許有的同志要問，密植以後肥料的問題怎麼解決？就像人吃飯一樣，密植前是三個人吃一鍋，密植了三倍後就成了九個人吃一鍋。怎麼夠呢？在此我要坦率地告訴大家，請大家放心。我早已考慮好了肥料的問題。因為我在上次參觀拖拉機的典型時，意外地發現了解決肥料問題的辦法。他們那個隊還在大辦畜牧業，利用河塘放養的水漿板（革命草）不給羊吃，而是用攪漿機攪成漿，再拌入一些柴夥糠，直接作飼料餵豬，我還以為他們在吹牛，偷偷跑到畜牧場一偵察。果然那些豬都只只養得滾壯。所以我回來的路上就在想，回去後一定要叫紅光大隊的每個生產隊都搞『百頭運動』。假如，『百頭運動』一旦搞起來，那一百頭豬先不要說能出多少肉。就是一點肉不賣，光給我隊肥料也就等於是一爿小型化肥廠了。」

「以上所說的都是比較迫切的問題，另外，我還學到了一些其他的先進經驗，將來有條件時也可以實踐一下。比如，有些先進的典型已經在生產植物生長素、『九二〇農藥』和抗蟎稻虱的土法馬拉松。尤其是土馬拉松，搞起來真是便當，只要弄些苦楝樹葉，加些老鹼、柴油放在水裏燒一下就成了。殺蟲效果出奇的好，還有我們浙江的農科研究部門已經培育成功了三季稻的稻種，這些都可以列入我們紅光大隊的遠景規劃，偉大領袖毛主席教導我們：『要變革梨子，就得親口嘗一嘗』。所以我今天給大家提的方案，大家都要同心協力地去做，廣大的貧下中農同志們就會過上幸福的好日子。最後，請同志們不要猶豫不決，今天我所說的話決不是劉少奇時期刮浮誇風，是虛假的。而是實實在在為我們貧下中農同志們謀利益的！」

「嘩……」這一次的會議，雖然玲委員不在場，但全畢正憑他的豪言壯語贏得了與玲委員一樣熱烈的掌聲。

「大家不要鼓掌，不要鼓掌。」全畢正聽到那麼多由衷的掌聲，心裏象灌滿了蜜。他非常豪邁自得地用手指著自己的鼻子大聲說：「再告訴大家一個好消息。我，作為紅光大隊革命委員會的主任，已經莊嚴地向我們最偉大的、最光榮的、最正確的黨提出了入黨申請。等到正式批准我入黨的那一天，也等到我為群眾謀利益的方案實現的那一天，你們再為我熱烈地鼓掌吧！不過，我要提醒大家，越是我的方案將要勝利實現之時，一小撮階級敵人就越會感到恐慌，一定會咬牙切齒，恨之入骨。用形形式式的理由跳出來倡狂反對，所以我們更要牢記偉大領袖毛主席關於『任何新生事物的產生都是要經過艱難曲折的』和『千萬不要忘記階級鬥爭』的諄諄教導。高度加強革命警惕性，時刻密切注意階級鬥爭新動向。只要有哪一個地富反壞分子膽敢跳出來反對我的方案，我們就要對他嚴厲地實行無產階級專政……」

這是全畢正有生以來最成功，也是最得民心的一次演講，然而，這畢竟是在紙上談兵，真正實施的時候竟然樣樣都豁了邊。

先說那插秧機，他把知識青年，回鄉青年一概拒絕，卻令人驚訝地將這高難度的製造任務指派給了三年級都沒有念完的朱春蘭。把朱圖山父女倆嚇了一跳：「畢正兄弟，你那好意我們領了，可春蘭連封信都寫不囫圇，怎麼能擔當得起這樣重要的任務呢？」

全畢正卻深謀遠慮：「這東西看看難，其實容易，假如讓有文化的人搞成了，沒什麼稀罕。但如果春蘭搞成了那意義就大了。可能報紙會登，廣播會報導。所以這好差使我怎麼肯放給別人？再說，她的背後還有一個

有文化的男人好為她參謀。」

「你是說伯武呀！他就更不行了。上次我教他用草繩打個『咩咩結』。他學了半天還打不像樣呢！」

「你不要把你女婿看死麼！過去不是有句名言，叫作什麼『只要有鐵棒，就能磨成針』麼！」

朱圖山和女兒沒話說了，勉勉強強接了任務回到家裏，籌畫來，籌畫去總沒有頭緒。他們原本就不開竅的大腦哪裏承受得了這麼重的負荷？塞得進一臺「機器」的結構呢？何況這臺「機器」的任何部件都沒有現成的資料圖紙可借鑒。諸如：動力來源、傳動部件、齒輪大小、鐵絲木輥、規格尺寸、行距間距、速度牢度、元釘漏斗，用肩背還是用手搖？不同品種的秧苗根部攜帶的不等量的泥漿，問題一大堆，猶如一團團亂麻在父女倆的腦袋裏擠壓翻騰後變成一串串煩惱，折騰得他們食不甘味，夜不成寐。

無奈，只好死馬當成活馬醫，把這些問題叫人代筆寫了封長信去請教在縣裏當了幹部的老公倪伯武。

一個星期後，老公的回信來了，內容只有一句話：「這個問題我經過分析後認為是個機械的問題」。信封裏面又夾了張倪伯武在學校時兩派武鬥中發的「碰到問題在毛主席語錄中找答案」的索引卡，建議父女倆學一學「這個軍隊具有一往無前的精神，它要壓倒一切敵人，而決不被敵人所屈服……」

朱圖山父女倆被弄得哭笑不得，只好硬挺著頭皮，用老婆量布的竹尺和自己那雙長滿老繭的手，一拃一拃地在木輥上釘滿了三寸間距，上端開了卡口的鐵絲，應付了全主任的重托。

說來倒真是奇的，只要秧苗比較整齊，在裏帶的泥漿又不太多的情況

下，它倒真的能鉗住秧苗，在往前滾動的過程中栽在泥上，只不過它像個稚嫩的小童，需要兩個人扶，兩個人拉，一個人餵，速度比人工插還慢得多。然而秧苗一旦能夠插到泥裏，它就成了一個沒有文化的新型農民，不要投資，土法上馬敢於向資產階級技術權威挑戰的一個成功典型。其意義也就遠遠高於它實用性了。

土制插秧機扛到公社展出的那天，全畢正紅光滿面，沉浸在喜氣洋洋的快活中。合不攏嘴地向前來參觀的人們吹噓著它的產生過程。

然而，他後來的那些為社員謀利益的「拋秧法」、「點播種」、「密植田」、「百頭運動」卻使他再也笑不出來了。

俗話說「人誤地一時，地誤人一年」。莊稼畢竟不像政治，可以隨心所俗。那些曾經讓嘻嘻哈哈的婦女們過足了遊戲癮的「拋秧法」東一簇，西一塊地長得像癩痢頭上的毛髮，成熟後，有的地方一汪白水，有的地方饅頭似地聳著幾個堆，看起來那模樣既有點像丘陵，又有點像群島。這樣的田焉能收得高產量？

「點播種」的長勢更是「千年不見親娘穿紅裙」。乾種穀剛播下時還星星點點的均勻好看。沒料到當晚正逢上一場大雨，穀尚未出芽就被大雨一沖，余到了一邊。等待到出齊後一看，活像是一副中國的地形圖——西高東低。低窪處那些水余不走的稗草籽倒反而長得鬱鬱蔥蔥，像是韭菜地裏夾種了大管蔥，鶴立雞群地往上直竄，不用說，那「點播種」也算泡湯了。

再說「密植田」，這是全畢正下了血本的，除了施足了基肥，又加足了追肥，發棵後又用尿素噴了道根外追肥，間距一寸半，每棵植株都在七根以上，密得幾乎毫無縫隙，所以，光是種穀就用了七十斤一畝。當它剛

發棵時，長勢油亮烏青，全畢正看了欣喜異常，簡直就像孩子搭了個野夥棚。

孰料，這片過度下種，過度施肥的密植田也不替他爭氣。過密的苗棵，吸足了過量的養份後擠在密不透風的環境中，互相爭光，只顧一個勁地往上瘋長，就像倪伯武那樣的缺鈣身材，雖嫩綠卻無勁力。到了透筒抽穗的關鍵時刻，被一場狠毒的八號颱風全部颳倒。遠遠望去，這一片大田竟像蓋了一層柔軟的被子，尤其是後期到了紋枯病的旺發季節，反而成了繁育病菌的溫床。收割時更不像話了，那軟綿綿的稻把子，人們捏在手裏竟像捏著一團團抹布，畝產僅得一百二十五斤，除去種穀七十斤，淨收穫只有五十斤。

最苦的是畜牧場裏那一百頭豬，它們假如有知，是無論如何也想像不到被熱熱鬧鬧地請進紅光五隊後會是那樣的命苦，當初它們都只只膘肥體壯，飽滿光滑。自從進了這倒楣的百頭運動場，天天吃的是柴夥糠、革命草。有幾頭犟一點的，乾脆倔起了豬性，死活不吃柴夥糠拌革命草，寧可嚼墊棚的柴草，沒過多少時間，它們中有的痢倒在地再也起不來了。有的脊樑骨薄得像把劈柴刀。有的成了不會爬樹的猢猻。還有的乾脆被一陣風就刮走了生命，身軀溶進了接納萬物的大地。

全畢正迷茫了。簡直難以置信：「我這麼傾心地對待它們，它們為什麼就沒有半點點『回報』之心呢？我一番好心，為了減輕群眾的勞動強度，為了讓他們增加收入，難道就這麼個結局？當初的設想何等美麗，但輸得這麼慘，究竟是什麼原因？」

他的腦海裏一片空朦，只好帶著滿腹的疑問和不解去求教玲委員。玲委員不假思索地說「你首先排查一下，有沒有階級敵人畜意破壞的可能

性？」

「沒有，沒有，肯定沒有。」他堅決地否認：「無論哪道環節，我都親自把關，看著他們選種、下種、施肥到收割、脫粒、司膀、入倉。我敢保證，他們對我不會有弄虛作假的行為。」

「倘若在階級鬥爭方面找不到原因，那我也無法判斷問題出在哪裏了。也許，是因為天氣的因素吧？」

「天！」他眼前忽然一亮，找到了答案「是天！這鬼天氣，前階段不是狂風，便是大雨，如今又乾旱了這麼長時間。一定是有階級敵人在作孽，念了種什麼惡咒，天才會……」

「不，不。」玲委員糾正他：「我說的不是這個意思，而是自然的天氣因素。我們共產黨人不信邪，不信神，信的是人定勝天……」

「對，我們共產黨是不信神，不信邪，不信天。可是階級敵人信呀！我們大隊就有這麼個一貫道，會呼風喚雨。兩年多前，我帶領民兵鬥爭他的時候，有人對我說這個一貫道會念一種咒語，叫天聽他的話。我就是不信。我說，颱風下雨是天上的事，人怎麼指揮得動呢？不料，就在民兵們用足了勁，把他的胳膊擰得『咯咯』響的時候，怪事真來了。只聽他的嘴裏『嘰哩咕嚕』念了一陣，突然平地裏颱起一陣狂風，先是吹走了民兵手中的批判稿，然後把擰他胳膊的兩個民兵眼睛裏都吹滿了灰塵。我這才信了。所以我敢肯定，這個一貫道賊心不死，躲在陰暗角落裏搞了陰謀詭計……」

「這種事，沒有證據，怎麼可以隨便懷疑呢？」

「沒有憑據不要緊，先把他揪來，開個現場批鬥會，叫他邊批鬥邊坦白。」

一貫道被揪到田頭的時候，全畢正怒火填膺，狠狠地揍了他兩個耳刮子，咬牙切齒地罵道：「你這烏龜一貫道。娘打癩痢，狗賊的東西，居然賊心不改，叫天來與我們革命派作對，破壞抓革命，捉生產。我今天就是要專你的政，扒你的皮！」

一貫道有口難辯，縱然有理，也沒有膽敢辯。歷史的經驗告訴他，好漢不吃眼前虧，識時務者為俊傑，碰到這種場合只能識相一點，順著他們，才會不吃眼前苦。正如鄉親們背地裏說的：「你犟得過爺娘，犟得過全畢正麼？」

「是，是，是我沒有改造好世界觀，跟不上形勢認識差，」吃了冤枉苦他還是趕緊認罪。

「我不要你作檢討，而是要你下雨！」

「是，是。我保證半個月內一定下一場大雨。」

「操你個瘟 ×，還想拖時間？十天！」

「是，是。十天。」

一貫道認罪態度越好，全畢正就越感到索然無味。他停了停，忽然轉移了憤怒的方向。

「憤怒聲討劉少奇的減產陰謀！」

「向劉少奇討還血債，要還糧食！」

「堅決打倒劉少奇的臭老婆王光美！」

十一、范同罵山門

「瞿⋯⋯瞿⋯⋯」

范同的粥還沒有喝乾，朱圖山的出工哨子就已經在吹了，這聲音，他一聽頭就要爆。

「今天，全體男女勞力都到稻田摸草⋯⋯」朱圖山邊吹哨邊喊著話朝他走來「隊委以上幹部，到大隊部開植保工作會議⋯⋯」

「噢！你們幹部今天又要開會啊？」范同「忽落、忽落」地喝乾了碗裏的粥，捏著空碗，兩眼挑釁似地瞪著朱圖山：「我也要去！」

朱圖山被范同盯得直發怵，但又不敢發作，只好耐著性子解釋：「嘿嘿，阿同。你不是隊委，就不必了⋯⋯」

「我偏去⋯⋯我曾經是突擊隊長」范同有意橫撐船：「你們天天開會，我就開不得？」

「青年突擊隊長不是幹部，今天是幹部會，我們隊委以上的幹部都是有通知的。」朱圖山拿出一張紙，朝范同晃了晃，拖著鞋爿「踢塌踢塌」地竟自走了。

「哼！」范同心中窩澀，憤憤地朝著朱圖山的背影發牢騷：「你們拿了工分捧茶杯開會，我們拿了工分可以出工不出力！」

「是啊！」范同一鼓動，群眾就三三兩兩地走過來附和他：「這年月，幹部們有開不完的會，我們社員有幹不完的活。」

「我們的會也開不完呀，只不過我們社員開會是在夜裏。沒有工分。」

「田裏幹活的人和大隊部開會的人一樣多就好了！」

「『白露白批批，秋分稻透齊』我們過去單幹的時候，摸草從來不過

白露。現在秋分都快到了，還在摸草，一直到霜降，還要『屁屁』地打農藥，這稻怎麼會有好收成？」

「我們都是做煞胚，捏的是鐵耙柄，口糧帶水份才分個九折，曬個大太陽又一個九折。他們捏的是蒲扇柄，風涼陰處坐坐，天南地北侃山海經，倒要每天補貼兩角錢，四兩稻穀，還有什麼公理？」

「一忽兒清查隊，一忽兒專案組，一忽兒工作組，一忽兒文宣隊。今天抽幾個，明天又來抽幾個，隊裏的正勞力差不多要抽光了，就是輪不到我們這些老弱病殘。」

「一講起文宣隊，我心中就來火。他們補了工分還要現金，英雄人物學不像，卻搞什麼送戲到田頭。雙搶大忙，我們這些老弱病殘放個屁都沒有時間。他們這些壯勞力倒在嬝氣百搭，甩竹板，扭腰肢，蹶屁股。我們哪裏有閒心？」

「好了，好了。」范同止住大家：「大家出工歸出工，到田頭後我來當家。他們既然開得幹部會，那麼我們也開得社員會。大家到田頭坐它半天，講講故事。也享受享受，你們看怎麼樣？」

「好！」有了領頭人，這批老弱病殘倒也很齊心的。

山中無老虎，猴子稱大王。到了田頭，大家在地墩上尋了片蔭涼處海侃神吹地聊起了天。范同像模像樣地當起了指揮：「你們哪一個先講個笑話或者小故事給大家聽聽。」

「我先講一個呆頭女婿的故事。」瘸腿的阿根向來喜歡開頭炮：「有三個女婿去給丈人做壽。丈人心裏想，我做壽，三個女婿都會送酒來。我自己就備好一鬏冷水到時候與他們的鬏混在一起，反正辯不出是誰的。不料，三個女婿也都這樣想，各帶了一鬏冷水去赴宴。開席後，四個人都裝

著醉了。因為他都以為吃到的是自己的那鬆『酒』。丈人說：唔，實在是一鬆好酒，可我平時酒量不大，吃一杯就會醉。大女婿介面說：我只要呷一口就醉了。二女婿說：我只要一聞到酒香就會醉。三女婿一聲不響，撲地躺倒在地。另外三個異口同聲地問，啊喲，你怎麼一聽到酒字就醉了呢？」

「你講的哪裏是呆頭女婿？而是精明女婿。倒不如讓我來講一個女人偷漢的笑話給你們聽。」彎胳膊阿土接著講了下去：「一個女人與別的男人偷情，恰巧被丈夫撞上了，那個男人倉惶地跳窗而逃。可是被她丈夫抓住了一隻腳，那男人一掙，一隻鞋子被丈夫拔了去。丈夫說：等到明天，我認出鞋是誰的再與你算帳。便把鞋當枕頭睡著了。妻子乘丈夫熟睡的時候用他自己的鞋換了出來。早上，丈夫一覺醒來就對老婆罵罵咧咧的，可是一看鞋，認出是自己的，頓時懊悔不及，對老婆說：我錯怪你了。原來跳窗的是我自己呀！」

「你們講的都是些老套套，今天我講一個新故事給你們聽吧！」歪嘴阿狗接了過去「我講的是一個女赤腳醫生，她老是心不在焉，一有空就打絨線。有一次一個病人來叫她打針，她嘴裏只顧念著絨線的結法：兩針朝上，三針朝下。那病人嚇了一大跳問：怎麼？為什麼要打五針？女赤腳醫生向他糾正：這不叫打五針，叫作五針並一針。」

「你說的那個赤腳醫生還算不上最心不在焉。」排骨阿金搶了過去「我碰到過一個人才是真正心不在焉。那一天，我到遊津浜買東西，那個人一把拉住我說：哎呀！老王，好久沒見了，你變化真大呀，以前你的臉色很難看，現在吃了些什麼？竟變得這麼年輕。我說：我叫阿金，你恐怕認錯人了！他說：我就知道你叫王阿金呀！你一定是吃了種什麼靈丹妙藥？以

前那麼矮小，現在這麼高大，真是好口福啊！我說，我不姓王。那個人更驚奇了說，怎麼？你連姓也改了？」

「好了，好了！」范同忽然阻止了大家：「我現在倒想辦一點正經事。把今天我們這些群眾的意見寫成一篇稿子，貼到公社大門口去，讓那些當幹部的瞭解一下我們的怨氣。我看這篇稿子讓見森來寫吧！他是知識青年，筆頭好。」

「寫稿子，什麼樣的稿子？」見森問。

「什麼稿我也叫不上來，只記得那種格式叫作什麼……溜。」論文化，范同當然說不出個所以然來。

「順口溜！」見森馬上就反應過來了。問范同：是不是就是倪伯武寫的那種『鑼鼓響，咚咚鏘』『啊，啊』的那種？」

「不是，不是！」范同有點不耐煩：「這東西我要把它貼到公社大門口去讓人家念的，又不是叫人家唱的，咚什麼鏘？這個『溜』的詞我倒已經想好了……」他肚皮裏雖然缺少墨水，但發起牢騷來卻是個天才：「這『溜』的詞就是『豐產方變癩痢，密植田像抹布。百頭運動都不動，還到田頭來送戲。我在田裏苦幹活，你在埂頭唱京戲。待到年終分紅時，大家收入三角貳。你窮我窮大家窮，西風喝光再吃泥。』」

「師傅，這種寫法像大字報，現在可不時興了。」見森提醒他。

「不管它，不管它，寫好再說。」

不料，這個『溜』還沒有變成稿子。這件事就讓全畢正知道了。中午飯剛落肚，他們就急匆匆來到范同家，一進門就大發雷霆：「好你個范同，癩痢打傘，無法無天，竟敢反對樣板戲？」

沒想到，今天的范同一反平時的萎縮樣，來了個針尖對麥芒：「我並

不是反對樣板戲，廣播裏的樣板戲我天天聽。可我就是反對像我一樣捏鐵耙柄、吃辣醬的雄鴨子，田裏的活不幹，拿了工分補貼，脹毛了嗓子在田埂上喊戲。隊裏的收入都讓你們這些開會的、喊戲的給糟蹋完了。」

「你們這些幹活的難道是在賣力嗎？我三番五次看見，你們不是鐵耙打滾，就是把鐵耙當篙子撐！」全畢正也會找岔。

「我們打滾也好，當篙子撐也好。可總能出糧食呀！比你們捧茶杯，乘蔭涼總要好得多。」

「你……你不要活不耐煩！」他開始威脅。

「我的成份是三代貧農，自然紅，加上窮光蛋和大老粗，雙保險。不怕你們拿我報復。」范同毫不示弱。

「你不要自以為是貧農就覺得了不起。高貴者最愚蠢！」

「高貴？」范同像不認識似地盯著全畢正。他手指著自己的鼻子，一步一步地朝前逼：「你說我高貴？我現在窮得連鹽都買不起，天天清湯寡水，幾碗薄粥，燉點豆瓣醬，也不見一點油星子，還高貴？這高貴我可不要了，白送給你，我今天反正豁出去了，你大不了叫我吃官司，我可不怕，蹲監獄還比這樣多點油水呢。」

「你這是反動、反革命行為！」今天碰上范同兜底摔，全畢正表面上雖然聲色俱厲，可內心卻開始發虛了。

「革命是革命，活命是活命。我窮，我過不下去了，當然要罵山門，你要有本事不讓我發牢騷，就要有本事帶領大家富裕呀！你的那幾個謀利益的方案為群眾謀到了什麼利益？啊？」

「你，你！」全畢正氣極：「我當幹部十幾年，從來沒有見過你這種蠻不講理的人……」

「好了，好了，不要再爭了。阿同你就省幾句吧！全主任畢竟是一個大隊的當家人，管著一千多號人，他又不是存心要我家過不好。你埋怨他，他去埋怨誰？」范同那屋裏的勸架也勸得恰到好處。

「今天，要不是看你家娘子通情達理，我遲早會叫你看顏色的！」

說罷，頭一扭，瞟了葉燕香一眼，狠狠地走了。

「好人只怕耿固頭」范同的脾氣，在紅光五隊向來溫順出了名的，這一次竟像吃了豹子膽，居然敢與全主任作起對來？無論是哪一位鄉親，都是不曾料到的。

他發火是因為窮。正如他老婆所說的：在胡家灣，最苦的莫過於他這一家了。他們一家，夫妻一對加兩個兒子一共四口人。按理說，吃吃做做也苦不到哪裏去，可他不知怎麼搞的，像是交了「漠柯運」，幾年來一直時運不濟，長期處於要一樣沒一樣的景況中。

不得志……懶……窮……借債……牢騷。在這樣的圈子裏，循環上幾年，誰都會一樣怨天尤人的。

說他懶，其實只是有點偷懶，骨子裏卻並不懶。真正懶的倒是他的老婆葉燕香，也許是模樣太好的緣故，皮膚又白又嫩，明明是叫化子一般的命，卻偏偏養成了一副官太太的脾氣，晴天曬不得，雨天淋不得，下田怕蚊蟆，颳風怕毛蟲。哪怕到幾步遠的橋口淘米，拎點水，她也非要戴頂草帽，生怕曬黑了那張標緻的臉蛋。氣候稍微有點惡劣，她就找藉口不出工。所以，一年下來，最怕分紅的時候，喊到范同的名字總是透支了多少多少。看到人家有錢領他只好眼紅，回到家裏免不了將葉燕香埋怨幾句，說得客氣時，老婆就回答：「我是只貪安耽不貪財」。若是說了凶點的，她乾脆倒過來吐怨氣：「我嫁給你范同，是鮮花插在牛糞上，找對象時看錯了門

頭」。家裏頭豬不養，羊不餵，只飼了幾隻長毛兔。不養豬羊自然也就沒有了肥料分。主要的經濟來源就只有靠硬工分的收入。然而這幾年隊裏的收入逐年在遞減。每個正勞力的分紅值從一九六七年一元貳角、一九六八年的一元另伍分猛跌到一九七三年的三角貳分。以前尚吃穿有餘的范同一家，近期的生活質量就急轉直下了。

他們的大兒子六歲了，生得像娘，臉蛋俊美卻天生是個瘸子。四歲的次兒不是昨天咳就是今天瀉。經常折騰得范同東顛西跑，疲於奔命。家裏能賣的都已賣了。老早他引以為榮的生產隊第一塊半鋼防震上海牌手錶，也在無奈時忍痛賣給了小弟兄。前不久一個將要結婚的朋友與他商量房間裏的那一尊瓷質的主席像能否轉讓給他們作婚房的擺設，范同滿口應承，把它擦得一乾二淨，就等對方拿錢來換。可不知為了什麼，對方突然說不要了。厭得范同好生懊惱。

俗話說：「越窮越苦越犯難，中午吃粥客人來」。這陣子，范同正窮得走投無路的當口，又半腰裏殺出個程咬金。小兒子在節骨眼上犯了病，瘋似地哭。他看著心煩，反正：「大是心肝，小是寶貝，阿二橫豎是個打殺胚」就到赤腳醫生那裏要了幾片安定。餵了進去，安耽了一會，誰知發寒發熱，病更重了。向別人借吧，原本就為數不多的幾個小弟兄個個像避瘟似的躲著，就連自己的親姐夫也是「道著錢，便沒了緣」。就在上個月，他好不容易剪了點兔子毛，盤算著到供銷社收購部把它賣了後，下狠心也要燒頓紅燒肉吃。沒料到被姐夫知道了。堵在他從供銷社回來的路上，催著要他還去年借給他的一栲栳穀子。還不顧臉面地嚷：「你窮我也窮，你當我的穀是偷來的？不用還哪？你上次不是親口說過賣了兔子毛就折錢還我的麼？」

范同被逼得沒法脫身，忽然眉頭一皺，耍起了無賴。他指著自己的嘴巴說「你比我總是條件要好一點麼！今天我還了你……這個洞拿什麼塞？」

姐夫怒不可遏，揮手給了他一巴掌。這一巴掌倒真的把范同給打醒了。面對盛怒的姐夫，他確實感到幾分理虧。自己借了他的穀，不但沒還他，卻反而朝他耍無賴，要知道，姐姐一家吃口也是重的，除了硬工分的收入，也撈不到外塊，哪有條件來接濟自己呢？

以前，他一門心思期望著全主任對本隊有所幫助，也指望他為群眾謀利益的方案能變成事實。可哪裏知道，全畢正所描繪的一片金光，卻把集體的經濟弄得精光！

隊裏的收入靠不住，屋裏那個又不爭氣，自己又沒有多大的能耐，空下來時，他只好朝著天上歎長氣：「唉！當家呀！真好比掌舵。我這個船老大撐的是一條破船，又逢上了逆風逆水滿船腳。加上餓肚皮外行，實在是難以搖到頭了！……我這『漠柯運』怎麼一交上，就沒有個盡頭啊？」

廣播裏、會議上都在讚美窮。窮苦的大眾是革命的主人，貧窮的階級是領導階級。貧窮的人民越窮越光榮。窮則思變，一窮二白，沒有負擔，能畫最新最美的圖畫。然而對范同這樣窮得邊油鹽醬醋都買不起的人來說，就算有一張現成的白紙，也至少得再買一點顏料吧。

當生存的條件受到嚴重威脅的時候，他再也不會盲目地羨慕當年朱圖山獻忠的那份光榮了。也再不會吹噓『我與越南民主主義人民共和國的總理只差一個字』那種毫無意義的大話了。他現在想問的正與以前的狂熱所相反，全畢正為什麼要把公社批給紅光五隊的一萬斤返銷糧給退了？朱圖山為什麼不把拋荒的「獻忠地」退還給社員耕種？

「你們這些捏蒲扇柄的幹部，不曉得我們這些捏鐵耙柄的社員的苦，我們為什麼不能發牢騷？就是泥菩薩也要動火了……」

或許，這又是一個偶然吧。范同居然也會有「發跡」的這一天。

那是一個極其平常的一個傍晚，范同獨自一個人在隊裏一塊零星的秧田裏耖田。他沒有聽見遠處大忽隆的社員們已經收工的哨聲。在太陽落山，天色已暗濛濛時他才耖好了那塊田，從那邊將近三裏遠的外阡裏悻悻而歸。回到家時，那些早已收工的社員已經洗澡洗衣，吃過夜飯，坐在門檻上拍蚊子，搓腳丫了。細細算起來，他足足比別人多幹了兩成的活。他倒也滿不在乎，顧不得洗臉洗腳，先拿了碗粥坐在門檻上「突落突落」地喝了起來。

湊巧在這時候，縣革委來蹲點的玲委員到他的道場上來串門。自從那一次刮鑊子的事後，她一直對范同「既省功夫又省柴」的觀點有著很深刻的印象。這時看見他這麼晚了，還粘著兩腿的泥巴，捧著碗在喝粥，還以為他是從自留地上回來。不由得說道：「范同同志啊！我看你一鐵耙也挖不出個金菩薩來。就這麼一點點自留地，何必那麼精工細作呢？」

「我不是從自留地上來。」范同一邊給她搬凳讓座，一邊解釋。

「那這麼晚了，還兩腳的泥，為什麼？」

「嘿嘿」范同憨厚地一笑，有些不好意思：「今天我一個人在外阡的小秧田裏耖田，沒有聽見收工的哨子……我也不爭氣，前陣子吃緊的時候把那塊手錶賣了，不曉得辰光……」

「這麼說，你是在公家的田裏幹得這麼晚囉？」玲委員像是發現了新大陸：「這可是好人好事哪！」

「不，不。是我沒聽見那哨子聲。」

「不！你是有意的，是想做了好人好事不留名，對嗎？」

「不。玲委員。我真的沒有這樣想。」

「哎！看你做了好事還想迴避。這愈發說明你風格高尚，做了好人好事，還要做無名英雄。」

「哎！我那像是做好人好事的人呢？衣破爛衫，飯都吃不飽，再說家裏這攤子……」

「你越說，風格越高了。你生活困難，可思想是紅的。在你面前，我這個共產黨員也自歎弗如呀！」

「玲委員……我……」

「像你這樣的貧下中農兄弟，根子正，思想好。心靈像金子一樣地閃光，可是過的生活又是這樣的艱苦，我們這些當幹部的心中有愧呀！」

「玲委員……我就是多幹了點也是應該的呀！」

「對！你這句話講得好。這是典型的無產階級主人翁的高尚境界！」

「……」

兩個人，一個是越辯越惶恐，另一個則越贊越感慨。

以後的幾天出工，范同照例像往常一樣懶洋洋的。一天上午，他帶著見森轉了一大圈只堵好了堤埂上兩個漏水的鱔魚洞，就在埂頭上將鐵耙一架，坐下來休息，一邊與見森閒聊。

「見森，我勸你，千萬不要在農村裏找對象。依我看，倪伯武與朱春蘭結婚就不值得。」

「為什麼？」

「我們農村裏沒什麼大講究，就只要有勞動力，可他一不會做農活，二不會幹家務。現在有他娘在經濟上照顧還可以過過日子，要是將來他娘死了，他怎麼過？」

「那他不是還有丈人丈母和公社的那個『表叔』嗎？」

「丈人丈母怎麼能養女婿呢？再說那個『表叔』也不見得肯養他。叔還帶個『表』字。一表三千裏，在我們鄉下早就不來往了。」

「他古表叔培養他當了幹部，當了幹部後就有了工資，吃飯有食堂，不是已經在養他了嗎？」

「唔！但長久也不是個辦法……其實上次他跟陳窈窕找對象，倒挺合適。」

「噯，陳窈窕是不錯！」

「那麼，他們現在已經散夥，你去跟她找了，不是挺好嗎？」

「瞎說！她比我大兩歲，我喊她阿姐呢！」

「大兩歲，勿搭界 的，女大貳，米鋪地麼。」

「瞎說，瞎說，我不要，也不找。」

「噢！我知道了。你是嫌她有回湯味，對嗎？其實這東西就像吃『叭嗒』，越回湯，味道越濃。」

「你這個師傅怎麼正經都不教我，盡教我些邪派？」

「你說我是邪派？我看你們城裏人才真的邪派呢！褲腳管小到五寸，被捉住後就要當街剪掉。有一次我上街，被工糾隊們發現我的褲管太小了。捉住我後就拿汽水瓶往我褲管裏塞，塞不進去就說我的褲子是流氓阿飛穿的，拿了剪刀馬上就要剪，我一看急了，就大叫『我不是流氓阿飛，我的褲子是土布做的。縮了水才這麼小的，你們把我這個鄉下人當流氓。我不

服，流氓阿飛難道會和我一樣穿土布褲子嗎？工糾隊們想想也有道理，倒真把我給放了。事後，我經常瞎想：小褲管有什麼好？假如真正想耍流氓，褲腳管太小了，手怎麼能摸得進去？再說耍流氓的人也不會這麼笨，從褲腰裏摸進去不是更方便麼？所以我倒要說，真正笨的是那些工糾隊們，他們搞的都是些革命的形式主義。」

「你這個師傅怎麼都是些低級趣味？工糾隊剪褲腳管你就往摸進去的方面去理解。那麼，按你這麼說，工糾隊把褲管剪開後，手更摸得進去了。他們倒反而成流氓了？其實，工糾隊們剪褲腳管的目的是為了反修防修。為了防止在我國出現像美國的嬉皮士、雅皮士一樣的頹廢青年。可見你這個師傅的思想境界並不高。」

「我哪有什麼思想境界。只怪你自己那一次稀裏糊塗就選了我當師傅，你要是事前打個招呼，我就會叫你不要點我了。」

「那時候，我聽說你是青年突擊隊的隊長，以為你一定非常積極，非常有水準，所以……沒想到你的水準還比不上我呢！」

「噯呀！什麼叫突擊隊你知道嗎？就是輪到活幹不完了，讓青年小夥子去突擊一下，既不給記工分，又不給補貼。只是幹完後寫張光榮榜，表揚表揚。我那個共青團就是那時加入的。現在都已超齡了。可我這個『隊長』卻一共才派過兩次用場。一次是『深挖洞，廣積糧，不稱霸』。『提高警惕，保衛祖國，要準備打仗』的時候，我帶領五個青年挖了個防空洞。另一次是學大寨，搞人造小平原的時候，我的土塊擔都是裝得最滿，所以就這樣被人叫了『隊長』……」

「……」

見森忽然不作聲了。他側著耳朵向遠處聽了一會，驀地跳了起來：「師

傅，你聽。高音喇叭在說你的名字呢！」

「瞎三話四。我的名字怎麼上得了廣播？」

「真的，真的。」見森驚喜地叫著。

「怎麼可能呢？」范同也滿腹狐疑地豎起了耳朵。

廣播裏的報導已經接近了尾聲，隨著風一陣響，一陣輕地飄來：「……范同同志這種崇高的無產階級革命精神是怎麼來的？這與他平時經常學習馬恩列斯和毛主席的五篇光輝哲學著作是分不開的。……在田頭，他隨身帶著毛主席的著作……在家裏，他孜孜不倦……油燈下，他捧著……聚精會神地……一個人做點好事並不難，難的是一輩子做……我們廣大的貧下中農要是都能像他一樣……」

「是玲委員……玲委員。」范同突然激動得呼吸急促起來。他使勁地搖著見森的手臂，卻似乎是在與玲委員說話「玲委員……你看得起我，我已經感恩不盡了……我做得太少了……我要做好事，真的要做好事，做一輩子……」

八輩子都不敢夢想的榮譽在心理上毫無防備的情況下向他猛烈地襲來，傾刻間，激動與興奮漲滿了他的胸腔。榮譽對於任何人都有著一種潛在的欲望。他范同當然也不例外。只不過以前連肚皮都填不飽而不敢奢想罷了。今天，當這根長久地被壓抑著的神經一旦被觸動，意外的喜悅降臨到他的頭上時，怎麼能不叫他激動萬分呢？

大千世界就這麼難以意料。當初倪伯武像貓捉老鼠一樣的瞪著眼睛想尋一點好事做時，可就是偏尋不著。今天范同偶然碰上，卻不費吹灰之力自己送上門來。這豈非是前世的因緣，上蒼的安排？

這以後，玲委員成了范同家的常客。她每一次從家裏或是從縣裏回來，

總要帶一些學習資料或大批判報導送給他。還不時地開導他，鞭策他、鼓勵他，硬是將一個窮愁潦倒的范同在不長的時間裏改變得煥然一新。感動得他悄悄地與妻子商量：「玲委員可真是我們的大恩人哪！她當這麼大的幹部沒有一點官架子，竟會看得起我這樣的基層群眾。這恩德實在沒法報了……我想，等那隻新母雞的頭窩蛋下齊後，我們自己就不要吃了。省下來，送給她補補身子，也算表表我們的一份心意……」

十二、否極泰來

范同偶然地做了一樁值得贊許的事，就被縣廣播站在《好人好事》這一檔節目中作了大量的宣傳，令隊裏的一些青年後生好生羨慕。

好人好事，顧名思義就是好人所做的事，仰或也可說，做了好事的也可以從一般的人變為了好人。好事也好，好人也好，這兩者沒有必然的因果關係，然而你一旦做了，就能獲得好評，就能上光榮榜，這倒是大家都一致認可了的。

群眾是盲從的，上面在提倡什麼，他們自然就附和什麼。何況，這種好事比起當初只喊些空洞的革命口號來畢竟要實際得多。於是，人們就以范同為榜樣，爭相仿效，很快地把屬於自己的休息時間演變成為收工以後的再出工。

儘管沒有絲毫報酬，但人們都不甘落後。起先只是幾個小青年起早多拔幾隻秧或摸黑多墾一行田。可是越到後來這個隊伍卻越膨脹了。就連平時最落後的老頭老太也看著牆上的光榮榜眼熱，也要像征性地多摘幾把餵蠶的葉或多搓幾托草繩，為的是過一下自己的名字出現在光榮榜上的那份

得意癮。

夜，是大自然賦予人類的恩賜。經過一天勞累的人們，卸下了壓得直不起腰的重擔，鬆開了捏得雙手痙攣的鐵耙柄。在這屬於自己的時間裏，舒展著渾身的肌肉，躺到床上人輕得像騰雲駕霧，簡直如同進了仙界，無比的愜意。可是，由好人好事演變的再出工的興起，剝奪了人們這份甜密的享受，這不能說不是一種殘酷。

然而，讓人費解，人們竟然會毫無怨言地熱衷於這一類再出工，這中間的原因，可不是僅僅憑光榮榜能解釋的。

林彪死後，那個非常煩瑣的，每天必須進行三次的政治儀式──四件事，雖然被取消了，可是每逢三、六、九，每次兩個小時的學習班卻因為不是林彪提倡的而無須砍掉。相反，它現在搖身一變成了批判林彪反黨集團的政治園地，比以前更牢固地框住了社員們的業餘時間，人們早已膩煩了這種形而上學的學習班，只是不敢不去。現在恰逢上面在表揚范同的好人好事，我們何不用做好事來抵消學習班？一則也圖個有趣新鮮，再則，這時間橫豎不屬於自己。

自從范同與朱圖山、全畢正吵嘴後，社員們深藏在內心的同感也被激起了。他們心裏明白，只是沒有范同的膽量而不敢發作罷了。你們這些當幹部的白天開會聊天，我們普通社員連夜裏都在做好人好事，還不是做給你們看的？難道你們看在眼裏還心安理得？說穿了，那意思就是「你們假如知趣的話，也一道下田吧！」

用做好人好事來否定枯燥無味的學習班，又用它來抗議幹部們白天泡會，這不能不說是用群眾的智慧開出的一貼良藥。對這一貼良藥感到苦口的第一個人就是朱圖山，他找到全畢正大吐苦水，語氣中彷彿受盡了委屈。

「我的大主任哪！我這個隊長現在管起社員來也不靈了。我去通知那些小青頭開會，可他們竟然說：白天我們聽你的，晚上我們聽范同的。我指責他們，你們做的是什麼活？中午高溫時插的秧，苗都曬枯了，夜裏墾的田，東一丘，西一窪，聳起的再生稻比插下去的原生苗還高。他們回答說：我們年輕人放棄休息，不拿報酬，圖的就是輕鬆熱鬧，『黃連樹下彈琴苦中作樂』。你叫我們去開會，會同意我們開開心心，嘻嘻哈哈嗎？我問他們：是政治重要，還是幹活重要？他們竟回答：當然是幹活重要囉！我拿他們沒辦法，就對陳窈窕和華見森說：你們是知青，學習政治非常重要，就去開會吧！誰曉得兩個知青也不聽話，說『我們下鄉鍍金，光榮榜上經常有我們的名字，將來對上調也有好處。我說這種光榮榜有什麼稀奇？連四類份子的名字也經常寫上去的，你們今後能否上調？還得大隊革委會和生產隊隊委們說了算！這一來連那些四類份子的子女也反對我了說：我們成份雖然不好，可我們的思想是好的，你怎麼把我們贖罪的機會也剝奪了呢？我實在耐不住，就火了說，現在倒底是我在當隊長，還是范同當隊長？誰知他們竟敢對我起哄，說，假如投票選舉，范同的票數肯定比你多！你說，我這個隊長還怎麼當得下去呀？」

「胡扯！」全畢正猛一掌拍在桌上「誰當隊長，輪得到他們說？我要你當隊長，連玲委員也不能干涉我。她雖然是縣革委的蹲點幹部，但是暫時的。她走後，紅光大隊仍然得由我說了算。看他們誰敢再提投票選舉的事？不過呀……」他頓了頓，重新把拍在桌子上的手心翻過來，作了個無可奈何的動作：「這做好人好事的活動，畢竟是玲委員親自發起的。我也沒有辦法呀！再說，那麼多人都自覺自願要去做好事，我又怎麼能去批評他們呢？」

　　按理說，朱圖山對好人好事的活動有抵觸是不應該的。原先，他自己就是個把榮譽看得重如生命的人，對范同的行為應該理解才對。可是當他看到范同有了他當年獻忠的那份勁頭後就渾身不自在了。正如俗話所說「媳婦越乖，婆婆越怕」范同的崛起對他始終都充滿了威脅。

　　「人人都說我范同好，范同我交了好運道……」。范同為自己創作了一首「什麼溜」含在嘴裏天天哼。現在，人們已經聽不到他的牢騷了，因為，他自己也跨進了「捏蒲扇柄」的行列，經常到公社或別的大隊去傳經送寶和宣傳講用。享受著幹部們才能享受的待遇。每天工分照記，外加三角錢四兩糧票的補貼，政治上和經濟上都打了個翻身仗。

　　他交上好運的主要原因是玲委員對他的賞識，其次與他本人的努力也是分不開的。經濟上復蘇後，他還像往常一樣省吃儉用。還聽從了玲委員的勸導，向她借了二十元錢到召東鎮上捉了兩頭仔豬回來養著。他盤算著，到過年時，豬就可以出棚了。那時，一定要給玲委員送只肥豬腿去，給她家過年。

　　以一般的情況而言，玲委員是縣裏的幹部，他交范同這位窮朋友，一是因為自己有一顆善心，二是因為范同純樸踏實，憨厚忠誠。就她的動機來說，她是根本不圖回報的。然而在一個偶然的情況下，偏偏給了范同一個回報的機會。

　　進入臘月，一場大雪把田野下得一片銀裝素裹。還沒等它融完，又來了強冷空氣，把田間、道路、村莊凍得全是冰凌子。天寒地凍社員們沒什麼活好幹，三三兩兩地相攏袖子在廊簷下跺腳擠暖。只有幾個老年社員閒不住，拆了個柴堆，殺幾把養蠶用的蠶毛柴，搓幾絞放水槳板（革命草）

用的草繩。

玲委員來了，她也閒不住，看到那麼多人無所事事都不出工，就覺得不順眼，她在人叢裏找到朱圖山問：「我的隊長同志啊！你知不知道陳永貴同志曾經說過一句話：『浪費是極大的犯罪』，今天那麼多勞動力白白泡過一天，你難道就不可惜？」

朱圖山往手上呵著熱氣，遲遲疑疑地說「這麼大冷的天，外面那冰雪……」

「正因為有冰雪……」玲委員的臉色頓時十分嚴肅「又這麼冷，你就更應該聯想到田間的作物也在受凍。噢！你人倒覺得冷，那莊稼就不曉得冷？雖然蠶豆小麥凍得起，可那嫩綠的油菜怎能經得起這麼大的冰雪摧殘呢？」

朱圖山被她問得啞口無言。大家也都面面相覷。

「同志們」玲委員轉向了社員們「今天的天氣是冷了點。但是，我們有毛主席的英明領導，有人定勝天的堅定信念。這凍有什麼可怕？我們要發揚大無畏的革命精神，與嚴寒作堅決的鬥爭！」

說完，她竟動手脫下自己的鞋，扯去襪子，赤了腳，卷起褲管，裸露出嫩藕般的一雙白腿肚子。去養蠶場的地火龍裏畚了兩筐毛灰「蹭蹭」地挑著，率先往外沿田走去，給油菜保暖了。一邊走，還一邊牙齒得得響地鼓動大家：同志們，『為有犧牲多壯志，敢叫日月換新天』。我們要學那泰山頂上一青松的革命英雄主義精神，衝啊！」

社員們被弄得哭笑不得，心中雖然不情願，但也沒奈何，只得挑了毛灰，跟在她後面向外沿田走去。

去的時候，由於提足了火氣，倒也不覺得。沒料到，倒了毛灰後從那

三裏遠的外沿田走回來卻不行了，玲委員回程還沒走到一半，就蹲在地上，捧著雙腳打哼哼了。那雙原來嫩藕一般的白腿已被凍得黑紫。活像一隻醃制過的火腿。那冰淩刺著她的腳心和腳踝猶如尖刀直往她心裏刺。拖出的清水鼻涕被風一吹拉得老長，彷彿非要把她早餐吃的麵條重新拉出來。

幸好，范同倒空了毛灰趕了上來，見了這副情景，急忙扔了灰擔，把她馱回了家。

范同的老婆葉燕香見這陣勢也急得慌了手腳。趕忙打了一盆熱水過來，要焐她的腳，被范同一聲喝住：「不行！燙水敷腳，腳要爛的。快去換盆冷水，要用冷水搓。」

水打來了，這時的范同心疼得直哭「玲委員啊！你這是何苦呢？現在這天馬桶結冰夜壺實心哪！你為什麼只知道給油菜保暖，卻不曉得給自己保暖呢？」

玲委員的小腿，原本是白白胖胖的，現在凍成了醬紫色。幸虧范同搓得及時，才使她腳漸漸地回了陽。她的這雙腿，他當然捨不得褻瀆。可是，為了讓它復蘇得快些，他索性撈起了自己的棉襖，把這雙冰冱刺骨的腳焐進了自己的胸口。

玲委員又一次被實實在在地感動了。她噙著淚花，默聲不響。一雙眼睛一眨不眨地看著范同……。」

脫去棉衣，換上單衣，一轉眼，熱天又很快地降臨了。

清晨，范同手裏捧著兩塊布料，遲遲疑疑地來到陳窈窕的門口，說話也有些結結巴巴：「窈窕，聽說你鎮上的家裏有一臺蝴蝶牌縫紉機，是吧？」

「有呀！這又沒什麼稀奇的，鎮上好多人家都有縫紉機，你是想做衣裳吧？」陳窈窕看著范同手裏的料問：「你剪來的是什麼料？」

「是好料，做襯衫的。那塊湖色的是夫綢，白色的是的確涼。」

「的確涼？」陳窈窕驚奇地瞪大了眼睛：「你哪裏掘了藏，發著橫財了？」

「不……我，沒發財。這是上次縣裏傳達批林批孔文件和參觀典型時省下來的，那次會期長，一共耽了十六天，補貼又高，每天六角，還另外一天一張電影票呢！」

「這兩塊料可得十多元錢哪！這麼說你一分都沒有化，全省下來啦？」陳窈窕似乎感到不可思議，追問了一句：「那你吃什麼？」

「嗨嗨」范同有點不好意思：「我這個人錢沒有來路，只有在開會的時候硬省一點，才能給家裏改善改善……吃飯麼，縣裏還發飯票給我們的。」

「你運氣真好，見著了世面，又得到了補貼。人們都在背後羨慕你呢！近來，你的名字好像鍋裏的鏟刀，天天翻著響，社員們都在說你已經抵得上半個全畢正了。」

「我哪能跟他比呢？我只不過偶然做了件好事，碰巧被玲委員看見，又蒙他看得起我，給了我這麼大的榮譽。可如今出了名，倒反而經常開會，用不著下田勞動了，不是我說嗲話，像我這種做煞坯，太愜意了反而不好，經常開會不幹活，見了鄉親們倒像是欠了債似的。」

「唔！看不出你思想倒是蠻通的啊！」陳窈窕語氣中帶了幾分揶揄：「怪不得玲委員上次在會上講：六十年代出了個雷鋒，是全國人民的光榮。七十年代我們反修公社出了個范同，也是反修公社全體社員的光榮……你

既然思想這麼通，那會你就不要去開得了。」

「唔，這我可不能自作主張。再說，補貼雖然高，可不是隊裏發的，國家的錢，拿得心安理得，誰會捨得不要？就算我不要，玲委員也不會說我思想好。她上次對我說過：『該拿就拿，不必客氣。人無論在政治上、經濟上都是波浪式的。有高潮，也必定會有低潮。她要我在高潮的時候多多參加活動，向組織靠近。等有了一定的基礎，就不容易落下去了』。聽說過幾天她還要組織人員到防化連去參觀學習，回來後還要組織討論、傳達學習，算起來又得半個月。」

「唔！像你現在這樣經常出去開會，是得出出新了，做幾條出客點的衣服。」她轉入正題，「你做衣服，先把尺寸量了吧！」

「不！不是我的，那塊的確涼，一共才五尺多，只能給燕香做，燕香的身材跟你差不多，就按你的尺寸吧！那塊夫綢是六尺，請你媽媽算一下，給兩個小鬼套著裁，各做一條，不知道夠不夠？」

「噢！說了半天你原來不是為自己做啊？那你自己怎麼辦？難道到縣裏開會也像在家裏一樣，穿杜布衣裳，抽大紅鷹香煙啊？」

「香煙麼，我就乾脆不抽，硬憋住。假如別人發給我，我就說：不會！否則接了人家的總得回敬，人家掏出來的可都是『群英』、『紅燈』，甚至有些人還抽牡丹牌，我哪裏回敬得起啊？如果煙癮真的來了，我就找藉口上廁所。點根『大紅鷹』拼命抽幾口，那『大紅鷹』味道苦，一天只要三根就盡夠了。至於衣服麼，我倒是有一條結婚前穿的軍便裝，出客或開會時穿穿。另外，我板箱裏還有一條列寧裝的大衣放著呢！只不過現在氣候熱了，不好穿了。」

「那你為什麼自己不買一塊料子，卻省死省活只給老婆兒子做呢？」

「我自己就等下一次吧！反正機會多得很。老婆是不好怠慢的，她嫁給我真是鮮花插在牛糞中，她有時埋怨我『嫁了你做老婆，像投錯了胎』。我要是再待她不好，她會不變心嗎？早在去年的時候，她就給我看過一次眼色了，那一次，我們小隊分到三斤絨線票，大家都同意照顧我一斤票子，可我就是沒有錢買，眼睜睜地重新給人要了去。她埋怨我，我不敢頂嘴，想起來我確實對她不起，慚愧呵！」

「想不到你倒是破涼傘，好骨子。人雖然窮，良心卻很好，有你這句話，你老婆就應該對你好一點。……好在你現在已經逢上正像玲委員所說的，波浪上來的時候了。」

「是的，是的，一波上，一波下，現在正是一波上的時候。」

可不是嗎？范同目前確實處在人生的高潮期。自從批林批孔的運動一開始，公社就組成了宣講團。由於玲委員的作用，他百尺竿頭，更進一步。被選為宣講團的副團長。這個副團長可不是以前那種掛掛名的突擊隊長。而是拿了工資，到處巡迴演講，上臺說得著話，下臺吃得著肉的那種「半脫產」幹部，比起全畢正當初的「半脫產」來，也簡直是等量齊觀了。

十三、上大學

「天之生此民也，使先知覺後知，使先覺覺後覺也。予，天民之先覺者也，予將以斯道覺斯民也，非予覺之，而誰也？」范同買了本新華字典，一邊查字，一邊念著玲委員給他的《孔孟言論》。

他老婆聽得惱火，從被窩裏伸出一條手臂擰著他的耳朵憤憤地說「菊、菊、菊，菊你個魂。你少在家裏發神經，還不早點困？大半夜嘰哩咕嚕總

401

是念叨那個『菊』，可你老婆不叫『菊』，叫燕香！我問你，是你那『菊』好，還是燕香好？」

「香好，燕香好。」范同的耳朵被擰得生疼，可嘴上卻不得不解釋：「我說的這個『覺』不是你那個『菊』，不可以吃醋的。這可是儒法鬥爭的材料，什麼叫儒法鬥爭，你知道嗎？」

「你少在我面前賣關子，那些古書、大書、評彈書我小時候比你聽得多了。你那個『如法鬥爭』難道我會不知道？不就是如來佛與法海和尚打架麼？」

「這怎麼是如來佛與法海和尚打架呢？他們兩個根本就不是一個朝代的人麼！我說的『儒法鬥爭』是孔老二的那個……就是說『悠悠萬事，唯此為大』的孔老二。」

「會吃會大我當然懂囉！你看棚裏那兩頭豬，會吃的那頭就長得壯。可是飯糍為什麼要油油呢？飯糍從鑊子裏鎃起來，一點都沒有油。就算放到油鍋裏去炸，也不叫『油油飯糍』我們娘家把它叫『糍飯糕』。」

「看你，詳歪到哪裏去了？真是一點都不關心政治。我說的孔老二是搞復辟的那個，他周遊列國，到處碰壁……」

「走油肋骨肯定會碰壁。我們娘家把肉走了油再燒，叫『走油扣肉』，很好吃的。不過我從來沒有聽說過肋骨要走油。你說的那個孔老二把肋骨走了油再燒，當然要碰壁了！」

「你怎麼老想在吃的方面呢？我現在學習的不是吃的東西，而是政治。明天批林批孔大會上要宣講的。」

「喂，我說，那個孔老二究竟在哪裏做錯了？你們又要批判，又要打倒，究竟是他偷了別人的婆娘，還是他的婆娘偷了別人的漢子，你們要這

樣咒他？」

「這可不是偷婆娘、偷漢子的小事，而是反革命復辟，實行資本主義的大事，林彪和孔老二，他們都是大壞蛋，是一根藤上的兩個毒瓜。你想，林彪要謀害毛主席，被毛主席識破了。假如，萬一他陰謀詭計得逞的話，我們無產階級的萬代江山還保得住嗎？」

「不會的，我聽說書先生說過『聰明不過天子』。毛主席有星宿，鴻運高照，吉人天相，總會逢凶化吉的。可是，那個孔老二為什麼要和林彪在一起呢？」

「不是孔老二要和林彪在一起，而是孔老二的陰魂附在林彪身上，所以要把他們放在一起批判。林彪之所以想篡黨奪權，主要是他從孔老二那裏學到了韜晦之計。而孔老二呢，也像林彪一樣有野心，一門心思想復辟，說什麼，天將降大任於斯人也……磨其心志，苦其體膚……之之乎乎也那一套……。」

「你講的那些『之之乎乎』結結巴巴的，我覺得一點都不好聽。哪有玲委員講得順口？她上次講的武松、泮金蓮和西門慶，我聽得簡直就像小時候聽大書，都快入了迷。」

「那倒也不一定，你別看我有些結結巴巴，有時候我也講得挺好的，說出來你也不會相信。有一回我在臺上說『魯智深倒拔垂楊柳』台下的聽眾給我拍手，那掌聲比玲委員講的時候還多呢！」

「那是人家看你手舞足蹈的樣子，在給你喝倒彩。你卻把諷刺當作補藥吃，其實你那些支支吾吾，玄玄乎乎的宣講誰聽得懂啊？」

「好了，好了，講給你聽，你總是挖苦我。今天被你這一攪，我什麼都學不進去了，看我明天拿什麼到臺上去講呵？我是個副團長，萬一玲委

員不到場，還得由我來唱主角。」

「主，主。我看著你就來氣，你心裏只有那個『主』，還有沒有你老婆？嫁了你這麼個老公，一點都不曉得體惜女人。就算你老婆是一堆肉，也該走走油，嘗它一口吧？我也算是倒足了黴！」

「……」范同怔了怔，趕忙堆起了笑「是我不好，是我不好。我今天不學了，就陪你……」

「好了，好了。這種事，用得著女人來遷就男人嗎？說破了，還有什麼味道？今天我心煩，你給我換一個被窩睡去！」說罷，葉燕香側轉身，面孔朝裏，屁股朝他，任他百般哀求，她再不肯理睬了。

也難怪葉燕香要厭煩，以前苦雖苦，溫存樂趣卻從來不曾少過。如今，老公當上了副團長，卻反而不像以前那樣一放下碗就擁著她，呵她的癢，打她的手心，吻她的嘴唇，摸她的肚皮了。有好幾次，當葉燕香滿懷信心地期待他，甚至挑逗他時，而竟渾然不知，只管自顧自地念著「民可使由之，不可使知之」一點都不意會到她的需要，就算難得心血來潮地操作一番，也只是急風暴雨，陣雨隔田塍。

一副好嬌容，被范同忽略而乾擱，猶如一朵豔麗的牡丹開在人跡罕至的牆角，不被欣賞。怎能不叫燕香心生怨望呢？如果說：范同不霸著這個位置，那麼自會有人來頂缺。可惱的是，范同像只捉魚的鸕鶿，只捉而不食。這不明擺著苦了葉燕香麼？

在她的潛意識中，那個頂缺者其實早就存在了。自從刮鑊子的那天起，她每當想到對岸那漢子的眼色，腦袋中就有渾陶陶的感覺。

全畢正就住在對岸，他們兩家雖說相隔著一條形態上的小河。可這條

被稱作「灣」的小河寬不過兩丈，全畢正家的河西橋口與她家的河東橋口直對著，淘米、打水、汏菜、洗衣等按理常能湊到一起，只不過全畢正從來不幹家務活而沒有機緣罷了。

也許是事有湊巧，也許是人太閑了心裏煩悶。全畢正忽然想起，有一次他娘燒的糙皮南瓜焦黃噴香，非常好吃。就問他娘：「我們家還有糙皮南瓜沒有？」

「呶！就在碗櫥下面的臭鹵甏邊上。我燒豬食沒空，你要吃，自己去汏了，耽會空了我會燒的。」

全畢正捧著糙皮南瓜走到橋口，漫無目的地東瞧瞧，西看看，流覽著河邊的景色。

猛然，他眼睛一亮，瞥見對面的橋口葉燕香穿了那件老公做給他的白的確涼襯衫，泡在河裏洗澡。驀然站起時經水浸過的白襯衫宛如玻璃紙一般透露出她那光潔的肉體。全畢正研了研眼睛，定定地瞪著對岸河裏的婆娘，此刻的葉燕香被白的確涼勾勒得渾身玲瓏剔透，絲毫畢現。那模樣比平時愈發楚楚動人了。簡直要把他的魂魄也隔河勾了去。

鄉下女人有幾個穿過的確涼？她根本就沒有意識到白襯衫到水裏會變成透明衫。倒反而瞧著對岸橋口上的全畢正愣愣地看傻了眼的那副怪模樣在心裏覺得稀奇呢！她也露出口嶄齊的白牙癡癡地朝著他笑。

這一個在西岸發呆。那一個河東傻笑。

「女人確實應該胖一點……」葉燕香那對鼓鼓的大奶脯晃蕩得全畢正的思緒猶如機埠潭裏的水在泛動。他只覺得渾頭渾腦，似乎那習慣性的頭暈又犯了「有彈性的女人，才是好女人……假如能爬在這樣的女人身上搖晃，誰能說不是一種高級享受呢？麗君身材也好，可哪裏比得上她那麼

白嫩和壯滾？再說，這幾年來她不同樣是生不出孩子麼？曾經聽過娘的主意，完事後，在麗君屁股下墊兩個枕頭，可……，這婆娘倒也真奇的，……兩個孩子都生過了，這乳頭……居然……還逗人……」

他像喝了過量的酒，也不知道自己是怎樣走下橋口的，只覺得全身躁動，難以自持。

「唔！……」葉燕香突然一聲尖叫，不知是發覺了自己透露的肉體，還是發現全畢正的糙皮南瓜朝河的這邊淥了過來。

「全主任，」她微啟著比櫻桃還紅的雙唇，嫩藕一般的手指著河心蕩漾的南瓜說「南瓜……你的南瓜。」

全畢正仍然像一個沒有醒過來的醉子，答非所問地喃喃自語：「南瓜（難過），難過（南瓜）……」

驀地，他回過神來，把自己溜得很遠的思緒拉回到自己的軀殼裏，用一種幾乎使自己也不敢相信的聲調沖著葉燕香說：「我會使你不難過（南瓜）的。」

驚訝……醒悟。葉燕香大眼睛一閃，鮮紅的舌尖在唇邊蠕動了一下，甜甜的，嬌嗔的，悅耳的嗓音從喉嚨裏滑了出來「翹辮子……嚼舌頭。」

假如葉燕香是個正兒八經的人，對全畢正的挑逗當然不會作什麼表示。他充其量只能飽一會眼福，縱然發情也只是一廂情願。然而，妙就妙在她給了他一句嗔罵。俗話說：「打是親，罵是愛」。這一罵，恰恰表示了她對全畢正發過來的一絲欲念打開了迎合的大門。

這一聲罵，像根蟋蟀草，把全畢正這只蟋蟀撩撥得骨酥肉癢，神魂顛倒。自古道「英雄難過美女關。」從他的角度來理解，但凡英雄總要過一過美女關的，過得了關的未必是英雄。難過關或過不了關的才算真英雄。

想想古往今來多少大英雄，哪一個不曾風流過？哪一個沒有在美女面前栽過跟頭？我全畢正的頂頂大名在紅光大隊，在反修公社誰人不知，哪家不曉，總可以算個真正的英雄了吧？為什麼我就不可以過一過美女關呢？

以前說她資產階級味道實足，是吃不到葡萄就說葡萄酸。今天葡萄送上門來，會因為說過酸而不去吃它嗎？畢竟是各取所需，進展要比想像還順利。從全畢正的熊熊欲火中爆出的一點火星，迅速引燃了對岸這堆很久未逢甘霖的乾柴。

「久別勝新婚」為期半個月的解放軍某部隊防化連「儒法鬥爭宣講大會」剛剛結束了學習參觀階段，回到縣裏還有五天的討論，范同就迫不及待地找了個胃氣痛的藉口，急匆匆往家裏顛。

老婆的身上像是塗著蜜，結婚六年多，他線毫沒有因為歲月的流逝而將老婆看得淡了。上次那點小彆扭也使他感到非常內疚。同時也明白了一個道理，就是政治工作再忙，還應該妻子不忘。所以，他常在會前飯後向人們誇耀，城裏人家夫妻結婚渡蜜月，我與燕香度的是蜜年。雖然我什麼都比不過別人，可是老婆你們誰比得過我？燕香不是一個勤謹的人，可這是自己慣壞的，為了她這張標緻的臉蛋，他寧可節衣縮食，穿棉紗土布，吃蘿蔔乾泡飯也非要從牙縫裏省下些錢給她做一件合意的衣裳，因此，在隊裏勞動時，他經常受人戲謔「你這個人前世沒有討老婆，所以把兩輩子的恩愛並在一起給燕香了。」

今天時間晚了，沒有來得及搭上去反修公社的輪船，那麼，只好乘這雙爹媽給的十一路了。

三十裏路對他來說有什麼好怕的？想像著被妻子那肉撲撲的雙臂緊緊

地箍著的時候，想像著她洋溢著脂香的肉體，想像她這些時日來總是摟抱著毫無反應的枕頭在睡覺……他三腳並作兩步，不！他簡直是在奔跑！

正門裝著自己做的猢猻跳，一撥，人就進去了。腰門拴著活絡線，拉一下，門拴自動移開。自己家裏的情況，自己當然再熟悉不過了，為了給妻子來一個出其不意的喜從天降。為了演一幕愛煞人的歡喜鬧劇。為了重溫一遍當初戀愛時偷吃禁果的甜蜜情景，也為了體味一下壓力將達極限的暢快釋放，他輕輕地踅進了自己的臥房，撩起了放倒的帳門。

雖然是結婚六年多的老夫妻了，但是一霎中他的心還是「砰砰」地一陣劇跳。腦袋也有些暈暈迷迷。他幾乎失控地附下身子，黑暗中照準了枕頭上沉睡的頭顱，猛地吻了下去……

「哎喲！」他驚得幾乎喊了起來，明明是雪白粉嫩的臉，怎麼長滿了鬃唇的拉搭胡髭？他情知不對，慌忙中在上衣口袋裏摸了盒火柴。搖搖，裏面滿滿的。他挖出一大把火柴梗，「嚓」地劃著了。

一陣劇亮，他看清了，也驚呆了。擁著他妻子睡覺的分明是本大隊的土皇帝──全畢正。

精赤條條的全畢正如同裝了彈簧般地驚跳起來。老婆也被驚醒了。同樣的精赤條條。猶如豬棚裏那兩頭滾壯的豬跑進了自己的床裏。

傾刻間，他被刺激得渾身充滿了惱怒。下巴得得地直打哆嗦。憤怒的力量使他的十根手指痙攣成一雙鐵一般硬的拳頭。他鋼牙緊咬，怒目橫視，猛力一拳朝那張一抽一抽的臉上打去。

「啊哇」一聲劇叫，隨著這聲劇叫，煤油燈亮了，那是老婆趴在床上點著的。她的下身錯穿了全畢正的褲衩。挨了一拳的全畢正哆嗦地在床裏摸了好一會，找不見自己的褲衩，只好用葉燕香的的確涼襯衫圍了，爬下

床來。平時那股飛揚跋扈、驕橫不可一世的氣勢早已飛到九宵雲外，顯現出比嬌囡家被捉時更狼狽的窘態。

「范同兄弟」全畢正揮手「啪啪」打了自己兩個耳光，哀求說：「是我不好，我不是人，求你千萬別打我了，讓我自己打自己吧！就請你不要聲張，饒了我，好吧？范同兄弟，求求你，饒了我吧！」

他在地上磕頭如搗蒜，忽然抱住了范同的腿，嗓音近乎於哀嚎：「范同兄弟，饒了我吧，我在『反潮流』的時候填的入黨志願書，這幾天就要批下來了，你假如一聲張，我的一切全都要完了呀！……你隨便怎樣打我都可以……我求你……」

求到後來，他乾脆「嗚嗚」地哭了起來。

「撲通」上身還未穿衣的老婆也朝范同跪了下來「阿同，我也不好，我們就這一次。你就看在多年夫妻的情份上饒了我們吧！」

「你……？范同心裏的氣愈發不平了。老婆竟然當著自己的面與野漢子稱「我們」。實在使他無法容忍。他真恨不得用世界上最最刻毒的語言把他們罵得狗血噴頭。但一時氣極，昏了頭，竟找不到合適的詞「你……你們，毫不利人，專門利己。」

「阿同，我們再也不敢了。」葉燕香仍然在哀求。

「人不犯我，我不犯人，人若犯我，我必犯人。」范同靈犀忽至，一條語錄脫口而出，接著又舉起拳頭要打。

「阿同，你要打就打我吧！」葉燕香撲上去攀住了范同的胳膊，眼眶裏一層淚水蒙住了眸子，朝范同閃爍著煤油燈照射出來的光。

妻子平時的溫柔慢慢地佔據了他的心，高舉的拳頭垂下了。

插圖：張清渭

「君子不奪人所好也！」范同嘴裏又冒出了一句文縐縐的孔孟言論，他把頭轉向全畢正責問：「你讀過『仲尼不為已甚者也』嗎？」

「范同兄弟」暫時的沉寂後，全畢正恢復了神智。他生平最怕挨打。只要不吃現打，腦袋瓜就靈光。磨嘴皮子的功夫對付范同畢竟是綽綽有餘的。「我不好，我確實犯了錯誤，毛主席教導我們『第七不許調戲婦女們』我沒有做到。請你給我一個改正錯誤的機會。我知道你一定會同意的。你一向寬洪大量，經常做好人好事。今天的事，你就饒了我，你譬如多做了一椿好人好事，譬如多一次為人民服務。我一生一世都不會忘記你的恩德。今後，你說不定也要入黨，到那時候，我將功補過，給你做入黨介紹人，你看好不好？……」

一個是被自己寵得像玉皇大帝一樣的妻子，一個是將要成為新黨員的本大隊第一把手。他們雙雙朝自己跪著。也不能不說是對他受傷的心靈給予了補償。范同他原本就是個吃軟不吃硬的人，儘管萬分憤怒，可是眼前這副情景卻使他束手無策。他板著臉，沉默了一會，罵道：你們這副賊相，汰你們的千年舌頭，我不要看，還不快把衣服給我穿上！」

「這麼說，范同兄弟，你答應饒我啦？」

「我要不是看在你將要成為新黨員這一點，看我不把你的頭給揍扁了。」

「啊！謝謝……真是謝謝你……」全畢正伏在地上，朝范同「咚咚」地磕了兩個響頭。

……

全畢正的確有很長時間不敢再到范同家裏來，這對於他雖然沒什麼，

但卻把個葉燕香煩得坐立不安，時不時地找一些零零碎碎的小東西到橋口去汰，踮著腳尖，隔著河朝對岸張望，心裏連連地怨恨「臭男人，沒沒良心，你倒好。見了我家老公怕成這個樣子。還狗舐巴吊自討好，說自己是反修公社的大英雄。狗屁！英雄難道是這副膿包樣的？」

想他、盼他、恨他的時候他不來，時間久了，葉燕香知道自己在這個冤家心裏已不占位置，也就漸漸地灰了心，然而，當她把他的影子從自己的思憶中差不多抹淨的時候，他卻大大咧咧地找上門來了。

「燕香，范同在嗎？」

「你……」日思夜想的冤家，那麼長時間沒有一點音訊，今天一上門，問的就是范同，要不是自己老公就在橋口洗碗，馬上就會進屋，她真恨不得撲上去咬他兩口。

「你的范同兄弟在橋口洗碗。」葉燕香似怨似恨地白了他一眼，揶揄道：「我們的大主任怎麼會想得到來窮社員家轉轉？」

全畢正剛要回話，范同左手一籃碗，右手一捅水，提著進門了，一見全畢正，就愣了一下。

「你來幹什麼？」

「范同兄弟，」全畢正討好似地迎了上去：「我今天來，是有事要跟你商量。」

「你與我有什麼事好商量的？」范同心裏反感：老婆難道也好商量？

全畢正等范同坐定，先遞了根香煙給他，然後神秘兮兮地附在范同的耳朵邊說：「我今天有個機會，可以把我們間的前賬後賬一筆勾銷了。」

「賬？」范同愕然。既然見過上次的熊樣，也就不再怕他了，朝他破口大罵：「放你的狗屁，我什麼時候欠過你的債？」

「哎哎，不要誤會，不要誤會麼！我是說，是我欠了你的債。你以前雖然罵過我，打過我。但罵得對，打得對。可是，我還是覺得欠著你的債。應該向你進一步作檢討。所以，我這一次是特地來還你債的。」

「你這是什麼意思？」范同仍然持有戒心。

「你聽我說麼！」他面有德色，挨過揍的陰影早已跑得無影無蹤：「公社已經決定創辦一所大學，名稱也起好了，叫作『反修大學』。要各大隊推薦幾名傑出的骨幹和青年積極分子去上大學。我已經把你的名字報上去了。」

「什麼？……叫我，上大學？」范同一臉的迷茫，他懷疑是聽錯了，拎了一下自己的耳朵：「你有沒有吃錯藥呵？我就唯讀過兩年的完小哪！」

「這你就不用擔心了。我們要創辦的這所新型大學，是專門為了貧下中農而創辦的。目的就是為了適應新形勢的需要，使廣大貧下中農青年一代通過上大學而掌握銳利的批判武器。向資本主義發動更為猛烈的進攻。所以，它在政治上對學員的要求非常嚴格。不僅要求成份清白，還要本人根子正，思想紅，並且具有一定的儒法鬥爭的知識和高度的階級覺悟。我考慮下來，我們大隊只有你最具備這些條件，所以，我第一個就報了你的名。」

「可是，我只聽說，大學只有省城裏才有，叫作什麼高等的……『學府』。我們反修公社怎麼也能辦那種高等的『學府』呢？敢情就是辦學習班吧？」范同將信將疑。

「我們農村為什麼就不可以辦大學呢？」全畢正反問：「你看那《決裂》裏的『共大』不就是辦在農村裏麼？它憑的是什麼？不就是幾間茅草房？再看那打鐵的青年，憑手上的老繭就上了大學。還有那個山裏老鄉，

把一塊泥巴，掰成兩個砣砣，就把思想落後的教師教育好了。與它的情況相比，我們反修公社的條件比它好得多了。如果把解放後沒收的地主，富農的大宅院和家族祠堂集中起來，辦它個五六所『共大』都足夠了。」

「那……？」范同的疑惑仍然沒有完全消除：「我進了這樣的大學後，去學些啥呢？」

「這個……我可說不上來。」全畢正被問住了：「不過，我猜想，好學的東西總會有的。就比如《決裂》中那個戴眼鏡的老師會教的『馬尾巴的功能』那種知識。再說我們辦的大學並不是一定要讓知識份子來教學生，我們貧下中農反過來也可以教育知識份子。大家互相教育，共同提高階級覺悟麼！」

「噢！」范同似懂非懂「要我們教育知識份子我倒不敢。不過，到那個時候，我可不讀『馬尾巴的功能』。這馬尾巴我讀了也沒有用。我首先想問老師的倒是，什麼叫『農業八字憲法』？」

「對，對！什麼都好問。不問，政治上就不能提高。有一次，我就碰到過這麼一個幹部，因為缺少政治理論水準，在大會上提問題說：我弄不懂『三項指示為綱』和『階級鬥爭為綱』都是毛主席講過的話，撞了車又有什麼要緊呢？還有那本叫作《條例》的小冊子，他把它當作中央文件往下傳達，社員們都以為形勢要變了，還一個勁地稱讚呢？結果差一點鬧了笑話。你想想，你要是上了大學，有了知識，還會出這樣的洋相嗎？」

「噢！原來這樣！」范同總算消除了疑慮。可他忽而發覺老婆正眼神定定地盯住全畢正很有些不尷尬，不禁又懸起了心：「我要是去上大學，你們可不許亂來呵！」

「不會，不會。你放心好了，我不是已經向你作過保證了嗎？我這個

人說話從來都是算數的。今天我特地上門來還債，你難道還不相信我嗎？」

「好，我相信你。」范同緊緊地握住了全畢正的手，彷彿眼前這位與自己分享老婆的情敵一下子變成了救世主。

全畢正說得對。反修公社為什麼不能辦『共大』式的大學？自從《決裂》這部革命影片在全國各地公映後，不要說像反修公社這樣有名的先進典型辦起了范同所說的那種「高等學府」。就連一些向來默默無聞的窮鄉僻壤和只能加工些零碎配件的百人小廠也不再把創辦「高等學府」想像得非常神秘和不可染指。一股洶湧而來的辦大學浪潮迅速席捲了全國各地的城市和鄉村，無數個「農民大學」「青年大學」「勞動大學」「赤腳醫生大學」「文藝大學」「工人大學」雨後春筍般地出現在祖國的每一個角落。數量比小學還多得多。創辦那麼多的大學是否符合毛主席的意圖人們當然不得而知。然而，它確實在很大程度上符合了一部分人的心願。這一部份人，都是在無產階級專政下繼續革命的形勢中湧現出來的骨幹份子。他們中有的是生產勞動的積極分子。有是樣板戲模仿得很像的文宣隊員。有的是使相信迷信的壞分子聞風喪膽的治保委員，有的是已能獨立診斷常見病的赤腳醫生。有的是反潮流中湧現出來的新生力量。這一些人都是隨時有希望進入各級領導班子的後備人員。儘管他們中有的連自己的名字都寫不好，也有的頭髮都已花白，但是隨著運動的不斷深入和發展，他們已經越來越清楚地意識到自己文化的低層次遠遠適應不了批林批孔、反潮流、評水滸、批周公、批鄧反擊右傾翻案風這種理論性很強的新形勢。而因產生了強烈的求知欲望。渴望著從「媽、麻、馬、罵」的初級階段直接騰雲一般地進入文化領域的最高殿堂，對自己進行深造，用不斷革命，徹底革命

的理論知識武裝頭腦，去與鄧小平那樣的老資格走資派進行鬥爭，去探討中國的前途和命運。

然而，進了這所大學後，范同以及他的同學們都深感失望。這所大學一缺教材，二缺教具，三缺教員。根本就不可能學得到他們所期望的文化知識。那些被當作大學課本發下來的教科書是連普通社員都必須學習的，張春橋著的「論資產階級法權」，姚文元著的「論林彪反黨集團的社會基礎」。

具有諷刺意味的是，運動初期被打倒的臭老九，重新被公社革委會起用，充當了「大學教授」。用他們自己保存下來的，缺了角、卷了邊的五十年代教科書作了「教材」。

與當年大革文化命相反，即便是在這樣的學習環境裏，大學生們還是表現出非常認真的學習態度。上課聽講的那份自覺性簡直比幼稚園裏分了糖果的小娃娃還聽話。可見得，文化知識對於年青一代「透支」得實在太多了。

然而，假如有誰歎息，這是歷史在倒退。那肯定會立即遭到駁斥：這是歷史在前進，是無產階級文化大革命取得的又一偉大勝利成果！

十四、全畢正的悲哀

一九七六年一月八日，全中國人民心靈中的一片青天坍了下來。整個國家到處一片悲聲。放眼所見，紅紅綠綠的階級弟兄戴了黑箍白紗在哭，黑鍋黑帽的階級敵人戴了黑箍白紗也在哭。

多災多難的中國，在行將倒塌的關頭，被一副患著癌細胞的巨人身軀

支撐住了，這位巨人以他高尚的品格長期忍辱負重地周旋於自詡為人民大救星的統帥和一貫耍權術施詭計的弄臣之間折衷調和，緩解了一次又一次的民族危機，而成為人民心目中的豐碑。這座豐碑就是周恩來總理。如今，他終於因為操勞過度，活得實在太累而轟然倒下了。怎能叫崇敬他並且把國家的希望寄託於他一身的國人有勇氣去承受這殘酷的事實呢？

有線廣播無情地，一遍又一遍地播放著播音員抑制著悲痛、用嘶啞的男中音緩慢地念著的「訃告」。

「訃告」在紅光五隊的知青屋前回蕩，一個與「訃告」對抗的聲音噴著滿嘴的酒氣隨之響起：「你……你從來不真……為什麼這一次不假？……」

已經二十三虛歲的華見森一手拿著酒瓶，一手拍著胸膛，站在門前的白場上好似在作演講，活像十年前「紅宇宙」成立時的那一幕又重演了「你們這些人，都不關心國家大事，不知道周總理的死對我們國家究竟有多麼大的損失？老實說，我們下放的都沒指望了。可是，你們同樣倒楣，我們知識青年沒有上調，就像你們沒有口糧、工分、土地。我們留下來，不是在跟你們爭一份收入，分一份口糧，搶一份土地嗎？啊？……你們說，我說的對不對啊？」

「好了，你已經醉了，不要再喝了，周總理的死是國家大事，國家的事有毛主席操心，你的胃要靠你自己操心。你看你一瓶酒都喝得差不多了，可就吃了一個廣東餅，還不是在作賤自己麼？」陳窈窕一邊勸他，一邊去奪他的瓶子。

「誰說我是在喝酒？我喝的是毒藥，是蘇化二〇三。」華見森晃著那只裝酒的二〇三農藥瓶，用眼睛瞪她：「這輩子都沒有盼頭了，你難道不

傷心？」

「我怎麼不傷心？誰願意在這裏過到老？我的家在茗東，茗東鎮上有我的父母，還有妹妹，我是一定要回去和他們團聚的，哪怕找一個蹺腳拐手，我也一定要回去的！」

「你們女的上不了調還可以嫁人，我們男的多了節竹管頭，無論到哪都要吃苦頭。唯一的希望就靠周總理了。可周總理死得這麼早，看來我們只有在鄉下出賣祖宗（招女婿）一條路了……」說畢，他拿起農藥瓶又要喝酒。

「叫你不要再喝了麼！你不要忘了前天還在向我要普魯本辛，你的胃要是再出血，誰也幫不了你！……」

「你怎麼像我的鷹哥和雲雲姐姐，老是教訓我？」

「我哪有福氣做你的雲雲姐姐？只不過看著你可憐，年紀輕輕，又是胃病，又是腸炎的。好漢只怕病來磨，你知道嗎？周總理已經死了，你就是把胃喝穿了，他也活不轉來……」

「他要是能夠活轉來，我寧可自己少活十年！」

「我跟你一樣，他要是不死，我哪怕一輩子不上調也心甘情願！」

「你剛才還在說，只要能回家，找一個蹺腳拐手也願意，怎麼現在又說一輩子不上調也願意，不是自相矛盾嗎？」

「不矛盾，我這句應該一分為二。它一方面說明瞭我們所處的環境，另一方面證明我們對周總理有感情，因為他最體諒知識青年的苦楚。假如這一次死的要是換成了江青，誰會捨不得？我們還巴不得她早點死呢！說不定我也會和你搶酒喝，那酒……喝起來才高興呢！」

「喂，窈窕。」見森隨陳窈窕進了屋後忽然發問：「你幫我想想，我

上次代曲書記寄出去的那封信，會不會寄到了江青手裏，所以才被他們卡了？假如這封信寄在周總理手上，那結果肯定不一樣！」

「這倒是有可能的，因為周總理從來不會整人……可是，當今各條戰線，上上下下都是江青那班人把持著，那封信不要說能否寄到周總理、毛主席手裏，說不定還沒有寄出苕東鎮就被他們搯掉了。」

「唔……！」見森陷入了沉思，可一會後，他突發奇想：「我現在就到紅軍浜去喊一轉，說周總理沒有死，喇叭裏的『訃告』是階級敵人造謠破壞，保不准人們會快活得把我抬起來呢！」

「你還敢開這種政治的玩笑啊？你開過一次政治玩笑，把你爸的命都賠進去了，這代價還不夠大嗎？」

「……」見森一時語塞，拿起農藥瓶又住嘴裏灌了一口酒。看看已經到底的瓶子，長歎一聲，說：「我現在才明白，解放前，有些酒店為什麼要掛一幅『太白遺風』的匾。」

「你怎麼一下又想到酒店裏去了？」陳窈窕一臉迷茫。

「我聽老一輩的人講過，這『太白』就是李白。是一個大詩人，也是大酒鬼。他寫的詩都是灌飽了酒才寫出來的。」

「你說這幹啥？」

「因為我現在喝了酒，也產生了想寫詩的念頭。」

「你……也想寫詩？」陳窈窕啞然失笑：「你想和倪伯武一樣，寫『鑼鼓響，咚咚鏘』？還是你師傅那種『之之乎乎者也嗎』呢？」

「你不要小看我，我要麼不寫詩。要寫，就寫曲書記那種有格律的詩。」

「你也想寫格律詩？那簡直是『太湖裏撐篙，不曉得深淺』。寫格律

詩是要有文學功底的！我讀到初中畢業，尚且不懂。你認識幾個字？就把天看成箬帽大小？」

「我字雖然識得不多，可我能用我認識的字寫呀！譬如我就寫：周總理呵！你一身正氣，兩袖清風。周總理啊，你兢兢業業，勤儉樸素。周總理啊！你保護人民，從不整人。周總理啊！你為國為民，任勞任怨。周總理啊！你嘔盡了血，操碎了心。周總理啊！敵人怕你，我們愛你。周總理啊！你沒有兒子，我要做你的兒子，天天痛哭。周總理啊！……」

「好了，好了。謝謝你的禮拜九了。你這種也叫詩啊？還格律呢！你這叫和尚拜懺，念哭喪經！」

「為什麼不可以哭呢？我作的就是哭喪詩。哭喪也可以寫詩，就是我行出來的。因為我覺得周總理實在太偉大了，就算用盡了世界上所有讚美的詞，用藍天一樣大的紙也寫不完他的偉大。……唔！有了。……我真的發現了一句有格律的詩了。『藍天當紙寫不完』啊？怎麼樣？下面再加一句『留在心底長思念』啊？你說呢？……唔，我真的會寫『格律詩』了。哈哈！……」

「藍天當紙寫不完，留在心底長思念……唔！不錯……很形象！」

三個月後的清明節，天安門廣場上出現了民眾性的大規模悼念周總理的活動。由於觸及到了「四人幫」的痛處，終於爆發了震驚中外的「天安門事件」。

八個月零一天。晚年被一夥陰謀家愚弄式地狂熱吹捧了十年的毛澤東，終於鬆開了他那雙緊緊捏住人民命運的手，撂下了正在進行中的第十次路線鬥爭的方向盤。到馬克思創辦的「農民運動講習所」去報到了。在

他行將告別自己創立的紅色世界之時，終於迴光返照，意識到真正能夠把他的旗號扛下去的恰恰是運動中蒙受了冤屈的老一輩同儕，因而把「萬歲」的寶座交給了他第三次選定的接班人華國鋒。

儘管，他在活著的時候，享絕了人間對他的歌頌和崇拜，然而他還是帶著遺憾西歸的。在他的有生之年，共產主義作為一種理想，遠遠沒有在全世界得以實現，甚至在本國，他也沒有做到把生活在資本主義制度下的臺灣、香港、澳門人民從水深火熱中拯救出來。反而在「萬歲！萬壽無疆」的紅色海洋裏淹沒了自己的光輝形象，給自己豐功偉績的一生留下了一個並不輝煌的結尾。讓後來的史學家多了一份引以為鑒的反面教材。

在中國的歷史上，兩千年前的漢代，漢高祖死後，呂后作亂，幸虧重厚少文的周勃力挽狂瀾，恢復了劉家元氣。兩千年後的當代，江青也想作亂，也幸虧有了一個重厚少文的當代「周勃」順應潮流，一舉粉碎了禍國殃民的「四人幫」。保住了毛澤東創立的紅色江山。在這塊生存著八億人口的古老大地上客觀地結束了由於「明君」出昏招而造成的十年荒唐。

這裏所講的不是中國的歷史，而是發生在那個時代的一個小小側面。當然，應該講下去的是書中人後來的結局。

走路莫走獨木橋，撐船休撐當頭篙。

菱桶過江你別逞能喲，一擔要分作兩擔挑。

小時候，全畢正經常聽她娘唱這支兒歌，可那時他只覺得好聽，至於歌詞是什麼意思？問他娘，他娘也說不出個所以然來。

鄉下農民不懂得深奧的哲學，卻能從一些很普通的事物中悟出富於寓義的哲理來。如今，當這首兒歌又從遙遠的童年向他飄來的時候，他那顆

遭受巨大落差而變得哀怨的心靈終於被觸動了。

「這幾年我難道真的是在走獨木橋，撐當頭篙麼？不是的，要怪應該怪政治氣候的變化太頻繁了，頻繁得簡直讓人無法適從。過去只聽說過，昏了頭才會轉向，可現在卻使人轉向轉昏了頭。」

俗話說：撐船的易落水，練拳的易傷。酒量越大越容易醉倒。當然，靠政治起家的人最經不起的就是政治上的失敗。想當初，林彪倒臺的那一年，全畢正費了好大勁才算扭過了這個彎子，可現在，這彎子分明是轉過來也沒有用了。

他被宣佈停職審查，列入「說清楚」學習班，還只是上午的事。就在昨天前，他還憑藉以往的經驗料定會出現一場全國性的大規模揭批查「四人幫」的運動。因此，他特地趕到縣裏，想去請玲委員幫助他擬一篇把「四人幫」批很煞克的批判稿帶在身邊，以免急用時倉促。可是，他萬萬沒有想到，玲委員已被縣革委宣佈為「說清楚」對象。他好似被兜頭潑了一瓢冷水，急匆匆趕回來，請其他人寫了一篇「急件」，交給公社革委會佈置批判「四人幫」會議的籌備小組，請他們審閱，沒有想到籌備小組的人看都不看它一眼，只是冷冷地對他說「你沒有必要寫批判稿……扯了吧！」

「啊？難道我批判『四人幫』批錯了？我擁護以華主席為首的黨中央，不對麼？」當時他的神情活脫脫像曲金燦看到自己的萬言信被撕碎的那副模樣。尤其令他難以接受的是，下午他被扣留下來，關進了公社那間經常關押黑六類的房間，房間裏面一桌、一凳、一榻以及紙筆和用以審訊的繩子、杠子他都非常熟悉。可是，當他意識到這些東西將作用於自己時，他才知道自己的政治生命已徹底完蛋了。

「他們難道要用針對階級敵人的這副陣勢來對待我這個大隊革委會主

任嗎？」他感到無法忍受，尤其是令他難以容忍的是，公社竟從他的所在大隊抽了華見森來充任了審查他的專案組成員。

「我受不了……我不能接受一個我親手提拔過的小八拉子來審問我。」他指著見森，歇斯底里地大呼小叫：「我要求換人，換掉華見森。我是公社貧代會主任，紅光大隊革委會主任，我要求有相當級別的幹部才可以調查我，我要求尊重我的人格！」

「你說我不夠格？」華見森的臉上冷冷的，毫無表情，聲調雖然不高，卻足以令他的神經爆裂「那麼，曲金燦呢？你當初審訊曲書記，有沒有想過自己夠不夠格？」

「啊……你……你休想污辱我，我上過電臺，登過報紙，我大義滅親……你有什麼資格？……」

「這正是你作的孽！」

「好你個華見森，你也不要太倡狂。形勢今後怎樣變誰都沒法料。我要是過了這一關，仍然當主任，就一生一世不給你上調！或者，『四人幫』重新上臺，我第一個就要叫你完蛋。」

「我完蛋是以後的事，可是你今天就完蛋了！」

「啊……啊！」他發出了類似曲金燦被開水泡頭時發出的嚎叫。

曲金燦被捏著鼻子往嘴裏灌糞的時候，也曾經喊過：「我要人格！」

然而，他的神經遠比曲金燦要脆弱得多。當初曲金燦被青磚砸了兩下後才癱倒在地上。今天全畢正沒挨什麼傢夥就已經癱倒在地上了。曲金燦遭受過的其他折磨他都沒有挨上，可曲金燦遭受折磨後的反應他卻全都有了。

他一忽兒在地上賴地躬，一忽兒哀嚎，一忽兒抽搐，一忽兒嗚咽，一

忽兒又絕望地乾笑。

歷史從來不要求人們怨怨相報。然而，生活中卻偏偏經常出現報應不爽的場景。

「說清楚」學習班，說了一個多月總算說清楚了。可是，說清楚後卻一切都失落了。全畢正頂著一頭污穢的長髮，萬念俱灰，步履蹣跚地跨進了自家的門檻。

「娘，給我燒點水，我想洗個澡……」剛說了一半，他突然怔住了——在他眼前出現的是一個再熟悉不過的影子，骨碌骨碌地朝他閃眨著眼珠子，兩雙眼珠子對視著……是他認不得它了？還是它認不得他了？

良久，他忽然猛地撲了過去，摟緊了它的脖子一聲長叫：我的狗……阿黑……乖心肝……你回來啦？你不是叫春山給吃了麼？……我給你的那顆印呢？……」

「這狗難道是你的？」那聲音也熟悉，只是似乎不應該在他的家裏出現。因為。好多年以前，他的舅佬，端芳的弟弟已經發過誓，永遠也不會再跨進這個門檻了。

「我們今天是特地等你回來辦離婚的。」與他尚未離婚的妻子胡麗君與她的前夫唱起了雙簧。

「啊？麗君……我不離。……麗君，我不要離婚呀！……阿黑……我的阿黑……我給你的那顆印呢？……罪過呀……你們怎麼這樣狠心呵？」

罪過嗎？

這個時候如果要講罪過的話，那麼，他是否會想到真正罪過是已經冤死了的春山。那一夜，春山屋裏飄出來的茴香味，只僅僅是燒了幾隻從遊

津浜的孵房裏買來的哺退死蛋而已……！

數年以後，反修公社更命為通津鄉，公社所在地「紅軍浜」也恢復了「遊津浜」的舊稱。

已經頂替父親的工作而成為漿糊廠職工的華見森因公重新踏上了這塊令他難以忘懷的地方。

在遊津浜的街面上，他看到了兩個瘋子被一群十來歲的鼻涕狗、光銀頭簇擁著進了供銷社的煙酒部，

他認出來了，胡髭頭髮花白那個正是他經常思念的原通津公社黨委書記，反修公社原革委會主任曲金燦。據說，他稍微一清醒就從療養院裏跑出來，到遊津浜來瘋瘋顛顛。發作了，再由子女接回去，送進療養院。

頂一頭污穢黑髮的那個正是文化大革命期間，反修公社紅極一時的風雲人物，公社貧代主任、紅光大隊革命委員會主任——全畢正，據說他得了分裂症後沒有人送他去過醫院。

華見森再清楚不過了，他倆曾經有過很深的恩情，也曾經有過很深的怨恨，然而，此刻他們倆已經誰也不會再怨恨誰了。

在一片哄鬧聲中，花白胡髭的那個從人群眾中認出了華見森，一把抱住，嘴唇連同胡髭瑟瑟地抖了一陣，猛地從懷裏掏出一張很皺的兩角紙幣，往櫃檯上一拍，朝營業員叫嚷「雄獅牌，大頭的。自來火，紅頭的。有嗎？」

污穢黑髮的那個，也死死地盯著華見森看，但他不時地被那些朝他扔瓶蓋碎紙的鼻涕狗、光銀頭所騷擾。只聽他一聲呵斥：「呸！赤煞鬼！壓埂頭（短命鬼）！老子見過南萍、陳勵耘，見過王副主席、江青同志。你們見過嗎？……啊？毛主席萬歲，萬歲，萬萬歲！」

這時候，那張汙黑的臉上又彷彿閃現出了多年前華見森所熟悉的那一絲得意。

見森歎了一口氣，忍不住要掉下淚來。

噢！十年！這十年，國家被搞得分崩離折，無數個家庭被搞得家破人亡。那麼人呢？

除了眼前這兩個瘋子。

還有自己的阿爸呢？

還有嬌囡，阿奶以及阿發呢？

還有嬌囡娘家的老父親，是否仍然在喊叫「我要打官司」呢？

請允許我用文化大革命中出品的特產標點符號「！！！？？？」來作為本文的結束語吧！

柳湘武 完稿於

一九九九年六月三十日

第二部分

雜文

《柳湘武文緣》

目錄

一、柳湘武文緣

　　祖籍湖南武岡，出生於新中國的湖州南潯，成長於紅旗下的甜蜜生活，沐浴於社會主義的陽光雨露，時刻準備著當一名合格的共產主義事業的接班人。堅持好好學習，天天向上。卻在小學未畢業時遭遇了「文化」要大革命的時代風暴，好端端一個家庭被一場滅頂之災金鐘罩定。正當壯年的父親承受不起造反派們對其的「幫助教育」，帶著滿身傷痕，撇下弱妻幼兒撒手西歸。子女們旋即被告知要與反動家庭劃清界限，成為「可以教育好的子女」，本人因態度猶豫被取消了升初中的資格。上山下鄉接受貧下中農再教育便成了唯一的最佳出路。養過豬羊兔，餵過雞鴨鵝，撬泥搖船當民工。挑過垃圾偷過糞。儘管生活不再甜蜜，但黃連樹下彈琴──苦中作樂，美麗的夢想不願湮滅，在食不能果腹，才不夠寫信的低潮中仍幻想著有朝一日一蹴而跨入人生的最高殿堂，當一個為民請命的作家。遂以天地為課堂，百姓為師長，社會為教材自習不輟。

　　一九七八年九月，一篇豆腐乾文章得以在《浙江日報》第三版露面。一個小學肄業的莽漢所學的東西居然變成了鉛字，無異於叫花子揀了個大元寶，興奮得忘乎所以了。長滿老繭的手一下子覺得鋼筆要比鐵耙輕盈許多，也不去管它天有多高，地有多厚。一篇二篇三四篇，五篇六篇七八篇地往外亂髮，哪曉得落到河裏都不見了。直到有一次偶然看到《人民日報》發表的爭鳴文章《歌德與缺德》，方才知道自己所寫的都是些「缺德」文章。當今這時代需要的是歌德派，需要花團錦簇，哪裏容得下像我這種「缺德」之人赤身裸體地在人前現世眼。試想，家裏的貓狗寵物尚且喜歡撫順毛，你給它倒攄著捉蚤虱它還不喜歡嘿！何況當今的媒體乎？

　　懂得了這個理，心也就靜了下來，不再去為那些「槍斃」文章惹煩惱了，既然定下了遊戲規則，我在規則之內玩不起，那就不玩了，可以吧！站在規則之外打擦邊球，冷眼旁觀那些換湯不換藥，主題重複，內容重複、朦朧、媚俗，寫皇上，寫奴才，荒唐、虛偽、教條、作秀的作品在氾濫都不關我的事。反正，我寫作的目的不是為了稻粱而謀，也不願為了空靈而美。認定了用筆去反映底層百姓的疾苦要比瞎編那些高貴的「奴才……喳！」來得有意義的死理。

　　一九九九年，30 萬字的《流年如夢》（原名《亂夢劫》）完稿，湊巧又遭遇了空前的花團錦簇盛況。作品內容與時代潮流的不和諧使得多家出版社覺得燙手，尤其是電影出版社在已同意出書號，寄出合同的情況下緊急追回，本人只好歎息與文學無緣了。沒料到，浙江作協組織的《朝花文叢》倒並不嫌棄，只是提了三個小小的條件。一、改掉書名。二、刪去敏感詞句。三、出版量去掉一個零（原定 20000 冊）。我唯有妥協，否則，手稿將隨著我生命的結束而消失。

　　2000 年 10 月，《流年如夢》終於呱呱墜地。俗話說：難產的孩子大人舌惜。《南潯通訊》發了消息後，散佈在全國各地的知識界老鄉紛紛來信索要。不到八個月，2000 冊已贈送殆盡。著名文學評論家洪治綱先生專門寫了評論文章《內心深處的歷史》，說：「它因作者的獨特感受與體驗而顯示出別樣的疼痛和真實。它以徹底民間化的視角為我們打開了另一種沉重的歷史，並譴責作品中那些不學無術的人之所以能迅速地爬上歷史舞臺，並成為一方領地中的權利主宰者，倫理秩序的操縱者，就在於他們成功地盜用了被絕對化的真理，並以真理捍衛者的身份為自己謀取了雄厚的權力資本。」洪治綱還引用作家李銳的話說：「『無理性的歷史對於生命

殘酷的淹沒，讓我深深地體會到最有理性的人類所製造出來的最無理性的歷史，給人自己所造成了永無解脫的困境。這是一種大悲劇，一種地久天長的悲涼。」從某種意義上說，文革正是這樣一種大悲劇，長篇小說《流年如夢》所展示出來的也正是這樣一首由人類自身所譜演出來的悲涼之曲。」對於洪治綱的評論我只想糾正一句「它是由某一個個人譜演出來的悲涼之曲。」

洪治綱先生的評論文章兩次投寄《浙江日報》的不同版面，兩次遭到了「槍斃」。這是我意料之中的。然而，我所在的湖州市卻認可了我的勞動。市文聯、市作協在湖州的電視臺為我舉辦了作品座談會，湖州日報作了長篇連載，湖州市委宣傳部頒發了 2002 年度的五個一工程作品獎和獎金 800 元。也可謂精神物質雙豐收了。

這就是我的文緣，當然，只要生命存在，我的文緣就不會結束。

柳湘武 寫於 2003 年 7 月 7 日

二、內心深處的歷史

——*洪治綱*

歷史從來都是以兩種形態留存於世間：一種是由具體的史實所構成的史書，它強調的是歷史本身的客觀性、完整性與科學性，卻很難喚醒歷史的鮮活場景；另一種是人心中的歷史，它以片段化、民間化、主觀化的方式保留在人們的記憶之中，雖不完整，卻真實而鮮活，熔鑄著個人濃烈的

情感質色。正因如此，這種人心中的歷史常常以其特有的形式活躍於每個個體的生命之中，並一直成為人們藝術創作的巨大資源。很多作品都是以此作為審美對象，來表達創作主體對歷史的重新審視與思考。

柳湘武的長篇小說《流年如夢》也不例外。作為一部對文革進行再度反思的作品，就敘事手段而言，它並沒有對先前的此類作品作出了多少明顯的超越，但是，它卻因作者自身的獨特感受與體驗而顯示出別樣的疼痛與真實。它以徹底民間化的視角為我們打開了另一種沉重的歷史——它看似神聖、莊嚴，充滿了至高無上的理想主義激情，而實質上卻是一場喪失理性、荒誕不經的人間悲劇。這種悲劇不僅摧毀了一個個普通百姓的人格和尊嚴，而且剝奪了無數人最為基本的生存權利。

小說以江南水鄉苕東鎮和反修公社為背景，講述了一群生活在最基層的普通百姓在文革十年中的種種苦難遭遇。那裏雖然遠離喧囂的權力中心，遠離大規模的運動核心，但是依然滲透著鮮明的政治意識，呈現出近乎瘋狂的革命景觀。小學教師浦霞與蔔躍聯勾搭成奸，誣陷華中用為臺灣特務，並利用造反派特有的權勢將華中用折磨致死。華中用的兒子華見森為復仇，捨命炸傷狼狽為奸的浦霞與宿芹。「鬥煞鬼」派與「狂飆」派之間由權利爭奪發展到最後瘋狂的武鬥，致使強大力與自己的親外甥洪秋鷹進行血刃相拼。全畢正為獲取紅光大隊的絕對領導地位，將自己的恩人曲金燦摧殘至瘋……整個故事看似充滿怨怨相報的殘酷場景，其實它所折射出來的，是一種理性與權力的雙重崩潰後的人性劫難，是信仰被絕對化、極端化之後所導致的倫理體系、道德體系的全面瓦解。其結果必然是：在被無限放大了的革命的名義下，暴力成為合理與合法的權力手段，人的生命中應有的尊嚴和人格被掏空。無論宿芹、蔔躍聯還是全畢正，這些不

學無術的人之所以能迅速地爬上歷史舞臺，並成為一方領地中的權力主宰者、倫理秩序的操縱者，就在於他們成功地盜用了被絕對化的真理，並以真理捍衛者的身份為自己謀取了雄厚的權力資本。

《流年如夢》之所以讓人覺得疼痛異常，還在於作者成功地將敘事不斷地推向了極致化的審美境地。這種極致，不僅表現在各種令人髮指的武鬥和酷刑中，還表現在人物命運的極度荒誕化的發展中。正直的曲金燦瘋了，善良的嬌囡瘋了，連「與天奮鬥，其樂無窮。與地奮鬥，其樂無窮。與人奮鬥，其樂無窮」的全畢正最後也瘋了，而范同卻從一個老實巴交的農民慢慢地變成一個頗懂文武之道的革命代表。只有華見森在歷經了親人的死去和各種政治漩流的左衝右擊之後，依然保持著未泯的人性。但是，這段歷史卻使他永遠無法擺脫夢魘般的傷痛和屈辱。

作家李銳曾說：「無理性的歷史對於生命殘酷的淹沒，讓我深深地體會到最有理性的人類所製造出來的最無理性的歷史，給人自己所造成了永無解脫的困境。這是一種大悲劇，一種地久天長的悲涼。」從某種意義上說，文革正是這樣一種大悲劇。柳湘武的長篇小說《流年如夢》所展示出來的，也正是這樣一首由人類自身所譜演出來的悲涼之曲。

　　　　本文作者為第五屆茅盾文學獎家評委，浙江省文學院創聯部主任。

三、走近柳湘武

—張振榮

他下過鄉，在南潯老字號「大慶樓」打過工，改革開放後的無限商機

使他為自己掙得了一份艱難的產業：一個小小的銀粉漿廠。當南潯還是一個只有一萬多居民的古典小鎮時，我們形同陌路。當《流年如夢》轟然面試給已有 10 多萬人口的江南名鎮製造了一次不小的地震後，我們便相識了，而且似曾相識。

南潯文壇展開雙臂恭候這位「不鳴則已，一鳴驚人」的平民小說家。說南潯有個文壇不免誇大其辭，但近年來形成的「文學圈」卻是不爭的事實。一批業餘作者屢屢在報刊上初露鋒芒，而柳湘武此前連「小試牛刀」的亮相也從未有過。只是在我們「相知」之後，才恍然大悟他原來已為填補南潯現代無長篇小說的空白而苦苦奮鬥了八個年頭。在重詩文、輕小說的古代和近代，儘管南潯以其「簪纓世第，篷蓽名儒，相尚藏書，輝炳邑謀」風采而雄稱「天下第一鎮」，歷朝著書豐厚，卷帙浩繁，但「出品」小說卻少之又少，極為稀缺。《流年如夢》是繼董說《西遊補》、陳忱《水滸後傳》、徐遲《江南小鎮》後的第四部長篇小說、第一部以現代歷史滄桑為背景的長篇小說、第一部由南潯「土著」居民撰寫的描寫南潯的長篇小說（當然，現在又有了張國擎先生的《古柳澤》）。如果說，徐遲先生的《江南小鎮》確切地說應該是一部自傳體回憶錄，那麼，湘武兄的大作則理所當然可坐上第三把交椅。這就是這部長篇力作的文學地位，《南潯鎮志》如果續寫，柳湘武及其《流年如夢》是不能不佔有一席之地的。

有人評論《流年如夢》的創作歷程是「磨劍八載、糜金十萬」。在充滿銅臭味的時代，傾注了八年心血，外加「投資」十萬元去「催生」一部小說，對一般囊中羞澀者來說，簡直是天方夜譚。不獨沒有分文稿費進賬，還要承擔某種風險，如果沒有執著的追求，是絕對不會去幹這類蠢事的。由於該小說題材所特有的政治敏感性，作品長時期在特護的難產病房裏等

候與期盼，間或還須懸心、吊人中、揪緊神經，一直到了第五家出版社才塵埃落定。即使這樣，出版單位「人民日報出版社」還明確表態，不留樣本。這不得不使人敬重起這位柳宗元柳河東的第 32 代後裔來。柳河東的《捕蛇者說》揭露社會矛盾、批判時政，尖銳有力；《三戒》等寓言，筆鋒犀利；《永州八記》等山水遊記寫景狀物，多所寄託。柳湘武不僅從老祖宗那裏承傳了文思和才華，更發揚了其精神和氣質。

《流年如夢》選擇了一個熱門而炙手的題材，有人稱之為燙手的山芋。他小學沒有畢業，文化大革命便吹響了嘹亮的號角。這場百年一遇乃至千年一遇的群眾運動在他心底打下了深深的烙印。儘管他「缺席」了舉世聞名的革命大串連，但對於南潯鎮上文化大革命的整個過程卻是耳熟能詳，並進行著刻骨銘心的反思。「近十億人，為了一個他們今天看來絕對匪夷所思的目標而付出了他們的真誠、狂熱、思索、才智、甚至鮮血和生命。這是人類史上空前的荒誕戲。『文革』這整整十年歷程，其內容在今天看來如此毫無值得反思借鑒的價值又如此值得我們對它作一個整體上的反思，這在人類史上恐怕也是罕見的」（吳小龍：《悵望千秋一灑淚》，2002 年第 2 期《隨筆》）記錄這極為荒謬、生動的一幕成了他夢寐以求的噪動和嚮往。在周圍既有反對又有支持的混雜的交響樂聲中，他鐵定了吃這只螃蟹的決心。他確確實實地為南潯人講述了、記錄了、留下了一個真實的故事。從某種意義上說，《流年如夢》是一部紀實文學。儘管在小說整個構思佈局、人物造型、語言駕馭上尚存一些缺憾，但卻使所有經歷過「文革」的南潯人讀來倍感親切，昨天發生的故事就象眼前呈現的新聞，牽拉出人們不絕如縷的思緒！

自從柳湘武款款進入南潯文學圈後，他以特有的豪放、熱情和大度博

得了全體文友的鍾情。清朝張岱說過：「人無癖不可與交，蓋因其無深情也。」湘武正是一位有「癖」的性情中人。他已經擁有了一項產品一個企業，但那只是一種半成品產品，只是不足 25 名職工的並不具備建立基層工會委員會的微小企業。目前，他正在籌措資金上一個科技含量較高的新項目，就象他正在籌畫寫作第二部小說一樣。他並不富有，這位粗狂中透著儒雅的大腹便便的中年人，經常的坐騎是一輛 28 寸的「老坦克」，但舉手投足之間卻處處顯示出「千金散盡還複來」的瀟灑和大氣。每當文友雅集時，他總會悄悄地對我說「我來請客」、「我買單」，我回報以莞爾一笑：「以文會友，君子之交也」。

走近柳湘武，在他極好的交際和人緣後面，不時透出某種憨厚和靈氣。這位從詩書之鄉走出來的業餘作家，完全擔當得起儒商這個雅稱。他從越來越寬泛的交際圈裏，擁有了越來越多的知音。他不斷用自身的刻苦創造出卓而出群的業績，充分展現了遺傳因子所帶給他幾乎與生俱來的自身價值。

　　　　　　　　　　本文作者為南潯區文聯副主席，鎮總工會主席。

四、羊毛出在羊身上

　　從來都不敢奢想在《隨筆》上發表文章。他對讀者而言是一塊鑽石般珍貴的園地，在這塊園地裏耕耘的都是學識淵博，思想深邃，畢生為真理吶喊的老一輩學者，他們以自己的真知灼見和長者風範啟迪和激勵著年輕一代的求知欲和探索欲。

　　我也是被啟迪者之一，閱讀《隨筆》不滿兩年，在不認識它之前我不

相信現實中還存在著良知畢現的讀物，可見自己的淺薄和出版界的悲哀。

筆者敢於寫這篇雜文的人生資本之一就是曾經當過知青，經歷過上山下鄉。一九七〇年，不滿 16 歲的我被下放到江南水鄉的一個公社插隊落戶，當我告訴我的小學同學因年齡小而只被評了五分六厘大寨式工分時，小夥伴們都為我抱不平。然而，當我講到我的生產隊上年的正勞力每天分紅值是一元二角時他們都驚訝得嘴巴都合不攏。乖乖，這簡直是工人階級的收入！遺憾的是，插隊八年多，當我的工分在逐年攀升到滿分十分時，生產隊的分紅值卻在年復一年地遞減（70 年 /1.05 元、71 年 /0.98 元、72 年 /0.93 元、73 年 /0.86 元、74 年 /0.82 元、75 年 /0.78 元、76 年 /0.74 元、77 年 /0.68 元、78 年 0.63 元）。富得流油的生產隊在短短幾年中整體滑向了貧困的邊緣。我問隊長：「照這個速度減下去，要減到每個勞動日幾角才會止步？」隊長不加思索地回答：「倒貼！」我呆住了，不解地問：「田畝不見減少，產量不見降低，人口增加有限，這收成都到哪裏去了？」隊長的回答還是很簡單：「開會開光了！」「開會？」「是呀！幹部們每天開會難道不需要成本啊？既拿工分又領補貼，這收入還不是社員們做出來的麼！他們『花爺的錢不心疼』反正這錢是集體的，集體的錢好比羊身上的毛，幹部們開會就是在往羊身上拔毛，現在會議越來越多，分紅值當然越降越低，照這樣發展下去總有一天羊毛生長的速度會跟不上被拔毛的速度，那麼就要倒貼了。」「為什麼不少開些會呢？」「這怎麼可以？開會是抓革命，勞動是促生產，主次是必須要分明的。其實，從革命與生產兩方面都兼顧的情況看，我們隊還算是比較好的。從這裏向北，離我們大約三華里處有個生產隊 69 年時的分紅值比我們還要高一分（1.21 元），現在已經跌到三角二分了，原因是那裏的幹部和會議比我們隊還多得多。

雖然收入已經這麼低了，我也明知道他們心裏很苦，但在嘴上卻從來不敢埋怨，所以事事被評為先進典型，掛流動紅旗。假如問他們，他們還會自打圓場：過年難，難多年，年難過，年年難過年年過。船到橋頭自然直麼！人要懂得知足，不管怎麼說，現在的日子比起三年自然災害那陣子畢竟要好得多了，那個時候，社員們已經餓得吃蘆根、水欒板草了，幹部們還要反瞞產，插白旗。有的人吃了河裏的圓葉蘊草，渾身浮腫，看起來夾夾壯壯的模樣，碰到下來檢查的幹部不明就裏，看著不順眼就呵斥：這麼壯實的人還不去參加勞動？上去一推就倒下了，掙扎上老半天還爬不起來，好在這樣的情況總算沒有了。」

我所接受的「再教育」，這一次尤為深刻，隊長的一番話使得我真正領教了農民的寬容心和忍耐性。那時候，聽慣了對資本主義國家的妖魔化宣傳，只知道自己「生在新中國，長在紅旗下」是泡在社會主義的蜜糖裏長大的一代人。對自己的牢騷只歸結為沒有高度理想，是私心的暴露，從來不作理性的分析。直到 76 年上調招工被人調了包，大隊幹部們或許是出於補償心理，給了我一個大隊治保會成員的「職務」後，我才慢慢地理解了隊長關於「羊毛」的理論。

當時社員們戲謔地將人分成三等，一等人捏南瓜柄（管工章的），二等人捏蒲扇柄（輪得到開會的），三等人捏鐵耙柄（常年在田裏幹活的）。我「榮任」大隊治保會說明我已經跨進了捏蒲扇柄的行列。最受寵若驚的一次是被大隊支部書記在一次會議上稱呼為「我們在座的全體幹部」。我在座，當然也是「幹部」了，平生第一次感受到了當「幹部」的優越。

大隊治保會成員，相當於今天的聯防隊員或保安，它的優越感體現在除了必須絕對聽命於支部書記，革委會主任和治保主任外可以和大多數有

實權的幹部一樣不用兩腳插泥背朝皇天了。工作也相當輕鬆，可以隨心所欲地東逛逛西看看，查查誰家的自留地上多種了一棵超計畫的大白菜，哪一家搞封建迷信在夜裏偷偷地做為外甥禳災的大糰子，觀察哪一對男女神色曖昧有調情野合的嫌疑？有時候運氣好，捉住一個偷集體莊稼的「賊」還可享受兩角現金、四兩稻穀的看守補貼，尤其是每逢傍晚記工員開始記工，那一句神氣而嘹亮的吆喝「今天給我記大隊工分，加二成看守壞分子的值夜分！」得意的勁頭似乎已經贏得了姑娘們的欽慕，這感覺簡直難以言表。

然而，神氣歸神氣，生存所需畢竟是最現實的，當隊裏的收入降到0.68元一個勞動值後我開始了心路歷程上的第一次反思：連我這樣的人都當了「幹部」，田間還有多少壯勞力？從明處看，是捏蒲扇柄的剝削了捏鐵耙柄的，從深處講，它的更大危害在於損害了鐵耙柄的積極性。幹部們「花爺的錢不心疼」，社員們的勞動哪有積極性？隊長的「羊毛」理論使我有了（理論）聯繫實際的認識。我無法知道當時的「南瓜柄」們是不是像我一樣有負罪感。反正，從那時開始我就在內心深處存了一份內疚。

一晃二十六年，隨著歲月的流逝，當年的磨難、艱辛、窮困已慢慢地從記憶中淡去，但隊長的「羊毛」論我仍歷歷在耳，它對於今天的現狀來說我認為還是有著深刻的現實意義的。開會是管理的需要，可是管理也應該考慮成本，它的成本不光是可見的直接成本，還要計算看不見的潛成本。從某種意義上說，潛成本要大於直接成本。「羊毛」的理論是我從一個小學肄業的半文盲到寫作長篇小說成為「作家」的整個過程中經常思索的問題。

過去常聽到老年人感歎「國民黨稅多，共產黨會多」。稅與會，對於

政權來說都不可或缺。稅收是國家機器運轉的能源，會議是從意識形態方面保證政權維持的軟體。然而過多過濫勢必會走向負面。國民黨橫徵暴斂，是一種短期（或短命）的行為，弄得民怨沸騰，加速了它的敗亡。共產黨會多是為了使紅色政權萬代不變顏色（用現在的話講是黨的基本路線一百年不動搖）。國人們在經歷了無數次的運動和會議後好歹熬到了改革開放的今天。會議確實是少多了，但國家機器要運轉總不能全靠一線的產業工人。公務員（從前的幹部）的存在是合理的，也是必須的。關鍵是公務員的隊伍要不要如此龐大？我國擴增公務員編制的理由是不是太多了？例如：在貧困地區工作的幹部因為肯去貧困地區工作而必須提升，富裕地區工作的幹部又因為出了政績出了經驗而必須提升。甚至沒有提升理由的正常調動也成了擴編的理由。據報載，某縣委書記臨調動前突擊提升了 250 多名親屬和「至愛」當上了公務員，公務員隊伍嚴重家族化，各部門人滿為患、積重難返、官官相克、權權相奪、互相推諉，辦事效率極低，讓後來的縣委書記只有得罪人的份（砍編制）。曾有媒體報導：某縣一處埋葬著三位烈士的陵園一下子被充塞進 20 多名「陪護」烈士英魂的公務員。更有某市某局所轄的商業繁華區的店鋪租賃金一下子要收取四十年。為的就是增發工資，弄得群情激憤，雖然經上級部門緊急調停和勸導及時阻止了事件的惡性發展，但它所造成的負面影響永遠成了老百姓罵官的一種口實。試想一下，假如過了七八任局長的四十年後，他的孫子也來到這個局裏當局長，在收取租賃費時碰到還健在的當事人，劈頭一句：「這租賃金早在你爺爺當局長的時候就被收走的了。」豈不是滑天下之大稽的灰色幽默？像這種竭澤而漁的做法目前在國內並不鮮見，它是發生在龐大的國家機器正在運轉時，國家機器猶如一臺生產機械，它的運轉需要能源，能源

一次用完，機械會不會成為一堆廢鐵，這是連小學生都明白的道理。就像當年我們隊長的「羊毛」理論：羊毛出在羊身上，你要拔毛就必須等羊長出毛來，現在你把羊都殺了，今後拿啥來拔？

曾經讀到吳思先生的一篇文章《惡政是一面篩子》。這面篩子淘汰清官，選擇惡棍。追根溯源，造成惡政狀況的原因是冗員過多，具體體現在職能部門的官們只拿工資不管事或少管事，每天一份報紙一杯茶，渾渾噩噩過一天，心裏想的最多的是何年何月又可以加薪了。市長熱線電話（12345）開通後天天爆滿說明了職能部門的無能，假如所有事都必須市長親自出面才能解決，還要職能部門幹什麼？

上世紀的六十年代初，一部《今天我休息》的電影，馬天民的形象激發了幾乎全國所有老百姓對公安人員的敬佩，有靚妞的人家假如嫁了公安那就是最風光不過的事了。當時，全國統計的總人口為六億五千萬，城鎮公安人員的比例只占千分之一弱。而如今人口雖然翻了一番，但管百姓的除了公安外，城管、運管、聯防、消防、保安、工商、稅務、技監、商檢、海關、司法、法院等等都穿起了制服，戴起了大蓋帽，人員數量上翻了多少番更毋須我贅述了。

一方面是公務員數量的劇增，另一面是公務員素質和責任感的滑坡。進入了公務員隊伍的總會埋怨我國目前還沒有與國際接軌實行高薪養廉制度，然而卻從不反思公務員的素質與國際是否接上了軌？撇開那些正宗的公務員不說，就看那些求職無著的小青年，通過父母親朋的關係求爺爺告奶奶，托關係，走後門，一旦得意被聯防、保安、城管等大蓋帽部門聘用，立馬就自覺得身價百倍，儼然一副大蓋帽一上頭我即老子的二流子做派。在集貿市場上經常可看到身穿制服的大蓋帽人模狗樣的對著那些頭都不敢

抬起來的小攤販們踢攤、毀物、砸秤的景象。這些人儘管穿著莊嚴的制服，但骨子裏是骯髒的，是社會上不折不扣的惡性細胞。老百姓對這些人的普遍反應是：現在的大蓋帽多了，安全感反而少了。如果真想讓老百姓們感覺到作為「人民」的溫暖，這種人就要少一些。所以我要說：假如當局真正需要搞什麼形象工程的話，大蓋帽隊伍的素質才是有必要首選的形象工程。

偶然讀到 2002 年 6 月 2 日《報刊文摘》上摘登的一篇文章《窮而「慷慨」和富而「吝嗇」引發的思考》。說的是我國沿海一個小城市的市長邀請美國蒙得市的艾文市長，艾文市長在高興地接受了中國市長的邀請後「吝嗇」的表示沒有訪華費用，並解釋她雖然身為一市之長，但辦公費用來自民間的納稅，每一筆開支必須對市民負責，訪華的費用不在辦公費用之列，需要向有關企業募捐才能安排訪華行程。中國市長立刻「慷慨」地表示他將支付艾文市長訪華的一切費用，包括來回機票、住宿、吃喝等。美國市長之所以吝嗇是因為她的權限和職責受到嚴格的限制。中國市長之所以慷慨是因為他可以堂而皇之地在財政支出中予以報銷。「花爺的錢不心疼」是我國官員的傳統和通病，中國官員在大把大把地用公款慷慨的時候是從來不會設想這錢假設是自己掏口袋的會不會心疼一類的問題的，更不會設想貧困地區的外來人員街頭擦鞋遭到驅趕，或冒著得愛滋病的危險到血霸那裏去賣血的所得。如若我們的官員會想到這一層，那麼，用公款買單的時候還會這麼瀟灑嗎？

在我國，最起碼在目前，我們的納稅人在依法納稅後是不會也不可能去查詢和監督稅收的流向的。假如我國的用稅人都能像艾文市長那樣時刻體諒到納稅人的艱辛和制度對官員的制約，也許我國的納稅人依法納稅早

就會成為一件非常自覺的事了。用不著稅務人員老是歎息我國的公民納稅意識不強了。

我國有九億多人口的農民和一億多人口的城鎮下崗工人，這個群體的百分之九十是可以被稱為弱勢群體的，它的數量相當於整個非洲大陸五十多個國家的人口總和，毫無疑問是世界上最大的群體。近來報章或其他媒體也偶爾會出現「關注弱勢群體」、「扶貧減負」、「三農問題」等字眼，但「減負」減了好幾年，農民的沉重負擔依然如故。這讓百姓們有理由從心底裏懷疑：官員們是不是拿著「扶貧」當作花瓶在作秀？那些世世代代輪不到加薪的農民兄弟只指望著當官的從他們口袋裏少挖走些賴以活命的東西。多一點「實打實」的減負，就像我當年的隊長所說的「羊毛出在羊身上，等毛長齊了再拔，要考慮羊毛的生長速度。」

湖北省棋盤鄉黨委書記李昌平在寫給國務院總理的一封信中說道「農村真窮，農民真苦，搞農業真難」。呼籲中央儘早切實地制定政策，解決「三農問題」。我閱後感動不已：這是一個真正具有良知的基層領導發自肺腑為民吶喊的心聲。有這樣的好官員是執政黨和老百姓們共同的福祉。然而，在官本位的今天，媒體和上級官僚都傾斜在特權一方，令為民吶喊的李昌平經歷了太多的磨難。封殺、停職、調動等變相的迫害隨之而來。連黨內的「同志」都是這樣的遭遇，更何況那些求告無門的底層群眾了。掙扎在生活底層的弱勢群體中，那些怕死的只能裝聾作啞、噤若寒蟬，那些老弱病殘的只能等死，那些力氣過剩又缺乏教養的只能鋌而走險去尋死，社會的治安狀況焉能好轉？

據說，我國的國情不適宜搞民主化，否則會天下大亂。這是一家之言，正確與否暫且不論。然而，無論是不適宜也好暫時不搞也罷，都不等於不

可以批評。悲哀的是我國的媒體，它已被寵的像一個嬌生慣養的小孩，連一點哪怕極輕微的批評都經受不起。在一個出了那麼多貪官的國家裏竟然聽不到半句對體制的批評。在批評被拒絕了的同時，真話也就絕了跡。難怪老百姓們要發牢騷「現在除了警局，沒有地方會叫你說真話。」我是一個文學愛好者。深知文學如果沒有了批評就出不了有分量的作品。由此推及，政治如果沒有了批評，這個政體也是虛弱的。在穩定壓倒一切的大前提下，媒體所展示給老百姓看的但見一幅幅鶯歌燕舞的場景，一座座豪華漂亮的政績工程。隨著大蓋帽隊伍的擴充和權限的放大，批評的聲音確實是被壓下去了。然而，「壓倒一切」的成本也上去了。須知「為人民服務」的人太多了國家機器也會被拖垮的。成本上去後，納稅人負擔的加重還只是一個次要的方面，重要的是信仰的缺損，當那些在《焦點訪談》專題外排長隊的人員黯然退去時，對執政黨的信仰也同時被帶走了。豪華漂亮的政績工程，僵化的政治說教，貧乏的精神面貌使得弱勢們不再愛著《焦點訪談》。可以這麼說，當你封住了別人的嘴巴的同時，也封住了別人的眼睛和耳朵，別人不再聽你，看你，豈不是把自己的嘴巴也封住了？還空談什麼取誠信於民眾？別人對你冷漠說明已經把你從內心中消除。現在人們普遍對新聞冷漠，對文學冷漠，對歌頌帝王奴才的電視劇冷漠，這究竟是民眾的弱智還是執政者的悲哀？這世風日下的現實確實已經到了執政者應該反思的時候了。搞理論研究的學者們都明白，文學和政治都是應該有批評的，批評的成本也是最輕的，當一個政體諱疾忌醫，拒絕了批評的聲音的時候，那麼，不幸已經離它很近了。「坑灰未冷山東亂，劉項原來不讀書」歷史的教訓是用沉重的代價（也就是成本）換來的，借鑒它就是在珍

惜它的成本。

羊毛出在羊身上，羊是自然會產毛的，只是應該在拔毛時考慮羊毛生長的速度。讓人稍感欣慰的是：與家族化的集體企業下崗職工怨聲載道的情況不同，在被拔毛相對較少的私營股份合作制企業裏因為利益和權責的平衡自然而然地產生了一整套行之有效的監督機制而顯現出一派勃勃的的生機，它產出的羊毛會自然地造福於社會。

珍惜羊毛，更不要把羊殺掉！

柳湘武寫於 2002 年 10 月 2 日

五、天理人欲

人到中年，難免會胡思亂想，青少年時接受過不長的被教育（小學）和漫長的再教育（8 年半）。捫心自問，總共 14 年多所接受的教育對一個普通老百姓所需的學問總該足夠了吧？豈知，過了不惑之年後卻越來越迷惑了。

記得二年級時有一節課叫《司馬光砸缸》，小小的我著實被文中司馬光的智慧勇敢和後來嘔心瀝血地編撰《資治通鑒》那堅韌的治學態度和深邃的學問大大地激勵了一番，認為天下最傑出的學者莫過於他了。沒料到，十二年後一場「評法批儒」的大討論，我心目中偉大的司馬光因反對變革新法的王安石，宣揚「違反天命、必有天災、要受天刑」「去安石、天乃雨」而被九百多年後的工農商學兵們批判得連臭豆腐的價值都沒有。

　　緊接著，孔孟儒教的衛道士，「程朱理學」的集大成者朱熹也因宣導「存天理，滅人欲」與倡行「天理人欲可以並行」的陳亮進行「王霸義利之辯」而被打倒在地。好奇的我，對於學問正處於海綿吸水時期，忍不住要去找點資料查證一番。

　　不查不知道，一查，嚇了我一跳，原本那個提倡禁欲，主張放棄「私欲」服從「天理」的哲學家、道學家、理學家、教育家兼政治家的朱熹竟是個每晚都要摟著兩個小尼姑睡覺的老夫子。小尼姑陪老先生睡覺對朱熹老先生本人來講可以不劃入「私欲」的範疇，因為他擁有「話語權」，作為政治家所慣用的強加於人的理念，可以把自己身上所發生的這種行為歸入「天理」一類。然而，同樣的行為對於小尼姑來說那肯定是「私欲」無疑了。小尼姑是否屬於禁欲的對象，就在朱熹本人所弘揚的「程朱理學」裏面已是鐵板釘釘了。就讀者而言：「以餓死事極小，失節事極大」為教育宗旨的倡導者要求兩個小尼姑每晚「失節」陪睡，滿足老先生的「天理」這與維護「王霸義利」乾脆提倡「天理人欲可以並行」的陳亮比較起來，後者倒是少了一份虛偽。像朱熹這樣的人物哪怕有再高的學問，具有再深邃的思想，至少在品德上是應該打上問號的。難怪明代文學家李贄要給他一個「真個道學，臉皮三寸」「被服儒雅，行若狗彘」的評語。

　　筆者淺陋，常把「天理」作通俗解，它的內涵無非是「溫飽、娛樂、天倫」等等。而對於「人欲」的理解，除了小尼姑那種「私欲」以外，還有食欲、情欲、財富欲、求知欲、名利欲、掠奪欲、領袖欲等等。所有的這些「欲」都能給欲求者本人帶來難以言表的快感和享受。「欲」本身無罪，但前提是必須把「欲」建立在不給別人帶來痛苦的基礎上，對於只求「活著」的老百姓來說，他們最感到恐懼的是「掠奪欲」和「領袖欲」，

尤以「領袖欲」為甚。因為「領袖欲」的虛偽性最為突出，欺騙性最強，對社會的危害性也最大。撇開臭名昭著的慈禧太后、袁世凱、汪精衛不說，就以一貫開明、萬人敬仰的國父孫總理也要求國民黨員在入黨宣誓時「忠於領袖」。可見，它並不會因為某一個個人的學養豐富、品德高尚而能加於克制的。

　　現實中的政治情勢，常常要求我們忘掉一些東西。然而，忘掉歷史遠遠比記住歷史要困難得多。在我們孩提時代的大串聯中，偉大領袖的表現欲望達到了空前絕後的白熱化程度，老人家在天安門上輕輕地揮揮手，紅旗、寶書、彩球、畫像、標語、口號就把整個國家映得彤紅彤紅。人為地把這個特定的歷史階段抬高到了亞共產主義的地位。可見領袖欲望所爆發的巨大威力了。「誰是我們的朋友，誰是我們的敵人，這個問題是革命的首要問題。」這就意味著你不做我們的「朋友」，就是我們的「敵人」，沒有第三條道路可供選擇。當然，七億人民沒有一個願意做他的「敵人」的。轟轟烈烈的一場禍及全國老百姓整整十年的大革命就順理成章地發動起來了。惡端一開，就如毒癮纏身很難戒斷了，我國的友好鄰邦，朝鮮民主主義人民共和國儘管國力不強，百姓缺衣少食，但他們的偉大領袖也要拼上國庫老底，搞一場規模宏大的百萬人參與的大閱兵。東風西漸，當這股風回吹到我國內陸的安徽省亳州市時，亳州市的市委書記李興民也被領袖欲望勾得奇癢難忍，決定舉行一次亳州歷史上規模最大的閱兵儀式，花上200多萬納稅人的血汗錢，讓全市的武警、公安、檢察、司法、法院、土地、工商、稅務、城管排成方隊，李興民乘坐在敞篷小汽車裏洪亮而雄渾的呼喊著「同志們好！」「同志們辛苦了！」受檢閱的隊伍則高呼「首長好！」「首長辛苦了！」叫人起雞皮疙瘩的場景回饋給他的恰恰是良好

的自我感覺。也許，這就是領袖欲對於不同受者體現的不同心態。（見報刊文摘 9.29 一版）

「文革」十年，我們這些處於少年成長期的學生好奇而盲目地自覺而又不得不自覺地捲入在這場洪流中，旺盛的求知欲被一本無可選擇的「紅寶書」堵塞了其他知識與資訊的來源。一直到了後期，一場「批林批孔」運動才給我們帶來了一些貌似「文學」的讀物。那些一九一九年五四運動「打倒孔家店」批判儒家學說的內容被重新拾起暫時滋潤了一下我們將要被渴斃的「求知欲」。然而，「批林批孔」的真實內容卻是在我們這代人的思想領域裏築起了一道比正統儒道學說更極端、更頑固的教條主義堡壘。直到老人家臨終，他還留下遺囑「翻案不得人心！」

隨著領袖的作古，鐵案馬上被翻了過來。文藝也有了短暫的復興，大量的傷痕文學、反思文學應運而生，我們的愛憎也由當年的盲目而逐漸變得清晰起來。然而，歷史似乎常常愛拿文人開玩笑。它一方面在隆重地紀念「毛主席在延安文藝座談會上的講話」，另一方面卻在每晚黃金檔的電視節目時間裏用歌頌帝王將相才子佳人的作品向全國的電視觀眾實行了免費的，史無前例的狂轟濫炸。用一大群英明的好皇帝來否認我國實行「西方式民主」的必要。果真沒有這個必要嗎？我們曾經清晰過的愛憎在過了不惑之年後又變得越來越模糊了。我的朋友曾經提醒我：民主前面冠上了「西方式」的頭銜就說明我們東方的老百姓素質偏低，暫時還配不上。因為我國是一個具有 2000 多年封建歷史的國家，現在的狀況只是封建傳統的慣性問題，而慣性總會慢慢地剎車的。我對這種觀點是不願接受的。我認為：過度的渲染絕不是剎車，假如真想剎車，我國出版部門有著嚴格的審查制度，在報批時是完全可以堵住的。當今的導向分明是在精神上有意

地奴化嚮往民主的老百姓。

朱熹的「存天理，滅人欲」與現實文藝作品中的「存傳統，滅現實」，「程朱理學」中的「餓死事極小，失節事極大」與現實生活中的「信訪上訪事小，穩定壓倒一切事大」何其相似。我們這些當年上山下鄉的過來人雖然所學不多，但總不該讓我們越學越迷惘。讓學到的「理論」老是在腦子裏打架。嗚呼，歲月耗不起啊！我們馬上也就要老了，能否讓我們這些人在進入黃昏前再學一點不在腦子裏打架的東西呢？也許我的要求是過分的，因為它屬於「天理」還是「人欲」目前尚無法界定。也許這純粹是個哲學的問題，而哲學問題是老百姓無權、無法和沒有必要關心的。作為老百姓的所謂「天理人欲」就是活著。過日子（生存權和發展權）。假如活得不耐煩，一定要學懂弄通那些哲學上的偉大理論和重要思想，那麼你必須做好賠進後半生的思想準備。

無法面對，那就只有斜視了！

柳湘武寫於 2003 年 10 月 2 日

六、為《英雄》鳴不平

滿以為奧斯卡大獎隨手可取，
因為它有著無與倫比的恢宏與美麗。
再加上明星陣容和金牌大導的名氣，
在國內票房它已遠遠超過了兩億，

再拍續集翻它兩番亦應沒問題，

沒想到一出國門竟落了個鎩羽。

是因為咱大導演沒有進貢好處費，

還是伊拉克的戰爭攪了咱的好事。

要麼是超豪華的氣勢惹洋人害了妒忌。

尊敬的洋老爺們：

你們怎麼竟會不賞識咱煌煌華夏的始皇帝？

他可是咱大秦天朝德過三皇功蓋五帝的救世主，

他役民百萬為咱子孫後代留下了長城萬裏。

他焚書坑儒又給咱規定了思想與文字。

他斷足盈車在全國實行了車輦同軌跡。

他刈鼻盈累只是想觀察人剜了鼻子怎樣再呼吸

他去勢成丘為的是研究割下的生殖器官是否能勃起。

他壯懷激烈創立集權令天下歸心不貳。

四海之內莫非王土率土之濱莫非王仕。

財富土地美女歸他一人支配最為合理，

人權無所謂，皇權是真理。

如果搞選舉，他的得票率，定超百分比。

這樣的好皇帝，理因傳萬世。

陳勝吳廣瞎胡搞，黃巾綠林應易幟，

萬民敬仰的孫總理也是瞎子點燈蠟白費。

滿清剛遜位，洪憲即登基，

掌權滋味賽神仙，上耀祖宗下蔭子。

放個響屁亦題詞，碑雕牌匾存永誌，

自古為「朕」者，寧死權不離。

哪怕大限即來到，臨終猶懼傳嗣子。

恨不能將赤縣神州捆一卷，隨身包兒付一炬。

你們洋人少見識，無緣享受咱「朕」文藝。

欲飽眼福也容易，請來咱家看電視。

那數不清的風流皇帝，雄略皇帝，武功皇帝，勤政皇帝，仁德皇帝，愛民皇帝，節儉皇帝，正經皇帝，才子皇帝，柔情皇帝，多得猶如過江鯽。

儘管多如鯽，諒你瞪大眼，尋不出壞皇帝。

更有一幫好奴才，磕頭稱「喳」如搗泥。

劇情挺稀奇，動作更滑稽。

可惜好萊塢，不會做生意。

奧斯卡不頒咱大中華，世界影壇難雄起！

柳湘武寫於 2003 年 4 月 25 日

七、避開，才有出路

——與薛榮先生商榷

我不是《江南》的作者，僅僅是讀者而已。翻開本期（第四期，總第125 期）的封二，我活生生地重新感受了一次年輕時那種轟轟烈烈的氛圍，久違了——檢討書。

薛榮先生，是你把《江南》以及《江南》的編輯先生們害了，這傷害的範圍不僅僅局限在停止銷售第一期的經濟損失的意義上，重要的是張主編的前程也許要被你毀了。依我瞎猜《江南》的主編起碼也該有個副處、正處的級別，副高、正高的職稱吧！混到這一步的背後有著多少個不容易呀！然而，今朝一腳踏空滿盤潑散，我們鄉下人把這叫作「揀一世狗屎，打翻了糞船」。

據說，在我國的香港有一種制度叫作「高官問責制」，這個陌生的名詞離大陸祖國還相當遙遠，可是我省的作協已經領風氣之先了，連續四次召開擴大會議，張曉明主編不得不向黨組提交辭呈，可見問題之嚴重，後果之可怕了。

以文字而闖禍的事例不勝枚舉。然而，筆者的感受也許比你薛榮先生還要深刻。因為筆者所生存的湖州市南潯鎮正是因文字而獲罪的「莊鋌鑨明史案」的發生地，那七十多口十五歲以上的男女老少讓身強力壯的劊子手滿頭大汗地砍上大半天，這場景真叫人不寒而慄。好在那個惡時辰因滿清坐穩了龍庭而不再重演。如今 300 多年過去了，人們對鎮史的記載已不再關注，恐懼也已經淡化，早年的「殺莊橋」也已改成了現在的「柵椿橋」，依然一派「莊氏史案」前車水馬龍的跡象了。

薛榮先生，我不認識你，但是我讀了你的作品就等於我已經認識了你，因為讀者是從作品中認識作者的。也許是出於吃了雞蛋就想跟母雞說兩句的動機吧！我要說的是：我在你的「雞蛋」裏吃出了骨頭。這根骨頭一直鯁在我的喉嚨口，要麼咳掉，要麼強咽下去。我掂量自己，我不屬於那種強咽下去的人，那麼，就只能往外吐了。

首先，我想說的是「文學」這兩個字，「文學等於人學」這句話僅僅

是作家們天真的「自慰」。而你不僅將它當了真，還居然加了點隨心所欲，憑空地塑造了一個「阿慶」形象。多了一個阿慶倒也罷了，你還偏偏還要叫他去炸炮樓，表現得比郭建光還勇敢。這不明明是跟「偉大的旗手」過不去麼？當年在編排革命樣板戲的時候，「旗手」將阿慶安排得好好的，「拌了兩句嘴，到上海跑單幫去了」。你卻橫生枝節，設計了一個會惱、會笑、會哭，盼望著金根叫爹的阿慶，幸虧「旗手」已不健在，要不然，她註冊的帽子工廠不追究你侵權才怪呢！

　　第二，我想說你在判斷上肯定存在誤區。你在創作小說《沙家浜》時或許會以為把情節設計得人性化一些「讀者們」就會認同，可是事實證明你錯了。幾十年來，「讀者們」深植於腦海裏的依然是「源於生活，高於生活的典型人物」，你「這種極端的做法是違背生活真實和革命文藝規律的＜封二語＞」。現在的「文學」正雄赳赳地大踏步朝著「代表先進文化的前進方向」突飛猛進，產生了有史以來陣容最為弘大的「朕」群體。從時空的跨度上講，已經從秦皇漢武一直戲說到了滿清末代。如果從類別上加於劃分，就有雄略皇帝，愛民皇帝，風流皇帝，武功皇帝，勤政皇帝，節儉皇帝，仁德皇帝，正經皇帝，才子皇帝，柔情皇帝等等，等等。多得可以稱之為花團錦簇。而你為何要在錦簇的花團裏面插進一根傷害「讀者們」的針呢？事實勝於雄辯，那些戲說皇帝的作者們不但因劇情稀奇動作滑稽而獲得了豐厚的報酬，還大名飛揚甚至越出了國門，差一點為國家爭了臉，捧個奧斯卡金像回來。這種「刀切豆腐兩面光」既符合「國情」，又為「讀者們」提供了「真、善、美」的精神享受的好事你不去做，卻偏偏要吃力不討好，到老虎頭上去拍蒼蠅，何苦呢！作為一個靠寫字吃飯的人，就算你高尚，不為稻粱而謀，不願去戲說「皇上……奴才……喳」這

類作品，也不該去戲說「革命的樣板」呀！如今的「讀者們」（你注意我加的引號了嗎？）可是特敏感，特「正」，特「純」，特「正確」的一族。在他們面前我敢跟你打賭：你假如把竊國大盜袁世凱美化得無比高尚，無比謙虛，無比愛民，無比寬厚，無比仁慈也絕不會招來如此猛烈的討伐。這不是你的判斷失誤又是什麼？

薛榮先生，儘管你我素昧平生，但吃了你的「雞蛋」（哪怕是帶骨頭的）後，出於禮貌我還是想向你提一點「忠告」的。在與你的《沙家浜》同期的《江南》上，洪治綱先生在《生活中的另一些碎片》中提到，俄國作家高爾基因《不合時宜的思想》而獲罪，劇本遭禁演，被抄家，被迫離開祖國，後來轉變為「太合時宜」的文人，歌頌史達林為「列寧的忠實的堅強的學生」「強有力的領袖」具有「鋼鐵意志」和「充滿智慧」的「更加偉大」的黨的領袖和「人民的父親」後就立馬身價百倍，受到史達林加封的「無產階級文學的奠基人和最高的代表」的高額回報。這是否對我國的作家也是一種啟發甚或最佳的選擇呢？因為「鋼鐵意志」已經把文學改變成了「鋼球」，當你的「雞蛋」與「鋼球」將要發生撞擊時我勸你最好選擇避開，因為不同級別的較量結局是不言而喻的。就像鷹隼與蜜蜂比賽誰飛得遠，前提是為了答案的肯定蜜蜂必須折斷翅膀，因為規則定下的是：必須符合強者的邏輯。

避開吧！薛榮先生，既然你的作品不會作秀，不會製造皇帝，不會叫人起雞皮疙瘩，不會到花團錦簇中去湊熱鬧，滿腦子都是一門心思的隨心所欲。那麼，你的下場肯定是悲哀的。說不定連飯碗都會捧不牢，假如飯碗一丟，哪裏還有什麼創作的動力與文學的生命力？識時務者為俊傑，當你改變不了客觀時就先改變你自己吧！像高爾基那樣，他的作品就能夠暢

通無阻地進入到我們的國家，影響我們這一代人。當你的筆桿子裏發射的不是子彈而是鮮花時，榮耀和利益就會隨之降臨。

　　這就是吃了你的「雞蛋」後我向你提的忠告。你假如有不同意見也不准辯護（因為作家是不允許為自己辯護的，你何曾見過任何一種刊物上有為作家辯護的文章）。你應該牢記，在「讀者們」眼裏你僅僅是一個寫字的，一個以寫字為生的人是不可以有不滿的，更加不可以表示憤怒。萬一你實在覺得委屈，就躲到一邊悄悄地去流你的眼淚吧！

柳湘武 寫於 2003 年 7 月 31 日

八、附件：江南雜誌社的檢討書

　　我們就刊發小說《沙家浜》的學習與認識本刊 2003 年第一期刊發了小說《沙家浜》。2 月 18 日，《浙江日報》文體版以顯要位置，發表了署名「蕭河」的批判文章《小說 < 沙家浜 > 在宣揚什麼》。指出這篇小說「歪曲歷史」、「嚴重踐踏了人民的情感」、「引起了人們價值觀念的混亂」，是一篇「有嚴重政治錯誤的作品」。全國許多媒體很快予以轉載並從政治上發表批評文章。表現了眾媒體高度的政治覺悟。與此同時，原京劇《沙家浜》所敘說的故事發生地「沙家浜」的群眾和新四軍老幹部也對這篇小說提出了嚴厲批評，表示了極大的憤慨。

　　在此，我們向所有讀者、新四軍老幹部和「沙家浜」的父老鄉親表示由衷的歉意，對眾媒體的關心表示衷心的感謝。

　　自《浙江日報》2月18日文章發表後，浙江省作家協會黨組高度重視。2月19日、24日、28日及3月12日，連續召開四次有《江南》雜誌主編、副主編與會的黨組擴大會議，以「三個代表」重要思想為指針，找問題查原因，正確認識對待社會的批評。在黨組領導的參加指導下，我編輯部多次組織認真學習各媒體的批評文章，努力端正態度，虛心接受批評，深刻吸取教訓，走正路，走純路，堅持正確的辦刊方向，辦好《江南》。遵照黨組決定，停止銷售《江南》第1期。

　　4月9日，省作協黨組請來浙江新四軍研究會的新四軍老幹部，到我刊編輯部講述革命傳統，聽取《江南》主編就發表小說《沙家浜》的自我批評，當面向新四軍老幹部遞交了檢討書。請求通過他們，向新四軍老幹部們轉達我們檢討的誠意。

　　在一系列學習反省的基礎上，5月26日，省作協黨組下發「浙作黨發（2003）09號檔」，通知《江南》儘快作出公開檢查。

　　黨組的一系列舉措，使我們深刻認識到，出現這一問題的原因是：

　　不應該受西方價值觀念的影響，以完全錯誤的所謂「後現代主義」、所謂「實驗文本」來取代嚴肅的革命文學。革命京劇《沙家浜》中的英雄形象源於生活，高於生活，是典型人物。這些英雄形象已深植於廣大人民群眾心中，不能因江青篡奪了革命文藝工作者的成果而予以簡單否定，反其道而行之。這種極端的做法是違背生活真實和革命文藝規律的。

　　出現這一問題的另一原因是，政治把關不嚴。我們沒能深刻領會「三個代表」重要思想中關於「代表先進文化的前進方向」的精闢論述，也就不能很好的將「三個代表」重要思想融會貫通到編輯方針和編輯出版工作的全過程中。喪失了應有的政治敏感性，導致政治把關不嚴，導致了小說

《沙家浜》的發表,引起了不良的社會影響。這一深刻教訓,我們將永遠銘記。

報紙的批評和社會的強烈反響,是正確的嚴肅的,是對文學事業的愛護,我們誠摯的歡迎接受。並將舉一反三,改進提高我們的工作。

為了今後不再出現類似問題,除編輯部加強政治學習外,在黨組指導下,對雜誌社進行制度整改。在進一步端正辦刊指導思想的同時,進一步健全嚴格審稿制度。遵照省作協黨組(2003)3 號文件提出的整改措施,凡雜誌社難以把握和可能引起爭議的稿件,均應事先送省作協黨組審查。

公開檢討並不等於我們可以放鬆學習提高。遵照省作協黨組(2003)9 號檔要求,我們應繼續、進一步地正視問題的嚴肅性。應以「三個代表」的重要思想,以浙江省作家協會黨組文件精神,統一《江南》雜誌社的思想,辦好《江南》,將健康優秀的作品奉獻給讀者,報答關心愛護文學事業的社會各界。

鑒於給《江南》造成的惡劣影響,為了《江南》今後的健康發展,主編張曉明於此前已向浙江省作家協會黨組遞交了辭呈,請求辭去主編職務。

《江南》雜誌社 2003 年 6 月 20 日

九、媒體中的「偉人」

曾幾何時,我國的電視觀眾有幸從螢屏上目睹了一幕令全世界為之震

驚的壯觀場景，數以百萬計的伊拉克民眾走上街頭縱情歡慶他們的「偉大領袖」「先知的子孫」「巴比倫之獅」「人民的救世主」「革命委員會主席」「三軍統帥」「法律博士」「人民的大伯」薩達姆‧侯賽因以沒有絲毫異議的百分之一百的得票率當選了新一任伊拉克總統。

2003 年 1 月，觀眾們又從電視上看到了伊拉克閱兵式上薩達姆總統朝天鳴槍的英姿，他威武不屈地向全世界宣告：誓與伊拉克共存亡，戰鬥到流盡最後一滴血。

我被感動了，感動於伊拉克人民正確而由衷的選擇。這樣壯觀的場景在全世界範圍內也許只有我們華夏文明古國的上世紀六十年代和九十年代出現過。這就說明了巴比倫文明古國與我們華夏文明古國有著同樣的偉大。

在被感動的同時我又感到憤慨，憤慨美英聯軍漠視全世界人民的感情強行出兵伊拉克，我堅定地相信並真切地希望我國的軍事專家張召忠先生 4 月 7 日所預言的那樣，伊拉克軍民必然會奮勇抗敵，誓死保衛薩達姆，以人在國在，人在陣地在的堅強決心陷美英聯軍於人民戰爭的汪洋大海中難以自拔。

然而，我沒有看到所期待的那一幕，在往後的幾天裏，電視畫面上所展示的內容好似戲臺上換了佈景，猛然間轉了個 180 度的大彎。伊拉克政府高官，共和國衛隊和薩達姆敢死隊突然間全部蒸發。我猜想，也許這正是薩達姆總統誘敵深入進行巷戰的戰術。疑惑間，卻看見了畫面上美國大兵和民眾一起推翻了薩達姆總統的塑像，其中有一位「叛逆」竟然脫下了自己的鞋子狠狠地在揍「偉大領袖」的臉，這位「叛逆」有沒有參加那場百分之一百的選舉我當然無從知曉，也許這僅僅是個別的現象，然而 2003

年 12 月 14 日電視畫面所展示的內容是令所有人都為之震驚的：一位蒼老憔悴，頭髮淩亂蓬長，鬍鬚花白的老人在順從地接受美國大兵的驗審，與一年前瀟灑威武的形象無論如何也聯繫不到一起。

僅僅隔了一夜，我從電視上看到了一年前那曾經有過的壯觀場景。伊拉克民眾在集會、在歡呼、在舞蹈，用香檳、汽水和鳴槍的方式在慶祝他們的「救世主」垮臺。性質完全相反的慶祝內容作用於同一個角色時我完完全全地迷惑了。假如不承認自己頭昏眼花、意識顛倒，那麼就有理由懷疑我們的媒體帶給我們的資訊是有失水準的，難道這一大批民眾當時都沒有參加那場百分之一百的投票？

我首先得承認自己並不理性，因為我相信那百分之一百的神話，相信的依據是中央電視臺的權威性和嚴肅性。新聞報導如果帶有傾向性，那對媒體本身而言是一種自掘墳墓的行為。如果不是出於利益的需要是不可能選擇這樣自損的行為的。

為了印證報導的真實性和自己的懷疑，我摒棄了電視與報紙的資訊來源，開始從網路上查資料。網上的資訊畢竟比電視和報紙要豐富和精彩得多。我看到了薩達姆先生殘暴、狹隘、變態的另一面。他對內清洗異己分子，鎮壓庫爾德人和什葉派穆斯林。對外發動兩伊戰爭，侵佔科威特。他視自己的生命高於一切，不允許他統治下的臣民表露哪怕一丁點的不滿。他把民眾的支持與否，與他是否給予生存權聯繫起來。那場支持率為 100%的選舉完全是他這個「人民的救世主」直接用權力加暴力導演的鬧劇。凡是生存在伊拉克國土上的民眾如果還想繼續活下去那就只能選擇他當總統。當然，支持得越積極，生存的概率也就越高。

他有恐懼感，他感到最可怕的字眼是：自由、民主、人權。他也有勇

敢的一面，他勇敢的行為體現在殺無數的人如殺雞宰鴨，他最疼愛的兒子烏代甚至勇敢到用活人當作點心來餵他的寵物獅子。他對國內老百姓的苦難視而不見，卻把國資當成私產可以隨心所欲地像抽走一個人身上的血一樣抽走整個國家的運轉資金，臨戰前一下子從國庫裏轉移400個億到國外，開戰前又從巴格達銀行用卡車載走了10億美元的現金。

強權能夠改變一時的現象，但最終卻改變不了結果，他的新聞部長薩哈夫這張詞語閃爍的鐵嘴確實給動盪不安中的伊拉克民眾曾經帶來一絲空中樓閣式的安定，然而卻改變不了他自己成為階下囚的命運。聯軍勢如破竹的攻勢使得誓言與伊拉克共存亡，戰鬥到流盡最後一滴血的強權人物很快從人們的視野中消失，以他為首的政權也劃上了句號。7月22日他的兩個兒子和一個孫子被美軍炸死，此時的他已經徹底失去了活著的意義和復辟的資本，在他經常統治下的民眾眼裏，他已經與一條喪家的狗一樣沒有什麼區別了。12月14日電視畫面所展示的內容更是令全世界都為之大跌眼鏡的。一個每時每刻都在懼怕被人出賣的人最終還是被他的「親友」出賣了。「出賣」他的那個「親友」也許並不是出於什麼高尚的動機，為僅僅是為了那2500萬美元的賞金，然而薩達姆先生也並沒有像人們所意料的那樣壯烈地屹立在國人及全世界聲援他的愛好和平的人們心中，他沒有勇氣自殺，而是選擇了「談判」（電視畫面裏的解說詞「不要開槍，我是伊拉克總統薩達姆‧侯賽因，我要求談判。」）像癩皮狗一樣地苟活於世，順從地聽任美國大兵像檢查牲口般的驗證，讓世人看到了獨裁者怕死的一面，與朝天鳴槍時的英姿反差之大令他的女兒也不忍心看到這副膿包樣而只能被動地辯解：這是因為美軍施用了麻醉劑的結果。

對薩達姆先生沒有殺生成仁的行為我當然無可厚非，然而我作為關於

他的新聞的受眾對他選擇「活著」的理由是有權猜測的。也許，他想通過「談判」重新成為那八座豪華宮殿的主人（也有說他擁有20多座行宮的）。也許，是為了戰前移走的400個億沒有享用完就成了侵略者的盤中餐而心有不甘。要不就是他覺得自己的血實在寶貴得可以與伊拉克共和國劃等號，在伊拉克沒有消失前哪怕要他只流一滴血都是難乎其難的。

不爭的事實是，伊拉克還存在著，也許永遠都會存在，它的今後也許還會出現無數次的歡慶，所不同的只是它從此少了一位暴戾的總統。

擁有太多的支配權利而又捨不得放棄一絲一毫的人最終的下場肯定都是可悲的。

薩達姆被捕後，伊拉克過渡政府曾作了一項民意調查，有56%的民眾願意看到他們的前總統在經過「公正的審判」後被判處死刑。20%的民眾則表示薩達姆罪不至死。24%的民眾沒有明確表示對這一問題的看法。

也許，這個數據才比較接近真實。

*柳湘武*寫於2004年2月8日

十、回望創傷

——盧敦基

如果你乍看《流年如夢》這個書名，以為這部長篇小說說的是庭草含煙、門柳飄絮，「聽遍梨花昨夜風，今年黃昏雨」的蕭索惆悵，你就大錯特錯了。柳湘武的這部小說，是一個小學畢業生對「文革」這件大事的追

憶，是一個知天命的人對過去創傷的回望，一個充滿憂患意識的小企業家的辛勤的文化勞作。我不僅認真地讀完，還不能不有所思。

小說的主人公是華見森，「文革」開始時他僅僅是一個小學生。小說的開始，是在 1966 年的 10 月 11 日，莕東鎮「紅色革命造反總司令部」接到一個電話：「昨夜十二點正，在福星橋一帶，我發現階級敵人向天空發射了兩顆紅色的信號彈⋯⋯」「一〇・一〇」案件就此發生。其實，這只是想做英雄想瘋了的小毛孩華見森編造的假情報。問題是，當他串聯到北京見偉大領袖時，這裏的造反派為了私人恩怨，將華見森的父親、工人華中用抓了進去，當作此案的罪犯，嚴刑拷打，最後竟然打死了華中用。兒子赴京回家，父親屍骨已寒。這就是偉大的「文革」對一個孩子的恩賜。這個孩子幾年後上山下鄉，性格剛強了許多，差不多能夠自保，也不再害人，但是殘酷的現實多少還是將他卷了進去。小說結束於「文革」結束，不過我想，任何新的場景，不會再在華見森的心上留下更深的痕跡了，因為他的少年已一去不復返。

這本書帶有一些自傳的跡象。我與作者不熟，但是全書的結構提示了這一點。尤其是小說後半部，華見森已經獨立，故事與他關係不再大，但小說仍以他為主人公。這種情節游離於小說主人公的寫法，更證明了小說的自傳性。然而，這部小說的可貴，絕不在於敘述了一個少年在那個奇怪年代的苦痛遭遇，更在於它在一定程度上跳出了純屬個人的所見，將個人的悲劇融入了社會的網絡。我想，正是這點，才是文學存在的理由吧。

我更要褒賞的，是小說的語言。這是一部悲憤之作，然而小說的語言並不沉重，隨時有戲謔的成份。僅此一點，就可說明作者對文學和語言有了相當深入的認識。一部悲憤的作品，如以純悲憤的語言寫出，其力量反

會縮減。我自己讀唐人李華的《吊古戰場文》，見滿紙悲憤，反不覺其悲。相形之下，《流年如夢》以輕鬆寫沉重，以戲謔寫悲憤，深諳文學三昧。如果說他的語言有不足，就是個別地方太現代化一些，以今天的口吻描述當年，不能盡顯客觀和冷靜，如洪秋鷹在天安門接受檢閱的日記。但是，無論如何，這部書讓人對作者另眼相看。這位小學畢業的作者，寫這本書不僅為了抒發自己的悲憤，更為了廣大不知歷史為何物的青少年——儘管我要說要讓人記住歷史是何等的不易。

本文作者為省社科院文學所副所長。

十一、《流年如夢》讀後感

——竺鶓

揪著心看完長篇小說《流年如夢》，眼睛久久地盯著結尾處「文化大革命」中出品的特產標點符號「！！！？？？」，腦中想起巴金先生曾經呼籲過的：讓我們的後代用清醒的頭腦去避免「文革」的荒唐劇再一次在神州大地上重演。66 年柳湘武先生讀完小學、「文革」開始，76 年我讀完小學、「文革」結束，這 10 年是怎樣的一出悲劇呢？

兒時的我並不清楚自己正與全國人民一起經歷著這一場史無前例的「文化大革命」。只記得每當毛主席的最高指示發表，我就坐在父母廠裏的大卡車上，看遊行。大卡車被裝扮成彩車，徐徐地在大街上行駛，前後左右到處是人的海洋，標語的海洋，紅旗的海洋，一幅幅巨幅毛主席像在海洋中起伏前進。每當一個個手拿喇叭、穿著膝蓋和屁股上打著補丁的

工裝褲的男人或女人用喊啞了的嗓子領喊一句口號後，耳邊頓時響起振聾發聵、響徹雲霄的口號聲，所有一樣穿著的人們都洋溢著一樣的激動、一樣的亢奮、一樣的狂熱。我也用稚嫩的嗓音跟著大人們喊那我並不理解的口號。

經常幼稚園放學後不能回家，跟著媽媽去廠大禮堂參加「憶苦思甜」，開始很高興，因為每當看完一個伯伯腿上被地主的狗咬的傷疤或看完一部樣板戲後，就每人發一個糠團子，饑腸轆轆的我覺得萬惡的舊社會的糠團子真好吃，但又不敢說。吃多了就再也咽不下去了，裝在外婆手工縫製的紅色的「語錄袋」裏拿回家，悄悄地與姐姐商量了很久，總是選擇了一個沒人會發現的地方，乘夜黑偷偷摸摸地把它扔到了廠宿舍的廁所的糞坑裏，那種緊張、害怕猶如在家裏不小心打碎一枚瓷質毛主席像一樣。好吃的東西是有的，那是友好國家送來的補品，裝在一只精緻的玻璃盒裏的金燦燦、黃澄澄的芒果。廠裏又組織了隆重的遊行，大人們爭著與它拍照，虔誠的人們不會想到芒果是真？是假？現在大街小巷水果攤上比比皆是、10元一斤的芒果當時被尊為「聖物」。

有一段時間的傍晚，總聽見與廠宿舍一河相隔的廠裏的大喇叭不停地在號召著些什麼，每當這時，父母臉上總顯出憂鬱，聽父母在耳語：「又要武鬥了。」條件反射的我就會很乖地早早上床，躲在被窩裏，蜷著身子，捂著耳朵，卻又很警覺地聽著遠處的動靜。有時會有槍聲。

有一天傍晚，體弱多病的阿姨抱著比我小6歲的表妹，哭泣著來到我家。媽媽接過表妹焦慮地問：「真的被批鬥了？」阿姨哇地哭出聲來。在阿姨斷斷續續地哭訴中，懵懵懂懂地我聽明白了：因姨夫的父母在香港，姨夫被定為「裏通外國」，下午遭批鬥，進了學習班。阿姨參加完批鬥，

抱著表妹回到單位分配的、坐落在農藥廠一六○五劇毒倉庫中的「家」，卻找不到了門，整個倉庫被大字報包裹著，阿姨不敢撕，只有抱著表妹寄宿我家。粉碎「四人幫」後不久，姨夫的父母能來探親了，單位領導找姨夫談話要他注意政治影響不准多說，只准到旅館去見父母一面。表妹把她奶奶送的花花綠綠的奇裝異服展示給我們看，穿慣了、看慣了打補丁的軍衣服、藍衣服的我驚歎世上還有那麼漂亮的衣服。表妹給我一塊「小黑板」，當時花2分錢買一包鹹蘿蔔乾已很滿足的我很節省地、神秘地吃那被叫做「巧克力」的東西，心想那東西真好吃。

　　77年恢復高考，我讀初二，姐姐讀高二，我學習成績很好。媽媽對我說：「現在政策放寬了，姐姐高中畢業後可先留城了，你好好讀書，考上大學就不用上山下鄉了。如考不上，媽媽提前退休讓你頂替。」我懂事地點點頭，眼前閃現鄰居張阿姨發「神經病」時的情景。張阿姨有5個兒女，老大早就去黑龍江支邊了，因家裏負擔重，路途又遙遠，一直未回家探親。每當過年張阿姨就去郵局給在遠方接受「再教育」的老大寄點年貨，那幾天她常逢人便說：「我們老大哭啊，沒錢買車票。」老二留城後，老三又登上了「上山下鄉」的列車，張阿姨一下子衰老了，總是癡呆呆地反覆說：「沒錢買車票，沒錢買車票。」終於有一天她發了「神經」，紅腫著眼，擋在樓梯口，一手拿著幾張小紙條，一手向前攤著，逢人便說：「買票，買票。」家人把她拉回家，她就掙扎著、歇斯底里地嚎叫：「老大、老三，買票啊，買票啊！」只鬧得天昏地暗、精疲力竭，才昏睡過去，整個宿舍樓一下子一片寂靜。

　　讀小學三年級的兒子在邊上玩著電腦，長在資訊時代的他對這場浩劫一無所知，但它只過去了30多年。三個感嘆號，讓人心沉，三個問號，

喚人清醒。流年如夢，但願悲劇不再來。

本文作者為原湖州市文聯副主席。

十二、以小見大喚醒良知

——竺鵷

長篇小說《流年如夢》採用現實主義的創作方法，以小鎮和鄉村為背景，真實、具體、客觀地描繪了「文革」那個荒唐、狂熱的年代的人和事。

「『文革』對於全國人民是一場深重的災難，它對於文學創作者卻是一份特殊的礦藏。只要隨意捧起一把塵封的往事，吹去雜質，就不難發現，在這場『浩劫』裏發生的無數出悲劇、鬧劇、醜劇都是上等的創作素材。」剛念完小學就逢上那場史無前例的「文化大革命」，沒有進過小學以上的學校門檻，至今在商場中顛簸謀生的柳湘武先生，抱著「歷史不是兒戲，用兒戲寫歷史是歷史的悲哀。但願這悲哀，永遠不再來」的目的，並非「隨意」而是精心攝取了富有意義的一系列具體事件，在廣闊的社會和歷史悲劇下，展示人物性格及其發展。

為了更好地塑造典型環境中的典型人物，作者精心安排小說的結構，在上下部之間，用華見森「上山下鄉」這一章節來承啟。通過華見森「上山下鄉」這一典型情節，聯繫城鎮和鄉村，用更大的空間展示神州大地遭受 10 年「浩劫」的危害。上部以苕東鎮小學生華見森因受轟轟烈烈的「文革」的感染，「為抄一條近路當造反英雄」而報假案為線索，通過兩顆紅色的信號彈、紅衛兵串聯、文攻武衛、保衛芒果等典型情節，揭露了法制

遭到踐踏後的那種「靈魂深處撒把辣椒」的殘忍的人身迫害。家破人亡、才16虛歲的華見森被迫「上山下鄉」，他滿懷希望地擁抱社會主義新農村，然而良知未泯的他又目睹了一幕幕同樣的悲劇，好人曲金燦瘋了，壞人全畢正也瘋了，殊途同歸的命運更進一步揭示了小說的主題。

　　苕東鎮和「紅光大隊」是中國城市和鄉村中最小的行政細胞的代表，小說在這兩塊小得不能再小的土地上，展示小得不能再小的人物在「文革」中的悲慘命運，這是以往寫「文革」題材的小說所不曾有過的。以往寫「文革」的作品大多以城市為背景，反映知識階層的坎坷命運，《流年如夢》則以小鎮和鄉村為背景寫出了億萬普通工農在那個荒唐的年代虔誠而盲目地參加了「文革」，狂熱地為這場運動推波助瀾。這一構思，是基於作者對「文革」這段歷史的正確而深刻的認識和反思，這寓示著這場不堪回首的「浩劫」波及城鎮和鄉村的每一個角落、每一戶人家。作者以小見大，「意在喚醒人們的良知和理性，讓我們的後代用清醒的頭腦去避免『文革』的荒唐劇再一次在神州大地上重演。」

本文作者為原湖州市文聯副主席。

十三、作家柳湘武和他的長篇力作

——艾康

　　發生在上個世紀下半葉的那場浩劫雖已成為歷史，但至今仍令人談而色變，不堪回首。由南潯作家柳湘武創作、人民日報出版社出版的長篇小說《流年如夢》，真實地再現了十年文革那觸目驚心駭人聽聞的歷史一幕：

人性泯滅、道德淪喪，黑白莫辨，醜美不分。

茗東鎮是個美麗富饒溫情脈脈的江南水鄉小鎮，民風淳樸，百姓安居樂業。可美麗的小鎮同樣不可避免地上演了驚心動魄的幕幕慘劇，「紅色狂飆」以迅雷不及掩耳之勢橫掃一切，在一夜之間改變了一切。

美麗風情的女教師浦霞因得不到愛情由愛生恨，以革命的名義向心上人華中用瘋狂報復。與華中用同一單位的蔔躍聯是個十足的無賴式的人物，拈花惹草、偷雞摸狗，無所不能，正是他憑著如簧巧舌俘獲了浦霞，浦霞帶著自虐的快感與復仇的心理投向蔔躍聯的懷抱。浦霞的學生華見森是華中用的兒子，一個六年級的學生，竟然也可笑地發動了「文化大革命」，成立「紅宇宙戰鬥縱隊」。向學校的當權派們發難。而這股紅色風在小鎮興起首先緣於鎮上一個小知識份子宿芹的一排「打倒三家村」的楷體標語的出現，「打倒三家村」成了革命的火種，並以燎原之勢迅速將運動在小鎮全面鋪開，宿芹成了該鎮「紅總司」的司令，他率領「紅總司」的紅衛兵小將進行抄家、毀房、打人、抓人等一系列「革命」活動，把茗東鎮的革命運動推向一個又一個高潮。

隨著革命運動向縱深發展，「紅總司」的造反派們眼睛雪亮，警惕性日高，一個後背有二個疤痕的人，便被認定是叛徒甫志高；一個十月十日（國民黨「雙十節」）來的電話，引發一場搜查國民黨特務的行動。小鎮上終日槍棒林立，大字報鋪天蓋地，所謂的文攻武衛連空氣都被弄得肅殺列，一個多月的搜查一無所獲，令「紅總司」的頭頭腦腦大為惱火，最後終於在一個夜黑風高的夜晚將得罪過浦霞與蔔躍聯的華中用以進行反革命聯絡的罪名抓獲。

茗東小鎮處於水深火熱之中，由於那個沒來由的電話，被抓的華中用

最終被公報私仇的浦霞和葡躍聯折磨致死，而這只萬惡的電話卻是華中用的兒子華見森所打。從北京串聯回來的華見森見父親慘死，悔恨交加，復仇的火焰將他燃燒得一刻也不得安寧，在一個寒冷的冬夜，華見森將自製的炸藥包投向了浦霞與宿芹……苕東鎮上劍拔弩張，你死我活的鬥爭一刻不停地進行著，今天我批鬥你，明天你揪鬥我，今天兒子害死父親，明天舅舅砍傷外甥，最終死的死傷的傷瘋的瘋，許多善良的人們，（如賣豆腐乾的阿婆、嬌囡、華中用等）都成為政治高壓下的犧牲品。

小說飽含了作者自身在文革的慘痛經歷和體驗，以親歷者的犀利目光、生動的筆觸，客觀地對這一年代作出了全景式的描述，讓讀者慨歎萬分，不忍釋卷。

本文刊登於湖州市文聯《南太湖》雜誌 2001，2 期。

十四、亦談大慶樓

——柳湘武

近讀貴報第七期第四版刊登的中國烹協會員、特級廚師凌麒健先生《漫談南潯大慶樓》一文，深受鼓舞。同時也為大慶樓這塊名招牌以及它富有江南特色的名菜名點和上乘的服務品質得到《南潯開發報》及凌麒健先生的關注而深感欣慰。

凌麒健先生在《漫》文中談到了大慶樓創立以來各個時期所經歷的一些事件以及它的佈局、規模、部分員工和當時在南潯百姓心目中的地位和影響。尤其是陳毅大軍過江後會餐和生產自救等感人情節、讀後令人為之動容。在此，我向凌麒健先生表示由衷的敬意。然而，該文在寫作過程

中對店史的考證似乎有欠周詳，故讀後似有白璧微瑕之感。筆者以為：說到大慶樓這個話題，有三個人物是重要而無法遺漏的，否則就會遺憾。那就是大慶樓的創始人張良農和目前尚健在的當年創始員工，解放後一直主持大慶樓經營的周德財及對大慶樓有著不可磨滅貢獻的朱炳新等三位老前輩。本文聊作淩文的補充。

筆者也曾經從業於大慶樓，並師從周德財老先生。對大慶樓有著難以忘懷的情感。從業期間在前輩們的敘述中聽到過不少關於大慶樓的故事。尤其是對已故創始人張良農的高尚人品和創業精神深感敬佩，只因從業太晚（大慶樓最晚輩徒弟之一）無緣得見張老前輩的尊容。

據瞭解，張良農是一位事業心極強的民族實業家。在大慶樓創建之前他除了獨資經營「慶豐樓」菜館外還兼任著溫酉璋為投資人的「大昌商行」經理，後來又創辦了良友輪船公司，1946──1947 年期間又一度在上海開辦「富貴樓」菜館。大慶樓是溫酉璋的資金支持，經費長福牽頭，在原來慶豐樓菜館的基礎上擴建起來的。張良農所占股份最大，約 50%。餘下擁有一成左右股份的有王發財（樓面正堂）、王少卿（俗名小四子）、崔美聘（木匠作頭），擁有一成以下股份的有胡叔仁（主管帳房）、周福仁（俗名小和尚）等。其他如把作大師傅許元寶、爐臺師傅孫寶勝、周德有（聾朋阿二）、墩頭師傅楊阿冬等，有時擁有臨時小股就難以一一考證了。

張良農為人正義豪爽、生性隨和又仗義疏財，從不擺老闆架子，在經營良友輪船公司期間，大慶樓員工中無論是跑堂的、燒火的，煮飯的還是幹雜貨的下手，如托他在上海捎些日常用品，他都絕不會忘懷，甚至帶來後連錢都不肯收。

他還具有非凡的膽魄，大慶樓籌建時南潯已經淪陷在日寇的鐵蹄下，

他除了在暗地裏經常支持掩護他妹妹張新華烈士（新四軍十大模範女戰士之一）在新四軍的工作，還毅然決斷地將大慶樓的開張慶典選定在 1938 年 10 月 10 日（國民黨雙十節），他的正義感和愛國心由此可見一斑。

他還有高雅的儒商風格，他將店中菜肴的毛利率限定在三點以下，待人一貫老少和氣，買賣上做到童叟無欺，所以，大慶樓名氣越來越響。據我師傅回憶，由於張良農重人緣輕利益，再加上當時駐軍的拖欠勒索以及地痞的打秋風吃白食，大慶樓在整個經營期間根本就沒有得到盈利。可見在當時的腐敗統治下，有志之士開創實業之艱難。

我師傅周德財老先生今年八十有三，但仍然精神飽滿，思路清晰。看了《漫》文之後談起往事仍如數家珍。他說陳國楷投資是失實的，當時國民黨儘管腐敗，但政界人士不親自經商倒是個常識問題。他還說陳毅部隊的 80 桌酒席（《漫》文中誤為 81 桌）是他與胡叔仁先生親自到解放軍設在劉景德住宅的指揮部去結的帳。他說大慶樓承接的最大規模的筵席要數敵偽團長孫子卿的 300 桌壽宴。當時大慶樓為之停業三天，全體員工 30 多人加上外聘客師 30 多人共計 70 人，備好 300 桌熟料，用了三條大船送到吳江下鍋。那天，從湖州到吳江的公路上到處可見孫子卿用汽車在接送手拿貴賓牌的賓客和手拿傭工牌的幫工的場景。除了以上所述的大場面，有些小事雖屬過眼雲煙，但因為某種情況的特殊性我師傅仍印象深刻。有一次駐滬國民黨高級將領湯恩伯路過南潯，將車停在北柵公路，帶著兩名隨從，身穿西裝步行進鎮到大慶樓每人吃了一碗蝦腰麵。並差王發財拿著「湯總司令」的名片去小蓮莊傳當時的駐軍長官來問話。

解放後，張良農因割捨不下良友輪船公司的事務就留在上海工作。大慶樓一時處於群龍無首的境地，全體員工為了保住大慶樓這塊招牌，就自

發地開展了生產自救，靠賣鍋貼來支撐局面，每人每天僅拿 6 分錢（後來升至一角五分）的工資，把資金積累起來用於再生產。當時的人民政府也伸出了援手，鎮領導歸耕耘同志把大家召集起來，宣佈任命了飲食行業四位經理，由周德財、胡叔仁負責大慶樓的飯菜業；由孫元林、徐伯強負責長興館等店的切面業，飲食行業才得以恢復正常運轉，保障了人民生活的便利。留在上海工作的張良農在 1958 年接受黨的改造民族資本家的政策帶頭去大西北接受思想改造。不幸於 1959 年春因病逝世於甘肅酒泉某農場。時年僅 46 歲，成為大慶樓全體員工的一大憾事。

　　1956 年飲食行業實行公私合營，鎮長李海壽任命了錢士榮、楊鬱明兩位老前輩為改制後的第一任經理（據楊鬱明老前輩回憶，任命時未分正副職）。我師傅引以為榮的是：1958 年三線合一時他經張明山、錢士榮介紹加入共產黨、並長期擔任大慶樓的部門經理及階段性地兼任飲服商店的副經理，直到退休由朱炳新前輩接任大慶樓經理，寫到這裏我又去採訪了朱炳新前輩。一說起大慶樓，健談的朱炳新前輩興致比我師傅還高，他說解放後到過大慶樓的高級幹部和著名人士有：江華、豐子愷、魏文伯、王仲方、王忍之、顧乾麟、伍修權等等，還說大慶樓之所以經營紅火，一是菜肴有特色，二是經營比較得法，三是員工相當團結，四是為顧客著想。大慶樓在全盛時期，店堂裏的錦旗、紅旗、獎狀、鏡框掛得琳琅滿目。

　　我在寫作此文采訪諸位前輩的過程中，時時被老一輩員工對大慶樓那種難以割捨的情感所感染。在結束本文前，我由衷地祝願：張良農精神永存，大慶樓復興有日。

本文由**柳湘武**發表在南潯開發報上

十五、藏龍寶地──硬長橋

在生於斯長於斯的南潯鎮上，只知道有小蓮莊、藏書樓、張靜江故居、張石銘舊宅、適園、宜園、穎園等風景名勝，卻很少有人知道近在眼前的硬長橋村也有著非常動人的傳說和美麗的自然景觀。

為尋找一份野趣，我與張子青老先生和陳寶娣先生兩度騎自行車過南東街南端百老橋，沿甲午塘東岸，直到硬長橋村的最南端──談家兜自然村。

傳說中的南潯巨富沈萬山家資侔國，家藏「聚寶盆」，更善點金術。明太祖朱元璋建金陵都城缺資，沈萬山竟慷慨解囊，出資築城三分之一（從水西門到洪武門），這樣的豪舉反而遭致了明太祖的妒忌而欲誅之，幸虧孝慈高皇后馬氏賢良、善言諫勸，朱元璋才將沈萬山改成（充軍）雲南。

受此傳說的誘惑，我們徑直來到談家兜河道匯入沈莊漾的入口處，站在西灘朝東極目遠眺，蕩漾著幾葉輕舟的湖面上雲蒸霞蔚，浩渺氤氳的清波上淡淡的紫霧在盈盈冉冉地升騰浮動，儼然是桃花源般的人間仙境，令人流連忘返。我在心裏試想，假如心情煩悶情緒低落的時候到此走走，看看眼前這絢燦美麗的景致馬上就會豁然開朗的。

在當地長者的指點下，我們沿談家兜南部穿過一片桑園，來到了沈莊漾的一個邊漾──四方塘。漾成四方形，已是極少有的風景，更令我驚奇的是當時豪富人家對堪輿（風水）學的精通和考究。上百畝水面的漾中，東西橫亙著一條百來米長的一字埂，一字埂北面成「品」字形聳著三個若隱若現的小「島」，這就是隱喻著「一品當朝」的張家陵園。整個四方塘

宛如一座紫禁城，張家陵園座北朝南在偏東位置，正好處於一品宰輔的相位（事實上，墳主的後人張靜江先生的政治地位也抵得上一品大員了，不難設想辛亥革命要是沒有張靜江先生的資助，孫中山先生將會遭到多大難度？）這樣的精心佈局和獨特的地形地貌怎能不叫我讚歎萬分呢？只可惜這座當年氣派非凡、四周都是花崗岩駁岸的陵園現在僅存朝正南岸邊的一座花崗石橋口了，這個橋口由兩條巨大的花崗石刻鑿階沿而成，它靜靜地斜臥在朝南漾灘的兩枝大火桑中間。

我之所以說硬長橋村是塊藏龍寶地，那是我與陳寶弟先生順著劉盆漾沿岸進入沈家鬥時聽當時老農介紹後才得知的。據說，清朝末年的時候，一位名氣很大的風水先生留下話：這一帶龍氣很旺，但是個活脈，落到哪一家哪一家就旺。所以南潯鎮上的豪富大戶紛紛到這裏選墳址、結墳親，光沈家鬥一個自然村，大戶人家來結墳親的就達三十多家，除張家外，有名望的還有龐家（龐萊臣叔父的墓）、劉家（八角墳、五姨太，哪一房說法不一）、邱家（六角墳、墓碑上的字為「靈洲邱公之墓」）。甚至汪偽政權的行政院副院長兼外交部長褚民誼的祖父也葬在硬長橋村的閔塘鬥自然村

今天的硬長橋村更是一派興旺景象，久負盛名的硬長橋東南水蜜桃以其果形漂亮、白中帶黃、水份充足、半透明狀、溶質纖維少、甜而不膩味道鮮美等優良品質，七十多所來一直享譽南潯及周邊地區，今明兩年內就將規模種植。橫貫境內的年豐路從工業開發區可直通江蘇的吳江、本省的嘉興、桐鄉。五十米直徑的環形島從虹陽路向北連通南潯東部的外環路，物遇靈氣呈生機，龍駕祥雲起騰挪，我在與村支部村委會領導一班人的交

談中欣然提筆寫下一聯：東南形勝、潯溪水暖湧金泉；硬長蟠桃、甲午靈秀現瓊林。相信在近幾年內，硬長橋村一定會成為南潯境內最具魅力的投資、旅遊新熱土。

本文由**柳湘武**發表於南潯開發報上

十六、事件的另外一種呈現

評柳湘武的長篇小說《流年如夢》

——朱洪翠

《流年如夢》給了我們一段歷史的記錄。雖然這歷史不可復活，裏面的人和事都是一次性的，但讀這段歷史讓我們感到心有戚戚，彷彿那裏面掩蔽著一些什麼。在我們這個中心被解構的時代，這個找尋不到終極意義的時代，翻開書頁，進入到另一個荒誕的舞臺，才發覺那個時代的道具更是琳琅滿目，它們喧囂著遍佈每個角落：紅寶書、像章、紅色家信、獻忠糧、工分、肉票、語錄歌、樣板戲、《老三篇》……這些構成了那一段歷史，我們再也見不到它們，以為走出了那個時代，都以新人自居，我們很快地遺忘掉這些看來滑稽的東西，或者深情地去追溯比它更久遠的顯得大氣的歷史，以為那些才是屬於我們的，便有多少人還記得我們曾有過這樣的一段歲月，人們偶爾談及它，會用一句簡單的話帶掉，彷彿這是一個精神病人不可理喻，它像一個啞巴站在那裏，在人們的眼中成了一個難以辨認的甲骨文字，它是那麼清晰，又是那樣模糊，以至於漸漸被人忘卻。

　　因此，有些作家擔當起了一個看來老套的記錄者的角色，而他們所處的是構建道德烏托邦的新銳們被叫好的時代，盜版公司供奉著這些烏托邦締造者的金身，人們自願地從口袋裏掏出錢來買這些現代神話，誰敢說這些東西是陳舊虛假的呢？另一種寫作方式只能退到一個冷清的角落。

　　作家柳湘武打趣地說他是抱著僥倖的心理寫出小說《流年如夢》的。他本身便是那個時代無奈的角色，那些痕跡已經融入到他的生命歷程之中，因此，他不必去虛構，不必費力想像，不必撒謊，不必去刻意構築情節，那個聲音呼嘯而來，這段歷史在驅動著他的言說，以使自己的痕跡凸顯出來。事件大致可分為兩種，一種是現實中和我們照面的事件，它只是發生在我們身上而已，每一件不一定有什麼後果和意義；而另一種是回憶中的事件，這種事件不再顯得混亂無序，而是在回憶的光照下呈現出自己的形態，這裏的事件在指向一種意味，作家把它們納入到小說之中，給了我們一個豐盈的世界，這是回憶，而不是虛構，它紮根在作家自己的生命體驗之中。因而他的手法是現實主義的，沒有戲擬，沒有魔幻，一切都很真誠。在這本書，裏面的記錄對於那個時代的事件沒有過多的干涉，而讓事件自己運行，但因為那個時代本身就是很好的戲劇，因此這些事件好像帶上了傳統的色彩，而作家柳湘武也沒有刻意地淡化。因此，對於事件，這本書是一個庇護者，它把那些人物和事件放在用文字織成的紗布上，展現給人看。

　　這裏面有的在十幾歲時見到告示牌上陳列著戰利品，於是就質問自己為什麼「別人能夠發現那麼多的階級鬥爭苗頭而自己至今一樣都未發現過」，便自已用謊言編織的兩顆紅色信號彈，然後打電話給指揮部說發現了階段敵人；有的因為自己父親被人揭發解放前代理過兩個月的偽保長，

便來個大義滅親，把老子活活打死，於是其光榮事蹟很快傳遍整個公社，被編成戲劇到各地巡迴演出；有的偶爾翻開紅寶書，突然來了靈感，本來家裏的糧食不多，第二天還是瞞著老婆偷偷挑了滿滿一擔自己家的口糧穀，一大早來到糧站，不顧驗貨員說「這穀太潮」，就往倉庫大門邊一倒，既不叫人稱，也不要工票，連姓名也不留，趕回家裏痛痛快快喝了三大碗粥，一直激動到出工，不幾天，美名迅速傳遍了整個反修公社；有的一直沒有得到賞識，終於縣文宣隊的女隊員下來蹲點採訪，於是半夜在離她們不遠的墳地弄出陰森恐怖的呼叫聲，接著讓女隊員們聽到劇烈廝打和痛苦掙扎的呻吟聲，然後蹣跚著走到她們面前「撲」地倒在地上，喃喃地說「我讓……我給……我把……流氓打了！」女隊員對他的英勇行為佩服得五體投地，後來在墳地裏鋤草的婦女發現墳窟裏有一支被打斷腿的仔豬；有的聽到廣播裏的新人新事便心癢難忍，於是靈感閃爍，腦子裏想用什麼樣的辦法才能把安眠藥拌在飼料裏，把誰家的豬麻醉後，再自告奮勇地去把豬救活。

有些時候，我們自己也會對事件莫名其妙，我們急於找到解釋，得到答案，但在這部書裏，作家只是記錄下了它們，把這些事件暫且懸置起來，對裏面的一些東西不去追究，而讓我們在這部書中漸漸接近那個時代。

這是一個塑造英雄的時代，但展現在這本書裏的不是抽象的記憶，這裏面的「英雄」們被活生生的事件充斥，因此，它記述得是那樣流暢。在這本書裏的事件與人物，其細微之處不是小說家憑藉想像就能描繪出的，這些細微之處在現實中存在，它本身就是以一種戲劇化的姿態存在，因此，作家柳湘武並不把它們作為媒質而精心打磨，而是小心翼翼地讓它們自己呈現出來，不折斷它們的鋒芒，讓這些細微之物自在的說話：「當噴溢著

油香的豆腐渣被端上桌子時，還有一個大講究，全隊的男女老少全部到齊後，朝著毛主席的寶像排好隊，拿著寶書，先唱《東方紅》；接著念著：敬祝偉大領袖毛主席萬壽無疆！敬祝林副統帥身體健康、永遠健康！然後，再讀三條語錄，最後歌唱《大海航行靠舵書》……」這部書裏找不到宏大的敘事，我們讀到的只是一些小的人物，小的事件，但他們都把自己清晰地展現出來，這是一個別致的博物館。

這個博物館擺出的不僅僅是些可以觀摩的形象，還有戲劇化的聲音，人們可以欣賞那個時代獨有的「吟唱」，在這個博物館中，不僅僅是用眼睛看，還有一種迴響著的聲音觸擊你的耳膜，使你不得不認為這不是單純的畫廊，這更像一個舞臺，一出保存得完好無損的戲劇，那些唱腔如今好像已經失傳。

這本書充滿著寫作的矛盾，我們可以看出作家有要把故事中的人物操縱在自己筆下的努力，以使書的上下和諧整一，但他也不經意地讓我們看到其中的一些裂縫，看到他在打造這件作品時所留下的一些斧痕。而正是這些痕跡，讓我們得以在繁多的事件中窺到一些與事件無甚關聯的東西，這對小說的情節沒有什麼作用，但因為這些沉默的隔隙被偶然照亮，使我們從中可以偷偷地進入那個世界，摸觸那些閃閃發光的污濁之物。

「沙漠上的印度教徒一本正經地宣誓不吃魚」（歌德），我們只有進入這書中的世界，才能真正體會這句話對於我們這代人的意義。如果面臨一個孤立的事件，一些人很可能以一個道德完善者自居，對其大加評價，也不能責怪他們，因為他們始終站在那些事件的外面，沒有一種可能性把他們拉向事件的內部，儘管他們渴求如此。但這本書使我們走進去，我們所觸到的不是大而無當、空空如也的抽象判斷，而是一個具體的世界，在

這裏，呼吸的聲音與嗓音交錯，充滿疑問的眼光和皺紋與我們的表情相同，我們於此會把我們披著的「現代人」的外衣一件件剝落，與他們融為一體，我們的道德評價會漸漸稀釋，發覺我們所謂的「歷史」只是我們自行設置的藩籬。能夠改變一個人的，莫過於一場戲劇，這本書提供給我們的，就是把我們引入其中的臺階。

巴金曾多次呼籲建立一個有關於這段歲月的博物館，但直至現在，這個願望還未實現，那些現代文物大多在古董商人的手中玩弄，明碼標價，它們成了價位很高的商品，擺在櫃檯上招惹來的大多是收藏家的目光。卡夫卡在《箴言》裏寫道：「他們可以選擇，是成為國王還是成為國王們的信使。出於孩子的天性，他們全要當信使。所以世上盡是信使，他們匆匆趕路，穿越世界，互相叫喊的都是些已經失去意義的消息。」

現代人很難再碰到激發他們回憶的痕跡，這些痕跡或者被淡化，或者加上了油彩，我們好像毅然決然地同那個時代舉行了告別儀式，雖然有些人回過頭去，卻再也看不到什麼。

在這個暄囂的時代，一些作家所能做的，只能是以另一種方言言說，《流年如夢》也在言說著，而這種言說，是為了沉默。

本文作者為浙大人文學院博士研究生

十七、訓鳥

——柳湘武

大清早，你的叫聲就惹我懊惱

嘰咕、嘰咕喲梅竹，呀咦、呀咦喲費翔

這不知趣的煩鳥將我的甜夢又一次來騷擾

嚷什麼要梅竹，還要費翔

難道說，你除了舒服還要享時髦？

是我，用上漆的篾條為你編了錦房

是我，用小米加蛋黃，把你餵得飽飽

是我，用適度的溫水為你天天洗澡

是我，用標準的國語教你向人問好

是我，用絹片、絲絨，為你籠裏築起暖巢

還是我，另覓異性，讓你交媾，下蛋、孵小鳥

假如沒有我，你在野外只能吃敗葉蟻蟲，住泥窩亂草

幸福應思源，感恩當知報！

我對你何求？僅僅叫你把思想去掉，把棱角磨光

我對你何求？僅僅需要你漂亮的倩影和美麗的羽毛

我對你何求？僅僅要你抽掉脊樑把讚美的歌兒唱

我賜於你那麼多，索取的又這麼少

假如你聽話，我還會將大紅的雞冠給你戴上

你講，你講，你不要昧著良心講

這樣的好日子難道還不算最最幸福和逍遙？

嘰咕、嘰咕喲梅竹，呀咦、呀咦喲費翔

什麼？自由，自由要民主，壓抑壓抑要飛翔？

胡扯！我養你、飼你、侍候你

你卻把良心叫狗吃得精光

你要自由，我哪天不帶你去公園看健身操？

你要飛翔，我由你在籠裏儘管振翅膀

你貪心不足，德將怨報

休惹得我一時火起，拔毛開膛，放湯裏把你煮了

再把我吃剩的碎渣骨屑去餵籠裏的虎王，

問問它，敢不敢像你一樣蹲在籠裏還要狂妄地瞎叫！

18、附章敏《困鳥》詩

困鳥

——章敏

昨晚的麵包屑讓我自投羅網

今天就被你鎖進金屋藏嬌

你告訴人們會極端地愛我

我告訴自己厄運已經來到

你購來了精緻的鳥籠和瓷質的食槽

你餵我可口的肉蟲和曬乾的麵條

人們紛紛來觀賞

爭誇我漂亮、靈慧、嗓音嬌
更惹得鴉雀們羨我，妒我，說我福氣好

洋洋自得，你大聲宣佈
要進一步將我調教
裝著我的籠子被拎進了你的躍層房
你說這木架的城堡是我今後的暖巢
我說這施咒的荊條是睡美人的床
我一如往常，輕鳴低唱
你卻說我瞎嚷嚷
親自用國語把我教
學會「你好」、「你好」、「大家好」

我是一隻受騙的小小鳥
誘人的調料，巫婆的砒霜
落入了圈套，拋棄了驕傲
縱有羽翼也無法逍遙

我煩躁地撲騰
竭力地掙扎
恐懼地尖叫
我有翅膀，我應該飛得比風箏還要高

血流光，頭破掉

逃不出的監牢

希望化氣泡，心變成荒島

枷鎖纏繞

你答應給我一切，惟獨沒有自由

我可以放棄一切，惟獨想要自由

陽光、花香、彩虹、嫩苗

脖子再長也夠不著

你說我整天東唱西叫，胡說八道

生在福中卻一點兒不知曉

你原本就是不配享有自由的料

畢竟你只是一隻懦弱的小小鳥

畢竟我只是一隻懦弱的小小鳥！

十九、寫不完的南潯史話

——訪《流年如夢》作者柳湘武

陸士虎

近日，聞知文友柳湘武的長篇小說《流年如夢》出版後發行寥寥，但

他依然醞釀他的第二部小說，筆者遺憾之餘思忖：在物欲橫流的今天，作為企業家的柳湘武為什麼仍癡迷不悟，固守著文學這塊精神淨土？

柳湘武 1954 年生於南潯鎮，小學沒有念完，早年下鄉插隊當過農民；1978 年上調進南潯飲服公司，愛好文學的他有一種強烈的創作衝動，業餘時間便開始搜集素材。1987 年，他不幸跌傷，就在家養傷寫作，整理出 15 萬字的小說初稿。1992 年辦起了一家銀粉漿廠，空閒時就修改小說，數易其稿。直到 2000 年一部以水鄉古鎮南潯為背景，反映知青題材的長篇小說《流年如夢》，由人民日報出版社出版。有人評價《流年如夢》是「磨劍八載，費資十萬，不值！」但湘武卻直面而言：「這是守護心靈的一種重要方式。」

筆者與湘武相約採訪。進門後，只見湘武正在看書。他說，目前他的企業正在籌措資金上一個科技含量較高的新項目，一天到晚都忙個不停。但一有空閑時間就想多看點書。當他談過《流年如夢》的創作過程後，與筆者聊起了家鄉南潯。

湘武說，南潯歷史上不僅是「耕桑之富、甲於浙右」的江浙雄鎮，而且久享「文化之邦，詩書之鄉」之美稱。

筆者對此很有同感。南潯歷來就有「三多」，即著書多、出書多、藏書多。僅明清兩代就出了詩文不下千卷。如朱國禎的《湧幢小品》、《皇明史概》，董斯張的《吳興備志》、《廣博物志》，董說的《易發》、《西遊補》，陳忱的《水滸後傳》，以及陳端生的《再生緣》等等。從清代到民國期間，南潯就有劉桐的「眠琴山館」、蔣汝藻的「密韻樓」、張鈞衡的適園「六宜閣」和龐元濟的宜園「半畫閣」重樓等私家藏書樓，不僅為湖州之冠，且名滿江浙，在全國也有相當影響。至今保存完好的嘉業堂藏

書樓是南潯文化當之無愧的封面。

湘武說，南潯著書、出書、藏書為何久盛不衰？這是一種歷史的傳統，也是一種文化的延伸。它既是經濟現象，又是文化現象。

筆者問他，你是否是受了古鎮書香綿延的薰陶和感染，才斗膽拿起筆來，嘗試著寫完了這部長篇小說？

湘武點點頭，筆者恍有所悟，因為這位平民小說家已經給自己的困惑作了解說。

本文作者為鎮作協主席

二十、遙祭紫陽先生

快過年了，應該忙碌而愉快的，可是今晚情緒煩亂，窗外雷聲隆隆，刮喇喇地驚世震魂。心口陣陣發悶、隱隱作痛，測了一下心跳，每分鐘 43 次，昨天明明升到 52 次 / 分的呀！曾經有過的 32 次 / 分都挺過來了，我從不懷疑人參和黃芪的功效，何況昨天一個半小時的乒乓球歇下來時已達到 90 次 / 分，可今晚怎麼了？

點了支煙，開始遐想，似乎覺得這麼彆扭的徵兆應該給老婆兒子留下點文字什麼的。

攤開紙張，捉筆在手，一拍腦袋猛然一驚，這臘月廿八的驚雷不正是「臘繃」麼？「臘繃」，一九七一年有過，那一年死了林彪，最最親密的戰友突然間成了資產階級野心家、陰謀家、叛徒、賣國賊。是「臘繃」的驚雷非要把沉浸在幸福的夢幻之中的世人都驚醒呢還是在冥冥之中昭示著

來年又得逝去一位叱吒風雲的大人物呢？

又點了一支煙，思緒開始延展：不會的！這世上已經沒有值得「臘繃」的大人物了。江李朱李胡尉李，弄權作秀的小兒科罷了。胡吳溫賈曾黃吳李羅也只不過是過眼雲煙死撐危局而已。那麼上天為何要給予黎民百姓這麼一個振聾發聵的徵兆呢？難道是為了憑弔已經逝去的大人物麼？我猛吸了一口煙，煙頭上紅色的火星閃亮時把我的思緒也豁然照亮了。今天，是紫陽先生的三七忌辰，紫陽先生的逝世對他本人而言是落幕，對民主法治而言也許恰恰就是序幕。杜甫的《臘月》詩裏有兩句「臘日常年暖尚遙，今年臘日凍全消」當今的執政者上臺伊始就宣稱：民主為趨勢、監督為必須，這說明已經含有春意了。這臘月廿八的「臘繃」分明是昭示著紫陽先生為之振興而嘔心瀝血絞盡腦汁的積弱大國開始向民主法治的框架內邁進的預兆。

紫陽先生，在我的心目中您是偉大的，您的偉大之處正是基於被您所忠誠的「偉大光榮正確」的組織羈押到死仍不改初衷的品行。您心中有敬畏，敬畏的是頭頂三尺之上的神明，所以您不會去幹那種邪惡與愚蠢到了極點的事！

紫陽先生，您不需要以「先進的代表」來作為標籤妝扮自己，反之那些標籤貼在臉上的獨夫們的速朽之日正是您在百姓心中永世彌恢復活長存之時。

紫陽先生，您不是一個完美的人。「完美」的人只有「完美」的組織才會製造。您犯過錯誤，而且犯的是「嚴重錯誤」。就在您犯「嚴重錯誤」的那一次，我作了一個夢，一個非常奢侈的夢。我夢見自己回到了陸稿薦的小飯館裏，您慈祥地微笑著坐在小板桌的餐座上，我為您端上了一盤裙

邊有半寸厚的大甲魚請您品嘗。店外東大街上圍觀的群眾擠得水泄不通，人們在驚呼：「這個同情學生的老人在柳湘武的小飯館裏吃甲魚。」櫥窗外的聲音中沒有一個人在說我拍馬屁，唯有紛紛攘攘地在爭執「下一個輪到我。」「我要買最大的螃蟹請他。」「我家的大公雞有九斤重。」「我們農家也有好特產。」「我家的臭鹵鬈香得開胃。」「……」我只好出門相勸「大家不要爭了，假如你們每一家都要請紫陽先生吃飯，那麼在這東大街、在南潯鎮、湖州市、浙江省乃至整個全中國想請他吃飯的人何止億萬。紫陽先生哪怕再活一萬年也是不夠的。」紫陽先生仍是慈祥地微笑著「心領了，心領了，柳湘武已經代表你們的心意了。」

「代表！」要知道「代表」這個詞在紫陽先生犯「嚴重錯誤」的時候還不屬於令人噁心的辭彙，可見得我這個夢是做得值了，就像紫陽先生所犯的「嚴重錯誤」值！

這就是民心所向，億萬人的心聲與當局的壓制與消音，53 個字的訃告與印數達幾千萬冊的文字垃圾反差何其之大。在您 16 年的囚禁生活中精神上一直享受著民心的祝福，而那些既得利益者們在享受超豪華的物質生活同時精神上卻每時每刻都在承受著恐懼的煎熬而不得安寧。您在我夢中的出現和那些強行灌進人們眼球的電視畫面在百姓的心目中砝碼傾向哪一邊是不言而喻的。您在百姓心中的價值是永存的，試問那些經常在電視畫面上作秀的人如果沒有數千警力的護衛敢來民間嗎？這種反差也應該是天理昭彰、天道公平吧！

紫陽先生，您應該無憾了。秦檜跪嶽飛有實物為證，奸佞跪您是百姓心中的藍圖，藍圖實現之日我敢保證，中國也一定會像美英日德加一樣發達的。

今天是三七，往後便是五七、斷七，按南潯的風俗愛戴您的小民應該給您燒紙錢的。我的這份文字作為無法憑弔的憑弔，不能留白的留白權作燒給您的紙錢吧！

落淚、落淚、心落淚，鞠躬、鞠躬、深鞠躬！

柳湘武 寫於 2005.2.6

臘月廿八

二十一、給強劍衷老師的信

強劍衷 老師：

您好！您主編的《歷史大趨勢》我還未讀完就產生了給您寫信的衝動，因為您的博學和正義感以及對民主憲政的鼓與呼深深感染了我。

我因為成份不好無緣接受初中教育，但這並不影響我成為呼喚民主法治的一名小卒。我非常愛讀梁啟超、陳獨秀、顧准、陳寅恪、胡績偉、李慎之、李銳等名家的作品，哪怕是隻言片語。我非常敬佩彭德懷的為民請命、胡耀邦的大刀闊斧和趙紫陽漸進式民主的理念，哪怕他們的現象僅僅是曇花一現。

今年春天我讀了謝韜的《只有民主社會主義才能救中國》一文，深受鼓舞。他以非常有力的論據證實了民主在社會主義國家實行的必要性，儘管我對他的論證很敬佩，但對他的提法還是不敢苟同。

「只有」就是唯一，而我要問：除了這個「唯一」難道資本主義就不能救中國了嗎？我學歷雖低，可我總覺得民主與社會主義無法劃等號，瑞典只是個例外。只要社會主義制度存在就會給一些獨裁者留有空子，利用社會主義的稱號而實行希特勒式的國家社會主義專制之實際，猶如馬克思主義「個人的自由發展是一切人自由發展的必要條件」的普世價值觀給一些打著他旗號的「無產階級革命家」片面地閹割成「我們將獲得整個世界，而失去的僅僅是鎖鏈（共產黨宣言結束語）。」的社會主義價值觀。

儘管我只是個小學生，只能以小學生的眼光看問題，可是現今執政黨的某些口號竟然經不起小學語法的推敲，我並不是說它有多麼荒謬，但它確實非常滑稽。早在十一屆三中全會時全國都在為解放思想「實踐是檢驗真理的唯一標準」大討論而興高采烈時我就質疑過：「實踐」只是一個過程，「過程」怎能一下子成了檢驗的標準呢？（而且是唯一的）。那麼「過程」之後呢？「結果」是什麼呢？前陣子塵囂甚上的「三個代表」一下子把最先進生產力、最先進文化、最廣大人民群眾的利益都「代表」了。那麼這個「代表」是怎麼產生的？我記得小時候語文老師教我時曾經說過「代表產生的前提是受人委託或被群眾和團體選舉」那麼究竟是「代表」產生的前提變了還是執政黨的語法錯誤？最近上面在提倡「八榮八恥」，這「八榮八恥」的小學級別的行為規範能適應以民主法治為榮、以專制獨裁為恥的世界潮流嗎？中國目前的腐敗現狀明擺著是專制獨裁的土壤裏培養出來的怪胎，而執政黨卻經常在幹部自律不夠和掃

黃打非不徹底上找原因，這有說服力嗎？都 21 世紀了，還用這種連小學生都瞞騙不了的僵死教條成為十四億人口的重要指導思想不是在愚弄它所管轄下的臣民麼？老百姓雖然好欺負，但你把他們越教越笨，作為執政黨，你的臉上也不見得有光彩呀！

按理說，胡錦濤應該是個明白人，從他將三點水經營了 13 年的江家幫的骨架拆得七零八落的動作看他的實幹能力是絕對強於我這個小學生的。他一上臺就號召全黨全國人民要積極穩妥地推進政治體制改革，但六年來，我除了看到他的穩妥，哪裏見過他半點的積極與推進？也許他也知道要改革這個黨所制訂的制度猶如外科醫生要給自己的腫瘤開刀，很難下得了手，可是下不了手即意味著等死呀！以我這個小學生的觀點：與其等死，倒不如找死。寧可聘請外來的主刀醫生下狠心把它徹底割了，也許大中國這個肌體還能恢復元氣。這個外來的主刀醫生就是西方的民主制度和倖存於國內的異議人士和一些逃亡在海外的民主精英。

強劍衷老師，今天我想說得是：社會主義作為一種制度，共產主義作為一種理想在中國是不符合國情與民心的，起碼無法向我們的子孫交代，甚至連太子黨也無法向他們的後代交代，也許他們的子孫中出現了某個有良知的人會問：你們老一輩的無產階級革命家就制訂了這樣的制度麼？就像我的兒子讀了我的《流年如夢》後以一個大學生的身份問我：難道你們這代人就這麼弱智，遭遇到的事這麼荒唐還會忍受？這樣的制度早就該推翻了，因為這種制度的存在就只會製造史達林、毛澤東、鄧小平那種草菅人命的領導人，只

會製造江澤民那種弄權作秀，那種水準、風度、魅力、威望、仁愛、道德俱無的「優秀的共產主義戰士、黨和國家的卓越領導人「。只會打壓像彭德懷、胡耀邦、趙紫陽那些有良知的「反黨分子」。這樣的制度下的政府不僅不合理、不合憲法、不廉潔，更不會廉價。

　　中國的專制社會從秦始皇起至蔣介石共延續了 2195 年，總算盼來了毛澤東在天安門城樓上宣告「中國人民站起來了」的時代。在隨後的 58 年裏「人民」的確是站起來了，可是「草民」們的腰在稍稍地直了一下後卻被壓得更彎了。中共在戰爭結束、和平來臨、建立政權後，鎮反、肅反、三五反、高饒、土改、資改、反胡風、反右、反右傾、社教、文革、一打三反、批林批孔、反擊右傾翻案風以及 76 年的「四五」事件、83 年的「嚴打」事件、86 年的「清汙」行動、89 年的「六四」風波、99 年的「法輪功」、近年來的「掃黃打非」將我們小時候所接受的教育都來了個反面的印證。「草民」們在共產主義的海市蜃樓美景裏切身利益被代表了，參與政治的權利被代表了，生產資料被代表了，獨立之精神、自由之思想被螢屏上那些偉大的皇帝們代表了。「草民」們以行屍走肉的方式存在於世，能自己掙錢吃飯，能讓你獨生子女繁衍後代就應該「致富思源」了。可以說明「我國的人權狀況比任何時候都要好」（中央電視臺 2002 年 10 月 4 日北京大學陳志尚教授、北京師範大學張宏毅教授作為嘉賓談中國人權狀況這一檔節目裏的話語）。2195 年的獨裁專制的精華被萃取濃縮在這短短的 58 年裏。

　　進入了 21 世紀，西風東漸，當年的小學生的民主意識被喚醒的

今天，我又從十七大的黨章裏看到了工人階級的先鋒隊仍然要以重要思想為主導思想，報刊上鄧小平理論、「三個代表」、科學發展觀、旗幟、道路、思想、理論體系等等漂亮的詞藻讓人眼花繚亂，又呈現出了一副海市蜃樓的美景，這難道不是我們這一代人的悲哀嗎？

看來，要想參與選舉總統只能寄希望於我們的子孫了，我這輩子就選選超女猛男、帥哥靚妹過把選舉癮吧！

順頌 冬祺！

晚輩 柳湘武 於 07.12.16

二十二、國慶閱兵觀感

國家又逢大慶了，這排場真壯觀啊！招展的紅旗、豔麗的鮮花、雄壯的軍隊、威力無比的導彈、震懾人心的坦克、拖著彩色尾巴的戰機編隊，真應該再挖一條人工河，把驅逐艦、巡洋艦、潛艇也拉出來溜溜，那才更過癮呢！

這就是國力，說明咱社會主義初級階段的中華人民共和國有錢了，而且錢很多，多得排場再大也無所謂，就像毛澤東一九五八年八月在河北徐水縣視察農村時問農民「糧食多了怎麼辦？」「吃呀！」「吃不完呢？」「賣呀！」「全國都豐收沒地方賣怎麼辦？」「造酒精呀！養豬呀！」如今真像當年「錢多了怎麼辦？」「花呀！」「花不完怎麼辦？」「再花呀！」五十周年辦了一次，沒花完，六十周年再花一次，還不是沒花完嗎？國家

展示了國威、軍威，這錢花得值。哪怕以後每年都搞一次這樣的大閱兵也有的是錢，反正納稅人的錢取之不盡，用之不竭，儘管花就是了。」

我們農村有句土話叫作：「辛苦銅鈿快活用。」這輝煌的六十年，是暴發的六十年，招財進寶的六十年，發財後花點小錢給我們中國人的臉上爭光何樂而不為呢？看看這一次亮相的十位執政巨頭哪一位不紅光滿面，神采奕奕，載歌載舞，風光無限。哪裏找得到周恩來兼任國務院「瓜菜代」領導小組組長時的那份尷尬。當年陳毅元帥曾經說過解放戰爭的勝利是人民解放軍的「小米加步槍」加上老百姓的扁擔和獨輪車創造出來的，要是陳老總活到今天看看今年的大閱兵，這導彈、這坦克、這威武的軍人、這比機器人還精准的步伐肯定會令他歎為觀止的。

筆者有幸生在新中國，長在紅旗下，一九六六年本人 13 虛歲，從紀錄片裏看到過同樣的壯觀場面，偉大領袖在五個月的時間裏連續八次檢閱一千多萬來自全國各地的紅衛兵。那時候，坐車不要錢，吃飯不要錢，住宿不要錢。這種只有在童話或神話裏才有的好事我們這代人卻實實在在的逢上了。可見得我們生長在社會主義國家的幸福，這種好事如果問資本主國家的年青人「你們有這幸遇嗎？」他們肯定啞口無言。他們所接受的教育裏肯定不會有胸懷祖國，放眼世界，解放全人類那樣的遠大理想，所以他們長大後就只知道掙錢，悶聲不響大發財，學比爾．蓋茨，而花起錢來卻真是——很摳門（包括他們的政府）。

真希望再來一次文化大革命這樣的大檢閱，我也好借著機會白吃，白住，白乘車帶著我的兒子孫子們免費去一趟北京飽飽眼福。

2009 年 10 月 2 日

二十三、遠離寫作

又一個獨裁者垮臺了，看到亂哄哄的畫面上被打得滿臉是血不斷求饒的卡紮菲，我絲毫沒有同情感，我甚至偏頗地想，這也許正像我們國內佛教中的說法「現世報」。

當政 42 年，鎮壓了許許多多與他意見不一致的民眾，曾經帶著軍隊到鄰國邊境耀武揚威瘋狂挑釁。用生吃活雞活兔的方法訓練他的美女保鏢，以及洛克比空難中 2 百多條活生生的無辜生命，視其他生命如草芥的政治狂人作為一國之首其存在的本身是極不合理的。我心目中的國家元首給國民的形象應該是有親和力的、有修養的、有魅力的、有原則的、有風度的、有水準的、有威望的。可他什麼都沒有，就靠強橫霸道統治了利比亞 42 年，這叫瘋狗政治，強姦全國民眾的政治。看著今朝利比亞民眾排著隊、戴著口罩，忍著屍臭觀賞（我國叫「瞻仰」）他的遺容，這是民眾對獨裁者態度真實的展現，我的心中反而變態地產生了一種解氣的快意。

我忍不住拿起了久違了的筆，準備著寫一篇 2004 年 2 月 8 日所寫的《媒體中的「偉人」》相類似的文章。

驀然，我想起了 2008 年年初時對兒子的承諾。那時柳蔭生物初創，舉步維艱，兒子懇切地與我商量「阿爸，為了我，為了柳蔭生物您千萬不要再寫那些惹禍的文字了，好嗎？我們輸不起呀！」我點頭，可我無語。其實兒子心裏也清楚讓一個愛好文學的人停筆（或稱戒筆）是多麼艱難的一種選擇。我當時在心裏想：文學是老爸的半條命呀！兒子、柳蔭生物、《流年如夢》都是老爸的優秀作品。你為了我，也為了實現自己的價值和抱負，跟著我吃苦受累圖個啥？就圖個爭氣。柳蔭生物的產品讓那麼多瀕

死的癌症病人起死回生，減輕痛苦。《流年如夢》在民間得到了那麼高的評價。這三個作品哪一個是我願意捨棄的？然而作品的份量有輕重，兒子的份量是其他兩個作品無法比擬的，況且選擇了第一個作品也保全了第二個作品（柳蔭生物）。那就只能放棄第三個作品（文學）了。我點頭，意味著我承諾，承諾了就不能再寫那種抨擊獨裁者的文章了。省了這條心吧！

2008 年以來，我確實不再寫過讓兒子擔心的雜文，僅僅在大喜（孫夢潔病癒、鄭法林病癒等）或大悲（孫夢潔去世）時寫過一些無關政治的文字，但那不叫文學，僅僅是心靈上的感觸而已。

我已經將近六十了，審視自己所走過的路：坎坷遠大於順境。我有很多機會可以將自己的生活改變得很好，比如寫一些吹捧文章、奉命之作等等。然而，我厭惡那些既能揚名又能獲利的皇帝劇、血淋淋的戰爭劇以及那些毫不真實的改革片，虛情假意的生活片，貌似莊嚴的廉政片。我寧可遭遇 2002 年 5 月 28 日《浙江日報》撤掉對《流年如夢》的評論。第四屆湖州市文聯會展上不展示我的作品、湖州市作協 2 萬多字的工作報告中絲毫不提及南潯有一部為他們所不齒的長篇小說《流年如夢》及作家這樣的刻意之作。我還能忍受南潯文昌閣開光典禮中將三十萬字的長篇小說「遺漏」的事實。因為在我的內心深處堅信：我的作品是為百姓吶喊的，是有頑強的生命力的。

我不是犬儒。一我沒有資格稱儒，一個小學都沒有讀完的人假如稱儒是對讀書人的不恭。二我不願是犬，我的作品或人品中假如帶有「犬」性，那是對自己的褻瀆。我曾經有過一位對我有恩的朋友，就因為說我是狗而斷絕往來 16 年了。我的作品儘管不合時宜，但我的創作是嚴肅的。文字

產生於個人可它絕非只屬於個人，作品折射的是作者本人的見解、感悟、觀點並試圖用自己的文字去感染他人。我懂事至今那些無休無止的思想整肅使我對當局的每一次宣傳先進文化（包括唱紅歌）都感到恐懼。從這一點上說，我承諾兒子不再寫作是明智之舉，因為在我們國內由寫作者隨心所欲地寫作的土壤尚未生成。

寫於 2011 年 10 月 23 日深夜

二十四、我讀《流年如夢》

《流年如夢》是我迄今為止讀過的唯一的一部「文革」長篇小說。

拜讀作家柳湘武的首部大作《流年如夢》之時，已是小說面世第十二個年頭後的 2012 年了——當屬文緣吧……翻開小說，心就被作者的自述所震撼：出生於上個世紀五十年代的、在素有崇文重教之優良傳統的南潯古鎮裏土生土長的作者，竟是一名小學畢業生？！一個從未踏進過小學以上的校門的「小學生」，竟然憑著「無洞掘蟹、硬地挖鱔」般的頑強，「花了馬拉松的時間」（歷時 8 年，還不包括收集、整理素材的時間）、「才跑完了這一百米的短程」（終於完成了 30 萬字的小說）！

小說用濃濃的茗東土語（還夾雜著不少篇幅的吳儂軟語）、樸實無華的敘述把我帶回那片熟悉而又陌生的故土，讓我彷彿身臨其境般地感受著那恍如昨日的、如夢一樣的「故事」……小說的表達方式是幽默詼諧的。但捧腹之餘卻又難抑辛酸之淚——為父輩的傷痕、也為吾輩的心創；小說的寫作方法是偏感性的。但在感性的表像之下卻蘊含著深刻的理性。只不過是，作者把感性上升為理性的空間充分地留給了讀者的思考和後人的評

說……

　　誠然，《流年如夢》作為一名「小學生」的首部作品，當然可能暇瑜互見，也可能瑕不掩瑜。我覺得，通常的情況下，一部小說的成敗，取決於作者的水準、取決於管理者的審讀與定奪；取決於讀者的視角和見解。我以為，對於歷史，只能站在歷史的角度去對待；對於藝術，應該用藝術的眼光來欣賞。我認為，《流年如夢》的意義更在於：首先是，「小學生」終於實現了成為一名作家的美麗夢想。這正是作家「以天地為課堂、以百姓為師長、以社會為教材，自習不輟」的結果；其次是，小說以感性材料與私人記憶真實地記錄了歷史性的片斷。雖然很少娛樂性，但是很有可讀性；再者是，小說的作者是生長、生活於菩東的南潯人；小說的基本用語為吳語（菩東土語屬北部吳語中的「菩溪小片」；蘇州話則通常被認為具有吳語的代表性）；小說所敘述的「故事」也發生在吳域的土地上。且不論這是巧合還是作者的匠心，但對小說的讀者群來說，確實會有一定量的限制。然而，作者卻為拯救吳語、弘揚吳域文化盡了難能可貴的綿薄之力……

　　作為讀者，想對作家說一句：天生武材必有用，柳湘武無愧於血管裏流淌著湘西南山民血液的、菩溪之東的南潯人！

　　當我一口氣讀完《流年如夢》之後的第一個反應，就是有一定要寫點什麼的衝動。於是就有了這篇拙文——聊表對作者的欽佩吧……

摘自新浪博客鄰家妹妹的南安橋：馬麗麗

2012 年 12 月 16 日

二十五、出差永修

2004 年 4 月 13 日江西共青城拜謁胡耀邦陵墓題於中國證監委李小雪花籃輓聯上的詞：

撥亂反正氣如虹，

一朝受屈陣營鬆。

您若睜眼看戲子，

自由信仰一場空。

第三部分

懸壺

《柳湘武癌緣》

癌緣

從癌症的特性看中藥防癌治癌的優勢

癌，人們都談癌色變，而我卻因為 2002 年的那一場災難，成為了一個癌的受益者。從而也延長了我的產業生命，催生了我嘔心瀝血為之創建的柳蔭生物。

所謂癌症，就是生有惡性腫瘤的病。癌——舊讀 Yan，最常見的有血癌（白血病）、骨癌、胃癌、肺癌、肝癌、食管癌、腸癌、乳腺癌等。而癌變，就是組織細胞由良性病變轉化為癌症病變。

癌症是一種最終導致人體免疫功能全面潰敗的頑症，多少年來，人類為征服癌症耗時耗財、費心費力，雖獲得了可喜的成就，可是效果並不理想，離人類的願望相距甚遠。每當看到患者在忍受劇烈痛苦、經歷了手術——化療——放療的過程，承受幾十萬甚至上百萬的費用仍無法挽回生命，最終死於免疫力的全面崩潰的悲慘結局，我一直拷問自己能否生產一種普通百姓及工薪階層都能承受的低價中藥製劑，讓患者在低價位、無痛苦、毒副作用小的前提下，保持患者尊嚴、提高機體免疫力、治癒或帶瘤生存，延長患者生命期及提高生存品質。於是我在 2006 年創建了湖州柳蔭生物科技有限公司，專業從事各類植物精華的提取。令人欣喜的是，公司的許多產品已被用於防

癌和治癌。我艱辛的人生經歷，讓我從因一個偶然而闖入中草藥這個神奇世界的冥頑少年，磨礪成一名擁有專業的研發、生產、銷售團隊的領軍人物。我曾親歷過多種病症的折磨，深知患者的不易。因此，讓普通百姓吃得起藥、看得起病曾是我年少起就孜孜不息的夢想；現如今，依據中醫藥藥食同源理論，研製價格相對低廉而療效顯著的中藥製劑，來治療、拯救那些被判身患絕症和不治之症的、尤其是一些因病致貧的普通百姓患者，已成為我此生追求的終極目標。

眾所周知，癌症發生的病因是多樣化的，致癌的物質有上千種。如：環境污染、化學污染（裝修材料中的苯酚、甲醛、二甲苯、偶氮及塑膠遇高溫後散發的二噁英等等）電離輻射、自由基毒素、內分泌紊亂、免疫力低下、病毒、情緒失常、煙酒過度及不健康的生活習慣均可誘發癌變。不同的癌症均有各種特異的癌基因。甚至同一種癌症在不同階段的癌基因也不盡相同，某些腫瘤到後期出現了抗癌基因的丟失和變異，如原發部位於消化道的CA—19-9高的患者繼發後成為肝部AFP（甲胎蛋白）或肺部及積液CA—125相繼高漲的情況也非常普遍。癌症的惡變程度可分為高分化、中分化、低分化、未分化四個階段，這在我給患者的給藥量上有所區別。

癌症與其他細菌或病毒引起的疾病有著很明顯的區別。癌細胞往往由正常細胞轉變而來，是基因發生了變異，人體中正常的細胞中天生存在的癌基因被激活，於是癌症就產生了。而細菌或病毒等外來微生物引起的炎症，因對細胞的影響較小且自身免疫力被激活，而能在短時期內迅速恢復，比如病毒性感冒患者，痊癒後往往因抗體的產生而在較長一段時間內不再感冒（一

般為 3——9 個月，甚至更長）。

　　我並不狂妄，狂妄到要與現代醫學挑戰，現代醫學的成果同樣凝聚著無數科學家研究的心血。然而現在的西藥和化療藥物確實很難做到只殺死癌細胞而不傷及正常細胞，無論是化療還是放療其機制僅僅是阻止細胞的分裂，是不加選擇地殺死處在分裂階段的細胞，分裂活躍的癌細胞被殺傷的同時，其他一些分裂活躍的造血細胞（如白細胞、紅細胞、血紅蛋白、血小板）和消化道的表皮細胞也同樣遭受了重創，這就是化療、放療期間都不同程度存在的血象指標下降和消化道障礙的原因。西藥是化學合成藥物，它能單一地對某種癌症產生作用，針對一種癌症制定一個程式化的治療方案，化療藥物往往在 3——5 天內就能看到抑制腫瘤細胞的效果，但往往因合成藥的毒副作用在 10——15 天甚至更長時間以後才會發作，有效抵抗住化療藥物毒性，恢復體能往往需要更長時間，所以就造成了化療後症狀減輕、毒發後較前一次嚴重，一次甚於一次這樣的惡性循環，直至免疫力全面崩潰，人體臟腑功能衰竭而死。

　　我國是中醫大國，按照古代傳承下來的中醫觀點，世間的物質之間必定會存在相生相剋的關係，人體中既然出現了癌症這種病症，那麼自然界中也肯定會存在克癌的物質，在自然界中廣泛存在的植物、礦物、動物中已探知的抗癌物質就有菌蕈三萜、蟲草腺苷、各種植物的黃酮、生物鹼、天然紫紅色素（花色甙）、有機硒、有機鍺、有機硼、蜂蠍蟻酸、蜂王漿、牛磺酸、蟾酥等等。令人欣慰的是這些自然界的物質大多數對病人沒有損害作用。

　　作為一名用中藥抗癌的研製者和實踐受益者，我一直致力於關注沒有毒

性的天然產品對癌症病人的作用，它蘊藏著長期被醫學界忽略的巨大潛力，中草藥被提取後的精華其功效更是原中草藥材的數倍，甚至幾十倍，我的目標是將中藥提取物應用在癌症臨床上。筆者八年來已經在200多位不同病期，不同種類的癌症病人身上取得了令人驚奇的效果。

我有過沮喪，也有過欣慰。在常見的癌種取得良好效果的同時，我最感到棘手的是腦癌。我接觸過的三位腦癌患者，沒有一個能夠存活，原因就是腦部腫瘤有大量的血管支持，源源不斷地為腫瘤提供氧和營養，使得腫瘤的發展很難遏制，所以我認為腫瘤離血管的距離越遠效果就越理想，近則危險越高。然而我接觸的三位白血病人都取得過非常理想的效果，近則一月，長則三月，血常規都進入了正常狀態。究其原因，西醫用骨髓移植的方法，配型成功的患者生命也短得可憐。按照我的觀點，骨髓移植只能定性為借用，而中藥調理能在已經纖維化的骨髓基礎上將它激活，產生健康的血細胞，來自於自身的才是自己的。這就是中藥的扶正固本。用中醫的觀點來看待癌症：癌因挺複雜，原理很簡單，即免疫力全面下降。中藥在无法用數據來解釋功效的情況下，能讓患者在沒有毒副作用的前提下存活很長時間。西醫在各种數據提供得很詳細的情況下却无力回天。以上這兩句話濃縮一下就是：中藥讓人糊涂地活，西藥讓人明白地死。

寫作此文應該詮釋了我從癌變到癌緣，從終生沒有半張文憑的小學肄業者到中藥防治癌症的實踐者所經歷的嬗變。

柳湘武

2014 年 6 月

南太湖柳萌生物健康特刊

鄭重聲明

本刊為免費增刊，不作任何商業用途

湖州柳蔭生物科技有限公司是一家專門從事從植物中提取或萃取精華的一家高科技企業，主要供應給國際國內從事制藥保健食品、化妝品等企業作主要原料以及科研機構作研發用途，也兼營用本廠產品生產南太湖桑寶片、南太湖菌寶片等系列的產品。擁有 8 個產品的企業標準，《南太湖》《柳蔭生物》《慈草堂》三個商標，獲得了南潯區農業龍頭企業和湖州市科技獎，並於 2012 年榮獲了國家創新科技發展基金。2014 年 11 月再次榮獲國家高新技術企業的稱號。

編者的話

癌症為危害人體健康的惡疾，是生命最兇險的殺手。癌症病人由於早期症狀不明顯，待發現時往往已是中、晚期。治療癌症的手段目前是三步曲：手術、放療、化療。然而這三種手段對患者的身體傷害極大。患者往往在承受了無限痛苦的情況下，仍無法挽回生命。本刊的編者由於多位親人命喪癌

症而痛心疾首，從此開始關注植物對抗癌防癌的意義。用植物來保護人類的健康是中國幾千年來的中醫中藥傳統，是我國的中醫藥文化的寶庫，尤其是隨著科技的進步，經過科學提取過的植物精華，對世界人類作出的突出貢獻更加顯見。

編者的立意

癌症須早防、早診、早治，而服用植物產品則是早防早治的首選方法之一（而且無毒副作用）。本刊為廣大讀者收錄了多年來摘自報刊、雜誌、養生保健用的小常識及筆者本人的一些心得體會，與讀者諸君共用。

目錄

一、四十年，兩代人，圓一個夢

從《常用中草藥手冊》到南太湖桑寶、南太湖菌寶的問世

記湖州柳蔭生物科技有限公司

5 年前（2006 年），南潯的柳湘武父子有過一段對話。

子（柳秦橋）：「老爸，我畢業後怎樣走向社會？現在好的工作太難找了。」

父：「你應該讓困惑轉換成動力，讓工作來找你。」

子：「哪有這樣的好事啊？現在的大學生學的專業與從事的工作都不對口，真是讀了書也沒有用！」

父：「我的看法正好相反，你們現在是太幸福了，我們這一代人哪有自己尋找職業的權利，你們現在可以按照自己的愛好找職業，真是身在福中不知福！」

子：「找職業哪有這麼容易啊？現在的畢業生都摸不到學有所用的門。」

父：「門就在你面前，路就在你腳下，只要你不怕苦，勇敢地往前走，希望就會向你招手。」

子：「那具體做什麼呢？我在華東理工大學讀的是管理，其他的如：電腦、電子、金融、外貿、冶金、化工等等，都不適合我。就是教生物的陳老師對我的印象較好。」

父：「那就生物吧，正好生物也是老爸 40 年來的一個夢，而且又是朝陽產業。」

　　湖州柳蔭生物科技有限公司就這樣建立起來了。初期，一無資金，二無銷路，就憑著對中藥的一份摯愛和柳湘武的幾個在植物提取方面的專家朋友。在 2006 年籌資 1500 萬元，於 2007 年投入了生產。湖州自古以來就是絲綢之府，魚米之鄉，建立這樣一個企業就應該著眼於當地得天獨厚的優勢資源。父子兩瞭解到湖州市農業局轄下有 2600 畝果桑基地，從桑椹中提取的花青素由於明目保肝和抗體內自由基，防止衰老方面等功效顯著早已在國際上成為消費者趨之若鶩的保健食品。一旦成功於地方經濟、於農業生產、於企業效益都是有利而無弊的。而且浙江又是食用菌的生產大省。慶元、縉雲種植的椴木靈芝、北冬蟲夏草又是抗癌的上等原料，不愁找不到資源，把這些植物精華提取出來，用於保健、強身、抗癌在成本上要遠遠低於化學方法生產的同類產品，而且又無毒副作用。

　　湖州素稱南太湖，父子倆註冊了《南太湖》和《柳蔭生物》兩個商標。在菌類植物提取專家陶正升先生等人的指導下，成功研發了桑寶、菌寶、桑葉多糖、黃芪多糖、橙皮甙、蟲草多糖等多個產品。向廣大的消費者提供了價廉物美、食用方便的新興健康食品。目前南太湖桑寶、南太湖菌寶以片劑的產品形態面向社會，已經成為南潯一帶的消費者美容、強身、送禮的一道常用物品。

　　衛生部部長陳竺曾經說過：西醫通過各種檢查手段可以看到清晰的局部，中醫通過望聞問切，區分症型，辨證施治，針對的是模糊的整體。其實局部與整體並不矛盾，但多少年來，中西醫論爭不斷，互相排斥，人為地製造壁壘，很難融為一體，能否將中西醫結合起來，形成共體，建立既高於現代中醫又高於現代西醫的二十一世紀新醫學，是新世紀的一個迫切的課題。這需要中西雙方互相的包容和理解，是需要奉獻精神和尊重心態

等，也需要有一種介於中西醫都能體現優勢的產品來達成共識的。

　　眾所周知，中草藥廉價，很少有毒副作用，然而它卻因味苦、體積龐大、模樣難看、煎煮費時、無法用數據來解釋作用與功效而淡出了一部分病患者的首選。它的優點逐漸被服用方便、針對性強、數據說明詳細但毒副作用很強的西藥所排斥，中藥能否西化、能否將精華提取出來製成片劑或膠囊那種簡便易服的形式造福於人類，以目前科學技術的昌明進步、中藥與現代化接軌，用高科技改造傳統中藥，將植物進行高純度提取已成為當今一門新興的學科和健康產業。它有著無限的發展空間和巨大的市場潛力，將苦、大、醜、難，變成甜、小、美、快，簡便易服的產品，現代的科學技術和精密的設備及高端的檢測儀器的應用已經提供了這種可能。能從事這樣的工作一直以來是柳湘武的一個夢想，這個夢想的緣起已整整 40年了，那是 1972 年的 2 月初，剛剛過了農曆新年，在去建設賦石水庫的工地上，未滿 18 歲的橫街公社知青民工柳湘武挑著稻草、被席、糧食行進在去工地的砂石公路中段，一輛卡車卷著塵土從挑著擔子的民工們身邊顛簸而過，只聽得前面有人叫著「掉東西了，卡車上掉東西了」。車上掉下來的是一個網袋，網袋裏面盆、飯盒、杯子、牙膏、肥皂、毛巾等等被一哄而上的民工一搶而光，撕破的網袋被遺棄在公路旁，稍後趕到的柳湘武看到破網袋裏還有兩本書沒人要就順手撿了起來，一本是封面已被踩破的《李白與杜甫》（郭沫若著，人民文學出版社）。另一本封面尚好，深咖啡塑膠面的《常用中草藥手冊》（人民衛生出版社）。這兩本書以今天資訊時代的眼光看是太微不足道了，然而那時是絕對缺少文化的「文化大革命」時期，讀物除了 270 頁的「紅寶書」和黨報及大批判宣傳資料外再也沒有其他鉛字形式的讀物了，它對於文化知識正處於海綿吸水時期的知

青一代及其柳湘武來說不啻是天上掉下個金元寶，它陪伴著柳湘武度過了10個月的民工過程，又用它陪伴著柳湘武走過了8年多的插隊生活。它們啟迪他從一個小學未畢業的冥頑少年變成了經常將格律、平仄、對仗、押韻掛在嘴上的文學愛好者。直到後來出版了30萬字的長篇小說《流年如夢》。也使他從一個因對青黴素過敏而首選中草藥治病的體弱多病的青少年成長為一個對中醫中藥充滿特殊感情並使用中草藥幫助別人的中藥愛好者。他要用他掌握的中藥知識及治療自己疾病所積累的經驗惠及家鄉的父老鄉親。

俗話說：久病成良醫。由於生活艱難，柳湘武15歲時父親以歷史反革命份子的身份「畏罪」自殺後全家就失去了經濟來源。父親的唯一遺產是一把理髮用的推剪，有幸碰到了生命中的第一位恩師張炳榮，恩師教了他一個星期的理髮手藝，他就在橫街農村跑鄉為農民剃頭，微薄的收入使長身體時期的柳湘武有了經濟來源。但早晚各一頓飯的飲食方式打亂了生活規律，17歲就開始得了胃病，至21歲已發展成大面積胃潰瘍。習慣於用中藥治病的他用猴頭菇菌和痢特靈合用的方法治好了自己的胃病，至今已58歲，38年來未見復發。2000年不明原因的腸道出血越來越嚴重，肛門內三公分處有桃核大的腫塊，大便不成形，每天要拉5~6次肚子，間歇性的便血從原來的鮮紅色逐漸變成了紫黑色，他與蘇州四院的內科專家陸雪林醫生商量治療方案，陸醫生動員他割掉出血部位，肛門改道。個性倔強的柳湘武堅決不同意，利用自己掌握的中草藥知識，用薑黃和生大蒜在一年左右的時間裏治好了腸道出血，兩年后腫塊完全消失。2004年9月，體重達210斤的柳湘武急劇消瘦，三個月中體重驟減至158斤，玻璃體混濁，眼睛視物越來越模糊，去醫院一查，血糖已高達23.6點。嚴重的糖尿

病繼而又引發了嚴重的心力衰竭，白天心跳為 38 跳 / 分鐘。夜晚 11 點起僅為 32 跳 / 分鐘，呼吸困難。在找不到有效西藥的情況下，又是中藥救了他的命。他知道人參、黃芪、麥冬都具有補中益氣的功效，當時病急亂投醫，他大量地服用人參、党參、丹參、黃芪、麥冬、桑椹籽，一、二個月後奇跡出現了，這西藥很難治療的糖尿病併發心臟病及視神經萎縮竟不脛而走，心跳從 32 跳 / 分鐘起持續遞升 36、38、42、46、50、54 至過年時已升至 58~60 跳 / 分鐘。完全進入了安全狀態，心臟病恢復後，呼吸也順暢了，他就堅持每天兩小時的乒乓球活動，其間服用桑葉茶，桑白皮，血糖降至 9 點以後乾脆連桑葉茶、桑白皮也不吃了。加強了鍛煉，每天騎自行車上下班。現在已基本上治好了糖尿病，空腹血糖穩定在 6 至 7 點左右。2005 年由於前期的糖尿病落下的風濕性關節炎又爆發了，膝關節、踝關節腫得像個大饅頭，根本無法正常行走，去醫院診斷後結論是：要麼打關節腔把軟骨的碎片取走，並將積液抽掉，要麼就吃點止痛片，治表不治本。柳湘武考慮到這種辦法並不科學，非但不能根治，還會造成嚴重後果和副作用，就採用了土方法蜂毒螫刺。現在已經 6 年，腫痛完全消失，打球、跑步、騎車都無障礙了。這些都得益於柳湘武對中醫中藥及土方偏方的悟性。撿來的兩本書成就了柳湘武的絢麗人生，成為柳湘武終身為之驕傲的兩個亮點。

　　人們通常這樣形容年齡段：20 露相、30 出相、40 大相、50 識相、60 白相。在 53 歲識相的年齡段，為了兒子的職業選擇，也為了實現年青時的那個夢想。積壓多年的創業衝動在知天命的年齡噴湧而發，柳湘武選擇了再一次的冒險，他要對得起這撿來的兩本書，也要對得起那個不知姓名的遺失者。因為那個遺失者可能也是個有志向、有抱負的青年，他也許

失落的就是這兩個夢，假如這兩本書不遺失也許這兩個夢想就會在他身上實現，而命運卻偏偏造就了柳湘武而虧待了他。

南太湖桑寶、菌寶研發成功後，首先接受了 50 名癌症病人作為試用對象（大都是些大醫院放棄救治的晚期病人）比較典型的病例有：孫月芬，女，60 歲，南潯鎮人，乳腺癌。15 年前手術切除。2008 年復發，2009 年開始服用菌寶至今已服用 3Kg。原定做 10 次化療，做到第 4 次時感覺到菌寶效果很好，就自動停止了化療，目前情況正常。林正娥，女，59 歲，橫街屯圩村村民，肝硬化腹水。2008 年起至今已服用菌寶約 4Kg，肝功能指標已接近正常。鄭法林，男，硬長橋村村民，當時 56 歲，他因晚期肝癌曾在蘇州九龍醫院就診。醫生當時斷言：他活不過 2008 年底，柳湘武讓其試用 1 公斤後，在 09 年 4 月 6 日復查時，甲胎蛋白（AFP）從 2008 年 11 月的 1445.22ng/ml，下降到 350ng/ml。這讓九龍醫院的醫生院長都驚訝了，出院時收走了他的全部病歷資料，只給了一張出院記錄。2009 年 10 月，自以為已經徹底痊癒的鄭法林重新上班，奔波於七都與南潯之間，停止服用我公司產品四個月後導致復發，甲胎蛋白重新反彈至 3000 以上，於 2010 年 5 月 27 日去世。延長生命一年半，令人扼腕歎息。孫夢潔，女，34 歲，柳湘武本人的表妹，2009 年 6 月 28 日被上海市中山醫院確診為巨脾型慢粒性白血病，急變。白細胞高達 26 萬，脾臟已腫得像個孕婦，骨髓已嚴重纖維化，折騰了近兩個小時才抽到一滴可供化驗的量。檢測結果出來後，醫生明確告訴家屬，1、不化療，不超過一個月。2、接受化療，可能會延長至 5 個月左右，每次化療費用 2.5 萬左右但生活質量無法保證。3、接受骨髓移植，如果成功大約有 5 年左右的存活期，但費用（含

配型、排異）你們親屬應該有 80 萬以上的思想準備。病人父親和丈夫出於讓病人少受痛苦的考慮，經過商量後決定放棄治療，出院回南潯度過這最後幾天。柳湘武獲悉後馬上趕到上海中山醫院與主治醫師協商建議做兩次化療，爭取點時間，邊化療邊用中藥調理。在南潯退休老中醫潘歲辰醫師的指導下，服用中藥和柳蔭生物生產的中藥提取物，兩次化療結束後，從 2009 年 9 月 14 日開始病情出現轉機。每個星期都在好轉，至 12 月 15 日，患者所有血常規指標都達到了正常範圍：白細胞 6.9(正常值為 4~10)，紅細胞 4.11(正常範圍為 3.5~5.5)，血紅蛋白 129(正常值為 110~160)，血小板 110(正常值為 100~300). 這在不採用骨髓移植的情況下是 一個奇跡。甚至是全世界都不曾有過的奇跡。但是由於病人父親與丈夫認為柳湘武文化程度低、不是醫生，而偏信西藥，不願承認是中藥起的作用。在所有血常規指標都恢復正常後仍不願放棄服用西藥格列衛，羥基脲，反而將我公司的產品減量。至 2010 年 4 月起又開始出現反覆，逐漸惡化，拖至 2010 年 12 月 17 日淩晨去世。這兩件成功的病例皆因中途停止或減少服用量而造成的遺憾令柳湘武耿耿於懷，痛心疾首。

　　然而，在柳蔭生物其他接受的 50 名試用病人中，卻呈現出大多數病人發生好轉的跡象。這又讓柳湘武感到些許的寬慰。也更堅定了要將桑寶、菌寶等健康產品做大做好做強的信念。造福於那些負擔不起高昂費用的癌症病人。2010 年經浙江省衛生廳批准備案，建立了 8 個產品的企業標準。企業已形成了規模化生產。

　　四十年，兩代人，圓了一個夢。通過父子兩代人的努力，從《常用中

草藥手冊》到如今南太湖桑寶、南太湖菌寶等 40 多個產品的問世。一個

曾經的夢想已經變為現實。湖州柳蔭生物科技有限公司，作為一家高科技

企業在通往成功的道路上向世人展現著勃勃生機。（本文系湖州日報 2011

年 3 月 29 日採訪報道，有刪減）

二、腫瘤防治（1）

蘋果等七種乾鮮水果可抗誘變

河北省腫瘤研究所、河北醫科大學公共衛生學院趙澤貞、朱惠民教授

等，經用抗誘變和致突變同步快速試驗法檢測發現，蘋果、雪花梨、香蕉

及其皮、橘子、荸薺、金橘、大棗七種乾鮮水果對卡鉑、表阿黴素、塞替呱、

甲基苄肼、環己亞硝脲、呋喃、氟脲嘧啶的誘變毒性均有拮抗作用。

目前一些治療腫瘤的化學藥物有一定的誘變毒性，在治療腫瘤的同時

又增加了病人患二代腫瘤的危險性，但又無更好的藥品代替，故尋找能夠

拮抗這種毒副作用的物質對腫瘤的臨床治療及預防具有重要意義。

防癌蔬菜排座次

日本國立癌症預防研究所不久前對 26 萬人飲食生活與癌的關係統計

調查，證明了蔬菜的防癌作用。通過對 40 多種蔬菜抗癌成分的分析及實

驗性抑癌實驗結果，從高到低排出了 20 種對腫瘤有顯著抑制效應的蔬菜

名單：

熟紅薯（98.7%）、生紅薯（94.4%）、蘆筍（93.7%）、花椰菜（92.8%）、

捲心菜（91.4%）、菜花(90.8%)、歐芹(83.7%)、茄子皮(74%)、甜椒(55.5%)、胡蘿蔔(46.5%)、金花菜(37.6%)、薺菜(35.4%)、苤藍(34.7%)、芥菜(32.9%)、雪裏蕻（29.8%）、番茄(23.8%)、大蔥(16.3%)、大蒜(15.9%)、黃瓜(14.3%)、大白菜(7.4%)。

生吃蘿蔔為何能防癌？

許多人都知道，目前在醫院裏經常使用一種叫「干擾素」的藥物。它是人體自身白細胞所產生的一種糖蛋白，在體內具有抑制癌細胞快速分裂的作用。但是，人體內產生的干擾素很少，所以科學家們通過「遺傳工程」技術，合成製造出干擾素，作為藥品給病人使用。後來，又研製出「干擾素誘生劑」一類藥物，如聚肌胞注射劑，或服用黃芪、人參等中藥，以激發和誘導人體自身製造出更多的干擾素來。

在日常的膳食中，也有一些能夠誘生干擾素的食物，其中效果最佳的，首屬白蘿蔔了。研究證明，從蘿蔔中可以分離出干擾素誘生劑的活性成分雙鏈核糖核酸，對食管癌、胃癌、鼻咽癌和宮頸癌的癌細胞，均有明顯的抑制作用。但是，由於這種活性成分不耐熱，如果經過烹調，在加熱過種中則會破壞，所以才有了「生吃蘿蔔」的說法。

花生可降低患癌機率

據新華社報導，美國農業部的科學家最近發表一項醫學報告說，花生中所含有的白藜蘆醇化合物有助於降低患癌症和心臟病的機率。白藜蘆醇屬於植物抗毒素類化合物之一，除花生仁中間和外皮含量比較豐富外，葡

萄中也含有這種化合物。以往的研究只認為，花生的藥理作用似乎主要在於抑制血小板在血管內的堆積和降低人體低密度脂蛋白的水準，即它的抗氧化作用。而揭示花生作為食物對生物體本身發揮出抗病功能，迄今還是第一次。

冬瓜仁有抗癌作用

　　冬瓜仁既含有較多的蛋白質，又含有能防治動脈硬化的不飽和脂肪酸，可煎湯口服。據國外學者研究發現，冬瓜仁還能誘生出抗病毒、抗腫瘤的干擾素等。因此，冬瓜仁不可隨便丟掉。

常咬舌警惕舌癌！！！

　　如果你發現自己的牙齒與舌頭老是碰撞的話，則不可掉以輕心。有關醫學專家研究發現，牙齒對舌頭的長時間抵觸損害，是誘發鱗狀上皮舌癌的原因之一，而且，牙齒畸形者的發病機會最多。

番茄防前列腺癌

　　美國哈佛大學專家對 47000 名醫務界的男子，經過六年的研究觀察結果證實，凡是經常吃大量番茄菜肴和麵食的男人，患前列腺癌的機會比不常吃番茄的人減少了 45%。據研究者推論，可能與番茄中含有豐富的抗氧化劑番茄紅素有關。因番茄紅素是胡蘿蔔素的一種新化合物，會阻止癌變的進程。

紅茶可防皮膚癌

設在澳大利亞的英聯邦科學和工業研究組織在防治皮膚癌方面的研究居於世界領先地位。最近進行的一項研究發現，當實驗室的老鼠暴露在具有損害性的紫外線下時，如果讓它們飲用紅茶，它們的情況就會比飲用清水或綠茶的老鼠的情況好得多。據該研究組織的一位研究人員稱：「餵食紅茶的老鼠很少會罹患皮膚癌，而且皮膚也不易受到損害。」該組織的一位發言人稱：「過去人們一直認為綠茶是最好的，然而我們現在發現，我們習慣飲用的紅茶，同樣也有幫助人類防治某些癌病的功效。」

莫常吃燙食

經實驗證明，食管癌的發病與吃熱食、燙食有關。

人的口腔和食管正常的溫度為 36.5℃ -37.2℃，其耐熱溫度為 50℃ -60℃。如果進食、進水的溫度過高，口腔黏膜和食管壁就會被燙傷。很燙的食物，通常在 70℃ -80℃，經常食用這種食物，口腔和食管壁的黏膜就會不斷受到損傷。假如長期刺激加之有時人體病變發炎，使細胞新生過程加快，就很可能變為口腔癌和食管癌。

吞糠咽菜可除體內二噁英

二噁英作為一種劇毒致癌污染物，近來因比利時、荷蘭等國的禽畜產品受其污染，而在全球範圍內引發了一場恐慌。不過日本專家的研究表明，纖維食物和葉綠素有助於消除體內累積的二噁英，最有效的食物依次是米糠、菠菜和蘿蔔的葉子。纖維食物和葉綠素在人體內有吸納二噁英後和大

便一起排出體外的解毒效果。因此，他建議多吃涼拌的綠色蔬菜以消除體內長期累積的二噁英劇毒。

吃酸菜並不致癌

東北農業大學秦智偉教授與研究生經過近兩年的實驗研究證明：東北居民喜歡食用的酸菜並無致癌因素，相反其營養價值還比新鮮白菜要高出許多。

據介紹，採用乳酸菌接種，在 15℃下發酵酸菜，酸漬 12 天為最佳食用期。此時酸菜對比鮮白菜營養含量：氨基酸含量增加 3 倍，粗纖維增加 2 倍多，鈣增加 1.7 倍，鐵增加 2.8 倍，而被認為有致癌因素的硝酸鹽及亞硝酸鹽含量低於國家對食品中含量限量的 75 倍。

吃醃豬肉易得胃癌

有些地區春節殺豬醃制的豬肉通常要從正月起吃上幾個月，直到吃完。據研究人員講，這種醃制的豬肉必然要對人體的胃黏膜造成損傷，胃癌發病率高。

染發過頻誘癌症

有些人為美容常喜歡用染發劑將白頭發染黑，殊不知長期過頻染發會埋下致癌的禍根。

當今，各地市場銷售的種種染發劑，絕大多數都用化學方法合成，且含有多種有害物質，如氧化型染發劑中可引起人體細胞突變的毒物就有十

種之多。尤其是 2-4 氨基苯甲醚等致突變性更強。染發者長期接觸對苯二胺之類的苯類衍生物，通過皮膚吸收蓄積於體內，當這些活性物質與某些細胞結合，使這些細胞內的去氧核糖核酸受到損傷後，就有可能發生特異性變化而誘發癌症。

頭髮染得愈深危害愈大

據山東省立醫院的醫生介紹，染發劑是由化學物質 P 苯二胺製成的，會引起人體的過敏反應、破壞人體的免疫系統。有研究表明，使用永久性染發劑的人，患淋巴瘤的機會增加 70%，使用非永久性染發劑的人，患淋巴瘤的機會增加 40%，使用黑色、棕色和紅色染發劑，比使用淺色染發劑危害更大。

睡眠規律紊亂會致癌

最近，澳大利亞一個研究學會提出，發生癌變的細胞是在分裂中產生的，而細胞的分裂多數是在睡眠中進行的，一旦睡眠規律發生紊亂，機制便很難控制癌細胞的突變。該學會提醒人們，在現代社會中，不可過於沉涵於夜生活和夜工作。要注意調節休息和睡眠，積極治療失眠，努力改變生活環境。這樣，對於防癌是有好處的。

經常挖耳致癌

人們習慣上用髮夾、火柴、指甲等挖耳。其實經常反覆挖耳朵，使得耳道皮膚經常受到刺激而形成外耳道乳頭狀瘤易導致癌症。雖然乳頭狀瘤

屬於良性腫瘤，可以手術切除，但切除後極易復發，多次復發極有可以轉變為惡性腫瘤。因此，為了預防發生癌腫，最好不要經常挖耳朵。正確的止癢方法是：用塗有 75% 醫用酒精的棉簽，在耳道內擦試幾下即可。

腦腫瘤的第一信號嗅覺喪失

據外刊報導，當腦內長腫瘤時，腫瘤首先壓迫的是嗅覺中樞及嗅神經，使嗅覺資訊不能正常地傳入或傳出，從而導致嗅覺障礙以至喪失。繼而腫瘤增大，壓迫視神經交叉，使視覺減退，以及出現頭痛、思維減退等現象。因此嗅覺的減退比視覺障礙和頭痛的發生要早得多。所以，嗅覺減退是腦腫瘤最早的徵兆。

惡性腫瘤轉移有規律

中國醫科院腫瘤醫院病理專家劉複生，通過對大量不同期別的癌瘤臨床病理資料系統分析與研究，發現了常見腫瘤轉移途徑有一定規律：癌以淋巴道轉移為主；肉瘤以血道轉移為主；癌的中後期血行轉移不可忽視。淋巴道轉移首先是區域性淋巴結，然後才是第二站，甚至遠隔淋巴結。

研究發現，患者致死主要原因的腫瘤為乳腺癌、肺癌、淋巴瘤、肝癌、胃癌、大腸癌、卵巢癌，轉移十分廣泛。但並非所有患者由於腫瘤轉移而致死，如食道癌、宮頸癌、膀胱癌等的轉移並不廣泛。

食杏仁可降低肺癌發病率

據《南京日報》報導，根據美國國家癌症研究所最近發表的一份報告

表明，進食杏仁和富含維生素 E 的堅果，尤其是杏仁、榛子、胡桃、葵花子等提煉的油以及全麥（包括麥胚）等食品可使吸煙者的肺癌發病率大大降低。

女士常吃豆製品可防子宮癌

據《南京日報》報導，夏威夷癌症研究中心的研究表明，以豆類和豆腐等富含植物雌激素食物為主要食物的婦女患子宮癌可能性要比其他婦女低 54%。因此，食用熱量低的豆類（尤其是大豆）、全麥食物、蔬菜和水果可降低婦女患子宮癌的危險。

半瓣蒜防腸癌

新西蘭科學家最新研究發現，每天生吃半瓣大蒜就可能達到預防腸癌的目的。這一戰果動搖了要想防癌須大量吃蒜的傳統理論。科學家讓不同鼠攝入各種劑量的二硫化二烯丙基後發現，鼠日均攝入該物質量與其體重的比例僅需千萬分之幾，二硫化二烯丙基控制產生的抗癌酶即可增加最多達 60%，從而發揮抗癌功效。將這一結果折算於人身上，則相當於每天吃半瓣生蒜。

熟香蕉抗癌性強

日本東京大學教授山崎正通過動物試驗比較了香蕉、葡萄、蘋果、西瓜、鳳梨、梨和柿子等多種水果免疫性，其中香蕉效果最好，能增加白血球，提高免疫系統的功能，還能產生攻擊異常細胞的物質「TNF」。他試驗結果還證明，香蕉越成熟，即表皮上黑斑越多，它的免疫活性越高。

黃芪防癌

最新研究發現：中藥黃芪中含有豐富的微量元素硒，硒具有抗癌和防癌的作用。用生黃芪15克，加水煎煮30分鐘，去渣後，放入生薏仁30克、糯米30克，煮粥食用。該方為內無積熱，血壓正常之中老年人長期食用，還可收到肺腎雙補，健脾益肝等多重效果。

優酪乳可防結腸癌

醫學專家指出，優酪乳不但營養價值高，還具有多種保健功能，它不但能治療神經性厭食證，還能減少患結腸癌和乳腺癌的危險。

每天喝一瓶優酪乳是預防腸感染的極佳藥方，也可以減少結腸癌的發生，還可以幫助人體排泄有毒物質。

蜂蜜可防結腸癌復發

土耳其的科學家們發現，將蜂蜜塗在手術傷口上，能防止結腸癌的復發。科學家們分析說，蜂蜜中含有一種物質，它能分解腫瘤細胞。

多吃魚能預防前列腺癌

瑞典卡羅林斯卡醫學院進行的一次長達30年的跟蹤調查顯示，經常吃魚的人不容易患前列腺癌。研究人員經初步分析認為，魚體內含有的一種歐米加 -3 脂肪酸有預防前列腺癌的功效。特別是像三文魚這種脂肪較多的魚體內有較多的歐米加 -3 脂肪酸。

硼可以預防前列腺癌

硼是一種廣泛存在於水果和果仁中的元素，最近在美國奧蘭多召開的實驗生物學 2001 年年會上發佈的一項研究結果顯示，食物和飲料中硼的含量越豐富，患前列腺癌的危險性減少的幅度就越大。硼的這種保護性作用不受其他危險因素如年齡、吸煙、肥胖和種族的影響。富含硼元素的食物包括花生、杏仁、葡萄、鱷梨及紅酒和葡萄汁等。

常變食譜可防癌

科學家們調查後發現，一成不變的飲食習慣易促使癌變。如常以玉米、山芋、豆類等富含粗纖維的食品為主食時，食道、胃等上消化道細胞易被食物磨損；常以肉類、乳類等富含脂肪的食品為主食時，脂肪易在消化道大腸、胰臟等的細胞周圍聚集，影響細胞分解，致使上皮細胞增長，久而出現癌變。科學家們提出的對策就是：不斷改變飲食習慣甚至生活環境，以減少癌變的機會。

每天吃 2 個柑橘可抗癌

日本科學家的一項新研究確認，柑橘有抑制癌症發生的效用。科研人員發現，食用柑橘越多的人，血液中玉米黃質的含量就越高；而對 100 名大腸癌和肺癌患者血液進行的檢查結果則表明，他們血液中玉米黃質含量要比健康者低大約 20%。醫學專家建議說，每天吃 2 個柑橘、攝入足夠量的玉米黃質，有望獲得抑制癌症發生的最佳效果。

秋橄欖可預防癌症

秋橄欖的味道和越橘相似。在亞洲部分地區，人們把這種漿果作為水果食用。科學家認為，秋橄欖中的番茄紅素有助於降低前列腺癌和其他癌症的發病率。

香火能致癌

據《中國文化報》報導，來自中國臺灣的一項研究表明，寺廟中敬供佛祖的熏香所產生的嫋嫋輕煙中隱藏著大量的致癌物質。臺灣成功大學一個研究小組對臺北一個寺廟裏燒香產生的煙霧進行分析後發現，煙霧中含有一些能引發癌症的化學物質多環芳香烴（PAH），比正常室外空氣中 PAH 的含量高 19 倍，同時也比擁擠的交通路口空氣中的 PAH 含量要高。研究人員還發現，寺廟煙霧中含有高濃度的劇毒物質苯並芘，與吸煙家庭中的煙霧相比，寺廟煙霧中苯並芘的含量整整高出了 45 倍。

苦艾提取物殺滅癌細胞

在亞洲和非洲，苦艾一直被用作治療瘧疾等疾病的民間驗方。最近，華盛頓大學的研究人員發現，苦艾中的提取物也能夠有效地殺死癌細胞，對健康細胞的損害卻非常小。根據研究，引起瘧疾的寄生蟲和癌細胞中的鐵元素含量都要遠遠高於正常細胞，它們常常要從人體內吸取鐵元素從而促進自己的細胞分裂，而苦艾提取物能夠控測到這些鐵元素含量較高的細胞並予以破壞。

從性格上防癌

近來，有關專家認為，「癌性格」是人體與生俱來的癌基因從「癌」到「症」的催化劑，不良情緒是癌細胞最有效的培養液。癌症的發生80%與環境因素、個人經歷的內心衝突以及性格特徵有關，癌症性格有可能引發身體癌症，身體癌症反過來又加重性格癌症。

那麼，什麼是「癌性格」呢？有專家歸結為：孤僻、抑鬱、多疑、善感、好生悶氣、自我體驗深刻而不願意表露；沉默寡言、處世冷淡；心胸狹窄，常鑽牛角尖，容易記仇，報復心強；易躁易怒，忍耐力差；看什麼都不順眼，喜歡抱怨，有外人就跟外人鬧彆扭，沒有別人就跟自己鬧彆扭。

專家認為：老話「性格即命運」有一定道理，如果能遵循善良、樂觀、無私、豁達這八個字去做，性格肯定不姓「癌」。而性格不姓癌，癌症就很難纏上你。

瑞典兩項研究顯示 20 歲前生活方式是致癌因素

據《青年參考》報導，瑞典對第一代和第二代移民的兩項研究顯示，就確定癌症發生的危險因素而言，一生中前20年的生活方式比遺傳因素更重要。

研究人員調查了60萬瑞典移民，他們20歲時來到瑞典，現已為人父母。結果發現，這些人的患癌危險與他們本國人相比並無明顯區別。但第二個研究又發現，第二代移民的患癌危險和其父母輩大不一樣，而是趨於與瑞典本土人一致。

研究人員認為，一個人的前20年是很重要的，如果要採取預防措施，

就要針對這一時期。有的癌症危險在第一、二代移民之間不同，原因很清楚：如第二代移民肺癌危險下降，這是因為瑞典比其他國家少有人吸煙，而第一代移民的胃癌危險較高，可能與其飲食習慣、維生素缺乏和用鹽習慣等有關；第二代移民皮膚色澤較深，傾向於同瑞典本地人一樣易患皮膚癌，多是因為年輕人也有與本地人一樣的日光浴方式。

以上資料全部摘自《健康與養生》精選本一至三。

三、腫瘤防治（2）

廁所是癌症的溫床

美國著名癌症學家曼高斯醫生說，在住宅之中，最容易讓人患癌症的地方，就是洗手間了，因為洗手間內的化學物品實在太多了。

曼高斯醫生又說，大部分人都會將各種類型的化學清潔用品置於洗手間內，由於洗手間內的空氣不易流通，所以當清潔用品蒸發後，洗手間內便積聚大量的化學氣體。而大部分廁紙都會有甲醛，這是一種可以引致癌症的化學物質。所以，長年累月接觸化學物品，很容易患上癌症，最常見的便是直腸癌和結腸癌，其次則是因吸入大量化學氣體而引致的肺癌。

常吃夜宵易引發胃癌

日本醫學家通過長期的流行病學研究發現，常吃夜宵易引發胃癌。這是因為人體胃黏膜上皮細胞的壽命很短，約 2~3 天就要更新一次。而這一再生修復過程，一般是在夜間胃腸道休息時進行的。如果人們經常吃夜宵，

胃腸道就得不到很好的休息，其黏膜的修復也無法順利進行。另外，吃進的夜宵長時間滯留在胃中，可促進胃液大量分泌，久而久之，易導致胃黏膜糜爛、潰瘍、抵抗力下降，從而誘發胃癌。

突然厭煙　當心肺癌

英國科研人員調查發現，以往吸煙的人突然厭煙，或很容易就戒掉了煙，其肺癌的發病率高達 60%~66%。這個數字遠遠高於那些不吸煙和正在吸煙者。

據被調查的人訴說，他們近期吸煙時感到頭暈、噁心等，不再想吸煙，繼而出現咳嗽、咯痰，甚至痰中帶血、體重下降等情況。這些人往往認為是吸煙導致的支氣管炎，未加重視，症狀嚴重時，再到醫院檢查，肺癌大多到了晚期。

紅蘋果、紅辣椒可防治乳腺癌

新加坡研究人員發現，紅蘋果和紅辣椒等紅皮水果和蔬菜對乳腺癌等腫瘤疾病有防治作用。因為「紅皮」瓜果蔬菜中所含的某些植物化學成分，可以有效遏制腫瘤細胞中蛋白質的生長，同時還能降低腫瘤細胞對雌激素的反應能力。除此之外，洋蔥、紫葡萄等也有同樣作用。

一天一杯優酪乳可防乳腺癌

最近荷蘭國立癌症基金會和有關單位進行了一次流行病學調查研究，結果表明，每天飲用優酪乳可有效預防乳腺癌。研究證明，優酪乳可以增

加人體免疫球蛋白的數量，利於提高抗體的免疫功能，從而降低乳腺癌的發生。研究還顯示，堅持每天飲用 250 毫升酸牛奶的婦女，患乳腺癌的可能要比不常飲酸牛奶的婦女低 50%。因此，專家建議，有條件的婦女應養成每天喝一杯酸牛奶的習慣。

草莓茶解毒抗癌

將 50 克新鮮草莓除去柄托，放入冷開水中浸泡片刻，洗淨，家用果汁機搗絞成糊狀，盛入碗中，調入 30 克蜂蜜，拌勻，加冷開水沖泡至 500 毫升，放入冰箱即成。每日 2 次，每次 250 毫升，當茶飲服。對鼻咽癌、肺癌、扁桃體癌、喉癌患者尤為適宜，可緩解放療反應，減輕病症，促進康復。

闌尾有防癌症作用

闌尾有一種有助於提高免疫力的特殊組織，很多對人體極端有害、容易引起腹腔疾患的微生物和細菌在裏面被剿滅。美國專家們曾對好幾百例消化器官得癌症的病人進行過調查，發現其中 84% 的人已把闌尾切掉。

紙可能會致癌

國外科學家研究發現，人們日常用的白紙也是致癌物之一。紙中通常含有一種致癌化合物，這種化合物很容易被脂肪所吸收。如果用紙包裝含有脂肪的食品，這種化合物就有可能溶入食品中，人們就會在不知不覺中得病。

防曬霜不防皮膚癌

英國拉夫特研究中心的一項最新研究結果表明，防曬霜對預防皮膚癌無濟於事。英國皮膚癌專家說，這項研究證明防曬霜只是防曬的最後一道防線，而要預防皮膚癌，人們還是應該在日照太強的時候穿起長袖長褲子，戴上帽子。

美國科學家建議肺癌患者多曬太陽

補充維生素 D 和曬太陽，能讓早期肺癌患者手術後存活的時間更長。美國研究者對 1992~2000 年接受治療的 456 位早期肺癌患者的病歷進行分析發現，與維生素 D 水準低、術後曬太陽少的人相比，維生素 D 水準高、曬太陽多的患者術後存活 5 年的機率能提高 1 倍多。

韓國專家證實飯後吃梨有利防癌

梨每百克含有 3 克的纖維素，多為非可溶性纖維。飯後吃個梨，積存在人體內的致癌物質可以大量排出。吃梨時細嚼慢咽，能更好地讓腸胃吸收

化療副作用水果能抵擋

提高體內維生素 A、維生素 E 和類胡蘿蔔素水準，有助於抵抗化療藥物不良反應的危害，幫助化療取得更好的治療效果。

因此，專家建議，腫瘤患者一定要注意飲食的營養搭配，特別要多吃富含抗氧化劑的水果和蔬菜，比如可以多吃胡蘿蔔、杏仁、獼猴桃、菠菜、

南瓜等。

菊花茶可抗癌

新加坡國立大學研究組通過 3 年的研究發現，中國傳統中藥菊花能有助於消除癌細胞。據研究，菊花所含的木犀草素，在與化療藥劑相結合後，可以集中病源細胞並除掉它們，從而提高化療的療效。

鎘可致癌

雖然短時間接觸鎘不會對人體產生危險，但長期接觸鎘這種金屬，會對人體 DNA 造成極大的破壞。而大多數的致癌物，往往正是通過直接破壞 DNA，最終導致受損細胞不可控制地增生擴散。

研究人員表示，由於這種金屬通常被用於電池和其他電器產品，他們將進行一步開展研究，瞭解鎘對人體細胞造成破壞的細胞類型和破壞情況。專家們說，即便是輕微的破壞，也會對人體健康帶來影響。

「四丸」可抗癌

（1）**六神丸**：現代藥理學的研究證實，六神丸適用於鼻咽、食管、肺、胃等部位的癌腫。該藥除在口中頻頻含服外，亦可同時外用，研細用醋或酒調敷，可治療表淺部癌腫。

（2）**牛黃解毒丸**：具有較強的抗癌作用，對異常增生細胞具有明顯的抑制作用，特別對癌症的火熱症型，對惡性血液病的急性進展期，有較顯著的緩解功效。

（3）**牛黃清心丸**：具有較強的抑癌抗癌作用，抑制率可達 80%~90% 以上，臨床多用於腦瘤、肺癌、肝癌及放、化療後具有痰熱症狀者。

（4）**安宮牛黃丸**：對腫瘤細胞抑制率可在 90% 以上，臨床用於腦、肺、縱隔等部位的惡性腫瘤，尤以實熱症為宜。

蘑菇可防癌

從蘑菇中提取的植物精華，具有抗癌功能，並能使人體免疫系統有效抵禦癌細胞侵襲。藥用蘑菇還可以減少放射治療和化療產生的副作用，提高晚期癌症病人生活品質。

芝麻抗癌效果好

日本的最新研究表明：芝麻中含量僅占 0.5% 的芝麻素，具有優異的抗氧化作用，可以保肝護心，另外，芝麻素還具有良好的抗癌功能。

黃魚能抗癌

黃魚含有多種氨基酸，其提取物可作癌症病人的康復劑和治療劑，如用黃魚制取的水解蛋白，是癌症病人良好的蛋白質補充劑。有關藥書記載，大黃魚魚鰾用香油炸酥，壓碎吞服，每日 3 次，每次 5 克，可以輔助治療食道癌和胃癌。

降膽固醇藥物可防癌

荷蘭科學家的一項最新研究表明，目前醫學界用於降低膽固醇的一類

主要藥物「斯達丁」，可使人患癌症的危險率降低 20%，而且這類藥物對於降低前列腺癌和腎癌的發生率尤其有效。這類藥物能夠幫助機體殺死那些引發癌症的變異細胞。

酒精降低人體抗癌功能

水果和蔬菜中含有人體所必需的、具有抗癌作用的營養物質葉酸，故人們多吃水果和蔬菜可以抗癌。但如果在吃水果和蔬菜時再喝上兩杯酒，酒精破壞體內的葉酸，會降低人體的抗癌功能。這項研究結果是美國的科學家對 16000 名婦女和 9500 名男子進行結腸息肉透視後發現的。

以上資料全部摘自《健康與養生》精選本二。

四、霹靂過後是晴天

——兼談白血病的中西醫結合療法

筆者未讀完小學（文革原因），也非醫師、藥師。然而卻偏偏喜歡高深的學問，諸如有益於健康的中醫、中藥，金屬新型材料中的軟磁、永磁。有機化學中的碳鏈改性、植物精華的高純度提取、文學創作的詩、詞、雜文，小說以及飲食文化中的煎、炒、爆、熬、悶、溜、燴、烹等等。

今年 6 月 28 日，在上海工作的最小的表妹來電話告訴我：「患上了巨脾型慢粒性白血病，急變。白細胞高達幾十萬、血小板 700 多，血粘度極高，脾臟已有 7-8 個月的孕婦那麼大了，骨髓已嚴重纖維化，折騰了近 2 個小時才抽到骨髓」。

　　這無疑是晴天霹靂，我的這一位小表妹（與我相差 22 歲）才 33 歲，結婚四年多，雖沒懷上孩子，但生性活潑，一直是非常健康和開朗的，尤其是今年清明節，我們家族掃好墓後的旅遊中，當我們這些大哥大姐們在浙西大峽谷的半山腰已累得爬不動時，她竟然爬上了西天目山的主峰。這麼好好的一個人怎麼竟會突然間得了這種絕症呢？我呆住了，我姐姐、我老婆、我妹妹都驚得話都說不囫圇了。

　　我們三姐弟相依為命，都是在外婆（其實是舅婆，表妹的親外婆）含辛茹苦的關愛下長大的，1968 年 5 月我父親被迫害致死後全家失去了經濟來源，母親在上海當保姆每月工資 18 元，扣除 6 元錢一張公交車月票自己僅留 2 元錢，把餘下的 10 元作為我和妹妹的寄養費交給收留我和妹妹的外婆時哭著說：「舅媽，我就這麼點錢，玲珠已 19 歲，我帶她到上海做小保姆，林江和順珠就麻煩您了……。」外婆雖異常悲痛，但嘴上卻喃喃地說著：「勿會餓伊拉，勿會餓伊拉。」須知這「勿會餓伊拉」的底氣僅僅是外婆靠幫別人洗衣服（上衣 5 分錢，褲子三分錢，被子 1 角 5 分，帳子三角、含肥皂）每月總收入 7-8 元錢。大愛無價，大愛無言啊！終生遺憾的是，等不到我上調當工人，有能力孝敬她老人家時，她卻在 69 歲那年患腸梗阻離世了。

　　現在，我輪到了當年外婆的角色，當中山醫院的程醫師告訴我們「不化療，不超過一個月。接受化療，也許會延長至 5-6 個月以上，每月的費用約 3 萬左右，如接受骨髓移植可能有 5 年以上的存活期，但費用（含配型、排異）你們親屬應有 80 萬以上的思想準備」時。我也像當年的外婆那樣喃喃地說著：「我要救伊，我要救伊。」

　　第二天，留在上海陪護的姐姐與我通話，手機剛接通就聽到了她的哭

聲：「姨夫和表妹夫（病人的父親和丈夫）鑒於經濟能力和讓她少受痛苦的考慮，免得像小阿姨（病人母親）一樣既承受了無限病痛又挽不回生命，故決定放棄治療，回南潯渡過這最後幾天。姨夫也在電話裏說：你阿姨早就走了，女兒又要走在我前面，我活著意義也沒有了，家裏有三萬多元錢，把這用完，女兒一走，我也跟著走了。」話語的蒼涼是非鐵石心腸的人所難以承受的。

我堅決反對不做化療，我建議做一至二次化療，爭取點時間，我用中藥來調理她。我不甘心。

這真是一場滅頂之災呀！誰都知道白血病的治療過程就費用而言是個無底洞，許多患者看得家徒四壁仍挽不回生命。在我國，甚至在整個世界上也從未見過不用骨髓移植的方法能把白血病治好的資料。我的「我要救伊」的底氣也僅僅是我籌款 1500 萬創辦起來的湖州柳蔭生物科技有限公司生產的食用菌多糖、黃芪甲苷、桑椹花青素、金銀花綠原酸、桑葉黃酮等等中藥產品。為此我專門去請教了我鎮上的一位名老中醫潘歲辰老先生，潘老告訴我：中藥對付白血病的藥物有青黛、白花蛇舌草、三棱、莪術、貓爪草、玄參、生黃芪、甘草、靈芝、雲芝、灰樹花、樹舌等，尤其是食用菌的功效為最強。可是你表妹的病是暴發性的，急變。脾臟腫這麼大已經屬於晚期症狀，一定要用中西醫結合的辦法，用化療控制病程，用中藥調理根本，也許會有效，延長生命是有可能的，但要根治是不現實的。

俗話說「病急亂投醫」潘老的這番話，我根本不願意記住「根治是不現實的」。我記得最牢的是「延長生命是可能的」他的藥方裏有 12 克的食用菌，我就用每天 300 克的劑量（我的提取濃縮工藝完成了這個可能）。我表妹經常發燒至 39℃ 以上，在醫院退一次燒的費用在 6000 元左右，我

改用羚羊角、金銀花、桑葉黃酮等中藥退一次燒的費用僅僅在 100 元左右，她的血紅蛋白最低時僅 39，我就用花青素為她調理，目前已穩定在 90 左右（參考值是 110）。她化療後白細胞曾降到 0.7、血小板僅僅 2，紅細胞僅為 1.1，輸了 600CC 血漿才勉強升至 1.7（參考值為 3.5 以上），我就讓她吃紅棗、枸杞、人參、北蟲草等。她化療停止後血小板又暴長到 1766（參考值為 300 以下）是西藥格列衛起到了控制作用。就這樣，到今天整整四個月，她的病情可以說每天都在緩解。雖然說她離徹底康復尚有距離，但從當時毫無血色的面容到今天臉色紅潤地上下六樓去超市購物，我已經欣喜地看到了中西醫藥結合治療白血病這種頑症的一線曙光。

霹靂過後是晴天，我的心情也由陰轉晴，近一段時間來，每當我通話中又聽到表妹用清脆的嗓音，親切地叫著「林江哥哥」的時候，我的心裏別提有多欣慰了。

這應該算是中西醫藥結合治療白血病的一個奇跡，所以我每次在網上看到中西醫互相排斥的爭論時心裏都不是滋味。我由衷地希望中醫、西醫兩方能互相包容、互相尊重，在人類的健康問題上共同提高，不搞正方、反方。

柳湘武

2009 年 10 月 29 日

附錄：

　　表妹**孫夢潔**出院後發給我的短消息：

9 月 14 日：紅細胞 2.5、血紅蛋白 61、血小板 1100、白細胞 11.2。

9 月 28 日：白細胞 2.7、紅細胞 2.93、血紅蛋白 70、血小板 572，
　　　　　　自我感覺良好。

9 月 30 日：白細胞 3.3、紅細胞 2.99、血紅蛋白 70、血小板 303。

10 月 5 日：今天又去驗血了，白細胞 2.2、紅細胞 3.29、血紅蛋白
　　　　　　79、血小板 249、上六樓還是有點吃力。

10 月 12 日：今天又驗血了，白細胞 2.2、紅細胞 3.57、血紅蛋白
　　　　　　85、血小板 418，今天上樓比上星期好很多。

10 月 19 日：白細胞 2.4、紅細胞 3.60、血紅蛋白 85、血小板 308、
　　　　　　骨頭發酸是格列衛引起的，今天開始吃四粒了，上樓
　　　　　　還可以，不會一到家就躺下了。

10 月 26 日：白細胞 1.7，紅細胞 3.59、血紅蛋白 87、血小板 152，
　　　　　　昨天開始已經停了格列衛，觀察兩個星期後再決定是
　　　　　　否複藥，今天覺得比上次回家有力，還逛了超市，拎
　　　　　　了大約 6-7 斤東西上樓。

11 月 2 日：白細胞 1.8、紅細胞 3.6、血紅蛋白 91、血小板 135，今
　　　　　　天回到家不用休息就可以燒菜了。

　　從以上的觀察分析，完全做到了西藥控制病程，中藥調理根本。

柳湘武

2009 年 11 月 3 日補充

感想

呼籲中西醫雙方、醫患雙方互相理解、互相尊重，為人類的健康共同努力。

我表妹已基本脫離了危險，從她的整個治療過程來看，中西醫藥結合治療白血病是一種臻於完美的方法，筆者認為：我表妹孫夢潔的病例是中醫、西醫都值得借鑒、引用、參考的一例成功的經驗。祈望中西醫雙方再也不要互相排斥了。可是多少年以來，中醫一直像貧民窟的孩子，西醫卻像盛氣凌人的富家子弟，動不動就對中醫指責和欺凌，甚至有些中科院的學者也經常叫囂著要取消中醫，這對中華五千年的文化瑰寶是不公的。須知，目前有些在科學上尚未得到解讀的現象恰恰說明現代科學尚有值得探索發展的空間。我的這兩篇文章《民間中藥的奇跡》和《霹靂過後是晴天》也算是替一盤散沙式的中醫所受的打壓招架了兩下。

柳湘武

2009 年 11 月 3 日

五、否極泰來─醫學史上的神話

我表妹孫夢潔的白血病至今日（2009 年 12 月 16 日）共計 5 個月另 20 天已完全康復，以下是連接 11 月 2 日以來的每星期的血常規報告單的追蹤資訊：

11 月 9 日：白紅胞 1.8、紅細胞 3.9（已經正常），血紅蛋白 95，血小板 276。今天的午飯都是我做的，一菜一湯（豆豉蒸

排骨、魚丸青菜湯）。

11 月 16 日：白細胞 3.1，紅細胞 4.03，血紅蛋白 102，血小板
281。這個星期喝完羚角湯就停掉了，老爸說天冷了。

11 月 23 日：白細胞 3.5，紅細胞 4.08，血紅蛋白 100，血小板 156。
今天去公司看了同事，還去了超市，回家也不累。

11 月 30 日：白細胞 3.2，紅細胞 4.1，血紅蛋白 104，血小板 146。（注：
11 月 23 日我與妻子專程赴上海表妹家中建議她停掉格
列衛，是因為她各方面的正常細胞都在增長，以避免不
必要的下降。但因表妹有顧慮，未採納我的意見而繼續
服用四顆維持量。於 30 日當天發現指標下降後開始採納
我的意見，停掉了格列衛）。

12 月 7 日：已經停藥 8 天了，白細胞 3.1，紅細胞 3.82，血紅蛋白
99，血小板 89。靈芝和花青素都加量了。（注：此條
短消息與我上星期的預測是切合的，我料定下星期必然
會有好消息）。

12 月 15 日：白細胞 6.9，紅細胞 4.11，血紅蛋白 129，血小板 110。
血常規基本都已經正常，B 超脾臟已經和正常人的一樣
大小，肝臟也沒有變化。

　　5 個月另 20 天，我終於從焦慮、盼望、欣慰中走了過來，到今天總
算可以長長地鬆下一口氣了，表妹的白血病曾經給了我一次晴天霹靂般的
打擊，也讓我經歷了一場有生以來最嚴峻的考驗，然而它回報給我的欣慰
和喜悅也是用任何文字都無法描繪的，這是奇蹟、是神話、可也是事實。
我應該感謝上帝，感謝外婆用心血教給了我博大的愛，感謝上海中山醫院

的醫護人員的精心治療，尤其應該感謝南潯鎮上的一代名老中醫潘歲辰老先生為孫夢潔制定的治療方案，感謝姨夫對女兒5個多月以來的日夜呵護，感謝表妹所在公司的領導和員工對她的關懷以及家鄉南潯的眾多親友給予的巨大的精神和物質的支撐。同時，它也讓我對自己創辦的湖州柳蔭生物科技有限公司的產品產生了更強的自信。

2009 年 12 月 17 日

六、民間中藥的奇跡

在我國，生活在底層的百姓已經夠苦的了，醫改、教改、房改哪一次改革的目光不是盯住百姓口袋裏的錢？文化雖然沒有改革，但先進文化的發展方向被一大群英明的好皇帝們代表了。在螢屏上充斥著好皇帝的今天，反映底層百姓苦難的作品難覓蹤影，歷來被喻為玫瑰刺的藝術形式「相聲與小品」，將諷刺的對象從官僚權勢腐朽沒落的現象上移開轉向了貧苦病痛無奈呆滯的弱勢群體，所以我每次看趙本山的小品內心都充滿了憤怒，趙本山的創作無疑是往老百姓的創口上撒鹽。比往創口上撒鹽更劇烈的是再加上一大把辣椒末，這辣椒末的炮製者是中科院的物理學院士何祚庥。

何院士曾聲稱「中國傳統文化90%都是糟粕，看看中醫就知道了。」「陳曉旭是被中醫害死的。」他對中醫仇恨的根源是基於2歲時父親被中醫治死了，然而我要問被西醫誤診的病例有沒有？我身邊的外公、外婆、岳父、兩個阿姨都死於西醫醫院，按何院士的觀點要不要將西醫也一起取

締呢？

何院士的口號是反對偽科學，偽科學當然應該反，然而，中醫作為一門學科盡管目前尚未完全能用系統的理論來闡述和認知，可是未被認知恰恰說明現代科學尚未達到完善，更不可能達到止境。何院士憑一己之私及自己物理學院士的地位就不負責任地信口雌黃、武斷地判定中醫是偽科學，這是連我這樣一個普通百姓都無法被說服的。

筆者的觀點是：西醫和中醫各有千秋，西醫盡管針對性強、見效快，但價格昂貴，且大多治標不治本。相反中醫中藥作為一種廉價的、普通百姓都能承受的一種醫療手段，自有其存在的價值。何院士生活在高層，過慣了錦衣玉食的生活，當然不會體諒底層百姓在求醫中的艱難，傾囊而出仍挽不回患者生命，眼睜睜地看著親屬在貧病交加中離去的痛苦。試問：那時候要是有一些被何院士稱之為「糟粕」的中醫中藥去救助或延緩患者的生命，去減少他們的痛苦，這對於患者和患者親屬何嘗不是一種安慰！

筆者是一介平民，自小就耳聞目睹中醫中藥的神奇功效，我的幾位至親長輩都曾得益於中醫中藥的治療。就在何院士到全國各地巡迴演講中醫中藥是偽科學的一年後，我註冊成立了以中藥提取為主營業務的湖州柳蔭生物科技有限公司，創業兩年來我把主要精力集中在菌類產品和花青素的研發上，生產出了總三萜含量達到 6％以上的高三萜菌類多糖，因為我暫時沒有能力去做廣告，只是將產品按出廠價讓那些嚴重的肝病患者去服用，比較典型的有我村的村民鄭法林和橫街屯圩村的村民林正娥。鄭法林屬於晚期肝癌患者，去年 11 月 8 日在蘇州九龍醫院初次診斷時甲胎蛋白為 1445.2 2ng/ml，醫生判斷他的生命期只有 3—5 個月，可是患者拒絕做

化療。經過服用高三萜菌類多糖 1kg，在今年 4 月 6 日複查時，甲胎蛋白已回落到 350ug ／ L(ng ／ ml 與 ug ／ l 的單位是相等的)。

我把鄭法林患者的成功歸納為三個方面：1、他肝癌尚未擴散到其他髒器：2、他拒絕化療故食納尚可，要不然他服下的菌類多糖也許會因噁心而嘔吐；3、他沒有文化，不拘泥一些理論上的數據對他疾病的解釋，我怎麼說，他就怎麼吃，也不管它有多少限量。因為當時我曾對他說過：反正醫生已斷定你只有 3—5 個月的存活期，我把你死馬當活馬醫，治好了，你不需要謝我，這是你的命大。治不好你也不要怪我，反正醫院已經判斷了你死刑。果然在 09 年 4 月 6 日複查時令蘇州九龍醫院的醫生院長都驚訝了。他出院時收走了他的全部資料，只給了一張出院記錄。今天我把它附在我的這篇小文的後面，請各位老師及讀者參考。

另一位病歷是橫街屯圩村的村民林正娥，患得是肝硬化，她在服用了高三萜菌類多糖一市斤後做了複查，乙肝 e 抗原已轉為陰性，按照他們的服用量，他們所能承受的費用僅是每天 30 元左右，以這麼低的代價治療這麼頑固的疾病是絕大部分貧窮的患者都能承受的。所以我說它是中醫中藥的奇跡並不為過，這就是被何院士稱之為「糟粕」的中醫中藥的神奇之處。

何院士以他顯赫的身份地位，不遺餘力地在全國各地巡迴演講，妄圖把祖國的文化瑰寶中醫中藥一腳踩死，我認為他的行為與北京大學的孫東東教授一樣可惡 (後者曾宣稱上訪的訪民百分之九十九都有嚴重的偏執型精神障礙)。

善自珍重吧何院士！，不要愧對了那院士的稱號，與其聽您那蠱惑人

心的演講，倒不如更願看到您在物理學上有所成就！中醫是不會因為您的詆毀而消亡的！

中醫中藥與您無緣，可是底層百姓喜歡它！離不開它！

願中醫中藥的事業更上一層樓！

願中醫中藥的傳承發揚光大、後繼有人！

柳湘武

2009 年 4 月 28 日

七、情系柳蔭—患者陳述

「高三萜菌類多糖」使用體會

患者：**陸施勇** 性別：男 年齡：61 歲

工作單位：台商獨資珠海年華鞋業有限公司

本人於 2009 年 12 月 11 日被確診為（乙狀結腸）絨毛狀管狀腺癌（PT3NoMoDukesB 期）。於 12 月 21 日在珠海中山大學第五附屬醫院進行「乙狀結腸癌根治術」。術後病理回報：

1、（乙狀結腸）絨毛狀管狀腺癌，浸潤腸壁全層。

2、腸旁淋巴結未見轉移癌。手術後於 12 月 30 日出院，並於 2010 年 1 月 18 日入院進行第一次化療。

本人在 2010 年 1 月 1 日開始服用「高三萜菌類多糖」為化療作準備，（每天二次，每次 5 克，早、晚飯後各一次）。遂於 1 月 18 日去中大五院化療科進行化療，【化療方案為：二周方案（即：化療四天，出院休息

十天再進行第二次化療）。「草酸鉑 150mg+5-　　　Fuo、5Tv+5-Fuz、Og48h+CFO.2】。在整個化療的四天過程中自我感覺良好，只有輕微的難受感覺，但並不影響飲食、胃口、睡眠，也沒有掉頭發。

出院一周後（2010/01/07）去醫院檢查血常規，結果為白細胞計數：WBC.8.79*10g/L; 中性粒細胞計數：NEUT#5.38*10g/L；血小板計數：PLT234.O*10g/vl; 血紅蛋白：HGB128.0g/L; 對照 2009/12/25 血常規數據如下白細胞計數：WBC9.60*10g/L; 中性粒細胞計數：NEUT#7.12*10g/L; 血小板計數：PLT 160.0*10g/L; 血紅蛋白：HGB148.0g/L。

患者 **陸施勇**

2010 年 1 月 30 日

林正娥

湖州南潯人，肝硬化患者，女，58 歲

患者在 2008 年在醫院檢查是肝硬化、小三陽，血小板減少，谷丙轉氨酶不正常，自覺身體乏力，臉色較差。原先到湖州醫院進行中藥治療，但因小三陽、血小板、谷丙轉氨酶不見好轉，後經推薦嘗試服用湖州柳蔭生物科技有限公司生產的菌類多糖，每天服用 6 克，已經服用將近三年，服用後病情明顯好轉，除乙肝表面抗體陽性外，其它均已轉陰。

2011 年 1 月 5 日

發給湖州柳蔭生物科技有限公司的信：

耿惠英 湖州南潯人　直腸潰瘍型中分化腺癌　48 歲

患者 2008 年之前身體狀況一直良好，2008 年上半年自覺身體乏力，體重下降，臉色較差，並伴有大便出血現象，遂於 2008 年

11 月入院檢查，經診斷為直腸中分化腺癌，於 2008 年 12 月行直腸 Ca 手術，現距離術後一年零十一月。術後化療 6 療程，原先化療結束後服用中藥進行術後輔助治療，但因腸胃無法適應放棄，後經推薦，嘗試服用菌類多糖，服用後免疫力明顯提高，食欲增加，並且沒有任何排異反應。在化療結束後的定期檢查中腫瘤三項指標較穩定，白細胞處於正常範圍。雖然現在病情基本穩定，但仍堅持用藥，希望將菌類多糖作為一種無法替代的保健品服用。感謝菌類多糖，感謝柳湘武及柳蔭生物科技有限公司！

2010 年 11 月 3 日

患者**姜祖良** 54 歲。2004 年查出肺鱗癌早期，手術後經過四次化療後就一直服用高三萜菌類多糖。發現效果理想，指標一切正常，精神食欲都恢復到患病以前。每天服用高三萜 10 克，到現在已經穩定六年。2008 年底服用到現在已經二年，體檢下來情況一切正常。

張家港通運路 5 幢 304 室

2010 年 11 月 28 日

李勇 48 歲，長期乾咳、慢性支氣管炎，咳嗽劇烈，求醫問藥很多大醫院都無明顯療效。後來從朋友柳蔭生物的老闆柳湘武那裏購得該廠的產品植物提取物菌類多糖，服後情況大為好轉，睡眠也明顯好轉，食欲、精神都恢復到年輕時健康狀態。

張家港 勇達化工 **李勇**

2010 年 11 月 28 日

王建琴 湖州南潯人，今年48歲。

去年突然感覺體力下降，晚上睡不好，全身酸痛。大腿像抽筋一樣，去醫院檢查，醫生說我是更年期的現象，給我開了兩個月的中藥吃，又吃了一個冬天的膏方藥，也不見有效，很苦惱。到了今年的五月份，聽說柳蔭生物的菌類多糖很有效，就抱著試一試的想法去吃了菌類多糖。第一天早上吃了大約一個小時左右，一點也不誇張地說，大腿突然明顯感覺好了，心裏有說不出來的開心。現在我每早上吃這兩種快大半年了，晚上睡覺很好，精神也很好。

感謝柳蔭生物科技有限公司生產的菌類多糖。

謝謝柳大哥，柳蔭生物是更年期女性的福音。

王建琴

2010年11月25日

患者 **孫月芬** 60歲，患乳腺癌。於2009年十一月開刀切除，化療2次。經別人介紹由柳老闆處購得高三萜菌類多糖，吃後第三次化療就不吐了。2010年7月服用高三萜菌類多糖至12月10日左右。吃了半年，到湖州婦保院檢查，一切正常。現在可以燒飯、燒菜。一切要謝謝柳老闆給了我第二次生命。

患者 **孫月芬**

2010年8月2日

周子虎 男，49歲，因渾身無力、體重下降去醫院檢查出患有嚴重肺結核病，隨後按醫生囑咐進行多次服藥和調理，但效果仍然不佳，人還

是面黃肌瘦、手腳發軟、口無味。我以前身體健康，肌肉發達，體重有壹佰三拾多斤，現漸下降到玖拾斤左右，我的精神將要崩潰了。

經熟人推薦，湖州柳蔭生物科技有限公司的產品「高三萜菌類多糖」能治很多病，我開始服用，每天劑量 10 克，服用一段時間我身體覺得明顯好轉，手腳有力了，味口好了，臉帶紅色，開始做輕度的運動鍛煉，各種跡象表明「高三萜菌類多糖」的產品有特別的功效，我會一直服用下去。

感謝湖州柳蔭生物科技有限公司生產的「高三萜菌類多糖」的產品！

電話：3013701

手機：13957289456

徐定文的感謝信

柳廠長：

您好！今天提筆向您致謝！因為有了您廠的菌類多糖產品，讓我的兒子活到了今天。

我兒子沈洪（工作單位：浙江煤田地質局，綜合物探隊）今年 53 歲，他在 2008 年的 8、9 月份開始咳嗽，半月之後就痰中帶血。到 2008 年 9 月 17 日去浙江省中醫院也就是浙江省東方醫院去住院檢查，住了 28 天，10 月 10 日出院也沒有檢查出什麼結果。出院後又到浙一醫院去檢查，得出的結果醫生稱為癌中之王——小細胞未分化肺癌，而且腫瘤已經有雞蛋那麼大，無法手術切除。院方當時對我們家屬宣佈我兒子存活期為 3 個月，最多不超過半年。只有做化療試試。死馬當做活馬醫，延長他的存活期。當時對我們全家來講，太殘酷了，無法接受的事實，尤其是我這個做母親的白髮老人，但

又有什麼辦法呢？只有聽醫生的。我兒子在沒有動手術的情況下接受了六次化療，每次化療 4~5 天，一直醫治到 2008 年年底結束化療後回家休養。

到 2009 年過春節的時候我兒子來南潯過年，他的舅弟介紹給他說菌類多糖有抑制癌細胞的奇妙作用，同時也贈送給了他貴廠生產的菌類多糖。剛開始，每天吃三次加劑量服用，現在每天吃兩次，一直堅持到今天。現在我兒子能吃能睡還能出去旅遊，氣色也很好，一點也不像癌症病人。

我是一個老基督徒，我想這是天父的旨意，給我兒子送來了這麼好的保健品，讓我兒子活了二年七個月到今年 8 月份就整整三年了。這是一個奇跡。我感謝天父，感恩主，也感謝您這位廠長，感謝貴廠的好產品救了我的兒子，讓我的兒子能延長生命活到了今天。

我今天也沒有什麼可用來表達感激之情，只有寫信一封表示我衷心的感謝。也希望能把我兒子的奇跡告知別的癌症病人，讓他們要有信心，堅持治療和服用貴廠的菌類多糖。我相信他們也會像我兒子一樣延長生命，出現奇跡。這是一個千真萬確的事實，並非捏造。也是一個癌症患者母親的心聲，希望貴廠長能接受我衷心的感謝！

祝貴廠多生產好產品造福於老百姓！

到此擱筆！

一個癌症病人的母親 徐定文

2011 年 4 月 20 日

八、柳萌生物產品介紹

花青素

桑葚提取物：花青素

來源：本品為桑葚植物

性狀：紫黑色精細粉末

分子式：C19H18O3

規格：25%

功效作用：抗癌、明目、抗自由基、補肝益腎、養血生津、潤腸通便。
還可以加速皮膚再生能力，美白祛斑，使肌膚柔軟富有彈
性。

檢測方法：UV

靈芝多糖 三萜

靈芝提取物：靈芝多糖 三萜

來源：本品為多孔菌科真菌赤芝或紫芝的乾燥子實體。全年採收，除
去雜質，剪除附有朽木、泥沙或培養基質的下端菌柄，陰木或
在 40-50℃烘乾。

性狀：棕色粉末，味苦

分子式：C28H44O

規格：多糖 10%~50%　三萜 2%~30%

功效作用：抗腫瘤，用於癌症輔助治療作用；鎮靜藥，用於神經衰弱、

失眠、健忘、護肝 、用於慢性肝炎；還用於高血壓、心律
失常、冠心病、糖尿病等治療。

檢測方法：HPLC UV

水楊甙

白柳皮提取物：水楊甙

來源：柳科植物垂柳的樹枝或樹皮提取物。

性狀：棕色粉末

分子式：C13H18O7

功效作用：水楊甙有解熱、鎮痛、抗風濕作用。4 ～ 10% 的溶液有局
部麻醉作用，味苦，有健胃作用，綿羊口內注射本品能明
顯增加唾液分泌和咀嚼運動而起到助消化的作用。祛風、
利尿、止痛、消腫、治風濕痹痛、淋病、白濁、小便不通、
傳染性肝炎、風腫 、療瘡、丹毒、齒齲、齦腫。

檢測方法：HPLC

中國越橘

越橘提取物：中國越橘花青素

來源：越橘

分子式：C14H20O7

規格：25%

功效作用：酸、甘、性平、止瀉痢、主痢疾、腸炎

檢測方法：UV

猴頭菇多糖

猴頭菇提取物：猴頭菇多糖

來源：本品為菌類猴頭菇的提取物

分子式：（C42H70O35)n

規格：10%~50%

功效作用：提高肌體免疫力、增強胃動力、修複胃黏膜、延續衰老、
　　　　　降血糖、降 血脂。有滋補、強身的作用。

檢測方法：UV

桑葉多糖 DNJ

桑葉提取物：桑葉多糖 DNJ

來源：本品桑葉提取物為桑科植物桑的乾燥葉的提取物

性狀：綠色粉末

分子式：C6H13NO4

規格：多糖 10%~20%　　DNJ1%~4%

功效作用：降糖、抗氧化、清除人體氧化自由基、可降低血脂、延緩
　　　　　衰老、美容。

檢測方法：UV　HPLC

黃芪甲甙 黃芪多糖

黃芪提取物：黃芪甲甙 黃芪多糖

來源：豆科植物黃芪的乾燥根提取物

性狀：本品為豆科植物蒙古黃芪的根提取而得，黃色或白色粉末，有吸濕性

分子式：C41H68O14

功效作用：主要用於夜間出虛汗、疲勞、虛弱、食欲不振以及腹瀉。現代藥理研究表明黃芪還具有增強免疫力、滋補、保肝、利尿、治療糖尿病、化痰以及鎮痛的作用。

檢測方法：HPLC　UV

蛹蟲草多糖

蟲草提取物：蟲草多糖

來源：野生蟲草是生長在鱗翅目蝙蝠蛾科蟲草蝙蝠蛾幼蟲上所形成子座（即草）與菌核（幼蟲屍體）組成的複合體。現在生物工程所用原料都採用人工培植的蛹（北）蟲草。

性狀：淡黃色粉末

分子式：C7H12O6

功效作用：中醫認為蟲草性溫、味甘、具有補精益髓、保肺、益腎、止血化痰等功效，主治肺結核、咯血、氣短喘咳、陽痿不舉、夢遺、自汗盜汗、腰膝酸痛、病後久虛不復等症。實驗證明，蟲草多糖可提高人體免疫功能，升高白細胞，臨床已用於治療惡性腫瘤。另外還有降血糖的作用。

檢測方法：UV

甜菊糖

甜葉菊提取物：甜菊糖

來源：菊科草本植物甜葉菊的葉。

分子式：C38H60O18

規格：RA95%、RA98%

功效作用：用於消渴、高血壓。

檢測方法：HPLC

姬松茸多糖

姬松茸提取物：姬松茸多糖

來源：姬松茸

分子式：C20H16N2O4

規格：10%~50%

功效作用：它的多糖含量為食用菌之首，有增強精力、防治心血管病
等神效。

檢測方法：UV

香菇多糖

香菇提取物：香菇多糖

來源：本品來源於香菇。

分子式：(C42H70O35)n

規格：10%~50%

功效作用：增強人體免疫功能、有效預防感冒。而且香菇中還可分離
　　　　　出降血清膽固醇的成分。

檢測方法：UV

雲芝多糖

雲芝提取物：雲芝多糖

來源：雲芝

分子式：（C42H70O35)n

規格：10%~50%

功效作用：雲芝多糖具有免疫調節功能，是良好的免疫增強劑，具有
　　　　　增強免疫功能和識別能力的效果。

檢測方法：UV

綠原酸

杜仲提取物：綠原酸

來源：杜仲的葉子。

分子式：C16H12O6

規格：5%~98%

功效作用：能增強機體的非特異免疫功能，有較強的抗菌消炎作用。

檢測方法：HPLC

綠咖啡豆提取物：綠原酸

來源：綠咖啡豆

分子式：C16H12O6

規格：5%~98%

功效作用：具有降壓、抗腫瘤、補腎、增強機體免疫作用

檢測方法：HPLC

原花青素

松針提取物：原花青素

來源：本品為南方油松新鮮的枝條和針葉

性狀：棕色粉末

規格：20%~50%

功效作用：松針的提取物富含天然水溶性生物黃酮濃縮物，是一種複合型的抗氧化物質！它可預防和治療動脈硬化症、高血壓、高脂血症及糖尿病的輔助治療。

檢測方法：HPLC

蛇床子提取物 Common Cnidium Extract	蛇床子素 Osthole 10%~80%(HPLC)
紫雛菊提取物 Echinacea Herb Extract	多酚 Polyphenol>4%(UV) 菊苣酸 Chicoric Acid>2%(HPLC)
淫羊藿提取物 Epimedium Extract	淫羊藿甘 Lcariin10%\20%

番茄提取物 Tomato Extract	番茄紅素 Lycopene5%、10%、20%、50%、70%（HPLC）
厚樸提取物 Cortex Magnoliae Officinalis Extract	和厚樸酚 Honokiol2%、10%、30%、50%、90% 厚樸酚 Magnolol10%、30%、50%
西番蓮提取物 Passion Flower Extract	黃酮 Flavone4%、8%（HPLC）
虎杖提取物 Giant Knotweed Rhizome	白藜蘆醇 Resveratrol25%\50%(HPLC)
葛根提取物 Kudzu Root Extract	黃酮 Flavone10%
枸杞多糖 Wolfberry polysaccharides	20%~50%
刺五加提取物 Acanthopanax extract	B+E 1.5%
丹參提取物 Salvia Extract	丹參素 5%
甘草提取物 Licorice Extract	比例成分：10：1

荷葉提取物 Lotus leaf extract	比例成分：10：1
南瓜子提取物 Pumpkin Seed Extract	比例成分：10：1
紫蘇提取物 Perilla extract	比例成分：10：1
羅漢果提取物 Luo Han Guo Extract	比例成分：10：1
當歸提取物 Angelice Extract	比例成分：10：1
女貞子提取物 Ligustrum lucidum extract	比例成分：20：1
蒲公英提取物 Dandelion extract	比例成分：10：1
陳皮提取物 Tangerine peel extract	比例成分：10：1
車前草提取物 Plantain Extract	比例成分：10：1
魚腥草提取物 Houttuynia extract	比例成分：10：1

九、痛悼孫夢潔

天道不公啊！我的小表妹！哥哥拉不住你，你終究還是走了。2010年12月17日凌晨5點零五分，距離你的誕生日1976年12月18日晚9點，34年還差一天。對於人生這太短暫了，真後悔去年把你救過來，要不然你也不會多遭那麼大的罪了。哥哥心痛哎，痛得無法言說，像刀絞在我心裏。

你是那麼純樸善良，那麼潔身自好，那麼活潑，那麼勤奮，那麼節約，那麼本份，那麼有愛心，太像我的小阿姨了。那麼完美的一個女孩，就是再活34年也才68歲呀，那時候哥哥90歲了，你送哥哥不是挺好嗎？

人生不能再來，你的34歲活在哥哥的心裏，可是活著的人更難受，你知道嗎？

當年你母親彌留時，我向你母親承諾「我會照顧好潔潔的，您放心好了。」已經噤口兩個月的你母親很響地「噢」了一句，停頓半分鐘後，一直「噢」個不停，直到咽氣。這像才是昨天的情景，昨天的話語。往事歷歷在目，可是今天我怎麼去兌現呢？我將來死後到陰間見到外婆，見到小阿姨怎麼去向她們交代呢？

你的病，哥哥是盡了力的，我深知，你的骨髓激活後，預後的效果是很好的，正常細胞的生長是能有效的抑制邪惡細胞的，可你為什麼不信呢？為什麼任性呢？去年12月15日你發的短信告訴我，所有細胞都正常了。12月19日你臉色紅潤，情緒飽滿，嗓音響亮地叫著「林江哥哥」來我家時，我抱了你一下，那時我的臉在笑，說話在笑，連心都在笑呀！可你回上海後為什麼要任性怕苦呢？我知道菌類多糖確實很苦，可那是良藥呀！俗話說：良藥苦口嘛？為了勸你不要服格列衛，我跟你說了多少遍？

可你還是認為格列衛是特效藥，菌類多糖、蟲草多糖、花青素、桑葉黃酮、綠原酸僅僅是輔助藥，你不理解中藥哥哥會不痛苦嗎？你認為哥哥僅僅讀了小學沒有文化，而且又不是醫生，不可能根治你的病，可哥哥明明把你所有指標都調理好了，你該信我了呀？哥哥治好的人還少嗎？哥哥治好了那麼多人的胃病，那麼多的癌症病人在好轉，哥哥創造的奇跡還少嗎？哥哥用 3 年時間破譯了德國的有機化學 2501 型配方，用 8 年時間完成了 30 萬字的長篇小說，用最不可思議的方法解決了老科學工作者、教授都做不到的金屬分離難題，用一本 40 年前的中草藥手冊實現了將中草藥提取精華的高科技夢想，用蜂毒治好嚴重的風濕性關節炎，用痢特靈治好了大面積胃潰瘍，用抗生素外用的方法治好了頑固的鼻竇炎，用生大蒜治好了多年的便血直腸腫瘤，用打乒乓球鍛煉的方法治好了高達 23.6 點的糖尿病，用人參、黃芪、麥冬、黨參、丹參治好了僅僅 32 跳 / 分的心力衰竭，這些你都是知道的呀！你相信西醫西藥本身沒錯，西藥也是無數人研究的成果，可你不應該排斥中藥，現代醫學也包括了中藥的呀！為什麼你使用了羥基脲、格列衛後每況愈下呢？這是你對中藥的偏見害了自己。中藥目前確實沒有數據能解釋它的作用與功效，但這並不可以說中藥就沒有功效，中藥很少有毒副作用，而西藥羥基脲把你的腸子都吃腫了，食物通不過了，只能喝流汁，你才迫不得已停掉，格列衛你原本說是為了降血小板的，可血小板已經降到 60 以下就該停了呀！為什麼還要繼續服下去呢？哥哥愛你，可沒有本事阻止你服用西藥，這是一份遺憾，也是我的失職。哥哥今天最痛的莫過於此了，真是越是親人越說不清，親人眼裏無偉人呀！跟你爸爸吵了以後，哥哥賭氣半年沒來看你，實際上哥哥哪天不想你，哪天不在你順珠姐姐家打聽你的情況。哥哥愛你，可哥哥也怨你呀！

現在你走了，哥哥獨自一人在深夜寂靜時品味這痛苦，在自責當時為什麼不跟你爸再吵一次，闡明自己的觀點，強迫他停掉格列衛，可是現在太晚了，來不及了，什麼都是徒勞了。人不在了，我再後悔你也不會回來了，後悔呀！哥哥接觸了那麼多的中藥裏為什麼沒有一貼後悔藥呀！

但願你走好！早點超生，來生我們再做兄妹，好嗎？

最疼你的表哥　柳湘武

2010 年 12 月 28 日凌晨

十、已經痊癒的晚期癌症病人近況

邱秀玲，女，現年 63 歲，南潯人，1993 年患乳腺癌，於 1993 年手術切除左乳，於 2010 年復發並骨及肺轉移，胸部大量積水，市一院為她抽取胸水一痰盂罐，20 多天後胸腹部重新膨脹，醫院又為她抽了 1500ml 左右胸水，後告知：不能再抽了，否則生命危險，胸水裏糖類抗原 CA125 大於 1000，她的肺有三分之二已浸泡在胸水裏了，呼吸困難，回家靜養吧，拖一天是一天。

2010 年 11 月 20 日，該病人丈夫邱勁松找我，問我有沒有辦法？我回答：「我也只能試試，我是生產中藥原料藥的（提取物），對於大量肝肺腹水用我的藥有過治好的先例，病人的腹水關鍵應該是讓她自身吸收。一旦自身吸收，可否答應我兩個條件。1、剛服用時由於化療的因素，可能會嘔吐，她的服用量是每天 20 克（輔藥不計），分 4 次，如果吐掉一次，

就必須補充一次，病人如吐掉 2 次，就補充 2 次，保證病人每天 20 克的服用量。2、你能否做到病人一旦轉危為安就從此不再做放療、化療、靶向、介入、手術等西藥措施，否則我也許前功盡棄。」邱勁松回答：「反正醫院已無力回天，就只能聽你了。」

服用 3 個月後，邱拿來院方的血液報告，糖類抗原 CA125 還是大於 1000，然而情況大為好轉，胸腹部開始變軟，低頭已無困難，能起床活動。邱問：「是否可以這樣理解，以前的大於 1000 是否已達到 2~3 千，現今的大於 1000，也許就 1000 掛零。」我說：「可以這樣理解，你夫人從現在開始每一個月查一次腫瘤全套。」一星期後 CA125 下跌至 546。抽查血清已降至 122.20，四個月後已完全沒有胸水，血清 CA125 已降至 11，五個月後 CA125—9.6。我囑咐邱勁松現在可以減量一半，除輔助藥外，主藥只服 10 克。一年零五個月時（2012 年 3 月 20 日）CA125 已降至 7.10。2012 年 8 月 16 日 CA125—10.10。2013 年 3 月 1 日 CA125—6.20，2013 年 3 月我得到這份血液報告去了她家一次，告訴她：「你已穩定 2 年半，從今開始可再減一半。主藥每天只需五克了。」邱秀玲不同意，她說：「我已經死過一回了，能吃你的藥治好我的病，我不差這幾個錢，我退休工資 3000 多，老公工資近 5000，這點小錢我是完全能承受的。」邱勁松打圓場：「那麼這樣吧，你每天還是泡 10 克，你喝 8 克，我就作為保健每天幫你喝 2 克。」邱秀玲說：「那是可以接受的。」現如今又是一年多。2013 年 9 月 23 日的報告為 CA125—7.60。2014 年 3 月 20 日，CA125—9.80，每半年查一次血，全身已沒有半點癌症的跡象了。

莫海鳳，女，35 歲，南潯潯北村人，左腎囊性腎癌。2012 年 4 月

10 日於湖州一院手術切除，5 月初病人妹妹找到我邊哭邊說：「醫院告知姐姐的病已屬晚期，最多半年生命期。」我被姐妹倆的情誼所感動說：「我盡力吧！」服用產品至今已兩年有餘，再未去過醫院，情況一天比一天好，去年後半年已恢復上班。我囑咐她不要太勞累，找一個輕鬆的工作，她辭去了 12 小時工作的速食公司改去體力較輕鬆的傢俱經營部上班，至今一切正常。

吳雲林，男，45 歲，吳江臺丘鎮人，升結腸腺癌，向我公司供輔料的業務員，於 2010 年 10 月我在區裏開兩會的時候來找我，我當時說：「你那個潰瘍型腺癌比較好治。」他當時將信將疑說：「這不是開玩笑的。假如你真有把握，我將會把正在服用的艾恒和希羅達停服，改服你的中藥。」我肯定地回答：「你的病情本身是中分化的，我有信心把你根治。」現在至今已三年半，根本無病人的臉容，每天忙碌在業務中。

林仲元，男，63 歲，結腸腺癌。南潯人，2011 年 10 月手術切除右半結腸，手術出院後開始服用我公司產品，開始時每天 20 克，半年後腫瘤全套血清檢查一切已正常，我囑咐服用量減半，一直延續至今，健康如常。

王真林，男，60 歲，南潯丁家港村人，（該患者屬于帶瘤生存，因本人同意，希望加入已經痊癒的病人名單中，所以把他收入在內）右肺伴縱隔淋巴癌。病人女兒 2014 年 2 月份找到我，當時右肺腫瘤

5.2×4.8×4cm，已經曆伽馬刀手術，肺部兩肺大泡，常感胸悶氣喘，服藥2個月，肺部腫瘤已縮小至0.7cm，肺大泡已開始萎縮，狀態明顯好轉，現已恢復上班，做管理工作。（2014年7月8日增強CT顯示腫瘤還是0.7cm）

張玲娥，女，現年67歲，橫街輯里村人，晚期膀胱癌。2008年10月初，我公司的刮板濃縮器及噴霧乾燥塔壞了，請我的朋友張偉國前來修理設備。修好後我倆閒聊，他說：「最近忙死了，老婆又帶孩子，又要伺候母親，我還得照顧父親，丈母娘是晚期膀胱癌，擴散到直腸宮頸，大便從陰道往外排，已動過7次手術，現在全割掉了，一邊一個糞袋，一邊一個尿袋，醫院又告知不一定能活過年。父親是肺癌中期咳血，估計也活不長。」我說：「你父親的病我有信心治好他，你丈母娘的病我看希望也不大，但好歹能減輕一點痛苦，能延長一天是一天吧！」藥配去了，我也不太關心，大約三年后，我公司食堂的張師傅說偉國他爸去世了，我趕緊把偉國叫來，我說怎麼回事？偉國告訴我：「說起來真氣人，你這裏配走的藥那些不苦的吃了個精光，主藥太苦了，買走的四包藥只吃了不到半包，父親死後在他的櫃子裏找出了三包半的主藥。我那個丈母娘不怕苦，說只要能活命再苦的藥也能吃，所以三年來她一天比一天要好，現在也不需要我們去伺候，每天都在做家務，已看不出是個癌症病人了。」我說讓她去醫院查一次，腫瘤全套血液報告的各項指標都已正常，CEA5.63，現在已6年過去了，一切正常。

莫金妹，女，41歲，江蘇鹽城建湖恒濟鎮人，慢性粒細胞白血病。2013年8月我兒子曾經的同事倪總從江蘇鹽城老家帶來了一位白血病患者

的家屬，說病人已臥病在床，無法前來，在上海大醫院已花掉醫療費用 87
萬，已家徒四壁，再也無法負擔了，醫院方見病人沒有好轉，作了一些必
要治療後，也就勸退回家養病（實際上也就是等死了），病人畢竟年紀尚
輕，不甘就此等死，帶著血常規報告來找我，我見報告上病人用的是羥基
脲和格列衛兩種化學藥，並告訴我專家曾經對病人家屬叮囑，白細胞大於
50，每天 6 片羥基脲，3 片格列衛，白細胞在 1.0 以下、血小板在 30 以下
應該停藥。我當時也許是出於衝動脫口而出：「這是狗屁專家。白細胞在 1.0
以下，血小板在 30 以下，人不癱在床上才怪呢！回去以後立即將羥基脲、
格列衛停掉，改服我的產品各 20 克。」一個月後臉色開始紅潤，2 個月可
以幹家務，3 個月後我打電話給她老公，是她接的電話，她說老公上班去
了電話留在家裏，她自己在地裏幹活，現在一天比一天好。半個月給我傳
一張血常規報告，至今已九個月，正常上班。

沈金美，女，65 歲，南潯李家河村人，中分化直腸腺癌。2012 年
2 月 29 號手術，服藥已 2 年，目前免疫全套各項指標均正常。

陳玉英，女，67 歲，江蘇江陰人，胃癌。2012 年 9 月 13 日手術，
已服藥 1 年 10 個月，目前各項指標均正常，無病人面容。

殷堯泉，男，73 歲，胰腺癌，病人因劇烈疼痛入住浙江省第二人
民醫院，因病變部位在壺腹部，手術風險較大，家屬決定放棄治療，回潯
後一直堅持服用我公司產品，現一切狀況均正常。

趙菊芝，女，79 歲，南潯人，筆者小學時的老師。2014 年 2 月經浙江腫瘤醫院診斷為膽管細胞癌伴右肝巨塊型（11×7.5×6.5cm）腫瘤，當時醫生估計生命期在 2—3 個月之間。2 月 14 日經手術腫瘤切除，CA199，1379.02u/ml. 因手術及時，肝管最大限度手術切除後轉危為安。開始服用我公司產品現已 4 月餘，一切良好，免疫全套各項指標均已正常（除細胞角蛋白 19 片段 3.8 外）。

十一、這是什麼呀？

我幼年時就有過敏性鼻炎的傾向，鼻涕比較粘，當時的小夥伴中也有好幾位到 10 來歲時尚在拖黃龍鼻涕，那時我根本沒有在意這就是鼻竇炎。

及至長大後，鼻腔時好時壞，我還是不太在意。結婚後老婆經常說你有口臭，我說我怎麼感覺不到。

36 歲時一天清晨，我鼻腔一吸、一咳，一股血腥味後隨之吐出一大口血，我瞞著老婆趕緊把血沖掉，怕她知道後著急，去藥店問我的兒時夥伴鮑建民，他回答：你假如是鼻腔出血估計問題不大，假如是肺部咳出來的，應該馬上去醫院檢查。我因為隨後的幾天都沒有同樣的情況也不去檢查。

2004 年，我試生產的硼矽鐵合金項目因遭遇了重大挫折，與合夥人爭了幾句，也許是火氣往上攻，突然感到鼻腔咽喉一陣奇癢和血腥味，隨即咳出了一大灘血。家榮師傅看到後趕緊到我的辦公室問我是否肺部吐了血？我回答：我好像是鼻腔吸了一下後才吐出來的，大概是鼻腔裏出來的。

隨後幾天還是沒有任何症狀，也不去醫院檢查。

我 38 歲時檢出血壓 158×95，感覺到了高血壓已經盯上我了，選擇了北京 0 號作為降壓藥，每天一片，並同時叮囑我老婆在床頭放一把刀片，萬一發生腦溢血時，我假如意識已經不清，你就在我手背的血管上豎向劃一刀，讓血從手背上出來，以避免過高的血壓讓血往腦部溢出，這樣我也許能保住命。

北京 0 號降壓很穩定，服用又方便，缺點是服用一段時間後鼻腔越來越堵塞，後來乾脆用口呼吸，以至於把糖尿病的口渴和口腔呼吸引起的口幹混攪了，及至血糖檢出了 23.6，心跳降至 32 次/分鐘時才去醫院。吳院長明確告訴我：你是典型的糖尿病併發心臟病，當時我的直腸癌剛剛控制住，又出現了這幾樣要命的病，這才引起了我的恐慌，心臟病隨時都可能猝死，必須馬上安裝起搏器，這是當務之急，我沒有選擇裝起搏器，而是選擇了用黃芪、黨參、丹參、人參、麥冬等補氣中藥大量地飲用。心臟病好轉後，兒子陪我打乒乓球。起先是三分鐘歇一下，後來慢慢增加到五分、十分、半小時，直到能連續打乒乓 2 個小時心臟還能承受時，血糖也降下來了，命算是保住了。

我想我真可以算是逢凶化吉，壞事變成了好事，這也促使我下了決心要搞中藥提取項目。2006 年中藥提取的項目已初具生產規模，但老婆、兒子依然擔心我的身體，逼著我去湖州市中心醫院作全面檢查。CT 報告顯示右顴骨內整片都是空白，與左顴骨形成了極大的反差，醫生告訴我：你的鼻竇炎很嚴重，整個右鼻竇全部堵塞了，裏面都是膿血和鼻涕，還有風濕性關節炎都是非常頑固的疾病，是不可能根治的，風濕性關節炎經過八年的蜂蜇已基本痊癒，可是鼻竇炎一直沒有好轉，我想這就是我的命，反正

要命的大病基本上沒有了，難道讓這些常規的小病拖垮了嗎？不管它，我依然是個工作狂。

2007 年，我與兒子在長沙出差，並肩逛街時兒子對我說：「爸，你呼出的口氣好難聞」。我回答：「我每天吃那麼多的大蒜，哪會沒有口氣」他說：「這根本不是大蒜的口臭，大蒜的臭是沖人的，而你的臭味是惡臭。」這引起了我的驚覺，兒子又專門為我買了一本《偏方、秘方寶典》告訴我：鼻竇炎是很容易惡變為鼻咽癌的。這時候我才意識到問題的嚴重。

長沙回來後，我就針對鼻竇炎的問題採取了一系列的措施，我去問姐夫的哥哥蘇州四院的陸雪林醫師，他告訴我，鼻竇炎的惡臭可能是黴菌引起的，你可用氟康唑加桃金娘油膠囊配著使用，氟康唑是 29 天一個療程，我可能是選用了單粒含量高的那種，服用至 11 天後就開始發生了中毒現象，肝區腫脹、腎部酸痛，一天拉稀 14 次，潘歲辰醫師告訴我：你不要因為鼻竇炎的小病，把腎臟吃壞了，腎衰竭是大病，要做析透那就麻煩大了，鼻竇炎也許是厭氧菌造成的，我趕緊停掉，改用甲硝唑。可是連續服用了一年甲硝唑後，去醫院檢查，白細胞只有 1.9. 鼻竇炎卻依然沒有任何好轉，為避免腎臟中毒只好改用偏方中的大蒜和碘酒滴注，痛得死去活來，頭頸部都抽筋了，再改用氟康唑滴鼻腔，還是無效，然後是蜂蜜滴，再後用羅紅黴素、阿奇黴素、克拉黴素、SMZ、頭孢克　，我兒子還專門用白花蛇舌草、鹿茸草和鴨蹠草等消炎的中草藥為我做成了提取物，讓我服用和滴鼻，八年時間折騰下來呼吸情況有好轉，卻不知道是哪一種藥起的作用，可是仍然一個鼻腔濃鼻涕，一個鼻腔清鼻涕，我兒子讓我對著他呼氣，他還是覺得有異味，我雖然還是長期在用西藥滴鼻，但對根治鼻竇炎已不抱任何幻想。

　　2014 年的 11 月 12 日，一位讓人敬重的沈老先生帶了楊家埭一位有癌症傾向的病人家屬來找我諮詢。我剛起床，感覺到鼻腔癢得很厲害，兩個鼻腔同時大量淌清鼻涕，這場面很尷尬，我稍隔一會就去衛生間擤鼻涕。我估計這是感冒前期的症狀，等他們走後，我迫不及待地去衛生間使勁擤。猛然間一陣堵塞和奇癢後，隨著使勁地一擤，兩坨黑色的硬塊掉落在洗手盆中，用手捏弄一下，有僵硬的感覺，但不全像是肉體組織的東西，大的一塊約一釐米，小的一塊約 0.6 釐米，我後悔當時沒有意識到要將它留下來做一個切片，習慣性的隨手一擤開關沖掉了。

　　我的鼻腔一下子感覺到了前所未有的暢快，用力吸一下一點異味都感覺不到了，然而這究竟是西藥的作用還是中藥所起的作用我卻無從得知，也許，我用公司的產品救治的病人多了，上蒼給我的回報吧！

　　這兩坨究竟是什麼呀？20 多年的鼻竇炎好了以後我反而更迷惑了，我後悔當初的一個疏忽把它沖掉以後，讓我困惑一輩子。

2014 年 11 月 20 日

第四部分

抄來的記憶
《政言擷錄》

前言

　　筆者 1954 年生於浙江南潯，按家鄉的習慣說法已進入花甲之年。1966 年文革開始因為成份的原因失去了學業。然而，為了使自己不至於自暴自棄而成為不學無術的半文盲，勤奮地開始自學，政治的、歷史的、文學的、醫學的、自然的，包括那些零零碎碎，雜七雜八的野書，尤其是一部份來自於邪路上的異類資訊同時進入了我的視野。日積月累、聚沙成塔，這個塔將我罩在其中，越到晚年我發覺自己溶入得越深，如今竟至於無法自拔了。

　　小時候，老師常教導我們：你們是生在新中國，長在紅旗下，沐浴在社會主義陽光下的一代新人，要有堅定的政治立場，要牢牢把握階級鬥爭的動向，萬惡的資本主義社會是黑暗的，到處充滿了戰爭、殘暴、傾軋、構陷、槍擊、間諜、陰謀、暗殺、爆炸及各種利益衝突。使我們從小就在內心深處種下了仇恨資本主義的種子，鄙視西方帝國主義、封建主義、官僚資本主義對民眾生命的冷酷和漠視。

　　農村十年、掌廚十年，從事化工十年，再後來的十年竟陰差陽錯地對創作產生了興趣。一部《流年如夢（亂夢劫）》竟使自己這一根鄉野小草混進了作家的隊伍。作品拿出來，好似老百姓的開胃菜——臭豆腐。草食者都說好，肉食者都視之為大逆不道。當今文學、電影、戲劇、電視、相聲、小品、歌舞、書畫等各種藝術形式，大家都在為執政者唱讚歌，而我卻在為草民發牢騷，不識時務之至。

　　作品不得寵，唯有再濫讀，好在如今國門鬆了，那些禁而不絕的讀物為我的需求提供了營養。我發現我國政治舞臺上發生的故事遠比充滿懸念

的美國大片精彩得多。這在各自的政治家的言論中有所流露。我有意無意地搜集了一些可供比對的名人箴言，為了記憶，為了對生命的敬畏，也為了無窮的回味，我將它呈現出來，供讀者諸君欣賞鑒別。

警世名言

當一個政權開始燒書的時候，若不加阻止，它的下一步就要燒人！

當一個政權開始禁言的時候，若不加阻止，它的下一步就要滅口！

當一種理論拒絕懷疑，不許反駁時，它實際上已是在宣佈自己破產了！

英國作家奧斯卡王爾德：有三類暴君。一類施暴肉體。一類踩躪靈魂。一類肉體、靈魂齊壓制。

第一類稱作帝王。第二類稱作教皇。第三類稱作人民。

華盛頓：1783 年 12 月 23 日於國會大廈宣佈：「我已經完成了賦於我的使命。我將退出這個偉大的舞臺，並向莊嚴的國會告別，在他的命令下，我奮戰已久。我謹在此交出委任狀，並辭去我所有的公職。」

華盛頓：要努力讓你心中的那朵被稱為良心的火花永不熄滅。

亞伯拉罕・林肯：勿以怨恨對待任何人，請慈愛加給所有的人。

亞伯拉罕・林肯：要使我們這個國家在上帝的保佑下得到自由的永生，使這個民有、民治、民享的政府永世長存。

亞伯拉罕・林肯：給別人自由和維護自己的自由，兩者同樣是崇高的事業。

亞伯拉罕・林肯：選票比子彈更有力量。

亞伯拉罕‧林肯：政府存在的合法目的是為人民去做他們所需要去做的事情，去做人民根本做不到或者以其各自能力不能做好的事，而對於人民自己能做好的事政府不應該去干涉。

亞伯拉罕‧林肯：你能在所有的時候欺騙某些人，也能在某些時候欺騙所有的人，但你不能在所有的時候欺騙所有的人。

亞伯拉罕‧林肯：正像我不願意做奴隸一樣，我也不願意做主人，這就是我的民主思想，任何與此不同的東西都絕對不是民主。

羅斯福：當人們自由地追求真理時，真理就會被發現。

羅斯福：有學問而無道德，如一惡漢有道德而無學問，如一鄙夫。

小布希：人類千萬年的歷史，最為珍貴的不是令人眩目的科技，不是浩瀚的大師們的經典著作，不是政客們天花亂墜的演講，而是實現了對統治者的馴服，實現了把他們關進籠子裏的夢想……我現在就是站在籠子裏跟你們說話。

雨果：多辦一座學校就可以少建一座監獄。

雨果：我們的精神圍繞著真理運轉，好像群星圍繞著太陽。

雨果：人生下來不是為了抱著鎖鏈，而是為了展開雙翼。

雨果：道德是真理之花。

雨果：謹慎比大膽要有力量得多。

列夫‧托爾斯泰：心靈純潔的人，生活充滿甜蜜和喜悅。

拿破崙：統治者最糟糕的莫過於不道德，上梁不正下梁歪，統治者要是不道德就會影響風尚，毒化社會。

拿破崙：君主不應以統治為目的，而應傳播道德，教化和福澤民族。

拿破崙：我不願為取金蛋殺掉我的老母雞。

拿破崙：應該蔑視一切政黨，心目中只有廣大民眾，只有依靠廣大民眾的支持，才能建立偉業。

拿破崙：母親的素質決定著一個民族的未來。

丘吉爾：我沒有東西奉獻，唯有辛勞、淚水和血汗。

普列漢諾夫：暴力革命形成的政權是不可能給人民民主的。

久加諾夫：蘇聯解體，蘇共亡黨的根本原因是三壟斷：意識形態壟斷，大搞一言堂。權力壟斷，大搞政治暴力。利益壟斷，大搞特權。

孟子：民為貴，社稷次之，君為輕。

唐太宗李世民：人以銅為鏡，可以正衣冠，以古為鏡，可以知興替，以人為鏡，可以知得失。

蔡元培：思想自由，是世界大學的通例。

李大釗：思想自由與言論自由，都是為保障人生達於光明與真實的境界而設的。無論什麼思想言論，只要能夠容他的真實沒有矯揉造作的儘量發露出來，都是於人生有益，絕無一點害處。

李大釗：思想是絕對的自由，是不能禁止的自由，斷斷沒有一點點的效果，你要禁止它，它的力量便跟著你的禁止越發強大。

李大釗：思想本身沒有絲毫危險的性質，只有愚暗與虛偽是頂危險的東西，只有禁止思想是頂危險的行為。

陶行知：中國要到什麼時候才能翻身？要等到人命貴於財富，人命貴於機器，人命貴於安樂，人命貴於名譽，人命貴於權位，人命貴於一切，只有等到那時，中國才站得起來！

魯迅：墨寫的謊言掩蓋不了血寫的事實。

魯迅：革命是要人生，不是要人死。

吳思：惡政好比是一面篩子，淘汰清官，選擇惡棍。

鄧小平：要認清大勢，不要逆勢而為。共產主義就是逆勢而為。

鄧小平：首先，我對我們國家的政體現狀並不滿意。我是這個政體的創建者之一，這十幾年也算這個政體的守護者、責任者，但我也是這個政體的受害者。每當我看到樸方殘廢的身體，我就在想，我們政體的名字叫中華人民共和國，但共和國最本質、最核心的東西是什麼呢？應該是民主和法制。我們所缺的恰恰是民主和法制！為改變現狀，這些年我做了一些工作，這個問題並未解決。十幾年後，你們當政時也未必能解決。其實，解決的辦法是存在的，這就是向美國憲政學習。美國成為超一流強國靠的就是這個東西。中國要成為一流國家，也得靠這個東西。向美國學習，應該理直氣壯，比別人差嘛，就應該承認自己的不足。當然，這裏面有很多技巧，不要急。但你們有責任去努力、去學習、去實踐，這是歷史的責任。經過幾代人的努力，把中華人民共和國真正建成一個權力來源於人民、法制公平的憲政國家。這也是孫中山的夢想。只有這樣，才能說長治久安。

鄧小平：中美關係。中國對外關係中最重要的是中美關係。回顧一百年來，對中國欺負最少的大國就是美國了。退回庚子賠款讓中國人去美國留學不說，八年抗戰，美國的援助比蘇聯援助多得多！抗美援朝與美國打仗，是金日成和史達林強加給我們的。美國是第一強國，中國的發展和統一都繞不開美國，世界和平和發展也離不開美國。現在為了穩定和發展，我們只能是韜光養晦，絕不冒頭，沒辦法，我們能力不夠，手段有限嘛。到了你們那一代，辦法可能會多一些。我們要學習美國憲法，美國人會不開心嗎？為了國富民強，我們黨讓人民當家作主和富強的理想不變，但名字是否也可以考慮改成人民黨、社會黨之類呢？我想，名字一改，中美關

係馬上會改善。總之，到了你們那一代，手段會多些，辦法也會多些。你們也要開明些，靈活些，要有所作為，不要像我們這一代人這麼僵化和死板。只要為了國家人民利益，實事求是地去做，就經得起歷史的考驗。

鄧小平：「六四」問題。「六四」是中國改革開放過程中的必然現象。社會成本很高。這個問題，今後會有人來翻舊帳。說你動用了軍隊，也死了人，責任是躲不掉的。但也還有更大的歷史責任，則在於國家前進了，還是倒退了？國家是混亂破敗了，還是穩定發展了？真正對歷史負責的人，不怕這種責任。尤其要做領袖，更得要有擔當。到了你們那一代，也不知會出什麼樣的事情，或許是六五，或許是七四。但你們一定要有對歷史和國家的責任感，實事求是，一切從實際出發，只要對中國進步發展有利，該怎麼幹就下決心去幹。回答「六四」這類問題，根本的方法不是去爭論，而是實實在在把國家搞好，讓人民生活一天天好起來。有人告訴我，黨內人才是一代不如一代，我看得依什麼標準衡量。論文采飛揚，我不如毛澤東。論意志堅定，你們可能比不了我。但論科學理性，論勤奮努力，論民主開明，可能會是你們的長處。總之，不要怕事，不要怕禍。要敢闖、敢幹、敢負責任。當然，也不要一朝權在手就惹是生非。要不惹事、不生事、幹實事，敢負責。有了這種態度，歷史也會對「六四」有一個理性的說法。

鄧小平：中國要出問題，還是出在共產黨內部。

姚監復：「六四」屠殺後，趙紫陽被罷黜中共總書記的職務，趙紫陽不是沒有復出的機會。1990 年鄧小平派人帶話，說你可以出來工作。趙回答說：「如果是到政協這樣不能幹事的單位，我不要；但如果要我當總理，我肯定比李鵬幹得好。」1991 年，鄧小平又派人去告訴他，你出來當總書

記都可以考慮，前提是你要認錯。但趙紫陽說：「重新認識不必要，我的認識到此為止。」所以他真正是威武不能屈，富貴不能淫，貧賤不能移的中國英雄，因此他被當局軟禁在家中長達 16 年。

蔣經國：我知道我是專制者，但我會是最後一位——我以專制來結束專制。

蔣經國：目前最重要的敵人，是攫取我們整個大陸的俄國——赤色帝國主義了。林則徐說「亡中國者，終為俄羅斯！」這是金石之言。

蔣經國：（父親）回國的時候，便秘密向總理報告：第一，蘇俄的共產主義，實行起來，一定要為害人類；第二，今日的「朋友」蘇俄，正是我們未來的最大的「敵人」。當時為著避免和俄國分裂，所以這個報告沒有公佈，父親的慧眼，老早就發現了俄帝的陰謀。

蔣經國：中國領土被（俄羅斯）占的面積，包括外蒙古在內，共有六百五十七萬八千八百二十平方公里，約為我原有領土的三分之一，而與我們現有領土一千二百萬平方公里比較，則已有一半的土地被俄國佔領去了，這樣大的仇恨，我們是永遠忘不了的！

蔣經國：使用權力容易，難就難在曉得什麼時候不去用它。

蔣經國：世上沒有永遠的執政黨。

馬英九：我們可以說經國先生是一位威權時代的開明領袖，他一方面振興經濟，厚植國力，一方面親手啟動終結威權時代的政治工程。我們崇敬他就因為他能突破家世，出身，教育，曆練乃至意識形態的局限，務實肆應變局，進而開創新局。在這個意義上，他的身影，不僅不曾褪色，反而歷久彌新。

儲安平：老實說，我們現在爭取的自由，在國民黨統治下，這個「自由」還是一個「多」「少」的問題，假如共產黨執政了，這個「自由」就變成了一個「有」「無」的問題了。

儲安平：坦白言之，今日共產黨大唱其「民主」要知共產黨在基本精神上，實在是一個反民主的政黨。就其統治精神上說，共產黨和法西斯黨無任何區別，兩者都企圖透過嚴屬的組織以強制人民的意志，在今日中國的政爭中，共產黨高喊「民主」，無非是鼓勵大家起來反對國民黨的「黨主」，但就共產黨的真精神而言，共產黨所主張的也是「黨主」而決非「民主」。

陸定一：一種新專制主義的報紙，告訴人民以謠言，閉塞人民的思想，使人民變得愚蠢……它對於社會，對於人類，對於國家民族，是一種毒藥，是殺人不見血的鋼刀……。（其）記者是專為專制主義者服務的，其任務就是造謠、造謠、再造謠。

【大紀元 2013 年 04 月 29 日訊】林昭獄中血書節選

· 我經歷了地獄中最最恐怖最最血腥的地方，我經歷了比死亡本身更千百倍的更慘痛的死亡。

· 青少年時代思想左傾那畢竟是舊認識問題，既然從那臭名遠揚反右運動以來，我已日益看穿了那偽善畫皮下猙獰的羅剎鬼臉，則我斷然不能允許我墮落為甘為暴政奴才的地步。

· 長期以來，當然是為了更有利於維持你們的極權統治與愚民政策，也是出於嚴重的封建唯心思想和盲目的偶像崇拜雙重

影響下的深刻奴性，你們把毛澤東當 作披著洋袍的真命天子，竭盡一切努力在室內外將他加以神化，運用了一切美好詞藻的總匯與正確概念的集合，把他裝扮成彷彿是獨一無二的偶像，扶植人們對他的 個人迷信。（林昭獄中上人民日報書）

- 每當想起那慘烈的一九五七年，我就會痛徹心腹不自自主地痙攣起來。真的，甚至聽到看到或提到那個年份，都會使我條件反射似地感到劇痛，這是一個染 滿中國知識份子和青年群之血淚的慘澹悲涼的年份。假如說在此之前處於暴政下的中國知識界還或多或少有一些正氣的流露，那麼在此之後確實是幾乎被摧殘殆盡了。

- 每當我沉痛悲憤地想到，那些自稱為鎮壓機關或鎮壓工具的東西正在怎樣地作惡，而人們特別是我們同時代的中國人的青春代，在這條叫專政的大毒蛇的鎖 鏈之下怎樣的受難，想到這荒謬的情況的延續是如何斷送民族的正氣和增長著人類的不安，更如何玷污著祖國的名字而加劇時代的動盪，這個年輕人還能不急躁嗎？

- 誠然我們不惜犧牲，甚至不避流血，可是像這樣一種自由的生活，到底能不能以血洗的辦法，使它在血泊之中建立起來呢？中國人的血歷來不是流得太少了而是太多，即使在中國這麼一片深厚的中世紀遺址之上，政治鬥爭是不是也有可能以較為文明的形式去進行而不必訴諸流血呢？

- 光是鐐銬一事，人們就不知玩出多少花樣來，一副反銬，兩副反銬，時而平行時而交叉，最最慘無人道酷無人理的是，無論我在絕食中，還是在胃炎發病，疼得死去活來時，乃至在婦女生理特殊的情況——月經期間，不僅從來未為解除過鐐銬，甚至從來沒有減輕、比如兩副鐐銬中暫時除掉一副。

- 這怎麼不是血呢？陰險地利用我們的天真，幼稚，正直，利用著我們的善良，單純的心與熱烈激烈的氣質，欲以煽動加以驅使。而當我們比較成長了一些，開始警覺到現實的荒謬殘酷，開始要求我們應有的民主權利時，就遭到空前未有的慘痛無已的迫害與折磨和鎮壓。怎麼不是血呢？我們的青春、愛情、友誼、學業、事業、抱負、理想、幸福、自由，我們之生活的一切，這人的一切，幾乎被摧殘殆盡地葬送在這污穢不堪罪惡極權制度的恐怖統治之下。這怎麼不是血呢？

- 不不！上帝不會讓我瘋狂的，在一日，她必需保存我的理智與保存我的記憶，但在如此固執而更陰險的無休止的糾纏與逼迫之下，我幾乎真的要瘋狂了。上—帝，上帝幫助我吧，我要被逼瘋了，可是我不能夠瘋，我也不願意瘋呀……（林昭被一女獄警毒打後在牆上用血書寫的文字。）

- 我默默地摳著牆上的血點，只有想到那麼遙遠而又那麼切近的慈悲公義的上帝時，我才找到我要說的話，這個滿腹委屈的孤憤的孩子無聲地禱告過，天父啊，我不管了，邪心不死

的惡魔這麼欺負人，我不管了，我什麼都不管他了。（被獄
警打後寫於牆上的血書）

· 我開始以自己的鮮血寫告人類書，它那短短的序言性的第一
節在半天之中一氣呵成，相信凡讀著它的人們都不能不感覺
到其中深沉而熾烈的悲痛激情。

（來源：潘啟才的日誌）

（責任編輯：林遠山）

陳曉旭：人間不僅只有競爭，如果只有競爭的話，我們每一個人都變
成戰士了，那麼我們生存的地方一定是個戰場，希望我們每個人都能做一
個園丁，讓我們的世界變成一個沒有硝煙的花園。

韓雪：拒絕戰爭……是對死難同胞的最好紀念。

易中天：建設「人間天堂」的結果，勢必都是「人間地獄」。

蔣廷黻：一個有政治自由的國家固然不能說就是天堂。一個無政治自
由的國家確是地獄了。

雷海宗：中國知識份子一言不發的本領在全世界的歷史上，可以考第
一名。

黃現璠：文化本位主義是文化專制主義的溫床，而文化專制又是歷代
封建王朝實行民族壓迫政策的思想武器，互為因果。

艾青：但是有人害怕光／有人對光滿懷仇恨／因為光所發生的針芒／刺
痛了他自私的眼睛／歷史上的所有暴君／各個朝代的奸臣／一切貪婪無厭的
人／為了偷竊財富，壟斷財富／千方百計把光監禁／因為光能使人覺醒……。

王亞南：專制制度下只有兩種人：一種是啞子，一種是騙子。我看今天的中國就是少數騙子在統治多數啞子。

袁偉時：二十一世紀了，還以言獲罪，侵犯公民權利，褻瀆文明，又一次往中國臉上擦黑，當局認定的罪犯劉曉波成了眾人心目中的英雄，鴻溝如此巨大，執政者如何面對？

龍應臺：（中共）他們還停留用軍事的單一角度來看整段歷史，但你怎能還用慶祝的口吻？你怎能慶祝當年被你殲滅的國軍？難道你不覺得這些亡魂都是你的手足兄弟？

清慈禧太后：世間爹媽情最真，淚血溶入兒女身。殫竭心力終為子，可憐天下父母心。

馬克思《共產黨宣言》：一個幽靈，共產主義的幽靈，在歐洲大陸徘徊。為了對這個幽靈進行神聖的圍剿，舊歐洲的一切勢力、教皇和沙皇，梅特涅和基佐，法國的激進派和德國的員警，都聯合起來了。

共產黨人不屑於隱瞞自己的觀點和意圖。他們公開宣佈，他們的目的只有用暴力推翻全部現存的社會制度才能達到。讓統治階級在共產主義革命面前發抖吧。共產者在這個革命中失去的只是鎖鏈，他們獲得的將是整個世界。

馬克思：暴力打碎舊世界，毀滅世界的目的是要解放全人類，在人間建造一個「天堂」，讓人類得到永遠的幸福。「毀滅」世界是為了讓全人類「幸福」。

馬克思：歷史本身經常重演，第一次是悲劇，第二次就成為鬧劇了。

馬克思：每個人的自由發展是一切人自由發展的條件。

馬克思：宗教是麻醉人民的鴉片。

拿破崙：我承認我很矮，但如果你由此而取笑我的話，我將砍下你的腦袋，消除這個差別。

拿破崙登上阿爾卑斯山：我比阿爾卑斯山還要高。

路易‧菲利普：王位不是空椅子。

路易十五：我死後管他洪水滔天。

希特勒：人類在永恆的鬥爭中壯大，在永恆的和平中毀滅。

希特勒：人類在鬥爭中變得強大，不論他達到了什麼目標，都是由於他的創造力加上他的殘忍。

希特勒：人類的整個生命離不開三個論點：鬥爭產生一切。美德寓於流血之中。領袖是首要的、決定性的。

希特勒：在上帝和世界面前，總是強者有權利貫徹他的意志。

希特勒：強者必須統治弱者，只有天生的弱者才會認為這是殘酷的。

希特勒：憐憫是一種原罪，憐憫弱者是違背自然的事。

希特勒：民眾愛嚴峻的統治者，甚於愛乞憐的人。

希特勒：強者的獨裁便成為最強者。

希特勒：群眾就像女人……寧願屈從堅強的男人，而不願統治懦弱的男人，群眾愛戴的是統治者，而不是懇求者，他們更容易被一個不寬容對手的學說折服，而不太容易滿足於慷慨大方的高貴自由，他們對用這種高貴自由能做些什麼茫然不解，甚至很容易感到被遺棄了，他們既不會意識到對他們施予精神恐嚇的冒失無禮，也不會意識到他們的人身自由已被粗暴剝奪，因為他們決不會弄清這種學說的真實意義。

希特勒：我們必須保持殘酷和狂熱，直到死亡。

希特勒：偉大的說謊者同時也是偉大的魔術師。

希特勒：民眾不思考就是政府的福氣。

希特勒：我的意志決定一切。

希特勒：我們將要系統的毫不留情的消滅敵人，連根帶葉。

希特勒：在發動戰爭和進行戰爭時，是非問題無關緊要，緊要的是勝利。

希特勒：如果他們背叛國家的話，等待他們的只是死亡！

希特勒：去征服、剝削、掠奪乃至消滅劣等民族，乃是我無可推卸的職責和特權。

希特勒：凡是一種理想寄託的，無論什麼組織，它的偉大就是在於它的宗教狂熱和那不能容忍的固執精神，他們攻擊其他的組織，並且堅信著人家都是不對的，只有自己才是對的。

希特勒：只有今天會服從的人，明天才可以指揮。

希特勒：一個領袖，一種群眾，一個國家。

希特勒：士兵不需要思想，有領袖替他們思想。

希特勒：時間已經來到，所有時刻全世界最邪惡的猶太敵人，至少要讓他們停止角色一千年。

希特勒：不能用和平取得的東西，就用拳頭來取。

希特勒：人道是愚蠢、怯懦和自作聰明的混合物。

希特勒：就是最殘酷的武器，如果用後可以早獲勝利，那麼對於人道的原則仍是不悖的。

希特勒：每一代都至少應該經歷一場戰爭的洗禮。

希特勒：他們得小心了，總有一天我們的忍耐到了盡頭，那時候我們會讓那些無恥的猶太人永遠住嘴！！！

希特勒：只有那些瘋狂的大眾才是馴服的。

希特勒：民眾是盲目和愚蠢。

希特勒：大眾就像是個任我為所欲為的女人。

希特勒：婦女教育的不可動搖的目的就是養育子女。

希特勒：女人的智力是完全無用的。

希特勒：只有對我來說有用的條約才是有效的。

希特勒：我們以前總是，將來也會繼續對一切事冒險。

希特勒：我總想戰鬥。

希特勒：對敵人來說沒有什麼地方比墳墓更好了。

希特勒：有沒有世界大戰對我來說都一樣。

希特勒：年輕人本來就是要犧牲的。

希特勒：我們的運動是反議會制的。

希特勒：世界上變革最強的推動力不是統治群眾的科學認識，而是賦於群眾以力量的狂熱。有時甚至是驅趕民眾向前的歇斯底里。

戈培爾：謊言重複一千遍就是真理。

墨索里尼 1938 年世界盃給義大利國家足球隊的電文：勝則獎，敗則殺。

墨索里尼：我的人生第一張王牌就是出身勞動者家庭。

墨索里尼：戰爭是革命的前奏。

墨索里尼：只有流血才能使歷史的車輪轉動。

墨索里尼：我不贊成野蠻、愚蠢的暴行，但並不反對外科手術式的暴力活動。

墨索里尼：義大利人必須學會服從，從小養成服從的習慣，必須會迷

信領袖，任何時候只要我一聲令下便能赴湯蹈火在所不辭。

墨索里尼：一個領袖不可有與他平起平坐的對手，不可有朋友，對誰都不能講心裏話。

墨索里尼：捏造比說真話更有用。

墨索里尼：群眾不必使其知，只需使信之，逼其就範。

墨索里尼：個人是國家的一部份，必須服從於國家的需要，否則，個人根本不存在。

墨索里尼：我死後法西斯主義將隨之消失。

墨索里尼：做一天雄獅勝做百年綿羊。

墨索里尼：希特勒的勝利就是我們的勝利。

墨索里尼：所謂法西斯主義，首先是一種美。

列寧：恐怖創造神。

捷爾任斯基：實話實說——我們實施的就是有組織的恐怖。

托洛茨基：我們開闢了一個新紀元，一個鐵與血的紀元！

史達林：勝利者不應該受譴責。

史達林：在蘇聯的軍隊中臨陣脫逃比衝鋒陷陣更需要勇氣。

史達林：死亡可以解決所有問題，沒有人就沒有問題，一個人的死是個悲劇，一百萬人的死是個統計問題。

史達林：人民知道有這個選舉就夠了。那些投票的人什麼也決定不了，那些數票的人才可以決定一切；思想比武器更有力量，我們不會允許敵人擁有武器，那為什麼要允許他們擁有思想？

史達林：勝者無過。

史達林：共產黨員的意志比鋼鐵還要堅強。

史達林：國家利益要求我們殘酷無情。

貝利亞：當我們布爾什維克想要做成一件事，我們會對其他的一切都不顧。

赫魯雪夫：史達林是我們的生身父親。

赫魯雪夫：大會認為在列寧墓中繼續保留約.維.史達林的水晶宮是不適宜的，因為史達林嚴重地違反了列寧的遺訓，濫用權力，大規模鎮壓正直的蘇維埃人，以及在個人崇拜時期的其他行為使他的靈柩在弗.伊.列寧墓中成為不可能。（很快，史達林的遺體從列寧墓中被拉到火葬場焚燒。）

齊奧塞斯庫：我對我的愛犬被授於陸軍上校軍銜感到滿意。（齊的愛犬是歷史上職位最高的狗官。）

齊奧塞斯庫：要堅決打退外國的干涉和蒂米索拉流氓集團的動亂。

澤登巴爾：毛澤東思想在蒙古人民看來，一錢不值。

曹操：寧教我負天下人，休教天下人負我。

宋太祖趙匡胤：臥榻之側豈容他人酣睡？

元太祖鐵木真：人生最大的快樂莫過於到處追殺自己的敵人，侵佔他們的土地，掠奪他們的財富，聽著他們的妻兒哭泣。

清高宗弘曆：除生我者和我生者皆可淫。

清慈禧太后：寧與洋人，不與家奴。

蔣介石：攘外必先安內。

蔣介石：一寸山河一寸血，十萬青年十萬軍。

蔣介石：共黨不僅無信義且無人格，誠禽獸不若也。漢奸必亡，侵略必敗。

蔣介石：只要有一面青天白日滿地紅的國旗插在我們中國領土之上，那就是我黃帝子孫獨立自由的標識。

蔣介石：只要吾人保有今日基地，實行三民主義，則天時地利人和皆在於吾人之一方。

汪精衛：中國共產黨人既聲明願為三民主義實現而奮鬥，則應即徹底拋棄其組織及宣傳，並取消其邊區政府及軍隊之特殊組織，完全遵守中華民國之法律制度。三民主義為中華民國之最高原則，一切違背此最高原則之組織與宣傳，吾人必自動的積極的加以制裁，以盡其維護民國之責任。

陳璧君：日寇侵略，國土淪喪，人民遭殃，這是蔣介石的責任，還是汪先生的責任？說汪先生賣國？重慶統治下的地區，由不得汪先生出賣。南京統治下的地區，是日本人的佔領區，並無寸土是汪先生斷送的，相反只有從敵人手中奪回權利，還有什麼國可賣？汪先生創導和平運動，赤手收回淪陷區，如今完璧歸國家，不但無罪而且有功。

抗戰勝利 68 周年 看豪言壯語與漢奸語

【看中國 2013 年 08 月 15 日訊】今年的 8 月 15 日為抗戰勝利 68 周年，1945 年的這一天，日本電臺播放昭和天皇宣讀的《終戰詔書》，宣佈接受波茨坦公告，向盟國無條件投降。在中國艱苦抗戰的期間，有無數胸懷愛國之心的人們所發出的豪言壯語，以下為較常見的：

……**如果戰端一開，就是地無分南北，年無分老幼，無論何人，皆有守土抗戰之責任，皆應抱定犧牲一切之決心**……

1937 年 7 月 17 日，盧溝橋事變後，蔣介石在盧山談話中做出上述表示，其後，在八年抗戰中，該言論被反復引用，成為戰爭期間的經典語言，其悲壯之態溢於言表。

士兵打完了，你就自己填進去，你填過了，我就來填進去。

1938 年春，臺兒莊大戰最激烈時，日軍已佔據臺兒莊之大部，孫連仲的第二集團軍 3 個師基本打光，孫來電哽咽著請求「撤到運河南岸去吧，給我們留點種子吧！感謝長官大恩大德」，李宗仁答復曰「湯兵團正在南進，很快就會進莊，你們不能後退半步，組織敢死隊，發動反攻！」。

孫連仲悲壯地說：「絕對服從命令，直到整個兵團打完為止！」隨後，孫對師長池峰城下達反攻命令，並做出上述表示。

一寸山河一寸血，十萬青年十萬軍

1943 年夏季，中國遠征軍、駐印軍厲兵秣馬反攻滇緬，急需大量懂

英語的知識青年入伍。國民政府提出了「一寸山河一寸血，十萬青年十萬軍」的號召，大後方的千萬青年皆被感動，短短數月就有近 10 萬大中學生投筆從戎、舍家為國。

由知識青年為主體的中國遠征軍 1943 年冬反攻入緬，展開第二次緬戰。在人跡罕絕的異域叢莽中，中國健兒以同仇敵愾之心，精忠抒國之志，將竭其智，兵盡其勇，克服重重困難，一路攻城拔寨，戰無不勝，攻無不克，歷經戰徑七百餘次，殺傷日軍十萬餘，至一九四五年打通中印公路凱旋返國。可惜如此鐵軍，下場悲戚，在隨後的內戰中，幾乎全部覆滅在東北的黑土地上，唉，怎一聲歡息了得。

這些狗雜種！你去審一下，凡是到過中國的，一律活埋。今後都這樣辦。

1943 年 10 月，第二次緬甸戰役，當日軍俘虜被帶到中國遠征軍新 38 師師長孫立人面前時，他厭惡地皺皺眉頭，不加思索地向參謀下達上述命令。

彈盡，援絕，人無，城已破。職率師部，扼守一屋，作最後抵抗，誓死為止，並祝勝利。

1943 年常德會戰最慘烈的時候，常德城區已成一片焦土，日機不分日夜狂投燒夷彈，城內大火蔽天，第 57 師師長餘程萬仍率殘部死據城西南一角，拉鋸搏鬥。餘此時已知援軍不可能如期抵達，決意全師戰死常德。這是他給司令長官孫連仲的電文，孫當即淚如雨下。

那時侯，我已經死了。

抗戰時期，張靈甫對記者表示，對於中國最後的勝利是有確信的，記者問：「那抗戰勝利後，你打算做什麼？」張靈甫回答道：「那時侯，我已經死了。在這場戰爭中，軍人大概都是要死的。」

每次飛機起飛的時候，我都當作是最後的飛行。與日本人作戰，我從來沒想活著回來！

在 1938 年武漢「4．29 空戰」中，時任第 4 航空大隊第 21 中隊飛行員陳懷民的戰機在擊落一架敵機後受到 5 架敵機圍攻，他的飛機油箱著火。當時他本可跳傘求生，但他猛拉操縱杆，戰機拖著濃濃的黑煙，向上翻轉了 180 度，撞向從後面撲來的敵機，與日本吹噓的所謂「紅武士」高橋憲一同歸於盡。以上是他生前所講。

現孤軍奮鬥，決心全部犧牲，以報國家養育！為國戰死，事極光榮。

1942 年初，戴安瀾率所部 200 師萬餘人赴緬參戰。在東瓜保衛戰前，他留給妻子上述遺書。面對數倍於己的日軍，戴安瀾號令全軍：「雖戰至一兵一卒，也必死守東瓜。」戴安瀾部擊斃敵軍 5000 餘人，掩護了英軍的撤退，取得出國參戰的首次勝利。後在孟關激戰中以身殉國，終年 38 歲。

不能成功即能成仁，為軍人者，為國家戰死，可謂死得其所。

1937 年 10 月 11 日，著名的忻口保衛戰開始了。第 9 軍與日本板垣師團展開殊死戰鬥，日軍以飛機、大炮、坦克等精良武器裝備，組成密集

火力網，9軍裝備差，加之沒有防空火力，傷亡巨大。軍長郝夢齡親率殘部與日軍展開肉搏戰，郝身先士卒手持大刀連斃數敵，在通過一段隘路時，一串子彈射來，擊中了郝夢齡的胸部，倒下後他仍力呼所部殺敵報國，而後壯烈犧牲。以上是 10 月 10 日他於忻口戰地給夫人寫的最後一封遺書的內容⋯⋯而當 1937 年 9 月，當郝夢齡路過武漢與家人訣別時，就曾立下遺書，留示兒女：「此次北上抗日，抱定犧牲，萬一陣亡，你們要聽母親的教訓，孝順汝祖母老大人。」

男兒欲報國恩重，死到沙場是善終

1941 年 2 月，四川省各界抗戰前線慰勞團來靈寶縣李家鈺部駐地勞軍，李家鈺親筆書寫如此字幅。1944 年 5 月 21 日，李率集團軍總部官兵左右衝突，在秦家坡陷入日軍伏擊圈。在敵寇密集火力射擊下，總部官兵200 餘人全部殉難，李家鈺頭額及左腋被子彈和槍榴彈破片擊中終因流血過多而犧牲。

注：李家鈺時任 36 集團軍總司令，他和張自忠是抗戰中犧牲的最高級別將領。

我生國亡，我死國存！

武漢會戰前夕，陳誠視察湖口要塞炮臺，發表了戰前宣言，稱「湖口要塞，是武漢門戶，官兵必須樹立與炮臺共存亡的決心」，全體官兵高呼「誓與倭寇決一死戰，誓死守衛湖口要塞。」後炮臺陣地均被敵機和敵大炮摧毀，將士絕大部分壯烈殉國。

我腿已斷，不必管我。我決心殉國，以保全國格人格。

中條山之戰，日軍集中重兵攻擊 12 師，寸性奇師長在接受軍長的命令率部突圍後，發現軍部未能突圍，寸又率部衝入重圍營救軍部，後身中八彈，拔刀自殺，這是臨終前的遺言。其父寸大進老先生恨自己已經 88 歲高齡，已經無力報國，遂絕食而亡，死後雙目不瞑。

嶽武穆 38 歲壯烈殉國，我已過了 38 歲，為抗日死而無怨。

1936 年 10 月，蒙古分裂分子德王在日軍指揮下，分三路大舉進犯綏遠。傅作義召集所部進行軍事部署。傅作義通告全軍：「愛國軍人守土有責，我們一定要打！」並表示了上述抗日決心。後指揮百靈廟大捷，擊斃日軍千餘人，俘敵 200 餘人，綏遠抗戰勝利結束。

家仇國恨，等待何時！日機炸我同胞，向其討還血債！

滬抗戰爆發，日木更津航空隊百架轟炸機開始轟炸江、浙，8 月 14 日，敵機八架進入杭州市區上空轟炸。航委會當時命令不抵抗，時任空軍第四大隊中校大隊長的高志航主張「將在外，君命有所不受」，於是他下令起飛，並首開第一炮，擊落日領隊機。此戰擊落敵機六架，兩架負傷逃跑。後高被日空軍炸死。

千萬頭顱共一心，豈肯苟全惜此身，人死留名豹留皮，斷頭不做降將軍！

1944 年，日軍發動了豫湘桂戰役。八個師團十餘萬人猛攻桂林，31

軍 131 師師長闞維雍指揮部隊沉著應戰，打退了日軍多次瘋狂進攻，雙方損失慘重。6000 抗日將士彈盡糧絕後被困於岩洞中，日軍使用毒氣迫其投降，但直至全部殉難，沒有一個人走出岩洞。在中正橋主陣地被日軍突破後闞維雍將軍親自指揮敢死隊，奮勇逆襲奪回陣地。後桂林陷落，闞維雍自殺殉國。

驚人漢奸語

有抗戰英雄的豪言壯語，也有驚人的漢奸語，其中就以毛澤東的最出名：

毛澤東在一九三七年八月在陝北洛川會議上的講話摘要（1）

「要冷靜，不要到前線去充當抗日英雄，要避開與日本的正面衝突，繞到日軍後方去打遊擊，要想辦法擴充八路軍、建立抗日遊擊根據地，要千方百計地積蓄和壯大我黨的武裝力量。對政府方面催促的開赴前線的命令，要以各種藉口予以推拖，只有在日軍大大殺傷國軍之後，我們才能坐收抗日成果，去奪取國民黨的政權。

我們中國共產黨人一定要趁著國民黨與日本人拼命廝殺的天賜良機，一定要趁著日本佔領中國的大好時機全力壯大，發展自己，一定要抗日勝利後，打敗精疲力盡的國民黨，拿下整個中國。」

毛澤東在一九三七年八月在陝北洛川會議上的講話摘要（2）

「有的人認為我們應該多抗日，才愛國，但那愛的是蔣介石的國，我們中國共產黨人的祖國是全世界共產黨人共同的祖國即蘇維埃（蘇聯）。我們共產黨人的方針是，要讓日本軍隊多占地，形成

蔣、日、我，三國志，這樣的形勢對我們才有利，最糟糕的情況不過是日本人佔領了全中國，到時候我也還可以借助蘇聯的力量打回來嘛！」

毛澤東在一九三七年八月在陝北洛川會議上的講話摘要（3）

「為了發展壯大我黨的武裝力量，在戰後奪取全國政權。我們黨必須嚴格遵循的方針是『一分抗日，二分敷衍，七分發展，十分宣傳』。任何人，任何組織都不得違背這個總體方針。」！

來源：看中國編輯整理

毛澤東吟青蛙詩：獨坐池塘如虎踞，綠楊樹下養精神。春來我不先開口，哪個蟲兒敢作聲。

毛澤東：與天鬥其樂無窮，與地鬥其樂無窮，與人鬥其樂無窮。

毛澤東：赫魯雪夫從不搞個人崇拜，他的倒臺是沒有人崇拜他。

毛澤東論武鬥：我才不怕打，一聽打仗我就高興，北京算什麼打？無非冷兵器，開了幾槍。四川才算打，雙方都有幾萬人，有槍有炮，聽說還有無線電。

毛澤東：去搞階級鬥爭那是大學，可以學到很多東西。什麼人大、北大，還是那個大學好！我就是綠林大學的，在那裏學了點東西，我就是馬克思加秦始皇。

毛澤東：要感謝日本帝國主義，他們的這個侵略對我們很有好處。

毛澤東：不用作什麼抱歉，日本軍國主義給中國帶來了很大利益，使中國人民奪取了政權，沒有你們皇軍，我們不可能奪取政權。（1964 年毛

澤東接見日本社會黨，訪華代表團團長佐佐木更三時說的話。）

　　毛澤東：取消稿酬制度，一律不發稿費。（炎黃春秋批露：中國文革期間發稿費的唯一一人就是毛澤東，他的稿費截止 2001 年 5 月底數目為 1 億 3 千 1 百 21 萬。）

　　毛澤東：文質彬彬不好，要武嘛！

　　毛澤東：武鬥有兩個好處，第一是打了仗有作戰經驗，第二好處是暴露了壞人……再鬥十年，地球照樣轉動，天也不會掉下來。

　　毛澤東：革命不是請客吃飯，不是作文章，不是繪畫繡花，不能那樣雅致，那樣從容不迫，文質彬彬，那樣溫良恭儉讓。革命是暴動，是一個階級推翻一個階級的暴力的行動。

　　毛澤東：我是和尚打傘——無法無天。（毛澤東與斯諾談話。）

　　毛澤東：一切勾結帝國主義的軍閥、官僚、買辦階級、大地主階級以及附屬於他們的一部分反動知識界，是我們的敵人。

　　毛澤東：每個共產黨員都應懂得這個真理：槍桿子裏出政權。

　　毛澤東（毛澤東答羅稷南先生問：「將如魯迅活著會怎樣？」）：以我的估計要麼是關在牢裏，還是要寫。要麼是識大體，不作聲。

　　毛澤東：知識份子最沒有知識，三天不打屁股就要翹尾巴。

　　毛澤東：鎮反是一場偉大的鬥爭。這件事做好了，政權才能鞏固。

　　毛澤東：堅決地將一切反革命份子鎮壓下去，而使我們的革命專政大大的鞏固起來，以便將革命進行到底，達到建成偉大的社會主義國家的目的。

　　毛澤東：在國際、國內尚有階級和階級鬥爭存在的時代，奪取了國家權力的工人階級和人民大眾，必須鎮壓一切反革命階級、集團和個人對於

革命的反抗，制止他們的復辟活動，禁止一切反革命分子利用言論自由去達到他們的反革命目的。

毛澤東（1958 年 3 月 22 日成都會議）：秦始皇算什麼，他只坑了四百六十個儒，我們坑了四萬六千個儒。我們鎮反，還沒有殺掉一些反革命分子嗎？我與民主人士辯論過，你罵我們是秦始皇，不對，我們超過秦始皇一百倍。有人罵我們是獨裁統治，是秦始皇，我們一概承認，合乎實際。可惜的是，你們說得還不夠，往往要我們加以補充。

毛澤東（1957 年 11 月參加世界各國共產黨和工人党代表大會發言）：美帝國主義是紙老虎，核戰爭也不可怕，世界有 27 億人，死一些人算不了什麼，中國有 6 億人，就是炸死一半人，還有 3 億人，我怕誰？

毛澤東：八億人口，不鬥行嗎？

江青：我只不過是毛澤東的一條狗，讓我咬誰，我就咬誰。

江青：寧要社會主義的草，不要資本主義的苗。

劉少奇：我是國家主席，我應該得到法律的保護。

劉少奇（對林希翎的論點）：此人一貫反對社會主義，惡毒透頂。

劉少奇：我想我是積極搞個人崇拜的……七大以前我就宣傳毛澤東同志的威信。黨裏面要有領袖，要有領袖就要有威信。……我想我是積極提高某些個人威信的，我現在還要搞。有人要反對毛澤東同志的個人崇拜，我想是完全不正確的，實際上是對黨、對無產階級事業、對人民事業的一種破壞活動。

劉少奇：誰都能平反，唯獨彭德懷不能平反。

彭德懷：無緣無故地關了我這麼多年，有誰來看過我一次？又有誰找我談過一次話，我槍林彈雨中征戰了一輩子，到如今落得這樣一個下場，

蒼天啊？你真不長眼！

彭德懷：警衛戰士，疼得我一點辦法也沒有了，我實在忍受不了，你幫我打一槍吧！

彭德懷：歷史是公正的，人民是公正的，會對我作出正確的結論。

周恩來（對劉少奇的論點）：劉賊該殺！

周恩來（對遇羅克的論點）：此人不殺，殺誰？

周恩來（對楊曦光的論點）：此人反動到了極點。

周恩來（1975 年 5 月 10 日臨終口授鄧穎超）：小超，我百思不解的是鬥爭沒完不了地搞下去，馬克思主義的哲學是一部鬥爭哲學嗎？怎麼造成今天的局面？

周恩來（1975 年 10 月 3 日）：建國 26 年了，政治鬥爭一個接一個，這樣下去把國家帶到災難的境地，這還叫社會主義，還叫人民當家作主的人民共和國嗎？我的一生留著書生氣，以失望走向歸宿……

我們認為欲實行憲政，必須先實行憲政的先決條件。我們認為最重要的先決條件有三個：一是保障人民的民主自由；二是開放黨禁；三是實行地方自治。人民的自由和權利很多，但目前全國人民最迫切需要的自由，是人身居住的自由，是集會結社的自由，是言論出版的自由。人民的住宅隨時可受非法搜查，人民的身體隨時可被非法逮捕，被秘密刑訊，被秘密處死，或被強迫集訓，人民集會結社的自由是被禁止，人民的言論出版受著極端的限制和檢查，這如何能保障人民有討論憲政發表主張的自由呢？（一九四四年三月十二在延安各界紀念孫中山先生逝世十九周年大會演說詞）

1975 年 11 月 15 日：「我想在生命最後時期，還是要自我反思、檢討、澄清若干事件。儘管是晚了，但總不能讓其錯、假繼續下去。歷史誰也篡改不了。1935 年 1 月，遵義會議上，是確立了張聞天同志為代表的黨中央，是中國共產黨歷史上一個生死攸關的轉捩點，要把歪曲的歷史更正過來，好在當年參加會議的同志還在。」

1975 年 11 月 17 日：「1944 年 5 月 21 日，中共六屆七中全會第一次會議，選出朱德、劉少奇、任弼時、周恩來組成主席團會議，有通過決議：得票最高者為主席團主席。劉少奇最高，朱德第二，毛澤東是第四。但是在內部由我提議：主席還是由毛澤東來擔任。朱老總是很反感的。我又一次做了唯心的政治上錯誤的抉擇。」

1975 年 11 月 19 日：1962 年 1 月，中共中央召開擴大工作會議（即七千人會議）。會上總結人禍帶來災難的教訓，強調要恢復黨的實事求是、群眾路線、健全黨內民主生活。會上有不少同志提出：主席退下。在二月十日的政治局常委會上，毛澤東表示：願服從會議決定，辭去主席退下，搞社會調查。朱老總、陳雲、小平表態：歡迎毛澤東辭去主席。是我堅持：主席暫退二線，主席還是主席。

1975 年 11 月 22 日：「1956 年 9 月 29 日，中共八屆全會後第一次政治局會議上，通過二項決議：黨的主席規定連任一屆；要限制領導人權力，加強對領導人的監督，黨內要體現民主集中制。是林伯渠、羅榮桓、彭真提議的。十七名政治局委員，十五名贊成，惟有二人棄權（毛澤東、林彪）。決議都給個人意志廢了，我們也有責任和罪過。」

每一個人要有做一代豪傑的雄心壯志！應當做個開創一代的人。

- 我們愛我們的民族，這是我們自信心的源泉。（3月5日名言）

- 為中華之崛起而讀書。

- 我是愛南開的。

- 大江歌罷掉頭東，邃密群科濟世窮。面壁十年圖破壁，難酬蹈海亦英雄。（7月1日名言）

- 我們認為欲實行憲政，必須先實行憲政的先決條件。我們認為最重要的先決條件有三個：一是保障人民的民主自由；二是開放黨禁；三是實行地方自治。人民的自由和權利很多，但目前全國人民最迫切需要的自由，是人身居住的自由，是集會結社的自由，是言論出版的自由。人民的住宅隨時可受非法搜查，人民的身體隨時可被非法逮捕，被秘密刑訊，被秘密處死，或被強迫集訓，人民集會結社的自由是被禁止，人民的言論出版受著極端的限制和檢查，這如何能保障人民有討論憲政發表主張的自由呢？（一九四四年三月十二在延安各界紀念孫中山先生逝世十九周年大會演說詞）

- 1975 年 11 月 15 日：「我想在生命最後時期，還是要自我反思、檢討、澄清若干事件。儘管是晚了，但總不能讓其錯、假繼續下去。歷史誰也篡改不了。1935 年 1 月，遵義會議上，是確立了張聞天同志為代表的黨中央，是中國共產黨歷史上一個生死攸關的轉捩點，要把歪曲的歷史更正過來，好在當年參加會議的同志還

在。」

- 1975 年 11 月 17 日：「1944 年 5 月 21 日，中共六屆七中全會第一次會議，選出朱德、劉少奇、任弼時、周恩來組成主席團會議，有通過決議：得票最高者為主席團主席。劉少奇最高，朱德第二，毛澤東是第四。但是在內部由我提議：主席還是由毛澤東來擔任。朱老總是很反感的。我又一次做了唯心的政治上錯誤的抉擇。」

- 1975 年 11 月 19 日：1962 年 1 月，中共中央召開擴大工作會議（即七千人會議）。會上總結人禍帶來災難的教訓，強調要恢復黨的實事求是、群眾路線、健全黨內民主生活。會上有不少同志提出：主席退下。在二月十日的政治局常委會上，毛澤東表示：願服從會議決定，辭去主席退下，搞社會調查。朱老總、陳雲、小平表態：歡迎毛澤東辭去主席。是我堅持：主席暫退二線，主席還是主席。"

- 1975 年 11 月 22 日：「1956 年 9 月 29 日，中共八屆全會後第一次政治局會議上，通過二項決議：黨的主席規定連任一屆；要限制領導人權力，加強對領導人的監督，黨內要體現民主集中制。是林伯渠、羅榮桓、彭真提議的。十七名政治局委員，十五名贊成，惟有二人棄權（毛澤東、林彪）。決議都給個人意志廢了，我們也有責任和罪過。」

- 1975 年 12 月 3 日：「一場政治疾風暴雨要降臨，還要鬥，鬥到何日何時方休呢？共產黨哲學是一部鬥爭哲學嗎？社會主義現代化建設是靠鬥爭能建成的嗎？」

- 1975 年 12 月 28 日：「國家很不幸，建國 26 年，還有 6 億人口飯也吃不飽，只會高歌共產黨、頌揚領袖，這是共產黨敗筆。」
- 1976 年 1 月 1 日：「不許放屁，內外樹敵，國家正陷於經濟危機。誰主沉浮？人民，醒悟了的人民。」
- 1976 年 1 月 2 日：「記住：不留骨灰，不建墓碑，要遠離中南海。」
- 在長期的革命鬥爭中，高崗有其正確的有功於革命的一面，因而博得了黨的信任，但他的個人主義思想……和私生活的腐化欲長期沒有得到糾正和制止，並且在全國勝利後更大的發展了，這就是他的黑暗的一面。
- 1954 年 2 月，周恩來主持召開高崗問題座談會。

鄧穎超日記

- 1975 年 5 月 10 日：「小超，我百思不解的是：鬥爭沒完沒了地搞下去，馬克思哲學是一部鬥爭哲學嗎？鬥誰，和誰鬥？」
- 怎麼會造成今天的局面？
- 1975 年 9 月 12 日：「我快走了，快了。走後，一不要過問政治；二不要留在中南海；三不要留在北京，回老家養病、休息。記住，記住了，我也可放下些心。」
- 這還叫人民作主的共和國？
- 1975 年 10 月 3 日：「我常在總結自己走過的道路。我堅信馬克思主義道路，堅信共產主義是人類奮鬥理想的目標。建國二十六年了，政治鬥爭一個接一個，這樣下去，把國家帶到災難境地，這還叫社會主義社會，還叫人民當家作主的人民共和國？我的一

生還留著書生氣、失望走向歸宿。」

紅衛兵

- 懷疑一切是不科學的，不能除了毛主席、林副主席都懷疑。懷疑是允許的，但總要有點根據。

- 1966 年 10 月 22 日，周恩來在國務院小禮堂接見紅衛兵

林彪：誰不說假話，誰就得垮臺。

林彪：不說假話辦不成大事。

林彪：政權就是鎮壓之權。

林彪：槍桿子、筆桿子，我們幹革命千萬不能離開這兩桿子。

林彪：理解的要執行，不理解的也要執行，在執行中加深理解。

林彪：誰反對毛主席，就全國共討之，全黨共誅之。

林彪：亂有四種情況，一、好人鬥壞人。應該。二、壞人鬥壞人。這是「以毒攻毒」，是我們可以間接利用的力量。三、壞人鬥了好人。像北京軍區海軍、空軍、總參、總後就有過這樣的情形，好人挨整，暴露了壞人，鍛煉了自己，好人吃點苦頭，但嘗到了很大的甜頭。四、好人鬥好人。這當然不好，有誤傷，有損失，但可以從中得到教訓。這四種情況，前三種都有利，只有第四種差些，但這是人民內部矛盾，容易解決。（1967 年 8 月 9 日接見曾思玉、劉平的談話。）

林彪：中國革命是革中國人民的命。

鄧小平：殺 20 萬學生，保 20 年穩定，連百分之一的寬容也不給。（摘自海外媒體）

康生：趙健民你對我們有刻骨的階級仇恨，我憑 40 多年的革命經驗有這個敏感，我看你是個叛徒，你投降了國民黨。

康生：由賀龍的歷史叛變，聯想到賀龍的現行反革命活動，絕不會沒有。

康生：我提醒你們，體委是賀龍現行反革命活動的主要地點，他給體委發了槍、炮，炮口對準了中南海⋯⋯

陳雲：康生是鬼不是人，劉少奇是人不是鬼，毛澤東是人不是神。

陳雲論毛澤東：建黨有份，建國有功，治國無能，文革有罪。

李銳（毛澤東秘書）評價毛澤東：功勞蓋世，罪惡滔天。

王震：老子殺得新疆五十年出不了一個反革命。

王震：不用霹靂手段，怎現菩薩心腸。

王震：只有狗養的才反對毛主席。

王震：誰敢反對鄧小平？誰反對鄧小平我就要他的狗頭。

王震：全國有二百萬知識份子，老子有四百萬解放軍。

王震：你們有一百萬學生，我們有四百萬軍隊，看誰厲害？

王震：我們這個政權是死了兩千萬人才得來的，你們要？拿腦袋來換。

郭沫若：史達林，我們慈愛的母親。

胡志明：我每殺你一人，你可以殺我十個人，然而就算以這樣的比例，我也將會勝利，而你將失敗。

胡志明：與其吃中國人的大便，不如聞法國人的臭屁。

李鵬：學生絕食⋯⋯這完全是一場有預謀的反革命動亂。（1989 年 5 月 17 日）

江澤民（對法輪功的指示）：名譽上搞臭，經濟上搞垮，肉體上消滅。

打死白打，打死算自殺。不查屍源，直接火化。（摘自海外媒體）

江澤民：讓私營企業家與個體戶傾家蕩產。（摘自海外媒體）

況麗：學生不要動，讓領導先走。（新疆克拉瑪依市教委、新疆石油管理局教育培訓中心副主任，那次火災死 325 人，傷 132 人，其中學生 288 人，教師 37 人。）

薄熙來：不惜犧牲 50 萬人，也要確保紅色江山不變天。

薄熙來：敢同惡鬼爭高下，不向霸王讓寸分。

薄熙來：打黑不是我們要主動而為，而是黑惡勢力逼得我們沒辦法。

莫言：新聞檢查制度與上飛機的安全檢查同樣必要。（摘自海外媒體）

莫言：中國的監獄沒有關押真正的作家。（摘自海外媒體）

雷鋒：對待敵人就要像冬天一樣冷酷無情。

孔慶東：胡溫撤掉薄熙來的職務等於是公開的發動反革命政變。你為薄熙來做了什麼？你為重慶做了什麼？（二個星期後他看到薄熙來事件已無法逆轉的情況下，急速轉向，在微博上發貼：全世界人民要團結起來，維護宗教自由、信仰自由、言論自由，為世界和平的真善美境界而不懈努力！）

孔慶東：記者現在是我們國家的一大公害……歪曲報導現在鋪天蓋地……這些記者排起隊來槍斃了，我一個都不心疼！

孔慶東：一分鐘前，漢奸刊物《南方人物週刊》電話騷擾要採訪我，態度很和氣，語言很陰險……去你媽的，滾你媽的，操你媽的！

孫東東：對那些老上訪專業戶，我負責任地說：不說 100% 吧，至少 99% 以上精神有問題——都是偏執型的精神障礙！他們為了實現一個妄想症狀可以拋家舍業，不惜一切代價上訪。你們可以去調查那些很偏執地上

訪的人，他反映的問題實際上都解決了，甚至根本就沒有問題。把他（們）送到醫院就是（對他們人權的）最大保障。

薑瑜：中國有哪條法律法規稱外國記者可在任何地方，任何時間隨地採訪，你給我找出這法規，有嗎？

2013 年中共中央中宣部發出《關於當前意識形態領域情況的通報》，並要求「七不講」，不講普世價值、不講新聞自由、不講公民社會、不講公民權利、不講黨的歷史錯誤、不講權貴資產階級、和不講司法獨立等。

央視電視劇臺詞：我真的還想再活五百年。

楊帆（面對前來探監的妻子和女兒）說：你們要自重，不要冒充別人的家人，我知道你們是江青派來的……我不會理睬你們。

莫言（2012 年 12 月 6 日在領取諾貝爾文學獎的新聞發佈會上）：言論審查是必要的……至於新聞檢查，全世界都有，只是程度和方式不一樣……如果說一個作家認為他在一種完全自由的狀態下一定能寫出偉大作品，那一定是假話。

申紀蘭（建國後到 2013 年 12 屆人大，每屆皆當選為代表）：我有個想法，網路也應該有人管，不是誰想弄就能弄。

申紀蘭：當代表就是要聽黨的話，我從來沒有投過反對票。

申紀蘭：我一直代表人民的利益，全心全意，跟黨保持一致。

李雙江：孩子總歸學不壞，因為我們所給他的東西都是正面的（指紅歌）。

逯軍：你是代表黨說話，還是代表老百姓說話。

薩達姆 1964 年復興社會黨遭受政變被趕下臺，他的部下慫恿他投降時說：不，先打完最後一發子彈，我們就逃！

薩達姆：伊拉克人除非不站立，要站就站在世界頂峰。

薩達姆：也許我本來應該當個醫生的，而不是什麼政治家。

薩達姆：希特勒的失敗在於他過於仁慈。

薩達姆：科威特是伊拉克的一個省。

薩達姆：誘殺女婿是國家安全的需要。

薩達姆：永遠不要把你的敵人和你的朋友同等對待。

本‧拉登：打擊美國最有效的活動就是恐怖活動。

本‧拉登：我們向美國發起聖戰，因為美國政府是不公正、可恥和殘暴的政府，它喪失了人性，違反了所有的戒律。

本‧拉登：我將用畢生的精力，把美國趕出中東，不管他們是軍人還是平民，是男人還是女人，是老人還是兒童。

本‧拉登：中國是全球唯一絕對不能惹的國家。

本‧拉登：美國最脆弱的地方遭到了真主的打擊，感謝真主摧毀了她最受尊敬的建築物。

阿伊莎‧卡紮菲（卡紮菲女兒）：反對卡紮菲的人，不配活在世上。

菲德爾‧卡斯特羅（在與法國《外交世界》月刊主編，著名記者伊格納西奧，拉莫奈 100 小時的談話錄裏說）：毛澤東的觀點和所作所為顯然證明他已是個老年癡呆症患者。在古巴就不允許年滿 60 歲的人還呆在領導崗位上。

查韋斯：我與布希先生打一美元的賭，看看是他呆在白宮時間長，還

是我查韋斯呆在米拉弗洛雷斯宮長。就讓我們看看誰呆得更長吧，布希先生！

查韋斯（2009年聯大演說）：奧巴馬來加入社會主義者行列吧，我們在此邀請你加入邪惡軸心國。

查韋斯（1998年）：我，查韋斯。面對這部垂死的憲法宣誓。

波爾布特：黨有著鳳梨那麼多眼睛。

金正日：領袖是國家和民族的命運，一切幸福的象徵。

金正日：一個民族的偉大性取決於國家領袖的偉大，人民的未來取決於領袖的英明。

金正日：如果沒有卓越的領袖，人民就等於沒有父母的孤兒。

金正日：我們領袖是扶持萬民的偉大的慈父，是萬民敬仰的恩惠的太陽。

金正日：我們民族的偉大性就是我們領袖，我們黨的偉大性。

金正日：我們社會主義祖國是金日成祖國，我們民族是金日成民族。

金正日：對祖國的真摯的愛，就是對自己的領袖、黨和人民的熾烈愛的精神。

金正恩：要除掉所有在哀悼將軍期間胡作非為的人。（胡作非為是指：金正日哀悼期間飲酒和打牌的人）

花絮

中國最小的走資派

【新唐人 2013 年 3 月 20 日訊】（新唐人記者劍彤綜合報導）中共總書記、國家主席、軍委主席習近平，這位當今集中共黨、政、軍三權於一身的中共新主，年僅 13 歲時，就被自己現在正「竭力效忠」的中共打成反革命分子，連媽媽齊心被迫也要舉手喊口號打倒她兒子，並且偷偷向領導報告兒子行蹤……為此，其父習仲勳曾當著自己忘年交的面，像個無助的孩子，為習近平痛哭了兩個多小時。

【今日點擊】習近平反貪打虎 四選一？

習仲勳哭訴對不起家裏人

日前，陸媒刊文，一位自稱是習仲勳忘年交的楊屏，講述了這段經歷。

1975 年 10 月 13 日，那時楊屏剛剛從洛陽拖拉機廠子弟中學高中畢業，下鄉至洛陽郊區南村，在第三生產隊趕馬車。剛解除監護不久，被下放到洛陽耐火材料廠「養病」的習仲勳，只要天氣好，早上和下午，至少一天兩次來南村散步。也漸漸地，楊屏和習仲勳從相見到相識，到成為習仲勳「親愛的小朋友」（1977 年 3 月 26 日習仲勳在寫給楊屏的信中這樣稱呼），成為當時南村人都知道的忘年交。

1976 年 6 月 20 日晚上 8 點多，楊屏在拖拉機廠家屬區的家中吃完飯

後回南村。途中拐到了習仲勳的住處。那天，雖然天還沒有全黑下來，但楊屏進到習仲勳家的時候，房間裏已經顯得很暗了，應該開燈的房間卻意外的沒有開燈。楊屏隨手拉了一下客廳門邊的燈繩，將燈打開。燈光下，習仲勳反常地低頭坐在八仙桌的旁邊，沒有抬頭，也沒有打招呼。桌子上擺了一碟油炸花生米，一個杯子，一瓶白酒，這在不年不節的時候喝酒，令人非常意外。

經仔細觀察才發現，習仲勳一臉淚痕。當詢問原因時，習仲勳的眼淚就在那一瞬間，嘩的一下子流了出來，隨後，他仰起臉，試圖不讓淚水再往外湧。他緩了好長好長時間，說出的話很慢，很重，而且泣不成聲：「今天是你近平哥哥的生日，你來陪我喝點酒，給他過個生日。」說話間，淚珠順著他的臉頰滴落在桌子上，臉上的肌肉在劇烈地抽搐，顯得特別地激動，或者已經不能自已。

楊屏說，「這是我有生以來第一次看見一個老人這樣哭，一個像我爺爺般年紀的老男人在哭。沒有聲音，只有淚水，嘴唇在顫抖。這場景，如今想起來，我都渾身戰慄！我當時被驚呆了。站在那裏一動不動地盯著老爺子，竟然不知道給他拿毛巾擦臉。後來，當看見他用手去擦桌子上的淚水的時候，我才想起來」。

楊屏回憶說，當時他和習仲勳碰杯喝酒，酒還沒有下肚，他眼淚又湧出來了。「放下酒杯，他用兩隻大手蓋住整個臉，擦了好幾遍眼淚。抬眼看著我說：你爸爸比我好哇，把你照顧得這麼好。我也是當爸爸的，因為

我，你近平哥哥可是九死一生啊！」

那天晚上，習仲勳一邊哭著，一邊重複地說著對不起孩子們，對不起家裏所有的人。

習年少時經非人折磨 媽媽被迫喊口號打倒兒子

2012 年 8 月 28 日，就曾有港媒援引楊屏的文章爆料，楊屏當時在習仲勳激動不已的講述中，得知習近平年少時，經受過非人的折磨。

文化大革命開始的時候，習近平剛剛 13 歲，只因為說了幾句反對文化大革命的話，就被打成了現行反革命分子，被列為敵我矛盾，在中央黨校的院子裏關押了起來。中央黨校召開批判六個「走資派」的大會，最後一個人就是習近平，前五個是大人，第一個是楊獻珍，六個人戴著鐵制的高帽子，帽子重，壓的受不了，習近平只好用兩隻手托著。他媽媽齊心就坐在台下，臺上喊「打倒習近平」時，媽媽齊心被迫也要舉手喊口號打倒她兒子。批鬥完了，近在咫尺，母子也不能相見。

然而，一次意外的相見，則成為母親齊心一生的痛。一天夜裏下大雨，趁看守不注意，習近平跳窗戶跑回家，媽媽嚇壞了，問他怎麼回來了？「媽媽，我餓。」近平哆哆嗦嗦地說。想讓媽媽給弄點吃的，然後進房間換衣服。不過，習近平萬萬沒有想到，媽媽不但沒有給他做飯吃，反而在他不知情的情況下，冒著大雨向領導報告去了。習近平知道不是媽媽心狠，而是被迫無奈。如果不去報告，就是包庇現行反革命，媽媽也會被抓走，那

樣，遠平和安安怎麼辦？他倆還是小孩子啊！饑腸轆轆的習近平，當著姊姊安安和弟弟遠平的面絕望地哭了，又絕望地跑進了雨夜。最後，頤和園一個看工地的老頭兒收留了他，讓習近平在一張連椅上熬過了一夜，第二天，就被抓進「少管所」勞動改造。北京市許多城建基礎設施，比如西城區的地下排汙管道的修建，習近平都流下過辛勞的汗水，和傷心的淚水，因為，他幹活的時候，上面有員警拿著棒子！

1969 年 1 月，未滿 16 歲的習近平到陝北延川縣梁家河生產大隊插隊，那裏不通電，交通不便，條件異常艱苦。弟弟遠平去看他的時候，僅一天的時間，就起了渾身水泡，原來，習近平為了防跳蚤咬，在炕席下灑了厚厚的一層「六六六粉」，相當於習近平一年四季就在睡在「六六六粉」上。看遠平一身的泡，嘴都腫了。習近平不斷地對弟弟說對不起，勸弟弟馬上離開，並叮囑：回家絕對不許告訴媽媽。回家後遠平還是告訴了媽媽，因為他自己渾身爛得血肉糊糊的。媽媽一眼就看出來了，結果只能是一個：母子抱頭痛哭為近平祈禱！

就是這樣艱苦的環境，習近平在那裏待了六年多。

習仲勳遭迫害 認不出習近平習遠平

而習仲勳本人，在「文化大革命」中受到殘酷迫害，被審查、關押、監護前後長達 16 年之久。

中共《黨史縱橫》2012 年第 12 期發表作者馬芳的文章披露，習仲勳

在文革中被關押 8 年，齊心和孩子們也受到株連。齊心因沒和習仲勳劃清界限一直受審查，僅在「五七幹校」勞動就近 7 年。他們的女兒橋橋、安安下放到生產建設兵團，大兒子習近平下放到陝西省延川縣文安驛公社梁家河大隊當知青，小兒子習遠平隨齊心到黃泛區農場初中上學。

1972 年冬，在幹校的齊心得知母親將不久於人世請求批准回京探親，孩子們也因此從各地返京在齊心姐姐家團聚。經齊心要求，齊心和孩子們終於見到了關押中的習仲勳。當習仲勳見到齊心和孩子們時，由於多年的分離，他分不清女兒橋橋和安安，更認不清已經長成大小夥子的兒子習近平和習遠平。

中國最小的「右派」

反右運動初期，各單位號召大鳴大放，給黨員提意見。當時，四川達縣（現已改為四川省達州市通川區）一家鞋帽生產合作社的職工冉某給縣城關鎮的某領導提了意見，並請人畫了一幅漫畫。冉某因此被劃為「右派」，不久跳大橋自殺身亡。至於那張漫畫，最後查出是小學五年級學生，年僅 12 歲的張克錦所畫。

當時，12 歲的張克錦對於「大鳴大放」之類完全不知道是咋回事。張並不認識這位鎮領導，他的家人也與該領導沒有任何瓜葛和恩怨。因他很小就表現出了繪畫天賦，曾獲得過少兒繪畫大獎，有了一些名氣，鄰居冉某就請他幫忙畫了一幅題為《一手遮天的 XXX》的漫畫，諷刺該領導，這就闖了大禍。不過張克錦畢竟只是一個 12 歲的孩子，「右派分子」其

名於他似不合適。有關領導經過認真研究，最後確定冠以「右童分子」之名。

張克錦這頂「右童分子」的帽子一直戴至 21 年後的 1979 年，中共中央決定全部摘掉右派分子的帽子時才被摘了下來。當時，張克錦的《平反通知書》由有關方面送交到他原來讀書的那所小學，即現今的達州市通川區第一小學。

當年劃為「右派分子」的人，並沒有都被抓進監獄，但張克錦不知為何卻被關了七年。那是 58 年四月裏的一天，張克錦正在教室裏上課，突然看見窗外有人向他招手。他一看，是街道居民委員會分管治保工作的一個阿姨，很熟的。老師看見了，就讓張克錦到教室外面去，在教室外面，阿姨對張克錦說：「你跟我一起去城關鎮。」

「我在上課，到那裏去做啥子？」張克錦不解地問。阿姨說：「去領獎。」張克錦曾經領過少兒繪畫獎，不知這次要領什麼獎，就問：「領啥子獎嘛？」「領吃麻雀獎。」1958 年春天，全國人民回應「除四害」號召，在全國範圍內掀起了一場聲勢浩大的包括消滅麻雀在內的「除四害」運動。人們在街頭巷尾、田間地頭各個地方，或拼命揮動竹竿，或使勁敲擊臉盆，聲嘶力竭地吶喊著四處追撣，讓麻雀得不到片刻停歇而累得從空中掉落下來，毀滅於人民戰爭的汪洋大海之中。張克錦疑惑地對阿姨說：「那幾天吃麻雀，我只是跟著大人們在山上東奔西跑地跑了一天，連一隻麻雀也沒有吃下來！」阿姨有些生氣地說：「娃娃家哪來那麼多話，叫你去你就跟著一起走嘛！」張克錦只好閉上嘴巴埋著頭跟阿姨來到城關鎮。一到那裏，便見禮堂裏人山人海，還沒有等張克錦回過神來，已經被人雙手反剪推著到臺上。在一片震耳欲聾的口號聲中，張克錦嚇得大哭起來。

　　張克錦平反落實政策後被安排了工作，退休前為四川省達州市通川區總工會工人文化宮美術專業幹部，活得還算不賴。那麼小就被關了七年，出獄後又一直戴著帽子受到常人難以想像的精神折磨，歷盡艱辛，棱角理應磨禿了吧？不！張克錦完全不是那種低眉哈腰，謹小慎微，反應遲鈍，一臉晦氣之人。他長髮披肩，打扮入時，看上去比實際年齡小得多。他愛好廣泛，除繪畫書法以外，尤喜讀書集郵，也喜歡與京劇票友們相聚，拉琴吊嗓，自娛自樂。因為讀書較多，常常喜歡評古論今。講話時神采飛揚，口若懸河，乃至手舞足蹈。他家的住房比較寬敞，還設了少兒美術書法培訓班，許多朋友都把孩子送到他這兒來，利人也利己。

　　我是張克錦的老熟人。他對我說，當年被劃為「右童分子」，全國「獲此殊榮」的大概只有他一人。我說真委屈你了，他卻說，已經過來了，也就無所謂了。歷史只不過和我開了一個玩笑，給了我一個「吉尼斯」金牌！

　　葉永烈先生所著《反右派始末》一書中，曾說四川雅安的李天德是中國年齡最小的「右派」時年 19 歲。但我在四川東北某地的一位朋友，劃「右」時年僅 17 歲。跟劃「右」時年僅 12 歲的張克錦比起來，他只能退居其次了。

　　張是在監獄中被戴上「右童分子」帽子。

　　　　　　　　本文摘自《龍門陣》2009 年第二期，作者李可剛。

新民晚報發表的一篇令人深思的文章
《對手的成全》

　　這篇文章令人深思，許多話盡在不言中。曼德拉沒有政敵的寬容，就沒有偉大的曼德拉。一個社會究竟應該怎麼樣對待政治犯（沒有殺人放火的犯罪行動），這篇文章作了最好的回答。已經屬於社會的人，是要放在歷史長河裏來評價的。所以要成為政治家，必須放眼未來。在這裏，我要感謝新民晚報，感謝作者不怕「借今諷今」的帽子，真男兒也！

新民晚報 對手的成全

林奇

日期：2013-12-17

　　以前看外國電影，常有這樣的情景，男人在公共場合很紳士地對身邊的女士問，我可以吸煙嗎？回答說，當然。男人的風度和女人的寬容此時盡顯無餘。

　　一次公共場合想吸煙，就問身邊的女士，可以吸煙嗎？女士回答，不可以。不但沒做成紳士，場面還有些不尷不尬。這時才明白，想表現點紳士風度也得有人成全才行。

　　北宋那個工匠，拒絕把司馬光的名字刻上「黨人碑」，官吏大怒，強令必須刻，否則就是對抗聖上，死罪論處。工匠無奈從命，但以為恥辱，又拒絕在碑上刻下製作者，也就是他自己的名字。他成了史上有記載的一

6

個有良知的工匠。

但假如，那官吏一定要工匠刻上自己名字呢？既然前邊可以強令，後邊也一樣可以強令，在碑上刻下製作者名字，也是當時的常規，相當於一種責任。但他沒有，他成全了他。

李斯臨刑前對兒子說，還想和他牽著黃狗在家鄉郊外追兔子；嵇康臨刑前撫了一曲《廣陵散》；路易十六臨刑前說原諒他的敵人，願他的血能平息上帝的怒火；他的王后上斷頭臺時不經意踩到劊子手的腳，道聲對不起我不是故意的……李斯的徹悟，嵇康的從容，路易十六的寬闊，王后的優雅……這些，其實也都可以沒有。獄中把一個人折磨成精神異常，大小便失禁，行刑時口裏塞布，脖子上勒鐵絲，甚至割斷喉管，不但讓你顏面盡失，而且什麼聲音也發不出來。這些，都不難做，這些，都有人做。

他們的對手，不但要置他們於死地，有的還是酷刑處死。但似乎隱隱約約還有那麼個底線，這個底線，成全了他們，不管怎樣，不是灰溜溜地消失於人世。

電視上正在播放曼德拉的「世紀葬禮」，名流政要雲集，場面盛大，全球矚目，極盡哀榮。儘管他人生有 95 年之長，近三分之一時間卻是獄中度過的。

你可以說是曼德拉的信念、精神、毅力成就了他，但不要忽略了這些：在獄中，他們可以用各種殘酷手段逼他悔過，可以用他家人相要脅，但是沒有。

在獄中，他能開闢菜園；能代表政治犯致函當局請願；能向國際紅十字會訴說遭受的不公；能通過函授攻讀倫敦大學法學碩士學位；能寫回憶錄並出版從而引起世界關注；能會見外國要人；甚至能「秘密」建立一個

非國大機構……這些都可以不允許,但是沒有。

　那個白人總統可以不釋放他,但是沒有;釋放他可以達成協議讓他「低調」,但是沒有。

　27 年漫長時光,他們完全可以把他與外界隔絕,讓支持者們忘了他,但是沒有;出獄時 72 歲高齡,他們完全可以讓他變得目光呆滯,口齒不清,讓崇拜者們失望而散,但是沒有。

　所有這些沒有,成就了一個偉大的曼德拉。

　這是一種更高的成全。對手們成全了曼德拉,其實是成全了自由、平等、民主、公正,也成全了自己。

　也可以說,是人類成全了一次自己。

國家圖書館出版品預行編目資料

草根奇人／柳湘武著.
－－第一版－－臺北市：宇河文化出版；
紅螞蟻圖書發行，2015.03
面 ； 公分. ──（風潮；12）
ISBN 978-957-659-989-7（平裝）

857.7   103027890

風潮 12

草根奇人

作　　者／柳湘武
發 行 人／賴秀珍
總 編 輯／何南輝
美術構成／Chris' office
校　　對／周英嬌、柳湘武
出　　版／宇河文化出版有限公司
發　　行／紅螞蟻圖書有限公司
地　　址／台北市內湖區舊宗路二段121巷19號（紅螞蟻資訊大樓）
網　　站／www.e-redant.com
郵撥帳號／1604621-1　紅螞蟻圖書有限公司
電　　話／(02)2795-3656（代表號）
傳　　真／(02)2795-4100
登 記 證／局版北市業字第1446號
法律顧問／許晏賓律師
印 刷 廠／卡樂彩色製版印刷有限公司
出版日期／2015年3月　第一版第一刷

定價 480 元　　港幣 160 元
敬請尊重智慧財產權，未經本社同意，請勿翻印，轉載或部分節錄。
如有破損或裝訂錯誤，請寄回本社更換。
ISBN　978-957-659-989-7　　　　Printed in Taiwan